Jetzt hat der junge Martin Schlosser das Wort. Und er packt aus – was er von Mecki, Lurchi, Gustav Gans, Freddy Quinn und Percy Stuart hält und von den eigenen drei Geschwistern, wie er zum Brandstifter und Ladendieb wird, weshalb er aufschreit, als er im Stil des Seewolfs einmal überm Essteller eine gekochte Kartoffel zerquetschen darf, weshalb er T. Rex nicht leiden kann, was er als Fan von Borussia Mönchengladbach erlebt, auf welchen Wegen man vom Mallendarer Berg zum Fernsehturm wandern kann und wie es ist, wenn man den Eltern beichten muss, dass man in Biologie auf Sechs steht. Die Familie des Erzählers steigt in dieser Zeit sozial erheblich auf und zieht zweimal um, von einer kleinen Wohnung im Koblenzer Vorort Lützel in ein Reihenhaus am rechten Rheinufer und von dort etwas weiter stromaufwärts in ein Eigenheim bei Vallendar am Rhein, der diesen Roman einer Kindheit am Deutschen Eck in aller Ruhe von Anfang bis Ende durchfließt.

Gerhard Henschel, geboren 1962, lebt als freier Schriftsteller in der Nähe von Hamburg. Sein Briefroman *Die Liebenden* (2002) begeisterte die Kritik ebenso wie die Abenteuer seines Erzählers Martin Schlosser, die mit dem *Kindheitsroman* ihren Anfang nahmen. Henschel ist außerdem Autor zahlreicher Sachbücher. Er wurde 2012 mit dem Hannelore-Greve-Literaturpreis ausgezeichnet, 2013 mit dem Nicolas-Born-Preis und 2015 mit dem Georg-K.-Glaser-Preis.

GERHARD HENSCHEL

KINDHEITSROMAN

ATLANTIK

Atlantik Bücher erscheinen im
Hoffmann und Campe Verlag, Hamburg.

2. Auflage 2020

www.hoffmann-und-campe.de *www.atlantik-verlag.de*
Dieses Werk wurde vermittelt durch
die Literarische Agentur Thomas Schlück GmbH, 30827 Garbsen
Umschlaggestaltung: Lübbeke Naumann Thoben, Köln
Umschlagabbildungen: © by Hulton Archive/Getty Images,
© Tim Gainey/Alamy
Satz: Dörlemann Satz, Lemförde
Gesetzt aus der Sabon
Druck und Bindung: CPI books GmbH, Leck
Printed in Germany
ISBN 978-3-455-00597-4

HOFFMANN UND CAMPE

Ein Unternehmen der
GANSKE VERLAGSGRUPPE

Walt Disneys Lustige Taschenbücher Nr. 9:
»Micky ist der Größte«

Licht ausmachen, Handflächen neben die Augen legen und durchs Fenster schräg nach oben kucken, in den fallenden Schnee: Dann hatte man das Gefühl, man würde fliegen, zwischen den Schneeflocken durch.

Das hatte Renate mir beigebracht.

Ich und du, Müllers Kuh.

Renate hatte vorne einen braunen Leberfleck am Hals. Daran war sie immer zu erkennen.

Da war ein Weg, wo Mama sich mit anderen Müttern unterhielt, die auch alle Kinderkarren dabeihatten. Die Sonne schien, und über eine Mauer hingen Zweige runter mit roten Beeren.

Ich hatte Krümel aus dem Graubrot im Netz gepult. Wegen dem Loch im Brot kriegte ich zuhause keine Bombongs.

Komm, Herr Jesus, sei unser Gast, und segne, was du uns bescheret hast.

Meins war das Lätzchen mit den Marienkäfern. Ein Löffel für Oma, ein Löffel für Opa, bis unten im Teller die schwarzen körnerpickenden Hühner auftauchten. Mein Löffelstiel war zur Seite gebogen.

Ein Löffel für Martin. Das war ich selbst. Martin Schlosser.

»Nicht träumen!«

Nach dem Essen leckte Mama einen Lätzchenzipfel an und wischte mir damit den Mund ab.

Bim, bam, beier, die Katz mag keine Eier.

Volker hatte Murmeln mit farbigen verdrehten Schlieren innendrin.

Wenn Papa gute Laune hatte, ließ er mich kopfüber an der Decke langspazieren oder kitzelte mich durch: »Prr-prr-prr-prr-prr!«

Papa roch nach Pfeife, und ihm wuchsen graue Haare aus der Nase.

Auf Papas Knien: So fahren die Damen, so fahren die Damen – so reiten die Herren, so reiten die Herren – und so reitet der Bauersmann, der nicht besser reiten kann. Da fiel ich immer fast runter.

Leute, die uns besuchten, kriegten vom Wohnzimmer aus die Festung Ehrenbreitstein gezeigt und die Striche an der Kinderzimmertür: wie groß ich wann gewesen war.

Die Jalousie war grün.

Bei der roten Autokiste im Kinderzimmer war das Lenkrad ab.

Im Doppelstockbett durfte Volker oben schlafen, weil er drei Jahre älter war als ich. Dafür war er drei Jahre jünger als Renate.

Zum Beten faltete Mama ihre Hände über meinen. Lieber Gott, mach mich fromm, daß ich in den Himmel komm.

»Und jetzt will ich keinen Mucks mehr hören!«

Meine Beine waren mit Bademantelgürteln an die Bettpfosten gebunden, eins links und eins rechts, damit ich die Decke nicht abstrampeln konnte.

Maikäfer, flieg!

Unten auf dem Hof machte Mama ein Foto von Volker und mir auf dem Dreirad. Volker fuhr, und ich stand hinten auf der Stange.

An den Sandkasten kam man nicht ran, der war immer besetzt.

Ein Kind hatte auch einen Ball.

Der Hof war voller Rauhbeine, die den Mädchen hinten den Rock hochhoben: »Deckel hoch, der Kaffee kocht!«

Straßenwörter, die nicht in die Wohnung gehörten, waren Scheiße, Kacke, Arsch und Sau.

Einmal machte Renate mit ihren Freundinnen eine Puppenmuttiparade vom Hof bis zum Rheinufer, und die Puppen kriegten das Deutsche Eck gezeigt.

Ulrike Quasdorf hatte den schlechtesten Puppenwagen. Die Räder eierten und quietschten, und vorne fehlte eins.

Ihre neue Puppe Annemarie hieß so wie eine Frau aus der Tagesschau. Annemarie war besser als Renates alte Puppe Christine, die nur aufgemaltes Haar hatte. Annemarie hatte echtes und machte immer Bäh, wenn sie auf dem Kopf stand. Das Bäh kam aus einem Sieb am Rücken raus.

Bei der Parade wollte ich auch mal schieben, aber Renate ließ mich nicht.

Groß und Klein. Nach Groß mußte ich immer noch Mama rufen, damit sie mir den Po abwischte.

»Mama, fertig!«

Dreimal am Tag oder noch öfter.

Im Wildgehege Remstecken waren Fasane, Rehe, Wildschweine und Kühe.

Mama hielt mir ein Papiertaschentuch vor die Nase: »Schnauben! Tüchtig!«

Das ist der Daumen, der schüttelt die Pflaumen.

Das Taschentuch warf ich einer Kuh zu, und die fraß es auf.

Für uns selbst gab es Fanta mit Eiswürfeln.

Im Sommer wurden zum Planschen Wannen im Hof aufgestellt: ein Eimer heißes Wasser, zwei Eimer kaltes. Angelika Quasdorf machte Pipi ins Wasser und spritzte damit. Die war ein freches Luder.

An Oma Schlossers Krückstock war in der Mitte ein silbernes Wappen genagelt.

Sie redete Mama und Papa mit ihren Vornamen an, Inge und Richard, und sie nähte ein Kleid, das Renate immer wieder anprobieren mußte, mit allen piekenden Stecknadeln drin.

Als rauskam, daß Renate mit den Quasdorfs zum Rheinufer gegangen war, schwimmen, wurde sie von Mama ins schwarze Klo gesperrt. Tür zu, Schlüssel rum und kein Licht! Der Schalter war außen, und das Klo hatte kein Fenster.

Das schwarze Klo war die schlimmste Strafe. Wenn man an der Klinke rüttelte, heulte, brüllte und gegen die Tür trat, wurde man erst recht nicht rausgelassen. Raus durfte man erst, wenn man nicht mehr bockig war.

Gut war das Spiel, jemanden was nachsprechen zu lassen, bloß abgekürzt. »Ich kaufe Zucker«, mußte man sagen, und dann mußte der andere sagen: »Ich ka Zucker.« Dann sagte man: »Ich kaufe Nudeln.« Und der andere mußte sagen: »Ich ka Nudeln.« Dann sagte man: »Ich kaufe Mehl«, und wenn man Glück hatte, sagte der andere: »Ich Kamel.«

Einmal war ich darauf reingefallen, aber als ich andere damit reinlegen wollte, kannten die das schon alle.

Dann fuhren Mama, Papa und ich mit dem Käfer nach Dänemark. Renate wurde bei Oma und Opa in Jever abgeliefert. Volker war schon da. Renate und Volker waren auch beide in Jever geboren worden. Ich war in Hannover geboren worden, von wo wir nach Lützel gezogen waren.

Auf einem Rastplatz gab es ekligen Kartoffelsalat zu essen, mit langstieligen bunten Plastiklöffeln aus Gläsern mit Schraubverschluß.

A-a mußte ich hinter einer Mülltonne auf den Rasen machen, mit dem Rücken an Mamas Bauch und ihren Händen in den Kniekehlen.

Hinten im Käfer sah ich im Liegen die kleinen schwarzen Punkte an der weißen Decke tanzen.

In Dänemark stellte Papa Klappstühle vor dem Zelt auf und rauchte Pfeife. Ich durfte wieder Fanta trinken.

Am Hafen sprang ein Fisch aus dem Eimer von einem Angler und flitschte über die Steine.

Die dänischen Kühe hatten Augen wie die Rehe in Remstecken.

Ins Wasser wollte ich lieber nicht.

Auf dem Rückweg machten wir in Jever Station, um Renate und Volker einzusammeln. Oma Jever, die Mamas Mutter war, briet Rührei mit Schnittlauch, und Opa konnte so miauen, daß man dachte, unterm Tisch sitzt 'ne Katze.

Mein großer Vetter Gustav stotterte. Tante Gisela war seine Mutter, aber die hatte keinen Mann, deshalb wohnte Gustav bei Oma und Opa.

Der Wohnzimmerteppich hatte ein Muster, das sich gut als Straße für Spielzeugautos eignete. In der Ecke tickte und gongte die Standuhr.

Im Garten gab es eine Schaukel, einen Sandkasten, einen Schuppen, Sträucher mit Johannisbeeren und eine Spielwiese, und im Fernsehen kam das Sandmännchen. Nun, liebe Kinder, gebt fein acht, ich hab euch etwas mitgebracht!

In Jever hörte ich auch, daß ich eine neue Kusine bekommen hatte. Hedda.

Renate sagte: »In acht Jahren bin ich 'ne schöne junge Frau, und Hedda ist 'ne olle Göre!«

Wir waren alle aus Mamas Bauch gekommen, erst Renate und dann Volker und dann ich.

In Jaderbutendieks wohnte Tante Lina. Sie hatte ein Punktekleid an und kochte Hühnersuppe.

Als wir die aufhatten, machten wir Winkewinke.

In Lützel wurde gebadet. Erst Papa, dann Mama und dann wir, alle im selben Wasser.

Renate fischte die Haare raus und legte sie auf den Wannenrand. Sie war Käpt'n, Volker Steuermann und ich Matrose. Wir spielten, daß wir Piraten in Seenot wären, bis Mama reinkam: »Geht das nicht 'n bißchen leiser? Und müßt ihr die ganze Bude unter Wasser setzen?«

Mama schäumte uns die Haare ein und spülte sie mit dem Brauseschlauch aus. Ich kriegte Seife in die Augen. Volker auch.

Danach wurden wir mit dem großen braunen Badehandtuch abgerubbelt.

Ob der Nikolaus und Knecht Ruprecht zwei verschiedene oder einer und derselbe waren, wußte keiner so genau. Knecht Ruprecht war jedenfalls der mit der Rute.

Volker hatte Mandelentzündung und mußte ins Krankenhaus. Am Tag nach der Operation nahm Mama mich mit hin.

Er wollte partout nichts essen, und nur mit viel Mühe und gutem Zureden trichterte Mama ihm einen halben Leibnizkeks ein.

Fällt er in den Graben, fressen ihn die Raben.

Volker sehe aus wie ein Schluck Wasser in der Kurve, sagte Mama abends zu Papa.

Als Volker wieder da war, konnte er sechs Adventskalendertürchen aufmachen. Sonne, Blume, Apfel, Kerze, Glocke, Pilz.

Auf meinem Kalender waren Kinder beim Rodeln mit fliegenden Engeln obendrüber. Auf Renates und auf Volkers Kalendern war beide Male der Weihnachtsmann, einmal im Schlitten mit schnaubenden Hirschen davor und einmal mit Geschenkesack über der Schulter auf einem beschneiten Hausdach, ein Bein schon im Schornstein.

Türchen offenlassen oder wieder zudrücken, das war die Frage. Bei offenen war das Bild vornedrauf zerlöchert, und bei zuen wußte man nicht, wieviele Tage schon um waren und wie dicht das Christkind vor der Tür stand.

Das Christkind gehörte auch irgendwie dazu, aber mir war der Weihnachtsmann lieber, weil der die Geschenke brachte.

Am größten war das letzte Türchen. Das hatte zwei Türflügel und ging in der Mitte auf.

Wir durften alle drei beim Backen helfen, mit Lätzchen um und hochgekrempelten Ärmeln.

Safran macht den Kuchen gehl. Gehl, was das wohl sein sollte. Nie gehört.

Den von Renate gekneteten Teig rollte Volker mit der Kuchenwalze platt, und ich durfte die Kekse ausstanzen. Eckige, runde und sternförmige.

Von mir aus hätten wir den Teig auch gleich so aufessen können.

Am 24. war bei uns allen ein Krippenbild im Adventskalender. Maria und Josef mit dem Christkind und die drei Könige aus dem Morgenland.

Im Wohnzimmer wurde den ganzen Tag geraschelt und gewispert, aber durchs Rubbelglas in der Tür konnte man nicht viel sehen.

Für Mama und Papa hatte ich ein Bild gemalt, mit Buntstiften: Hühner beim Spaziergang.

Vor der Bescherung mußten wir Ihr Kinderlein kommet singen, zusammen mit dem Chor auf der knisternden Platte.

Und seht, was in dieser hochheiligen Nacht!

Es war heiß im Wohnzimmer wegen der brennenden Kerzen am Tannenbaum. Silbernes und goldenes Lametta und die schillernden Christbaumkugeln, die man nicht anfassen durfte.

Jeder hatte seinen bunten Teller, mit Lebkuchen, Keksen, Walnüssen, Dominosteinen und Schokoladenkugeln in Goldpapier, das nur mit Knibbeln abging. Die Dominos waren innen schön süß.

Meine Geschenke waren Max und Moritz als Handpuppen und ein Holztraktor mit Lenkrad und Anhänger und ein Buch, das Renate mir vorlas: Die Sonne stieg weiter ins Himmelszelt, da kamen drei Füchse über das Feld. Da flohen drei Hühnchen und Hähnchen. Da schlüpften drei Katzen ins Mausehaus, da sprangen drei Mäuse vor Graus hinaus, da weinten die Mäuse drei Tränchen.

Die Schwänze von den Mäusen sahen aus wie Regenwürmer.

Freuen sollte ich mich auch über die blaue Strumpfhose von Tante Gertrud, obwohl ich nicht mal wußte, wer das war, Tante Gertrud.

Renate hatte eine Kindernähmaschine gekriegt und Fingerhandschuhe und zwei Bücher: Die wunderbare Puppenreise und Gutenachtgeschichten am Telefon.

Wenn das neue Lichtsignal an Volkers Eisenbahn auf Rot stand, hielt die Lok automatisch an. Der Trafo war dunkelrot und wurde nach einer Weile ganz warm.

Da schliefen drei Hühner in ihrem Schlag. Da piepten drei Mäuse: Was für ein Tag! Und sanken erschöpft in die Betten.

»Und das tut ihr jetzt auch, meine Lieben!« sagte Mama.

Ungerecht fand ich, daß Volker schon drei Wochen nach Weihnachten Geburtstag hatte und wieder Geschenke einkassieren konnte, einen Güterbahnhof, Geld und Süßigkeiten. Aus Wut zerbiß ich mein Wasserglas und kriegte einen Klaps.

»Bist du noch ganz bei Trost?«

Ich sei ein Schlot. Ein Schlingel und ein Schlot.

Rickeracke, Hühnerkacke.

Beim Essen brauchte Volker immer am längsten. »Du mußt doch mal was auf die Rippen kriegen«, sagte Mama. Er sei so spillerig, so spuchtig und verträumt. Ein Hungerhaken, nichts als Haut und Knochen. »Von Luft und Liebe kannst du auf Dauer nicht leben!«

Dann sollte er auch noch zum Zahnarzt, und ich mußte im Wartezimmer neben Mama stillsitzen.

Die Tapete war schwarz mit grünen Dreiecken, und von den Regenschirmen im Schirmständer tropfte Wasser auf den Fußboden.

Auf der Fensterbank stand eine Topfpflanze mit staubigen Blättern, die ich nicht anfassen durfte.

Eine Frau hatte ein schniefendes Kind auf dem Schoß, das sich den aus der Nase gelaufenen Schnött immer mit der Zunge wegleckte.

Wenn wenigstens Spielzeug dagewesen wär.

Im Kinderzimmer operierte ich Renates Puppe Annemarie auf dem Küchenhackbrett mit der Plastikschere die Mandeln raus, natürlich nur gespielt, aber mit Doktorbrille auf und Brustabhorchen, und Mama machte Fotos davon. Ich schrieb auch ein Rezept aus: Krickelkrackel.

»Du Schlauberger«, sagte Mama.

Ein anderes Mal, als Volker und ich erkältet waren, sagte sie, wir würden husten wie die Weltmeister.

Als genug Schnee lag, machten wir eine Schlittenkarawane im Hof. Acht Kinder auf vier Schlitten hinternander, und Rainer Westermann zog die alle allein, so stark war der.

»Kapuze auf!« rief Mama aus dem Küchenfenster.

Rainer Westermann half mir auch oft, wenn mir welche von den Großen auf den Fersen waren und Mama oben nicht schnell genug auf den Summer drückte.

Rosenmontag wollten Volker und ich als Max und Moritz gehen, mit Plastikmasken auf, die Mama uns gekauft hatte, aber Volker hatte Lungenentzündung und mußte im Bett bleiben.

Hinter der Maske schwitzte man und kriegte nur schlecht Luft.

Renate ging als Möhne mit langem Rock und Rüschenschürze. Als Möhnen gingen in Lützel fast alle Mädchen. Möhnen waren Omas in altmodischen Kleidern.

Aus der Schule hatte einer bunte Kreide mitgebracht und malte damit auf dem Hof einen Kreis, in dem man sich aufstellen konnte, wenn man Krieg spielen wollte. »Deutschland erklärt den Krieg gegen … Amerika!« Wenn man dann Rußland oder Frankreich war und wegsprang, hatte man verloren, aber auch, wenn man Amerika war und nur so weit weggesprungen war, daß der, der Deutschland war, mit einem Schritt an einen drankommen konnte.

Angelika Quasdorf spielte lieber Hüpfekästchen: auf einem Bein in bunten Quadraten rumhopsen.

D.b.d.d.h.k.P. Selbst Aspirin versagt.

Im Sandkasten schmiß einer mir immer Sand in die Haare. Ralfi Meier hieß der Arsch.

»Dann wehr dich doch mal!« sagte Mama und schickte mich wieder runter.

Ralfi Meier schmiß mir gleich die nächste Handvoll Sand ins Gesicht: »Da, du beleidigte Leberwurst!«

»Selber«, sagte ich.

»Selber sagen nur die dümmsten Kälber«, rief Ralfi Meier, und ich haute ihm mit der Schippe auf den Kopf, der sofort ganz voller Blut war, überall, Stirn, Backen, Nase, Kinn, auch die Hände, alles war blutig, und Ralfi Meier rannte heulend weg.

Von seiner Mutter hörte Mama später, daß er noch ins Krankenhaus gemußt hatte, wo die Wunde mit fünf Stichen genäht worden war. »Ich hab dir geraten, dich zur Wehr zu setzen, aber doch nicht, den Jungen krankenhausreif zu schlagen!«

Meine Schippe hatte Mama weggeschlossen, aber dafür ließ mich Ralfi Meier jetzt in Ruhe.

Renate ist ein artiges, stilles Kind und dürfte sich lebhafter am Unterricht beteiligen, stand in Renates Zeugnis.

Ostern fuhren wir mit dem Käfer nach Jever. Als Proviant hatte Mama wieder nur Kartoffelsalat mitgenommen, wovon ich die Kotzeritis kriegte.

Renate las uns was aus ihrem Buch mit Gutenachtgeschichten vor. Von dem Bonbonregen, der Schokoladenstraße und dem unsichtbaren Jungen, der in der Konditorei Nußhörnchen und Zwetschgenkuchen einsteckte, ohne daß ihn jemand fangen konnte. Und von dem Jungen, der immer die seltsamsten Fragen stellte: Warum haben die Schubladen Tische? Warum trinken die Briefmarken kein Bier?

An den Seitenfenstern liefen Regentropfen runter.

Müde bin ich, geh zur Ruh.

In Jever war auch Tante Dagmar, Mamas jüngste Schwester. Wer kommt in meine Arme? Wenn sie das rief, konnte man ihr in die ausgebreiteten Arme laufen und wurde rumgewirbelt.

Tante Dagmar war meine Patentante. Sie kam auch immer mit in den Schloßgarten zum Entenfüttern, und sie sagte, ich sei ihr Augenstern.

Abends gingen wir zum großen Osterfeuer. Einmal hatten sich Kinder aus Übermut in so einem Holzhaufen versteckt und waren dann jämmerlich verbrannt.

Das Feuer prasselte und knackte.

Jetzt war vielleicht auch schon der Osterhase auf Achse und versteckte die Ostereier, damit er am Morgen damit fertig war.

In Jever konnte ich oben auf dem Boden rumtoben und im Garten schaukeln, mit Renate und Volker Schubkarre spielen und

Purzelbäume schlagen, aber ewig bleiben konnten wir in Jever nicht, weil Volker nach Ostern in die erste und Renate in die dritte Klasse kam.

Ich wollte auch gerne eingeschult werden, vor allem wegen der Schultüte, die man dann kriegte, aber in der Schule, auf die Renate und Volker gingen, wurde man dauernd verhauen. Die Jungs bekämen mit dem Stock den Arsch versohlt und die Mädchen Schläge auf die Finger, sagte Renate.

Dann war ich endlich selbst das Geburtstagskind. Im Wohnzimmer stand ein Kettcar, das gehörte jetzt mir. Auf dem Hof wollten alle mal damit fahren, aber wenn das denen ihr Kettcar gewesen wär, hätten sie's mir auch nicht abgegeben.

Fünf Geburtstagsgäste durfte ich einladen, mehr erlaubte mir Mama nicht.

Alle, alle, alle Vögel fliegen hoch ...

Mein Kababecher war blau, Renates gelb und Volkers grün.

Eins, zwei, drei, vier Eckstein. Ich versteckte mich unter der Bügelmaschine, und Angelika Quasdorf mußte suchen.

»Mäuschen, mach mal piep!«

Als alle wieder weg waren, rief Mama mich ans Wohnzimmerfenster und zeigte auf Rainer Westermann, der sich die Schnürsenkel zuband. Der konnte eben alles, auch Knoten machen oder Flöte mit der Zunge.

»Von dem kannst du dir ruhig 'ne Scheibe abschneiden«, sagte Mama, aber Rainer Westermann hätte schön gekuckt, wenn ich angekommen wär, um mir 'ne Scheibe von dem abzuschneiden.

Wenn Frau Quasdorf Mittagsschlaf machte, ließ sie Angelika und Ulrike nicht rein, und die klingelten dann immer bei uns, wenn sie aufs Klo mußten, jeden Tag, bis Mama sagte, sie sollten gefälligst ihr eigenes Klo benutzen.

Auf Quasdorfs war Mama sauer, weil Renate erzählt hatte, daß sie mit Ulrike bei denen im Badezimmer gewesen war, als Herr Quasdorf in der Wanne gelegen hatte.

Abends konnte man oft hören, wie Herr und Frau Quasdorf sich gegenseitig anbrüllten. Die wohnten ja gleich unter uns.

Über uns wohnte die alte Frau Jahn, die sich im Treppenhaus immer am Geländer festhielt.

Einmal brachte Mama den Müll runter, und als sie den Deckel von der Mülltonne aufmachte, saß Angelika dadrin und war am Kacken.

»Ich hab gedacht, ich seh nicht recht«, sagte Mama. »Sitzt da und grinst mich auch noch frech an. Überhaupt auf so 'ne Idee zu kommen! Ijasses!«

Angelika und das andere Gör, Ulrike, die würden es mal schwer haben im Leben. Kaum aus den Windeln raus und schon völlig verroht. Welche Rabenmutter lasse denn ihr Kind in die Mülltonne kacken? Die gehörten eben zum Plebs. Zum Pofel.

An meinen Bildern fand Renate falsch, daß ich den Himmel immer weiß und die Wolken blau gemalt hatte. Andersrum brauchte man aber viel länger, oder man mußte mehr Wolken malen.

Dann waren die Zootiere, die ich im Fernsehen gesehen hatte, alle bei uns im Hof, auch Zebras und Giraffen und ein Elefant, der mich mit dem Rüssel hochhob, um mich aufzufressen.

Das sei ein Alptraum gewesen, sagte Mama.

Nach Österreich fuhren wir ohne Renate, die lieber nach Jever gewollt hatte und von Papa hingebracht worden war. Hinten im Käfer durfte ich jetzt auf Renates Platz am Fenster sitzen.

Für die Reise hatte ich mir Hänschen im Blaubeerenwald mitgenommen. Das war mit Zwergenkindern, die barfuß im Wald auf Mäusen ritten.

Nach Österreich war's noch weiter als bis nach Jever.

Mama und Papa hatten einen Bauernhof ausgesucht, der schon vierhundert Jahre alt war und einer alten Oma gehörte, Frau Weitgasser. Leider sei kein Fließwasser nicht da, sagte Frau Weitgasser, aber auf der Alm könnten wir die Tiere sehen in der guten Luft, und für die Kinder gebe es auch genug Platz zum Auslaufen.

Von Volker und mir wollte Frau Weitgasser den Namen und das Alter wissen.

In Österreich war alles voller Berge. Mama hatte Volker und mir kurze Lederhosen gekauft für die Wanderungen und Papa sich selbst einen Spazierstock und ein Fernglas mit Hülle und Henkelband zum Um-den-Hals-Hängen.

Geh aus, mein Herz, und suche Freud!

Wasser konnte man aus Brunnen am Wegrand trinken, und auf einem der Berge lag oben Schnee, mitten im Sommer. Mama machte viele Fotos, und dann machte Papa auch eins von Mama in ihrem blauen Blumenkleid.

Narzissus und die Tulipan, die ziehen sich viel schöner an als Salomonis Seide.

Bei Regen durften Volker und ich im Kuhstall rumklettern. Da war auch ein quiekendes Schwein mit nassem, schnüffelndem Rüssel und Ringelschwänzchen. Wir warfen dem Schwein Zement aus einem Zementsack zu, der da stand. Das schmeckte dem Schwein, aber Volker sagte, das sollten wir lieber für uns behalten, daß wir das Schwein damit gefüttert hatten.

Dann gab es noch einen Hahn, der aber nicht Kikeriki machen, sondern nur röcheln konnte, und ein Zicklein, das einem abgerupfte Grashalme aus der Hand fraß.

Als eine von den Kühen ein Kalb kriegte, mußten alle Männer mit anfassen, auch Papa. »Kalbiziachen«, sagte Frau Weitgasser dazu.

Das Kälbchen hieß Heinrich. Es tat mir leid, weil es eingesperrt war, und ich ließ es frei. Draußen wußte das Kälbchen aber nicht, wo es hinrennen sollte, und Frau Weitgasser fing es wieder ein.

Mit dem Käfer machten wir Ausflüge ins Gebirge, aber einmal kamen wir nicht weiter, weil die Straße überflutet war.

Papa nahm Glimmerschiefer mit.

Ein Stausee und ein Wasserfall.

In Kaprun kaufte Mama ein Edelweiß, das sie ins Urlaubsalbum kleben wollte.

Wie heißt der König von Wesel?

Für den Abstecher nach Salzburg an Mamas Geburtstag mußten Volker und ich Trachtenjacken anziehen. Mama wollte ins Mozarthaus.

Wir sollten nicht so schlurfen. »Na los, ihr Schlafmützen!«

Salzburg. Als ob die da 'ne Burg gehabt hätten aus Salz.

Im Fiaker durften wir auf dem Kutschbock sitzen, aber Tauben jagen war ungezogenes Benehmen.

Als ich lange husten mußte auf dem Hof und da an der Hauswand stand, kam Papa um die Ecke und sagte: »Du steckst noch die Wand an mit deinem Husten!«

»Ih, wie scheußlich«, sagte Renate, als sie den Faltenrock sah, den Mama ihr in Salzburg gekauft hatte.

Den Blumenkohl auf ihrem Teller suchte Renate immer nach Läusen und Käfern ab.

Gulasch, Gurkensalat und Kartoffeln mit Mehlschwitze. Einmal war das letzte Stück Gulasch so sehnig, daß ich das nicht runterkriegte, aber Mama erlaubte mir nicht, das Gulasch zurück auf den Teller zu spucken. »Keine Widerworte! Und zieh hier nicht so 'ne Flunsch!«

Ich aß dann den ganzen Nachtisch an dem Gulaschwiepen in der Backe vorbei und spülte das Ding nachher heimlich das Klo runter.

Renate kaufte sich jetzt immer Superman. Volker und ich liefen dann bis zum Zeitschriftenladen vor und kuckten uns im Schaufenster an, was bei dem neuen Supermanheft vornedrauf war.

Superman konnte Bäume ausreißen und Pistolen zerquetschen und schon als Kind über Häuser springen, Autos hochheben und beim Rennen Züge überholen. Kugeln prallten an Superman ab. Der war unverwundbar.

Ich selbst konnte mir noch nicht mal die Nägel alleine schneiden.

Komisch war, daß Superman blaue Haare hatte.

Beim Laternenumzug regnete es in meine Laterne rein, und wenn Mama das ausgegangene Licht wieder anzündete, mußte Renate den Regenschirm halten.

Sonne, Mond und Sterne.

Ein Kind war hingefallen und heulte, und ein anderes heulte, weil dem seine Laterne Feuer gefangen hatte und zertrampelt wurde. Rabimmel, rabammel, rabumm! Da hätte ich auch geheult.

Ich sollte auf dem Hof bleiben, wo Mama mich vom Küchenfenster aus sehen konnte, aber ich hatte noch nichts für Papa zum Geburtstag, und ich dachte, ich würde draußen was finden. Ich wollte ja nur einmal rund ums Viertel und immer auf dem Bürgersteig bleiben.

Zigarettenfilter und Streichhölzer lagen da rum, die ich alle aufsammelte, um sie Papa zum Geburtstag zu schenken zum Rauchen. Ich fand auch noch ganz viele Geldscheine, aber als ich die Renate zeigte, sagte sie, das sei bloß das Papier, das die Leute von ihren Zigarettenschachteln abgerissen hätten.

Dabei waren da Adler drauf. Wenn das keine Geldscheine waren! Aber dann hätten die Leute die ja nicht weggeworfen.

Aus Amerika brachte Papa einen Wippvogel mit Blechpo und rotem Stoffkopf mit. Wenn man den Schnabel von dem Vogel in ein Glas mit Wasser drückte, wippte der von alleine nach hinten und wieder vor und mit dem Schnabel in das langsam weniger werdende Wasser rein, das bei jedem Wippen vom Schnabel in den Blechpo floß.

Außerdem hatte Papa einen Apparillo mitgebracht, in den er Streifen mit bunten Bildern reinschob, die man dann an der Wand sehen konnte. Popeye, der spinatfressende Seemann, und Caspar, das Gespenst.

Den Start von dem Flugzeug, mit dem er geflogen war, hatte Papa auf Kassette aufgenommen. Da hörte man aber nur Dröhnen und Brummen, und irgendwann sagte Papa auf der Kassette: »Start.«

Mama und ich holten Renate von der Ballettschule ab und konnten noch sehen, wie die Mädchen in der Halle Spagat übten, alle in Strumpfhosen.

Auch Blockflöte übte Renate oft. Es geht ein Bi-Ba-Butzemann in unserm Haus herum.

Volker sammelte Winnetoubilder.

In den Adventskalendern war jetzt hinter jedem Türchen ein Stück Schokolade, und es war noch viel schwerer, immer den nächsten Tag abzuwarten.

Als Ulrike und Angelika Quasdorf mit mir allein im Kinderzimmer waren, ging Ulrike zu meinem Kalender und fing an, die Türchen aufzumachen und die Schokolade zu essen. Erst war ich dagegen, aber dann wollte ich was abhaben, auch wenn ich Angst hatte, weil ich nicht wußte, was wir tun sollten, wenn Mama reinkommt.

»Dann hau ich die hiermit«, sagte Ulrike und hob den losen blauen Stock auf, der zu meinem Kinderstühlchen gehörte, hinten unten.

Die Türchen machte ich wieder zu, aber Mama merkte trotzdem was und sperrte mich ins schwarze Klo, obwohl Ulrike

Quasdorf schuld war. Die hatte ja damit angefangen, und die Schokolade war doch sowieso meine gewesen!

Renate bastelte Häuser aus schwarzer Pappe, mit Fenstern aus Buntpapier, die leuchteten, wenn Kerzen dahinter brannten.

Zur Bescherung zogen Volker und ich unsere blauen Skihosen an. Die waren mit Steg unterm Fuß.

Hoch oben schwebt jubelnd der Engelein Chor!

Ich kriegte eine Pistole, die ich mir schon lange gewünscht hatte, eine Eisenbahn, ein Feuerwehrauto mit Leiter, ein Mainzelmännchen, eine Bommelmütze, Pantoffeln, einen Pullover mit Vau-Ausschnitt und ein Buch: Von früh bis spät die Uhr sich dreht. Tante Gertrud hatte wieder eine Strumpfhose geschickt und Oma Schlosser für uns alle zwei Bücher: Die Geschichte vom hölzernen Bengele und Petunia.

Volker hatte auch eine Pistole gekriegt. Sonst waren seine besten Geschenke die Rollschuhe, der Schrankenübergang für seine Eisenbahn und das Gebirge mit dem Gebirgssee mit echtem Wasser drin.

Renate tanzte uns in ihrem neuen Ballerinatrikot was vor. Sie konnte auf einem Bein stehen und das andere nach oben strekken und mit der einen Hand oben die Zehen festhalten.

Volker und ich suchten den ganzen Hof nach Zündplättchen ab, die noch heile waren, weil die Pistolen mit Zündplättchen beim Schießen viel lauter knallten als ohne.

Bei meiner Eisenbahn wollte ich das Häuschen und das Gebüsch woanders hinstellen, aber die waren festgeklebt, und ich mußte sie erst abreißen. Als Papa das sah, tafelte er mir eine und nahm mir die Eisenbahn weg. Da sei ich offenbar noch nicht alt genug für.

An Silvester fuhren wir alle bis auf Papa mit dem Zug nach Jever.

Mama verbot mir, bei voller Fahrt den Arm aus dem Fenster

zu halten. Ein Kind hatte das mal gemacht, und dann war der Zug ganz dicht an einem Baum vorbeigefahren, und dem Kind war der Arm abgerissen worden.

Von ihrem Taschengeld hatte Renate sich eine Gummiwurstscheibe gekauft, die sie Opa Jever aufs Brot legen wollte.

An der Schnitte mit der Gummiwurst konnte Opa kauen, wie er wollte, die bekam er nicht klein, und er wollte schon sein Gebiß rausnehmen und nachkucken, ob das kaputt war, als Mama Opa die Wahrheit über die Wurst verriet.

Es gab auch Berliner, für jeden zwei, und in einem war Senf drin statt Marmelade, aber das hatte nur Oma gewußt, und dann war der mit dem Senf bei ihr selbst gelandet.

Von den Berlinern kriegte ich kreblige Finger.

»Klebrige heißt das, nicht kreblige«, sagte Renate.

»Paprikaschnitzel, Piprikaschnatzel, Schnaprikapitzel, Schniprikapatzel«, sagte Oma, die auch noch andere Zungenbrecher kannte. Einen mußte sie Renate aufschreiben: El o lo, ka o ko, oko, loko, em o mo, omo, komo, okomo, Lokomo, te i ti, oti, moti, omoti, komoti, okomoti, Lokomoti, vau e ve, ive, tive, otive, motive, omotive, komotive, okomotive, Lokomotive.

Die halbe Nacht lang lernte Renate das im Bett auswendig und brauchte am nächsten Morgen zum Aufsagen nur dreizehn Sekunden.

Das gleiche ging auch mit dem Wort Kapuziner: Ka a ka, pe u pu, apu, kapu, zett i zi, uzi, puzi, apuzi, Kapuzi, en e er, ner, iner, ziner, uziner, puziner, apuziner, Kapuziner.

Vom Moorland aus konnte man den Turm der evangelischen Kirche, den Turm der katholischen Kirche und den Schloßturm sehen. Als kleiner Junge war Gustav mal gefragt worden, zu welcher von den Kirchen er gehöre, und da hatte er gesagt: »Ich bin Schloßturm.«

Zu seinem Geburtstag lud Volker auch den dicken Hansi Bekker ein, der immer angefressene Fingernägel hatte. Renate sagte, der würde seine eigene Mutter hauen. Das hatte ihr Ulrike Quasdorf gesagt.

Von Onkel Walter hatte Volker Tiere, ein Stück Wald und eine Futterkrippe für seine Eisenbahn gekriegt, aber als rauskam, daß Volker und ich Renates Puppe Annemarie mit der Nagelschere die Ponyhaare abgeschnitten hatten, schloß Papa den Trafo weg, und Mama sagte, wir hätten Zimmerarrest.

Hoppel Langohr. Da flogen Hasen im Hubschrauber, ein Igel rauchte Pfeife, und die Bäume hatten einen Ast als Nase. Auf einem anderen Bild brachte Hoppel Langohr den Hühnern die Post.

Unsere eigenen Bilder hatte Mama alle in einer Mappe aus Pappe gesammelt. Eine von Volker getuschte Prinzessin, Renates Schule, das Hoftor, Häuser mit Bäumen daneben und Jägerzaun davor oder Ritter beim Turnier. Renates Bilder waren die besten. Sogar unseren Käfer hatte sie mal gemalt und eine große Kirche mit rotem Dach und einem Wetterhahn obendrauf mit langen Schwanzfedern.

Ich malte mit links, was Mama falsch fand. Schlangen mit buntem Muster und Schlangenloch.

Karneval gingen Renate und ich als Harlekin mit Farbe im Gesicht und Tütenhut auf mit Papierkrause am Rand. Ich wäre lieber als Prinz gegangen, so wie Volker, mit Degen und goldenem Panzerhemd, aber Mama sagte, ich könne ja nächstes Jahr als Prinz gehen.

Nächstes Jahr, das war noch lange hin.

Einmal kamen Onkel Walter und Tante Mechthild mit Christiane zu Besuch, die unsere Kusine war. Wir hatten sechs Kusinen und vier Vettern.

Onkel Walter war Papas Bruder und Volkers Patenonkel, und Volker zeigte ihm, was er für die Schule aus seiner Fibel abgeschrieben hatte. Wo ist Mutti? Was tut Mutti? Oma ist am Zaun. Was tut Oma? Kasper ist im Nußbaum. Was tut Kasper? Wo ist Fifi? Was tut Fifi? Was tut Rolf? Mu mu miau miau.

Tante Mechthild war ganz dick, weil in ihr das nächste Baby drin war, genau wie in Mama, die uns schon gefragt hatte, was uns lieber wäre, ein Brüderchen oder ein Schwesterchen. Renate war für ein Schwesterchen, aber da war sie die einzige.

Mit allen Mann und zwei Autos fuhren wir auf den Mallendarer Berg, wo Mama und Papa ein Haus bauen wollten, aber da waren noch nicht mal Straßen, und wo später das Haus stehen sollte, war nur Matsche.

Als wir wieder alleine waren, ging Papa mit Volker und mir zur Mosel, wo wir übten, Steine auf dem Wasser aufditschen zu lassen. Das ging aber nur mit ganz flachen Steinen.

Alle meine Entchen schwimmen im Klosett.

Mama erzählte ich, wir hätten keinen einzigen Stein ins Wasser werfen dürfen.

»Ach Gott, warum denn das nicht?« fragte Mama, und Papa sagte, ich würde Stuß reden. »Die halbe Mosel haben die zugeschmissen!«

Neu an Ostern waren dieses Jahr die großen Holzeier mit Schleife drum und Schlickerzeug drin.

Wenn Mama Fotos machte, stellte Renate ihre Füße immer so schief hin, wie sie es in der Ballettschule gelernt hatte.

Mein schönstes Geburtstagsgeschenk war das Bilderbuch Johannes Nilpferd von Tante Dagmar. Wie Johannes Nilpferd aus dem Zirkus wegläuft und sich im Wald versteckt. Da erschrecken sich alle Tiere, als er gähnt, nur die Vögel auf seinem Rücken nicht, und dann fährt Johannes Nilpferd mit einem Schiff übers Meer nach Afrika und spielt den ganzen Tag im Fluß und freut sich.

Mama wurde immer dicker. Sie hatte ein Umstandskleid an und wollte nicht mehr von der Seite geknipst werden.

»Ich hab 'n kleinen Fußballer im Bauch«, sagte sie, und manchmal durften wir horchen.

In den Füßen hatte Mama Wasser. Wenn das innen in die Füße floß, hätte ich an Mamas Stelle einfach keins mehr getrunken.

Papa sperrte mein Kettcar im Keller weg, weil ich Frau Jahn in der Hofeinfahrt in die Hacken gefahren war, aber ohne Absicht. Frau Jahn war hingefallen, und ihr einer Fuß hatte geblutet.

»Alles wegen dir«, rief Mama. »Hab ich dir nicht tausendmal gesagt, du sollst dich vorsehen? Hier rein, da raus!« Ins Grab würde ich sie noch bringen mit meiner Unartigkeit. Ob ich denn keine Augen im Kopf hätte? »Marsch ins Bett! Aber 'n bißchen plötzlich! Und daß du mir keine Fiesematenten mehr machst!«

Bevor Mama ins Krankenhaus mußte, kam Oma Jever zu uns, und wir machten einen Ausflug nach Treis an der Mosel. Renate pflückte Blümchen, und ich hatte ein Klingen im linken Ohr.

»Dann denkt jemand an dich«, sagte Oma. »Vielleicht Opa? Oder Tante Dagmar?«

Das Klingen hörte aber schnell wieder auf. Die hätten ruhig noch länger an mich denken können.

Das Schwesterchen, das wir gekriegt hatten, hieß Wiebke und war ein Koblenzer Schängel, weil alle in Koblenz auf die Welt gekommenen Kinder Koblenzer Schängel waren.

Ich durfte Wiebke auch mal kurz halten und bei ihr am Hals kille-kille machen.

Sie nuckelte am Fläschchen, bis sie Schluckauf kriegte und das Fläschchen alle-alle war.

Puder, Öl, Nivea und Penatencreme. Auf dem Dosendeckel war ein Schafhirte mit Hirtenstab und Schaf.

Wenn Wiebke gebadet wurde, tunkte Mama vorher den Ellbogen ins Wasser.

Oma Jever brachte mich zu Tante Dorothea und Onkel Jürgen nach Düsseldorf. Da kotzte mir mein Vetter Klaus beim Autofahren meinen blauen Luftballon voll, und als ich im Bett lag, sang mir Tante Dorothea, die eine Schwester von Papa war, ein Gutenachtlied vor.

Der Wald steht schwarz und schweiget, und aus den Wiesen steiget.

Die traurigste Strophe war die mit dem kranken Nachbarn, von dem aber man nicht wußte, was der hatte.

Tante Dorothea hatte schon ganz weiße Haare.

Nach der Taufe wollte auch Renate mal mit Wiebke auf dem Arm aufs Foto, durfte aber nur die Hand unter Wiebkes Kopf schieben und hätte fast geheult.

»Na, hat dir der Storch ein Schwesterchen gebracht?« fragte mich Frau Jahn im Treppenhaus.

»Das ist bei meiner Mama aus dem Bauch rausgekrabbelt«, sagte ich, und dann beschwerte sich Frau Jahn bei Mama, daß ich ein loses Mundwerk hätte und daß ich vorlaut und frühreif sei.

Wiebke kriegte Wurzelbrei eingeflößt und klassische Musik vorgespielt.

»Wiebke, sing mal«, sagte Renate, und Papa nahm Wiebkes Getödel auf Kassette auf.

Da fällt herab ein Träumelein.

Aus Leibeskräften schreien konnte Wiebke aber auch.

Beim Spaziergang zum Deutschen Eck mußten wir über die große Moselbrücke, von der aus man das neue Hallenbad sah, wo Renate immer zum Schwimmen hinging.

Auf dem Denkmal am Deutschen Eck war früher Kaiser Willem draufgewesen, aber der war da runtergeschossen worden im Krieg.

Ein kurzes Stück durfte ich dann auch mal den Kinderwagen schieben.

Mama gab acht, daß wir nicht ins Wasser fielen.

Einmal brachte Papa Fische aus der Stadt mit. Die zappelten noch im Einkaufsbeutel rum. Papa schloß sich mit den Fischen im Badezimmer ein und schlug sie in der Wanne mit dem Hammer tot, was man gut hören konnte, auch durch die Tür.

Was macht er in dem Mausekrieg, Mia-Mia-Mausekrieg, was macht er in dem Krieg?

Von den Fischen wollte Renate nichts essen.

Vor der Fahrt nach Jever kriegten wir jeder eine PEZ-Figur. Ich Donald, Volker Goofy und Renate Micky Maus. Da mußte man den Kopf nach hinten klappen und konnte dann vorne das nächste Pfefferminzstück rausnehmen.

Wiebke hatte Hitzepickelchen im Gesicht.

Oma und Opa Jever standen im Garten und verbrannten alte Zeitungen. Die glühenden Fetzen angelte Opa mit dem Rechen aus der Luft.

Den Schweinen hinter dem Zaun am Gartenende warfen wir Fallobst zu, und sie fraßen gierig grunzend alles auf, selbst wurmstichige und angeschimmelte Äpfel mit braunen Stellen und auch Kartoffelschalen, Hühnerknochen und anderes Zeug aus der Küche.

In Hooksiel wohnte Onkel Bertus, der ein Fischerboot hatte. Am Hafen stand eine alte Kanone, und im Wasser wuchsen Bäume. Einen davon hätte ich um ein Haar umgefahren, als Onkel Bertus mich in seinem Boot das Steuerrad halten ließ.

Opa konnte Rauchringe blasen. Wir durften uns nicht bewegen, und Fenster und Tür mußten zu sein. Das Schlüsselloch wurde mit einem Handtuch zugehängt, weil auch durchs Schlüsselloch Zugluft kam.

Als alles vorbereitet war, zündete Opa sich eine Zigarre an. Er kaute auf dem Rauch, machte die Lippen rund, steckte die Zungenspitze raus und pustete dann einen Rauchring aus, der in Richtung Zimmerdecke schwebte.

Renate las vor, was Oma ihr ins Poesiealbum geschrieben hatte. Die glücklichsten Menschen sind nicht die, die am meisten haben, sondern die, die am meisten danken können.

Klassenkameradinnen von Renate hatten Schmetterlinge und Blumen in das Album gemalt. Mit Gott fang an, mit Gott hör auf, das ist der beste Lebenslauf!

Sei ein Sonnenkind durchs ganze Leben, denn wer Sonne hat, kann Sonne geben. Das war von Tante Jutta.

O möchte doch Dein Herz so rein wie diese Seehundschnauze sein!

Gustav konnte man gut ärgern, wenn man ihm die Hose vom Pyjama runterzog. Wir balgten uns, und dann mußte der Glaser kommen, weil die eine Kleiderschrankscheibe einen Sprung gekriegt hatte.

In der Prinzengraft zeigte Gustav mir, welche Hexe nachts auf welchem Baum saß: »Und da oben sitzt in der Nacht die Hexe Bohnenstroh!«

Einmal waren abends Studelgeister im Zimmer. Gustav setzte mich auf die Fensterbank und riet mir, still zu sein und mich nicht zu rühren. Dann knipste er das Licht aus, ging raus, machte die Tür zu und ließ mich allein mit den Studelgeistern.

Auf der Fahrt nachhause übte ich mit Bleistift, meinen Namen zu schreiben.

MRTN. MARTN. MRTIN. MATIN.

»Es ist noch kein Meister vom Himmel gefallen«, sagte Mama.

Renate nahm mich mit zu einem Malwettbewerb in der Stadtbücherei für Kinder unter zehn.

Eine alte Frau mit einem lila Muttermal an der Backe las uns das Märchen von Hänsel und Gretel vor, und dann sollten wir mit Tusche ein Bild dazu malen.

Wieso hatte die Hexe nicht lieber ihr Kuchenhaus aufgegessen als Hänsel und Gretel?

Wassergläser mußte man sich auf dem Klo abholen.

Den ersten Preis gewann ein Mädchen, das schon elf war und sein Alter auch auf das Blatt geschrieben hatte, aber wir trauten uns nicht, da was gegen zu sagen.

Von ihrem Taschengeld kaufte Renate sich eine Flasche Liebesperlen, für Volker Kaugummi und für mich eine Zuckerkette.

An runtergeschluckten Kaugummis waren schon viele Kinder erstickt, aber den Faden von der Zuckerkette konnte man mitessen. Das hatte Angelika Quasdorf mir gesagt.

Hansi Becker nannte mich Häuptling Rasendes Mondgesicht.

Dunkel war's, der Mond schien helle, schneebedeckt die grüne Flur, als ein Auto blitzeschnelle, langsam um die Ecke fuhr. Drinnen saßen stehend Leute, schweigend ins Gespräch vertieft, als ein totgeschoßner Hase auf der Sandbank Schlittschuh lief.

Was eine Sandbank war, konnte mir auch Renate nicht sagen.

In der Stadt kriegten wir neue Anziehsachen gekauft, und in der Apotheke durften wir auf die Waage steigen.

Wiebke hatte schon zwei Zähne. Wenn sie schlief, schnitt Mama ihr die Fingernägel.

Als ich mein Kettcar wiederhatte, tauschte ich das bei Wilfried und Günter Potthoff gegen deren ihr Fahrrad ein. Das hatte

Stützräder, aber nach drei Tagen konnte ich auch ohne die Stützräder fahren und nach fünf ohne Hände am Lenker, aber das durfte Mama nicht sehen.

Morgen, Kinder, wird's was geben. Selbst im Treppenhaus roch schon alles nach Plätzchen, und Renate war wie eine Wilde am Topflappenhäkeln.

Zum ersten Mal auf den bunten Tellern waren Printen, Schokoladentaler mit Goldhülle und Marzipanbrote. Wenn man davon zweimal abgebissen hatte, war man satt.

Immer wieder hörten wir uns die Europaschallplatte an, die wir alle drei vom Weihnachtsmann geschenkt gekriegt hatten. Oder alle vier, aber Wiebke war noch zu dösig zum Schallplattenhören.

Die Sterntaler. Es war einmal ein kleines Mädchen, dem war Vater und Mutter gestorben, und es war so arm, daß es kein Kämmerchen mehr hatte, darin zu wohnen, und kein Bettchen mehr, darin zu schlafen, und schließlich gar nichts mehr als die Kleider auf dem Leib und ein Stückchen Brot in der Hand. Zu dem Mädchen kam dann ein armer Mann, der sprach: »Ach, gib mir etwas zu essen, ich bin so hungerig.« Hungerig, nicht hungrig. Darüber platzte Renate fast vor Lachen, so wie die Bohne in dem Märchen von Strohhalm, Kohle und Bohne, als der Strohhalm und die Kohle im Bach ertrunken waren, aber dann war ein mitleidiger Schneider gekommen und hatte die Bohne wieder zusammengenäht.

Uns gehörten auch noch andere Schallplatten. Der gestiefelte Kater, Rumpelstilzchen, Till Eulenspiegel, der in einem leeren Bienenkorb eingeschlafen war, und Schneewittchen, dem der Jäger Lunge und Leber rausschneiden sollte, weil die böse Königin neidisch war auf Schneewittchens Schönheit.

Gemein war auch die Ziege von dem Schneider, die sich erst auf der Weide sattfraß und zuhause dann sagte: »Ich sprang nur über Gräbelein und fand kein einzig Blättelein, mäh, mäh!« Das war gelogen, aber der Sohn von dem Schneider kriegte Kloppe dafür.

Bei König Drosselbart hatte ich die meiste Angst, wenn der Frau auf dem Markt das irdene Geschirr entzweigeritten wurde und in tausend Scherben zersprang.

»Irdenes Geschirr ist Geschirr aus Ton«, sagte Mama.

Noch viel schrecklicher war das Hufgetrappel auf der Schatzinselschallplatte, wenn die Kutsche da über den bösen alten Seebären wegrollte. Es war aber gut, daß der totging.

Fünfzehn Mann auf der Kiste vom toten Mann und 'ne Buddel voll Rum!

Oder der Todesschrei von dem Jungen, dem John Silver mit der Krücke das Genick gebrochen hatte.

In Bristol lag die Hispaniola vor Anker, mit der Jim Hawkins zur Schatzinsel fahren wollte. Ich wäre auch gerne Jim Hawkins gewesen, als der im Hafen von Bristol die Hispaniola sah.

Am langweiligsten war Peter und der Wolf und am lustigsten Max und Moritz. Ritzeratze, voller Tücke, in die Brücke eine Lücke! Statt Käferkrabbelei sagte Onkel Fritz auf der Schallplatte Käferkrabbelahihi.

Ob vermittelst seiner Pfeifen dieser Mann nicht anzugreifen, die Stelle verstand ich nicht.

Die Rotkäppchenschallplatte konnten wir auswendig, und Papa wollte uns das ganze Märchen auf Kassette sprechen lassen, erst Volker und dann mich und dann Renate.

Ich hab ein kleines Käppchen, das ist aus rotem Samt!

Als ich an der Reihe war, sollte ich sagen: »Aber du bist ja gar nicht mein Rotkäppchen, du bist ja der Wolf, hilfe, hilfe«, nur wußte ich dann nicht mehr weiter, und Renate erzählte den Rest.

Danach sollte ich das Lied vom Rotkäppchen singen. Drum werd ich von den Leuten nur Rotkäppchen genannt. Es waren aber keine Leute da, und ich sagte, da müßten noch Leute hin.

»Ach, du Dusseltier«, sagte Papa, und dann mußte er wieder nach Amerika fliegen.

Als Oma Schlosser gekommen war, las sie uns selbst Grimms Märchen vor. Die Bremer Stadtmusikanten und wie Aschenputtels Stiefschwestern sich mit einem Messer die große Zehe und was von der Ferse abhackten, damit der Fuß in Aschenputtels Schuh paßte. Wie das wohl wehgetan hatte.

Ruckedigu, Blut ist im Schuh!

Aus Amerika brachte Papa mir einen Hubschrauber und Volker einen Jeep mit. Der Hubschrauber war mit Propellern und der Jeep mit Raketenrohr, Anhänger und Blinkscheinwerfer. Zum Geburtstag hatte Volker noch einen Bagger, ein Angelspiel und die Bücher Peps und Mary Poppins gekriegt.

Mary Poppins war eine Frau, die mit ihrem Regenschirm fliegen konnte. Als ich meinen Hubschrauber vom Küchenfenster aus fliegen lassen wollte, fiel er runter und ging unten kaputt, und Papa sagte, ich sei ein Rindvieh.

Bei dem Angelspiel waren an den Angelschnüren Magneten, mit denen man sich Fische aus einem Kasten angeln konnte. Volker kuckte immer oben rein, obwohl das verboten war.

Behalten durfte man nur die Fische, die einem nicht wieder von der Angel gefallen waren.

Meistens gewann Renate. Die konnte auch das eine Geduldsspiel mit den Kügelchen in der runden Dose gut. Wenn man die Dose richtig schüttelte und kippte, rollten die Kügelchen in die Löcher, aber nur bei Renate.

Am schwersten war das Spiel mit dem Holzkasten mit den zwei Drehknöpfen außendran und der weißen Kugel, die in keins der vielen Löcher fallen durfte. Ich war noch nie weiter als bis zum dritten Loch gekommen.

Wenn bei Flipper welche tauchten, hielt ich die Luft an, aber das schaffte ich nie so lange wie die im Fernsehen.

Flipper gehörte einem Jungen mit Sommersprossen. Der Vater von dem Jungen war Oberaufseher im Schutzgebiet und rettete Leute vorm Ertrinken. Die Bösen spritzte Flipper mit Wasser naß und schnatterte dann, und die Guten ließ er auf sich reiten. Rufen konnte man Flipper mit einer Unterwasserhupe. Jeder liebt ihn, den klugen Delphin!

Im Rhein und in der Mosel schwammen keine Delphine, auch keine Haifische oder Riesenschildkröten.

Karneval durfte ich diesmal als Prinz gehen, aber das Prinzenkostüm war längst nicht so gut wie das Supermankostüm, das Mama für Volker genäht hatte. Immer kriegte der was Besseres als ich.

Beim Rosenmontagszug sahen wir einen Jungen, der als Trapper ging, mit Schießgewehr und Biberfellmütze. Einer ging auch als Cäsar, der lustige Hase. Nur ich mußte als doofer Prinz rumlaufen, und wenn von den Wagen Bonbons geworfen wurden, kam ich nie an einen dran. Außerdem hatte ich kalte Füße.

»Wenn du nicht aufhörst zu quengeln, fahren wir Ostern ohne dich nach Jever«, sagte Mama.

Volker nahm seinen Bagger mit und Renate ihre Knüpferli, die zum Zusammenstecken waren. Daraus konnte sie Ringe, Reifen und Kugeln basteln.

Ich sehe was, was du nicht siehst, und das ist rot (der Shell-Atlas, den Mama die ganze Fahrt über auf den Knien liegen hatte).

Ich sehe was, was du nicht siehst, und das ist braun (Renates Apfelkernkette).

Als wir nach drei Stunden Rast machten, gab es lauwarmen Kaba aus der Thermoskanne zu trinken, mit dem abgeschraubten Deckel als Becher.

Oma Jever machte Bratkartoffeln für uns alle, mit Zwiebeln und fettem Speck.

»Wenn ich noch mehr esse, muß ich kotzen«, sagte Renate.

»Das sagt man nicht«, sagte Oma.

»Mama sagt das aber auch«, sagte Renate.

»Und Papa auch!« sagte Volker.

Eins zwei drei vier fünf sechs sieben, eine alte Frau kocht Rüben.

In der einen Wohnung unten unter der von Oma und Opa wohnten Kaufholds und in der anderen Frau Apken, die verwitwet war, so wie die Witwe Bolte in Max und Moritz. Daß sie von dem Sauerkohle eine Portion sich hole.

Gustav hob mich über den Zaun am Gartenende rüber und sagte, gleich würden die Schweine aus dem Stall gelaufen kommen, um mich aufzufressen, und ich fing an zu schreien und am Zaun zu rütteln, bis Gustav mich wieder rüberhob.

Das mit den Schweinen hatte er mir nur vorgelogen.

Beim Tag der offenen Tür auf dem Fliegerhorst in Upjever konnte man Starfighter und Düsenjäger fliegen sehen, und man mußte sich die Ohren zuhalten, weil einem sonst das Trommelfell platzte, das innen im Ohr war.

Danach wollte Volker Fallschirmspringer werden.

Zurück mußten wir zu Fuß gehen, weil Papa mit dem Käfer auf dem Fliegerhorst im Stau steckengeblieben war, und als wir in der Mühlenstraße ankamen, fühlte Oma sich ganz bregenklöterig, was ein anderes Wort für schwindelig war.

In Lützel steckte Papa Stöpsel in die Steckdosen, damit Wiebke da nicht reinfassen konnte.

Mittags schmiß sie immer ihren Löffel runter oder haute mit der Hand in ihren Brei rein.

»Du du!« sagte Mama dann, aber das nützte nicht viel.

Oma Schlosser war ein Hagelkorn aus dem Auge operiert worden, deswegen mußte sie noch warten mit dem Pulloverstrikken. Das stand in einem Brief, den sie mir zum Geburtstag geschickt hatte. An Herrn Martin Schlosser, Straßburger Straße 5, 5400 Koblenz-Lützel.

Am frohesten war ich über den großen Schokoladenmarienkäfer und das Geld, für das ich mir Indianer kaufen konnte, welche mit Flitzebogen und welche mit Gewehr.

Im Kinderzimmer spielten wir Memory. Da gewann immer Renate, weil die sich von den Karten auch die blöden merkte, die mit dem Gemüse, die mit Karos und die mit der Frau, die so doof kuckte. Ich merkte mir immer nur Barbar, Petunia, den Ball, die Sonne und den Löwen.

Gemein war, daß es zwei verschiedene Schiffe gab und zwei verschiedene Kerzen. Und daß die eine gelbe Memorykarte nur fast so ähnlich aussah wie die andere gelbe.

»Bei dir piept's wohl im Oberstübchen«, sagte Renate, wenn ich mir ein Pärchen holen wollte, das nicht zusammenpaßte.

Ganz am Ende konnte man aufholen, wenn man keinen Fehler machte beim Umdrehen. Tanne, Schwalbe, Hase, Fuchs und Zitrone.

Jetzt sei es bald soweit, sagte Mama, wir würden umziehen, auf die andere Rheinseite, in ein Reihenhaus auf der Horchheimer Höhe, mit viel mehr Platz und mit Garten und herrlicher Aussicht und einem Wald in der Nähe. Gute Luft, kein Durchgangsverkehr mehr und keine Frau Quasdorf, die im Treppenhaus steht und dummes Zeug redet. Volker und ich würden ein Zimmer zusammen kriegen, Renate ein anderes und Papa eine Werkstatt im Keller. Endlich raus aus dem schedderigen Lützel. Wie wir das fänden.

Am Fernsehprogramm würde sich nichts ändern. Schlager für Schlappohren könnten wir auch auf der Horchheimer Höhe kucken.

Vor dem Umzug wurde ich wieder nach Düsseldorf gebracht zu Tante Dorothea und Onkel Jürgen und meinen Vettern, die ihre Fahrräder nachts auf dem Bürgersteig liegenlassen durften oder sogar mitten auf der Straße.

Vorm Einschlafen wollte ich von Tante Dorothea immer das

Lied von dem Mond und dem Wald vorgesungen kriegen. So legt euch denn, ihr Brüder, und ist doch rund und schön, so traulich und so hold, der weiße Nebel wunderbar!

Beim Singen schob sich Tante Dorothea die nach vorn gerutschte Brille mit dem Ringfinger auf die Nase zurück.

Bei Papas Geschwistern war die Reihenfolge so, daß erst Tante Gertrud kam, dann Papa, dann Onkel Rudi, dann Tante Dorothea, dann Onkel Walter und dann Onkel Dietrich. Mama hatte nur Schwestern, die alle jünger waren: Tante Therese, Tante Gisela, Tante Luise und Tante Dagmar.

Auf der Horchheimer Höhe stellte Papa Blumenkästen auf die Terrasse, und Mama pflanzte Stiefmütterchen rein. Im Laufstall saß Wiebke und krähte. Ich lief barfuß durch den Garten auf die Straße, aber die war so heiß, daß ich mir lieber meine Sandalen holte.

Volker fuhr Rollschuh auf der Straße neben dem Haus und Renate Fahrrad. Bergauf hielt Volker sich am Gepäckträger fest und ließ sich ziehen. Ich wollte auch mal, aber dafür mußten die Rollschuhe verstellt werden. Nach langer Suche fand Papa den Rollschuhschlüssel in einer der Umzugskisten, die im Keller standen, wo die Möbelpacker sie hingepfeffert hatten.

Als Volker die Rollschuhe hergegeben und Papa sie kleiner gestellt hatte, rollte ich los, fiel um und schrammte mir die Knie auf.

Mama schnitt zwei Pflaster für mich ab.

Mit Volker lief ich in das Wäldchen vorm Haus. Gleich vorne stand ein guter Kletterbaum. Es gab Trampelpfade und eine Schlucht, und unten vorm Wäldchen entdeckten wir eine Hausruine. Trümmer und Drähte.

In der Schlucht wuchsen Ginsterbüsche mit gelben Blüten. Da säßen Zecken drauf, sagte Volker, heimtückische Biester, die nur darauf warteten, daß einer vorbeikommt, auf den sie sich fallenlassen könnten, um ihn auszusaugen.

Wir sammelten Kiefernzapfen und steckten so viele davon in die Hosentaschen, daß es beim Gehen wehtat.

Zum Geburtstag bekam Wiebke eine Puppe mit langen Wimpern, eine Entenfamilie zum Ziehen und eine Zimmerschaukel, die wie eine große Hose aussah und an Strippen vom Türrahmen hing. Wenn Wiebke nicht Laufen übte, saß sie jetzt in ihrer Schaukelhose und hielt sich an der Puppe fest, die Dagmar hieß.

Papa legte einen Komposthaufen an. Da kamen Kartoffelschalen, Essensreste und Filtertüten rein.

Renate wollte picknicken gehen, im Wald, der weiter oben hinterm Haus anfing. Sie schmierte Marmeladenbrote. Dann packte sie noch Pfirsiche, Zitronensprudel und die karierte Decke ein, und Mama spendierte drei Lutscher.

Der Weg war steil und voller Steine. Beim Korbtragen wechselten wir uns ab. Auf einer Wiese standen schiefe Apfelbäume, und Volker sagte, das sei eine Lichtung.

Renate breitete das Essen auf der Decke aus. Der Sprudel schäumte beim Öffnen über, und vom Marmeladenbrot kriegte ich kreblige Finger.

Mein Lutscher war gelb. Ich biß eine Ecke ab, auch wenn Renate sagte, daß das nicht gut für die Zähne sei.

Gänseblümchen und Leberblümchen. In den Butterblumen saßen kleine schwarze Tiere, und durchs Gras kroch eine fette rote Schnecke, die ihre Fühler einzog und schrumpfte, wenn man sie anfaßte.

Renate pflückte einen Strauß aus Schlüsselblumen. Manche Pflanzen waren giftig, aber welche? An den Kleeblüten saugten Hummeln, und aus den abgebrochenen Pusteblumenstengeln tropfte weißer Saft.

Als mein Lutscher alle war, kaute ich noch den Stiel durch.

Ein Specht war zu hören, aber nicht zu sehen. Immer, wenn

man dachte, jetzt hat man ihn gleich gefunden, hörte er zu klopfen auf.

Statt Blut hatten Bäume Harz, das wie Honig aussah und schlecht wieder von den Fingern abging.

Wie die Wolken aussahen. Die eine wie ein halbes Brot und die daneben wie ein Strumpf.

Meinen Pfirsich wollte ich nicht mehr, weil da ein Ohrenkneifer drübergekrabbelt war. Einen Ohrenkneifer kriegte man nie wieder raus, wenn der einem erst einmal ins Ohr spaziert war. Der knusperte dann von innen an einem rum.

Mama saß mit ihren Nähsachen auf der Terrasse und paßte auf Wiebke auf, die unterm schräggestellten Sonnenschirm im Laufstall stand und schrie. Die Jalousie vor der Terrassentür war halb runtergelassen. »Ochotti, wie niedlich«, sagte Mama, als ich ihr den Blumenstrauß hinhielt.

Nachdem wir um Erlaubnis gefragt hatten, schlüpften wir unter der Jalousie durch ins Wohnzimmer und machten den Fernseher an.

Rund um die Manege mit Klaus Havenstein.

Nebenan wohnte Familie Strack. Die hatten auch vier Kinder: Claudia, Uwe, Heinz und Kurt, und das fünfte war unterwegs. Uwe war so alt wie ich. Der hatte ein grünes und ein blaues Auge. Ich hatte braune. Heinz war vier und trug eine Brille. Kurt war drei, ein kleiner Dicker mit großer Klappe. Claudia lag im Garten und las Micky Maus.

Grubes, die noch ein Haus weiter wohnten, hatten keine Kinder.

Im Wäldchen kannte Uwe sich aus. Er wußte auch, über welche Äste man im Kletterbaum noch höher steigen konnte, bis fast ganz oben. Dafür zeigte ich Uwe den Weg zur Schlüsselblumenwiese.

Auf der anderen Straßenseite wohnte Kalli Kasimir, der ein halbes Jahr älter als Volker war, auf einem Grashalm blasen konnte und einen Dackel besaß, der Waldi hieß. Kallis Vater war Jäger, und Volker durfte zusammen mit Kalli, Kallis Vater und Waldi auf die Jagd gehen, früh am Morgen. Tridihejo!

Ich selbst war angeblich noch zu klein für die Jagd. »Dich wittern die Böcke doch drei Meilen gegen den Wind«, sagte Volker.

Besser als Jäger war nur noch Förster. Förster waren den ganzen Tag lang im Wald.

Als Gustav zu Besuch kam, sollte ihm was geboten werden. Es gab viele Ausflugsziele – den Rittersturz, Schloß Stolzenfels, den Kühkopf, den Asterstein, die Karthause und eine Flugschau in Ramstein. Gustav entschied sich für die Flugschau. Er hatte X-Beine und stotterte noch immer.

Bei einem von den Flugzeugen durfte man sich ins Cockpit setzen. Vor der Treppe, die zum Cockpit führte, stand eine lange Schlange. Volker und ich drängelten uns ganz vorne rein.

Im Cockpit war es gut, aber man mußte sofort wieder raus und über die Treppe auf der anderen Seite nach unten gehen. Wir liefen ums Flugzeug rum und wollten uns zum zweiten Mal vorne in die Schlange mogeln, aber diesmal fingen die Leute an zu meckern.

Papa kaufte uns Popcorn, das aber fast zu salzig war zum Essen. Das sei eben auf amerikanische Weise zubereitet, sagte Papa. Renate spuckte ihres auf die Straße.

Auf der Rückfahrt kamen wir an einem Gasthof vorbei, der Kratzkopfer Hof hieß, und Renate sagte, da hätten wir mal anhalten sollen und kucken, ob sich einer am Kopf kratzt.

Gustav fuhr jeden Tag mit dem Bus nach Koblenz zum Bahnhof, um Zügen beim Rangieren zuzusehen und Waggons zu zählen.

Eines Abends fing Papa im Garten eine große grüne Laubheuschrecke ein. Bevor er sie wieder freiließ, konnten wir sie uns ankucken, wie sie im Einmachglas saß, mit langen, zitternden Fühlern und einem Bauch wie eine Erbsenschote.

Dann kam Onkel Walter aus Schmallenberg, um Volker abzuholen, und Papa brachte Renate, Gustav und mich im Zug nach Jever.

Eisenbahn die krachte, Dickmadam die lachte.

In Sande stand ein dicker schiefer Turm vorm Bahnhof. Papa sagte, die Leute hätten nach dem Krieg versucht, den Turm in die Luft zu sprengen, aber der sei nur auf die Seite gesackt, und da hätten sie ihn so stehengelassen.

Tante Gisela holte uns ab. Sie hatte einen roten Käfer. Von Gustav wollte sie wissen, wie es ihm in Koblenz gefallen habe.

»So m-m-mittelhochprächtig«, sagte Gustav.

Opa Jever stand am Vorgartentor und rauchte Zigarre, und Oma jauchzte, als ich in den Garten gelaufen kam. Sie hatte unter der Birke den Teetisch gedeckt.

Ich rannte zur Schaukel und dann zum Sandkasten, um eine Burg zu bauen. Oben der Burghof und unten der Graben. Die meiste Mühe machte der Tunnel zum Burghof. Wenn der Sand zu trocken war, fiel beim Bohren die Decke ein.

Papa schüttelte den Kopf. »Wie du schon wieder aussiehst!« Bevor ich was vom Aprikosenkuchen kriegte, mußte ich mir die Hände waschen gehen.

Auf dem Flur vor der Dachkammer mit den Gästebetten stand Omas Nähmaschine, ein Trumm aus Gußeisen mit einem Fußpedal. Wenn man das bewegte, drehte sich oben die Handkurbel, und die Nadel fuhr auf und ab.

Um im Kämmerchen durch die Dachluke den Schloßturm sehen zu können, mußte ich auf die Kommode klettern. Die Federbetten waren dicker als bei uns, und beim Umdrehen knarrte das Bettgestell. Hier gebe es bestimmt auch Mäuse, sagte Renate. Ihr würden die Mücken genügen.

Beim Frühstück lief das Küchenradio. Hör mol 'n beten to!

Plattdeutsch sei eine eigenständige Sprache und kein Dialekt, sagte Opa. Ich kriegte Honigbrot und ein Tüt-Ei, wie Oma das nannte. Renate hatte schon sechs Mückenstiche, einen am Rükken, zwei am Fuß und drei am Hals.

Gustav schlief noch, und ich ging ihn wecken. Er stieg aus dem Bett und fragte mich, ob ich schon mal eine Gangschaltung gesehen hätte. Dabei faßte er durch den Pyjama seinen Piepmatz an und drehte ihn in verschiedene Richtungen: »Erster Gang – zweiter Gang – dritter Gang – vierter Gang!«

Draußen bimmelte der Milchmann. Oma drückte mir zwei Stück Würfelzucker in die Hand, für die Pferde, und ich lief nach unten. Oma stakste hinterher.

Außer Milch verkaufte der Milchmann auch Käse, Butter und Eier. Mit seinem Fuhrwerk hielt er den ganzen Verkehr auf.

Die Pferde waren riesengroß und dunkelbraun. Sie trugen Scheuklappen und schnauften laut. An ihren Hängebäuchen konnte man die Adern sehen.

»Nu man los, die beißen nicht!« rief Oma, und der Milchmann lachte. Ich hielt dem einen Pferd die Hand mit den Zukkerstücken hin. Es fraß mir mit seinen dicken Lippen alle beide von der Hand. Das Pferd hatte gelbe Zähne. Jetzt kackte es auf die Straße. Die Pferdeäpfel waren gelb und pelzig.

Im Schloßgarten fütterten Renate und ich die Enten. Oma hatte uns altes Brot dafür mitgegeben. Die Enten stritten sich um jeden Krümel, so als ob die halb verhungert wären. Wir versuchten, auch denen was zuzuwerfen, die sonst nichts abkriegten.

Wenn die Schwäne kamen, gingen sie auf einen los und schlugen mit den Flügeln. Dann warf man am besten alles hin und lief weg.

Woanders im Schloßgarten schrie der Pfau. Als wir ihn gefunden hatten, verdrückte er sich gerade unter die Büsche. Seine Federn schleiften auf der Erde, hinten schon ganz zerschlissen.

Aus der Stadt brachte Oma Tee mit. In der Packung war ein Karl-May-Bild zum Sammeln: Männer mit Turban, nachts an einem Lagerfeuer in der Wüste, und daneben ein Kamel. Das Bild, das gut nach Tee roch, durfte ich behalten.

Es gab Heringe mit Pellkartoffeln und zum Nachtisch Erdbeeren mit süßer Sahne. Dann machten Oma und Opa Mittagsschlaf, und wir mußten leise sein. Die Türklinken hatten Schnörkel und waren golden, und auf einem Teller auf dem Tisch im Flur lag Zierobst, das nicht eßbar war.

Vom Balkon aus konnte man die Mühlenstraße sehen, die Fußgängerampel und die Anton-Günther-Straße. Wenn man Glück hatte, gab es einen Unfall. Einmal schepperten zwei Autos an der Straßenecke zusammen. Bei dem einen war die Stoßstange ganz verbeult.

Aus dem Edekaladen an der Ecke liefen Leute raus. Dann kam auch ein Polizeiauto, und die anderen Autos mußten im Bogen um die Stelle rumfahren.

Im Vorgarten strich mir Frau Apken über die Haare. »So ein hübsches Mädchen«, sagte sie. Die war nicht mehr ganz richtig im Kopf. Ich sagte ihr, daß ich ein Junge sei, und sie patschte in die Hände und rief: »So ein entzückendes Mädchen!«

Mit einem Stock drehte ich eine tote Amsel um, die ich auf dem Rasen vor der Veranda von Frau Apken gefunden hatte. Über den Bauch der Amsel krabbelten Ameisen. Ich holte Opa. Er sah sich die Amsel an und sagte, die sei wohl gegen das Fenster geknallt und habe sich das Genick gebrochen. »Nicht anfassen, da holt man sich wer weiß was weg!«

Auf einem Spaten trug Opa die tote Amsel hinters Haus und begrub sie zwischen den Haselnußsträuchern.

Durchs Gartenfenster sah uns der alte Herr Kaufhold zu. Er war im Unterhemd und hustete. Im Keller hatte er einen Friseursalon, wo er Soldaten aus Upjever das Haar schnitt, aber das sollte ich niemandem sagen. Das hatte Oma mir eingeschärft.

Renate pflückte rote Johannisbeeren. Für hundert Gramm ohne grüne Strünke zahlte Oma sechs Pfennig. Ich pflückte mit, aber Renate war schneller. Sie hatte schon fast zwei Mark verdient, als ich erst dreißig Pfennig beisammenhatte. Die lagen in einer alten Zigarrenkiste von Opa.

Mit einem heulenden Elektroquirl stellte Oma Bananenmilch für uns her. Ich sah ihr vom Flur aus zu, durch Gustavs blaues Um-die-Ecke-Kuck-Rohr, das innen zwei Spiegel hatte.

Einmal brach ein Gewitter los, als wir im Garten waren. Wir liefen zum Schuppen. Sonst ging ich da nicht rein, wegen der vielen Weberknechte, aber auf der Bank zwischen Renate und Opa hatte ich keine Angst. Es blitzte und donnerte, und dann fing es an zu regnen wie verrückt.

Die Entfernung eines Gewitters konnte man berechnen, wenn man die Sekunden zwischen Blitz und Donner zählte und die Zahl mit irgendwas malnahm.

Im strömenden Regen rannte ein Eichhörnchen über den Rasen.

Spinnen waren auch auf dem Speicher viele, aber da war mehr Platz als im Schuppen, und man konnte besser ausweichen.

Auf dem Speicher stand Gustavs Eisenbahnplatte. In den Tunneln lagen Figürchen, die vor das Bahnhofsgebäude gehörten. Der Trafo war hinüber, und die Eisenbahn fuhr nicht mehr.

An der Wand standen Kisten mit Gribbelgrabbel: Gürtel, Schürzen, Schlipse, muffige Kittel und Holzpantinen. Solche Botten würden die Holländer tragen, sagte Renate und klabasterte damit rum.

Es gab auch einen Kaufmannsladen mit einer klingelnden Registrierkasse und einer kleinen Waage. Brühwürfel, Erbsen und Ochsenschwanzsuppe. Die Schachteln waren leer, aber bunt bedruckt.

Bis Oma hier oben mal was bei mir einkaufen kam, mußte ich lange betteln. Als sie dann raufgestiefelt war, verlangte sie ein

Pfund Mehl, aber ich hatte kein Mehl. »Was ist denn das für 'n Kaufmannsladen, in dem's kein Mehl gibt«, schimpfte Oma. Ich bot ihr Brühwürfel an, die Schachtel für eine Mark. »Also dann eben Brühwürfel«, sagte Oma und zählte mir Luft hin. Das hatte ich mir anders vorgestellt.

Der Speicher von Frau Apken war abgeschlossen. Durch die Ritzen der Tür war nicht viel zu sehen, nur ein Stapel Dachziegel und ein Handfeger.

Bei einer Radtour nach Waddewarden nahm Oma mich auf ihrem Fahrrad mit, das vorne einen Kindersitz hatte und zwei Klinken zum Ausklappen, auf die ich die Füße stellen konnte. Gustav fuhr auf seinem eigenen Rad und Renate auf dem von Opa, das ihr viel zu groß war. Sie konnte nur im Stehen fahren.

In Waddewarden fand ein Sommerfest statt. Es gab ein Münzkarussell, und wir tranken Sinalco.

Als Mama im Auto mit Wiebke hergekommen war, machten wir einen Spaziergang durchs Moorland. Opa erzählte uns, was hier alles kreuchte, fleuchte und gedieh: Braunkehlchen, Kiebitze, Lerchen und Bachstelzen, Kuckuckslichtnelken, Schwertlilien, Blutweiderich und Wiesenschaumkraut.

Der Schloßturm war zwiebelförmig, weil Jever mal zu Rußland gehört hatte.

Ein Rebhuhn flatterte auf, und Wiebke fing in ihrem Wägelchen zu drinsen an. Um sie abzulenken, zeigten wir ihr eine Muhkuh auf der Weide.

Der Moorlandweg führte zum Waldschlößchen, einem Gasthof mit einem Holzkarussell im Garten, das nur schwer in Schwung zu bringen war, aber wenn es sich mal drehte, dann lange. Darauf sei sie selbst schon als Kind gefahren, sagte Mama.

Ich kriegte ein Erdbeereis. Die Tischdecken waren rotweiß gewürfelt, und in einer Ecke standen Käfige mit Kaninchen und Zebrafinken.

Wir gingen noch in den Forst Upjever und sammelten Heidelbeeren. Neben dem Wanderweg war ein Reitweg mit Hufspuren.

Meine Badehose mochte ich nicht anziehen, weil sie zu lang war. Mama nähte sie um, bevor wir nach Hooksiel fuhren, erst zu Tante Toni und dann ins Schwimmbad.

Tante Toni hatte knochige Hände. Vor dem Haus lagen Fischerboote im Hafen. Bis da und da hatte dann und dann das Hochwasser gestanden.

Im Schwimmbad kriegte ich ein Milky Way. Gustav hatte sich einen Klappstuhl mitgebracht, und Renate hatte ihren schicken neuen Bikini an.

Opa war mager und vom Hals bis zu den Füßen käseweiß, aber er konnte schwimmen. Oma ging nur bis zu den Knien ins Wasser: »Sonst bekomme ich einen Herzschlag.« Ihr Badeanzug war schwarz, und ihre Badekappe hatte Glibberschuppen.

Mama wollte mit mir Schwimmen üben. Ich sollte mich ziehen lassen, mit ihrer Hand unterm Bauch. Mama hatte versprochen, die Hand nicht wegzunehmen, aber dann nahm sie sie trotzdem weg. Ich schrie und zappelte und kriegte Wasser in die Nase.

»Hör auf zu jöseln«, sagte Mama.

In Schillig wanderten wir durchs Watt. Barfuß, weil das gesund für die Füße war. Es lagen Muscheln rum und tote Krebse. Ich fand auch zwei Vogelfedern im Schlick. Vor Quallen mußte man sich hüten, die konnten wie Feuer brennen, obwohl sie aus Wasser waren.

Zum Geburtstag schenkte ich Renate eine von meinen Vogelfedern. Die andere hob ich für Mamas Geburtstag auf. Von Tante Grete kriegte Renate zwei Badekappen, eine rote und eine gelbe, von Mama ein Tausend-Teile-Puzzle mit einer Kirche und von Oma und Opa das Buch Der kleine Mann. Tante Grete war aber gar keine richtige Tante, die war nur Renates Patin und eine alte Freundin von Mama.

Von dem Puzzle hatten wir erst ein Randstück fertig, als wir fahren mußten. Renate wollte es in den Kasten legen, aber es fiel auseinander.

Oma gab mir ein neues Karl-May-Bild mit: Indianer, die durch einen Fluß reiten und mit Pfeil und Bogen schießen.

Auch als wir schon wieder auf der Horchheimer Höhe waren, rochen meine Bilder noch nach Tee.

In Schmallenberg hatte Volker haufenweise Segelflugzeuge gesehen und in einem Freigehege Hirsche und Wildschweinkeiler.

Kalli nannte Wildschweine Wutzen und sagte, die seien friedlich, es sei denn, sie hätten gerade Frischlinge geworfen. Dann würden sie auch Menschen angreifen. Kallis Vater hatte schon mehr als zwanzig Wutzen geschossen.

Uwe hatte eine Schwester gekriegt, die Vera hieß und viel brüllte, genau wie Wiebke früher. Kleine Schwestern waren zu nichts zu gebrauchen.

Der Fußgängerweg vorm Wäldchen führte zu einem Spielplatz, der für Babys war. In der Kurve davor zweigte ein Pfad in die Büsche ab. Zwischen Disteln, Birnbäumen und wilden Brombeersträuchern ging es da zu einer Mauerruine. Überall flogen Wespen rum, und von den Brombeerranken kriegten wir Kratzer ab.

In den Ritzen der Mauer wuchs Löwenzahn. Auf den Steinen krabbelten winzige rote Tierchen rum. Uwe Strack sagte, das seien Blutläuse, und wir schlugen sie mit Steinen kaputt.

Hinter der Mauer lag Schutt. Wir fanden einen Stollen, wo es schräg nach unten ging, aber es war zu dunkel. Vielleicht war da ein Bunker aus dem Krieg.

Weiter hinten war eine Müllkippe. Da fanden wir einen Benzinkanister, einen Handschuh und drei Batterien. Oder waren das Zündkerzen?

An einer Stelle hatte jemand Feuer gemacht. Die Asche qualmte noch. Von den verkohlten Ästen kriegten wir schwarze Finger.

Ich nahm eine kleine rote Vase mit, die noch heile war.

Mama sagte, ich solle mich bloß vorsehen. Einmal sei ein Junge auf einer Müllkippe in einen alten Kühlschrank gestiegen, und dann sei die Tür zugefallen, und der Junge sei fast erstickt, weil man Kühlschranktüren von innen nicht aufmachen kann. Der Junge habe zum Glück einen Stock dabeigehabt und sein Taschentuch drangebunden und den Stock durch die Türritze gefummelt und gewinkt, und das habe jemand gesehen, der da zufällig vorbeigekommen sei. Der habe den Jungen dann befreit.

Auf einem Lastkraftwagen kam ein großes Schaukelgestell für uns, aus Metall. Papa schaufelte Löcher neben dem Haus und betonierte das Gestell da ein. Mit dem Schaukeln mußten wir warten, bis der Beton hart war.

Ich kriegte neue Sandalen von Romika und fand raus, daß ich damit gut an den Straßenlaternen hochklettern konnte, bis obenhin. Das machte ich auch den Engländern vor, als sie uns besuchen kamen: Tante Therese, Onkel Bob, Kim und Norman. Kim hatte einen Pagenschnitt und konnte englische Lieder singen. Leider wußte Mama nicht, was Klettermaxe auf englisch heißt.

Wir fuhren mit dem Schiff nach Boppard zur Sesselbahn. An den Ufern standen Ritterburgen.

In der Sesselbahn saß ich neben Papa. Auf halber Strecke stand ein Fotograf und machte ein Foto von uns und dann eins von Renate und Volker, die als nächste kamen. Bei meiner einen Sandale war die Schnalle offen, und als ich mich zu Renate und Volker umdrehte, fiel die Sandale runter in die Bäume. Papa sagte, ich sei ein Hornochse.

Als Denkzettel kriegte ich oben keine Limonade. »Und das Foto kannst du dir auch in die Haare schmieren«, sagte Mama.

Oben war ein Spielplatz mit Rutsche und Schaukel, aber mit nur einer Sandale an machte das Rumlaufen keinen Spaß. Ich konnte nur humpeln, und huckepack tragen wollte mich keiner.

Tante Therese kaufte mir dann doch eine Limonade. Papa ging zu Fuß ins Tal, um auf dem Weg nach meiner Sandale zu suchen.

»Und jetzt sitz gefälligst still«, sagte Mama, als wir wieder runterfuhren. Auf Papa mußten wir noch lange warten. Die Sandale hatte er nicht gefunden. Es war gut, daß wir Besuch hatten, sonst hätte ich die Hucke vollgekriegt.

Am nächsten Tag ging Mama mit mir in die Stadt, Sandalen kaufen, und die anderen gingen zum Deutschen Eck. Bei Salamander war eine Rutschbahn, aber ich durfte nur dreimal drauf. »Wir sind schließlich nicht zum Vergnügen hier«, sagte Mama.

Mit Uwe schloß ich im Wäldchen Blutsbrüderschaft. Wir piekten uns jeder mit einem Dorn in den Zeigefinger, bis Blut kam, und dann hielten wir die Finger aneinander. Jetzt floß Uwes ganzes Blut in mich und meins in Uwe.

Mama sagte, ich sei ein Torfkopp. Was ich so für Vorstellungen hätte. »Wenn das ganze Blut aus jemandem rausfließt, kippt der um wie 'n nasser Sack.«

Morgens lief ich immer gleich zum Kletterbaum. Uwe schaffte es höher, aber der war auch nicht so schwer wie ich. Bei mir wären die dünnen Äste ganz oben abgebrochen. Uwe sagte, ich sei bloß zu feige, aber dafür kam er nicht die Laternen hoch.

In einem Gebüsch im Wäldchen fanden wir eine tote Schlange, eine Ringelnatter oder eine Blindschleiche. Wir hätten sie wem in den Schuh legen können, Uwes großer Schwester Claudia meinetwegen, aber dazu hätten wir die Schlange anfassen müssen, und die konnte noch giftig sein.

Im Wäldchen wuchsen auch Brennesseln. Davon juckten einem die Beine und die Arme, und wenn man sich kratzte, juckten die Stellen noch mehr.

Einen großen Stein, der aus der Erde ragte, wollten wir ausgraben. Vielleicht war da ja was drunter, eine Schatztruhe oder ein Hirschgerippe. Wir zogen an dem Stein, aber der rührte sich nicht vom Fleck.

Oben von der Schlucht aus konnte man bis zu einer Stelle runterklettern, wo der Felsen ein kleines bißchen ausgehöhlt war. Wenn wir dahinwollten, sagten wir jetzt immer, daß wir zu unserer Höhle gehen.

Wir zeigten auch Volker und Kalli unsere Höhle. Kalli sagte, wenn wir eine Höhle haben wollten, müßten wir sie hier in den Felsen schlagen. Dafür brauchten wir aber Werkzeug. Von zuhause holte Kalli einen Hammer und lange Nägel. Damit kloppten wir Stücke aus der Höhlenwand, zu viert nebeneinander. Wenn die Höhle groß genug wäre, könnte man sich da ein Versteck anlegen wie das Häschen in der Grube.

Vor dem Mittagessen mußte ich die Hände vorzeigen. »Jetzt andere Seite!«

Gulasch, Kartoffeln und Bohnen oder Bratwurst, Kartoffeln und Erbsen oder Milchreis mit Dosenpfirsich. »Schmatz nicht so!« sagte Papa. »Und nimm die Knochen vom Tisch!« Wenn mir was von der Gabel fiel, verdrehte Papa die Augen.

Ich saß rechts neben Volker, und weil ich Linkshänder war, kamen wir uns immer mit den Ellbogen ins Gehege, bis wir ein für allemal umgesetzt wurden, Volker nach rechts und ich nach links, damit wir uns nicht mehr benahmen wie die Botokuden.

Den Eßtisch hatte Papa selbst gebaut. Ein schwarzes Metallgestänge, zusammengeschweißt, und obendrauf eine weiße Schleiflackplatte, groß genug für sechs Leute. Da hätten auch acht Leute drangepaßt.

Wiebke sabberte in ihr Lätzchen. Ich selbst durfte schon eine Serviette benutzen.

Nachtisch gab es erst, wenn der Teller leer war. Auch die letzten Soßenreste mußten weg sein. Papa prampte da bei sich mit der Gabel immer eine Kartoffel rein. Ich versuchte das auch, aber so blank wie Papas Teller wurde meiner nie. Einfacher wäre es gewesen, den Teller abzulecken, aber das war verboten.

Quarkspeise mochte ich am liebsten und am zweitliebsten Vanillepudding. Wenn Mama fragte, wie es schmecke, sagte Papa: »Wie Zement.«

Stracks aßen früher als wir. Wenn wir uns gesegnete Mahlzeit wünschten, turnte Uwe oft schon wieder im Kletterbaum rum, und ich löffelte eilig meinen Nachtischteller aus.

»Erster!«

Vor dem Aufstehen wurde nochmal gebetet: Danket dem Herrn, denn er ist freundlich, und seine Güte wäret ewiglich. Amen.

Im Wäldchen brachen Uwe und ich uns Speere ab, um Karnikkel zu jagen. Ein Karnickelloch hatten wir schon gefunden, und wir legten uns auf die Lauer. Als wir keine Lust mehr hatten, auf Karnickel zu warten, schleuderten wir die Speere in die Schlucht. Ich kriegte einen Splitter in die Haut zwischen Daumen und Zeigefinger und lief nachhause. Mama zog mir den Splitter mit der Küchenpinzette raus, machte die Stelle mit Wasser und Seife sauber und streute ein Puder drauf, das brannte.

»Hab dich nicht so.«

Auf der Müllkippe hatte jemand eine große Ladung Schalen mit Fleischsalat abgeladen. Die durchsichtigen Deckel konnte man abmachen. Mit den Fingern holten Uwe und ich die Fleischwurststückchen raus und aßen sie auf, bis wir genug davon hatten. Auf die restlichen Schalen ließen wir große Steine fallen, damit es spritzte.

Auf dem Nachhauseweg wurde mir schlecht. Auch Uwe wurde schlecht. Ich mußte ins Klo brechen. Mama wischte mir mit Klopapier den Mund ab. Ich wollte nie wieder Fleischwurst essen. Ich wollte überhaupt nie wieder was essen.

Mama brachte mich ins Bett und sagte, daß morgen früh alles wieder gut sein werde, aber als sie das Licht ausgemacht hatte, dachte ich an den Fleischsalat und mußte ins Bett brechen. »Herr des Himmels!« sagte Mama und ging wieder mit mir aufs Klo und steckte mir den Finger in den Hals, aber diesmal kam nicht mehr viel.

Weil das Kinderzimmer so nach Gebrochenem roch, durfte Volker auf dem Wohnzimmersofa schlafen und ich auf einer Luftmatratze im Handarbeitszimmer.

An einem heißen Sonntag fuhren Stracks an die Lahn zum Baden. Ich durfte mit. Im Auto saßen wir hinten zu fünft. Ein Fensterplatz war für mich reserviert, weil ich nach Claudia das zweitälteste Kind war. Am anderen Fenster saß Claudia. Zwischen uns quetschten sich Uwe, Heinz und Kurt. Sie stritten und hauten sich, bis Herr Strack anhielt und Backpfeifen verteilte. Frau Strack, die vorne die brüllende Vera auf dem Schoß hatte, sagte, Volker und ich, wir seien doch bestimmt nicht solche Rotzlöffel.

Um mich nicht nackt ausziehen zu müssen, hatte ich meine Badehose schon angezogen. Daß ich noch nicht schwimmen konnte, wollte Herr Strack nicht glauben, aber Uwe konnte auch noch nicht schwimmen.

Da sitzt sie nun bei Wasserratzen, muß Wassernickels Glatze kratzen.

Claudia sagte, daß ihr das Wasser zu kalt sei. Herr Strack hatte Haare auf der Brust und auf dem Rücken.

Uwe sagte, sein Vater sei stärker als meiner, aber meiner war im Krieg gewesen und seiner nicht.

Als ich Claudia ein Beinchen gestellt hatte, schnauzte Herr Strack mich so an, daß ich mir fast in die Hose machte.

Im Ufergebüsch fanden Uwe und ich leere Colaflaschen und Zeitungspapier, mit dem sich jemand den Arsch abgewischt hatte.

Wir sahen auch eine Libelle, die ganz blau war und in der Luft stillstand. Libellen würden nicht stechen, sagte Uwe, aber wir waren froh, als die Libelle weiterflog.

Bevor wir zurückfahren konnten, mußten wir Heinz seine Brille suchen helfen.

Mama saß am Eßtisch und klebte Fotos ein. Das hellblaue Zakkenband aus der Schachtel mit den Fotoecken hing auf den Boden runter.

Mein Album. Ich als Baby, in der Wanne, auf der Waage und wie ich die Flasche kriege. Auf dem Topf, im Laufstall, bei der Suche nach Ostereiern und vorm Weihnachtsbaum. Mein fünfter Geburtstag. Renate in ihrem Karokleid, und auf dem Wohnzimmertisch steht eine Flasche Bier.

Die neuen Fotos hatte ich mir aufgespart bis zum Schluß. Die Wattwanderung und dann Gustav, Oma, Renate, Opa und ich in Hooksiel vor dem verschlossenen Strandkorb, der zu teuer gewesen war für Normalsterbliche wie uns.

Wiebke hing in ihrer Schaukelhose, und Volker hatte den Jeep in der Mangel. Da ging das Licht nicht mehr an. Nebenan schimpfte Herr Strack, und man hörte Kurt heulen. Oder Heinz.

Was hängt an der Wand, macht tick-tack, und wenn's runterfällt, ist die Uhr kaputt?

Mainzelmännchen kucken, Kaba mit Schmelzflocken trinken und Reklame raten: Erstmal entspannen, erstmal Picon. Bauknecht weiß, was Frauen wünschen. Hoffentlich Allianz versichert. Ei ei ei Verpoorten, Afri-Cola, der Gilb und die Kellergeister, die aus dem Kühlschrank getanzt kamen. Wiebke wollte immer nur den Bärenmarkebären sehen. Ich hatte Bärenmarke mal probiert, aber das schmeckte nicht.

»Nimm deine Käsemauken da weg!« sagte Volker.

Pistolen und Petticoats, Abenteuer im Wilden Westen, Bonanza und Rauchende Colts kuckte auch Uwe immer. Aber wenn wir Rauchende Colts spielten, wollten wir beide Marshall Matt Dillon sein und keiner Festus, auch wenn Festus einer von den Guten war.

Bei Bonanza wollten wir beide Little Joe sein. Kurt war manchmal Hoss und Heinz gar nichts.

Im Wilden Westen wurden die Pferde vor dem Saloon immer nur lose angeleint. Wieso liefen die nicht weg?

Neckermann macht's möglich.

Weil ich Kopfweh hatte, schickte Mama mich hoch, das Fieberthermometer aus Papas Nachtschränkchen holen, aber im Elternschlafzimmer fand ich den Lichtschalter nicht. Auf Papas Bett lag was Schwarzes, das wie ein Wolf aussah. Ich ging wieder nach unten und sagte, daß auf Papas Bett ein Wolf liege.

Volker tippte sich an die Stirn und ging selber hoch.

»Das war kein Wolf, das war Papas Jackett, du Spinner«, sagte er, als er wieder runterkam.

Dann kriegte ich das kalte Thermometer in den Po. Ich hatte Temperatur, aber Mama sagte, das sei kein Grund, das Zähneputzen ausfallen zu lassen. Danach kam sie zum Gutenachtgebet zu mir. Ich bin klein, mein Herz ist rein, soll niemand drin wohnen als Jesus allein.

Das arme Jesuskind. Das mußte jeden Tag Essen bescheren und segnen und ganz allein wohnen. Wahrscheinlich hatte das Jesuskind nicht mal Spielzeug.

Ich hatte Kater Mikesch, den Hasen Mumpe, einen Teddy, einen Schlumpf, neun Indianer, vier Mainzelmännchen und das weiße Schaf, das immer umfiel, weil das eine Bein ab war. Dann hatte ich noch die Kasperfiguren, auch wenn die mir nicht alleine gehörten: Kasper, Rotkäppchen, Schutzmann, Krokodil, Großmutter, König, Prinzessin, Teufel, Hexe, Gespenst und Tod. Beim Käppchen von Rotkäppchen blätterte aber schon die Farbe ab. Im dicken Krokodil fing einem immer die Hand an zu schwitzen, und der Schutzmann schielte und hatte einen weichen Kopf, den man von innen mit dem Finger gut verknautschen konnte. Der Totenkopf vom Tod war viel härter.

Volker mußte auch schon ins Bett, weil die Schule wieder angefangen hatte. Als Mama gegangen war, machten wir das Licht wieder an und deckten alle Spielzeugtiere zu, auch die Mensch-ärgere-Dich-nicht-Figuren noch, und dann stand mit einemmal Mama im Zimmer: »Ich seh wohl nicht recht!«

Papa ließ uns im Wohnzimmer Kniebeuge machen, damit wir müde wurden, aber wir wurden nicht müde, und ich hatte auch kein Kopfweh mehr, nur meine Kniegelenke knirschten so laut, daß es Mama über die Hutschnur ging. »Ab in die Falle! Und keine Sperenzchen mehr!«

Ich hatte schon geschlafen, als unter meinem Bett am Kopfende ein Wolf rauskam und rief: »Ich bin der große böse Wolf und will dich fressen!«

Von meinem Geschrei wurde Mama wach. Volker sagte, daß ich nicht mehr alle Tassen im Schrank hätte. In meinem Bett wollte ich nicht mehr schlafen, und ich durfte ausnahmsweise zu Mama und Papa.

Am Morgen hatte ich wieder Kopfweh, und mir lief die Nase. Mama machte mir eine Schwitzpackung. Vorher mußte ich Pipi machen, ein Medikament schlucken und mich nackt ausziehen. Dann mußte ich mich im Bett auf ein heißes, feuchtes Badelaken legen. Mama wickelte mich damit ein, so daß ich die Arme nicht mehr bewegen konnte. Ich kriegte noch zwei Decken obendrauf, ein warmes Tuch um den Hals und eine Wärmflasche an jede Seite, und dann mußte ich Fliedertee trinken.

Weil meine Arme eingewickelt waren, konnte ich nicht mal Bilderbücher bekucken. Mir war so heiß, daß ich die Handtücher wegstrampelte, aber vorsichtig, damit Mama nichts merkte, wenn sie raufkam, um mir die Nase zu putzen.

Vom Bett aus konnte ich an der Wand das schwarze Plastikbild von Max und Moritz sehen, die im Schornstein von der

Witwe Bolte nach den Hühnern angeln. Der eine Zopf von Moritz war irgendwann abgebrochen.

Mama wollte wieder Fieber messen und nahm die Decken weg. Da sah sie, daß ich die Handtücher alle ans Fußende befördert hatte, und schimpfte mit mir, und ich kriegte eine neue Schwitzpackung.

Als Renate aus der Schule kam, las sie mir was aus ihrem Buch über den kleinen Mann vor, der Mäxchen Pichelsteiner hieß und in einer Streichholzschachtel schlief. Seine Eltern waren auch ganz klein gewesen und im Zirkus als Artisten aufgetreten. Als Mäxchen sechs Jahre alt war, hatte der Wind die Eltern in Paris vom Eiffelturm geweht, und seitdem paßte der Zauberkünstler Jokus von Pokus auf den kleinen Mann auf. Er wollte Katzen dressieren, aber die gehorchten ihm nicht. Die bissen seine hübsche Lackpeitsche mittendurch.

Mittags fütterte Mama mich mit Grießbrei, aber ich konnte nicht viel davon und auch von der Götterspeise zum Nachtisch nicht.

Mama brachte mich zum Kinderarzt, der mir mit einem Holzstück die Zunge runterdrückte, wovon ich fast brechen mußte.

Ich hatte Grippe. Um keinen anzustecken, kam ich in Renates Zimmer, und Renate kam zu Volker. Mama schmierte mir die Brust mit gelber Salbe ein, von der mir die Augen tränten. Dann mußte ich den Kopf in den Nacken legen und kriegte Nasentropfen, die mir innen durch die Nase in den Mund liefen und bitter schmeckten.

Bei Renates Klappbett konnte man die Vorhänge zuziehen und sich vorstellen, daß man in einem Indianerzelt wohnt. Man konnte auch die Schrauben aus den Stoppern an den Vorhangschienen drehen, aber nicht, wenn man eine Schwitzpackung hatte.

Ich hörte Mama den Wohnzimmerteppich saugen. Wir hatten einen Klopfstaubsauger. Die gute Wahl – Hoover.

Später kriegte ich noch einen Löffel roten Hustensaft, und als ich die Arme wieder frei hatte, brachte Renate mir ein Pixibuch. Frau Entes großer Tag. Wie Frau Ente ans Meer reist und da von den Wellen untergespült wird und dann doch lieber wieder nachhause fährt zu ihrem Teich.

Im Klappbett träumte ich, daß ich sterbe, weil Kalli mir im Wäldchen ein Messer in den Rücken gestochen hat. Als ich aufwachte, war mein Nacken pitschnaß und das Kopfkissen auch.

Beim Schlafen sickerte in der Nase der Schnött immer auf die Seite, die unten war. Dann mußte man sich umdrehen.

Nach ein paar Tagen ging es mir wieder besser, aber ich durfte noch nicht raus. Mama war einkaufen gegangen und hatte Wiebke mitgenommen. Volker war mit Kalli weg, und Renate war beim Zahnarzt, dem guten, bei dem sie die Hand heben durfte, wenn es ihr wehtat, und dann hörte er auf zu bohren.

Ich hatte versprochen, keine Dummheiten zu machen. Eine Weile spielte ich auf Renates Blockflöte, die nach Stuhlbein schmeckte. Am lautesten war es, wenn man das Mundstück abnahm und mit voller Kraft reinblies.

Unter der Heizung lag einer von Renates Ballettschuhen. Den anderen fand ich in ihrem Puppenkleiderschrank, aber die Ballettschuhe paßten mir nicht.

Im Keller stand Papas Zeichenmaschine, die wir nicht anfassen durften. Hinten Hebel und Gewichte und unten Pedale. Die Bretter für den zweiten Komposthaufen lagen zum Trocknen auf Böcken und rochen nach Farbe. Volkers alter Roller, Mamas Gitarre mit dem Sprung in der Rückseite und Papptonnen mit Papierrollen drin. In einem Karton lagen Renates rostige Springschuhe.

Wenn ich mich auf die Zehen stellte, kam ich in der Küche an den Griff der Glasschütte mit Zucker.

Auf dem Brotschapp war vorne ein Bild von drei Männern, die Trompete spielten. Innen im Schapp lag das große Brotmesser mit den scharfen Zacken. Das Brot war alle, und die grüne Taschenlampe in der Küchenschublade ging nicht.

Ich machte das Küchenradio an und drehte an der weißen Scheibe, aber da kam nur Gebritzel. Dann kippte ich Ata ins Waschbecken und ließ Wasser drüberlaufen. Ata war giftig. Heißes Wasser aus dem Hahn und kaltes Wasser. Der Abfluß gluk-kerte.

Das Frühstückstablett stand oben auf dem Kühlschrank, und ich mußte einen Stuhl aus dem Eßzimmer holen. Erdbeermarmelade, Honig und Kirschmarmelade. Ich leckte die Deckel aus.

Dann brachte ich den Stuhl zurück, ging ins Wohnzimmer und versuchte, den Fernseher anzumachen. Der weiße Knopf war der Ausknopf. Ich versuchte auch die anderen, aber da kam nichts.

In der Ecke stand der Papierkorb, beklebt mit Bildern von Pfeifen und Tabaksbeuteln. Einer davon sah so aus, als ob er einen böse ankuckt. Als ob man was ausgefressen hätte.

Ich kniete mich auf den Stuhl an Papas Schreibtisch und nahm den Telefonhörer ab. Es tutete. Irgendwo anrufen, in den Hörer rülpsen und wieder auflegen? Ich wählte was, aber dann ließ ich es doch lieber bleiben. Nachher war da noch die Polizei dran oder Papa im Büro.

Pfeifenständer, Locher, Stiftebecher. Der Magnet, der die Büroklammern festhielt, und die Haut über Mamas Schreibmaschine.

Neben der großen Karte von New York hing der Scherenschnitt von Renate und Volker an der Wand. Renate mit Pferdeschwanz. Den hatte sie schon lange nicht mehr. Und die Fotos von Oma und Opa Schlosser. Opa Schlosser war schon tot. Schwarzer Opa hatte Renate den genannt, weil er nie was anderes als schwarze Sachen angehabt hatte.

Solange ich allein war, konnte ich auch den Wohnzimmertisch raufkurbeln und wieder runterkurbeln oder mit Hausschuhen an auf dem Sofa hüpfen. Oder alle Sofakissen aufstapeln, mich obendrauf setzen und wippen, bis der Stapel umfiel. Oder die großen Ozeanmuscheln an die Ohren halten und das Meer rauschen hören.

Ich holte mir das Witzebuch aus dem obersten Regal. Knaurs lachende Welt: der Regenwurm, der am Angelhaken hängt und einen Fisch auffrißt. Der Butler, der Rauchringe mit dem Spazierstock auffängt. Der Fakir mit der Hose aus Stacheldraht und der Engel, der seine Flügel bügelt.

Als ich das Buch zurückstellen wollte, fiel es runter und knickte ein Blatt vom Gummibaum halb ab. Ich suchte in Papas Schreibtischschubladen nach der Uhutube, weil ich das Blatt wieder ankleben wollte, aber als ich die Tube gefunden hatte, kriegte ich den Deckel nicht auf. Stattdessen machte ich das Blatt dann ganz ab und riß es in kleine Schnipsel, die ich auf dem Komposthaufen verstreute.

Mama konnte ich damit jedoch nicht hinters Licht führen, und ich kriegte eine gescheuert.

Mit dem Roller fuhr ich die Straße neben dem Haus runter. Der Roller fuhr schnell. Hinten konnte man mit der Hacke auf die Bremse treten, aber die ging nicht. Abspringen konnte ich auch nicht mehr. Ich knallte gegen den Bordstein und fiel hin.

Mein eines Knie war blutig. Als ich aufstand, prickelten mir die Hände so doll, daß ich heulen mußte.

Mama machte mir ein Pflaster aufs Knie, und Renate ging den Roller holen. Der Vorderreifen war platt.

Das Abziehen der Pflaster tat mehr weh als alles andere.

Wiebke schob ihre Rasselwalze auf dem Rasen hin und her. Aus dem Garten von Stracks kamen Seifenblasen über den Zaun geflogen. Claudia pustete die in den Himmel. Kurt und Heinz scharwenzelten um sie rum und wollten auch mal. Uwe rannte hinter den Seifenblasen her und haute sie kurz und klein.

Papa sagte, Seifenlauge könne man auch selber machen, aus Wasser und Palmolive. Aber man brauchte auch was, wodurch man pusten konnte. Dafür klemmte Papa im Keller ein altes Teesieb in den Schraubstock und hatte damit zu tun, bis es dunkel wurde.

Uwe hatte rausgefunden, daß in den Betonschächten links und rechts von der Auffahrt zur Tiefgarage unterm Ladenzentrum leere Flaschen lagen, für die man bei A&O Geld bekam.

Ein Duplo kostete zwanzig Pfennig und ein Mars fünfunddreißig, und beim Bäcker gab es für jeden Pfennig ein Gummibärchen. Wenn wir keine Pfandflaschen fanden, schickten wir Heinz los, Leute anbetteln: »Können Sie mir einen Pfennig geben?« Wir warteten hinter der Ecke. Von den Pfennigen kauften wir uns Gummibärchen, ohne Heinz was abzugeben.

Das petzte er Claudia. Die sagte, daß wir gemein seien, und Uwe sagte doofe Kuh zu ihr.

Als wir nachhause kamen, stand Frau Strack schon keifend vorm Haus: »Uwe, küste bej misch!«

Uwe rannte über das Beet vor der Tür bis zum Zaun. Erst wollte Frau Strack ihm nach, aber dafür hätte sie auch über das Beet gemußt.

»Dau damische Sau do!« rief Uwe.

Das werde sie dem Papa sagen, brüllte Frau Strack und drohte Uwe mit der Hand, da sei aber was fällig! Dann stampfte sie ins Haus und knallte die Tür zu.

Wir liefen ins Wäldchen. Das werde er Claudia noch heimzahlen, sagte Uwe.

Unten in der Hausruine stand ein Mann und schoß mit einem Gewehr auf Zielscheiben aus Papier. Wir sahen zu. Dann fragte ich den Mann, ob er Platzpatronen benutze. Er zeigte mir einen Vogel und sagte: »Mit Platzpatronen kann man nicht schießen, die knallen nur.«

Wir gingen wieder hoch und schmissen Steine in die Schlucht, bis Bezaubernde Jeannie anfing.

Ich war froh, daß ich nicht Uwe war.

Uwe hatte Hausarrest. Ich ging alleine ins Wäldchen, um eine Falle zu bauen. Mit der Sandkastenschippe buddelte ich ein Loch in einen der Pfade. Da sollte jemand reinstolpern.

Die Erde war hart, und ich stieß auf Baumwurzeln.

Nachmittags nahmen Volker und Kalli mich in den Wald mit. Waldi war auch dabei. Er hatte es gern, wenn man ihn hinter den Ohren kraulte. Im Wald nahm Kalli ihm die Leine ab, und Waldi rannte kläffend ins Dickicht, hinter Karnickeln her oder hinter Ratten. Sieben Hundejahre würden einem Menschenjahr entsprechen, sagte Kalli, und deshalb sei Waldi schon vierzehn Jahre alt.

Kalli konnte Fährten lesen. Er wußte, wie man Eichelhäher, Bussarde, Falken und Habichte unterscheidet, daß Bäume eingehen, wenn man die Rinde abschält, und daß Laubbäume durch die Blätter atmen. Er konnte auch Schmetterlinge unterscheiden: Admiral, Zitronenfalter, Tagpfauenauge und Nachtpfauenauge.

Hin und wieder waren am Himmel Bananenhubschrauber zu sehen.

Wenn Waldi angehechelt kam, dann nie mit Beute, aber er brachte Stöckchen zurück, die man geworfen hatte. Die legte er einem vor die Füße. Dann bellte er laut und wedelte mit dem Schwanz.

Neben einem der Wege war ein Bach und weiter oben ein Tümpel mit grünem Zeug drauf. Da gab es Fliegen, die auf dem Wasser laufen konnten. Aus dem Tümpel kuckten Äste.

Unter einer Bank fanden wir ein Schlüsselbund mit Etui. Einer von den Schlüsseln hatte oben ein VW-Zeichen, wie der von Papa, aber Papas Schlüsseletui sah anders aus. Kalli sagte, wir könnten ja mal kucken, ob der Schlüssel zu einem VW auf der Horchheimer Höhe paßt, und dann 'ne kleine Spritztour unternehmen. Kalli war schon mal Auto gefahren, ein kleines Stück auf der Schmidtenhöhe, mit seinem Vater zusammen.

Volker sagte, daß der Besitzer uns Finderlohn geben müsse, aber weil wir nicht wußten, wie wir den Besitzer finden sollten, legten wir das Schlüsselbund wieder unter die Bank. Wenn der Besitzer dann ankäme und das Etui da liegen sähe, wäre der völlig aus dem Häuschen vor Freude.

Wir gingen noch mit zu Kalli. Seine Eltern waren weg. Waldi

legte sich in der Küche in sein Körbchen. An den Wänden im Wohnzimmer waren Geweihe aufgehängt, und auf dem Boden lag ein Wildschweinfell als Teppich.

Kalli stellte eine Holzkiste mit Katjes auf den Tisch und sagte, daß wir uns bedienen sollten. Zu trinken gab es Karamalz aus der Flasche. Kalli hatte auch ein Tonband und massenweise Micky-Maus-Hefte. Er legte die Füße auf den Tisch und sagte, am Sonntag würde er wieder auf die Jagd gehen. Der hatte es gut. Im Frühtau zu Berge wir ziehn, fallera!

Ich wollte auch einen Dackel haben, aber Mama sagte, vier Kinder seien ihr genug, da brauche sie nicht auch noch einen Köter im Haus. Ich würde binnen kürzester Zeit jedes Interesse an dem Tier verlieren, und dann wäre sie diejenige welche, an der die ganze Arbeit hängenbleibe. Außerdem hätten Hunde Flöhe, und damit basta.

Das nächste Mal wollten Volker und Kalli ohne mich los, aber ich schlich ihnen nach. Im Wald versteckte ich mich hinter Bäumen, mit Abstand, damit Waldi mich nicht witterte.

Indianer konnten auf Zweige und Blätter treten, ohne ein Geräusch dabei zu machen. Indianer hatten aber auch Mokassins an und keine Gummistiefel.

Volker und Kalli gingen einen Weg rauf, den ich noch nicht kannte. Einmal blieben sie stehen, und Volker sah mich. Sie glaubten mir nicht, daß ich nur zufällig im Wald war. Volker sagte, ich sei eine Nervensäge, aber Kalli hatte nichts dagegen, daß ich mitkam.

Von einer Stelle am Waldrand aus konnten wir Panzer auf der Straße fahren sehen. Da, wo wir saßen, lag eine Patrone zwischen den Blättern, die grün und untendrunter golden war. Als wir in den Blättern wühlten, fanden wir noch mehr Patronen, ein ganzes Vorratslager davon. Kalli sagte, das sei Gewehrmunition. Wir wollten was davon mitnehmen, aber dann kam ein Soldat und sagte, daß wir die Patronen liegenlassen sollten. Kalli sagte, daß wir die Patronen als erste gefunden hätten, und der Soldat sagte, wir sollten die Goschen halten und Leine ziehen.

Er blieb da stehen, bis wir weg waren. Acht von den Patronen hatte Kalli gemopst. Die wollte er aufbrechen und das Zündpulver rausholen und dann irgendwas in die Luft jagen. Wir dürften ihn aber nicht verpfeifen, sagte Kalli. »Wenn mein Alter das spitzkriegt, bin ich geliefert.«

Als Uwe wieder rausdurfte, gingen wir in den Wald. Das Schlüsseletui war weg. Dafür fanden wir mitten auf dem Weg einen toten Hirschkäfer, der ganz schwarz war.

Wir gingen einen steilen Pfad rauf. An der einen Seite standen die Tannen so dicht, daß man nicht mehr durchkucken konnte. Da mußten auch irgendwo Wutzen sein. Um sie in die Flucht zu schlagen, sangen wir die Lieder, die wir kannten, auch das von Bolle, der seinen Jüngsten im Gewühl verliert, bei einer Keilerei das Messer zieht und fünfe massakriert. Das Hemd war ohne Kragen, das Nasenbein zerknickt, und am Ende wird Bolle von seiner Ollen noch ganz fürchterlich verdrescht.

Ich mußte kacken und hockte mich dazu in eine Kuhle. Uwe sagte, das sei ein Bombentrichter aus dem Weltkrieg. Als ich fertig war, brachte Uwe mir Blätter zum Abputzen und hielt sich die Nase zu.

Und was dahinten runterfällt, das ist der Duft der weiten Welt.

Die Kackwurst lockte große Schmeißfliegen an, die in allen Farben schillerten.

Oben auf dem Berg war eine Lichtung mit Hochstand. Wir stiegen die Leiter hoch. Die Tür war offen. Hier saßen sonst die Jäger und schossen auf Rehe und Wutzen.

Unten gingen ein Mann und eine Frau lang. Wir warteten, bis sie fast nicht mehr zu sehen waren, dann riefen wir: »Verliebtes Paar! Küßt euch ma!« Danach duckten wir uns. Durch die Ritzen konnten wir sehen, daß das Liebespärchen stehengeblieben war und in unsere Richtung kuckte. Als nächstes riefen wir: »Verliebt, verlobt, verheiratet!«

Simsaladim, bambaa, saladu, saladim.

Dann flog eine Hummel in den Hochstand, die so groß war, daß sie auch eine Hornisse sein konnte. Bei Hornissen genügte ein einziger Stich, und man starb. Erst nach einer ganzen Weile haute das Mistvieh wieder ab.

Auf dem Rückweg gingen wir nochmal zum Bombentrichter. Über der Kackwurst schwirrten jetzt noch viel mehr Fliegen. Bei den dicksten funkelte der Rücken grün und dunkelblau. Sie hockten auf der Wurst und rieben sich die Vorderbeine.

Um Wanderer zu erschrecken, brüllten wir: »Hilfe, ein Wolf! Hilfe, ein Wildschwein! Hilfe, ein Krokodil!« Bis uns ein Mann entgegenkam, der sagte, daß wir das lassen sollten. Irgendwann brauche wirklich mal jemand Hilfe, und dann gehe da keiner hin, weil alle die Hilferufe für Kindermätzchen hielten.

Mama wollte wissen, woher der Riß in meinem Anorakärmel stamme und weshalb die Hose an den Knien und am Hintern schon wieder durch sei, aber das wußte ich auch nicht. Das kam, ohne daß ich was dafür konnte.

Einmal traf ich morgens Kalli auf der Straße. Er hatte seinen Schulranzen in der Hand und ich meine Schippe. »Na, Martin, willste wieder zu deiner geliebten Falle?« Ich müsse Zweige über die Falle legen und zur Tarnung Erde und Blätter drüberstreuen, sagte Kalli. Tarnung sei die halbe Miete.

Bei der Falle kratzte ich mit der Schippenspitze Erde zwischen den Baumwurzeln raus. In die fertige Falle wollte ich Stöcke stecken. Dann würde vielleicht ein Junge kommen und sich wundern, daß da Stöcke stecken. Der würde dann seine Mutter holen, und dann würden alle beide in die Falle krachen.

Weil sie auch mal unsere Höhle sehen wollte, zeigten Uwe und ich Renate den Weg dahin. Renate ging sonst nie ins Wäldchen. »Das ist ja gar keine Höhle«, sagte sie, als wir da waren. Sie wollte wieder nach oben klettern, rutschte aber ab und schlidderte die Schlucht runter.

An den Armen hatte Renate Striemen von den Dornen und den Ginsterbüschen, und dann war ihr noch der Fuß umgeknickt. Auf dem Oberschenkel hatte sie einen blauen Fleck, der abends violett wurde, und sie sagte, das sei die blödeste Höhle gewesen, die sie je gesehen habe.

Wenn Familie Feuerstein lief, kuckte auch Papa zu. Der Dinosaurier schleckte Fred Feuerstein immer ab und legte Eier, die drei Stunden lang gekocht werden mußten, bevor man sie essen konnte. Man kriegte sie aber nur mit Hammer und Meißel auf. Zu trinken gab es dazu Säbelzahntigermilch. Die Frau von Fred Feuerstein benutzte ein Elefantenbaby als Staubsauger, und Barny Geröllheimer, der Nachbar, lief dauernd bei Familie Feuerstein rum. Herr Strack lief nie bei uns rum.

Meinen Schlafanzug durfte ich auch im Wohnzimmer anziehen, aber ich wollte nicht, daß mir die Leute im Fernsehen beim Ausziehen zusahen. »Die kucken dir schon nichts weg, die können dich gar nicht sehen«, sagte Mama, aber ich ging lieber in den Flur, bis ich die Hose anhatte.

Dann hatte ich schon wieder Fieber, Schnupfen und Husten und mußte allein in Renates Zimmer liegen. Mama rief den Kinderarzt an, gab mir eine Rheumalinddecke und ließ die Jalousie runter.

Antibiotika.

Der Kinderarzt leuchtete mir in den Hals, sah sich auch meinen Bauch an und sagte, daß ich die Masern hätte. Von dem Kartoffelbrei, den Mama mir brachte, wollte ich nur zwei Löffel. Ich hatte nicht mal Lust, an den Schrauben in den Vorhangstoppern zu drehen.

Der liebe Gott hatte alles gemacht, am Anfang auch sich selbst. Aber womit hatte er sich die Arme drangesetzt, wenn er noch keine Arme hatte?

Einmal würde die Sonne der Erde so nahekommen, daß alles verbrennt, hatte Mama mal gesagt. Die Häuser würden verbrennen, und die Leute würden über die Straßen rennen, weg von der Sonne. Da würden wir aber alle schon längst im Himmel sein.

Ich hatte Pickel am Hals und am Bauch. Wenn ich aufs Klo mußte, rief ich Mama. Sie half mir dann, und sie schlackerte auch die Decken auf.

Wenn man in den Himmel komme, öffne der liebe Gott ein Buch, und da stehe alles drin, was man gemacht habe, das Gute und das Böse, hatte Volker gesagt, und dann werde der liebe Gott nachkucken, ob man nicht doch in die Hölle gehöre. Da würden die bösen Menschen vom Teufel in Kochtöpfen gekocht.

Renate, die die Masern schon gehabt hatte, las mir was aus ihren zerfledderten Teddy-Heften vor: Es lebte einst ein dicker Mann in einem kleinen Hause. Der aß und schlief und schlief und aß und schlemmte ohne Pause. Gebratene Tauben, rohen Schinken, ein ganzes Reh, fünf Liter Milch und drei Schokoladentorten hatte der dicke, schlampampende Mann in sich reingestopft, bis er nicht mehr durch die Tür paßte und sich in ein Schwein verwandelte.

Dann sang Renate mir ein Lied vor: Wenn die Bettelleute tanzen, wackeln Kober und der Ranzen.

Als ich wieder gesund war, versuchten Uwe und ich einen neuen Trick. Wir gingen bei A&O rein und suchten uns Süßigkeiten aus den Regalen, bis wir beide Hände voll hatten, und gingen langsam zur Kasse. Vor uns war noch eine Frau dran. Dann rannten wir an der Frau vorbei nach draußen. Die Kassiererin rief uns nach, daß wir stehenbleiben sollten, aber wir rannten weiter, vom Ladenviertel aus über die Straße vorm Hochhaus und in den Wald rauf, bis ich Seitenstechen kriegte.

»Die Luft ist rein«, sagte Uwe.

Ich hatte eine Tüte Treets verloren, aber wir hatten noch genug übrig. Waffeln, Kekse, Bonbons, Schokolade mit Haselnüssen und eine Rolle Drops, von denen es einem kalt im Mund wurde.

Bevor wir wieder bei A&O reingingen, kuckten wir von draußen durch die Scheibe nach, ob da noch dieselbe Kassiererin saß. Es war eine andere, die uns noch nicht kannte. Die konnten wir reinlegen.

Als wir losrannten, lief ein Mann hinter uns her, der bei A&O was eingekauft hatte. Vorm Hochhaus hielt er Uwe an der Kapuze fest. Ich trat dem Mann vors Schienbein, und da ließ er Uwes Kapuze los und schnappte sich meine. Uwe half mir und boxte dem Mann in den Bauch. Wir seien Diebe, rief der Mann, und Uwe rief zurück, daß er, der Mann, dafür ein Arschloch sei. Dabei fiel uns fast alles hin, was wir uns bei A&O ausgesucht hatten.

Dann ließ der Mann uns beide los und sammelte auf, was uns runtergefallen war.

Oben im Wald legten wir zusammen, was wir noch hatten. Mir war ein Packung Puffreis durch das Loch in der Hosentasche ins Hosenbein gesackt. Uwe hatte noch eine Lutscherkette und ein Netz mit Schokoladenkugeln.

Der würde sich jetzt schön ärgern, der Kacker, sagte Uwe. Dem hätten wir's gezeigt. Was hatte der uns überhaupt nachrennen müssen? Als ob dem die Sachen selber gehört hätten. Das waren genausowenig dem seine wie unsere.

Oma Schlosser kam zu Besuch. Sie schlief im Nähzimmer, auch mittags, und dann mußten wir leise sein.

Wenn sie ausgeschlafen hatte, setzte sie sich an den Eßtisch und legte Patiencen. Es mußte auch oft nach ihrem Krückstock gesucht werden. Der stand dann hinter der Küchentür, an der Flurgarderobe oder neben dem oberen Klo.

Renate, die seit neuestem Geigenunterricht hatte, mußte Oma was vorspielen. Papa sagte, daß er stumpfe Zähne kriege von dem Gefiechel, und er ging in den Keller.

Da bastelte er einen Drachen, den wir auf dem Feld vorm Wäldchen steigen ließen. Papa hielt die Schnur, und Volker mußte den Drachen hochwerfen, der in die höchsten Höhen flog.

Ich hätte auch gerne mal die Schnur gehalten.

Den Trick bei A&O versuchte ich auch mit Volker zusammen. Die Kassiererin war wieder eine andere. Um schneller rennen zu können, klemmten wir uns nichts unter die Arme, sondern nahmen nur jeder eine Tafel Ritter-Sport mit.

Volker kannte eine Hochhaustür, die nicht richtig zuging. Wir liefen eine Treppe hoch, die zu einem großen Balkon führte, von wo man auf die Straße und aufs Ladenviertel kucken konnte. Da wickelten wir die Schokoladentafeln aus und aßen sie auf.

Nougat und Vollmilch.

Hier sei seine Ponderosa, sagte Volker.

Mama brachte Adventskalender von A&O mit. Meiner wurde so hoch aufgehängt, daß ich nicht drankam. »Sonst frißt du ja doch wieder alles gleich leer«, sagte Mama. Ich mußte sie jeden Tag darum bitten, das neue Türchen aufzumachen und mir die Schokolade zu geben.

In der Augsburger Puppenkiste rollten die Soldaten der Blechbüchsenarmee vom Berg runter, um die Feinde plattzuwalzen wie Pfannekuchen, und der Sultan von Sultanien hatte einen fliegenden Teppich, der auch aufgeribbelt fliegen konnte. Man mußte sich nur auf den Teppich stellen, dreimal die Arme heben und dann rufen: »Teppich, erhebe dich!« Ich versuchte das auf dem Kloteppich, aber der flog nicht.

Am zweiten Adventssonntag gab es Spritzgebäck zum Tee und Spekulatiuskekse mit Windmühlenmuster. Volker durfte die zweite Kerze am Adventskranz anzünden.

Auf der Matschwiese vorm Wäldchen war Uwe Strack zugange. Durchs Eßzimmerfenster konnten wir sehen, wie er ein Taschentuch in eine Pfütze tauchte, auswrang, wieder eintauchte und wieder auswrang.

»Ijasses«, sagte Mama, und Papa sagte, es sei kein Wunder, daß ich mich mit diesem ausgemachten Dreckschwein zusammengetan hätte.

Vor Bonanza war im Fernsehen Weihnachtssingen. Weihnachtlich glänzet der Wald. Freue dich, Christkind kommt bald! Es waren aber noch zwei Wochen bis Weihnachten.

Am Vogelhäuschen auf der Terrasse hatte Papa einen Meisenring aufgehängt. Die Meisen setzten sich kopfüber dran, pickten sich die Körner raus und flogen weg, wenn man an die Wohnzimmerscheibe klopfte.

Es hatte geschneit, und wir wollten rodeln. Renate holte ihren Schlitten aus dem Keller. Auf der Straße vorm Haus waren auch andere Kinder mit Schlitten, aber man kriegte keinen Schwung. Der Schnee war nicht glatt genug, und man kam immer an Stellen, wo die Kufen auf der Straße kratzten und der Schlitten stehenblieb, und von hinten kamen welche und schrien: »Bahn frei!«

Im Garten bauten wir einen Schneemann. Die Kopfkugel mußte Papa draufsetzen. Als Hut kriegte der Schneemann einen Persilkarton auf.

Wir warten aufs Christkind konnten wir nicht bis zum Ende kucken, weil Mama im Wohnzimmer den Weihnachtsbaum schmücken wollte.

Alle paar Minuten riefen wir von oben runter: »Dürfen wir

jetzt kommen?« Aber wir durften noch nicht. »Ihr macht einen ja ganz hibbelig!«

Dann sagte Mama, daß der Weihnachtsmann gleich kommen werde, und wir sollten in Renates Zimmer gehen. Da war die Jalousie runtergelassen. Wenn wir auch nur einen Mucks machten, würde der Weihnachtsmann wieder weggehen, ohne Geschenke dazulassen.

Wiebke nuckelte am Daumen. Volker linste durchs Schlüsselloch auf den Flur.

Dann kam jemand an die Haustür gestapft und klingelte. Wir hörten, wie Mama aufmachte und sagte: »Guten Abend, lieber Weihnachtsmann! Hast du uns auch was mitgebracht?«

»Ja, viele Geschenke«, sagte der Weihnachtsmann. »Aber sind die Kinder denn auch brav und artig gewesen?«

»Meistens schon, lieber Weihnachtsmann«, sagte Mama.

»Na gut«, sagte der Weihnachtsmann. »Dann sollen sie auch ein paar Geschenke bekommen.«

Der Weihnachtsmann kam rein, und ich wollte auch mal durchs Schlüsselloch kucken, aber Volker ließ mich nicht. Wir hörten, wie der Weihnachtsmann über die Flurtreppe nach unten ins Wohnzimmer ging, und als er wieder raufkam, sagte Mama: »Vielen Dank, lieber Weihnachtsmann! Auf Wiedersehen!«

Volker und ich trommelten an die Tür und wollten raus, aber Mama sagte, wir sollten uns noch einen Moment gedulden.

Als wir rausdurften, mußte ich erst noch aufs Klo. Im Treppenhaus war das Licht aus, und im Wohnzimmertürspalt war helles Kerzenlicht zu sehen.

An der Wohnzimmergardine hing ein großer Weihnachtsstern aus Buntpapier. Die redlichen Hirten stehn betend davor.

Ich kriegte einen G.I.-Joe mit Uniform und Stiefeln, bei dem man die Arme und die Beine bewegen konnte, ein Bilderbuch, Eßbesteck mit Pluto, Micky Maus und Donald auf den Griffen, eine Pudelmütze, einen Pullover, schwarze Gummistiefel und fünf Mark von Tante Dagmar.

Die Paranüsse kriegte nicht mal Papa mit dem Nußknacker auf. Es lag auch eine Apfelsine im bunten Teller, in dünnes Papier verpackt.

Auch Volker hatte einen G.I.-Joe gekriegt. An der Backe hatte er die gleiche Narbe wie meiner. Dazu hatte Volker noch einen Taucheranzug mit Taucherhelm für seinen G.I.-Joe gekriegt, eine Armbanduhr, einen Colt, einen Sheriffstern, Skistiefel, ein Quartett und von Tante Jutta ein Buch über einen Jungen, der ein Eichhörnchen hat.

Renate hatte vom Weihnachtsmann einen neuen Faltenrock, eine Kittelschürze, einen weißen Pulli, ein dunkelblaues Stirnband und einen Fotoapparat gekriegt und Wiebke eine Schippe und einen Puppenwagen. Renate holte ihre Barbiepuppe, damit Wiebke die G.I.-Joes und die Barbiepuppe zusammen im Puppenwagen spazierenfahren konnte, aber ich wollte meinen G.I.-Joe dafür nicht hergeben und Volker seinen auch nicht.

Vom Apfelsinenpellen hatte ich weiße Pelle unter den Nägeln. Die braunen Haribos, die ich nicht mochte, konnte ich bei Volker tauschen. Haribo macht Kinder froh.

Unter Papas Aufsicht durften wir die Weihnachtsbaumkerzen auspusten. Für Notfälle stand ein Eimer Wasser hinterm Baum.

An den Weihnachtsfeiertagen spielte Wiebke draußen mit ihrer Schippe im Schnee. Viel war nicht mehr da. Unser Schneemann war kleiner und ganz schief geworden, und der Persilkarton war ihm vom Kopf gefallen.

Papa bastelte im Keller ein großes Segelflugzeug aus Holz. Die Flügel bestrich er mit Spannlack. Renate mußte helfen und wurde oft angeschnauzt.

Mit dem Flugzeug fuhren wir im VW auf die Schmidtenhöhe, um es fliegen zu lassen. Papa suchte eine Stelle, wo der Wind blies, hob das Flugzeug an einer Hand hoch über den Kopf, holte Anlauf und warf es in den Wind.

Das Flugzeug segelte über einen Hügel. Wir liefen hinterher, aber das Flugzeug war nicht mehr zu sehen. Wir suchten den Waldrand ab, und wir fragten auch andere Leute, ob sie unser Segelflugzeug gesehen hätten, aber das war weg.

Am nächsten Tag fuhren wir wieder hin, aber das Flugzeug konnten wir nicht mehr finden. Das sei vermutlich schon in der Erdumlaufbahn, sagte Papa.

Mit dem Geld von Tante Dagmar lief ich zum Spielzeuggeschäft im Ladenviertel, um mir eine Cowboyfigur zu kaufen, aber die Frau, der das Spielzeuggeschäft gehörte, schloß gerade die Ladentür ab. »Morgen ist auch noch ein Tag«, sagte die Frau.

Bei der doofen Kuh wollte ich nie wieder was kaufen.

Oben wackelte ein Milchzahn. Ich konnte ihn mit der Zunge nach vorne und nach hinten drücken, und beim Teetrinken fiel er mir raus. Ausgefallene Zähne mußte man auf die Fensterbank legen, dann kam über Nacht das Mäuschen, nahm den Zahn mit und ließ Süßigkeiten da.

Mir brachte das Mäuschen eine Tüte Karamelbonbons. Ich wollte alle auf einmal essen, aber sie pappten mir im Mund zusammen, und ich kriegte keine Luft mehr. Auch die Seitenzähne klebten zusammen. Mama ging mit mir zum Klo und sagte, ich soll durch die Nase atmen.

Mit den Fingern holte Mama mir die Bonbons aus dem Mund. Ich mußte weinen. Als ich wieder durch den Mund atmen konnte, klebte mir noch immer was von den Bonbons an den Zähnen, und mein Mund war innen oben ganz rauh geworden.

Die Bonbons schwammen im Klowasser, und Mama spülte sie weg. »Das hast du nun davon, du Gierschlund!«

Nach Silvester pflanzte Papa den Weihnachtsbaum in den Garten. Es war kalt draußen, aber als der Polsterer kam, der die Sessel im Wohnzimmer neu beziehen sollte, wollte Mama, daß die Terrassentür offenblieb, weil der Polsterer so nach Schweiß stank. An dem grauen Pepitamuster hatte Mama sich satt gesehen.

Papa half dem Polsterer beim Beziehen. Der Stoff mußte an den Sesseln strammgezogen und dann hinten und unten festgetackert werden, wobei Papa die Zunge im Mundwinkel hatte.

Ich ging mit Uwe auf die Schmidtenhöhe. Wir suchten das Flugzeug. Es mußte ja noch dasein. Oder jemand hatte es gestohlen. Oder es war immer weitergeflogen, bis Amerika oder bis zum Mond.

Das Flugzeug konnten wir nicht finden. Dafür ging mir auf der Schmidtenhöhe mein Schal verloren. Als ich wiederkam, sagte Mama, daß der Schal ganz teuer gewesen sei. Ich sollte ihn gleich am nächsten Morgen suchen gehen.

Volker kam mit. Er nahm auch seinen Colt mit. Im Haus durfte er damit nicht knallen. Kalli hatte Volker einen roten Munitionsring geschenkt, der noch für drei Schüsse reichte.

Auf der Schmidtenhöhe spielten wir, daß wir ausgebrochene Gefangene wären, die sich verstecken müßten. Wenn ein Auto kam, sprangen wir in den Straßengraben und legten uns hin, bis es vorbei war. Volker feuerte mit seinem Colt auf die Autos und pustete dann in den Lauf.

Mittags gingen wir nicht nachhause, sondern spielten weiter ausgebrochene Gefangene, bis es dunkel wurde. Den Schal hatten wir nicht gefunden, und wir kriegten Zimmerarrest. »Wir haben uns solche Sorgen um euch gemacht«, sagte Mama. Papa sei ewig und drei Tage lang auf der Schmidtenhöhe rumgefahren, um uns zu suchen. »Seid ihr denn von allen guten Geistern verlassen!«

Renate klebte ihren Bravo-Starschnitt von Emma Peel zusammen, ganz in Orange mit knatschblauem Hüftgürtel. »Das ist doch Kacke, wie du das machst, das wird doch viel zu labberig«, sagte Papa, und dann leimte er im Keller alle Teile säuberlich auf eine Tapetenbahn. Vom Ausschneiden kriegte Renate einen Krampf im Daumen.

Den Starschnitt pinnte sie in ihrem Zimmer an, aber von dem Kleister waren Emma Peels Arme so schwer geworden, daß sie immer die Reißbrettstifte aus der Wand zogen und runterhingen.

Morgens hatte Papa einen Hexenschuß und kam ganz krumm vom Klo. Mama sagte, das komme davon, daß er dem Polsterer bei der Grabeskälte im Wohnzimmer zur Hand gegangen sei. Das tue ihr ja nun in der Seele leid, aber die Sessel röchen jetzt noch nach dem Heini.

Damit Papa zur Arbeit fahren konnte, mußte Mama ihm ins Auto helfen.

An seinem Geburtstag weckte mich Volker ganz früh, als alle noch schliefen. Wir schlichen nach unten, wo der Geburtstagstisch schon gedeckt war.

Am Regal stand ein blaues Paar Skier mit Stöcken, und auf dem Tisch lagen zwei Bücher, ein neues Federmäppchen mit Reißverschluß und ein Karton mit einem Segelflugzeug zum Selberkleben. Volker sagte, daß wir das auf der Schmidtenhöhe fliegen lassen könnten. Dann würde es da landen, wo das andere lag.

Wir kuckten uns alles genau an. Dann gingen wir wieder ins Bett, und als wir runtergerufen wurden, mußte Volker die Geschenke alle nochmal neu bestaunen.

Als Geburtstagsgäste hatte Volker Kalli und aus Lützel Hansi Becker eingeladen, der noch dicker geworden war. Es gab Apfelkuchen. Beim Versteckspiel durfte ich mitmachen, aber ich schied als erster aus, und da ging ich lieber mit Uwe ins Wäldchen.

Überall lagen Köttel von Karnickeln, obwohl wir noch nie welche im Wäldchen gesehen hatten. Die kamen wohl nur nachts zum Kacken aus dem Bau raus.

In der Schlucht versuchten wir, aus Steinen Funken zu schlagen und damit Feuer zu machen. Dafür seien die Steine mit roten Streifen am besten, sagte Uwe. In der Schlucht sei mal ein Vulkan gewesen.

Als ich wiederkam, waren Hansi und Kalli noch da. Mama las uns im Wohnzimmer die Geschichte von dem Gespensterschiff aus Hauffs Märchen vor. Als Fracht hatte das Schiff Seide, Perlen und Zucker geladen. Ein Mann war auf dem Schiff durch die Stirn an den Mastbaum genagelt, aber nachts lief der tote Mann mit dem Nagel in der Stirn die Kajütentreppe runter.

Lassie kam jetzt einmal wöchentlich im Zweiten. Neu war auch der Hustinettenbär. In den Nachrichten wurde gezeigt, wie jemand totgeschossen wurde. Einer hatte dem Mann eine Pistole an den Kopf gehalten und abgedrückt, und dann war der Mann tot umgefallen.

Opa Jever besuchte uns. Im Badezimmer mußte er morgens immer lange husten. Er machte einen Spaziergang mit mir zu der Schule, auf die ich kommen würde. Opa war mal Lehrer gewesen.

In der Schule würde ich Lesen und Schreiben und Rechnen lernen, sagte Opa. In der Grundschule würden die Weichen gestellt fürs ganze Leben. Faule Schüler würden irgendwann nur die Kühe hüten, aber fleißigen Schülern stehe die Welt offen. Die könnten auch Lehrer werden oder Förster oder Astronaut.

Ein Bettler klingelte bei uns. Mama bot ihm ein Käsebrot an, aber der Bettler wollte lieber Geld haben, und da schickte Mama ihn wieder weg. Das Geld hätte der ja doch nur versoffen, sagte Mama.

Unten im Haus war der Kriechkeller. Durch ein Loch konnte man in den nächsten und in den übernächsten Kriechkeller kriechen. Die Tür zum letzten Nachbarkeller war offen. Da standen drei Paar Pantoffeln auf einer Matte. Ich schmiß sie alle durcheinander und kroch zurück.

Ich hätte so Hunger, sagte ich zu Frau Strack, und sie schmierte mir ein Marmeladenbrot. Uwe, Heinz und Kurt standen im Treppenhaus und glotzten mich an.

Als Mama mich mit dem Marmeladenbrot sah, kriegte ich ein paar hinter die Löffel. »Nachbarn um Brot anzubetteln! Was sollen die denn von uns denken? Als ob du hier nicht genug zu essen kriegst! Wie kann man nur so unerzogen sein?«

Im neuen Stern klebte Mama zwei Seiten zusammen, die wir nicht sehen sollten. Da wären Fotos vom Vietnamkrieg gewesen, sagte Volker. Im Vietnamkrieg wurde Leuten der Kopf abgehackt.

Karneval ging ich als Postbote. Papa hatte mir eine blaue Postbotentasche gebastelt, in der ich Briefumschläge sammeln konnte. Er baute mir auch eine Dienstmütze und wollte wissen, ob vornedrauf Deutsche Bundespost oder Postbote stehen solle. Ich war für Postbote. Papa schnitt die Buchstaben aus gelbem Filz aus und klebte sie vorn auf die Mütze.

Wiebke brauchte noch als nichts zu gehen. Renate ging als Hexe und Volker als Cowboy. Uwe ging auch als Cowboy. Das nächste Mal wollte ich auch lieber wieder als Cowboy gehen.

Wiebke quietschte vor Vergnügen, wenn Papa sie hochhob und im Wohnzimmer über Kopf an der Decke rumlaufen ließ. Mit mir hatte Papa das früher auch gemacht. Jetzt war ich schon zu groß dafür.

Im Ersten kam eine neue Serie mit einem Raumschiff, aber die überschnitt sich mit Bonanza. Einmal überschnitt sich auch Graf Yoster mit Bezaubernde Jeannie. Mama wollte Graf Yoster sehen, und wir durften Bezaubernde Jeannie nicht zuendekucken.

Jeannie konnte sich kleinzaubern und mußte in einer Vase wohnen, in der kein Klo war. Renate fand doof, daß auch Graf Yoster nie aufs Klo mußte.

»Der soll mal aufs Klo gehen, sonst kackt der sich in die Hose«, sagte ich und kriegte Zimmerarrest deswegen.

Als Renate und Volker Ferien hatten, fuhren wir mit dem Zug nach Jever, alle außer Papa, der mit Onkel Dietrich an den Plänen für unser Haus arbeiten mußte.

»Hier sind wir mit der ganzen Blase«, sagte Mama zu Oma.

Ein guter Gast ist niemals Last. Das stand auf einem Brett, das in Jever im Flur hing.

Tante Dagmar war auch wieder da. Wir gingen mit ihr in den Schloßgarten und spielten Plumpsack. Dafür waren die im Kreis stehenden Steine auf dem Berg im Schloßgarten gut. Wer der Plumpsack war, mußte hinten um die andern auf den Steinen rumgehen und ein Taschentuch fallenlassen. Wer sich umdreht oder lacht, kriegt den Buckel blaugemacht! Wenn das Taschentuch hinter einem lag, mußte man damit hinter dem Plumpsack herrennen und ihn kriegen, bevor er einmal rum war, sonst war man selbst der Plumpsack.

Wenn Tante Dagmar der Plumpsack war, kuckte sie immer gefährlich, damit man dachte, man sei gleich dran.

Einmal fuhren wir auch im Bus zum Forst Upjever. Renate hatte ihren Fotoapparat mitgenommen. Volker und ich machten auf dem Waldweg ein Kämpfchen und wollten, daß Renate uns knipst.

Am Rand von dem Weg lagen Holzstämme. Da knipste Gustav uns alle. Tante Dagmar im Pelzmantel und Renate im Poncho.

In den Schloßgarten durfte ich auch schon alleine gehen. Die Adresse von Oma und Opa hatte ich auswendig gelernt: Mühlenstraße 47.

Die Gefängnismauer hatte grüne Flaschenscherben obendrauf.

In den Schloßgarten ging ich immer links rein, an den Pfauenkäfigen vorbei bis nach unten zu der Entenfütterstelle am Schloßgraben und nach dem Entenfüttern am Schloßgraben lang auf die andere Seite zu den großen Bäumen. Da waren weniger Enten, aber manchmal war der Pfau da. Einmal schlug er ein Rad. Er stand mitten auf dem Weg. Die Federn im Pfauenrad zitterten. Eine von den Federn fiel hinten runter. Der Pfau hatte graue Krallen und zuckte mit dem Kopf.

Ich wollte mir die runtergefallene Pfauenfeder holen, aber ein anderer Junge war schneller als ich.

Wenn Oma und Opa Mittagsschlaf machten, liefen Volker und ich in den Garten, um zu schaukeln und im Sandkasten Burgen zu bauen.

Frau Apken ging im Garten rum und fragte uns, ob wir ihr Radio reparieren könnten. Das sei kaputt.

In Frau Apkens Wohnzimmer war schlechte Luft, aber wir kriegten einen Werkzeugkoffer und durften mit den Werkzeugen das Radio reparieren. Volker schraubte die Rückwand ab, die aus Sperrholz war.

»Daß ihr das könnt in euerm Alter!« rief Frau Apken.

Ich nahm die Kneifzange und kniff damit Sachen ab, die überstanden. Volker drehte Schrauben raus. Wir steckten auch mal den Stecker in die Steckdose, um den Empfang zu überprüfen, aber es gab keinen.

Gustav war noch frecher. Der klingelte bei Frau Apken, wenn er Fußball kucken wollte, und kriegte Zigarren und Likör vorgesetzt, weil Frau Apken nicht merkte, daß Gustav noch nicht erwachsen war.

Die Zigarren hatte sie von ihrem Mann geerbt, der schon lange tot war.

Am Ostersonntag gingen wir Eier im Garten suchen. Mama erzählte Wiebke, daß der Osterhase die Eier gebracht habe, dabei hatte Mama alle selbst versteckt.

Zum Einsammeln kriegten wir Blumentöpfe aus Plastik. Die blauen und die roten Eier waren am leichtesten zu finden. Eins lag mitten auf dem Rasen, aber das sollte ich für Wiebke da liegenlassen.

Oma streute das Salz aufs Frühstücksbrettchen statt aufs Ei und stippte den angeleckten Eierlöffel in das Salz, damit die Salzkörner unten am Löffel klebenblieben.

Dann kamen Moorbachs mit Hedda und Corinna, unseren Kusinen, die ausgeleierte rote Strumpfhosen anhatten.

Im Wohnzimmer fragte meine Kusine Corinna meine Tante Luise: »Warum hat Hedda Locken und ich nicht?« Tante Luise sagte, daß Locken angeboren seien, und Corinna fragte: »Kannst du mir auch welche anbohren?«

Corinna hatte nur sogenannte Schnittlauchlocken.

Beim Spazierengehen kamen wir am Mariengymnasium vorbei, wo Mama und Papa zur Schule gegangen waren. Mama hatte da jeden Tag von Moorwarfen aus mit dem Fahrrad hinfahren müssen, und die Jungs, die nur zur Volksschule gegangen waren, hatten Mama vom Rad gerissen und mit Schnee eingeseift.

Auf dem Friedhof gingen wir zum Grab von Omas Eltern. Mama holte eine Gießkanne mit Wasser, um die Sträucher auf dem Grab zu begießen, und Tante Luise riß Unkraut aus.

Da lagen auch noch mehr von unserer Familie begraben, Ururgroßeltern und Ururgroßonkel oder Ururgroßtanten und noch andere, aber wie die alle mit uns verwandt waren, konnte ich mir nicht merken.

Der Fernseher in Jever hatte Holztüren zum Zumachen. Hinten war eine Lampe, die beim Fernsehen immer ansein mußte, damit man sich nicht die Augen verdarb.

Abends nahm ich Gustavs Meckibücher mit ins Bett. Wie Mecki sich mit seinen Goldhamstern durch das Gebirge aus Brei und Kuchen frißt, um ins Schlaraffenland zu kommen. Da gab es ein Schloß mit Säulen aus Kandis, eine Eisenbahn aus Speiseeis und einen Baum, auf dem Spielzeug wuchs. Ein Fußballtor war aus Würstchen und Broten. In der Schlaraffenlandschule saßen Bären, die Honig und Eis aßen, und Mecki tat so, als ob er der Lehrer sei. Auf einem Bild regneten Bonbons auf den bösen Fliegenpeter. Charly Pinguin stibitzte ihm den Pilzhut vom Kopf, und dann mußte der Fliegenpeter in den Sirupsee kriechen.

Oder Mecki bei Sindbad, wo der große Vogel Roch herbeigeflogen kam. Da war auch ein Strudel mit Raubfischen, die Brillen aufhatten. Oder Mecki bei Zwerg Nase mit der Hexe und den hilflosen Eichhörnchen.

Das beste Buch war Mecki auf dem Mond. In der Sternbäkkerei kriegten die Engel Kekse um den Hals gehängt, um am Himmel als Sterne zu leuchten, und auf der Milchstraße galoppierten die Pferde mit Meckis Kutsche so wild, daß die Milch überschäumte. Es gab ein Gewitter mit Blitzen, die Hahnenköpfe hatten. Dann kriegte Mecki eine Krone mit Flügelohren, womit er durch den Himmel fliegen konnte, und Kater Murr und Charly Pinguin kuckten Mecki zu.

Über das gräßliche Bild mit der Regentrude blätterte ich immer schnell weg.

»Am Morgen dabba dabba dab, dabba dabba dab«, sang Gustav morgens.

Im Garten spielten Volker und ich Vietkong.

Papa kam uns mit dem Auto abholen. Ich wollte noch in Jever bleiben, aber Mama sagte, daß wir beim Jaderberger Zoo vorbeikämen. Da könnten wir Ziegen streicheln.

Auf der Streichelwiese im Jaderberger Zoo waren auch Schäfchen, und es gab eine Riesenrutsche und eine Wippe, bei der man sich oben schwer und unten leicht machen mußte.

Renate saß am Eßtisch und bastelte was für mich zum Geburtstag. Das hatte ich nicht gewußt, als ich reinkam. Sie legte die Arme drüber und schickte mich raus. Später wollte sie wissen, ob ich was gesehen hätte, und ich sagte, ich hätte nichts gesehen, aber das war geschwindelt. Ich hatte genau gesehen, daß Renate Zelte für meine Indianerfiguren bastelte.

Hinterm Ladenzentrum hatte Uwe einen Spielplatz gefunden, der auch Klettergerüste hatte. Da gingen wir jetzt immer hin. Ein Mädchen, das Andrea hieß und ganz dunkle Augen hatte, konnte gut klettern. Ich wollte Andrea zum Geburtstag einladen. Mama erlaubte das, aber ich traute mich nicht, Andrea zu fragen. Ich wollte, daß Mama das macht, und sie fragte mich, ob ich noch bei Groschen sei. »Ich lauf doch nicht in der Gegend rum und frag wildfremde Kinder, ob sie zum Geburtstag von meinem Herrn Sohn kommen wollen! Das tu du mal schön selbst, du Angsthase.«

Das nächste Mal auf dem Spielplatz fragte ich Andrea, und sie sagte, daß sie kommt.

Jetzt hatte ich mit Uwe und Andrea schon zwei Geburtstagsgäste.

An meinem Geburtstag standen die Indianerzelte auf einer Decke neben dem Kranz mit sechs Kerzen und dem Lebenslicht in der Mitte. Die Zelte waren aus Filz und Stöcken. Eins war rot, eins blau und eins orange. Volker sagte, das seien keine Zelte, sondern Wigwams.

Es waren auch neue Indianer dabei. Einer mit Mustang. Den Indianer konnte man runternehmen, aber ohne Mustang blieb er nicht stehen.

Dann kriegte ich noch einen Fußball, zwei Federballschläger, drei Federbälle und ein Boot, das mit Batterie fuhr.

Auf die Feier mußte ich bis nachmittags warten. Dann gab es Kaba und Nußkuchen. Andrea hatte als Geschenk ein Etui mit Buntstiften mitgebracht und Uwe eine Tafel Schokolade.

Andrea wunderte sich, daß bei uns die Türklinken nach oben standen. Das war wegen Wiebke, damit sie die Türen nicht aufmachen konnte.

Im Wohnzimmer spielten wir Topfschlagen. Volker war mit Kalli im Wald, aber Mama, Renate und Wiebke spielten mit.

Als erste war Andrea dran. Mama band ihr mit einem Küchenhandtuch die Augen zu. Dann mußte Andrea versuchen, mit einem Kochlöffel den Kochtopf zu treffen, unter dem Schokolade lag. »Kalt – kälter – eisigkalt – warm – wärmer – heiß, heiß, heiß! Du verbrennst dich gleich!«

Dann Blindekuh. Als ich das Handtuch um den Kopf hatte, drehte Mama mich rum, damit ich nicht mehr wußte, wo ich war und wo die anderen standen. Wiebke kicherte, und ich tapste in die Richtung, aus der das Kichern gekommen war, aber dann rief Uwe hinter mir: »Fang mich doch, du blinder Ochse!« Als ich mich umdrehte, fiel ich über die Sofalehne, biß mir beim Hinfallen auf die Zunge und mußte heulen.

Wir spielten auch noch Federball im Garten, aber das war schwer. Ich kam immer nicht an den Federball dran, und wenn ich ihn mal getroffen hatte, flog er in den Komposthaufen oder über den Zaun auf die Straße. Oder die Kappe ging ab. Die mußte man dann erst finden und wieder aufsetzen. Einmal knallte der Federball Wiebke an den Kopf, und sie brüllte los.

Das Boot durfte ich in die Badewanne mitnehmen. Hinten war ein Schalter zum Anmachen. Dann drehte sich unten die Schraube, und es fuhr zum Wannenrand. Wenn ich es unter Wasser drückte, flutschte das Boot wieder hoch.

Mit den Buntstiften von Andrea malte ich ein Bild von Menschen, die in der Hölle gekocht wurden. Rot und Gelb für das Feuer unterm Kochtopf, Blau für den Topf und Schwarz für die Menschen, weil die vom Rauch und von der Hitze schon so eingeschrumpelt waren.

Renate hatte mir einen Anspitzer gegeben. Am öftesten

mußte ich den schwarzen Stift anspitzen, weil bei dem immer die Mine abbrach, auch im Anspitzer.

Im Wäldchen schossen Uwe und ich mit dem Fußball rum, bis er ein Loch hatte und die Luft verlor. Mama sagte, das sehe mir ähnlich, meine Geschenke gleich zu zerdeppern. Ich würde wohl glauben, wir hätten es dicke!

Tante Dagmar wollte zu Besuch kommen, und ich räumte die Spielzeugkiste auf, als Überraschung für Tante Dagmar. Auf der einen Seite stapelte ich Cowboys, Indianer, Mainzelmännchen, Spielzeugtiere und die grünen Schienen, die zu Volkers Metallbaukasten gehörten, und auf der anderen Seite Autos, Legosteine, Puppensachen und den Rest, aber die Stapel fielen immer um.

Bei dem einen Mainzelmännchen war der Kapuzenzipfel zerkaut.

»Ob die Spielzeugkiste aufgeräumt ist oder nicht, ist Tante Dagmar piepe«, sagte Renate.

Auf dem Spielplatz hinterm Ladenviertel zeigte ich Tante Dagmar, wie ich an den Gerüsten klettern konnte.

Andrea war nicht da.

Renate war ins Nähzimmer umgezogen, und Tante Dagmar schlief in Renates Zimmer. Morgens kuckte ich rein. Tante Dagmar war schon wach, und sie hob ihre Decke hoch, damit ich zu ihr ins warme Bett springen konnte. Tante Dagmar hatte ein Nachthemd an.

Ob ich mich auf die Schule freute, wollte sie wissen. Renate, Volker und Kalli gingen schon zur Schule, und ich wollte auch endlich hin.

In der Sesselbahn bei Boppard durfte ich neben Tante Dagmar sitzen. Oben war mir heiß, und sie trug meine Jacke für mich.

Zu Volker sagte ich, er soll seine Jacke Tante Dagmar geben, die trage alles, was wir ihr geben würden, aber Tante Dagmar hatte das gehört, und da mußte ich meine Jacke wieder selber tragen.

Mit einem Fernrohr, das vorne am Zaun stand, hätte man die Schiffe auf dem Rhein in Augenschein nehmen können, aber das Fernrohr ging nur, wenn man Geld reinsteckte. Große Pötte und kleinere, die weiter am Rand fuhren.

Am Kiosk gab es Weingläser, Wappen und Schlüsselanhänger zu kaufen und ein Fahrtenmesser mit Lederhülle zum Anschnallen. Die Schaukel war besetzt und die Wippe auch.

Mama und Tante Dagmar tranken Kaffee. Tante Dagmar schuldete Mama noch fünf Mark, aber Mama wollte die fünf Mark nicht haben. Sie schoben das Fünfmarkstück immer auf dem Tisch hin und her. Das Fahrtenmesser im Kiosk kostete genau fünf Mark, und ich sagte, ich würde das Fünfmarkstück nehmen, wenn es über sei, aber das durfte ich nicht.

Wie blöd. Wenn alle beide die fünf Mark nicht haben wollten, hätte ich mir dafür doch gut das Fahrtenmesser kaufen können?

Die Zähne putzte Tante Dagmar sich mit Blendamed, also hatte sie wohl Zahnfleischbluten, aber als ich sie fragte, sagte sie: »Du hast wohl 'n Vogel.«

Auf der Schlüsselblumenwiese standen am nächsten Tag zwei Jungen, die Uwe und mich fragten, ob wir eine Höhle haben wollten. Die Jungen waren größer als wir, und wir sagten, wir hätten schon eine Höhle, aber die Jungen sagten, daß ihre besser sei als unsere. Wir könnten ja mal reinkriechen.

Zuerst wollten wir nicht, weil wir dachten, die wollten uns eine Falle stellen. Die Höhle war am oberen Ende der Schlüsselblumenwiese. Vorne war ein Loch, dann kam ein Kriechgang, und dann kam eine Stelle, wo man sitzen und durch ein Loch rauskucken konnte. Von außen war die Höhle gut getarnt. Obendrauf wuchs Gras, und daß da eine Höhle war, sah man vom Weg aus nur, wenn man's wußte.

Die Jungen hatten sie selbst gebuddelt, aber jetzt brauchten sie die Höhle nicht mehr, weil sie von der Horchheimer Höhe wegzogen, und sie wollten uns die Höhle schenken.

Die Höhle war wirklich besser als unsere alte. Die neue Höhle war so gut, daß wir sie geheimhalten wollten, auch vor unseren Brüdern.

Einmal kam Kallis Vater mit, als Kalli, Volker, Uwe und ich in den Wald gingen. Waldi war angeleint.

In einem Baum entdeckte Kallis Vater ein Elsternnest. Elstern seien diebisch, sagte Kallis Vater. Die seien verrückt nach allem, was glänze, schimmere und blinke, und würden auch Münzen oder Schmuckstücke von Fensterbänken stehlen. In dem Nest könnten alle möglichen Wertsachen liegen.

Kalli spuckte sich in die Hände und kletterte den Baum hoch, obwohl der Stamm nicht gut zum Klettern war. Die Äste waren dünn und pieksig, und Kalli hatte eine kurze Hose an, so daß er sich beide Beine aufscheuerte. Kallis Vater gab Volker Waldis Leine und stellte sich so hin, daß er Kalli auffangen konnte, falls Kalli runterfiel.

Kalli klammerte sich mit beiden Beinen und beiden Armen an den Baumstamm und kam nur langsam voran. Irgendwann konnte er dann mit der Hand in das Nest fassen. Da sei nichts drin, rief Kalli.

Als er wieder unten war, hatte er blutige Beine, aber er grinste und sagte, daß das Klettern kinderleicht gewesen sei.

Im Wald fanden Uwe und ich ein Stück Holz, das genau wie eine Pistole aussah. Griff, Lauf, Kimme, Trommel und Abzug. Wir verzogen uns damit in unsere neue Höhle und zielten nach draußen.

Die Pistole sollte uns abwechselnd gehören. Erst mir, dann Uwe, dann wieder mir und so weiter. Ich zeigte sie Papa, der große Knopplöcher machte und sagte, daß ihm sowas noch nicht untergekommen sei.

Als wir wieder zu unserer Höhle gingen, waren da schon Heinz und Kurt drin. Jetzt mußten wir die Höhle mit denen teilen. Uwe sagte, daß er keinem was von unserer Höhle verraten habe, aber früher waren Heinz und Kurt nie so weit oben im Wald gewesen. Ich sagte zu Uwe, daß er ein Lügner sei. Da ging Uwe auf mich los, und wir prügelten uns. Heinz und Kurt halfen Uwe, sonst hätte ich bestimmt gewonnen. Als Heinz die Brille vom Kopf flog, fing er an zu heulen und rannte nachhause.

Ich blutete aus der Nase und wollte auch nachhause. Mit Uwe wollte ich nie wieder spielen. Der hatte erst unsere Höhle verraten, dann gelogen und dann noch mit drei gegen einen gekämpft.

Als ich wegging, rief er mir nach, ich sei ein Arschloch mit Scheiße dran. Ich rief zurück, das sei er selber, und ich würde ihm noch was auf die Schnauze hauen.

Doof war, daß ich Uwe vor dem Streit die Pistole gegeben hatte. Sonst hätte ich die jetzt für mich behalten können.

Ich würde mir einen anderen Freund suchen, der nicht so ein Lügner war wie Uwe. Einen, der zwei Pistolen hatte und mir eine abgab. Dann würden mein neuer Freund und ich mit den Pistolen zum Duell in den Garten gehen, und Uwe würde sehen, daß unsere Pistolen die besseren wären, und mein neuer Freund und ich würden ihm sagen, daß er uns am Arsch lecken kann.

Wer einmal lügt, dem glaubt man nicht.

Die Häschenschule hatte ich schon so oft vorgelesen gekriegt, daß ich sie auswendig konnte. Die Nase putzte sich der Hasenjunge mit einem Kohlblatt, bevor er zur Schule ging, die im Wald war. Auf dem Rücken sitzt das Ränzchen, hinten wippt das Hasenschwänzchen.

Der Lehrer legte seinen dicken Bauch auf die Schulbank, und die Hasenjungen lernten Eiermalen, Pflanzengießen und Hakenschlagen, aber sie wurden auch am Ohr gezogen, wenn sie unartig gewesen waren. Aufpassen mußten sie vor dem bösen Fuchs, der sie fressen wollte. Der Fuchs war im Gebüsch versteckt und hatte scharfe Zähne.

Wenn ich in der Schule wäre und jemand würde sagen: »Da haben wir den Salat«, dann würde ich zu dem sagen: »Wo ist der Salat denn? Ich will ihn aufessen.«

Abends im Bett fragte ich Volker, ob er wissen wollte, was ich zu einem in der Schule sagen würde, der gesagt hätte: »Da haben wir den Salat«, aber Volker sagte: »Weiß ich nicht, will ich auch nicht wissen. Halt die Klappe.«

Volker war schon im dritten Schuljahr, aber er wollte mir nie verraten, wie es in der Schule war. Er tat immer so, als ob es da ganz langweilig wäre. Früher war Volker gleich nach dem Aufwachen aufgestanden, aber seit er zur Schule ging, blieb er morgens immer so lange wie möglich liegen.

So wollte ich auch mal werden. Zur Schule gehen dürfen, aber die Augen verdrehen, wenn einer wissen will, wie's da ist. Zu Wiebke würde ich dann auch bloß sagen: »Halt die Klappe, ich will schlafen.«

Im Traum war ich nackig auf einem Weg im Wäldchen. Dann kamen Leute, die sahen, daß ich nackig war, und ich mußte mich verstecken.

Mama hatte neue Batterien gekauft, und die grüne Taschenlampe ging wieder. Damit wollten Volker und ich zum Bunker vor der Müllkippe. Die Taschenlampe mußten wir aus der Küchenschublade holen. Volker machte das, als Mama telefonierte.

Im Bunker war es kühl. Es ging steil runter, und dann kam eine Stahltür, die zu war, und es roch nach Pisse. Vor dem Schlüsselloch hing ein Scheibchen, das man zur Seite schieben konnte. Wir leuchteten durchs Schlüsselloch. Sehen konnte man nichts.

Neben dem Weg, wo ich Volker und Kalli nachgeschlichen war, wuchsen kleine Erdbeeren, aber ich aß lieber keine, weil ich nicht wußte, ob die giftig waren.

Zwischen den Bäumen stand ein Zelt. Vorne war es offen, und innen lagen Decken. Ich kroch in das Zelt und fand einen blauen Kugelschreiber, bei dem man die Mine rausknipsen konnte. Den nahm ich mit.

Mama sagte, daß irgendwelche Halbstarken einen von den Müllcontainern vor dem Haus die Straße hochgezogen und dann runterrollen gelassen hätten. Der Container sei unten gegen ein Auto gedonnert, und die Eltern müßten jetzt den Schaden bezahlen. Wenn mich jemals einer auffordere, bei solchen dummen Streichen mitzumachen, dann solle ich den einfach stehenlassen und weggehen. »Versprich mir das in die Hand!«

Sonst würde ich mein blaues Wunder erleben.

Mit dem Kugelschreiber pauste ich für Wiebke zum Geburtstag ein Bild ab. Reinhold, das Nashorn. Das war jede Woche im Stern. Das Pauspapier hatte Mama mir gegeben.

Renate wollte auch ein Bild für Wiebke malen. Dafür sollte ich eine Laterne hochklettern. Als ich oben war, stand Renate unten und malte mich ab. Ich mußte ganz lange oben bleiben und winken. Hinterher fand ich aber, daß Renate meine Segelohren zu groß gemalt hatte.

Zum Geburtstag kriegte Wiebke Lakritze, ein Dreirad, einen gelben Ball mit bunten Punkten und einen weißen Stoffhasen mit goldenen Schellen an den Pfoten. Am Rücken hatte der Hase eine Schraube. Wenn man die drehte, klapperte er mit den Schellen.

Mama sagte, daß Wiebkes Ball für mich tabu sei. Als ob ich freiwillig der ihren Babyball angefaßt hätte.

Dann starb Waldi. Das sei der Lauf der Dinge, sagte Kalli. Waldi sei eben schon alt gewesen, aber man konnte sehen, daß Kalli geheult hatte.

Waldi wurde im Wald begraben, an einem Platz, wo man nicht so leicht hinkam. Man mußte erst weit hoch, und dann mußte man noch zwischen den Tannen durchgehen.

Bei Waldis Beerdigung waren Kallis Vater, Kalli, Volker und ich dabei. Kalli hatte den Spaten getragen und Kallis Vater den toten Waldi in einer Plastiktüte. Mit dem Spaten grub Kallis Vater ein Loch für Waldi. Als Kallis Vater Waldi in das Loch gelegt hatte und das Loch zuschippte, mußte Kalli wieder heulen. Volker heulte auch. Ich heulte schon fast die ganze Zeit.

Auf dem Rückweg sagte Kallis Vater zu Kalli, daß zuhause eine Überraschung auf ihn warte. Volker und ich durften mitkommen. Die Überraschung war ein neuer Dackel, der Ina hieß.

Jetzt sei das Rudel wieder komplett, sagte Kalli, und Kallis Mutter gab uns Cola zu trinken.

Volker und ich fragten Mama, ob wir nicht doch einen Dackel haben könnten, aber Mama war immer noch strikt dagegen. Eine Töle komme ihr nicht ins Haus. Ende der Diskussion.

Volker fragte mich, ob ich Lust zu einer Wanderung hätte. Wir kriegten Äpfel und Schnitten mit, damit wir nicht schon mittags wieder umkehren mußten.

Bei der Wanderung kamen wir zu einem Bahndamm, wo Volker sein Ohr auf die Schienen legte, um zu horchen, ob ein Zug kommt. Ich horchte auch, aber dann kam ein wütender Mann, der schrie, daß wir uns verziehen sollten, und wir liefen weg.

Auf dem Rückweg kamen wir an einem Fluß vorbei und fanden einen glipschigen toten Fisch am Ufer. »Der hat das Zeitliche gesegnet«, sagte Volker.

Mit Uwe vertrug ich mich wieder. Er sagte, daß er ehrlich nicht gelogen habe mit der Höhle. Heinz und Kurt hätten die von alleine gefunden. Zur Rache sei er dann aber zusammen mit seinem Vater zu der Höhle gegangen, um sie einzutrampeln, und die Pistole hätten sie weggeschmissen, weil die zur Hälfte noch meine gewesen war.

Wir wollten jetzt für immer Freunde bleiben. Wenn man sich stritt, hatte man keine Höhle und keine Pistole mehr.

Ich wollte Uwe Waldis Grab zeigen. Als wir ankamen, schwirrten da Tausende von Fliegen rum. Irgendeiner hatte Waldi wieder ausgebuddelt und die Leiche neben das Grab gelegt.

Waldi war ganz grau geworden. In den Augenhöhlen ringelten sich Würmer, und überall saßen Fliegen.

Wir standen da und starrten Waldi an. Die Würmer waren weiß und wimmelten übereinander weg. Das mußte jemand gemacht haben, der was gegen Waldi hatte oder gegen Kalli oder gegen Kallis Vater. Ein Drecksack, der gewußt hatte, wo Waldi begraben lag.

Uwe sagte, wir sollten Hilfe holen, und wir rannten durch den Wald nach unten und klingelten bei Kasimirs. Kalli war mit Volker im Wäldchen, aber Kallis Vater kam sofort mit. Wir liefen ins Wäldchen, um Kalli und Volker zu alarmieren.

Dann gingen wir zu Waldis Grab hoch, und da war immer noch alles mit Fliegen voll. Kalli sagte, wenn er die Sau erwischt, die das getan hat, macht er sie kalt.

Kallis Vater grub Waldi wieder ein. Volker sagte, er habe schon einen Verdacht, wer das gewesen sei, und zeigte mit dem Daumen auf Uwe und mich.

Das war gemein, und ich ging auf Volker los, aber Kallis Vater sagte, wir sollten nicht verrückt spielen. Das habe einer ohne Grütze im Kopf gemacht, irgendein Dummkopf halt, und wir sollten uns nicht weiter streiten.

Uwe und ich überlegten noch lange, was wir mit dem Scheißer tun würden, der Waldi wieder ausgebuddelt hatte. Uwe war dafür, den Kerl gefesselt in die Schlucht zu stoßen und dann unten verhungern zu lassen. Ich hätte gewollt, daß er rotglühende

Schuhe angekriegt hätte wie in Grimms Märchen oder einen Kessel voll Pech über den Kopf.

Gut war es, ins Wohnzimmer zu schleichen, wenn die anderen schon frühstückten, und plötzlich um die Ecke zu springen und alle zu erschrecken.

»Mann Gottes!« rief Mama dann, wenn es geklappt hatte, und faßte sich ans Herz.

Im Kriechkeller fand Papa eine tote Katze, die ganz ausgedörrt war und sensationell stank. Wie die da wohl reingekommen war. Verhungert und verdurstet.

Papa begrub die Katze neben dem Komposthaufen. Überall waren jetzt Katzen und Hunde begraben, Waldi im Wald und die Katze im Garten.

Als ich wieder mit Uwe auf der Müllkippe war, hielten uns Große an, die uns nicht durchlassen wollten. Wir sollten unser Taschengeld hergeben. »Entweder oder!« sagte einer von den Großen. »Entweder«, sagte Uwe, und da fingen die Großen an zu lachen und ließen uns laufen.

Weil ich wieder mit zerrissener Hose angekommen war, sagte Mama, sie habe den Kanal voll, jetzt werde eine Lederhose gekauft.

Ich lief die Treppe hoch und warf mich heulend aufs Bett.

Dann pulte ich an der Kruste von der Wunde, die ich am Schienbein hatte.

Volker mußte eine Zahnspange tragen. Es zischelte, wenn er beim Sprechen die Spange drinhatte. Abends kam sie in eine rote Plastikschachtel.

Papa schichtete den Komposthaufen um.

Ich übte Klimmzüge an der Querstange vom Schaukelgestell. »Unser kleiner Kraftmeier.«

Mama und Papa wollten mit Renate und Wiebke nach Spanien fahren. Volker durfte mit Kasimirs nach Italien, und ich sollte nach Bruchköbel zu Onkel Dietrich und Tante Jutta.

Onkel Dietrich holte mich mit dem Auto ab. Erst hatte ich mich noch auf Bruchköbel gefreut. Dann wollte ich doch lieber nach Spanien mitkommen, aber da war es schon zu spät.

Die Wohnung von Onkel Dietrich war in einem Hochhaus, und ich kriegte erklärt, wo ich draufdrücken mußte, wenn ich mit dem Fahrstuhl nach unten fahren wollte. Unten vor dem Hochhaus war ein Sandkasten. Ich wollte aber gar nicht nach unten fahren.

Meine Kusinen waren noch klein und fuhren jeden Tag nach unten. Tante Jutta sagte, daß es unten viel schöner für mich sei. Da sei der Sandkasten, und da seien auch noch andere Kinder, aber ich wollte nicht zu den anderen Kindern. Ich wollte oben bei Tante Jutta bleiben.

Auf dem Balkon konnte ich ihr beim Abnehmen der Wäsche helfen. Ich warf die abgemachten Klammern in einen großen Känguruhbeutel.

Onkel Dietrich kaufte mir zwei Spielzeugindianer, bei denen man die Arme bewegen konnte. Von Mama hatte ich fünf Mark als Taschengeld mitgekriegt. Davon wollte ich mir noch mehr von den Indianern kaufen, aber Tante Jutta war dagegen. Mehr als eine Mark durfte ich für die Indianer nicht ausgeben, obwohl das Geld meins war. »Klappe zu, Affe tot«, sagte Tante Jutta. Das sagte sie ganz oft, auch wenn sie den Telefonhörer aufgelegt oder die Spülmaschine zugemacht hatte: »Klappe zu, Affe tot.«

Im Kinderzimmer bauten meine Kuinen und ich eine Butze. Über den Tisch kam eine Decke, die bis zum Boden runterhing.

Jetzt konnten wir unter den Tisch kriechen und in der Butze sitzen.

Dann wollten sie wieder nach unten. Ich blieb lieber in der Butze hocken.

Einmal machten wir einen Spaziergang in den Wald. Da fand ich Himbeeren und Blumen und einen Stock, den ich als Schwert benutzen konnte. In die Wohnung durfte ich das Schwert aber nicht mitnehmen.

Dann sollte ich in die Badewanne, aber die Badewanne war nicht weiß wie bei uns, sondern grün, und ich klammerte mich an die Türklinke. Ich wollte nachhause, und ich mußte heulen.

Am nächsten Tag brachte Onkel Dietrich mir eine Wasserpistole mit, die ich nur in der Badewanne benutzen durfte. Mit Wasserpistole hatte ich auch nichts mehr gegens Gebadetwerden.

Und dann ging ich doch mal mit nach unten. Tante Jutta hatte mir einen Haustürschlüssel mitgegeben, der an einem Band um meinen Hals hing. Ich hatte auch eine Schippe mit.

Von den Ecken war im Sandkasten keine frei, und ich versuchte, anderswo am Rand eine Burg zu bauen. Der Sand war oben ganz warm von der Sonne.

Neben meiner Burg bauten meine Kusinen eine für sich. Im Sandkasten war es besser, als ich gedacht hatte, und es war auch besser als in der Butze oder in der Küche bei Tante Jutta.

Von Bruchköbel spedierte Onkel Dietrich mich nach Jever. Auf der Autobahn überholten wir Lastwagen mit Röhren hintendrauf, die sich drehten. In denen wurde Beton gemischt.

Mir fiel ein, daß ich meine Indianer nicht eingepackt hatte, aber Onkel Dietrich wollte nicht mehr zurückfahren. Tante Jutta würde mir die Indianer mit der Post schicken. Klappe zu, Affe tot.

Wegen Frau Apken mußte die Haustür abends jetzt immer abgeschlossen werden. Neulich sei Frau Apken im Nachthemd aus dem Haus gelaufen, um ihren Mann zu begrüßen, sagte Oma, aber der war ja schon tot. Einmal habe Frau Apken nachts um eins mit Hut und Mantel im Flur gestanden und gerufen: »Ich muß hier raus, die wissen ja nicht, wo ich bin!«

Ich ging auch wieder Enten füttern. Dafür hatte Oma immer altes Brot. Es gab Enten und Erpel. Die Erpel waren schöner, aber ich warf auch den Enten was zu.

Unter einem Busch fand ich eine Pfauenfeder, die länger war als ich selbst.

Zum Geburtstag sang ich Oma ein Lied vor. Wir lagen vor Madagaskar und hatten die Pest an Bord, in den Kesseln, da faulte das Wasser, und täglich ging einer über Bord. Nach der ersten Strophe wollte Oma das Lied nicht weiterhören. Ich sollte lieber eins ohne Pestleichen singen. Was ich noch kannte, war: Die Affen rasen durch den Wald, der eine macht den andern kalt, aber das war auch nichts für Oma. »So 'n Schiet bruukt wi nich!« rief sie.

Die ganze Affenbande brüllt: Wo ist die Kokosnuß, wo ist die Kokosnuß, wer hat die Kokosnuß geklaut?

Durchgang verboten! Das stand auf einem Schild hinten im Garten, an einem Pfad, der auf das verwilderte Nachbargrundstück führte. Zusammen mit Gustav ging ich da einmal hin, und wir sammelten Äpfel für die Schweine. Als wir zurückkamen, versperrte uns Herr Kaufhold den Weg. Er zeigte auf das Schild und sagte, da stehe ausdrücklich, daß der Durchgang verboten sei.

»Wir wollen hier ja auch nicht durch, wir wollen hier nur lang«, sagte Gustav, und dann gingen wir an Herrn Kaufhold vorbei.

Zum Kaputtlachen. »Wir wollen hier ja auch nicht durch, wir

wollen hier nur lang!« Da hatte Herr Kaufhold keine Antwort drauf gewußt.

Tante Dagmar kam von Mallorca nach Jever. Sie war ganz braun geworden, und sie ging mit mir zum Waldschlößchen, wo ich mit dem Karussell fahren konnte, bis Tante Dagmar schlappmachte und das Karussell nicht länger drehen wollte.

Oma brachte mich zurück nachhause. Im Zug war es heiß. Oma hatte eine hellgrünes Kleid an, das unter den Ärmeln und am Rücken, wo Oma geschwitzt hatte, immer dunkler wurde.

Wiebke hieß jetzt »der Ninnich«, weil sie in Spanien immer »Ninnich« gesagt hatte. Nicht einmal Eis hatte sie essen wollen, bloß immer »Ninnich« gesagt und alles abgelehnt. Gut gefallen hatte es ihr nur im Wasser auf der Hupfatatze alias Luftmatratze.

Renate zeigte mir die Muschelkette und die Puppe, die sie sich gekauft hatte, eine Flamencotänzerin mit einem Kleid, in dem Streifen aus Gold waren.

Mama und Papa hatten eine Holzfigur mitgebracht, Don Quichotte, mit einem langen dünnen Speer, den man der Figur aus der Faust rausziehen konnte. Der Don Quichotte kam im Wohnzimmer ins Regal, und wir durften ihn nicht anfassen.

In Spanien hatten Renate und Papa das Tausend-Teile-Puzzle von der Kirche dreimal zusammengesetzt. Am schwersten sei immer der Himmel gewesen, sagte Renate. Beim dritten Mal hatte sie das Puzzle umgedreht und die Teile hinten mit Kugelschreiber numeriert, von A1 bis Y40, als Hilfe fürs nächste Mal.

Volker hatte in Italien schwimmen gelernt. Er konnte jetzt fünf Züge. Am Strand hatte er eine Angel und ein Messer gefunden. Die Spange hatte er die ganzen Ferien über weggelassen, aber nicht weitersagen.

Ich zeigte Uwe meine Pfauenfeder und die Indianer, die Tante Jutta im Paket nach Koblenz geschickt hatte. Was ein Pfau war, mußte ich Uwe erst erklären.

Weil sie sich daran übergesehen hatte, ließ Renate sich von Mama die Zöpfe abschneiden. Die landeten in der Schublade von Renates Schreibtisch, als Andenken.

Einmal mußte Mama mit Wiebke zum Kinderarzt, und Renate hatte die Aufsicht über uns. Ohne Zöpfe sah Renate anders aus, und sie war strenger als sonst und sperrte Volker und mich im Kinderzimmer ein. Auch als wir aufs Klo mußten, ließ sie uns nicht raus. Sie sagte, wir würden nur so tun, aber wir mußten wirklich, und wir hopsten auf den Betten, um nicht zu merken, wie dringend wir mußten.

Erst als Mama wieder da war, konnten wir raus und aufs Klo.

Wir sollten mal an die Kinder in Biafra denken, sagte Mama. Die hätten nicht mal genug zu essen.

Die Kinder in Biafra hatten alle dicke Bäuche, aber Mama sagte, da sei nichts drin. Das seien Wasserbäuche.

Biafra war ein kleines Land, und wer da Essen hinbringen wollte, wurde von den Leuten in dem größeren Land daneben nicht durchgelassen.

Vor der Einschulung mußte ich zur Pockenimpfung. Da sollte ich mich wie die anderen Kinder obenrum ausziehen. »Nun mach dir mal nicht ins Hemd, du Bangbüx«, sagte Mama, aber ich trampelte und strampelte, weil ich Angst vor der Spritze hatte, und die Tafel, an der ich mich festhielt, rollte mit, als Mama mich wegzog.

Meinen Namen konnte ich schon schreiben, aber nur mit links. Mama wollte, daß ich mit rechts schreibe. Kinder, die mit links schreiben lernten, würden später, wenn sie Füller hätten, die nasse Tinte beim Schreiben mit der Hand verschmieren. Ich sollte mit rechts schreiben lernen und durfte dafür weiter mit links malen.

Uwe sollte erst im nächsten Jahr eingeschult werden, weil er noch nicht groß genug war.

Auf Mamas Frisiertisch lag meine Schultüte. Ich schlich auf Zehenspitzen hin. Es waren Süßigkeiten in der Tüte, und oben kuckte ein großes blaues Auto raus.

Ich mußte meine blaue Bobbyjacke anziehen, die mir schon fast zu eng war. Dann fuhren wir zum Schulgottesdienst in der Hoffnungskirche.

Man mußte aufstehen und beten und sich wieder hinsetzen. Eine Frau hielt allen Leuten einen Beutel am Stiel hin, und die Leute sollten Geld reinwerfen. Mama gab mir einen Groschen, damit ich auch was in den Beutel werfen konnte.

Jetzt war ich Erstkläßler. Mama brachte mich zu einem Zimmer in der Schule, wo auch die anderen Erstkläßler hingebracht wurden, und ich suchte mir einen Platz am Fenster aus.

Neben mir setzte sich ein dünner Junge mit Brille hin.

Vorne war das Pult mit einer großen Blumenvase. Da stand auch eine dicke Frau. Das war Frau Kahlfuß, die Lehrerin.

An unserem ersten Schultag müßten wir noch nicht soviel tun, sagte Frau Kahlfuß. Aber wer seinen Vornamen schon schreiben konnte, sollte den auf die Schiefertafel schreiben.

Frau Kahlfuß ging auf und ab und kuckte sich die Namen auf den Tafeln an. Der Junge neben mir hieß Dieter Aulich.

Das hätten wir sehr schön gemacht, sagte Frau Kahlfuß, und dann war der erste Schultag zuende.

Das blaue Rennauto durfte ich für mich alleine behalten, aber von den Süßigkeiten mußte ich Wiebke welche abgeben, weil sie quakig wurde, als sie mich die alle fressen sah.

Am zweiten Schultag sollte Volker mich zur Schule mitnehmen. Wir gingen am Hochhaus vorbei und dann über die Straße, wo wir aufpassen und nach beiden Seiten kucken mußten. Dann kam die Ampelkreuzung. Wenn das grüne Männchen kam, durften wir gehen.

Eigentlich sollte Volker mich bis zur Schule an der Hand halten, aber er wollte, daß ich hinter ihm und Kalli herging, damit keiner von seinen Schulfreunden merkte, daß ich dazugehörte.

Auf der anderen Straßenseite war die Kaserne. Da gingen wir vorbei und über eine Wiese und noch eine Straße runter, und dann sah man schon die Schule. »Ab hier brauchen wir dir ja wohl nicht mehr zu helfen«, sagte Volker, und Kalli zwinkerte mir zu.

Frau Kahlfuß zeigte uns, wie wir uns morgens auf dem Schulhof hinstellen mußten. Wir sollten immer zu zweit in einer Reihe stehen und warten, bis wir abgeholt werden. So sollten wir das auch nach der großen Pause machen, wenn es geschellt hatte.

Dann führte uns Frau Kahlfuß zum Klassenzimmer. Die Jakken mußten wir im Flur an die Haken hängen. Ich setzte mich wieder neben Dieter Aulich an die Bank am Fenster.

Es waren auch Mädchen in der Klasse. Eins war ganz lang. Ein anderes weinte, weil es seine Tafel vergessen hatte.

Ich hatte alles dabei, die Tafel, die Kreide, den Lappen, die Turnsachen und die Fibel. Frau Kahlfuß brachte uns ein Lied mit Kuckuck und Esel bei. Wer wohl am besten sänge zur schönen Maienzeit!

Zum Turnen mußten wir wieder in zwei Reihen hinter Frau Kahlfuß hergehen. In der Turnhalle hingen Seile von der Decke. Frau Kahlfuß brachte uns Brücke und Kerze bei.

Nach dem Turnen war Pause. Von den Jungen spielten welche Fangen. Mama hatte mir für die Pause ein Leberwurstbrot geschmiert. Dieter Aulich hatte ein Käsebrot, und wir tauschten, weil ich Leberwurst nicht mochte und Dieter keinen Käse. Wir wollten jetzt immer tauschen.

Vorne auf der Fibel waren ein Mädchen und ein Junge, die mit Ranzen auf zur Schule gingen. Der Junge hatte eine Brezel in der Hand.

Wir sollten die erste Seite aufschlagen. Da war ein Junge, der eine Sonne und einen Osterhasen und Küken malte. Der Junge hieß Hans. Frau Kahlfuß schrieb den Namen von dem Jungen an die Tafel, und wir sollten versuchen, den Namen abzuschreiben.

Dieter Aulich und ich waren früher damit fertig als die anderen in der Klasse. Ich mußte aber nochmal neu anfangen, weil ich mit links geschrieben hatte. Mit rechts dauerte es viel länger.

Dieter Aulich und ich hatten denselben Schulweg, und wir gingen zusammen. Geschwister hatte Dieter keine. Seine Eltern wohnten weiter unten auf der Horchheimer Höhe, beim Spielplatz. Dieter sagte, daß er einen Kaufmannsladen habe.

Sechs Wörter konnte ich schon schreiben: Hans, Suse, Rolf, Sonne, Brot und Kasper. Renate brachte mir noch andere Wörter bei: Igel und Maus.

Auf einem Bild in der Fibel war Hänschen, der in die Welt hineinging, während die Mutter am Haus stand und weinte, und auf einem anderen Bild begoß Kasper den Teufel mit Tinte und jagte ihn dann in einen glühenden Ofen rein.

Uwe wollte wissen, wie es in der Schule sei und ob ich neue Freunde hätte. Ich erzählte ihm von Dieter Aulich und dessen Kaufmannsladen, und Uwe sagte, da sollten wir mal zusammen hingehen.

In Dieters Kaufmannsladen lagen die Schachteln mit den Zuckerpillen in einem Regal, vor dem ein Vorhang war. Dieter erlaubte uns, dahinterzukucken, aber er sagte, wir sollten die Schachteln zulassen. Hinter dem Vorhang machten Uwe und ich die Schachteln trotzdem auf und aßen sie leer.

Dieter hatte auch Zinnsoldaten und ein Schaukelpferd, und er mußte nichts, was er hatte, mit Geschwistern teilen.

Als wir alles aufgegessen hatten, gingen wir weg.

In der Schule wollte Dieter Aulich sein Pausenbrot nicht mehr mit mir tauschen. Es gab aber sowieso bessere Jungen in der Klasse. Ingo Trinklein zum Beispiel, weil der mich beim Fangen mitspielen ließ, selbst wenn ich meine Kniebundlederhose anhatte. Die anderen waren dagegen gewesen, aber Ingo Trinklein hatte gesagt, daß die Hose egal ist, wenn einer gut rennen kann.

Ingo Trinklein wohnte in einem von den Häusern an der Straße vor der Schlucht. Jetzt ging ich immer mit Ingo Trinklein zusammen nachhause, und morgens kam er mich abholen.

Auf einer Seite in der Fibel waren Rolf und Lotte im Stockgeschäft. Da kostete ein Stock zwei Mark. Die Stöcke hingen hinter der Verkäuferin im Regal.

Daneben war ein Bild aus dem Schlachterladen. Der Schlachter hatte eine Glatze. Hans, Wurst, Hut, Stock, Hase, Rabe, Reh.

Baum, Bach, Fisch.

An einem Tag kam Ingo Trinklein mich nicht abholen, und ich ging alleine zur Schule. Ich dachte, wir hätten Turnen, aber die Turnhalle war leer. Ich war eine Stunde zu früh gekommen und mußte heulen.

Da kam Frau Kahlfuß. Sie nahm mich in den Arm und sagte: »Das macht doch nichts, wenn man zu früh zur Schule kommt!«

Die hatte gut reden.

Wir mußten auch rechnen. Zwei und fünf oder vier weniger drei. Das konnte Nulfi am allerbesten. Nulfi hieß eigentlich Arnulf, aber alle sagten Nulfi.

Einem Jungen in der Klasse lief immer Spucke aus dem Mund, wenn er was sagte. Bernhard hieß der.

Ich schrieb lieber, auch mit rechts. Kasper, Kuchen, Kerze, Ranzen. Kinder: la la la. Kasper: lo lo lo. Lehrer: o o o. Teufel: hu hu hu. Kasper: ho ho ho. Kinder: ha ha ha. Hans: o weh o weh.

Der Teufel spielte auch mit, als in der Schule ein Kaspertheater war. Der Kasper sah anders aus als unserer. Bei dem hier war die Nase viel dicker, und er hatte eine Klingel an der Mütze. »Tri, tra, trullala«, schrie der Kasper. Dann stritt sich der Teufel mit dem Krokodil, und dann kam Kasper wieder, um die beiden zu verhauen. Er wollte wissen, wen er kräftiger verhauen soll, den Teufel oder das Krokodil. Ich war für den Teufel, aber es gab auch welche, die für das Krokodil waren. Zuletzt verhauten sich das Krokodil und der Teufel gegenseitig.

Mit unseren Kasperpuppen wollte ich für Wiebke alles nachspielen, aber das ging nicht, weil sie immer selber anfing, das Krokodil und den Teufel zu verhauen. Die kapierte nicht, daß das nur Puppen waren.

An einem Sonntag machten wir mit der ganzen Familie einen Spaziergang. Wir gingen einen Weg lang, den ich noch nicht kannte, und kamen am anderen Ende von der Müllkippe vorbei, wo Hagebuttensträucher wuchsen. Papa sagte, daß man Hagebutten essen kann, mit Zucker, und ich pflückte mir welche.

Mama wusch, zerschnippelte und zuckerte die Hagebutten. Innen waren kleine Kerne, die mir zwischen den Zähnen klebenblieben.

Volker wollte Brennesseln essen. Das konnte man, wenn man die Brennesseln eingeweicht hatte. Zum Abrupfen zog Volker sich Winterhandschuhe an. Dann steckte er die Brennesseln zusammengeknüllt in ein Einmachglas mit Zuckerwasser. »Abwarten und Tee trinken«, sagte Volker.

Renate kriegte einen Brief, in dem stand, daß sie was gewonnen hatte. Der Brief war vom Kaufhof. Da hatte Renate bei einem Preisausschreiben mitgemacht.

Den Gewinn mußte Renate in Koblenz abholen. Sie fuhr mit dem Bus hin, und als sie wiederkam, brachte sie ein Puzzle mit. Sie hätte auch ein Fahrrad gewinnen können oder Schlittschuhe, die da als Gewinne gestanden hätten, sagte Renate, aber sie hatte nur das Puzzle gekriegt.

Das Puzzle hatte auch wieder tausend Teile. Auf dem Deckel konnte man Frauen mit orangen Regenschirmen auf einem Waldweg sehen. Das seien Japanerinnen, sagte Renate, und die Regenschirme seien Sonnenschirme. Die Japanerinnen waren unten ganz klein auf dem Bild. Der Rest war voll mit Blättern. Die Teile sahen fast alle genau gleich aus, und es dauerte ewig, bis man zwei gefunden hatte, die zusammenpaßten. Volker nahm sich immer nur ein einzelnes Teil und suchte dann auf dem Deckel, wo es hingehörte. Ich suchte die Randteile raus, die an einer Seite gerade waren.

Als Kasimirs Volker und mich zum Zirkus mitnahmen, mußten wir lange im Auto fahren. Ich saß hinten in der Mitte, Volker links und Kalli rechts am Fenster.

Der Zirkus war einer mit Seehunden, Pferden, Clowns und Löwen. Die Seehunde konnten Bälle auf der Nase balancieren, und die Pferde hatten bunte Büschel auf dem Kopf und liefen im Kreis, bis ein Mann mit der Peitsche knallte. Dann drehten sich die Pferde um und liefen andersrum.

Nach den Pferden kamen die Akrobaten. Einer ging oben auf einem Seil lang, ohne runterzufallen, und ich klatschte Beifall, bis mir die Hände wehtaten.

Dann bauten die Zirkusleute einen Käfig auf, was so lange dauerte, daß ich vor der Raubtiernummer zweimal pinkeln gehen mußte.

Aus einem Gittertunnel kamen die Löwen raus. Die mußten über einen Balken gehen und über eine Lücke springen.

Einmal waren morgens auf dem Schulhof schon alle Schlangen abgeholt worden außer unserer. Frau Kahlfuß kam nicht. Wir warteten noch ganz lange. Dann kam der Schuldirektor raus und sagte, daß Frau Kahlfuß krank sei. Wir sollten nachhause gehen.

Als die anderen weg waren, gingen Ingo Trinklein und ich in die Schule zurück und warfen die Jacken, die vor den Klassenzimmern am Haken hingen, auf den Fußboden, und auf dem Weg vorm Wäldchen nahm Ingo einem Kind den Ball weg. Das Kind heulte so laut, daß seine Mutter aus dem Haus gelaufen kam und uns anschrie, daß wir uns schämen sollten, kleine Kinder zu beklauen, und daß wir den Ball wieder hergeben sollten.

Ingo schmiß den Ball in eine Pfütze.

In der Schule brachte uns Frau Kahlfuß das Lied vom schwarzen Peter bei, der im Garten sitzt und didelidelitt singt. Hinter Dieter Aulich und mir saß ein Mädchen, das Osela hieß und immer heiser war. Wie ein Reibeisen. Wenn die was sang oder was sagte, hörte sich das so kratzig an, daß mir die Augen davon tränten.

Für das Lied sollten wir uns im Kreis aufstellen und alle einzeln eine Strophe aufsagen. Ich wollte nicht, daß die anderen sahen, wie mir die Augen tränten, wenn Osela dran war, aber ich konnte auch nicht weg. Dann schellte es zum Glück, und Osela kam nicht mehr dran.

Nach der Schule schraubten Ingo und ich bei den Autos an der Straße vor der Kaserne die Tankdeckel ab und warfen sie weg. Weil Benzin gut brannte, wollte Ingo irgendwann auch mal ein Streichholz anzünden und bei einem Auto in den Tank werfen.

Auf der Horchheimer Höhe wollte jeder der erste sein. Wer als erster beim Hochhaus war, hatte gewonnen. Hinter der Ampelkreuzung raufte ich mich deswegen mit Ingo, der mir in die Hand biß und mich an den Haaren zog, bis ich aufgab. Vor dem Kämpfchen hatte er seinen Ranzen abgenommen. Ich hatte meinen noch auf, und als ich unten lag, drückte mich der Ranzen im Rücken.

Als Ingo mich freiließ, waren alle anderen schon an uns vorbeigegangen, und wir konnten beide nicht mehr Erster werden.

Mama sagte, den Namen Osela gebe es nicht. Ursula würde das Mädchen heißen. »Wasch dir mal die Ohren.«

In dem Spielzeuggeschäft im Ladenviertel wollte Ingo Trinklein eine Pistole klauen. Paul Dickel, Rainer Waletzky und ich gingen nach Schulschluß mit, um durchs Fenster zuzukucken.

In dem Geschäft drehte Ingo den Ständer mit den Pistolenschachteln und nahm eine davon raus. Die sah er sich an. Dann steckte er die Schachtel in die Jacke und kam raus. Die Verkäuferin hatte nichts gemerkt.

Wir liefen um die nächste Ecke. Da packte Ingo die Pistole aus und schmiß die Schachtel auf den Weg. Die Pistole war schwarz mit dunkelbraunem Griff. Wir durften sie alle mal halten, und dann verbuddelten wir sie im Sandkasten vorm Hochhaus.

Wir seien jetzt eine Bande, sagte Ingo, und wir müßten schwören, daß wir niemandem was verraten.

Zuhause stellte ich meinen Ranzen ab, lief zum Sandkasten zurück und buddelte die Pistole wieder aus.

Mama stand in der Küche und machte Mittagessen. Ich ging mit der gestohlenen Pistole ins Kinderzimmer hoch und versteckte sie im Schiebeschrank.

Ingo Trinklein wollte noch eine Pistole klauen. Paul Dickel, Rainer Waletzky und ich gingen wieder mit.

Die neue Pistole war anders. Der Lauf war länger, und der Griff war weiß. Ingo wollte die neue Pistole neben der alten im Sandkasten vergraben, aber vorher wollte er die alte ausgraben.

Wir gruben den ganzen Sandkasten um, aber die alte Pistole war weg. »Die hat einer geklaut«, sagte Rainer Waletzky. Wir buddelten und buddelten, aber die Pistole war nicht mehr da. Ingo Trinklein sagte, daß wir die neue Pistole tiefer vergraben müßten als die alte.

Nach dem Ranzenabstellen lief ich gleich wieder zum Sandkasten, um mir auch die neue Pistole zu holen. Ich war noch mit beiden Händen am Buddeln, als auf der Straßenseite gegenüber ein Fenster aufging und Paul Dickel rüberschrie: »Martin, was machst du da?«

Ich hatte nicht gewußt, daß der da wohnte, mit freier Sicht auf den Sandkasten.

»Ich such nach der verlorenen Pistole«, rief ich.

»Dann ist gut«, rief Paul Dickel und machte das Fenster wieder zu. Ich setzte mich im Sandkasten anders hin, mit dem Rükken zu dem Haus, in dem Paul Dickel wohnte, zog die neue Pistole aus dem Sand und lief nachhause.

Ich dachte, ich hätte die Pistolen gut genug versteckt, aber Mama fand alle beide, und ich sollte sagen, woher ich die hatte. »Keine faulen Ausreden! Und lüg mich nicht an, sonst passiert was!«

Als ich mit dem Namen von Ingo Trinklein rausrückte, war Mama schon zufrieden.

Mama telefonierte mit Ingos Eltern, und dann kamen die Trinkleins alle zu uns ins Wohnzimmer. Mama hatte denen nur gesagt, daß ich alles zugegeben hätte, und nicht, daß ich die Pistolen aus dem Sandkasten genommen hatte.

Wir saßen im Wohnzimmer. Ingo hatte mir eine Tafel Schokolade mitgebracht. Ich war von Mama gekämmt worden.

Unsere Eltern schüttelten sich die Hände. Mama hatte Kaffee gekocht.

»Stell dir doch mal vor«, sagte Ingos Vater zu mir, »jetzt würde jemand kommen und dir deine Lederhose wegnehmen, das würde dir doch auch nicht gefallen.«

Ich sollte was dazu sagen, und ich sagte, daß ich meine Lederhose nicht leiden mochte. Die könnte mir ruhig jemand wegnehmen, das wär mir ganz egal.

Mit Bengeln wie Ingo Trinklein und Konsorten solle ich mich gar nicht mehr abgeben, sagte Mama, als wir wieder alleine waren. Das sei ein falscher Fuffziger.

Ich kriegte eine Woche Hausarrest, genau wie Ingo. Weil wir dann nicht wieder weggekonnt hätten, gingen wir nach der letzten Stunde nicht nachhause.

Ein Gartenzaun hatte ein Loch, wo wir durchpaßten. In dem Garten war ein Schuppen mit einem Spalt über der Tür. Ich machte Räuberleiter, und Ingo faßte in den Spalt und zog eine Säge aus dem Schuppen, die an jedem Ende einen Griff hatte. Mit der Säge gingen wir zu einem Apfelbaum, den wir umsägen wollten. Das war schwer, aber die Rinde hatten wir nach einer Weile eingeritzt.

Mama sagte ich, wir hätten nachsitzen müssen.

Am nächsten Tag liefen wir nach der Schule wieder zu dem Garten und sägten weiter und waren schon fast bei der Mitte vom Stamm angekommen, als ein Mann in dem Haus, zu dem der Garten gehörte, uns durchs Fenster anschrie, ob wir sie noch alle hätten.

Die Säge ließen wir im Apfelbaum stecken.

Mama sagte, ich sei ein Filou. Sie hatte Frau Kahlfuß angerufen und wußte, daß ich mir das mit dem Nachsitzen nur ausgedacht hatte, und sie hatte auch schon mit den Eltern von Ingo Trinklein telefoniert.

Als Papa eine Dienstreise nach Amerika machen mußte, durfte ich dann aber mit zum Bahnhof. Wiebke hatte ihren fusseligen weißen Poncho an und winkte Papa noch nach, als der Zug schon lange verschwunden war.

Renate sang Lieder aus der Mundorgel. Die Gedanken sind frei, kein Mensch kann sie wissen, kein Jäger erschießen. Da müsse man »erschissen« singen, sagte Renate, sonst würde sich das nicht reimen.

Sabinchen war ein Frauenzimmer. Ich hätte kein Zimmer für Frauen sein wollen. So 'n Zimmer mit Strumpfhosen überm Stuhl, und dann sitzen da Frauen mit Lockenwicklern.

Mama konnte ein plattdeutsches Lied, in dem ein tanzendes Tier vorkam: Und he danzt ganz alleen op de achtersten Been. Ich wollte wissen, was op de achtersten Been sei, aber Mama sagte, das könne man nicht übersetzen. Da kriegte ich die Wut, weil op de achtersten Been doch irgendwas heißen mußte. Ich schmiß mich auf den Boden und schrie und durfte deshalb Pat und Patachon nicht sehen.

Frau Kahlfuß erzählte uns, wie der liebe Gott das Paradies gemacht hatte. Weil Adam und Eva einen Apfel von dem verbotenen Baum gegessen hatten, schickte der liebe Gott die beiden weg aus dem Paradies. Daran war die Schlange schuld, die Eva den Apfel gegeben hatte.

Frau Kahlfuß las uns auch aus der Fibel vor. Hu – was ist das? O weh – eine Laus! Eine Li-, eine La-, eine Lause-Laus! Holt die Laus! Haltet die Laus! Hoho – da saust die Laus los! Oma, Mama, Hans, Lotte, Rolf, Fifi, Stuhl, Dose, Deckel, Tasse, alle, alle sausen. Wo ist die Laus?

Im Traum fand ich eine Abkürzung nach Jever. Man mußte im Wäldchen durch eine Hecke, und dann war man im Garten von Oma und Opa. Als ich wieder wach war, sagte ich Mama, daß wir nie mehr mit dem Auto oder mit dem Zug nach Jever fahren müßten, weil ich eine Abkürzung gefunden hätte, aber als ich im Wäldchen nachsah, fand ich das Gebüsch nicht mehr, von dem ich geträumt hatte. Bomben Granaten Element Blitzblotz Donnerwetter Sakrament nochmal!

Wenn ich ein Vöglein wär und auch zwei Flügel hätt.

Aus Amerika brachte Papa einen Sechs-Farben-Kuli mit. Die Farbe, die man haben wollte, mußte man oben im Schlitz ankucken. Wenn man dann am Kuli klickte, kam unten wie durch Zauberei die Mine mit der Farbe raus, die man angekuckt hatte.

Mir schenkte Papa ein kleines Messer. Ich lief damit ins Wäldchen und probierte an meinem rechten Daumen aus, wie scharf das Messer war. Aus der Wunde schoß ein Blutstrahl, und noch einer, und noch einer, und ich rannte nachhause.

»Das war ja nun nicht im Sinne des Erfinders«, sagte Papa. Er schiente mir den Daumen mit einem kleinen Stock und wickelte einen Verband drumrum, den er mit einer Sicherheitsnadel zumachte. Die Narbe werde mir erhalten bleiben, sagte Papa, bis ins hohe Alter, zur Erinnerung an meine Doofheit.

Ich fand die Narbe aber gut. Uwe hatte keine so große. Ingo auch nicht. Gar keiner sonst.

Aus Amerika hatte Papa auch ein großes Buch mit Fotos aus dem Wilden Westen mitgebracht. Da waren Soldaten zu sehen, die in der Wüste vor der Leiche von einem Skalpierten knieten, drei Frauen mit Haar, das bis zur Erde hing, ausgezogene Kinder beim Baden, Indianerhäuptlinge mit Federschmuck und ein Mann und eine Frau, die auf riesigen Seerosen auf einem Teich standen. Auf einem anderen Foto tanzten zwei Frauen auf einer Felsenklippe, und auf noch einem anderen stürzte sich ein Reiter mit seinem Pferd von einem hohen Holzturm ins Wasser.

Aus Amerika hatte Papa auch eine Zeitschrift mit Nacktfotos mitgebracht, das Mama gleich in die Mülltonne warf. Als es dunkel war, schickte Renate mich heimlich raus, die Zeitschrift wiederholen.

Auf einem Foto sah man eine halb ausgezogene Frau, die an einen Baum gefesselt war.

An Sankt Martin verschenkte ein Bäcker Teilchen auf dem Parkplatz vorm Haus. Wir gingen immer wieder hin, holten uns was und stapelten die Teilchen auf dem Eßtisch. Der Stapel reichte schon fast bis zur Lampe. Ich wollte nicht, daß der Bäcker mich erkannte, weil ich schon so viele Teilchen geholt hatte, deshalb streckte ich am Tisch nur den Arm zwischen den anderen Leuten durch und hielt die Hand auf, aber der Bäcker zog mich an der Hand zu sich hin und sagte: »Na, wen haben wir denn da?« Dann gab er mir einen Amerikaner und ein Hörnchen. Amerikaner hatten Zuckerguß.

Das Zeug werde uns noch zu den Ohren wieder rauskommen, sagte Papa. »Friß nicht wie so 'n Scheunendrescher!«

Frau Strack fiel auf, daß Wiebke mit dem linken Auge schielte, und als Mama mit ihr beim Augenarzt gewesen war, kriegte Wiebke eine Brille. Das rechte Glas war schwarz zugeklebt, damit Wiebke sich beim Kucken mit dem Schielauge mehr anstrengen mußte.

Wiebke versteckte die Brille immer unterm Bett oder hinterm Klo oder woanders, und wenn Mama nach der Brille fragte, sagte Wiebke nur: »Ninnich!«

Als Hausaufgabe mußte ich dreimal schreiben: hurra hurra der Kasper ist da. Jetzt konnte ich auch lesen, was auf dem Brotschalenrand stand: Unser täglich Brot gib uns heute.

Papa hatte einen kleinen Ofen gekauft, in dem man Aschenbecher mit Emaille buntmachen konnte. Dafür mußte Papa Pulver in den Aschenbecher streuen. Im Ofen schmolz das, aber es blieb nie so liegen, wie es sollte. »Alles Kacke, deine Emma«, sagte Papa dann, und einmal schmiß er den Aschenbecher nach dem Emaillieren vor Wut an die Wand.

Die Wortzaubermühle. Aus dem Mond wird der Mund. Aus dem Mund wird der Hund. Aus dem Hund wird die Hand. Aus der Hand wird die Wand. Aus der Wand wird der Wind. Aus dem Wind wird das Kind. Aus dem Kind wird der Wind, daraus die Wand, daraus die Hand, daraus der Hund, daraus der Mund, und daraus der schöne Mond, der am Himmel oben wohnt.

In der Fibel war ein Bild von einem Fisch, der mit dem Löffel Brei aus einem Teller ißt und einen Tisch haben will. Den Tisch hat die Maus, und die Maus will das Haus von dem Schwein, das den roten Wein will. Den roten Wein hat die Katze. Der Fisch schwimmt zur Katze. O weh! Die böse Katze holt mit der Tatze den armen Fisch; holt den Fisch, holt den Wein! Wo wird nun das Fischlein sein?

Mutter bäckt. Was bäckt Mutter? Mutter bäckt Plätzchen. Mutter bäckt einen Kuchen. Mutter bäckt Plätzchen und Kuchen.

Im Fernsehen kam Tom Sawyer, aber erst spät, und ich mußte lange quengeln, um das sehen zu dürfen.

Tom Sawyer stahl sich immer nachts durchs Fenster übers Dach aus dem Haus raus, um sich mit Huckleberry Finn zu treffen, der in einer Tonne wohnte. Ich hätte auch gerne in einer Tonne gewohnt, aber auf der Horchheimer Höhe gab es keine Tonnen, in denen man wohnen konnte. Bei uns konnte man sich auch nicht nachts durchs Fenster nach draußen schleichen.

Plemmplemm war Tom Sawyers kleiner Bruder Sid. Und daß Tom Sawyer sein Kaugummi Becky Thatcher abgab, fand ich eklig. Die schielte fast so schlimm wie Wiebke.

Huckleberry Finn war vernünftiger als Tom Sawyer, aber dafür war Tom Sawyer mutiger. Vor dem Indianer-Joe hätte ich aber auch Angst gehabt. Der wollte Tom und Huck massakrieren, weil sie Augenzeugen gewesen waren, als er auf dem Friedhof den Doktor erstochen hatte.

Die Höhle, in der Tom Sawyer sich verlief, war millionenmal besser als unsere im Wäldchen.

Als Geschenk für Oma Jever hatte Renate schon das ganze Jahr lang Kreuzworträtsel aus dem Stern ausgeschnitten. Die klammerte sie jetzt zusammen.

Ich malte den Weihnachtsmann, mit Hirschen im Schneesturm, und obendrüber den Mond mit Zipfelmütze.

Ingo Trinklein sagte, an den Weihnachtsmann würden nur Babys glauben. Ich sollte mal überlegen, zu wievielen Familien der hinmüßte, um alle Geschenke abzugeben. Das gehe gar nicht.

Als Hausaufgabe hatten wir aufgekriegt: Am Christbaum sind Kerzen, am Christbaum sind Herzen, am Christbaum sind Sterne, am Christbaum sind Kugeln. Mama lobte mich dafür, daß ich die Hausaufgaben immer sofort nach der Schule machte. Volker hatte sich das schon lange abgewöhnt.

Nulfi petzte Frau Kahlfuß, daß Ingo und ich seinen einen Handschuh über die Mauer aufs Kasernengelände geworfen hatten, und da mußten wir zur Kaserne gehen und den Handschuh wiederholen.

Am Kasernentor stand ein Soldat. Dem sagten wir, daß wir für unsere Lehrerin einen verlorengegangenen Handschuh wiederfinden müßten. Dann kam ein anderer Soldat, dem wir die Stelle zeigen sollten, wo der Handschuh lag. Wir gingen an der Schranke vorbei in die Kaserne zur Mauer. Nulfis roter Handschuh war schon von weitem zu sehen.

In der Klasse waren Ingo und ich jetzt die einzigen, die schon mal in der Kaserne gewesen waren, und wir erzählten den anderen, daß da Panzer geschossen hätten.

Wenn ich selbst einen Handschuh verloren hatte, schickte Mama mich jedesmal gleich wieder los, den Handschuh suchen. Einmal mußte ich fast bis zur Schule zurück. Da lag der Handschuh am Straßenrand im Schneematsch.

Als ich ein anderes Mal den Handschuh nicht finden konnte, wollte Mama, daß ich nochmal losgehe und den Hausmeister frage. Bei dem würden alle Fundsachen abgegeben.

Ich trödelte, und es fing schon an, dunkel zu werden, als ich bei der Schule ankam.

Drinnen waren Kerzen an, und auf der großen Treppe stand der Schulchor und sang ein Weihnachtslied, das ich noch nie gehört hatte. Es schlafen Bächlein und Seen unterm Eise, es träumt der Wald einen tiefen Traum!

Der Hausmeister hatte einen Karton, der bis obenhin voll war mit einzelnen Handschuhen, und einer davon war meiner.

Durch die weite, weiße Welt.

Mama und Renate kannten das Lied. Es ist für uns eine Zeit angekommen, sie bringt uns eine große Freud! Mama sang mit zweiter Stimme, anders und tiefer als Renate, aber so, daß es gut dazu paßte. Vom hohen Himmel ein leuchtendes Schweigen erfüllt die Herzen mit Seligkeit!

Davon kriegte ich 'ne Gänsehaut.

Mama nähte meine Handschuhe mit einer langen Schnur zusammen, die durch die Ärmel vom Anorak gesteckt wurde. So konnten die Handschuhe nicht mehr verlorengehen, aber ich mußte aufpassen, daß keiner was von der Schnur merkte. Der einzige, der sonst noch Handschuhe mit Schnur hatte, war Dieter Aulich, und mit dem wollte keiner spielen.

Auf dem grünen Kalender an der Eßzimmerwand konnte man sehen, wieviele Tage es noch bis Weihnachten waren. Das Stövchen war innen mit was Rotem beklebt, das leuchtete, wenn das Teelicht brannte. Wenn man das Deckenlicht ausmachte, leuchtete das Rote im Stövchen noch heller.

Schwarzer Tee mit Kluntje und Sahne. Weil wir reicher geworden waren, gab es dazu dieses Jahr Spekulatiuskekse mit Mandelsplittern.

Frau Kahlfuß las uns eine Geschichte von einem Mädchen vor, das weggelaufen war, weil die Eltern so arm waren, daß sie keine Weihnachtsgeschenke kaufen konnten. Da brachte auch der Weihnachtsmann keine. Die Eltern suchten alles ab, das Haus, die Stadt, den Wald, aber das Mädchen war weg, und an Heiligabend saßen die Eltern im Wohnzimmer am Tisch und weinten und hielten sich unterm Tisch an den Händen, und ich mußte mir schnell was anderes vorstellen, sonst hätte ich selbst angefangen zu weinen.

Dann kam das Mädchen aber doch noch zurück, und alle waren wieder fröhlich, auch ohne Geschenke.

Vom Himmel hoch, da komm ich her, ich bring euch gute neue Mär. Mär sei ein anderes Wort für Botschaft, sagte Frau Kahlfuß, so wie Heiland ein anderes Wort für Jesus sei.

Wir sangen auch ein trauriges Weihnachtslied, in dem jemand darum bettelte, ins Haus gelassen zu werden, um nicht zu erfrieren.

Schneeflöckchen, Weißröckchen, wann kommst du geschneit?

Für Mama und Papa schrieb ich als Weihnachtsgeschenk ein Lied ab: Laßt uns froh und munter sein und uns recht von Herzen freun! Lustig, lustig, trallerallera, bald ist Nikolausabend da!

Als ich fast fertig war, riß das Blatt ein, und Renate flickte den Riß mit Tesafilm.

Im Kinderzimmer übten wir für Mama und Papa ein Krippenspiel ein. Renate war Maria und Volker Josef. Wiebke und ich sollten Hirten sein. Als Christkind lag die Puppe Annemarie auf Kissen in der Krippe, die Renate aus zwei Kinderstühlchen gebaut hatte. Ochs und Esel hatte sie auf Papier gemalt und mit Stecknadeln an der Gardine festgemacht.

Wir sollten vor der Krippe knien und beten. Ich hatte als Hirte einen Cowboyhut auf. Wiebke trug auch einen, der aber umgekrempelt war. Für sich selbst hatte Renate einen Umhang ausgesucht. Volker kriegte eine Sofadecke als Mantel und eine von Renate gebastelte Perücke aus weißer Watte. Wiebke wollte, daß neben Annemarie ein Mainzelmännchen in der Krippe liegt, obwohl im Stall in Betlehem bestimmt keins dringelegen hatte.

Als wir zum letzten Mal übten, hatte Renate auf dem Schrank

auch Kerzen aufgestellt und angezündet. Wir sollten erst das Jesuskind begrüßen, dann Ochs und Esel an der Gardine füttern und dann zusammen beten. Als wir uns zur Gardine umdrehten, kam Volker mit der Perücke ans Kerzenfeuer, und die Perücke fing an zu brennen.

Das Feuer kriegten wir nicht aus. Renate lief aus dem Zimmer und schrie: »Das ganze Haus brennt ab!«

»Ach du Scheiße«, rief Papa, der in der Badewanne lag, und man hörte das Wasser klatschen und schwappen. Von unten kam Mama die Treppe raufgelaufen.

Mama und Papa machten das Feuer mit Tüchern und Wasser aus. Unter der Perücke waren Volkers Haare angesengt und stanken. Renate ärgerte sich, weil die Perücke kaputt war, aber Mama sagte, das sei doch wurscht. Sie holte neue Watte aus dem Elternschlafzimmer und packte Volker was davon auf den Kopf, und Renate heulte, weil die neue Perücke viel schlechter war als die alte.

Ich wollte nur wissen, ob Mama und Papa was gesehen hätten von der Krippe und von Ochs und Esel. Dann wäre das Krippenspiel ja keine Überraschung mehr gewesen. Mama sagte, nein, sie hätten nichts gesehen.

Renate wollte nicht mehr, weil sie Volkers neue Perücke so blöd fand, und da wurde Mama böse. »Los jetzt!« rief sie, und dann führten wir das Krippenspiel eben auf.

Vor der Bescherung gab es Würstchen mit Senf und Kartoffelsalat. »Nachher schlagt ihr euch den Bauch ja doch mit Süßigkeiten voll«, sagte Mama.

Ich kriegte ein Wildwestfort mit Cowboys, eine rote Cowboyweste, eine neue Pistole und von Tante Therese aus England ein Auto. Volker hatte aus England auch ein Auto gekriegt, Mama Seife und Wiebke ein Kleid, weil Tante Therese Wiebkes Patentante war.

Meistens bekam man als Junge bessere Geschenke als als

Mädchen. Volker und ich kriegten neue Schlitten und Volker sogar einen Fotoapparat, aber Wiebke nur ein Spielzeugtelefon und Renate Strumpfhosen im Häkellook, kniehohe Lederstiefel und Briefpapier.

Wir hatten aber auch Bücher gekriegt: Das Geheimnis der orangefarbenen Katze, Künstler Mäxchen, Herders buntes Bilderlexikon und Käuze, Schelme, Narren, mit Geschichten über die Schildbürger, die immer alles falsch machten.

Nach Weihnachten fuhren Mama und Papa zum Klassentreffen nach Jever. Volker fuhr mit. Renate blieb mit Wiebke und mir auf der Horchheimer Höhe und sollte auf uns aufpassen.

In dem großen Dampfkochtopf mit dem roten Deckel, aus dem oben ein zischender Stift rauskam, wenn das Essen gar war, kochte Renate uns Gulasch mit Nudeln.

Beim Abendbrot machten wir eine Wurstscheibenschlacht am Eßtisch. Die Brote schmierten wir mit den Fingern, und ich feuerte meine Cowboypistole ab. Aus deutschen Landen frisch auf den Tisch! Wir hatten die Jalousie runtergelassen, damit uns keiner sehen konnte, und dann gingen wir alle drei im Ehebett schlafen.

Als nächstes kochte Renate Gulasch mit Kartoffelbrei, aber das schmeckte nicht wie sonst, und der Kaba abends hatte Haut drauf. Ich war ganz froh, als Mama und Papa wiederkamen, obwohl Mama erstmal schimpfte, weil überall im Haus Licht an war. »Was ist denn das hier für 'ne Festbeleuchtung?«

Mama war gereizt, weil sie sich für das Klassentreffen ein neues Kleid bei C&A gekauft hatte, und dann waren drei andere Frauen mit genau dem gleichen Kleid gekommen.

Um wie Huckleberry Finn auszusehen, zerrissen Uwe und ich uns im Wald die Anoraks. Lieber als Postbote wollte ich jetzt Globetrotter oder Kopfgeldjäger werden oder ein Floß haben, und weil ich meinen Anorak mutwillig ruiniert hatte, kriegte ich Hausarrest.

Papa saß am Eßtisch und bosselte an dem Modell von dem Haus, in das wir umziehen sollten. Das Dach und die zwei oberen Etagen lagen lose auf, und man konnte alles sehen, die Kinderzimmer, das Wohnzimmer, das Arbeitszimmer, die Küche und die Klos und die Garage. Die Fenster waren aus Plastik und die Treppenstufen aus Pappe.

Mit einer Kulimine bohrte ich hinter Papas Rücken in der Steckdose, bis ich einen Schlag im Arm und im Bauch kriegte und vor Schreck umfiel.

»Prost Mahlzeit«, sagte Papa. Jetzt hätte ich einen gewischt gekriegt. Das werde mir hoffentlich eine Lehre sein.

An Silvester durften Volker und ich mit Streichhölzern die Lunten der Tischraketen anzünden. Die Raketen jaulten, und dann kamen unten graue Würste raus. Aus Knallbonbons, die man an beiden Enden ziehen mußte, flogen beim Knall kleine Glücksschweinchen und Schornsteinfeger aus Plastik in die Bude.

Dann durfte auch der Tannenbaum geplündert werden. Am leckersten waren die Schokoladenkringel.

Draußen war alles matschig, und es regnete Bindfäden. Im Treppenhaus war Schimmel an der Decke, den Mama mit dem Handfeger wegbürsten mußte.

Das Buch mit Künstler Mäxchen gehörte Wiebke. Mäxchen war ein Bär mit Mütze, der malen konnte und mit einem Elefanten befreundet war, der Ziehharmonika spielte. Der Elefant hieß Jimmy.

Mein Wildwestfort hatte Palisaden, einen Turm mit Auskuck und ein Holzhaus. Wenn ich damit spielen wollte, zog ich meine Cowboyweste mit dem Sheriffstern an.

Als die Schule wieder anfing, holte Ingo Trinklein mich morgens ab, zusammen mit Rainer Waletzky und Hermann Kalb. Am Himmel funkelten die Sterne. Gott der Herr hat sie gezählet.

Hermann Kalb hinkte, weil sein eines Bein zu kurz war. Beim Fangen auf dem Schulhof machte er nicht mit, aber er hatte einmal bei einem Kämpfchen Paul Dickel untergebuttert.

Frau Kahlfuß las uns das Märchen von dem bösen Wolf vor, der sechs Geißlein gefressen hatte und schnarchte, und von der Geißenmutter, die dem Wolf den Bauch aufschnitt. Schnipp schnapp, schnipp schnapp, schneidet die Schere. Schon hat der Wolf ein Loch im Bauch. Heraus kommen alle sechs Geißlein! Lauft, Kinder! Schnell! Schnell! Steine herbei! Steine für den Bauch! Stich, stich, stich, das Loch ist wieder zu. Der Wolf wacht wieder auf. Er brummt: Ach, och, uch, auch, was rumpelt mir im Bauch?

Buschbrände löschen und auf der Wamerustation helfen, wenn die Leoparden krank waren, das war auch ein guter Beruf.

Weil der Löwe Clarence in der Serie schielte, sagte ich zu Wiebke, daß wir zusammen Daktari spielen könnten, mit ihr als Clarence, und sie heulte los, obwohl ich das nur als Witz gemeint hatte.

Mama erwischte mich mit einem Nimm 2 im Mund, das ich von Volkers Geburtstagstisch genommen hatte.

Wir hätten doch eine Abmachung, sagte Mama. Ich hätte versprochen, nie wieder was zu stehlen. Das Nimm 2 mußte ich in den Küchenmülleimer spucken, und dann kriegte ich Zimmerarrest.

Vom Fenster aus sah ich Uwe, Heinz und Kurt im Wäldchen spielen. Tom Sawyer wäre durchs Fenster geklettert und mit Huckleberry Finn auf eine Insel abgehauen, aber bis zum Rhein war es zu weit. Der hatte auch keine Insel, jedenfalls keine, die ich kannte, und wenn eine dagewesen wäre, hätte ich nicht gewußt, wie ich hinkommen soll.

An einer Stelle war die Tischplattenleiste kaputt, da konnte man die Leiste bis zur Tischecke rausziehen. Ich knickte ein

Stück von der Leiste ab, und dann zerbrach ich noch das Tor von meinem Cowboyfort. Das hatte Mama jetzt davon.

Auf der Fensterbank lagen die Bilder, die ich als letzte gemalt hatte. Eine Burg mit einem Ritter auf einem Pferd und ein Forscher, der gebückt mit einer Taschenlampe durch den Kriechkeller geht.

Wir hatten noch nicht alle Buchstaben gelernt, aber das meiste im Räuber Hotzenplotz konnte ich schon lesen, auch wenn ich lange dafür brauchte. Wie er der Großmutter die Kaffeemühle stiehlt und mit der Pfefferpistole auf Seppel schießt. Die Brille von der Großmutter hieß Zwicker.

Der große böse Zauberer Petrosilius Zwackelmann hatte Warzen auf der Nase, und in seinem Schloß hatte er ein Zimmer mit Augen auf der Tapete, einem ausgestopften Krokodil an der Decke und einem Knochengerippe neben dem Bücherregal. Auf einem Bild sah man, wie Petrosilius Zwackelmann auf seinem Zaubermantel nach Buxtehude flog. Kasperl suchte währenddessen nach dem Feenkraut, um damit die verzauberte Unke im Schloßkeller zu retten. Dann krachte das ganze große Schloß zusammen, mit allen Türmen, und Kasperl und Seppel kriegten von der Großmutter Pflaumenkuchen mit Schlagsahne, bis sie Bauchweh bekamen, und sie waren so glücklich, daß sie mit keinem Menschen getauscht hätten, selbst mit dem Kaiser von Konstantinopel nicht.

Mama brachte die entwickelten Weihnachtsfotos mit. Da waren zum ersten Mal welche in bunt bei. Auf dem einen hatte ich die rote Cowboyweste an und den Cowboyhut auf und zielte mit der Pistole an die Decke, das fand ich am besten.

Hausaufgaben. Die armen Vögelein. Da liegen sie und piepen. Hilfe, Hilfe, wir frieren und hungern! Peter hilft. Ei, da freuen sich die Vögel. Ziwitt, ziwitt, zwitschern sie.

Wir mußten uns entscheiden, ob wir lieber im Ersten Sindbads siebente Reise kucken wollten oder Bonanza im Zweiten. »Man kann sich aus des Lebens Kuchen nicht nur die Rosinen suchen«, sagte Mama.

Sindbads siebente Reise war mit einem Zauberer, der eine Frau in eine Schlange mit vier Armen verwandeln konnte. Eine Prinzessin machte der Zauberer mit Zauberdampf ganz klein. Um sie wieder großzumachen, brauchte Sindbad eine Eierschale aus dem Nest vom Vogel Rock auf der Zyklopeninsel.

Von den Männern, mit denen Sindbad zu der Insel gefahren war, röstete sich der Zyklop einen am Spieß, aber Sindbad warf dem Zyklopen einen brennenden Speer ins Auge, und der Zyklop fiel einen Abhang runter und war tot.

Auf der Insel war auch ein Schatz, und aus dem Ei vom Vogel Rock schlüpfte ein Riesenküken mit zwei Köpfen. Später mußte Sindbad noch ein Skelett und einen Drachen besiegen.

Von dem Drachen malte ich ein Bild. Da versuchten Sindbad und die anderen Männer von seinem Schiff den Drachen totzumachen. Einer saß auf dem Knie von dem Drachen und stach mit dem Messer rein. Andere schossen Kugeln und Pfeile ab, und vom Fuß des Drachen wurde einer von den Jägern zermanscht. Dem malte ich eine Sprechblase. Er sollte »Prost Mahlzeit« sagen, und Sindbad, der auf dem Rücken von dem Drachen saß und da eine Axt reinhaute, sollte denken, daß der, der »Prost Mahlzeit« gerufen hatte, irgendwas aufißt, und ich malte für Sindbad eine Sprechblase, wo er sagte: »Freßsack da unten!« Die Wörter konnte ich aber noch nicht alle. Ich schrieb »Brust Malzit« und »Fräsack da onten«, und als Papa das Bild sah, fand er »Fräsack da onten« so gut, daß er das immer sagte, wenn einer von uns beim Essen schmatzte, aber man konnte auch eine gescheuert kriegen.

Volker wollte sich aus Wiebkes altem Kinderwagen eine Seifenkiste bauen, aber Mama sagte, der sei noch tadellos in Schuß und zu schade für solche Schnapsideen.

Kallis Eltern luden Volker und mich ins Kino ein. Es war schon dunkel, als wir in Koblenz ankamen. Kallis Vater fuhr mit uns in die Tiefgarage. Kallis Mutter hatte eine weiße Hose an.

Das Kino hieß Residenz und hatte überm Eingang eine Krone mit drei Zacken als i-Punkt.

Ein Mann mit Taschenlampe zeigte uns, wo wir sitzen sollten. Ich saß neben Volker. Der Film hatte gerade angefangen. Vor uns saßen Leute, die mit ihren Köpfen immer im Bild waren, aber dazwischen konnte ich was sehen.

Der Film war mit einem Jungen, der im Dschungel wohnte. Der Junge hieß Mogli. Der Panther Baghira sollte Mogli zur Menschensiedlung bringen, weil der Tiger Schir Khan Mogli fressen wollte, aber Mogli wollte im Dschungel bleiben. Da waren aber auch die Schlange Kaa und der böse Affenkönig. Am besten war Balu, der Bär. Der schubberte sich mit rausgerissenen Palmen den Rücken, gab Mogli Boxunterricht und hielt Schir Khan am Schwanz fest, aber dann ging Mogli doch in die Menschensiedlung. Ich wäre lieber bei Balu geblieben, wenn ich Mogli gewesen wäre.

Ein Junge aus der zweiten Klasse war von einem Auto überfahren worden. Der habe nicht nach links und nicht nach rechts gekuckt, sagte Frau Kahlfuß, und jetzt sei er tot, und die Eltern würden sich die Augen aus dem Kopf weinen. Wir sollten bloß immer gut aufpassen!

Zur Beerdigung mußten wir alle hin. Der Unterricht fiel aus an dem Tag. Es hatte geschneit und gefroren, und auf dem Friedhof hatten die Bäume Eis an den Ästen.

Der Junge war schon im Himmel. Vor dem Grab, in das der Sarg kam, standen Frauen, die heulten. Frau Kahlfuß ging zwischen uns rum und achtete darauf, daß keiner Faxen machte.

Nach dem Fernsehkucken malte ich einen Indianer mit zwei lila Federn am Kopf und mit Messer und Speer im Gürtel, auf dem Weg vom Saloon zum Pferd. Volker malte einen Taucher mit

Sauerstoffflaschen und Schwimmflossen. Im Fernsehen ließen sich die Taucher immer rückwärts im Sitzen vom Boot ins Wasser purzeln.

In meinem Zeugnis stand, daß ich einen guten Schulanfang gemacht hätte, aber ich solle mutiger sein und mich lebhafter am Unterricht beteiligen. »Martin kann mehr, als er denkt.«

Karneval ging ich als Cowboy, genau wie alle anderen Jungen in der Klasse, außer Dieter Aulich, der als König ging, mit einer Krone, die aus Pappe war und an der Klebestelle immer aufsprang.

Abends wurden auf dem Eßtisch Baupläne ausgerollt, und Papa knipste das Hausmodell.

Ingo hatte eine Streichholzschachtel aufgetrieben, Welthölzer, und wollte irgendwas in Brand stecken. Wir gingen die Schmidtenhöhe hoch. An der einen Seite war ein schneebedecktes Feld mit einer offenen Scheune hinten. In der Scheune war Stroh. Das zündeten wir an.

Das Stroh brannte gut. Ich lief nach draußen, um den Rauch zu sehen. Aus dem Scheunendach kam soviel Rauch raus, daß er meilenweit zu sehen sein mußte. Ich kriegte Angst und brach von dem harten Schnee vor der Scheune Stücke ab, die ich ins Feuer warf, aber davon rauchte es nur noch doller, und Ingo schmiß immer mehr brennende Streichhölzer ins Stroh.

Von der Straße bog ein Auto ab und fuhr zu uns. Ein Mann stieg aus, der mit uns schimpfte und mit einem Feuerlöscher Schaum auf das Feuer spritzte, bis es ausging.

Dann mußten wir im Auto mitkommen. Der Mann brachte uns in ein Büro, wo wir sagen sollten, wie wir hießen, wie unsere Eltern hießen und wo wir wohnten.

Als ich nachhause kam, schnupperte Mama an meinen Händen und sagte, ich würde nach Rauch stinken. Ob ich dafür eine Erklärung hätte. Ob ich irgendwo mit Feuer gespielt hätte?

Nein, hätte ich nicht.

»Du riechst aber so«, sagte Mama. »Geh dir die Pfoten waschen, du Ferkel.«

Am Fuß der blauen Berge.

High Chaparall durfte ich nicht kucken, weil das zu spät kam, aber dafür Percy Stuart. Da war schon die Erkennungsmelodie gut. Wenn des Nachts der Mond am Himmel steht und der Wind um dunkle Ecken weht, lauert, wie das immer so war, im schönsten Moment die große Gefahr!

Wenn ich Percy Stuart gewesen wäre, hätte ich alles genauso gemacht, aber ohne den affigen Diener. Uwe war auch für Percy Stuart und gegen den Diener. Percy Stuart, das ist unser Mann. Ein Mann, ein Mann, ein Mann, der alles kann!

Ich hatte Bauchweh. Mama steckte mich mit Wärmflasche ins Bett, aber die Wärmflasche half nicht, und ich mußte auf mein Schlafanzugoberteil brechen.

Mama brachte mich wieder zum Kinderarzt. Der kannte mich schon. Er drückte mir auf den Bauch, und ich sollte Aua sagen, wenn es wehtat, aber als es wehtat, schrie ich.

»Das ist der Blinddarm«, sagte der Kinderarzt.

Oma Jever hatte in Saarbrücken vor Gericht gemußt, als Zeugin, um in einem Prozeß gegen zwei Einbrecher auszusagen. Die waren bei Oma und Opa im Haus gewesen und hatten gesagt, daß sie von einer Behörde kämen und nachsehen müßten, ob Holzböcke im Dachstuhl seien. Dabei hatten sie nur die Wohnung auskundschaften wollen.

Für jede Stunde, die Oma wegen der Reise nicht als Hausfrau in Jever arbeiten konnte, kriegte sie von dem Gericht zwei Mark. Mama fand das zuwenig. Eine Verhohnepipelung sei das.

Oma sagte, sie habe mächtig Angst gehabt vor den Richtern, selbst als Zeugin. Aber davon abgesehen lebe sie mit Opa in Jever ihren ruhigen Stremel hin. Im Garten würden schon die Osterglocken blühen.

Ins Krankenhaus bekam ich meinen blaukarierten Schlafanzug mit. Ich hatte Blutgruppe AB.

In meinem Zimmer lagen noch zwei andere Jungs, die beide größer waren als ich. Kai und Peter. Kai hatte das Fußgelenk gebrochen und Peter die Mandeln rausgekriegt. Zu trinken kriegten wir Kamillentee, von dem mir übel wurde.

Morgens kamen zwei Frauen, Schwester Anneliese und Schwester Erika, um uns Fieberthermometer in den Po zu stekken. Ab einer bestimmten Temperatur würde man sterben.

Zum Frühstück gab es wieder Kamillentee, aber nur für Kai und Peter, weil ich operiert werden sollte.

Ich mußte aus dem Bett aufstehen und mich nackt ausziehen. Dann kriegte ich eine weiße Schürze an und durfte mich wieder hinlegen.

Schwester Anneliese schob mich im Bett auf den Flur. Wir fuhren im Fahrstuhl nach unten. Da setzte mir ein Arzt eine Maske auf die Nase. Ich wußte von Mama, daß das die Narkose war. Der Arzt würde jetzt gleich denken, daß ich betäubt sei von dem Chloroform, aber ich wollte wach bleiben und zukucken bei der Operation.

Dann hatte ich aber doch nichts mitgekriegt. Ich wachte auf und war schon operiert.

Die Blinddarmnarbe durfte ich mir nicht ankucken. Die Stelle war verbunden. Das habe Zeit, sagte Schwester Erika. Die Narbe würde ich mir noch mein ganzes Leben lang ankucken können.

Als Mama kam, sagte Schwester Erika, daß sechs Stiche genügt hätten. Mama hatte mir ein Spielzeugauto mitgebracht. Damit fuhr ich immer auf der Bettdecke lang.

Peter wollte auch mal das Auto haben. Ich wollte es aber nicht hergeben. Da kam er aus seinem Bett raus. »Achtung, Überfall!« rief er und riß mir das Auto weg.

Ich drehte mich auf die Seite und heulte ins Kopfkissen.

Als er fertiggespielt hatte, warf Peter mir das Auto wieder hin, aber ich wollte es nicht mehr haben.

Mama konnte ich nur zuflüstern, daß die Jungen in meinem Zimmer gemein seien, und Mama sagte, das sei nun mal leider so, daß es überall primitive Menschen gebe. Denen kehre man den verlängerten Rücken zu, das sei die einfachste Methode.

Als Peter entlassen worden war, kam in das leere Bett ein Junge mit Gipsbein rein. Helmut. Der war beim Klettern vom Baum gefallen und hatte sich an drei Stellen das linke Bein gebrochen. Das machte Helmut aber nicht viel aus. Er war auch mal vom Dach gefallen und hatte sich das andere Bein gebrochen, und einmal hatte er sich den linken Arm gebrochen.

In der Besuchszeit sagte die Mutter von Helmut zu Mama: »Ist Ihrer auch so 'n Wildfang?« Dann unterhielten sie sich darüber, was wir schon alles angerichtet hätten, und Helmut und ich grinsten uns an.

Gebrochen hatte ich mir aber noch nie was. Mama sagte, ihr sei schon oft das Herz stehengeblieben, wenn sie mir beim Klettern zugekuckt hätte, und gestürzt sei ich auch schon oft. Ich müsse wohl Gummiknochen haben.

Ich überlegte, was besser war, Gummiknochen haben oder sich was brechen.

Beim nächsten Besuch war Mama böse. Das sah ich gleich, als sie reinkam. »Ich hab ein Hühnchen mit dir zu rupfen«, sagte sie und holte einen Brief aus der Handtasche, in dem drinstand, daß Mama und Papa das verbrannte Stroh bezahlen müßten. Ingo Trinkleins Eltern hätten auch so einen Brief gekriegt.

Ich fing an zu heulen, aber Mama ließ nicht locker. Ob das eine Mutprobe gewesen sei oder bitte was? Und ob ich vorhätte, die ganze Familie unglücklich zu machen? Erst Dieb und dann Brandstifter! Das sei kein Dummejungenstreich mehr, das sei Kriminalität. »Ja, jetzt kuckst du bedripst!«

Von allen ihren Kindern hätte ich ihr immer den meisten Kummer gemacht.

Und das viele Geld! Ihr Leben lang hätten sie und Papa jeden Pfennig dreimal umgedreht, um irgendwann auf einen grünen Zweig zu kommen. Keinen krummen Nagel weggeworfen, und jetzt sowas.

Mit Ingo Trinklein sei Schluß. Der habe keinen guten Einfluß auf mich. Und ich übrigens auch nicht auf Ingo Trinklein, da seien dessen Eltern sich mit ihr und Papa einig. Sie hätten auch schon mit Frau Kahlfuß gesprochen. Die werde ein Auge auf uns haben.

Ob das klar sei. Ob wir uns verstanden hätten?

Mama ließ mir ein Buch von Tante Dagmar da. Eigentlich hätte ich das ja nicht verdient nach alledem, und ich mußte hoch und heilig versprechen, nie wieder was anzuzünden und künftig ein artiger Junge zu sein, der seinen Eltern auch mal Freude macht.

Als Mama gegangen war, sagte Kai, ich sei eine Heulsuse, und Helmut sagte: »Wenn du das noch einmal zu dem Kleinen sagst, polier ich dir die Fresse.« Da sagte Kai nichts mehr, obwohl er älter war und Helmut mit dem Gipsbein gar nicht aus dem Bett gekonnt hätte.

In dem Buch von Tante Dagmar war ein Bild von einem Mann, der miesepetrig aussah, weil er eine Glatze hatte, aber wenn man das Buch umdrehte, sah der Mann frohgelaunt aus, weil er oben Haare hatte, die andersrum nur die Barthaare waren: Sah Herr Stoppel sich im Spiegel, litt er große Seelenqual – unten war er wie ein Igel, oben aber gänzlich kahl. Eines Tages, liebe Leute, drehte er den Spiegel um, und da sah er voller Freude seine neue Haarfrisur!

Meine Blinddarmnarbe war ein weißer Strich mit Punkten an beiden Seiten, und Mama schärfte mir ein, daß ich mich nicht gleich wie wild bewegen dürfe, sonst gehe die Narbe wieder auf.

Die Narbe wollten alle sehen, auch Papa. Ich hatte Angst, wegen der Scheune übers Knie gelegt zu werden, aber von der Scheune wurde nicht mehr geredet.

Was ich für die Schule aufholen mußte, brachte Mama mir bei. Das Dehnungs-h in Kohl, Kuh, mehr, Möhren, Ohr, sehr, weh und Zeh.

Auf dem Schulhof war es jetzt Mode, andere mit auf den Bauch geschnalltem Ranzen anzurempeln, aber ich wollte nicht mitmachen, wegen meiner Blinddarmnarbe.

Mit Ingo Trinklein traf ich mich in der Pause an der Stelle, wo immer die Schulbrote hingeschmissen wurden. Seine Eltern hätten ihm verboten, sich mit mir zu verabreden, sagte Ingo. Er werde sonst ins Internat kommen, das sei Scheiße. Aber die Scheune habe schon toll gebrannt.

Weil die Wohnzimmerjalousie klemmte, schraubte Papa den Deckel ab. Im Jalousiekasten lag ein Spatz, der noch nicht flügge war. Ein erwachsener Spatz war mit dem Nest in der Jalousie eingerollt worden und totgegangen.

Der kleine Spatz war nackt und piepte. Papa holte eine Styroporschachtel aus dem Keller. Der Spatz kam in die Schachtel und die Schachtel auf den Kleiderschrank im Nähzimmer.

Wir fütterten den Spatzen mit Brotkrümeln. Papa bot ihm auch einen Regenwurm an, aber den mochte der Spatz nicht.

Nach der Schule lief ich immer gleich ins Nähzimmer. Der Spatz aß nicht viel. Er wurde immer schwächer. Der hätte Fäden dranhaben müssen, wie der Spatz vom Wallrafplatz, um sich zu bewegen.

Dann war er tot, und wir beerdigten ihn im Garten.

Von der Styroporschachtel waren zwei Ecken abgebrochen. Es quietschte, wenn man die Stücke aneinander rieb, und Renate kriegte Gänsehaut davon und hielt sich die Ohren zu. Renate wußte, daß ich unter den Armen und am Rücken kitzelig war. Sie selbst war nirgendwo kitzelig, aber jetzt hatte ich raus, wie ich mich fürs Kitzeln an ihr rächen konnte.

Im Wäldchen fand ich einen Ast, der wie der Buchstabe V aussah. V wie Volker. Ich legte den Ast auf einen Weg und versteckte mich im Gebüsch. Wenn Volker zufällig da langlief, würde er den Ast sehen und sich wundern, daß der wie ein V aussah, und dann würde ich aus dem Gebüsch kommen und Volker verraten, daß ich den Ast da hingelegt hätte.

Ich wartete lange, aber Volker kam nicht.

Abends machten Mama und Papa eine Flasche Sekt auf, weil sie die Baugenehmigung gekriegt hatten. »Na endlich«, sagte Mama, »nach dem ganzen Ämtergerenne ewig! Mein lieber Herr Gesangverein!«

Von dem Sekt mußte Papa rülpsen.

Jetzt würden wir bald in unser eigenes Haus ziehen, mit einem eigenen Zimmer für jeden und mit einem Hobbyraum, in dem wir Fußball spielen könnten. Oder Rugby, noch brutaler.

In der Schule schrieb Frau Kahlfuß was an die Tafel, das wir abschreiben sollten. Hans und Suse laufen in den Garten. Das Nest unter dem Strauch ist leer. Das Nest am Zaun ist leer. Da ruft der Vater: »Sucht doch einmal im Zimmer.«

Mama, Renate, Wiebke und ich saßen am Eßtisch und malten Ostereier an, als ein fremder Mann durch die offene Terrassentür reinkam. Auf den Armen trug er Volker, der ganz blutig war.

»Ist das Ihrer?« fragte der Mann.

»Ogottogott, ja!« rief Mama.

Der Mann legte Volker aufs Wohnzimmersofa. Volker war mit seinem Fahrrad Kindern ausgewichen, mit Karacho gegen eine Mauer geknallt und über den Lenker geflogen.

Mama wischte das Blut von Volkers Stirn und tupfte Jod auf

die Wunde. Nach einer Stunde konnte Volker wieder sitzen und Renate helfen, Eier auszublasen.

Als ich im Fernsehen einen Bumerangwerfer gesehen hatte, bat ich Mama, mir einen Bumerang mitzubringen, und sie brachte wirklich einen mit vom Einkaufen und dazu Baisers, die weiß und süß waren und knackten, wenn man reinbiß.

Der Bumerang war orange und aus Plastik. Ich ging damit auf die Wiese vorm Wäldchen, aber ich warf ihn falsch, denn er plumpste immer runter.

Ein fremder Junge kam vorbei und machte mir vor, wie man werfen mußte. Bei dem kam der Bumerang, nachdem er hoch übers Wäldchen geflogen war, bis vor die Füße zurück, und der Junge stoppte den Bumerang mit dem Schuh.

Ich wollte das nachmachen, aber bei mir flog der Bumerang in ein Dornengestrüpp, und da kriegte ich ihn nicht mehr raus.

Zu meinem Geburtstag wollte ich Tom Sawyer und Huckleberry Finn einladen, aber Mama sagte, die seien schon viel älter als im Fernsehen und außerdem Ausländer. Die könnten gar kein Deutsch.

Wenn das so war, wollte ich meinen Geburtstag überhaupt nicht feiern. Ich knallte die Zimmertür hinter mir zu und heulte in den gelbroten, kratzigen Vorhangstoff.

Komm, lieber Mai, und mache.

Renate schenkte mir zum Geburtstag ein Taschenbuch, das ich schon fast ganz alleine lesen konnte. Der Riese Nimmersatt. Im Nimmerleinsland, weit hinter Berg und Meer, wohnte ein Riese. So groß war er, daß Büsche und Bäume ringsum rauschten, wenn er nur ein Augenlid bewegte.

In dem Buch stand auch die Geschichte von dem Riesenapfel. Der mußte mit Stöcken gestützt werden und fiel irgendwann mit großem Gepolter vom Baum, kullerte den Hang runter, wurde von einem Fluß fortgeschwemmt und von einem armen

Familienvater geangelt, der mit dem Apfel die ganze Familie sattmachen konnte.

In einer anderen Geschichte kam ein Königssohn vor, der immer lachen mußte. Der wohnte im Königreich Balabaschi und kriegte Pfefferklöße in den Mund geschossen, damit er mit dem Lachen aufhörte. Der Schütze erhielt dafür den Orden vom goldenen Kloß.

Wir mußten ein Diktat schreiben: Hans will Holz hacken. Aber er ist so dumm. Er hackt sich in die Hand. Oh – das tut weh! Hans schreit: Mutter! Mutter! Da kommt schon die Mutter: Lotte, lauf schnell zum Doktor! Der Herr Doktor kommt. Er verbindet die Hand.

Hans muß sechs Tage im Bett bleiben. Und der Herr Doktor sagt: Beil und Messer, Scher und Licht sind fürs dumme Hänschen nicht!

Dann las Frau Kahlfuß uns die Geschichte von der Rübe vor, die alle starken Tiere vergeblich aus dem Acker zu ziehen versuchten, und dann kam ein Spatz und flatterte mit der Rübe im Schnabel davon.

Im Sprachbuch war eine Seite, auf der wir alle Buchstaben ausmalen konnten, die wir durchgenommen hatten. Wie wohl das große Eszett oder Rucksack-S aussah. Das kleine war schon drangewesen. Als alles ausgemalt war, fehlte immer noch das große Eszett. Ich fragte Frau Kahlfuß danach, und sie sagte, das gebe es nicht. Es gebe nur das kleine Eszett.

Das war der größte Beschiß, den die Welt je erlebt hatte.

Auf unserem Grundstück auf dem Mallendarer Berg wurden die Fundamentgräben ausgehoben. Stein auf Stein, Stein auf Stein, das Häuschen wird bald fertig sein.

Einmal kam ich abends an einem Fenster vorbei, aus dem ein Mädchen mit braunen Zöpfen rauskuckte. Das Mädchen war schon im Schlafanzug und sagte: »Ich heiße Daniela.«

An den nächsten Abenden ging ich immer an dem Fenster vorbei, aber Daniela sah ich nicht wieder.

Um irgendwas zu machen, tippte ich auf Mamas Schreibmaschine in Geheimschrift einen Brief an Daniela.

Cjvb kzui qwrcf hjq34hjkg xxfhjhui!

Den Brief steckte ich in einen der Briefkästen an Danielas Haus.

Zum Muttertag malte ich für Mama ein Bild mit Kuchen, Kaffeekanne und Kaffeetasse. Am schwierigsten war der Löffel, aber Mama fand, daß ich den besonders gut gemalt hätte: »Mich laust der Affe!«

Ceh, ah, eff, eff, eh, eh, trink nicht soviel Kaffee, nicht für Kinder ist der Türkentrank, schwächt die Nerven, macht dich blaß und krank. Der Tchibo-Experte in der Reklame war aber dick und fett.

Für Mama war das Lenorgewissen interessanter, das aus der Hausfrau mit den falsch gewaschenen Pullovern rauskam.

Es knackte, wenn Papa Gewürzgurken und Radieschen aß. Er trank Bier dazu und sagte, daß es mit dem Kellerfußboden im neuen Haus doch länger dauern werde als geplant.

Dann durfte ich zum ersten Mal Aktenzeichen XY ungelöst kucken. Da sah man, wie eine Witwe in den Abendstunden in ihrem abgelegenen Haus ermordet aufgefunden wurde. Die Wohnung war durchwühlt. Kurz vorher war in einem Wochenendhaus in der Nähe eingebrochen worden. Der Täter hatte aus unbekannten Gründen in dem Haus Schüsse abgefeuert, und die Untersuchung hatte ergeben, daß die Projektile aus derselben Waffe stammten, mit der die Witwe totgeschossen worden war. Es mußte eine Beziehung zwischen den Verbrechen geben.

Aus dem Wochenendhaus hatte der Täter zwei Kofferradios und eine Pistole gestohlen. Die Kofferradios sollten auf die Spur des Mörders führen.

Danach kam was über eine Putzfrau, die vornehmlich im norddeutschen Raum Geld stahl, und danach was über einen Räuber, der aus dem Gefängnis geflohen war. Seit dem Ausbruch häuften sich im süddeutschen Raum Straftaten, die die Handschrift des Räubers trugen.

Mama sagte, daß wir weder zum süddeutschen noch zum norddeutschen Raum gehörten. Koblenz liege so dazwischen.

An Himmelfahrt fuhren wir alle zur Baustelle. Jetzt waren auch schon die Kellermauern gebaut worden. Mama zeigte uns, wo der Hobbyraum hinkommen sollte, und Papa sagte, daß ihm die Kaminmaße spanisch vorkämen.

»Müßt ihr hier so rumbirsen?«

Eltern haften für ihre Kinder.

Der Kamin mußte wieder eingerissen werden, und dann hatten die Halsabschneider uns noch vierzig Kubikmeter Erdaushub zuviel berechnet.

Am liebsten würde er alles selbst machen, sagte Papa. Dann könne er sicher sein, daß ihn keiner bescheißt.

Das nächste Mal fuhren wir zur Baustelle, als Tante Dagmar und Tante Hanna zu Besuch waren. Tante Hanna ging am Stock. Sie war die jüngere Schwester von Oma Schlosser und sagte Jungchen zu Volker und zu mir, aber auch zu Papa.

Die Kellerdecke mußte noch eingeschalt werden. Was eingeschalt werden war, wußte ich nicht.

Mama sagte, mit viel Phantasie könne man sich jetzt auch den künftigen Garten vorstellen.

Es war auch ein Wald da. Nur eine kurze Straße runter vorm Haus, dann fing er an.

Wir sollten ein Gedicht auswendig lernen. Vom Himmel fällt der Regen und macht die Erde naß, die Steine auf den Wegen, die Blumen und das Gras. Die Sonne macht die Runde im altgewohnten Lauf und saugt mit ihrem Munde das Wasser wieder auf.

Wenn die Sonne knallte, ließ Mama die Eßzimmerjalousie halb runter, und man konnte Staubfäden in den Sonnenstrahlen schweben sehen, die durch die Jalousieritzen fielen.

Im Küchenradio sang Heintje, und Mama suchte einen anderen Sender, weil sie Heintje nicht verknusen konnte. Der singe nur Schnulzen für Krethi und Plethi. Demnächst werde er in den Stimmbruch kommen, dann hätten wir's hoffentlich überstanden.

In den Stimmbruch komme jeder Junge irgendwann. Man werde heiser und könne vorübergehend nur kieksen und krächzen, und dann habe man eine tiefe Männerstimme. Das tue nicht weh.

Abends saß Papa über den Dachstuhlplänen. Auf der Baustelle stehe jetzt ein Kran, und bald würden die Erdgeschoßmauern hochgezogen.

Im Ersten kam Schlager für Schlappohren, aber Volker überredete mich, den Wildwestfilm im Zweiten zu kucken. Der war mit einem Jungen, der von einem Kopfgeldjäger ein Pferd geschenkt kriegte und noch einen Hund dazu.

Ein Pferd hätten wir hier gut im Garten halten können. Ein Pferd wäre mir auch lieber gewesen als ein Wellensittich, weil acht von zehn Sittichen an lebensgefährlicher Vergrößerung der Schilddrüse litten und mit Jod-S-11-Körnchen von Trill davor geschützt werden mußten. Millionen Sittichfreunde wissen es: Trill schützt das Leben Ihres Sittichs!

Im Reklameraten war Wiebke besser geworden. Sie erkannte jetzt schon immer gleich den Essotiger, Sanso, Ajax weißer Wirbelwind mit Salmiak plus und die Bellindamädchen mit den Feinstrumpfhosen.

Wenn der Ozean nicht zu Ihnen kommt, holen Sie ihn doch – mit der wilden Frische der marmorierten Fa! Marmoriert war ein Wort, das auch in Bolle reist' jüngst zu Pfingsten vorkam: Das eine Auge blutig, das andre marmoriert, aber dennoch hat sich Bolle ganz prächtig amüsiert.

Das beste war das HB-Männchen, das brabbelte und in die Luft ging, bevor es zur HB griff. HB rauchen heißt frohen Herzens genießen. Das HB-Männchen kämpfte mit tropfenden Wasserhähnen und wegflutschenden Seifenstücken, verhedderte sich in Sonnenschirmen, Wäscheleinen, Stromkabeln und Teppichen, blieb an Türklinken hängen, stieß Geschirrstapel um und trat in Farbeimer und Marmeladentöpfe.

Schlechter als das HB-Männchen hatte es aber Klementine, die immer mit einer Arieltrommel bewaffnet in Waschküchen rumlaufen und sich da mit Hausfrauen über synthetische Wäsche und eingetrockneten Schmutz unterhalten mußte. Oder der Reporter von Omo, der als Beruf hatte, Hausfrauen zu fragen, was für sie das besondere an Omo sei. Oder Meister Proper. Der mußte jedesmal, wenn eine Hausfrau nach ihm rief, angeflitzt kommen und alles so sauber putzen, daß man sich drin spiegeln konnte.

Im Ersten kam jetzt immer Skippy, das Känguruh. Das spielte auf der anderen Seite der Erde, wo die Leute und die Tiere nur wegen der Erdanziehungskraft nicht ins Weltall fielen. Bei denen war der Himmel unten, und die Erde war oben.

Spannend waren auch Yancy Derringer und Renn, Buddy, renn! Yanci Derringer war Geheimagent, und Buddy, hinter dem ein Gangstersyndikat her war, rannte auch unter Wasser weiter.

Onkel Dietrich brachte Oma Schlosser, die in Afrika gewesen war, vom Flughafen in Frankfurt mit dem Auto nach Koblenz.

»Na, du Räuber«, sagte Onkel Dietrich und kniff mich in die Seite. Dann gab er mir eine rotweiß gestreifte Zuckerstange zum Lutschen.

Wir fuhren alle zur Baustelle. Das Haus war schon bis zum Dachgeschoß fertig, aber in den Kamin war Beton gekleckert und festgebacken.

Nun müßten schleunigst neue Gelder ins Rollen gebracht werden, sagte Mama.

Weil ich mit Ingo nicht mehr spielen durfte, war ich wieder viel mit Uwe zusammen im Wäldchen. Wir spielten Old Shatterhand und Winnetou. Ich wollte lieber Old Shatterhand sein, weil der auch mal kämpfte und schoß. Winnetou ritt immer nur von einem Stamm zum andern, um Frieden zu stiften.

Einmal mußte Winnetou dann aber doch mit Großer Bär kämpfen, dem Häuptling der Komantschen. Obwohl er wußte, daß er den Kampf mit Uwe als Winnetou verliert, wollte Heinz Großer Bär sein. Als der Kampf im Gange war, kam Claudia dazu und wollte Paloma sein, die weiße Taube der schäumenden Wasser, aber die konnten wir nicht gebrauchen.

Mit ihrem Dreirad karriolte Wiebke vom Gartentor aus los, aber nachhause kam sie dann ohne das Dreirad zurückgelaufen und konnte nicht sagen, wo sie es liegengelassen hatte.

Mal fanden wir das Dreirad unten bei der Hausruine und mal umgekippt auf dem Spielplatz. Schließlich schrieb Mama mit einem dicken Filzstift auf die Unterseite: Dieses Dreirad gehört Wiebke Schlosser, Horchheimer Höhe, An der grünen Bank 10.

Wenn wir das Dreirad nicht mehr wiederfänden, würde es vielleicht ein netter Mensch zu uns zurückbringen.

In meinem Zeugnis stand, daß ich das erste Schuljahr mit gutem Erfolg besucht hätte. Lesen würde ich fließend mit Sinnentnahme. Ich hätte eine gute Wortvorstellung und gute Auffassungsgabe. Die Schrift sollte sorgfältiger werden. Martin hält sich noch immer in der Mitarbeit zu sehr zurück. Versetzt!

Für das neue Haus bastelte Mama aus Eichenlaub und Krepp einen Richtkranz, der spät abends noch auf dem Dachstuhl angebracht wurde. Die Zimmerleute hatten im Rohbau für das Richtfest nur eine verdorrte Fichte hinterlegt.

Volker kuckte im Fernsehen alles über den Mondflug von Apollo 11, und er malte Raketen, aber auch Rehböcke auf der Lichtung und Sauen in der Suhle.

Der Start war so langsam gewesen, daß man dachte, die Rakete kommt nie bis zum Mond.

Renate ging in den Garten, um die Astronauten zu sehen, wie die in den Mondkratern rumkrauchten.

Bei Wiebkes Brille mußte jetzt das andere Glas zugeklebt werden, was Wiebke so wütend machte, daß sie die Brille ins Klo warf.

Vor der Reise nach Jever fuhren wir nochmal zur Baustelle. Das Haus war riesig und grau. Es regnete, und der Richtkranz lag aufgeweicht im Schlamm.

Im Zug durfte ich nicht wippen, nicht auf dem Gang rumlaufen, keine Klimmzüge am Gepäckfach machen, die Füße nicht auf den freien Platz legen und nicht mit dem Aschenbecherdeckel klappern. »Laß das!«

Wiebke und Volker wollten auch mal auf den Gang raus, durften aber nicht. »Wie ein Sack Flöhe«, sagte Mama.

Ich öste mich. In der Tür war ein kleines Gitter mit Luftlöchern, das man aufschieben und wieder zuschieben konnte, aber das durfte ich auch nicht.

Auf den freien Platz in unserem Abteil setzte sich eine dicke Frau, die mich fragte, wie alt ich sei. Schon sieben? Dann sei ich ja wohl alt genug, um mir die Strümpfe hochzuziehen. Meine Strümpfe waren runtergerutscht, aber was ging das die dicke Frau an? Hochziehen mußte ich die Strümpfe trotzdem, um des lieben Friedens willen.

Die dicke Frau pellte sich ein Ei, das hartgekocht war. Aus dem Reisekoffer holte sie einen kleinen Salzstreuer. Die Schale krümelte sie in den Aschenbecher.

Für uns hatte Mama Schnitten mit Jagdwurst und Käse eingepackt und zwei Flaschen Sprudel. Den kriegten wir in unseren Kababechern zugeteilt. Wiebkes Becher war rot.

Als ein anderer Zug an unserem vorbeifuhr, zitterte die Fensterscheibe. Ich hielt mir mit den Fingern die Ohren zu. Wenn man das in kurzen Abständen machte, Ohren zu auf zu auf zu auf zu, hörten sich alle Geräusche ganz verrückt an.

Renate las ein Buch, obwohl sie am Fenster saß. Ich wollte auch mal am Fenster sitzen, und das durfte ich dann, in Gottes Namen.

Am Fenster konnte man sich einbilden, man würde neben dem Zug herrennen, auf den Telefonkabeln lang, auf anderen Geleisen, auf der Straße und mit Salto über Häuser rüber, die im Weg standen.

Als ich aufs Klo mußte, brachte Mama mich hin, aber das Klo war besetzt. Im nächsten Waggon war noch eins. Zwischen den Waggons war eine Stelle, wo es schepperte und krachte, und man sah durch einen Spalt, wie der Zug über die Schienen raste.

Das Wasser aus dem Hahn durfte man nicht trinken. Wenn das giftig war, wollte ich mir damit auch nicht die Hände waschen.

In Sande mußten wir auf den Triebwagen warten. An der Wand hing ein Kaugummiautomat. Ich bettelte, bis Mama mir einen Groschen dafür gab.

In dem Automaten waren Kaugummis und Ringe, aber der Groschen verklemmte sich im Schlitz, und die Luke war leer. Ich faßte nur in irgendwas Schmieriges rein.

»Ijasses«, sagte Mama. Wo ich denn nun schon wieder die Pfoten dringehabt hätte.

In dem Zug nach Jever war es heiß, und es gab nicht genug Platz für alle. Eine große Fliege flog wieder und wieder gegen die Fensterscheibe.

»Ellenserdamm, Ellenserdamm ...« Das habe ihr Opa früher immer aus dem Schienenrattern rausgehört, wenn er von Jever nach Ellenserdamm gefahren sei, sagte Mama. Wir sollten mal hinhören. Ellenserdamm, Ellenserdamm …

Mamas Opa, Opa Thoben, war in Jever Bahnhofsvorsteher gewesen.

Oma Jever hatte Schaschlickspieße gemacht mit Kartoffeln und Paprika und als Nachtisch rote Grütze mit Frischmilch.

Mama schimpfte über die Handwerker, was die schon alles falsch gemacht hätten beim Hausbau, da sei das Ende von weg. Und es sei auch alles viel teurer geworden als ursprünglich geplant. Bis auf weiteres könnten wir uns keine großen Sprünge mehr erlauben.

Es wurde auch von früher erzählt. Einmal hätten sich Renate und Volker in Jever im Wohnzimmer eingeschlossen und dann den Schlüssel nicht mehr gefunden. Sie hätten geheult und durch die Tür gebrüllt: »Hier kommen wir nie, nie, nie wieder raus!« Die hätten sich da schon als Skelette liegen sehen. Papa habe das Türschloß aufbrechen müssen, und am nächsten Sonntag sei der vermißte Schlüssel dann in der Kirche aus dem Gesangbuch gefallen, Oma in den Schoß.

Oder von ganz früher, als Mama sich auf freier Wildbahn vor Tieffliegern verstecken mußte. Opa Thoben habe immer Feindsender gehört und auf die Nazis geschimpft, aber als Adolf Hitler ihm mal die Hand gegeben hatte, sei er doch im allerhöchsten Maße gebumfiedelt gewesen.

In einem Fach unterm Fernsehtisch lag die Bildzeitung. Rocker-Terror am Wochenende. Lokal zertrümmert, Lehrlinge beraubt: Zwei Verletzte. In meinem Horoskop stand, daß ich ab 13.30 Uhr steigende Erfolgschancen hätte.

Opa nahm uns mit ins Schloßmuseum. Da stand ein Hochrad. Der Sattel war so weit oben, daß man gar nicht wußte, wie man da draufkommen sollte. Mit solchen Scheesen waren die Leute in Opas Jugend auf der Straße rumgegurkt. Als die Bilder laufen lernten.

Früher sei Jever von Fräulein Maria regiert worden, sagte Opa. Die habe sich der Sage nach in einem unterirdischen Gang unterm Schloß verirrt und sei darin verschollen. Noch heute würden einmal am Tag die Glocken geläutet, die Fräulein Maria helfen sollten, den Rückweg zu finden. Das sei das Marienläuten.

Wenn Oma auf die andere Straßenseite zu Mammen ging, um Öl und Mehl und Waschpulver zu kaufen, kam ich mit, weil ich da immer einen Bonbon zugesteckt kriegte. Auf der Horchheimer Höhe gab es für Kinder fast nie was umsonst, nur in Koblenz in der Apotheke. Oder beim Schlachter.

Auf dem Schützenfest kriegten wir Zuckerwatte. Wenn man die aufhatte, konnte man noch den Holzstengel auskauen.

In der Losbude hing als Hauptgewinn ein Teddy, der doppelt so groß war wie Wiebke. Mama und Oma gaben uns vier Lose aus, aber das waren alles Nieten.

Leider nicht gewonnen!

Auf der Erde lagen noch viele verbrauchte Lose, und ich suchte nach einem, das keine Niete war. Es konnte ja jemand aus Schusseligkeit übersehen haben, daß er was gewonnen hatte.

Beim Schießstand schoß Oma drei Rosen ab und verteilte sie an Mama, Renate und Wiebke, aber der fiel ihre aus dem Riesenrad runter, und unten fanden wir sie nicht mehr wieder.

Renate hatte sich gebrannte Mandeln gekauft, die auch abends noch immer nicht alle waren. Den Rest spare sie sich für später auf, sagte Renate. Die mußte einen eisernen Willen haben.

In der Dachkammer war eine Schnake, ein Riesenvieh mit langen Flügeln und viel zu vielen Beinen. Volker schlug die Schnake an der Wand mit einem Buch platt: Was finde ich am Strande?

Nach dem Mondflug waren die Astronauten mit einer Kapsel im Pazifik gelandet. Ein Bergungshubschrauber brachte sie zu einem Flugzeugträger. »Doll«, sagte Opa, als das im Fernsehen kam, und Mama sagte, auf den Mond würden sie keine zehn Pferde kriegen.

Die Astronauten hatten auch Mondgestein mitgebracht. Sie trugen Schutzanzüge und kamen in Quarantäne, weil man nicht wußte, ob sie sich auf dem Mond mit Krankheitskeimen angesteckt hatten.

Wenn man nach dem Mittagessen aus dem Haus ging, überfiel einen die Hitze.

Im Schuppen standen die vorsintflutlichen Fahrräder von Oma und Opa. Die Luftpumpe sah aus wie einer von den Apparaten, mit denen man woanders eine Explosion auslösen kann.

Eine Holzschubkarre. Schiebkarre, sagte Opa dazu.

Merkwürdig waren auch die Kartoffeln im Kartoffelkeller. Die waren zusammengewachsen, hatten Knorpel oder sahen aus wie Köpfe mit schiefen Nasen.

Die Spinnweben im Keller wickelte Oma mit dem Zeigefinger auf, wischte ihn an der Wand ab und setzte sich dann zum Klönen an den gedeckten Teetisch unter der Birke.

Für hundert Gramm Johannisbeeren zahlte Oma jetzt acht Pfennig.

Als einmal alle im Garten waren, machte ich Omas alte Handtaschen auf, die unten im Schlafzimmerschrank standen. In einer war ein Zwanzigmarkschein. Den steckte ich ein und kaufte mir davon in dem Souvenirgeschäft in der Mühlenstraße einen Spielzeugfernseher. Hinten sah man durch ein Loch ein buntes Bild, und wenn man auf einen Knopf drückte, kam das nächste. Stierkämpfer, Tänzerin, Schiffshafen, Kirche, Gebirge. Dann kam wieder der Stierkämpfer.

Ich hatte auch noch Wechselgeld gekriegt.

Oma und Opa hatten jetzt einen Untermieter, Herrn Wübben. Der wohnte in dem Zimmer gleich rechts von der Treppe und pinkelte nachts in seinem Zimmer in leere Bierflaschen, statt aufs Klo zu gehen. Gustav wußte, wo der Schlüssel für Herrn Wübbens Zimmer hing, und er schloß es für mich auf, um mir die vollgepinkelten Bierflaschen zu zeigen. Die standen da um das ganze Bett rum.

Oma sagte, daß Frau Apken nun fast gänzlich durch den Wind sei. Die sitze von morgens bis abends auf einem Stuhl im Wohnzimmer und kucke Löcher in die Luft.

Frau Kaufhold kochte jeden Tag für Frau Apken mit.

Freitags gab es Fisch vom Wochenmarkt, Scholle oder Seelachs, und es steckten immer Gräten drin, auch wenn keine drinsein sollten. Mit ihrer Scholle war Oma unzufrieden. Die schmecke nicht nach ihm und nicht nach ihr.

Als Volker sich eine Gräte innen oben ins Zahnfleisch gespießt hatte, sagte Mama, das sei immer noch besser, als wenn er die quer in den Hals gekriegt hätte.

An der Flurwand hing eine kleine Trompete. Mit der hatte Oma im Krieg die Nachbarn in Moorwarfen warnen müssen, wenn telefonisch Fliegeralarm durchgegeben worden war.

Neben der Trompete hing das Wappen von Jever, eine Burg zwischen zwei Löwen.

Oma wollte bei anderen Omas Mitgliedsbeiträge für einen Verein kassieren, bei dem Opa im Vorstand war, und ich durfte mit.

Zuerst gingen wir zu einer dürren alten Frau, die am Kirchplatz wohnte. Wir setzten uns an den Küchentisch, und die Frau zückte ihr Portemonnaie. Oma holte ein Heft raus und machte hinter dem Namen von der Frau einen Haken rein, und da sah ich, daß Omas Handtasche genau die war, aus der ich die zwanzig Mark genommen hatte. Daß Oma die Handtaschen aus dem

Schrank noch benutzte, hatte ich nicht gewußt. Aber daß da Geld fehlte, schien Oma nicht zu merken.

Mit dem Spielzeugfernseher, den ich unter meinem Nachtschränkchen versteckt gehabt hatte, ging ich auf das wilde Nachbargrundstück und warf ihn da in eine Brennesselhecke.

In Hooksiel durften Volker und ich eine Schlickschlacht machen, in Badehosen, und uns bis zum Gehtnichtmehr mit Schlick bekleistern.

Am Horizont fuhren Schiffe. Volker sagte, das seien Ozeanriesen. Auf einem davon würde er gerne mal um die ganze Welt fahren, aber das hatte er nur gesagt, damit ich zu den Schiffen kuckte und nicht sah, wie er ausholte, um mir eine Riesenportion Schlick in die Fresse zu schmeißen.

Abends wurden Krabben ausgepult, die Granat hießen. Da habe sie einen Japp drauf, sagte Oma. Im Fernsehen wollte sie G'schichten aus dem Theater an der Wien kucken, was aber so langweilig war, daß ich lieber Renate half, in der Hörzu bei Original und Fälschung nach den Unterschieden zu suchen. Da hatte auf einem Bild eine Leiter eine Sprosse weniger als auf dem anderen, oder eine Wolke hatte einen oder zwei Wülste zuviel.

Dann rief Papa an und wollte von Oma wissen, ob sie es noch aushalte mit all den Blagen.

Ins Bett nahm ich wieder die Meckibücher mit, um nochmal zu sehen, wie die Pferde mit Meckis Kutsche über die Milchstraße galoppieren und der Fliegenpeter auf der Insel im Sirupsee rumkriecht.

In Koblenz stand Papa auf dem Bahnsteig und rauchte Pfeife.

Durchs Heckfenster vom Käfer zeigte Renate auf den Mond und sagte, das sei der Fingernagel Gottes. Und der riesenhafte Reifen, der als Werbung für eine Autowerkstatt kurz vor der Horchheimer Höhe an der Straße stand, sei der Autoreifen vom lieben Gott. Das sagte Renate immer, wenn wir da vorbeifuhren.

Am Morgen klingelte ich bei Stracks, aber Uwe war bei einer Tante in Trier und sollte erst nachmittags wiederkommen.

Ich spielte alleine im Wäldchen, bis ich mußte. Um den Weg abzukürzen, lief ich durch den Garten und zur Kellertür runter, aber da mußte ich schon so nötig, daß ich stehenblieb und in den Waschküchengully pinkelte, und als ich Mama die Treppe runterkommen hörte, konnte ich nicht mehr aufhören.

»Dir geht's wohl zu gut, du Pottsau!« rief sie, und ich kriegte Hausarrest.

Zu Uwe durfte ich dann aber doch noch kurz rübergehen.

Seine Brüder würden immer dämlicher, sagte Uwe, aber Claudia sei am allerdämlichsten. Die hatte jetzt einen Pony, der ihr so tief ins Gesicht hing, daß sie die Haare immer hochpusten mußte.

In Knaurs Kinderbuch in Farben wurde die ganze Welt erklärt. Was es für Berufe gibt und was Autoschlosser, Uhrmacher und Bildhauer für Kleider anhaben, wie es im Maulwurfsbau aussieht, welche Tiere vor hundert Millionen Jahren gelebt hatten, womit sich die Leute vor zehntausend Jahren gekämmt hatten und daß ein Wandersmann fünf Kilometer in der Stunde schafft. Was ist schwerer, ein Kilo Eisen oder ein Kilo Bettfedern?

Das Wildschwein ist ein Allesfresser.

Volker durfte schon wieder mit Kasimirs nach Italien fahren, an die Adria. Er nahm auch die Angel mit, die er da beim letzten Mal gefunden hatte. Hoffentlich fing er nichts.

An einem Samstag mußte Renate den Haushalt machen und auf Wiebke und mich aufpassen, weil Mama und Papa vorhatten, bis zur Dämmerung auf der Baustelle zu wuracken.

Ich wollte unverdünnten Kirsch-Tritop trinken. »Des Menschen Wille ist sein Himmelreich«, sagte Renate und ließ mich, aber ohne Wasser schmeckte der Tritop nicht. Davon krampfte sich einem das Gesicht zusammen.

Renate erlaubte mir auch, in den Wilhelm-Busch-Büchern zu lesen. Bei dem einen fehlte der Schuber, und bei dem anderen war der Rücken lose.

Hänsel und Gretel, wie sie die Hexe in den Kochtopf stoßen und den dicken Menschenfresser in den Fluß werfen. Oder Fipps der Affe, wie er einem Neger, der ihn fangen will, mit dem Schwanz den Nasenring rumdreht. Dem Neger wird das Herze bang, die Seele kurz, die Nase lang!

Hans Huckebein, der Unglücksrabe, der sich selbst erhängt. Und der Eispeter, der beim Schlittschuhlaufen erfriert und beim Auftauen zu Wasser zerfließt, das die Eltern in einem Topf ins Regal stellen.

Bei Krischan mit der Pipe kamen lauter Ungeheuer aus dem Pfeifenkopf, der Runkelmunkel und ein schwarzer Mohr.

Das Bad am Samstagabend: Da rauften sich zwei Brüder in der Wanne, bis sie umkippte und die Brüder ins Bett gesteckt wurden, fast wie Volker und ich.

Unheimlich war das bunte Bild von den zwei Kindern, die sich um einen Apfel stritten, irgendwo in einem düsteren Zimmer.

Dann kamen Tante Therese und Kim zu Besuch. Kim hatte eine Beatlesfrisur, die Papa schauderhaft fand. Renate wollte auch eine haben, und Papa sagte, sie sei wohl des Wahnsinns fette Beute.

Wir fuhren zur Baustelle und dann auf die Festung Ehrenbreitstein. Von oben sah man den Rhein und die Mosel, das Deutsche Eck und Lützel, wo wir mal gewohnt hatten. Lützel sei ein Schandfleck, sagte Mama. Was da für ein Volk versammelt sei, und dann der Müll von den Campingurlaubern am Ufer! Drei Kreuze, daß wir dieses Kapitel hinter uns hätten.

In der Festung Ehrenbreitstein waren früher Leute gefangengehalten worden, angekettet, in Verliesen mit Stroh, so wie bei Richard Löwenherz. Einmal am Tag war ein Wächter gekommen, um den Gefangenen alte Brotkanten und einen Krug mit fauligem Wasser zu bringen.

Nach dem Ausflug hatte Renate eine Zecke im Oberschenkel. Die müsse man besoffen machen, sagte Papa. Er träufelte Spiritus auf das Hinterteil der Zecke, und dann zog er sie mit einer Pinzette raus.

Abends fuhr Papa auf den Mallendarer Berg, um im Rohbau Fenster einzusetzen und Leitungen zu verlegen.

Einmal klingelte Claudia bei uns, weil sie mir bei Stracks im Keller was zeigen wollte. Ich ging mit. Was Claudia mir zeigen wollte, war ihr Arschloch, und sie wollte auch meins sehen.

Claudia ließ den Rock runter und ich die Hose. Machen durfte man das bestimmt nicht, aber ich zog mir hinten die Bakken auseinander und versuchte, das Arschloch von Claudia zu erkennen, die mit dem Rücken zu mir stand und ihre eigenen Arschbacken auseinanderzog. Mir lief das Blut in den Kopf, und ich konnte nur sehen, daß Claudias Arschloch rot war.

Erst nachts im Bett fiel mir ein, daß es leichter gewesen wäre, wenn wir das nicht gleichzeitig gemacht hätten, sondern erst ich und dann Claudia, oder andersrum.

Im neuen Schuljahr gab uns Frau Kahlfuß Verkehrsunterricht. Rotes Auge heißt: bleib stehen! Keinen Schritt mehr weitergehen! Grünes Auge zeigt dir an: du kannst gehen, freie Bahn!

Für die Bastelstunde hatte Mama mir eine kleine stumpfe Schere mit grünen Griffen gekauft. Aus Bastelbögen sollten wir Muster ausschneiden und auf Papier mit Uhu neu zusammenkleben. Oben aus der Tube floß immer noch was raus, das man nicht mehr brauchte, und klebte am Tubenhals fest. Wenn es trocken war, konnte man's abzupfen.

Gedichte, die wir aufgekriegt hatten, lernte ich erst auswendig, wenn andere sie aufsagten. Wer hat die schönsten Schäfchen? Die hat der goldne Mond, der hinter unsren Bäumen am Himmel droben wohnt. Wenn ich als dritter oder vierter aufgerufen wurde, konnte ich die Gedichte, aber dann nahm Frau Kahlfuß mich als ersten dran, und da konnte ich nichts. Das sei ihr nicht entgangen, sagte sie, daß ich zu faul sei, Gedichte zuhause auswendig zu lernen.

Dann mußte ich noch zum Rechnen an die Tafel und konnte schon wieder nichts. Frau Kahlfuß knallte mir eine, und ich mußte in der Ecke stehen, Gesicht zur Wand, bis die Stunde um war.

In Rechnen war ich nicht gut. Als wir 26 weniger 14 ausrechnen sollten, zog ich 10 von 20 ab, hatte noch 10 übrig, zog davon die 6 von den 26 ab, hatte noch 4 übrig, zog davon die restlichen 4 von den 14 ab und kam auf Null als Ergebnis, aber das war falsch, und Frau Kahlfuß strich mir das in meinem Rechenheft rot an.

Mama sagte, das sei eine Milchmädchenrechnung.

Besser war ich in Diktaten. So ist es bei Schlampinchen. Alles liegt durcheinander. Der Bleistift ist abgebrochen. Das Buch ist zerrissen. Das Heft ist schmutzig. Der Füller ist leer. Das Mäppchen ist offen. Die Schule ist aus. Es läutet. Die Kinder räumen auf. Den Bleistift in das Mäppchen, das Mäppchen in den Ranzen, den Ranzen auf den Rücken, schnell nach Hause!

Grundwörter und Bestimmungswörter. Dädalus und Ikarus. Oder Singen: Froh zu sein bedarf es wenig, und wer froh ist, ist ein König.

Zur Schluckimpfung mußten wir uns in einer langen Schlange aufstellen.

Schluckimpfung ist süß, Kinderlähmung ist grausam.

Die Becher waren aus Plastik und mußten nach dem Austrinken in einen Mülleimer geworfen werden.

Uwe ging jetzt auf dieselbe Schule wie ich, als Erstkläßler, und in den Pausen tat ich immer so, als ob ich Uwe noch nie gesehen hätte.

Einmal war es aber so verabredet, daß Herr Strack uns beide mit dem Auto von der Schule abholen sollte. Auf Uwe mußten wir lange warten. Herr Strack trommelte mit den Fingern aufs

Lenkrad. Claudia saß hinten neben mir, blies die Haare hoch und lutschte an ihrem Tintenkiller.

Als ich einen Armvoll Schmutzwäsche nach unten bringen sollte, war in der Waschküche ein Feuersalamander, gelb und schwarz. Er saß in einer Wasserpfütze und ließ mich nicht aus den Augen.

Papa fing den Salamander ein und sperrte ihn in ein leeres Gurkenglas mit eingestanzten Luftlöchern im Schraubverschluß.

Dem Salamander gaben wir Fliegen von den Fensterbänken und Wurst zu essen. Ich wußte, wo ein Tümpel im Wald war, und da gingen wir mit der ganzen Familie hin. Papa trug das Glas. Als wir da waren, schraubte er den Deckel ab und hielt das Glas so hin, daß der Salamander auf einen Ast kriechen konnte, der aus dem Tümpel ragte.

Der Feuersalamander hob den Kopf und sprang dann ins Wasser, wo er mit schlängelndem Schwanz verschwand.

Bei A&O gab es bunte Pfandmarken. An der Garderobe holte ich mir welche davon aus Mamas Manteltaschen, lief mit den Marken zum Ladenviertel und kriegte dafür ein Fix-und-Foxi-Heft mit Lupo, Professor Knox, Oma Eusebia und Lupinchen.

Das Heft legte ich ins Treppenhaus und tat dann so, als ob ich das da gefunden hätte, aber Renate glaubte mir nicht. Sie sagte, das hätte ich da selbst hingelegt. Wer hätte schon so bedasselt sein sollen, das als Geschenk bei uns ins Treppenhaus zu legen?

Wenigstens verpetzte sie mich nicht.

Das Haus auf dem Mallendarer Berg kriegte ein Garagentor, und im oberen Bad setzte Papa ein Kippfenster ein. Weil Mama graue Badezimmerkacheln haben wollte und Papa grüne, wurde das untere Bad grün gekachelt und das obere grau.

Renate fand die grünen Kacheln pottscheußlich, aber sie sollte ja auch oben wohnen.

Als Mama und Papa mit Wiebke zu einer Baumesse nach Neuwied gefahren waren, nahm ich Wiebkes Roller, was ich sonst nicht durfte. Renate kam auf ihrem Fahrrad mit.

Wir düsten immer wieder die steile Parkgaragenauffahrt unterm Ladenviertel runter, bis ein Auto den Roller kaputtfuhr. Ich hatte gerade noch rechtzeitig abspringen können.

Mama sagten wir, daß wir den Roller irgendwo verloren hätten. Ohne Renate hätte Mama mir das nicht geglaubt.

Wiebke weinte um den Roller, und Papa mußte ihr versprechen, Volkers alten zu reparieren.

Von der Baumesse hatten Mama und Papa mehrere Pfund Prospekte mitgebracht. Bei Gesprächen über den Hausbau fielen komische Ausdrücke wie Gasbeton, Eternit, Furnier, Bitumen, Dachfirst, Loggia, Pergola, schwimmender Estrich, Honneffer Modell und Edelkratzputz. Oder Raiffeisenbank, Bundesmittel, Betonelemente, Darlehen, Beamtenheimstättenwerk, Bims und Rigips und der springende Punkt bei der Sache.

Statt Bonanza kam jetzt Big Valley, mit Ranchern, die so reich waren, daß sie eine Palme im Treppenhaus hatten und auf dem Eßtisch Karaffen mit Glasstöpseln.

Angeführt wurde die Familie von einer alten, weißhaarigen Frau, die immer gleich merkte, wenn sie einer anzuschwindeln versuchte. Die Cowboys mußten Weidezäune flicken, Pferde striegeln, Sättel einfetten, beim Rodeo mindestens acht Sekunden lang auf wilden Pferden sitzenbleiben, beim Gewehrschießen mit der Schulter den Rückstoß abfangen und üben, wie man den Colt um den Zeigefinger wirbelt. Nach Schlägereien legten sie sich rohe Steaks auf die Augen. Mama sagte, echte Kinnhaken würden nicht so laut knallen wie im Fernsehen. Die Geräusche kämen davon, daß einer mit der Peitsche auf tote Schweine haut.

In den Bergen lauerten Klapperschlangen, und in der City war ein Saloon, wo die Cowboys bei Schießereien erstmal mit dem Gewehrgriff ein Loch ins Fenster kloppen mußten.

Im neuen Haus strich Papa die Ölkellerwände mit Spezialfarbe, fünfmal nacheinander, was Mama überflüssig fand. Sie schimpfte auch über die Stifte der Firma Gerstacker, die den großen Heizkessel intelligenterweise genau vor das Garagentor gestellt hatten.

In Westlich von Santa Fé schlug sich ein Vater mit seinem Sohn im Wilden Westen durch. Der Vater konnte mit seiner Winchester schneller schießen als alle andern Cowboys mit dem Revolver, und er mußte auch oft dem Sheriff helfen.

Bei denen gab es keine Ölkellerwände, die gestrichen werden mußten. Wenn Papa ganz alleine mit mir im Wilden Westen gewesen wäre, hätte er auch mit der Winchester schießen müssen, aber Papa war kriegsbeschädigt und hätte wahrscheinlich keine Lust dazu gehabt, mit 'ner Winchester rumzuballern. Die einzige Waffe, die Papa hatte, war ein Totschläger, ein brauner Lederknüppel, der oben auf dem Boden lag, für den Fall der Fälle.

Im Fernsehen lief jetzt auch Vorsicht Falle! Die Kriminalpolizei warnt: Nepper, Schlepper, Bauernfänger, mit Eduard Zimmermann, der beim Sprechen schmatzte. »Warum muß der Kerl bloß immer so schmatzen?« fragte Mama. Wenn das Schmatzen kam, schmatzten wir alle mit.

Auf der Kinderseite vom Stern stand, wie man Regenwürmer aus der Erde lockt. Der Natur auf der Spur. Man sollte ein Brett schräg in die Erde stecken und mit den Fingern auf das Brett trommeln, dann würden die Regenwürmer aus Furcht vor Maulwürfen und Regen in Scharen an die Erdoberfläche kommen.

Volker und ich testeten das im Garten, weil Papa für den Komposthaufen Regenwürmer brauchte, aber bei uns kam kein einziger nach oben.

»Die lesen eben nicht den Stern«, sagte Volker.

In dem Dornengestrüpp vorm Wäldchen hatten fremde Kinder meinen Bumerang gefunden und warfen damit rum. »Da mußt du hingehen und denen sagen, daß das deiner ist«, sagte Mama.

Ich wollte erst nicht, aber dann ging ich doch, und die fremden Kinder gaben mir den Bumerang zurück. Ich hatte gedacht, die würden mich auslachen.

Als sie weg waren, schmiß ich den Bumerang hoch übers Wäldchen, aber er kam nicht wieder. Ich holte Uwe, und wir suchten das ganze Wäldchen ab, ohne den Bumerang wiederzufinden.

In die Schlucht hatte jemand eine alte Waschmaschine geworfen. Ob die noch ging?

Bei unseren Legosteinen gab es welche, die wackelig waren. Andere backten so fest zusammen, daß man sie nicht mal mit den Nägeln und den Zähnen wieder auseinanderkriegte.

Im Bett las ich in Hauffs Märchen. Kalif Storch und sein Großwesir, die beide das Zauberwort vergessen hatten, das sie wieder zu Menschen machte. Traurig wandelten die Verzauberten durch die Felder.

Onkel Dietrich kam zu Besuch, um Papa beim Einsetzen der Türzargen im Dachgeschoß zu helfen. Ich wollte meine gesammelten Witzfotos aus dem Stern vorzeigen und durfte mich auf Onkel Dietrichs Schoß setzen. Der Fußballer, dem der Arsch halb aus der Hose hing (Au Backe!), die Katze im Waschbecken (Einmal Katzenwäsche bitte!), der nackte Junge mit den Revolvern im Holster (Milder Westen) und das Reh, das hinter einem Baum hervorlugte (Kuckuck, Herr Grzimek!).

Für die Werkbank, die Papa in der Garage im neuen Haus anbringen wollte, hatte die Firma Bollmann schiefe Winkeleisen geliefert.

Als Geschenk zu Papas Geburtstag schrieb ich aus dem Gedächtnis was aus der Fernsehserie Kapitän Harmsen auf.

– Moin Willem!

– Moin Puttfarken! Du, Puttfarken, alles klar?

– Alles klar. Du, Willem?
– Ja?
– Is' was?
– Nee.
– Schlecht geschlafen?
– Nee, schlecht geträumt. Hab geträumt, Hannibal hat mir 'n großen Zeh abgebissen.
– Was schläfst du auch mit bloße Füße!

Papa mußte auf Dienstreise nach Italien. Vorher holte er in Ehrenbreitstein die Schiene für die Faltwand ab und setzte im neuen Haus die Garagenfenster ein.

»So bei kleinem kommen wir weiter«, sagte Mama, und dann mußten wir still sein, weil sie auch mal was im Fernsehen kukken wollte. Die seltsamen Methoden des Franz Josef Wanninger. Ich fand Percy Stuart besser.

Wenn man das dickere Ende von einem Ahornflügelchen aufgepult und auseinanderklappt hatte, konnte man sich das auf die Nase kleben, und es fiel nicht runter.

Frau Kahlfuß brachte uns bei, wie man Kastanienmännchen bastelt, aber wir durften sie nicht mit nachhause nehmen. Die sollten auf der Fensterbank stehenbleiben.

Einem Postkartenheini kaufte Mama an der Tür zwei Krippenbilder ab, mit dem Mund gemalt von Contergankindern. So gut wie die hätte ich nie malen können, schon gar nicht mit dem Mund.

»Sei bloß froh«, sagte Mama. Als ich noch in ihrem Bauch gewesen war, hatte Mama nämlich auch die Contergantabletten genommen, aber ich war gesund geboren worden.

Zusammen mit Renate und Volker durfte ich in Koblenz wieder ins Kino gehen. Wir fuhren mit dem Bus hin, über den Rhein, und stiegen am Zentralplatz aus. Renate wußte, wo wir von da aus langgehen mußten.

Der Film war mit einem VW-Käfer, der auf den Hinterreifen fahren und Leute mit Öl anpinkeln konnte. Beim Autorennen überholte der Käfer alle anderen Autos. Auf der Zielgeraden brach er auseinander, und die hintere Hälfte von dem Käfer rollte noch vor der vorderen über die Ziellinie.

In Italien hatte Papa den schiefen Turm von Pisa fotografiert, aber der Film mußte erst noch entwickelt werden.

Wenn man wollte, daß Papa lachte, mußte man »pföne Mupfel« sagen, so wie der Pinguin in Urmel aus dem Eis, der »schöne Muschel« nicht aussprechen konnte. Papa fand auch den See-Elefanten gut, der beim Singen mit den Augen klapperte.

Urmel, Schnuller um den Hals, und Mama Wutz: »Öff öff!« Sogar darüber lachte Papa.

Auf der Baustelle setzte er die Haustür ein. Als wir abfuhren, winkte uns ein kleines Mädchen mit Brille nach.

Das sei Ute, sagte Wiebke. Diese Ute war die zweitjüngste Tochter unserer neuen Nachbarn, Rautenbergs. Die jüngste hieß Dörte. Söhne gab es da keine. Jetzt hatte Wiebke auf dem Mallendarer Berg schon eine Freundin, aber ich hatte noch keinen Freund. Den würde ich mir erst umständlich suchen müssen.

Wenn ich schlaf, dann träume ich: Jetzt bringt Niklaus was für mich. Ich wollte wachbleiben, bis der Nikolaus was brachte, aber das schaffte ich nicht.

Morgens war mein Stiefel vor der Zimmertür mit grünen Papierservietten ausgelegt und mit noch mehr Süßigkeiten gefüllt als im Jahr davor. Normal waren Schokolade, Kekse und Nüsse. Diesmal gab's auch Schokoladenzigaretten, bei denen man nicht wußte, ob man das Papier mitessen konnte, und einen großen Stutenkerl mit weißer Tonpfeife. Der Pfeifenstiel war so geformt, daß man die Zähne nicht zusammenkriegte. Oder man mußte die Pfeife quernehmen, aber dann zeigte der Pfeifenkopf zur Seite.

Als Mama noch klein gewesen war, hatte ihr der Nikolaus in Moorwarfen immer eine Scheibe Schwarzbrot und zwei Stück Würfelzucker für die Pferde vom Milchmann hingelegt. Ich hatte Mitleid mit Mama, weil ich dachte, sie und ihre Schwestern hätten damals gar nichts für sich selbst gekriegt, aber das hatte ich bloß falsch verstanden. Auch nach Moorwarfen war der Nikolaus mit Schokolade gekommen, sogar im Krieg.

Mama und Papa waren todmüde, weil sie noch bis tief in die Nacht mit Kollegen von Papa den Bau besichtigt hatten. Papa hatte die Bautrockner neu beschicken müssen, und dann war der Autoschlüssel verschütt gegangen, und die Straßen waren spiegelglatt gewesen. Erst um halb vier Uhr nachts waren Mama und Papa wieder auf der Horchheimer Höhe angelangt.

O Tannebaum, o Tannebaum, der Lehrer hat mich blaugehaun. Ingo Trinklein kannte auch noch andere Lieder, die man nur auf der Straße singen konnte. Von den blauen Bergen kommen wir, unser Lehrer ist genauso doof wie wir. Oder Peter hat ins Bett geschissen, mitten aufs Paradekissen.

Es gab Eintopf mit Wurzeln, und Papa schimpfte über Herrn Winter, den Nachbarn, der auf dem Mallendarer Berg an der anderen Seite von unserem neuen Haus wohnte und sich angestellt hatte wie der erste Mensch, nur weil ein paar Krümel Sand über die Grundstücksgrenze gerieselt waren. Seine Gartenerde sei nämlich schon »gefräst«, hatte Herr Winter erklärt.

Das könne ja noch heiter werden mit diesem Uhu, sagte Mama.

Immerhin war jetzt die Eßplatzscheibe drin. Aber die große Wohnzimmerscheibe hatten die Heinis von Raab Karcher nicht eingesetzt. Die hatte einen Haarriß.

Mama telefonierte viel mit Raab Karcher, und ein Versicherungsfritze mußte kommen und den Haarriß begutachten.

Kurz vor Weihnachten brachten Leute von Raab Karcher die neue Wohnzimmerscheibe, aber als sie die einsetzen wollten, fiel sie hin und ging zu Bruch.

Mama sagte, wenn sie das alles geahnt hätte, wäre sie in Moorwarfen geblieben und Kuhmelkerin geworden.

Renate malte ein Bild vom Weihnachtsmann, wie er durch den verschneiten Tannenwald stiefelt, und Volker malte mit Wachsmalkreide einen Weihnachtsmann, der im Hubschrauber einschwebt.

»Nun singt doch mal!« rief Papa, weil wir vor der Bescherung nicht laut genug mitsangen, als die Weihnachtsplatte lief.

O du fröhliche, o du selige.

Ich kriegte ein Mondfahrzeug, ein Wildwestspiel, ein Daktari-Malbuch, einen neuen Schlafanzug von Tante Dagmar, von Renate ein Heft, in das sie alle Geschichten von Reinhold dem Nashorn eingeklebt hatte, und drei neue Bücher: Neues vom Räuber Hotzenplotz, Märchen aus Tausendundeiner Nacht und Tschitti Tschitti Bäng Bäng.

Volker hatte ein Gewehr, ein Försterbuch und von Onkel Walter noch ein Buch mit Tiergeschichten gekriegt und Wiebke eine Puppe, eine Puppenküche, neue Turnschuhe und einen Hahn aus Holz mit Buntstiften im Rücken. Die Puppe wurde von Wiebke auf den Namen Dagmar getauft.

Am wenigsten neidisch war ich auf Renates Geschenke, eine weiße Fellmütze mit langen Enden und ein Ringbuch und Wäsche. »Kuckt mal, was für ein tolles Kleid!« rief Renate. »So ein schönes! Neuste Mode!« Tante Therese hatte Renate ein Bastköfferchen geschickt, das knirschte, wenn man es hochhob.

Renates neues Ringbuch hatte einen Schlüssel zum Abschließen. »Dokumentenmappe nennt man das«, sagte Mama.

Dann sollten wieder Fotos gemacht werden. »Na los!« brüllte Papa. »Ihr sollt euch neben den Tannenbaum stellen!«

Für Mama und Papa hatte Renate einen Kochlöffel lackiert und Haken für Topflappen und Gummibänder reingedreht.

Von Tante Therese hatte Wiebke einen Schottenrock gekriegt und Mama Parfüm. Für Volker und mich waren Wollmützen in dem Paket aus England.

»Du ahnst es nicht«, sagte Mama beim Auspacken. »Ja, ist es denn die Possibility?« Und: »Kaum zu glauben Komma!« Als Papa ein Deodorant-Spray aus Jever ausgewickelt hatte, rief Mama: »Ach du dickes Ei!«

Wiebke sollte Oma Jever am Telefon Von drauß, vom Walde aufsagen, mußte aber husten und blieb stecken.

Das Wildwestspiel war gut. Es gab blaue Indianer, die mit der Büchse zielten, rote Indianer mit Tomahawks, grüne Cowboys mit Lassos und gelbe Cowboys, die ihre Flinte überm Kopf hielten und leicht umkippten, aber weil das Spiel meins war, konnte ich immer die blauen Indianer nehmen.

Man mußte würfeln und versuchen, die anderen Indianer und Cowboys zu schlagen und bei sich einzusperren, aber man konnte auch in die Gefängnisse von den anderen rein, um Gefangene vom eigenen Stamm zu befreien. In der Mitte vom Brett war ein Feld, wohin man sich flüchten konnte.

In dem Heft von Renate las ich alle alten Geschichten von Reinhold dem Nashorn wieder nach. Wie Reinhold seinem Sohn Paulchen das Fußballspielen verbietet und dann selbst ein Loch ins Fenster schießt oder wie er von Soldaten für einen General gehalten wird, weil ihm ein Suppentopf auf den Kopf gefallen ist. Wie Reinhold Haarwuchsmittel benutzt und ein Fell kriegt, wie er durch eine blankgescheuerte Glastür kracht und wie er Paulchen tröstet, der von der eingekauften Wurst nur einen winzigen Zipfel vor den kläffenden Hunden retten konnte. Reinholds Trost nach all den Hunden: »Besser heil – als Wurst und Wunden!«

Auf Volkers Tierbuch war ein Bär vornedrauf, aber die Geschichten wollte ich nicht lesen. Die Abenteuer eines Sperlingsmännchens.

In Tausendundeine Nacht waren mir die Bilder zu krakelig.

Neues vom Räuber Hotzenplotz war am besten. »Das duftet ja ganz abscheulich gut hier!« rief der Räuber Hotzenplotz und vertilgte die Bratwürste von Kasperls Großmutter ratzeputz, daß es nur so schnurpste. Dann entführte er die Großmutter auf dem Fahrradgepäckträger, und sie mußte die Augen zumachen, weil Rollsplitt auf der Straße lag. Rollsplitt spritzte hoch, wenn man drüberfuhr.

Wachtmeister Dimpfelmoser suchte dann Hilfe bei der Witwe Schlotterbeck, einer staatlich geprüften Hellseherin mit einem Hauskrokodil, das ein verhexter Dackel war.

Den Räuber Hotzenplotz verspotteten Kasperl und Seppel als Aumenpflaugust mit Klaumenpfnödeln, und dann kriegten sie soviel Bratwurst mit Sauerkraut, bis sie Bauchweh davon bekamen, und sie waren so glücklich, daß sie mit keinem Menschen getauscht hätten, nicht einmal um den Preis einer Dauerfreikarte auf der Achterbahn.

Im Fernsehen kam Lederstrumpf. Der konnte Tomahawks auffangen, die feindliche Indianer auf ihn geschleudert hatten. Irokesen, Delawaren und Huronen.

Zusammen mit Lederstrumpf kämpfte der Mohikanerhäuptling Chingachgook. Es gab auch den Irokesenhäuptling Gespaltene Eiche. Als nach dem letzten Teil von Lederstrumpf noch Big Valley kam, sagte Mama, daß wir schon viereckige Augen hätten.

Mit Stracks lieferten wir uns im Garten über den Zaun eine Schneeballschlacht. Ohne Handschuhe kriegte man dabei erst kalte und dann warme Hände. Das liege an der Durchblutung, sagte Volker.

Am Neujahrsmorgen traten Ingo Trinklein und ich das Eis auf zugefrorenen Pfützen ein und suchten die Straßen nach Krachern ab, aber wir fanden nur Raketenstiele, abgefackelte Knallfrösche und nasse Knallerpappen mit Warnungen: Nach dem Anzünden nicht in der Hand halten! Nur im Freien verwenden!

Auf dem Mallendarer Berg kümmerte Papa sich um die Elektroinstallation im neuen Haus. Danach saßen wir auf Röhrenbetonsteinen in der Garage, und Volker schälte mit dem Taschenmesser einen Apfel. Papa hatte eine Kabellampe in die Garagentorschiene gehängt.

Ich wollte Volker helfen, machte es aber falsch. »So doch nicht, du Idi!« rief er, weil ich mit der Hand fast in die Messerklinge gekommen war.

»Jetzt hört mal auf damit, ihr Weihnachtsmänner«, sagte Papa. Er sah sich in der Garage um und sagte, daß wir dafür nun auch lange genug auf dem Zahnfleisch hätten kriechen müssen.

Als wir zurückfuhren, durfte ich vorne sitzen, und Papa zeigte mir, daß er vom Auto aus das Licht an den Pfählen am Straßenrand anschalten und ausschalten konnte. An und aus, an und aus, wie ein Zauberer.

Der Kommissar hatte ein Telefon vorne am Beifahrersitz, aber vom Kommissar durfte ich nur den Vorspann kucken, im Schlafanzug.

Immer wenn er Pillen nahm war Renates Lieblingssendung, mit Stanley Beamish, der fliegen und Hubschrauber vom Himmel auf die Erde ziehen konnte, wenn er eine von den Wunderpillen geschluckt hatte, die aber nur eine Stunde lang wirkten.

Seine große Stunde kam – immer, wenn er Pillen nahm.

Vor dem Umzug holte Oma Jever Wiebke ab. Im neuen Haus war noch kein Strom. Auch Türen und Teppiche fehlten. Papa hatte sich einen LKW geliehen.

In der Küche war ein Fußbodenmensch auf allen vieren und

verlegte Mipolam, und im Flur hackten Arbeiter Löcher in den Putz für neue Treppenstufenschlitze.

Die alte Wohnung mußte besenrein übergeben werden. Auf der Fensterbank fand ich noch eine Kleiderbürste, die wir fast vergessen hätten.

Abends suchten wir bei Kerzenlicht nach der Bettwäsche. Das Essen mußte Mama auf einem Gaskocher heißmachen, und sie sagte, sie sei bald reif für die Klapsmühle.

An den Kacheln überm Waschbecken im unteren Badezimmer waren Magneten, an denen man die Seife aufhängen konnte, und vor der Küchentür war ein tiefer Schacht. Da mußte man rüberspringen, wenn man in den Garten wollte.

Nervtötend war, daß wir kein Fernsehen kucken konnten, solange wir keinen Strom hatten. Nicht mal Werbefernsehen. Ob 30, 60 oder 95 Grad, ich hab stets Riesenkraft parat!

Mein Zimmer ging nach vorne raus, und durchs Fenster konnte ich den Wald sehen. Bis Volkers Zimmer oben fertig war, mußte er noch in meins mit rein, wo das Doppelstockbett stand.

Ich kam auf die Christliche Simultanschule Vallendar. Die war unten im Tal. Da fuhr ein Schulbus hin. »Vor den neuen Mitschülern brauchst du keine Manschetten zu haben«, sagte Mama.

In der neuen Schule waren die gleichen Kufenstühle wie in der alten, aber sonst war alles anders. Die Lehrerin hieß Frau Weißpfennig und war ganz mager. Drei Klassen auf einmal, eine im ersten, eine im zweiten und eine im dritten Schuljahr. Frau Weißpfennig ging immer hin und her und gab allen nacheinander was Verschiedenes auf.

Wir mußten jetzt mit Füller schreiben. Mama hatte mir einen grünen Geha gekauft, mit Fensterchen, durch die man sehen konnte, ob die Patrone noch voll war. Innen war auch noch Platz für eine Reservepatrone.

In der Klasse war einer mit Sprachfehler. Wenn der sagen sollte: »Kasper hat Glück gehabt«, dann sagte er: »Tasper hat Dlütt dehabt.«

Neben mir saß ein langer Lulatsch, der einen Kopf größer als Frau Weißpfennig war, aber sonst nichts konnte. Am schlechtesten war Benno Anderbrügge, ein Fettsack, dessen Hefte Eselsohren hatten und außendrauf Tintenkleckse.

Vorne auf dem neuen Lesebuch war ein Bild von einer Kutsche im Wolkenbruch, aber die Kinder in der Kutsche lachten.

Tobias Knubbelnas, der Igel.

Auswendig lernen sollten wir ein Gedicht über drei Spatzen, die im Winter auf einem Ast saßen. Sie rücken zusammen dicht an dicht, so warm wie der Erich hat's niemand nicht.

Auf dem Pausenhof wußte ich nicht, was ich machen sollte. Die Mädchen spielten Gummitwist und die Jungen Fangen.

Ich freundete mich mit Barbara an, die zu dick war, um andere Freunde zu haben. Wir spielten Verstecken, unter den Mänteln im Flur, bis uns der Hausmeister das verbot.

In Religion nahm Frau Weißpfennig das Alte und das Neue Testament mit uns durch. Adam und Eva, Kain und Abel, der Turmbau zu Babel, die sieben Plagen mit der Verwandlung von Blut in Wasser und dann Jesus, wie er auf einem Esel nach Jerusalem geritten war.

Samaria, Judaea und Idumaea. Zeloten, Pharisäer, Sadduzäer, Aussätzige und die Ehebrecherin, die gesteinigt werden sollte, das konnte man gar nicht alles behalten. Das Scherflein der Witwe, die wundersame Brotvermehrung und das Gleichnis vom Weinberg. Was war eigentlich an Zöllnern so schlimm, daß die von allen verachtet wurden?

Frau Weißpfennig zeigte uns auch Bilder von blinden Indern mit Geschwüren im Gesicht, damit wir mal sehen konnten, wie schlecht es anderen Menschen ging.

Irgendwann hätten siebzig verschiedene Leute die Bibel übersetzt, und alle Übersetzungen hätten Wort für Wort miteinander übereingestimmt.

Wir lernten auch was über Gotik und Romanik und gingen mit der ganzen Klasse in eine katholische Kirche, wo wir die Fenster abmalen sollten. Sankt Marcellinus und Sankt Petrus. Außer mir waren nur fünf andere evangelisch: Melanie Pape, Norbert Ripp, Michael Gerlach, Oliver Wolter und Andreas König. Die mußten auch alle mitkommen.

Die Katholiken hatten Bänke zum Niederknien und Beichtstühle in der Kirche. Im rechten Querschiff stand ein Rokoko-Altar.

Katholiken hätten eben die eine oder andere Schraube locker, sagte Mama. Wenn denen der Papst was sage, hielten sie das für Gottes Wort, und wenn sie gesündigt hätten, würden sie das eben kurz beichten gehen, und dann glaubten sie, daß alles wieder in Butter sei. »Aber laß dir den Katholen gegenüber ja nicht anmerken, was wir über die denken!«

In Zeichnen sollten wir eine Baustelle mit dem Füller malen. Mir lief die Patrone aus, und die einzigen beiden Bilder, die Frau Weißpfennig nicht an die Wand hängen wollte, waren das verschmierte von Benno Anderbrügge und das durchgeweichte, wellige von mir.

Mama machte arme Ritter, was zu meinen Leibgerichten gehörte, und die zischten schon in der Pfanne, aber vor dem Essen mußte ich mir im Badezimmer die Tintenfinger schrubben, mit der Wurzelbürste.

Wir hatten als Hausaufgabe, unseren Schulweg zu beschreiben, und ich dachte mir eine Geschichte aus: Mama vergißt, mich zu wecken, ich renne los und merke erst auf der Straße, daß ich noch nackt bin, renne zurück, verknackse mir den Fuß und hämmere an die Haustür, die dabei in Scherben geht.

Frau Weißpfennig rief mich auf, und ich sollte den Aufsatz vor der ganzen Klasse vorlesen. Weil ich mich nicht traute, nahm Frau Weißpfennig mein Heft und las den Aufsatz selbst vor. Dabei schüttelte sie oft den Kopf, aber die ganze Klasse schrie Zeter und Mordio vor Begeisterung.

Jetzt hatte ich bessere Freunde als die dicke Barbara, und ich nahm Reißaus, wenn sie angedampft kam.

Einmal trieb sie mich vor dem Schultor in die Enge und sagte: »Martin, wollen wir nicht wieder Freunde sein?«

Volker hatte in seiner neuen Schule einen Lehrer, der nach dem Unterricht immer sagte: »Man möge mir den Mantel reichen!« Dann mußte einer spritzen und den Mantel vom Haken holen. Und in Musik hätten sie singen müssen: »Der Faulenz und der Lüderli, das sind zwei rechte Brüderli.« Alles Quatsch mit Soße.

Beim Karnevalsumzug in Koblenz wurden Spielepackungen von den Wagen geworfen, Mensch ärgere Dich nicht und Malefiz, aber wenn man da hinwollte, wurde man umgerannt. Kowelenz olau.

Dafür hatte ich die Taschen voll mit Karamelbonbons, und ich probierte nochmal aus, wieviele ich davon in den Mund stecken konnte. Einer ging immer noch rein, aber der Kloß war so groß geworden, daß ich nicht mehr drauf kauen konnte, nur am Rand, und als ich den Kloß nach einer Stunde aufhatte, war mir der Appetit auf die restlichen Bonbons vergangen.

In Jever hatte Wiebke vier Pfund zugenommen und das Wort mürselig gelernt, was mühselig heißen sollte.

Zu der neuen Kindertonne, die im Flur stand und wo unsere Mützen, Schals und Handschuhe reinkamen, sagte Wiebke Tinnatonne.

Es war tiefster Winter.

In meinem Zeugnis stand, daß ich gute Leistungen gezeigt hätte. Martin müßte sich aber auch einmal von sich aus am Unterricht beteiligen und nicht immer auf eine Aufforderung zum Sprechen warten.

Das sei ja wohl ein Witz, sagte Mama. Die größte Sabbeltasche vom Mallendarer Berg kriegt in der Schule die Kusen nicht auseinander!

Mitte Februar bauten Handwerker den Raumteiler zwischen Küche und Wohnzimmer ein. Ein Arbeiter schleppte Teppichfliesen hoch. Dralon mit Kräuselvelours. Um die Faltwand zwischen Wohnzimmer und Büro kümmerte Papa sich nach Feierabend selbst. Die Faltwand war beesch, aber Renate sagte, die sei »kackafarben«, und die Fliesen würden stinken.

Renate meckerte auch über die grünen Fliesen in ihrem Zimmer oben, weil die aus dem Wohnzimmer auf der Horchheimer Höhe stammten und noch Kabaflecken und Schmelzflockenkleckse hatten.

Wegen dem Hochwasser auf dem Rhein mußte Papa Renate und Volker auf einem riesigen Umweg über eine Autobahnbrücke nach Koblenz zur Schule fahren und mittags wieder abholen. Nur zu meiner Schule in Vallendar kam das Hochwasser nicht hin.

Strom kriegten wir jetzt von Rautenbergs, über ein Verlängerungskabel, das aus dem Gästeklofenster hing.

Rautenbergs waren weder evangelisch noch katholisch, sondern Adventisten, die alles mögliche nicht durften. Einmal kam Frau Rautenberg rüber, um Mama zu missionieren, aber Mama machte lieber Kaffee für Frau Rautenberg und sich selbst, und beim Kaffee erzählte Frau Rautenberg, daß ihr Mann ihr verboten habe, Lippenstift zu benutzen. Wer rote Lippen haben will, soll drauf rumbeißen, habe Herr Rautenberg gesagt.

Wir hatten ja viel Krempel, aber Rautenbergs hatten noch mehr. In deren Garage waren alle Sachen so untergebracht, daß das Auto eben noch reinpaßte, und wenn es nicht drinstand, sah man an der Lücke, daß es ein VW sein mußte.

Von seinen Töchtern wollte Herr Rautenberg, daß sie immer kuckten, ob was Kaputtes an der Straße stand, eine Waschmaschine oder ein alter Fernseher. Dann fuhr Herr Rautenberg da hin und nahm das mit, und die Tochter, die den Fund gemeldet hatte, kriegte fünfzig Pfennig. Aber weil schon sieben kaputte Fernseher und fünf kaputte Waschmaschinen im Haus standen, wollte Frau Rautenberg nichts neues Kaputtes mehr und bot den Töchtern eine Mark dafür, daß sie den Schnabel hielten, wenn sie was gesehen hatten.

Herr Rautenberg hatte eine Zeitung abonniert, die Such & Find hieß, und wenn da jemand inseriert hatte, daß eine alte Trockenschleuder über sei, dann kaufte er die.

Herr Winter gab Mama den Rat, Feuerdorn zu pflanzen, damit uns keine Hunde in den Vorgarten kackten: »Da kieksense sich die Eier.«

Als er einmal an seiner Hecke schnippelte und ich nicht Guten Tag zu ihm gesagt hatte, blaffte Herr Winter mich an, daß ich ja wohl ein ganz sturer Patron sei. Von da an konnte ich den Kerl nicht mehr leiden, und ich war froh, daß ich nicht Wiebkes Zimmer hatte und durchs Fenster immer auf dem sein Haus kucken mußte.

Die Leute mit dem Garten, der anfing, wo unserer aufhörte, hießen Wölk, aber bis wir da mal hintergekommen waren, hatte Papa Herrn Wölk schon auf den Namen das Walroß getauft, weil Herr Wölk so fett war. Der saß in seiner Hollywoodschaukel oder schwabbelte am Zaun lang und wachte darüber, daß niemand am Sonntag Gartenarbeit machte, weil das in dieser Katholengegend verboten war.

Im Haus fehlten jetzt noch die Tapeten in der Diele, die Doppeltür zwischen Diele und Wohnzimmer, fast alles in Volkers Zimmer und die Treppe nach oben. Da kam man nur über eine Leiter hoch.

Die Treppe draußen konnte noch nicht gemacht werden, weil die Erde gefroren war.

Handwerker, die den Schnött hochzogen, brachten Latüchten im Flur an und montierten einen Automatikherd in die Küche, aber eigenen Strom hatten wir immer noch nicht.

Der Hobbyraum war vollgepfropft mit Brettern, Papptonnen, Bierkisten und Kartons voller Gerümpel. Ich turnte dadrin rum, fiel hin und kriegte Nasenbluten.

Mama legte mir einen kalten Waschlappen ins Genick.

Komisch, daß ein Lappen im Nacken gegen Nasenbluten half.

Ende März kriegten wir endlich Strom, das Treppengeländer und alle Lichtschachtgitter, und ich kriegte überall Pickel.

Mama ging mit mir nach Vallendar zu Doktor Kretzschmar. An der Wand im Wartezimmer hing ein gerahmter Zettel: Unmögliches wird sofort erledigt, Wunder dauern etwas länger.

Die Sprechstundenhilfe steckte mir einen Zitronenbonbon zu.

»Weißt du auch, wieso die Herren Herren heißen und die Damen Damen?« fragte Doktor Kretzschmar mich. Das wußte ich: »Weil die Herren herrlich sind und die Damen dämlich!«

»Ihr Sohn hat einen guten Humor«, sagte Doktor Kretzschmar zu Mama, und dann stach er mir mit einem Pieker in die linke Ringfingerspitze, was sauwehtat.

Ich hatte Windpocken und mußte alleine in Wiebkes Zimmer schlafen, in Renates altem Klappbett.

Kratzen durfte ich mich nicht.

Ich kriegte ein langärmeliges Schlafanzugoberteil und auf die Pickel Puder und Zinkcreme.

Am Ostersonntag brachte Wiebke mir drei harte Eier und einen Schokoladenosterhasen ans Bett, aber ganz hektisch, weil sie Angst hatte, sich anzustecken.

Während der Windpocken verpaßte ich Flipper, die kleinen

Strolche, die Shadocks, Tarzan, Big Valley, die erste Folge von Invasion von der Wega und den Start der neuen Apollorakete.

Volker hatte die Direktübertragung gesehen. Er konstruierte jetzt Überschallfernbomber auf Papier. Wie Daniel Düsentrieb.

Jugend forscht.

In einem von Papas alten Micky-Maus-Heften war eine Geschichte, wo Daniel Düsentrieb mit einer von ihm selbst erfundenen Rucksackrakete rumflog, die auch eine Farbspritzpistole war. Dem Ingenieur ist nichts zu schwör!

Fliegen konnte auch Donald Duck. Einmal schrieb er mit Rauch aus dem Flugzeugauspuff Reklamesprüche an den Himmel, für Labbisuppe und für Onkel Dagobert, als der für den Stadtrat von Entenhausen kandidieren wollte, aber dann kamen Wolken, Wildgänse und Wind, und am Himmel sah Onkel Dagobert plötzlich aus wie ein Affe, wie ein Esel und wie jemand, der ein Kind mit dem Besen verhaut.

Als reichster Mann der Welt konnte Onkel Dagobert in seinem Geldspeicher in Talern baden, aber andere kriegten nie was davon ab. Am schärfsten wachte der alte Geizhals über seinen ersten selbstverdienten Taler, den ihm die Hexe Gundel Gaukeley ständig abjagen wollte.

Donald hatte nie Geld. Der mußte als Hundefänger, Telegrammbote, Walfänger und Feuerwehrmann schuften, und alles ging schief. Als Stationsvorsteher mußte er auf hungrige Truthühner aufpassen, die ihm den Ärmel abfraßen.

Mit Daisy Duck hätte ich mich anstelle von Donald aber nicht abgegeben. Die hatte schon so doofe Schuhe an und ging auch mit Gustav Gans aus, dem Glückspilz, der auf der Straße immer volle Portemonnaies entdeckte und sie Donald vor der Nase wegschnappte.

Als Donald Duck mal Glück gehabt hatte, sang er zusammen mit Tick, Trick und Track: Gustav Gans, ja, der kann's! Doch unser Schwein ist auch nicht klein!

Auf Tick, Trick und Track paßte nur Onkel Donald auf, der

nicht so schlau war wie seine drei Neffen und oft auch ärmer. Dann stahl er ihnen was aus dem Sparschwein. Dafür wollten Tick, Trick und Track sich nicht waschen: Wir pfeifen auf Pomade, auf Seife, Kamm und Schwamm! Und bleiben lieber drekkig und wälzen uns im Schlamm!

Als einmal eine führerlose Lokomotive auf einen vollbesetzten Eilzug zuraste, rechneten Tick, Trick und Track alleine aus, wo Onkel Dagoberts Hubschrauberpiloten die Schaumgummimatratzen abwerfen mußten, um in letzter Sekunde den Zusammenstoß zu dämpfen. Im Fernsehen wurden Tick, Trick und Track dafür von einem Nachrichtensprecher gelobt, und Onkel Donald standen Fragezeichen überm Dez.

Renate kam rein, um mir ein Geschenk zu bringen, aber das gab sie mir erst, als ich versprochen hatte, niemals jemandem was davon zu sagen. Das Geschenk war aus Knüpferli gebastelt.

»Das ist ein Sackwärmer«, sagte Renate.

Der Sackwärmer paßte, und Renate lachte sich schief, aber ich mußte ihr noch einmal versprechen, nie, nie, nie jemandem was davon zu sagen.

Vorm Haus war alles kahl, und die Außenwände waren noch nicht verputzt. Um in ihr Zimmer zu kommen, mußte Renate immer noch über die Leiter klettern. Innen im Haus hatten die Handwerker Würmchenmuster in den Putz gekratzt.

Weil Frau Weißpfennig schwanger war, hatten wir als Vertretung Frau Klemm, die Ohrringe anhatte und uns Blumennamen beibrachte: Rittersporn, Holunder, Goldregen und Klatschmohn. Sie nahm auch Nutzpflanzen mit uns durch. Weizen, Gerste und Roggen, Sandhafer und Saathafer.

Zum Geburtstag bekam ich ein Fahrrad. Von den restlichen Geschenken waren ein Kinderlexikon und ein Stempel mit meinem Namen und meiner Adresse die besten.

Dazu ein Stempelkissen. Den Stempel knallte ich in das Lexikon und dann in alle meine anderen Bücher rein.

In dem Lexikon, das erst für Jungen und Mädchen von 10 bis 14 war, stand auf der ersten Seite was über Aale. Im Sargassomeer laichen die Aale und sterben dann vor Entkräftung.

Schlosser kam nicht vor, Koblenz auch nicht, Vallendar auch nicht, Mallendarer Berg auch nicht, aber Walt Disney.

Der Mensch. Während du diesen Satz liest, bildet dein Körper 24 Millionen rote Blutkörperchen; jede Sekunde 8 Millionen.

Mama ermahnte mich, mit dem Rad nicht leichtsinnig zu sein. Neun von zehn Verkehrsteilnehmern seien Vollidioten, und man müsse immer mit der Blödheit der anderen rechnen.

Volker und ich kundschafteten die Straßen aus, die wir noch nicht kannten. Von der Robert-Koch-Straße ging rechts ein Weg zu einem geteerten Spielplatz ab. Da stand ein mehrstökkiges Mietshaus, in dem samt und sonders Asoziale wohnten.

Auf der Wippe saß ein dicker Junge mit rotem Pullover, so daß keiner die benutzen konnte. Das sei Qualle, sagte Volker. Vor dem könne er mich nur warnen. Das sei ein Angeber, der Kleinere gerne mal umwerfe und sich draufsetze, Knie auf die Arme. Muckireiten hieß das.

Wir fuhren weiter zum Aussichtsturm auf der Kaiser-Friedrich-Höhe. In einem Zwinger tobte ein Dobermann rum. Ich dachte schon, der bricht aus, aber das Gitter hielt.

Vor dem Turm war eine abgesperrte Tür. In der Gastwirtschaft nebenan konnte man sich für dreißig Pfennig den Schlüssel borgen. »Dann will ich mal blechen«, sagte Volker.

Die Plattform oben war höher als die Wipfel der Eichen, die da standen. Man sah das Deutsche Eck, die Mosel und die Kähne auf dem Rhein. Nur die Horchheimer Höhe war zu weit weg.

Rechts ging der Wilgeshohl runter, eine Straße, die so steil war, daß sie bei uns auch die Sprungschanze hieß. 24 % Gefälle.

Da wollte Volker runter und dann durchs Wambachtal wieder rauf.

Er fuhr vor. Um noch mehr Tempo zu kriegen, duckte er sich, obwohl er schon einen Affenzahn draufhatte.

Ich war leichter als Volker, aber ich wollte nicht langsamer sein. In der Kurve ließ ich die Handbremse los. Die Kurve ging nach links. Ich wollte auf der rechten Straßenseite bleiben, aber das Fahrrad fuhr von ganz alleine auf die linke Seite rüber, und ich hatte zuviel Tempo, um mit Handbremse und Rücktritt noch was machen zu können.

Wenn mir ein Auto entgegengekommen wäre, hätte mich das zu Brei gefahren, aber es kam keins.

Nach der Kurve konnte ich das Fahrrad wieder auf die rechte Straßenseite lenken und bremsen und anhalten. Mir wackelten die Knie.

Mus und Grus wäre ich gewesen.

Unten in Vallendar war eine Weide mit einem Esel, der herzzerreißend schrie und blökte. Das hörte man noch kilometerweit.

Volker kannte einen Weg in den Wald, wo es wieder zum Mallendarer Berg zurückging. Im Waldtal floß ein Bach, der Wambach, weshalb der Wald Wambachtal hieß. Der Wambach fing schon früher an, aber es gab eine Quelle im Wambachtal, aus der frisches Wasser in den Wambach floß. Volker zeigte mir die Quelle, und wir schlürften was von dem Wasser, Hände aufgestützt.

Auf der anderen Seite vom Weg war ein eingezäuntes Grundstück mit Wasserbecken. Da züchtete jemand Fische.

Wir pflückten einen Blumenstrauß für Mama, ohne genau zu wissen, welche von den Blumen unter Naturschutz standen.

Sag, wer mag das Männlein sein?

Mama saß mit einem Haufen löchriger Wäsche an der Nähmaschine und lutschte Garn an. Nach dem Nähen wollte sie noch plätten.

Papa sagte, er würde irgendwann Plastikanzüge kaufen für Volker und mich. Dann könnten wir in der Waschküche mit dem Gartenschlauch abgespritzt werden.

Erwogen wurde auch die Anschaffung einer Turnmatte zum Raufen für uns, aber nicht ernsthaft.

Als Tarzan gegen eine Bande von Elfenbeinjägern kämpfen mußte, nörgelte Renate darüber, daß der sich im Urwald nie einen Splitter in den Fuß trat.

»Wenn man immer barfuß rumläuft, kriegt man Hornhaut an den Fußsohlen«, sagte Volker. Das hatte gesessen.

Vor Renates Konfirmation räumte Papa den Hobbyraum leer und klebte Tapeten, die wie grüne Zaunbretter aussahen. Dann wurde der alte Kinderzimmerteppich ausgerollt.

»Jetzt könnt ihr hier Krach schlagen, soviel ihr wollt«, sagte Mama.

In der einen Ecke oben war ein Gerät, in dem es knackte, wenn bei uns oder bei Rautenbergs jemand anrief. Wir hatten einen Zweieranschluß.

Papa holte Oma Schlosser ab und brachte in einem Anhänger ihr altes Sofa mit. Das kam in den Hobbyraum. Es hing durch, aber man konnte drauf rumspringen und den Sitz hochklappen.

Ihr Konfirmationskleid fand Renate zu lang, aber Oma Schlosser fand es zu kurz, also machte Mama den Saum wieder auf und das Kleid noch zwei Zentimeter länger, und Renate war stocksauer.

Bevor die anderen Konfirmationsgäste kamen, brachte Mama Volker und mir den Diener und Wiebke den Knicks bei.

Onkel und Tanten, Vettern und Kusinen. Mama wollte von der Straße aus ein Foto von sämtlichen Gästen auf dem oberen Balkon machen, und weil die Treppe noch nicht stand, stiegen alle die Leiter hoch, nur Oma Schlosser nicht.

In der Kirche mußten wir singen. Lobe den Herren, den mächtigen König der Ehren! Ehren, nicht Ähren. Meine geliebete Seele, das ist mein Begehren.

Der dich auf Adelers Fittichen sicher geführet.

Die Predigt hielt der dicke Pfarrer Liebisch, bei dem Renate in Koblenz am Hilda-Gymnasium auch Religion hatte. Wer da im Unterricht nicht aufpaßte, kriegte vom Liebisch ein Schlüsselbund an die Rübe geschmissen.

Am Abendmahl durfte ich noch nicht teilnehmen. Papa hätte gedurft, aber er wollte nicht, und als Renate ihn fragte, pflaumte er sie an: »Das tu ich eben nicht!«

Von Tante Dagmar hatte Renate eine Knautschlacktasche und rote Schuhe gekriegt, von Tante Dorothea eine Korallenkette, von Tante Grete einen Weißgoldring mit Zuchtperle, von Oma und Opa Jever Geld und von Oma Schlosser einen Volksbrockhaus und eine Schreibtischlampe mit rauher Oberfläche, die wie angebranntes Rührei aussah.

Vallendar stand auch in dem Volksbrockhaus nicht drin, aber Koblenz, und es war sogar das Deutsche Eck abgebildet.

Unter Schlosser stand: 1) Friedrich Christoph, Historiker, *1776, †1861, Prof. in Heidelberg; »Weltgeschichte für das dt. Volk«. 2) Johann Georg, Schriftsteller, *1739, †1799; Jugendfreund und Schwager Goethes.

»Da kannst du dir 'n Ei drauf pellen«, sagte Mama.

Was ich im Volksbrockhaus unter Martin gefunden hatte, zeigte ich ihr nicht mehr.

Im Wambachtal fanden Volker und ich einen Schilfdschungel. Das Schilf war höher als wir, und wir konnten uns Pfade reintreten, an verschiedenen Stellen, ohne uns zu treffen, aber die Schilfblätter hatten scharfe Kanten. Ich schnitt mir an der linken Hand den kleinen Finger auf.

Bei dem Fischzüchter kletterten wir über den Zaun und warfen mit Kieselsteinen nach den Fischen. In dem Schuppen, der da war, bedienten wir uns aus einer Sprudelflasche und nahmen eine Rolle Draht mit, aber weil wir nachher nicht wußten, was wir damit anfangen sollten, warfen wir sie in den Wambach.

Wir entdeckten auch ein Vogelnest. Um reinkucken zu können, mußten wir ein Brennesselfeld durchqueren und einen Baum hochkraxeln. Die Eier waren grün mit braunen Sprenkeln und ganz klein.

Expeditionen ins Tierreich.

Volker sagte, daß wir auf Eichelhäher achten müßten. Das seien Nesträuber. Wenn die uns sähen, würden sie unserer Spur folgen und die Eier fressen.

Ich glaubte das nicht, aber als wir einen Tag später wieder in das Nest kuckten, lagen nur noch die zerbrochenen Eierschalen drin.

Amsel, Drossel, Fink und Star.

Als die Handwerker die Treppe zum Obergeschoß einbauten, war der Lärm beim Bohren so groß, daß man dachte, gleich kracht das Haus ein.

Bleckondecker, Bleckondecker, Bleckondecker, Bleckondekker ...

»Der Dreck überall ist gräsig«, schrieb Mama in einem Brief an eine Freundin, die in Neuseeland wohnte.

Pfingsten bereitete Mama Hackbraten mit Kohlrabi zu und als Nachtisch Karamelpudding. Der Kohlrabigestank waberte schon den ganzen Vormittag über durchs Haus, und ich wußte, wenn ich die Kohlrabistifte nicht runterwürge, krieg ich keinen Pudding.

»Mach nicht so 'n Theater«, sagte Mama.

Ich fragte sie, ob sie als Kind Kohlrabi gemocht habe.

»Sitz gerade!«

Im Fernsehen gab es nur Volkstänze und Gottesdienste, und ich fuhr mit dem Rad weg, bis Tarzan kam, der Bezwinger der Wüste. Weil Renate und Volker sich auf den beiden Sesseln breitgemacht hatten und mir das Sofa zu weit weg stand, lag ich auf dem Boden, mal auf dem Bauch, mal auf der linken und mal auf der rechten Seite. In die Haut an meinem einen Oberarm hatte sich schon das Teppichfliesenmuster eingedrückt.

»Du hast wohl deine drolligen fünf Minuten«, rief Volker, als ich ihm das rote Sofakissen an die Birne geschmissen hatte, und wir liefen zu einem Kämpfchen in den Hobbyraum, wo ich mir an der Türkante den Musikknochen anstieß.

Einmal weckte mich Volker sonntagmorgens, und wir schlichen uns aus dem Haus, als alle anderen noch filzten. Volker hatte einen Zettel auf dem Eßtisch hinterlassen: Martin und ich, wir schlimmen Gören, wollten euch nicht beim Frühstück stören, darum sind wir leise und verlogen aus der Wohnung ausgeflogen.

Wir nahmen Plastiktüten mit und machten eine Radtour in die Gartenstadt, wo es ein Neubaugebiet mit wilden Kirschbäumen gab. Da pflückten wir so viele Kirschen, daß unten schon der Saft aus den Tüten tropfte.

»Das kommt ja wie gerufen«, sagte Mama.

Leber mit Zwiebeln, Bohnen und Kartoffeln und dann die Kirschen. Papa verzog das Gesicht, aber er sagte nicht wie sonst so oft, daß der Nachtisch wie Zement schmecke, was ich schade fand.

Jetzt hatte auch Wiebke zum Geburtstag ein Fahrrad gekriegt, ein ganz kleines. Auf der Straße hielt ich das Rad am Lenker und am Sattel fest und schob Wiebke damit hin und her. Nach einiger Zeit mußte ich bloß noch den Sattel festhalten, und als es dunkel wurde, konnte Wiebke alleine fahren, nur noch nicht wenden. Dafür mußte sie anhalten und absteigen.

Im Hobbyraum bauten Volker und ich die alte Lego-Eisenbahn auf. Geriffelte und glatte Schienen, krumme und gerade. Ich verwechselte immer die langen Außenkurvenschienen mit den kürzeren, die nach innen gehörten, und mußte alles wieder auseinanderreißen.

Als wir fast fertig waren, stellte Volker fest, daß die Batterie von der Lok keinen Saft mehr hatte.

An einem Sonntag fuhr Mama uns auf die Horchheimer Höhe. Volker wollte mit Kalli angeln gehen und ich zu Uwe.

Ich kletterte wieder an den Laternen hoch, aber da war irgendein neues Zeug drauf, und ich hatte nach dem Klettern grünbeschmierte Beine.

Im Wäldchen versuchten wir nochmal, den großen Stein auszugraben, wobei ich mir einen Finger aufschlitzte. Die Wunde blutete, und wir liefen zu Uwe nachhause. Herr Strack holte einen Erste-Hilfe-Koffer aus der Schrankwand und machte mir einen Mullverband.

»Das wäre ja auch noch schöner gewesen, wenn du mal ohne Blessuren nachhause gekommen wärst«, sagte Mama, als Kallis Vater Volker und mich zurückgebracht hatte.

Volker hatte einen Aal gefangen, der noch lebte. Papa packte den Aal und schnitt ihm in der Küche mit der Brotschneidemaschine den Kopf ab, wobei das Blut aus dem Hals sprudelte.

»Herrijassesnee!« rief Mama.

Der Aal sei jetzt tot, sagte Papa, aber das Ende ohne Kopf war immer noch am Zucken. Das sprang auch aus der heißen Bratpfanne wieder raus und peitschte auf dem Kachelfußboden rum. »Das sind nur Nervenreflexe«, sagte Papa, aber sobald er den Aal zu fassen gekriegt hatte, flutschte der ihm wieder aus der Faust raus.

Irgendwann verließen den Aal die Kräfte. Volker durfte ihn alleine aufessen.

Im Garten hatte Papa ein Gemüsebeet angelegt, mit Stangenbohnen, und am Zaun schoß eine Sonnenblumenhecke empor, richtig strahlend, so als ob wir schon was in der Glücksspirale gewonnen hätten.

Gleich vorm Haus ging eine Sackgasse runter, die aber keine war, weil man von da aus zu Fuß ins Wambachtal konnte. Ich wollte eine Urwaldstadt finden, so wie Tarzan, aber das beste, was ich fand, war ein Tierschädel. »Könnte von einem Rehbock sein«, sagte Volker.

Waren das in den Tarzanfilmen eigentlich immer Krokodile oder Alligatoren?

Wir drehten Steine um. Da saßen oft Würmer drunter und Kellerasseln, die machten, daß sie wegkamen.

Wiebke wollte nie ins Wambachtal mitkommen, weil sie eine Heidenangst hatte, sich dreckig zu machen. Schön doof. So etepetete konnten bloß Mädchen sein.

Einmal flüsterte Volker mir zu, daß er und ich in Renates Zimmer kommen sollten, aber heimlich, und wir schlichen uns hoch.

Mit Mamas Erlaubnis hatte Renate den alten Plattenspieler bei sich im Zimmer angeschlossen und die Weihnachtsplatte aufgelegt: Musik für festliche Stunden. Daß sie dazu Striptease für uns tanzen wollte, hatte sie Mama aber nicht unter die Nase gerieben.

Von den Schleiern, die Renate sich umgehängt hatte, warf sie beim Tanzen einen nach dem anderen ab. Erst den grünen, dann den gelben, dann den anderen grünen und zuletzt den roten. Dann stand sie im Bikini da und machte einen Knicks.

Wir mußten schwören, nichts davon zu verraten.

Wenn das Licht aus war, erzählte Volker mir, was er in der letzten Nacht geträumt hatte. Volker konnte in Fortsetzungen träumen. Der nächste Traum fing immer genau da an, wo der vorige aufgehört hatte. Im letzten waren Volker und ich als Däumlinge in einem kleinen Hubschrauber über den Rhein nach Koblenz geflogen. Volker sagte, er sei schon gespannt, wie es jetzt weitergehe.

Morgens beim Anziehen erfuhr ich die Fortsetzung. In Volkers neuem Traum waren wir über Volkers Schulhof geflogen, und ein Lehrer hatte versucht, unseren Hubschrauber an den Kufen zu packen, aber so hoch, wie wir flogen, hatte der Pauker nicht hüpfen können.

Im Stern war Reinhold das Nashorn von dem kleinen Herrn Jakob abgelöst worden, der bei weitem nicht so gut war.

Enttäuscht war ich auch, als Mama sagte, die Sänger in der Hitparade würden gar nicht singen, sondern nur den Mund auf- und zumachen. Das sei Playback. Echt sei nur das Gebabbel von Dieter Thomas Heck, dieser die Sau grausenden Quasselstrippe.

Im Zeugnis hatte ich drei Einsen, vier Zweien und sieben Dreien. Für jede Eins gab es eine Mark und für jede Zwei fünfzig Pfennig. Das waren zusammen fünf Mark für mich, die ich verjubeln oder sparen konnte.

In Vallendar kaufte ich mir zwei Lakritzpfeifen und ein Micky-Maus-Heft, das ich im Hobbyraum unterm Sofasitz versteckte, weil Mama von Micky Maus nicht viel hielt.

Aus Venezuela kam eine Freundin von Mama zu Besuch, Kathrin, mit ihrem Sohn Manaure, einem kleinen Frechdachs in Wiebkes Alter. Renate ging mit Wiebke und Manaure auf den Spielplatz, aber als Renate wieder nachhause wollte, wußte sie nicht mehr, welches von den Kindern Manaure war, und Wiebke wußte das auch nicht. Da mußte erst die Mutter geholt werden.

Dann biß Manaure Wiebke in den Arm und sagte zur Entschuldigung: »Ich hab sie nur geklemmt!«

Dann kam auch mal Uwe auf den Mallendarer Berg. Wir zogen Badehosen an, ließen Wasser in die Wanne laufen und sprangen da rein und wieder raus und wieder rein.

Wer länger tauchen kann. Nase zuhalten und runter. Der andere mußte die Sekunden zählen. Ich fand, daß Uwe pfuschte und zu langsam zählte, aber er gab mir sein Ehrenwort.

Mama wollte wissen, ob wir so ein Höllenspektakel veranstalten müßten? Das gehe ihr durch Mark und Pfennig.

Die Sprudelkiste, die Papa eingekauft hatte, war nachmittags schon halb alle.

Aus Rautenbergs Garten klauten wir uns Himbeeren. Da mußte man auf Maden achten.

Uwe gefiel es auf dem Mallendarer Berg besser als auf der Horchheimer Höhe, auch wenn sich da vom Hochhaus neulich einer runtergestürzt hatte. Das Hochhaus sei ganz rot gewesen von dem Blut von dem Selbstmörder, sagte Uwe. Alles mit Blut besudelt, von oben bis unten.

Auf dem Bürgersteig gegenüber lagen Backsteine, aus denen wir Türme bauten, bis der Eismann an der Ecke hielt und bimmelte. Ich suchte nach meinem restlichen Zeugnisgeld, das aber nicht reichte. Mama gab mir was dazu.

Im Wambachtal wollte ich Uwe die Quelle zeigen, aber dann stach mich eine dicke Bremse in den Arm und saugte noch weiter Blut, als ich sie schon halb totgeschlagen hatte. Eine andere stach Uwe ins Bein, und wir rannten schreiend weg, den ganzen Weg bis Vallendar, um die Bremsen abzuhängen.

Beim Saubermachen im Hobbyraum fand Mama mein Micky-Maus-Heft. Sie rief mich runter, legte mir die Hände auf die Schultern, sah mich ernst an und sagte: »Mir wäre es lieber, du würdest deine paar Kröten sparen, statt sie für solchen Schund auszugeben.«

Tarzan hatte als Dusche einen Wasserfall und konnte gut kraulschwimmen und mit bloßer Hand Fische fangen und Krokodile abstechen, aber am besten war eindeutig Dick und Doof. Das war das Lustigste, was es jemals im Fernsehen gegeben hatte. Wie sie zusammen in einer Hose über die Straße laufen, oder wie sie jemandem Farbe über den Kopf gießen. Da erstickte man fast vor Lachen. Für Dick und Doof kam selbst Papa aus der Garage hoch, was er normalerweise nur für die Tagesschau tat.

Als Gustav uns besuchte, wollte er wissen, wie wir das Vorschlußrundenspiel Deutschland gegen Italien gefunden hätten, aber davon hatten wir nichts mitgekriegt. Gustav zog eine Schnute und sagte, ihm sei durchaus bekannt, daß der Mallendarer Berg nicht der Nabel der Welt sei, aber daß wir hier derartig hinterm Mond lebten, das sei ihm neu. Dieser Umstand würde wohl auch ausgebildeten Geographen und Astronomen Rätsel aufgeben.

Als er sich die Zähne putzen gegangen war, bezeichnete Mama Gustav als Klugscheißer, und Papa sagte, das komme eben dabei raus, wenn ein Junge von seinen Großeltern erzogen werde. Da fehle der Wind von vorne.

Nach Jever wollte Volker dieses Jahr nicht mitkommen. Ihm sei es da nicht interessant genug. Ab und zu hatte Volker sonderbare Ansichten.

Renate und ich fuhren ohne ihn im Zug mit Gustav los.

Vorher noch die Flossen vorzeigen. Mama sagte, ich hätte Grabefäuste mit Trauerrändern. Die polkte sie mir mit der Nagelscherenspitze raus. »Weiter hierher, ins Licht! Und stillhalten!«

Wer schön sein will, muß leiden. Am bösesten war Renate dran mit ihren langen Haaren, die beim Kämmen so ziepten, daß sie fast heulen mußte.

»Und daß ihr euch ja manierlich benehmt in Jever!«

Ich lief jeden Tag in den Schloßgarten und suchte nach Pfauenfedern. In den Büschen am Hang hinter den Plumpsacksteinen fand ich eine und nahebei noch eine. Wenn ich ein ganzes Pfauenrad zusammenkriegte, könnte ich Karneval als Pfau gehen.

Oma weckte Pflaumen ein und hängte im Keller Bänder mit Gemüse auf. »Updrögt Bohnen«, sagte sie dazu, und Opa eierte auf seinem Rad zum Schloß, um Besuchergruppen die holzgetäfelte Decke im Audienzsaal vorzuführen. Opa war im Heimatverein.

Opa zeigte mir auch das Schlosser-Denkmal am Schlosser-Platz. Das stand da für den in Jever geborenen Schlosser aus Renates Volksbrockhaus. Wenn ich mich anstrengte, sagte Opa, würden die Leute ja vielleicht auch mal für mich ein Schlosser-Denkmal in Jever errichten.

Am besten im Schloßgarten.

Herr Kaufhold lehnte schon ganz lange am Gartentor und schüttelte den Kopf, das konnte man vom Balkon aus sehen. Gustav und ich gingen hin.

Auf der anderen Straßenseite standen zwei Langhaarige, die den Daumen raushielten und von einem Auto mitgenommen werden wollten. »Gammler«, sagte Herr Kaufhold und schüttelte wieder den Kopf. »Im schönen Jever!«

»Aus dem schönen Jever wollen die ja gerade w-w-weg«, sagte Gustav.

Zum Geburtstag kriegte Renate eine Mundharmonika, einen Helancapullover, einen Tischpapierkorb und süße Brezeln, die Jeversche Leidenschaften hießen.

Beim Fernsehkucken strickte sie sich eine Mantilla mit Fransen. Der Löwe ist los hatten wir sehen dürfen, aber Bugs Bunny fand Oma zu vulgär.

Stattdessen spielten wir Halma. Da mußte man versuchen, mit den Figuren durch Überhüpfen von einem Dreieck in das gegenüberliegende zu kommen. Gustav stellte seine Männchen immer so hin, daß sie Omas und meine Hüpfstraßen blockierten, und wenn Oma beim Hüpfen andere Männchen umschmiß, rief er: »Du hast Gichtfinger!«

Außer beim Reinblasen tönte die Mundharmonika auch, wenn man durch die Schlitze Luft holte.

Zusammen mit Tante Dagmar, die mit dem Zug gekommen war, fuhren wir nach Heidmühle ins Freibad. Tante Dagmar hatte mir eine Bermudabadehose mitgebracht, aber ich wollte lieber auf dem Handtuch sitzen, Eis essen und Drückeberger sein als Schwimmen lernen.

Im Flur war ein Holzschapp mit perforierten Lederhandschuhen drin und einer Hutnadel oder sowas Ähnlichem.

Während Kim, Pips, die Ziege und die Katze in der Augsburger Puppenkiste auf der Suche nach dem Kakadu Ka mitten auf dem Ozean dem ausgebrochenen Löwen begegneten, leitete Opa eine Busreise ins holländische Küstengebiet, mit 76 Teilnehmern, alles Rentner. Außer im Heimatverein war Opa auch in der LAB, der Lebensabendbewegung. Da war Opa ein hohes Tier.

Als wir abreisen mußten, brachte Tante Grete Renate und mich bis Sande. Von da aus fuhr ein Zug bis Koblenz durch.

Renate kannte zwei Eisenbahnwitze. Ein Mann findet im Gepäckfach einen Hut, in dem der Name des Besitzers steht: Willibald Reinsch. Mit dem Hut in der Hand geht der Mann dann durch den Zug und fragt überall: »Ist hier jemand, der Reinsch heißt?«

Der zweite Witz ging so, daß ein Schaffner einen stummen Passagier nach seinem Reiseziel fragt, und der Passagier zeigt sich auf den Mund, auf den Bauch und auf den Allerwertesten. Der Schaffner versteht das nicht, bis sich ein anderer Passagier einmischt: »Ist doch klar, der Mann will von Dortmund über Darmstadt nach Pforzheim.«

Auf der anderen Seite vom Mittelgang saß eine nasebohrende Frau. »Die soll uns mal 'ne Karte schreiben, wenn sie oben angekommen ist«, sagte Renate.

Am nächsten Bahnhof stieg die Frau aus. Als der Zug wieder abfuhr, sahen wir, daß sie ihre Handtasche vergessen hatte.

Renate ging rüber, machte die Handtasche auf, holte ein Portemonnaie raus und kam damit zurück.

Wir achteten darauf, daß uns niemand zusah von den anderen Leuten. Um das Geld in Ruhe zählen zu können, ging Renate mit dem Portemonnaie aufs Klo.

Ich hatte Bammel, daß einer die Handtasche sieht und die Notbremse zieht.

Nach einer halben Ewigkeit kam Renate wieder. Sie hatte das Geld in dem Münzenfach zuerst doppelt gezählt und gedacht, es seien acht Mark zwanzig in dem Portemonnaie, aber es waren nur vier Mark zehn drin und Scheine überhaupt keine. Das lohne sich nicht, sagte Renate, und dann setzte sie sich nochmal rüber und steckte das Portemonnaie zurück in die Handtasche.

Das war knapp, weil der Zug schon wieder anhielt und am Bahnhof ein Beamter einstieg, der genau nach dieser Handtasche suchte. »Na bitte«, sagte er, nahm sie mit und stieg wieder aus.

Volker hatte ein Mikroskop gekriegt, als Trostpflaster, weil er nachher doch lieber mit uns in Jever gewesen wäre. Mit dem Mikroskop untersuchte er Blut, Haare, Wassertropfen, Pflanzenläuse, Fliegenflügel, Ameisenfühler und Scheuerpulver. Zum Mikroskop gehörten auch Glasscheibchen mit Insektenbeinen.

»Du Schlappschwanz«, sagte Volker, als er erfuhr, daß ich in Heidmühle wieder nicht ins Wasser gegangen war.

Wäwäwä. Der Kakadu Ka aus der Augsburger Puppenkiste konnte nicht fliegen und war trotzdem gut.

Tante Doro hatte Papa für den Garten Erdbeerpflanzen und Blumenstauden geschickt: Glockenblumen, Veilchen, Sonnenhut, Margeriten, Tulpen und Narzissen.

Weil ich traurig war, daß die Ferien zuendegingen, holte ich mir aus dem Bücherregal im Wohnzimmer Willy Millowitschs Witzebuch, das Papa mal von einem Kollegen geschenkt gekriegt hatte. Da bleibt kein Auge trocken!

Jägerwitze, Anglerwitze, Medizinerwitze, Irrenwitze und Ehewitze.

Was ist der Unterschied zwischen einer Ehefrau und einem Feuerzeug? Keiner. Beide gingen!

Hä?

Ich mußte jetzt zur Karl-d'Ester-Schule in Vallendar und hatte schon wieder eine neue Lehrerin, Frau Katzer, die eine Nase hatte wie ein Adlerschnabel.

Wir sollten sagen, was unsere Eltern für Berufe hätten. Mama war Hausfrau und Papa Ingenieur beim Bundesamt für Wehrtechnik und Beschaffung, kurz BWB. Nach mir war ein verbiestert kuckendes Mädchen dran, das keine Antwort gab und nur mit den Schultern zuckte, wofür es von Frau Katzer eine runtergehauen kriegte.

Morgens hatten wir Kopfrechnen. Alle mußten aufstehen, und wer was wußte, durfte sich setzen. Das kleine und das große Einmaleins. Ich war immer einer von den letzten, weil ich im Kopf nicht so schnell rechnen konnte wie die anderen. Neben mir saß Melanie Pape. Die sagte mir manchmal vor.

Noch langsamer als ich waren nur Benno Anderbrügge und Angela Timpe, das Mädchen, dem Frau Katzer gleich am ersten Schultag eine gekleistert hatte. Benno Anderbrügge und Angela Timpe konnte keiner leiden, ich auch nicht, aber ich war froh, daß die in der Klasse waren, weil sonst immer ich oder der Raufbold Klaus Koch in Kopfrechnen der letzte gewesen wäre. Klaus Koch hatte Hasenzähne, die oben vorstanden, und war in allen Fächern schlecht.

In Turnen, Heimatkunde, Musik und Deutsch war ich gut. Die Wortfamilie Brot: Kruste, Aufstrich, Krümel, Butter, Scheibe, Teig. Tuwörter und Sachwörter. Wer nämlich mit h schreibt, ist dämlich.

Trenne nie s-t, denn das tut ihm weh.

Michael Gerlach, Andreas König und ich waren die einzigen, die mit Geha schrieben. Alle anderen hatten Pelikanfüller.

Michael Gerlach, der hinter mir saß, hatte Naturkrause und war Brillenträger und so dünn und so leicht, daß ihn Stefanie Deus, die kräftiger war als alle Jungen in der Klasse, einmal in der Pause hochhob und mit dem Kopf nach unten drehte.

Klaus Koch und andere Rabauken liefen eingehakt zu fünft oder zu sechst über den Schulhof und brüllten: »Bumm, bumm, bumm, wir rennen alles um!« Denen war nicht zu helfen.

Mit Vorliebe machten sie Jagd auf den dicken Ulrich Gierge, der immer Kniebundlederhosen trug. Einmal, als ich pinkeln gehen wollte, stand er heulend im Jungsklo in der Ecke. Ich sagte, daß ich früher auch in Kniebundlederhosen zur Schule gemußt hatte, und wir wurden Freunde, aber nicht für lange, weil Ulrich Gierge in Turnen eine Flasche war. Der konnte nicht mal Purzelbaum.

Turnen hatten wir bei Herrn Jungfleisch, der dauernd laut in seine Trillerpfeife blies. Die Jungen, die sich freiwillig dazu meldeten, den Mattenwagen durch die Halle zu ziehen, die Matten zu verteilen und am Schluß der Stunde wieder einzusammeln, waren meistens die, die in Turnen mangelhaft waren, vor allem Ulrich Gierge und Torsten Hommrich mit seinen zwei linken Füßen.

Am allerschlechtesten war Benno Anderbrügge, aber der meldete sich nie. Der hatte es wohl aufgegeben, irgendwo noch jemals 'ne gute Note zu kriegen.

Auf den Matten sollten wir Rad schlagen und Handstand machen. Bis man drankam, mußte man lange rumstehen.

In der Umkleide zog sich Andreas König aus bis auf die Haut.

Das störte den gar nicht, vor allen anderen splitterfasernackt dazustehen, so daß man Sack und Piepmatz baumeln sah.

Die Mädchen hatten solange Handarbeitsunterricht.

Von den Jungen konnte ich am wenigsten Oliver Wolter leiden. Das war ein feiner Pinkel, der beim Aufzeigen immer mit den Fingern schnippte. Befreundet war er mit Norbert Ripp, der ein Daktariquartett besaß. Da hätte ich gerne mal mitgespielt, aber nicht mit Oliver Wolter.

Vier von den Mädchen hießen Gabriele, und die wetteiferten alle darum, Fleißkärtchen einzuheimsen. Einmal machte Frau Katzer Ranzenkontrolle, und da kam raus, daß Heike Zöhler und die vier Gabis die am sorgfältigsten aufgeräumten Ranzen hatten.

Aus meinem holte Frau Katzer mit spitzen Fingern ein Taschentuch raus, das braune Flecken hatte, weil ich im Schulbus mit dem Kopf an den Sitz vor mir geknallt war und Nasenbluten gehabt hatte. Das zeigte Frau Katzer der ganzen gackernden Klasse vor.

An der Wand hing eine Schautafel. Singvögel unserer Heimat: Gimpel, Stieglitz, Wiesenschmätzer, Teichrohrsänger, Rotkehlchen und Kirschkernbeißer.

Heike Zöhler wischte Radiergummibrösel vom Tisch.

Ich ließ mein Lineal über eine Straße fahren, die ich aus Buntstiften, Mäppchen, Heft und Spitzer gebaut hatte. Das Lineal war der Schulbus, und es durfte nirgendwo anecken, was schwierig war, wenn man es nur von hinten anschob.

»Und wenn der Martin ma uffhört, Audu ze spille, könne ma auch weidermache«, sagte Frau Katzer, und ich wurde rot.

Packen durfte man den Ranzen erst beim Klingeln. Wer schon eher damit anfing, wurde von Frau Katzer an den Haaren hochgerissen und mußte alles, was im Ranzen war, auf den Fußboden kippen.

Volker trug eine Woche lang seinen schwarzen Pullover, weil Jochen Rindt beim Trainingsrennen ins Schleudern gekommen und mit seinem Rennauto an der Leitplanke zerschellt war. Auf einem Foto in der Zeitung sah man die Beine von der Leiche vorne aus dem Wagen hängen.

»Wer bei sowas sein Leben aufs Spiel setzt, der hat's auch nicht besser verdient«, sagte Mama.

In Deutsch las uns Frau Katzer die Sage von den beiden Rittern vor, die zusammen zur Jagd wollten. Der Ritter, der als erster wach war, sollte dem anderen einen Pfeil durchs Turmfenster schießen, und weil die Ritter zur gleichen Zeit wachgeworden waren, schossen sie sich gegenseitig tot. Als Hausaufgabe sollten wir die Sage schriftlich nacherzählen.

Obwohl sich andere meldeten, nahm Frau Katzer Benno Anderbrügge dran. Er sollte an die Tafel kommen und seine Nacherzählung vorlesen. Daß der noch nie seine Hausaufgaben gemacht hatte, wußten alle, auch Frau Katzer.

Benno Anderbrügge trottete nach vorne, stellte sich vor die Klasse, klappte sein Heft auf, schaute rein und seufzte.

»Wird's bald!« rief Frau Katzer.

»Also, do wore mo, do wore mo zwei Ridder«, stammelte Benno Anderbrügge, aber da war Frau Katzer schon bei ihm, riß ihm das Heft weg und klatschte es ihm um die Ohren. »Papperlapapp!«

Er kriegte eine Sechs und konnte sich wieder setzen. Wir schlugen das Lesebuch auf. In dieser Minute, von Gina Ruck-Pauquét. In der Minute, die jetzt ist und die du gleich nachher vergißt, geht ein Kamel auf allen vieren im gelben Wüstensand spazieren.

Und in der großen Mongolei schleckt eine Katze Hirsebrei.

Volker sammelte Shellmünzen. »Uwe Seeler! Ich bin selig!« rief er, als Papa ihm vom Tanken eine neue mitgebracht hatte. »Die werde ich hüten wie meinen Augapfel!«

Papas Beförderung zum Regierungsbaudirektor war unter Dach und Fach. Die Urkunde, in der das stand, lag auf dem Wohnzimmertisch, und Mama paßte auf, daß der Wisch keine Fettflecken kriegte.

Die Beförderung sei nur ein schwacher Trost, sagte Papa. Er werde sich auch fürderhin mit den alteingesessenen Rindviechern und Korinthenkackern in dem Saftladen rumschlagen müssen.

Volker und ich führten jetzt Tagebuch. Da kam alles rein. Träume, Schulerlebnisse und die Sache mit der Katze, der wir im Wambachtal beim Erlegen einer Maus zugesehen hatten. Die Maus in den Tatzen der Katze hatte ganz kläglich gefiept.

Abends saßen Mama und Papa mit unseren Tagebüchern im Wohnzimmer und lachten sich schief. Um mein Tagebuch noch witziger zu machen, schrieb ich rein: »Als Big Valley vorbei war, biß sich mein Bruder vor Enttäuschung in den Hintern«, aber Volker änderte die Stelle mit Tintentod, so daß da nicht mehr stand »biß sich mein Bruder«, sondern »biß ich mir selbst«, und Volker kriegte einen Anpfiff, und ich auch, weil ich gepetzt hatte und weil es ungehörig war, Häßliches über die eigenen Geschwister aufzuschreiben.

Mein Tagebuch versteckte ich danach im Schrank hinter meinen alten Schulbüchern und brütete Taten aus, die ich aufschreiben konnte. Ich riß Wiebkes Puppe Dagmar den Kopf ab, fesselte den Rumpf mit dem Kabel an den Staubsaugerstiel und trug das ins Tagebuch ein.

Als Wiebke die Bescherung entdeckte und zu plärren anfing, stritt ich alles ab, aber dann fand Mama mein Tagebuch, und ich kriegte Fernsehverbot.

Kommt ein Löwe geflogen. Leider ohne mich. Ich sei ein Rohling, sagte Mama.

In den Folgen, die ich wieder kucken durfte, wollte das Krokodil, dem Mister Knister immer in den Bauch trat, in den Zoo, weil es da ein Krokodilfräulein gab, und Mister Knister wurde festgenommen.

Sonntags deckte ich den Frühstückstisch jetzt auch mal selbst. Volker zeigte mir, wie man Filtertüten umknickt und wann man den Topf mit der Milch für den Kaba vom Herd nimmt.

Den Honig gab es seit allerneuestem aus einem gelben Napf, der wie ein Bienenkorb aussah, mit modellierten Bienen außen dran und mit Löffel, weil sonst immer was von der Margarine im Honig blieb, wenn man den da mit dem beschmierten Messer rausholte.

Am heikelsten war das Eierkochen. Damit sie nicht sprangen, mußten die Eier oben und unten eingepiekst werden, und dann sprangen sie doch. Eieruhr stellen. Abschrecken nicht vergessen. Als Eierwärmer hatten wir immer noch die blaugelben Stoffhühnchen, die Renate mal genäht hatte.

Nun sollten aber auch die anderen aufstehen, damit man denen sagen konnte, daß die Heinzelmännchen den Tisch gedeckt hätten. Marmelade von Schwartau.

Mit dem Messer schnell noch das Schwarze vom angebrannten Toast raspeln, während Papa sich auf dem Klo die Seele aus dem Leib hustete.

»Du hast das Hemd schief zugeknöpft!«

An Werktagen gab es keine Eier und statt Toast nur Graubrot. Die dritte Tasse Kaffee stürzte Papa im Stehen runter, und Mama kriegte einen Rappel, weil ich schon wieder vergessen hatte, mir die Haare am Hinterkopf zu kämmen. »Wiedersehen macht Freude«, sagte sie, wenn ich mein Radiergummi nicht finden konnte und eins von ihr nehmen mußte. »Jetzt aber ab die Post!«

Lauterberg, der Schulbusfahrer, war zottelig und dick und immer wütend, ohne daß man wußte warum. In den Kurven mußte man sich gut festhalten, um nicht vom Sitz zu fliegen, und wenn welche von uns zu laut waren oder Heidschi bumbeidschi sangen, rief er: »Schnüss dahinne!« Oder er hielt an und schmiß die Schreihälse raus, aber achtkantig.

Michael Gerlach sagte, der Lauterberg sei ein Urururenkel von Rübezahl, dem Riesen, von dem uns Frau Katzer was vorgelesen hatte. Der Riese Rübezahl konnte sein eigenes Bein als Axt nehmen und damit Holz hacken.

Als ich in der kleinen Pause vom Klo kam, hielten mich zwei Jungen fest, die bestimmt schon in die fünfte oder sechste Klasse gingen. Der eine war Qualle und der andere ein Rothaariger, den ich nicht kannte. »Was hasten da gemacht?« fragte der Rothaarige und verpaßte mir eine Ohrfeige. »Was hasten da gemacht aum Klo?«

Obwohl ich heulen mußte, sah ich, daß Frau Katzer, die die Pausenaufsicht hatte, auf uns zukam und daß das auch Qualle aufgefallen war.

Der Rothaarige drehte mir die Nase rum und wollte immer noch wissen, was ich auf dem Klo gemacht hatte.

»Wat soller schon gedonn han«, sagte Qualle. »Gepißt und geschisse!« Dann ging er weg.

Als Frau Katzer da war, zog sie den Rothaarigen am Ohr zu sich rum und schrie ihn an, wenn er hier noch einmal irgendwem ein Härchen krümme, sei er fällig, dann fliege er von der Schule.

Ich war gerettet, aber jetzt hatte ich einen Todfeind.

Die Schulbushaltestelle in Vallendar war vor einem Haus, wo wir uns nicht an die Wand lehnen durften. Wenn es doch einer tat, riß eine alte Giftnudel, die da wohnte, das Fenster auf und schrie runter, daß sie die Polizei rufen werde.

Im Bus hatte ich Pech, denn da stieg auch der Rothaarige ein. Als er mich hinten sitzen sah, drängelte er sich bis zu mir durch und haute mir eine rein.

»Seh ich recht? Heb mal den linken Arm hoch«, sagte Mama, und dann sollte ich erklären, woher das Riesenloch unterm Ärmel stammte, aber das war mir selbst ganz neu.

Es gab Linseneintopf mit Bauchspeck, wonach ich mir nicht gerade die Finger leckte. »Bist du im Zirkus großgeworden? Mach die Tür zu!«

Nur für mich, ohne das jemandem zu sagen, gab ich dem Essen Noten: Hähnchen 1, Fischstäbchen, Spaghetti mit Spiegelei und Milchreis mit Zimt und Zucker 2 plus, Kotelett 2, Kartoffelbrei mit Spinat 2 minus, Königsberger Klopse 3, Bohnen, Wurzeln und Erbsen 3 minus, Porree 4 plus, Eintopf und Blumenkohl 4, Wirsing, Rosenkohl und Graupensuppe 4 minus, Kohlrabi 5 und Rotkohl 6. Rotkohl war das reinste Brechmittel.

Renate ekelte sich dafür vor Leber, und sie wollte nichts aus dem Kochtopf essen, in dem Papa einmal alte Seifenstücke eingeschmolzen hatte, aber Papa sagte, im nächsten Krieg würden wir noch Baumrinde nagen. Das werde uns dann wie ein Lekkerbissen vorkommen.

Papa selbst fand meistens das Gulasch zu zadderig und meine Haare zu unordentlich: »Du siehst mal wieder aus wie ’n explodierter Bußkohl!«

Sich fläzen und die Arme aufstützen durfte man nicht.

Vom Spiegelei sparte ich mir das Dotter immer bis zuletzt auf.

»Man spricht nicht mit vollem Mund!«

Meine Nachtischnoten waren: Quarkspeise und Götterspeise 1, Vanillepudding 2 (mit Blasen 2 minus), Ananas 3, Mirabellen 4 und Dosenpfirsiche 5 minus.

Tisch abräumen. »Düt düt düt!« In der Tür zur Küche.

Volker durfte den Kaffee holen. »Aber bitte ohne Fußbad!«

Meine Aufgabe war, die Servietten ins Regal zurückzulegen. An den Farben der bastbeflochtenen Serviettenringe konnte man sehen, wem welche Serviette gehörte. Mama lila, Renate gelb, Volker grün, ich blau. Papas Serviettenring war aus Metall und golden. Wiebke hatte noch ihr Lätzchen.

Wenn die Spülmaschine lief, setzte Mama sich ins Wohnzimmersofa und blätterte im Stern, bevor die Hausarbeit wieder losging. Fenster putzen, Wäsche sprengen oder den Stopfpilz rauskriegen und Socken stopfen.

Wiebke malte was mit schwarzem Filzer. Punkt, Punkt, Komma, Strich, fertig ist das Mondgesicht.

Mit zweien aus meiner Klasse, Manfred Cordes und Stephan Mittendorf, hatte ich mich zum Mensch-ärgere-dich-nicht verabredet.

Mittendorfs hatten alles. Gegensprechanlage, Spinnrad im Flur, Farbfernseher, Wohnzimmerkamin, Swimmingpool, Sauna, einen Klavierlehrer, der ins Haus kam, einen eigenen Gärtner und ein Auto mit Chauffeur. Stephan Mittendorf hatte auch alle Heintjeplatten und ein Fahrrad mit Tacho, Kilometerzähler und Fünfgangschaltung. Wie bei Onassis. Stephans Vater hatte die Angewohnheit, morgens fünfhundert Meter zu Fuß zu gehen, um nicht zu verfetten. Der Chauffeur mußte dann im Schrittempo hinter Stephans Vater herfahren.

Beim Mensch ärgere Dich nicht wollte auch Stephans Bruder Markus mitspielen, aber der schummelte. Wenn man was Gutes gewürfelt hatte und der Würfel mit der Kante zu dicht am Spielfeldrand lag, rief Markus »Kipper!« oder »Brand!«, und dann galt das Gewürfelte nicht.

»Einmal und nie wieder«, sagte Manfred Cordes.

Als ich Mama aufzählte, was Mittendorfs alles hatten, sagte sie: »Das kratzt mich nicht im geringsten.«

Abends kriegten wir jetzt immer Kernige. Papa saß in seinem Sessel, kuckte Nachrichten und verzimmerte Schnitten. Edamer, Salami, Tilsiter und Stinkerkäse und dazu Rollmöpse, Gurken und Bier.

»Nimm die Flunken runter, ich seh nichts!«

König Feisal, Präsident Nasser und Präsident Nixon.

Im Bad machte ich nur Katzenwäsche. Warmes Wasser einlaufen lassen, Unterarme eintunken und abwarten. Vor dem Stöpselziehen noch planschen, damit es nach Waschen klang.

Volker zeigte mir, wie man mit Zahnputzwasser gurgelt.

Und dann ins Bett. »Aber dalli!«

Als das Licht aus war, fragte Volker mich, ob ich wisse, wie Babys entstehen. Die entstünden, wenn der Mann seinen steifen Pimmel bei der Frau in die Scheide stecke. Dann würde aus dem Pimmel der Samen in die Frau fließen, und aus einem davon würde im Bauch von der Frau ein Baby.

Einmal redete Volker nachts auch davon, daß er bald sterben werde, aus Verzweiflung über die Scheißschule, aber davon wollte ich nichts hören. Ich hätte sogar fast Mama und Papa geweckt, aber Volker hielt mich zurück. So schlimm sei's nun auch wieder nicht!

Nach der Turnstunde wollte Frau Katzer, daß wir einen Klassensprecher wählen. Weil ich es in Turnen gerade als einziger geschafft hatte, am Seil bis ganz nach oben zu klettern, und weil das in der großen Pause auch welche von den Mädchen gehört hatten, kriegte ich die meisten Stimmen.

Die zweitmeisten hatte Melanie Pape gekriegt. Die war jetzt meine Stellvertreterin.

Ich war platt. Morgens war ich noch ganz normal zur Schule gegangen, und seit der dritten Stunde war ich Klassensprecher und der wichtigste Junge von allen in der 3b. Heike Zöhler bot mir was von ihrer Schokolade an, Norbert Ripp wollte mit mir Quartett spielen, und Melanie Pape sagte, wir müßten uns bei ihr treffen, so um drei. Wir hätten allerlei zu besprechen.

»Und was mußt du da so machen als Klassensprecher?« fragte Renate mich beim Mittagessen, und weil mir auf die schnelle keine Antwort einfiel, sagte Papa: »Vornehm aus der Wäsche kucken.«

Melanie wohnte auch in der Theodor-Heuss-Straße, aber weiter vorne und auf der anderen Seite, wo es runterging.

Im Wohnzimmer standen zehn Millionen Topfpflanzen auf Schemeln und dazwischen ein echt wirkender Schäferhund aus Porzellan, in Lebensgröße, mit raushängender Zunge. Melanies Eltern waren weg.

Wir gingen auf die Terrasse und setzten uns an den Tisch, der aus dem gleichen knorrigen Holz war wie die Bank. Aus der Küche hatte Melanie eine Flasche Fanta geholt, und dann versuchte sie, mich auf den Mund zu küssen. Igitte!

Als ich aufsprang, fiel die Flasche um und rollte schäumend über den Tisch, weil der Deckel nicht festgeschraubt war.

Bevor Melanie mich gehenließ, mußte ich ihr versprechen, zu ihrer Geburtstagsfeier zu kommen.

Strahlerküsse schmecken besser.

Bei uns bauten Handwerker Holzgerüste auf, weil das Haus seinen Außenputz bekommen sollte. Volker und mir hatte Mama streng untersagt, auf den Gerüsten rumzuturnen.

Wir durften aber in den großen Lichtschacht vorm Hobbyraum springen, wenn wir wollten, und im Kies wühlen. Vielleicht entdeckte man da ja mal was. Ein Rattengerippe. Oder ein Messer, das als wichtiges Indiz zur Ergreifung eines Schwerverbrechers führte, und wir würden die Belohnung kassieren.

Im Wambachtal kamen wir an eine Stelle, wo Volker nicht rübergehen wollte, weil der Sand, der da lag, Treibsand sein konnte. Aus Treibsand kam man lebend nicht wieder raus, wenn man da blindlings reingelatscht war.

Es gab auch eine Schlucht mit einer Höhle, die weit reinging, mindestens fünf Meter, aber als wir die Höhle näher untersuchten wollten, machte sich oben am Abhang Qualle breit. Er spuckte auf uns runter, und wir nahmen die Beine unter die Arme.

Ich dachte, wenn Qualle im Wambachtal ist, kann ich auf den Spielplatz vorm Hochhaus gehen, wo Qualle sonst immer sein Unwesen trieb.

Es war ein kleines Karussell da mit vier Sitzen und einem runden Tisch in der Mitte, an dem man sich in die Runde ziehen konnte. Das Karussell war frei.

Daß ich beim Fahren einen Drehwurm gekriegt hatte, merkte ich erst, als ich anhielt. Ich konnte nicht mehr geradeaus gehen, und mir war kotzübel.

Zukünftig wollte ich einen großen Bogen um den Spielplatz machen und Karussells wie das da meiden wie die Pest.

Zu ihrem Geburtstag hatte Melanie Pape außer mir nur Mädchen eingeladen, und ich schämte mich in Grund und Boden.

Es gab Brombeerkuchen, Kakao und Glibberpudding, aber Melanie sagte, das sei Wackelpeter.

Das erste Spiel, das Melanies Mutter sich für die Feier ausgedacht hatte, ging so, daß wir seitwärts den Rasen runterrollen sollten. Als ich unten angekommen war, hatte ich schon wieder einen Drehwurm, und Melanies Vater brachte mich mit dem Auto nachhause.

Einmal fuhr Papa am Samstag nach dem Frühstück weg, um einen neuen Gebrauchtwagen zu kaufen, weil der Käfer so viele Macken hatte. Mama war in den Garten gegangen, Unkraut zupfen, und ich machte auf dem Klo mit Volker Kreuzpissen.

»Stripp, strapp, strull«, rief Volker, »ist der Eimer noch nicht vull?«

Da kam Mama rein und fing an zu motzen, daß wir solche liederlichen Ferkeleien zu unterlassen hätten.

»Gnatter, gnatter«, sagte Volker, als wir wieder alleine waren. Ich suchte ein altes Schulheft raus, schlug eine leere Seite auf und trug für Mama eine Fünf ein. Ab jetzt wollte ich allen Familienmitgliedern Noten geben.

Im Hobbyraum kickten wir dann mit dem gelben Ball von

Wiebke rum, wobei eine von den Neonröhren einen Volltreffer abkriegte.

Mama, die in der Waschküche Sachen am Aufhängen war, kam gleich angelaufen. »Was seid ihr nur für Flegel!« rief sie. »Wenn Papa kommt, könnt ihr euch auf was gefaßt machen!« Der werde uns die Hammelbeine langziehen.

Wir beschlossen, von zuhause abzuhauen, per Fahrrad. Für immer. Irgendwohin, wo man nicht angebölkt, schikaniert und windelweich geprügelt wurde.

Wir wollten zur Horchheimer Höhe, da im Wäldchen übernachten und dann weiterfahren.

Um dahinzukommen, mußten wir nach Vallendar runter, am Rhein lang bis Ehrenbreitstein, an der Brücke nach Koblenz vorbei und dann irgendwo hinterm Autoreifen vom lieben Gott links hoch.

Für Radfahrer war auf der Straße am Rhein nicht viel Platz. Wir wurden von hinten angehupt und mußten höllisch aufpassen, daß wir nicht übergemangelt wurden.

In Ehrenbreitstein hielt Volker an. Er hatte es sich anders überlegt, wünschte mir viel Glück und kratzte die Kurve, der Feigling.

Bis zur Horchheimer Höhe war es von Ehrenbreitstein aus weiter, als ich gedacht hatte, und das letzte steile Stück mußte ich schieben.

Ich hätte Uwe oder Kalli besuchen können, aber dann hätten deren Eltern vielleicht bei uns angerufen.

Im Wäldchen suchte ich nach einer Kuhle zum Schlafen. Es war noch hell, und das wollte ich ausnutzen, um Blätter und Äste zu sammeln, mit denen ich mich zudecken konnte.

Es war schade, daß Volker zu feige gewesen war, bis hierhin mitzukommen. Zwei Jungen auf Pilgerfahrt, ohne Dach überm Kopf, von der eigenen Mutter vergrault, so wie Tom Sawyer, der auch mal von zuhause ausgerückt war und erst als gefürchteter Piratenkapitän wiederkommen wollte.

In die Schule würde ich nie wieder gehen. »Auf den Martin braucht ihr nicht zu warten«, würde Frau Katzer den anderen sagen. »Der hat seine Siebensachen gepackt und ist stiftengegangen, weil seine Mutter zu gemein zu ihm gewesen ist.«

Nie mehr wiedersehen würde ich auch Oma und Opa Jever und Tante Dagmar. Oder erst als Erwachsener. Dann würde ich sagen: »Ich wäre schon eher wiedergekommen, aber es war mir zu doof, mich nur wegen einmal Kreuzpissen und der Neonröhre verwämsen zu lassen.«

Vom Wäldchen aus konnte ich die Kinder sehen, die in dem Garten spielten, der früher mal uns gehört hatte.

Ich suchte nochmal nach Blättern. Ohne Bett war man aufgeschmissen. Langsam hatte ich auch keine große Lust mehr, Ausreißer zu sein, und ich fuhr zurück.

Auf dem Mallendarer Berg kam mir Papa im VW entgegen, sah mich durch die Windschutzscheibe an und drehte hinter mir um.

Ich kriegte Senge, zwanzig Schläge mit der Handkante auf den Rücken, und außerdem Zimmerarrest bis Sonntagabend, genau wie Volker.

Beim Klassenausflug auf die Insel Niederwerth lieferten sich Klaus Koch und Stephan Mittendorf ein Kämpfchen, wobei die Apfelsaftflasche in Stephan Mittendorfs Rucksack zerbrach, doch durch den Gummiboden floß nichts raus. Der ganze Apfelsaft schwappte zwischen den Scherben im Rucksack rum.

Auf Niederwerth gab es nur Äcker. Frau Katzer sagte, daß die Insel für ihren Spargelanbau berühmt sei. Bei mir hatte Spargel die Note 5.

Oliver Wolter kannte den Unterschied zwischen Bremse und Schnake nicht. Der war felsenfest der Überzeugung, das seien nur verschiedene Bezeichnungen für das gleiche Insekt, und davon war er auch nicht abzubringen, der Blödian.

Mit Papas Hilfe hatte Volker das Loch in meinem alten Fußball geflickt, und wir fuhren zum Fußballplatz. Die Räder ließen wir draußen am Zaun stehen.

Ein Tor war frei. Ich stellte mich als Torwart rein, und Volker schoß Elfmeter. Weil das Tor kein Netz hatte, mußte ich nach fast jedem Schuß weit laufen, um den Ball zurückzuholen.

Daß einer von den Jungen am anderen Tor der Rothaarige war, fiel mir erst auf, als er wegging.

Nach dem Kicken waren unsere Räder platt, alle beide, vorne und hinten. »Da hat einer die Ventile gemopst«, sagte Volker, und ich war sicher, daß der Rothaarige der Ventilmops war.

Papa hatte einen grünen Peugeot 404 gekauft, mit Schiebedach und vier Türen und viel mehr Platz auf der Hinterbank als im Käfer. Mama hatte ein großes Freßpaket gepackt, und wir wollten einen Ausflug machen, aber dann drehten wir doch nur eine Runde über den Mallendarer Berg, weil Papa die Auspuffgeräusche nicht gefielen.

Bevor Oma und Opa zu Besuch kamen, mußten Volker und ich nach Vallendar zum Friseur. »Ihr seht verboten aus«, hatte Mama gesagt und Volker das Geld für zweimal Fassonschnitt in die Hand gezählt.

Er freue sich schon auf den Anblick all der Kackschachteln mit ihren Sturzhelmfrisuren, sagte Volker.

Im Friseursalon war es gerammelt voll. Ein armer Knilch fegte die Haarbüschel zusammen, und der Gestank aus der Damenabteilung wehte auch zu den Herren rüber.

Als wir dachten, jetzt ist einer von uns dran, ließ der Friseur noch einen Opa vor, der erst lange nach uns gekommen war.

Papierkragen um, Tuch über und hochgepumpt werden. Der Friseur schubste meinen Kopf rum und stach mir mit der Scherenspitze ins Ohr. Wenn ich zuckte, wurde ich angeranzt: »Sitz still, Junge!«

Neben dem Spiegel hingen schnörkelig beschriftete Urkunden und Schwarzweißfotos von frisierten Schönlingen.

Um nicht so auszusehen, als kämen wir vom Friseur, verstrubbelten Volker und ich uns die Haare mit den Händen und gingen dann den Wilgeshohl hoch, was kräftezehrend war.

Wilgeshohl, da hörte sich schon der Name an wie der von miesem Gemüse. Ich drehte mich um und ging rückwärts hoch, aber das war auch nicht leichter, das kam einem nur kurz so vor.

Als wir oben auf der Kaiser-Friedrich-Höhe eine Verschnaufpause einlegten, sahen wir den Ventilmops. Uns schien er nicht bemerkt zu haben. Wenn der hier irgendwo wohnte, wollte ich nie wieder zur Kaiser-Friedrich-Höhe.

In letzter Minute nähte Mama noch die orangen Vorhänge für Renates Zimmer, weil Oma und Opa da schlafen sollten. Renate fand die Vorhänge widerwärtig, aber gegen Mama konnte sie sich nicht durchsetzen.

Oma und Opa wunderten sich darüber, daß man bei uns durch die Garage ins Haus gehen mußte, weil es noch keine Treppe gab, die zur Haustür führte.

In Volkers Zimmer sollten die Decke und die Dachschräge mit Brettern verschalt werden, aber die meisten Arbeiten im Haus blieben liegen, weil Papa schon genug damit zu tun hatte, die Autos zu reparieren. Erst den Peugeot, dann den Käfer und dann wieder den Peugeot.

Am ersten Herbstferientag wollten Volker und ich eine Radtour nach Simmern machen, obwohl Mama uns verboten hatte, so weit zu fahren.

Wir wühlten die Kindertonne nach Handschuhen und Mützen durch. »Gesetzt den Fall, der Winter weiß nicht, daß er erst in zwei Monaten auf dem Kalender steht«, sagte Volker.

Unten in der Tonne lagen alte, hartgewordene Tempotaschentücher.

Bis Simmern ging es immer nur bergauf, zwischen Feldern,

und in Simmern dann erst recht. Als wir endlich ganz oben waren, fuhren wir auf der Straße von Simmern nach Neuhäusel weiter, bis zu einem Parkplatz, auf dem ein Schild stand: Kraftfahrer, steige aus und wandere!

Bei der Fahrt zurück raste man auch ohne Treten wie eine gesengte Sau die Straße runter.

An der Stelle, wo man rechts zum Mallendarer Berg abbiegen mußte, hielten wir an. »Ich will ja nicht übertreiben«, sagte Volker, »aber ich glaube, wir haben die Schallmauer durchbrochen!«

Bei Rückenwind könnten wir hier auch mit Mach 2 runterflitzen. Das wären rund 2400 Stundenkilometer.

Ich malte ein Bild von einem Mann, der auf einem Parkplatz Vögel füttert, und dazu das Schild: Kraftfahrer, steige aus und wandere!

Mama fragte mich, woher ich das Schild kannte, und da mußte ich zugeben, daß ich mit Volker bis hinter Simmern gefahren war, wo Mama das Schild selbst mal gesehen hatte. Sie sagte, ich sei ein Schlitzohr, aber für sie nicht gewieft genug. Sie kenne ihre Pappenheimer.

An Sankt Martin ging ich bei einem Umzug mit, weil ich dachte, daß die Leute alle dahinwollten, wo es Teilchen umsonst gab, wie auf der Horchheimer Höhe, aber auch nach zwei oder drei Kilometern kam kein Teilchentisch in Sicht. Stattdessen gingen die Leute im Gänsemarsch in eine Kirche, wo ein katholischer Gottesdienst anfing und ich womöglich noch beichten und Halleluja mitsingen mußte.

Es war pickefinster, als ich alleine zurück nachhause lief.

Ich war froh, daß ich kein Katholik war. Noch froher war ich, kein Negerjunge in der Serengeti zu sein und Rinderblut saufen zu müssen, wie in dem einen Fernsehfilm, in dem auch Gnus, Hyänen, Antilopen, Warzenschweine und Schakale vorkamen und Wilddiebe, die ausgehöhlte Elefantenfüße als Papierkörbe verkauften.

Nachdem er den schrecklichen Drachen Murrumesch besiegt hatte, mußte der Kleine König Kalle Wirsch in der Augsburger Puppenkiste noch seinen Herausforderer Zoppo Trump besiegen und einen Rubin in der Hand zum Wachsen bringen, aber man konnte sehen, daß der Rubin nur zusammengeknülltes Plastik war.

Das hatten auch Manfred Cordes und Michael Gerlach schlecht gefunden.

Von einem Geschäft in Koblenz, das Beamteneinkauf hieß, kriegten Mama und Papa einen Brief. Auf Grund der Ihnen sicherlich bekannten Angelegenheit vom 28. 10. 1970, bei der wir Ihrem Sohn Volker gegenüber ein Hausverbot ausgesprochen haben, bitten wir Sie, daß diesem Hausverbot unbedingt Folge geleistet wird.

Über Volker brach ein Riesendonnerwetter rein. Er heulte, trommelte mit den Fäusten an die Wand und brüllte, daß er nie in seinem Leben im Beamteneinkauf gewesen sei, aber Mama und Papa nahmen Volker das nicht ab.

Sie fuhren mit ihm zum Beamteneinkauf, wo er was geklaut haben sollte. Für die Verkäuferin, die den Dieb erwischt hatte, war Volker ein Fremder. Aber der Dieb hatte angegeben, daß er Volker Schlosser heiße, wohnhaft in 5414 Vallendar, Theodor-Heuss-Straße 26.

Mama und Papa erzählten das Volkers Klassenlehrer, und dann erschien die Verkäuferin in Volkers Klasse und zeigte auf Volkers Banknachbarn. Dieser Schlawiner hatte seinen Diebstahl einfach Volker in die Schuhe geschoben.

Da war Volker rehabilitiert, ein Wort, das Mama mir übersetzen mußte.

Im Haus rannte ich jedesmal mit Höchstgeschwindigkeit die Kellertreppe hoch und versuchte, oben anzukommen, ehe unten die schwere Feuerschutztür zwischen Garage und Waschküche ins Schloß fiel. Einmal hatte ich es bis zur vorletzten Stufe geschafft.

»Machst du das auch immer?« fragte Renate, die oben mit Mütze, Schal und Mantel ausgehfertig vorm Garderobenspiegel stand. Den Wettlauf mit der Kellertür hatte Renate angeblich schon dreimal gewonnen, aber Renate hatte auch längere Beine.

Am schnellsten konnte ich abends rennen. Dann saß mir die Angst vor Kellergespenstern im Nacken, die mich mit Spinnenfingern packen wollten.

Vor Gespenstern brauchte ich mich nicht zu fürchten, sagte Volker. Er habe auch oft Angst im Keller, aber nicht vor Gespenstern, weil es die im richtigen Leben ebensowenig gebe wie Lolek und Bolek oder Pan Tau mit der Zaubermelone. Fürchten würde er sich nur vor Mördern aus Fleisch und Blut, die bei uns eingebrochen wären und einen abmurksen wollten. Er könne sich das gut vorstellen, wie er nachts im Keller ein Messer bis zum Schaft ins Kreuz gerammt kriegt und gottserbärmlich verrecken muß, wobei er noch um Hilfe rufen will, aber keinen Ton mehr rausbekommt, so wie im Traum, wenn man weglaufen will und nicht kann, weil die Beine zu schwer sind.

Es war Schnee gefallen, und man konnte den eigenen Atem sehen. Der Schulbus hatte Verspätung. »Oho, ohoho, wann kommst du?« grölten welche.

Manche Schüler hatten Ranzen mit Schnallen auf, die rot oder orange leuchteten. Meinen trug ich in der Hand, und auf dem Weg von der Bushaltestelle zur Schule trat ihn mir der Ventilmops von hinten runter. Ranzenruntertreten, das war eine von dessen Spezialitäten.

Volker kriegte Nachhilfe in Englisch, für elf Mark die Stunde. Da sollte er auf Trab gebracht werden.

Im Hobbyraum stellte er Laubsägearbeiten her und schraubte Haken für Topflappen in einen Holzlöffel, den er als Geschenk für Onkel Walter in der Mache hatte.

Der Tannenbaum war so lang, daß er nur mit umgeknautschter Spitze ins Wohnzimmer paßte.

Am Nachmittag vor der Bescherung kam im Ersten Lassie. In dem Film mußten die Eltern von dem Jungen, dem Lassie gehörte, Lassie weggeben, weil sie zu arm waren, um einen Hund zu halten, aber Lassie riß aus und lief zurück.

Es war das alte Lied: Einen Hund hätten wir haben müssen. Ich wäre schon mit einem Dackel mehr als zufrieden gewesen.

Der Peugeot sprang nicht an, der Käfer auch nicht, und wir gingen zu Fuß nach Vallendar runter zum Weihnachtsgottesdienst.

In der evangelischen Kirche war kaum noch Platz für uns. Wir mußten stehen, und ich sah nur die Pöter von fremden Leuten vor mir.

Nun kommt der Heiden Heiland.

Hinter uns ging andauernd die Tür auf, weil immer noch neue Leute reinwollten, und dann kam jedesmal ein eisiger Luftzug rein.

Ich fragte Mama, was Kyrie eleison bedeute, und sie sagte, ich soll den Schnabel halten.

»Alles Geschaffene redet den Frieden Gottes in Christo Jesu«, sagte Pfarrer Liebisch.

Dann gingen wir die Sprungschanze hoch, wo ich ausglitschte und mir das rechte Handgelenk aufschlug.

Für das Bescherungsfoto zog Mama sich ihre schwarze, von Renate gehäkelte Stola mit Muschelmuster an.

Das größte Geschenk war vorne an den Kurbeltisch gelehnt, eine Carrerabahn für Volker und mich, mit Autos und Kurven und allem Pipapo.

Wie ein rohes Ei sollten wir die Carrerabahn behandeln, sagte Mama, als wir uns darauf stürzten.

Ich hatte auch Mokassins gekriegt, die Single Song of Joy, das

Buch Die Insel der blauen Kapuzen von Wolfgang Ecke, ein Zauberlehrling-Spiel und aus Jever einen Tuschkasten.

Volker hatte die Single Treue Bergvagabunden gekriegt und die Bücher Jim Knopf und Lukas der Lokomotivführer, Doktor Dolittle, Du und die Eisenbahn und Die Flußpiraten des Mississippi, auf englisch buchstabiert Em ei jesses ei jesses ei pipi ei.

Wiebke beglückte reihum alle mit selbstgemachten Stickbildern: Katze vorm Kamin und Haus mit Baum daneben. Von Tante Therese hatte sie ein Kleid erhalten und vom Weihnachtsmann Rollschuhe und ein Bilderbuch: Der Fäustling.

Renate hatte eine Armbanduhr, einen Mantel und schwarze Winterstiefel gekriegt und war überglücklich mit dem Zeug.

Für Mama und Papa hatte ich mit Füller ein Weihnachtslied abgeschrieben. Es ist ein Ros' entsprungen, aus einer Wurzel hart!

Zart müsse das heißen, nicht hart, sagte Mama, und als Papa einen neuen Knirps auspackte und aufspannte, sagte Mama: »Ach du lieber Gott von Bentheim!«

Der geschenkte Gaul von Hildegard Knef.

Auf den bunten Tellern lagen dieses Jahr auch Pfeffernüsse und Blutorangen.

Weil Papa Volker und mir dabei half, die Carrerabahn aufzubauen, fing Mama an zu weinen. »Ich hab geglaubt, wenigstens an Heiligabend wär mal Sense mit der verdammten Scheißbastelei!« rief sie und lief raus und schloß sich im Elternschlafzimmer ein.

Da ging auch Papa raus und verschwand im Keller.

Wiebke heulte, und Renate nahm sie auf den Schoß.

Am ersten Weihnachtsfeiertag schlich ich mich frühmorgens ins Wohnzimmer, knackte Haselnüsse, klaute Schokoladenkugeln von den bunten Tellern meiner Geschwister und zog Wiebkes funkelnde Rollschuhe an, die mir aber ein paar Nummern zu klein waren.

Mit dem Zauberlehrlingskasten verzog ich mich in den Hobbyraum. Zahlenstreifen, Würfel, Papphülsen, ein schwarzer

Zauberstab und ein Heft mit Rechenkunststücken. Angenommenes Alter 22 Jahre, Geburtsmonat April: 4 × 2 = 8 + 5 = 13 × 50 = 650 + 22 (Alter) = 672 - 365 = 307 + 115 = 422. Das interessierte mich nicht die Bohne.

Die Würfel sollte man anlecken, dann würden sie zur allgemeinen Verblüffung aneinander klebenbleiben.

Besser war der Zaubertrick, bei dem jemand aus dem Publikum ein Geldstück unter ein Tuch legen sollte und alle nachfühlen durften, ob das Geldstück unterm Taschentuch liegt. Ein Gehilfe würde beim Nachfühlen das Geldstück klammheimlich wegnehmen und einstecken. Ich als Zauberer müßte dann bloß noch Hokuspokus Fidibus und Simsalabim sagen, das Tuch wegziehen und die Münze mit großem Trara aus der Hosentasche meines Gehilfen hervorzaubern.

Beim ersten Mal war Volker mein Gehilfe, aber als er unterm Taschentuch das von Renate gespendete Markstück begrabbelt hatte und die Hand wieder wegzog, rief Renate: »Du hast das Markstück weggenommen!«

Sollten die sich doch selbst was vorzaubern, wenn sie alles besser wußten.

Die Carrerabahn bauten Volker und ich im Hobbyraum auf, was ein Riesengefriemel war mit allen Seitenklammern und Leitplanken und Steilkurvenständern.

Volkers Rennauto war grün, meins gelb. Wenn man die Fahrer rausnahm, sah man, daß sie keine Beine hatten.

Einmal um die ganze Welt, und die Taschen voller Geld!

In der Garage schweißte Papa neue Teile an die Karosserie vom Peugeot, riß sich zwei Finger auf und mußte von Herrn Rautenberg zum Nähen ins Krankenhaus transportiert werden.

Frischlackierte Teile vom Peugeot hingen in der Waschküche an der Leine, zum Trocknen.

Als nächstes riß und schraubte Papa auch den VW auseinander, weil der zum TÜV mußte.

Im Ersten kam ein Abenteuerfilm mit einem indischen Maharadscha, aber das war ein eingebildeter Fatzke, und der ganze Film war stinklangweilig, außer als ein kinderfressender Tiger frei rumlief und als die Leprakranken aus dem Kerker ausbrechen wollten.

Lästig an Weihnachten war, daß wir Bedankemichs schreiben mußten. »Geschenke kassieren und nicht mal danke sagen, das könnte euch so passen!«

Die Briefe durften nicht auf die lange Bank geschoben werden, und man mußte auch einen Dreh finden, damit sie nicht zu kurz ausfielen.

Liebe Oma! Auch ich möchte mich herzlich für alles bedanken. Den Tuschkasten kann ich gut brauchen. Die Farben heißen: Gelb, Orange, Zinnoberrot, Karminrot, Indischrot, Indischgelb, Ockergelb, Gebr. Sina, Gelbgrün, Blaugrün, Preußischblau, Ultramarinblau, Umbra, Schwarz.

Viele Grüße von Deinem Martin!

Das sei man ziemlich Nullachtfuffzehn, sagte Mama.

Weil wir keinen fahrbaren Untersatz mehr hatten, mußte Mama zum Einkaufen zu Fuß durch den Schnee nach Vallendar und dann mit den vollen Taschen und zwei Milchkannen den Berg wieder raufpetten.

Ohne Auto stehe man doch ziemlich auf dem Schlauch, sagte Mama am Telefon zu Oma Jever, und es sei allerhöchste Eisenbahn, daß auf dem Mallendarer Berg ein Kaufladen aufmache.

Einen Kaufladen gab es sogar auf Lummerland, wo nur vier Leute wohnten: Lukas der Lokomotivführer, König Alfons der Viertel-vor-Zwölfte, Frau Waas und Herr Ärmel. Bei denen wußte man nicht, von wem sie abstammten. In Entenhausen gab's immerhin Onkel und Tanten und Oma Duck.

Am gemütlichsten war's, beim Lesen auf dem Rücken zu liegen und die Füße nur mit Strümpfen an zwischen die Heizungsrippen zu stecken.

Falsch fand ich, daß Jim Knopf sich mit Prinzessin Li Si verlobte, die er aus der Drachenstadt befreit hatte. Li Si sammelte Muscheln und sang kreuzbescheuerte Lieder: Ich bin die Prinzessin Li Si, weil ich nicht will, mich finden nie sie! Hum didel dum, Schrum! Mit so einer hätte ich mich nicht abgegeben, wenn ich als Freunde schon Lukas den Lokomotivführer, den Halbdrachen Nepomuk und den Scheinriesen Herrn Tur Tur gehabt hätte.

Lukas konnte einen Looping spucken. Ich versuchte das auch, im Garten, bis Mama die Terrassentür aufriß und rief: »Willst du wohl aufhören mit der Schweinerei!«

Kalli kam zu Besuch und brachte einen großen Flitzebogen mit, den er zu Weihnachten gekriegt hatte. Als wir unter uns waren, zeigte er uns eine bis obenhin mit Knallkörpern gefüllte Zigarrenkiste: »Damit zeigen wir's den Japsen!«

Die Kiste und den Flitzebogen nahm Kalli mit, als wir ins Wambachtal gingen. Bis auf drei Ladykracher hoben wir die Knaller bis zur Höhle auf. Die zum Einsturz zu bringen, das wär's gewesen!

Kalli opferte drei Chinaböller. Lunten anzünden, rausrennen, Deckung suchen und sich die Ohren zuhalten.

Der Rabatz und der Gestank waren nicht von schlechten Eltern, doch die Höhle überstand die Explosion.

Von den Bäumen im Wambachtal konnte Kalli ausnahmslos sagen, was das für welche waren. Eichen, Erlen, Ulmen, Buchen und Weiden, bei denen in der Krone Misteln wuchsen.

Mit dem Flitzebogen machte er Zielschießen, auch auf uns, und einmal traf er Volker mit dem Pfeil ins Ohr. Die Wunde blutete, und beim Nachhausegehen mußten wir Volker unterhaken. Kalli sagte, das sei nur eine Gehirnerschütterung, die lege sich von selbst.

Wenn bei der Carrerabahn die Leitplanke lose war, mußte man aufpassen, daß einem die Karre auf der Außenspur in der Steilkurve nicht in hohem Bogen rausflog. In der Innenspur schlug das Auto nur kurz aus. Wenn beim Ausschlagen zufällig das andere Auto obendrüber in der Außenspur fuhr, wurde es aus der Bahn torpediert, und wir versuchten immer, das hinzukriegen.

Überholmanöver und Karambolagen.

Mama pinnte den neuen Jahreskalender an die Küchenwand und trug alle Geburtstage ein, auch von Freundinnen und Verwandten, von denen kein Mensch wußte, wer die waren.

An Silvester gab es mittags Schnitzel. Volker und ich mußten uns eins teilen, und Papa säbelte es in zwei Teile. Wir wollten beide die größere Hälfte haben.

»Es gibt keine größere Hälfte«, sagte Mama. Das sei ein Ding der Unmöglichkeit.

Nach dem Essen rauchte Papa beim Kaffee im Wohnzimmer immer eine Zigarette. Diesmal lag am Aschenbecherrand schon eine bereit, in die Volker ein Knallplättchen aus Kallis Kiste hineinbugsiert hatte. Mama und ich waren eingeweiht.

Wir warteten und warfen uns verschwörerische Blicke zu, aber Papa las immer nur Zeitung und trank Kaffee und beachtete die Zigarette überhaupt nicht.

Volker schob den Aschenbecher dicht neben Papas Kaffeetasse.

Immer noch Fehlanzeige.

»Richard, deine Söhne wünschen sich nichts sehnlicher, als daß du diese Zigarette rauchst«, sagte Mama.

»So? Und warum?«

»Das wirst du dann schon sehen.«

Papa runzelte die Stirn. »Ist da irgendwelcher Mist drin?«

»Kann sein, kann aber auch nicht sein«, sagte Volker.

Jetzt hatte Papa den Braten natürlich gerochen, tat uns aber trotzdem den Gefallen, die Zigarette anzuzünden, die er dann weit von sich weghielt.

Nach einer Minute machte es leise poff. Vorne war die Zigarette auseinandergebröselt. Papa drückte sie im Aschenbecher aus und sagte, daß wir Kindsköpfe seien, Mama inbegriffen.

Weisnahmsnase durften Volker und ich bis zum Feuerwerk aufbleiben und um Mitternacht im Garten Schlangenhütchen anzünden.

Der Schnee lag jetzt fast einen halben Meter hoch, und alle gingen rodeln. Hinten im Wambachtal gab es einen Abhang, der so steil war, daß er die Todesbahn hieß. Wenn man Pech hatte, raste man beim Rodeln unten in einen Stacheldrahtzaun.

Nur die Mutigsten fuhren die Todesbahn auf dem Bauch liegend runter, mit dem Kopf voran, was ich auch mal versuchte, aber noch bevor ich in Schwung kam, verließ mich die Traute.

Absolute Scheiße war das Neujahrs-Skispringen im Fernsehen.

Nachmittags kam schon wieder ein Film mit Lassie. Da gehörte er einem Tierarzt und war wasserscheu, aber als der Tierarzt im Schnee in Ohnmacht fiel, schwamm Lassie durch einen frostigen Fluß, um Hilfe zu holen.

Flipper gehörte immer denselben Leuten, aber Lassie gehörte mal dem und mal dem. »Der muß ja ganz konfus werden«, sagte Renate.

Im Garten bauten wir eine Schneeburg, in der Mama uns fotografierte, bevor sie Volker auf die Horchheimer Höhe brachte. Der durfte am nächsten Morgen bei einer Treibjagd mitmachen. Auf den Spuren seltener Tiere.

Wenn ich alle Tiersprachen verstanden hätte, so wie Doktor Dolittle, hätte ich auch alleine auf Treibjagd gehen und ein Stoßmich-Ziehdich einfangen können, mit einem Kopf vorne und einem hinten.

Wenn das Wörtchen wenn nicht wär, wär mein Vater Millionär.

In Wiebkes neuem Bilderbuch quetschten sich nacheinander eine frierende Maus, ein Frosch, eine Eule, ein Kaninchen, ein Fuchs, ein Wolf, ein Wildschwein und ein Bär in einen Fausthandschuh, den ein Junge im Wald verloren hatte. Als dann noch eine kleine Grille hineintapste, platzte der Handschuh mit Donnergetöse auseinander.

Renate las das Buch von Hildegard Knef. Wie die Leute im Krieg von Panzern zu Matsch gefahren worden waren.

Von der Treibjagd brachte Volker in einer Plastiktüte einen Hasen mit.

Totenstarre und Leichengift.

Papa band den Hasen in der Waschküche an den Hinterläufen an die Leine, wetzte auf der Werkbank in der Garage das große Küchenmesser am nassen Schleifstein und schnitt dem Hasen die Gurgel auf. Das Blut kleckerte in die weiße Emailleschüssel, in die sonst der Küchenabfall reinkam.

Der Hase hatte dicke, dunkle Augen. Als Papa ihm mit dem Messer das Fell abzog, kamen Muskeln und Sehnen zum Vorschein, weiß und rot.

Mama heizte den Backofen vor und fettete das Blech ein.

Auf dem Hasenfleisch durfte man nur behutsam kauen, weil da noch Schrotkugeln drinsteckten. Außer den abgelutschten Kugeln wollte Volker auch den Schädel von dem Hasen aufheben.

Bei Invasion von der Wega nähte Renate einen Kunstpelzbesatz an den Wintermantel, den sie von Tante Dagmar geerbt und schon auf Midi-Länge gekürzt hatte, weil das jetzt Mode war, und Papa sagte, wenn es Mode wäre, sich die Daumen blau zu kloppen, würde Renate das auch noch mitmachen.

Am letzten Weihnachtsferientag fuhr Mama mit Volker und mir nach Koblenz zu Salamander, neue Schuhe kaufen.

Oben auf der Rutsche saß ein störrischer Dreikäsehoch, an dem man nicht vorbeikam, aber zu den Schuhen gab es Bilderhefte mit Lurchi, Unkerich und Mäusepiep. Und im Chor schallt's lange noch: Salamander lebe hoch!

Über Nacht hatte es geschneit. Der Schulbus konnte nur ganz langsam fahren, und die Heizung ging nicht. Der Lauterberg hatte Handschuhe an, Mütze auf und Schal um und nieste das Armaturenbrett an.

Ich steckte neue Tintenpatronen in meinen Füller. Die leeren Patronen gab ich Andreas König, weil der die Kügelchen sammelte, die da drinwaren.

In der großen Pause zerrten mich Qualle und der Ventilmops hinter die Schule, rieben mir das Gesicht mit Schnee ein und stopften mir auch welchen in den Pulloverkragen.

Frau Katzer merkte, daß ich geheult hatte, aber ich wollte nichts sagen. Ich wollte in Frieden gelassen werden.

In der ersten Folge vom Kommissar, die ich bis zum Ende kukken durfte, wurde eine tote Frau im Moor gefunden, und als Renate von der Tanzstunde zurückkam, ging der Moormörder selbst gerade blubbernd im Moor unter.

Im Fernsehen waren die Toten aber nicht wirklich tot, die hielten nur die Luft an.

Ohne Karosserie, bloß noch mit Motor, Lenkrad, Fahrgestell und Sitzbänken, sah der VW-Käfer wie ein Mondfahrzeug aus. Wir durften uns reinsetzen, als Papa damit ums Haus fuhr, durch die Schneelandschaft, und Mama knipste uns.

Im Stern war ein Foto von einem toten Jungen. Der war von Verbrechern entführt, bis auf die Unterhose ausgezogen und mit Draht an einen Baum gefesselt worden, hatte sich befreit, war zur Straße gehumpelt und bei minus 15 Grad im Schnee erfroren, obwohl da jede Menge Autofahrer vorbeigekommen waren. Der Junge, dem niemand half.

Als ich bei Manfred Cordes Disco '71 gekuckt hatte und rausging, waren bei meinem Fahrrad wieder die Reifen platt und die Ventile weg, und ich wußte genau, daß der Ventilmops dahintersteckte.

Um ihm die Tour zu vermasseln, wollte ich mein Fahrrad bei uns in die Garageneinfahrt stellen und drinnen hinter der Gardine warten, bis er angerückt kam und die Ventile rausdrehte. Dann wollte ich mit Volkers Fotoapparat den Ventilmops durchs Fenster knipsen. Auf frischer Tat ertappt!

Das wäre gut gewesen, aber Volkers Fotoapparat war kaputt, Renates auch, und nach Papas brauchte ich gar nicht erst zu fragen.

Für mein Halbjahreszeugnis erhielt ich fünf Mark fünfzig, weil ich in Betragen, Rechtschreiben und Lesen Einsen und dann noch fünf Zweien hatte.

»Eigenlob stinkt«, sagte Renate.

Miracoli mit Tomatensoße.

Mit dem Geld ging ich nach Vallendar, um mir was zu kaufen. »Tu, was du nicht lassen kannst«, hatte Mama gesagt. »Aber laß dir nicht wieder den letzten Strund andrehen!«

Ich entschied mich für ein Plastikschwert mit Plastikscheide. Die Rittermaske, die dazugehörte, mit Visier, war zu teuer.

»Mein lieber Schwan!« sagte Mama. »Was hast du dir denn dafür abknöpfen lassen?«

»Drei Mark achtzig.«

»Und der Rest? Hast du den auch verplempert?«

»Nein.«

»Fünf fünfzig minus drei achtzig macht nach Adam Riese eins siebzig. Zeig doch mal, wo du die hast!«

Die hatte ich in Zuckerspeck und Bluna angelegt.

Adam Riese konnte mir gestohlen bleiben. So 'n alter Opa, der in seiner mittelalterlichen Bude Meerschaumpfeife geraucht und einen Scheißdreck nach dem andern ausgerechnet hatte.

Frau Katzer las eine Geschichte aus dem Lesebuch vor, über ein Puppenhaus, in dem die Familie Klinzig wohnte.

Auch Jungen würden mit Puppen spielen, da sei gar nichts dabei, sagte Frau Katzer, und sie wollte wissen, welche Jungen in der Klasse mit Puppen spielten.

Ulrich Gierge zeigte auf. Das war typisch für den. Ich hatte auch schon mit Puppen gespielt, aber vor der ganzen Klasse zugeben konnte sowas nur ein Supertöffel wie Ulrich Gierge.

Bevor der Schulrat kam, impfte Frau Katzer uns ein, was wir auf ihre Fragen antworten sollten, bis ins kleinste. Daß wir die Stunde mit ihr schon geübt hätten, müsse aber unser kleines Geheimnis bleiben. Sonst kämen wir alle in Teufels Küche.

Man merkte, daß Frau Katzer vor dem Schulrat Angst hatte, doch dann stellte sich raus, daß das ein gutgelaunter Dickmops war, vor dem man weniger Angst haben mußte als vor Frau Katzer. Solange der Schulrat da war, kriegte keiner eine geknallt, nicht mal Benno Anderbrügge, als er lange vor dem Klingeln anfing, seine Sachen einzupacken. Das holte Frau Katzer dann am nächsten Schultag nach.

Jetzt wäre die Eingangstreppe fällig gewesen, aber es goß wie aus Eimern. Im Vorgarten lagen Bretter, und alles war mit Kieshaufen und Erdhaufen und Sandhaufen voll.

Muhammad Ali sei ein Großmaul, sagte Mama. Immer rumzuposaunen, daß er der Größte sei! Bei ihr könne der damit keinen Eindruck schinden. Der heiße eigentlich auch gar nicht Muhammad Ali, sondern Cassius Clay.

Bei seinem Boxkampf gegen Joe Frazier drückte ich trotzdem Muhammad Ali die Daumen, weil Joe Frazier aussah wie ein Schuftikus erster Güte.

Volker und ich zogen Turnhosen an und trugen im Hobbyraum einen eigenen Boxkampf aus, der über fünfzehn Runden gehen sollte. Als Boxhandschuhe benutzten wir Waschlappen und als Mundschutz Apfelstücke. Seine Zahnspange hatte Volker rausgenommen.

Auf in den Kampf, die Schwiegermutter naht! Siegesgewiß klappert ihr Gebiß.

Volker mußte schätzen, wann drei Minuten um waren, und »Gong!« rufen. Dann gingen wir in unsere Ecken und rubbelten uns mit Handtüchern ab.

Schläge unter die Gürtellinie waren verboten. In der dritten Runde landete ich einen Treffer an Volkers Stirn, aber er berappelte sich wieder und landete einen auf meinem linken Auge. Nach dem Gong lief ich hoch in die Küche, um mir ein Steak auf das Auge zu legen. Weil kein Steak da war, nahm ich eine Scheibe Cervelatwurst und tastete mich wieder zurück, Arme ausgestreckt, Kopf im Nacken und halbblind, mit der Wurst im Gesicht.

»Voller Wanst gewinnt nicht gern«, sagte Volker, als ich die Wurst aufgefuttert hatte. »Gong zur vierten Runde!«

Ich hatte vorgehabt, den Kampf zu gewinnen, aber dann boxte Volker mir mit voller Wucht in den Bauch, und ich ging zu Boden.

Volker zählte mich aus. Dann reckte er die Arme nach oben, tanzte um mich rum, beugte sich über mich und sagte: »Na, wie fühlt man sich so als Verlierer?«

Ich nahm Rache, indem ich Volker unters Kinn trat. Er fiel auf den Rücken, faßte sich an die Gurgel und krächzte, daß er keine Luft mehr kriege.

Da rannte ich die Treppe hoch und ins Wohnzimmer: »Volker liegt im Hobbyraum und kriegt keine Luft mehr!«

Mama und Papa sprangen auf und liefen nach unten.

Ich blieb oben und versuchte, an was anderes zu denken, an was Schönes, an meinen Geburtstag oder an Weihnachten, aber das ging nicht.

Im Fernsehen lief die Tagesschau. Der Suezkanal und die EWG.

Wenn Volker jetzt hopsging, und ich war schuld? Wie sollte ich das je wieder gutmachen? Ich würde ins Gefängnis kommen, lebenslänglich, oder zur Adoption freigegeben werden.

Es war aber falscher Alarm. Volker hatte mich nur verkackeiern wollen. Das war gemein von ihm, aber mir fiel ein Stein vom Herzen.

»Ihr könnt einen vielleicht ins Bockshorn jagen«, sagte Mama und besah sich mein linkes Auge. Da war ein saftiges Veilchen am Erblühen.

Am Erblühen, sowas durfte man bei Frau Katzer nicht sagen, sonst kriegte man zu hören: »Ich bin die Kuh am Stall am Schwanz am raus am Ziehen.«

Mit dem blauen Auge war ich in der Schule der Held, nur nicht bei Melanie Pape, aber die konnte mich mal.

Stephan Mittendorf lud mich ein, in Mittendorfs Swimmingpool zu baden, und ich ging hin, auch ohne Freischwimmer.

Es war mir zu peinlich, den Schwimmreifen mit dem Schwanenkopf zu nehmen, aber ohne jede Schwimmhilfe wollte ich dann doch nicht ins Becken, und auf einmal stieß Stephans Bruder Markus mich rein.

Bis ich wieder am Beckenrand war, hatte ich einen Haufen Wasser geschluckt und in die Nase gekriegt.

Markus wurde von Frau Mittendorf auf sein Zimmer geschickt und zog laut maulend ab.

Ich nahm den Schwanenreifen, und damit ging's, aber Stephan machte spitze Bemerkungen über mich und meine Schwimmkünste, und ich wußte genau, das ist das erste und das letzte Mal, daß ich das über mich ergehen lasse.

Mama hatte Sternchennudelsuppe gekocht, aber ich war nicht dafür zu haben, obwohl ich Sternchennudelsuppe sonst immer die Note 2 gab. Ich hatte Kopfweh und Halsweh.

Doktor Kretzschmar kam und stellte fest, daß meine Mandeln rausmußten oder meine Bronchien und Polypen. »Nach der Operation wirst du leichte Schluckbeschwerden haben«, sagte Doktor Kretzschmar, »aber dafür darfst du pfundweise Schokoladeneis mampfen!«

In dem Krankenhauszimmer, in das ich kam, lagen noch fünf andere Jungen. Einer hatte was an der Stirnhöhle und kriegte jeden Abend eine superlange Spritze in die Nase. Das hätte ich nicht ausgehalten. Mir taten schon immer die Spritzen in den Po so weh, daß ich schreien mußte. Einmal stach mir eine Schwester die Spritze so tief rein, daß die Spritzenspitze auf dem Knochen im Arsch kratzte.

Ein anderer Junge brachte mir den Trick bei, beim Spritzenkriegen ins Kopfkissen zu beißen. Das half.

Bis zur Operation war ich noch froh, weil ich im Bett liegen konnte, während die anderen Kopfrechnen hatten. Schadenfreude ist die reinste Freude.

Damit war es nach der Operation vorbei. Vor Halsschmerzen konnte ich überhaupt nicht mehr schlucken. Ich sabberte in eine Schale und mochte nicht mal das Eis, das mir Mama mitgebracht hatte.

Sie kam jeden Tag, aber einmal sagte sie: »Morgen geht's nicht, da mußt du tapfer sein, kannst du mir das versprechen?«

Ich versprach ihr das, aber als mir in der Besuchszeit am anderen Tag klar wurde, daß ich der einzige Junge im Zimmer war, der in die Röhre kucken mußte, tat ich mir so leid, daß ich so leise, wie es ging, in mein Kissen flennte.

Und dann kam Mama doch noch, und sie hatte einen großen Umschlag mit Briefen für mich dabei, von allen meinen Mitschülern. In der Schule war das Thema Post durchgenommen worden, und da hatten alle als Hausaufgabe gekriegt, mir einen Brief zu schreiben.

Wunder gibt es immer wieder, heute oder morgen können sie geschehn!

Mehr oder weniger hatten mir alle das gleiche geschrieben.

Daß sie die Post durchnehmen, mit der ganzen Klasse im Zoo gewesen sind und mir alles Gute wünschen. Am kürzesten war das Schmierakel von Benno Anderbrügge: Liber Martin! Im Zoo Sind mit drer (gnazen) ganzen Klase (gewe) gwesn und da War Die löwn pfütter wor dei Benno!

Drei von den vier Gabrieles hatten auf ihre Briefe Abziehbilder von Blumen und von Kätzchen gepappt, und Melanie Pape hatte lilanes Briefpapier mit aufgedruckten Igeln ausgewählt.

Die kleinste Schrift von allen hatte Michael Gerlach, wie Fliegenschiß, aber sein Brief gefiel mir am allerbesten: Lieber Martin, sei bloß froh, daß Du Dich im Krankenhaus 'rumtreiben kannst. Das bißchen Mandeloperation kann nicht so wehtun wie der Anblick der Irren, die sich gestern bei unserm Zoobesuch vorm Löwenkäfig tummelten, um zuzuschauen, wie die Raubtiere ihre Zähne in ein Menschenbaby schlugen. Ich glaube jedenfalls, daß es ein Menschenbaby war. Sehr viel sehen konnte ich nicht, weil ich hinten stand und die Omme von Torsten Hommrich vor mir hatte. Einstweilen gute Besserung!

Angela Timpe war die einzige, die mir keinen Brief geschrieben hatte. Dafür kriegte sie, als ich wieder in der Klasse war, noch einen Anranzer von Frau Katzer. Wenn Angela mal krank sei, werde sie von keinem einzigen aus der Klasse was kriegen, nicht einmal ein Fitzelchen von einem Kärtchen mit Genesungswünschen.

Dann fingen die Osterferien an.

In Volkers und meinem Zimmer war Oma Schlossers alter Kleiderschrank aufgestellt worden. Der eine Knauf war lose, aber man konnte allen überschüssigen Krimskrams oben auf den Schrank ballern, und innendrin war Platz genug für Volkers und meine Wäsche.

Renate zeigte mir die Fotos, die Papa von ihr im Wohnzimmer geschossen hatte. Da trug sie ein knöchellanges, mit Mamas Hilfe genähtes Kleid mit Blumenmuster, Puffärmeln und viereckigem Ausschnitt, eine von Mamas Broschen am Kragen und ein Samtband um den Hals, damit man den Leberfleck nicht so sah.

Wenn Papa samstags aus der Wanne kam, schmierte er sich die Haare mit Fit von Schwarzkopf ein und kämmte sie straff nach hinten. Im Badezimmer konnte man danach kaum atmen vor Wasserdampf und Zigarettenqualm.

Neu war, daß sich jeder von uns eigenes Wasser in die Wanne laufen lassen durfte. Ich wußte nicht genau, was ich lieber wollte, im eigenen Wasser baden oder im Wohnzimmer weiter beim Grand Prix d'Eurovision zukucken. Für Deutschland war Katja Ebstein im Rennen, aber die hatte schon gesungen, und Renate sagte, bis zur Entscheidung werde es noch Ewigkeiten dauern.

Ich legte mich in die Badewanne und ließ mir gelegentlich von Wiebke oder Renate Bericht erstatten. Aus Papas Schreibtisch hatte ich Streichhölzer gemopst. Mit denen zündete ich meine Furzblasen an und alarmierte dann mit der Brause als Telefonhörer die Feuerwehr.

Katja Ebstein schnitt gut ab, aber ihr Abstand zu den Spitzenreitern war zu groß, und sie kam nur auf Platz drei.

Im Wambachtal hangelten Volker und ich uns an abgebrochenen Ästen lang, die wir über den Wambach gelegt hatten. Als einer von den Ästen durchbrach, fiel ich in voller Montur ins Wasser und mußte quaddernaß nachhause laufen. Volker lachte sich scheckig. Ich im Wambach, das sei ein Bild für die Götter gewesen.

Weil ich die Röteln hatte, mußte ich über Ostern wieder im Bett bleiben. Ich baute mein Wildwestfort auf, mit allen Cowboys und Indianern, und am Ostersonntag zog ich überm Frotteeschlafanzug mein altes Prinzenkostüm an.

Aus Langeweile spielte ich Mensch ärgere Dich nicht mit mir selbst, auf der Rückseite vom Brett, wo die Bahn länger war, mit acht Parteien. Hellblau, Dunkelblau, Hellgrün, Dunkelgrün, Gelb, Rot, Schwarz und Lila. Die Spielfelder und die zweiunddreißig Figuren hatte ich mit dem Kuli numeriert, damit ich die Züge aufschreiben und später alles nochmal nachspielen konnte. Rot würfelt 5, zieht Nr. 3 von Feld 36 auf Feld 41 und schlägt Grün Nr. 2. Oder abgekürzt: R5 3 36 41 x G2.

Weil ich für alle immer den besten Zug aussuchte, selbst für die lilanen Figuren, die wie aus Rotkohl aussahen, zog das Spiel sich in die Länge. Da kam nie einer ans Ziel, und als ich acht Seiten vollgeschrieben hatte, gab ich's auf.

Aus der Stadt brachte Mama mir zum Trost ein Buch und einen Hüpfball mit, knallig orange, mit blauem Griff. Damit durfte ich einmal kurz durchs Zimmer hüpfen, das mußte genügen, weil Doktor Kretzschmar mir Bettruhe verordnet hatte.

Wenn so ein Hüpfball mal geplatzt wäre, wie das wohl geknallt hätte.

Das Buch war über einen Försterjungen. Wie er mit seinem Vater Heiligabend in den Wald geht und in eine Wildschweinsuhle Eicheln und Kastanien schüttet, als Bescherung für die Wutzen, oder wie er und seine Freunde einen Wilderer hopsnehmen oder wie sie mit Zündpulver ein Silo zur Explosion bringen und noch tagelang bestialisch nach Gülle stinken.

Dann kreuzte Melanie Pape auf. Ich zog mir die Decke über den Kopf und weigerte mich, auch nur Guten Tag zu sagen. Ein Mädchen, das einen Jungen besucht, der im Schlafanzug im Bett liegt, das durfte ja wohl nicht wahr sein.

Unter der geknüllten Decke liegen und durch ein winziges Kuckloch lugen: So mußte man sich fühlen, wenn man in einer Höhle verschüttet war.

Melanie stand im Zimmer rum, aber ich blieb stur, was Mama als Anstellerei bezeichnete.

»Wer nicht will, der hat schon«, sagte Melanie und ging weg.

Uff.

Nach einer Woche war ich wieder auf den Beinen und fuhr mit Volker zum Fußballplatz, bolzen. Die Räder nahmen wir mit rein und ließen sie auf dem lehmigen Rasenhang vor der Aschenbahn liegen.

Dann sahen wir, daß Qualle sich an Volkers Rad zu schaffen machte. »Laß mein Rad in Ruhe!« rief Volker, aber Qualle sagte, das sei seins. Das erkenne er unter Tausenden, und zwar an dem Stück Lehm hinten am Rückspiegel. In Wahrheit klebte das da erst, seit Volker das Rad auf den Rasen gelegt hatte.

Qualle machte Anstalten, mit dem Rad wegzufahren, aber Volker hielt es am Gepäckträger fest. Ich schnappte mir mein eigenes Rad.

Dann sagte Qualle, das Rad sei ein Geschenk von Volker, was eine faustdicke Lüge war. Erst nach langem Gezeter wälzte er seinen Hintern vom Sattel, trat gegen den Vorderreifen, spuckte aufs Schutzblech und sagte: »Geschenkt ist geschenkt, wiederholen ist gestohlen!« Mit uns werde er noch abrechnen, wir sollten bloß aufpassen.

Was für ein dummes Arschloch.

Als Kalli zu Besuch kam, brachte er sein Tonband mit und Unmengen von Süßigkeiten, weil seine Mutter jetzt bei Haribo arbeiten ging.

Bei Lakritzschnecken wußte ich nie, was besser war, quer auffressen oder abrollen? Oder die Stränge trennen und beide einzeln zerkauen, damit man noch länger was davon hatte?

Im Hobbyraum spielten Kalli, Volker und ich Wildwest bei Musik vom Tonband. Hit the road, Jack, and don't you come back no more, no more, no more, no more!

Kalli war unschlagbar. Der würfelte immer genau, was er brauchte, das war wie verhext. Zwischen Volker und mir wogte das Kampfglück hin und her, aber gegen Kalli kam man nicht an. Mir waren die blauen Indianer immer am besten vorgekommen, aber Kalli gewann mit den roten ein Spiel nach dem anderen, und sie stiegen in meiner Achtung, was ich von Volkers grünen Cowboys nicht behaupten konnte. Bei denen war kein einziges Lasso mehr heile.

Im Wambachtal brachen wir wieder beim Fischzüchter ein, mit Kalli als Anführer. In den Becken konnte man die Forellen zukken sehen. Oder waren das Goldfische? Oder waren Goldfische und Forellen dasselbe?

Als wir nach dem Sprudel im Schuppen kucken wollten, kam ein Mann auf einem Moped angeknattert. Der Fischzüchter höchstpersönlich.

»Ab durch die Mitte«, sagte Kalli, und er war schon halb auf den hinteren Zaun geklettert, als der Züchter schrie, wir sollten uns nicht rühren: »Da sind Marderfallen!« Da kam auch Kalli wieder runter.

Ich war der erste, den der Züchter beim Wickel hatte, und ich war sofort geständig. Wie ich hieß und wo ich wohnte und welche Telefonnummer wir hatten. Mit einem großen roten Bleistift schrieb der Züchter das in einen Notizblock, den er aus der Potasche gezogen hatte.

Mitgegangen, mitgefangen, mitgehangen.

Kalli log eiskalt. Er würde Jürgen Krause heißen und in Neuwied wohnen, Bergstraße 11, dritter Stock.

»Telefonnummer!« brüllte der Züchter.

An Kallis Stelle hätte ich jetzt aufgegeben, aber er schwindelte weiter: »Telefon ist noch nicht angemeldet. Wir sind letzte Woche umgezogen, mit unserer Mutter, mein Bruder Günter hier und ich.« Er zeigte auf Volker. »Unser Vater ist tot.«

Den Notizblock steckte der Züchter wieder weg, aber er war noch nicht fertig mit uns. Ob wir ihm auch die Rolle Draht geklaut hätten, wollte er wissen.

»Draht? Welcher Draht?«

Das wüßten wir genau. Die Rolle Draht sei zweitausend Mark wert gewesen!

Dann hatte der Züchter genug von uns. »Laßt euch nie wieder hier blicken!«

»Die Gardinenpredigt hätte sich der Tattergreis auch schenken können«, sagte Kalli, als wir im Wambach nach der Drahtrolle suchten. Wenn die tatsächlich so viel wert war, wollte Kalli die verscheuern. Zweitausend Mark, da hätte eine alte Frau lange für stricken müssen, aber leider fanden wir die Rolle nicht mehr wieder.

Abends hatte der Züchter noch nicht bei uns angerufen.

Am ersten Schultag nach den Osterferien hatte ich mein Lesebuch nicht dabei. »Du wirst noch mal deinen Hintern vergessen«, sagte Frau Katzer. Das sagte sie immer, wenn jemand was vergessen hatte.

Sie las uns die Geschichte von der Stadtmaus und der Landmaus vor, und dann sollten wir die beiden Mäuse malen. Die reiche Stadtmaus superfett, mit Orden am Hosenlatz und Goldringen an allen Fingern, und die arme Landmaus klapperdürr, in kurzen Hosen.

In meinem Tuschkasten waren manche Farben schon fast alle. Bei anderen waren nur noch Brocken vorhanden, die man lange bepinseln mußte, um sie weichzukriegen.

Der verklebte Deckel von der Deckweißtube ging überhaupt nicht mehr auf.

Ulrich Gierge schüttete sein Pinselwasser Torsten Hommrich auf die Füße und kriegte von Frau Katzer dermaßen Keile, daß er um Gnade bettelte.

Die Bilder hängte Frau Katzer im Klassenzimmer an der Wand auf. Meins hing in der oberen Reihe, das dritte von rechts. Da mußte ich immer hinkucken.

Wenn wir wollten, könnten wir eine tolle Schülerzeitschrift abonnieren, sagte Frau Katzer. Die Mücke, sechsmal im Jahr. Lieder und Spiele stünden da drin und manches mehr.

Ich meldete mich auch, obwohl die Mücke fünfzig Pfennig pro Ausgabe kosten sollte und ich kein Geld hatte, aber ich wollte nicht zu den Doofmännern gehören, die zu geizig waren, die Mücke zu abonnieren.

Das Geld für die ersten sechs Hefte wollte Frau Katzer schon am nächsten Tag einsammeln. Wer A sagt, muß auch B sagen!

Ich suchte die Spielzeugkiste durch und nahm Figuren mit, die ich auf dem Schulhof verhökern wollte, um das Geld für die Mücke zusammenzukriegen, aber Benno Anderbrügge, dem ich in der großen Pause einen Schlumpf anbot, sagte nur: »Wat sollischen dodemit?«

Von den Abonnenten war ich der einzige, der Frau Katzer kein Geld für die Mücke geben konnte. Ich mußte einen Rückzieher machen, und das als Klassensprecher. Schimpf und Schande.

Stephan Mittendorf wurde gerüffelt, weil er die Mädchen als Weiber bezeichnet hatte. Das gehöre sich nicht, sagte Frau Katzer. Das erinnere an das Wort Waschweiber. »Ihr Jungs wollt ja auch nicht Kerle genannt werden!«

Kerle? Da war doch nichts gegen zu sagen.

Ein Laster brachte Füllboden für uns. Bei der zweiten Fuhre durfte Volker mitfahren und dann beim Abladen den Hebel bedienen, der dafür da war, daß die Kippe hinten hochging und die Erde runterrutschte. Bei der dritten Fuhre durfte ich das dann selbst machen.

Hinterher wollte Volker LKW-Fahrer werden. Entweder LKW-Fahrer oder Kamikazeflieger.

Das Wirtshaus im Spessart gefiel mir nicht, obwohl Mama mir geraten hatte, das zu kucken. Räuber, die an altertümlichen Pfeifen nuckelten und zu doof waren, um zu merken, daß sich bei ihnen eine Frau in Männersachen eingeschlichen hatte, besten Dank.

Zum Geburtstag kriegte ich einen Looping für die Carrerabahn, eine Single, Süßigkeiten, Strümpfe, zehn Mark und von Tante Dagmar ein Oberhemd mit tausend Stecknadeln drin.

Und Bücher: Jim Knopf und die Wilde 13 von Michael Ende, Robinson Crusoe, Fredy und die Taubenpost, Fliegender Stern und Agarob der Buschmann.

Mittags gab es Brathähnchen, mein Leibgericht. Renate wollte die Haut nicht essen, die kriegte ich noch dazu. Bei Hähnchen suchten wir immer alle nach dem Wünschelknochen. Wenn man den zu zweit zerbrach und dann das längere Stück in der Hand hatte, ging einem ein Wunsch in Erfüllung.

Eingeladen hatte ich Manfred Cordes, Stephan Mittendorf, Michael Gerlach, Andreas König und Melanie Pape. Die sollte mal spüren, wie es war, das einzige Mädchen zu sein.

Stephan Mittendorf brachte mir Bocciakugeln mit, in denen Wasser war, das man gluckern hören konnte.

Mama schlug Sahne, und ich durfte die Quirle ablecken.

Bei der Reise nach Jerusalem schied ich aus, hatte Wut im Bauch und haute mit der Faust auf den Eßtisch. »Produzier dich nicht so«, sagte Mama, und ich sollte auf den Flur gehen, bis ich mich wieder eingekriegt hatte.

Volker und ich wollten den Looping in die Carrerabahn einbauen, aber das war knifflig. Die Scheißklammern wollten nie passen.

Renate war nicht da, und ich konnte endlich meine Single hören. Mohikana Shalali. Auf der Hülle von Volkers Single sah Heino noch normal aus, aber auf meiner konnte man durch die Sonnenbrillengläser sehen, was der inzwischen für Glubschaugen hatte.

Schwer mit den Schätzen des Orients beladen.

Agarob der Buschmann war Kacke. Da wurde in der Kalahari Jagd auf Tiere gemacht, die Elande hießen. Wenn eins erlegt war, rupften die Buschmänner dem die Augen raus und schluckten sie unzerkaut runter. Und Agarob rief immer: »Sa! Sa! Sa!« Oder: »Tji! Tji!« Zehnmal auf jeder Seite.

Robinson Crusoe war schon was anderes. Oder Fliegender

Stern. Das war ein Indianerjunge. Fliegender Stern saß vor dem Zelt seines Vaters und dachte: Es ist schlimm, wenn man noch ein kleiner Junge ist. Warum dauert es nur so lange, bis man groß wird?

Nach dem Baden mußten Fliegender Stern und sein bester Freund sich mit abgerissenen Zweigen hauen, um trocken zu werden. Hatten die Indianer denn keine Handtücher?

»Es ist vollbracht«, sagte Volker. Der Looping stand, und wir fuhren Wettrennen, bis Mama runterkam und uns Beine machte. »Ab ins Bett! Aber im Schweinsgalopp, wenn ich bitten darf!«

Ich verstand gar nicht mehr, was an der Carrerabahn ohne Looping gut gewesen sein sollte.

Bei Spiel ohne Grenzen mußten die Mannschaften in einem Schwimmbad große Bälle über Stege rollen, und die Leute platschten reihenweise ins Wasser.

»Das ist nicht Spiel ohne Grenzen, das ist bloß grenzenlos stupide«, sagte Renate.

Papa schickte mich mit abgezähltem Geld zur Kneipe auf der Kaiser-Friedrich-Höhe, drei Flaschen Bier kaufen. Ich fuhr mit dem Rad hin, machte aber einen Umweg, weil ich nicht an dem Haus vorbeiwollte, in dem der Ventilmops wohnte.

Der Dobermann drehte fast durch vor Wut in seinem Zwinger, die angezwitscherten Männer in der Kneipe machten sich über mich lustig, und auf der Rückfahrt rissen die Henkel von der Plastiktüte, die ich an den Lenker gehängt hatte.

Eine von den Flaschen war zerbrochen. In der Tüte war alles klatschnaß und voller Scherben, und es stank nach Bier.

Ich dachte mir eine Lüge aus: »Der Ventilmops hat mich überfallen. Der hat mich angehalten und mir eine von den Flaschen weggenommen.« Der hinterhältige Hund.

Das sei Straßenraub, sagte Papa, und er wollte zur Polizei gehen und Anzeige gegen den Ventilmops erstatten. Solchem Gesocks müsse man das Handwerk legen!

Ich zischte ab und schloß mich im Gerätekeller hinterm Hobbyraum ein.

»Was hat der Ventilmops denn angehabt?« fragte Volker mich durch die Tür und rüttelte an der Klinke.

»Weiß ich nicht, lauter Scheiße halt!«

Weil ich nicht zur Polizei mitkommen wollte, mußte ich schließlich zugeben, daß ich gelogen hatte, und Papa gab mir zwei Ohrfeigen, die mehr wehtaten als die von Mama.

In meinem Zeugnisheft für die Familie notierte ich für Papa eine Sechs. Ich hatte noch nie was anderes als Fünfen oder Sechsen vergeben, aber immer eine Begründung hinzugefügt: Petze, Drecksau, Geizkragen, Arsch. Erst kurz vor dem Muttertag riß ich die Seiten raus und schmiß sie zerknüllt in die Mülltonne.

In der Schule mußten wir zum Muttertag leere Graniniflaschen mit Knete bekleben und dann anmalen, was eine Mordsschweinerei war.

Ich schrieb für Mama ein Gedicht ab. Und ob der Maien stürmen will mit Regenguß und Hagelschlag wie ein verspäteter April: Er hat doch einen schönen Tag. Hat einen Tag, der schlimme Mai, viel lieber als das ganze Jahr, und wo es schien mir einerlei, ob trüb der Himmel oder klar. Und ist er trübe auch, ich fand mein Sträußlein doch in Wald und Ried und kann doch geben dir die Hand und singen dir ein schlichtes Lied.

Alles in Schönschrift, mit Buntstiftgirlande. Aber was war Ried?

Das Gedicht, das Volker abgeschrieben hatte, war noch eine Idee schleimiger: Ich hab Dich gern, will Dich nie kränken und will mein ganzes Herz Dir schenken. Heute sollst Du immer ruh'n, ich will Deine Arbeit tun. Ich mahle den Kaffee und decke den Tisch, dann bleibst Du munter wie ein Fisch. Ich gieße die Blumen und pflanze sie ein, dann hast Du ein schönes Gärtelein. Ist zu End das nächste Jahr, sollst Du sagen, daß immer Muttertag war.

Bloß gut, daß der Fischzüchter noch nicht bei uns angerufen hatte.

Mama ging mit Wiebke nach Vallendar zu Frau Doktor Golz, einer Augenärztin, vor der Wiebke große Angst hatte, und ich mußte mit, weil ich Mama hinterher Milch schleppen helfen sollte.

Ein großes E. Das seien zwei Garagen, sagte Frau Doktor Golz, und Wiebke sollte ihr verraten, in welche Garage das Auto fahre, in die obere oder in die untere, aber Wiebke sagte immer nichts, nur Mama ins Ohr, und Mama mußte es dann laut wiederholen.

Frau Katzer warnte uns vor Tieren mit Tollwut. Sie brachte uns bei, daß Hyazinthen unter Naturschutz stünden, und zeichnete mit bunter Kreide Blumen an die Tafel. Rotklee, Hahnenfuß und Glockenblume, Frauenschuh und Türkenbund.

Als Wiebke im Krankenhaus in Gießen war, fuhr ich mit Mama dahin mit, Wiebke besuchen.

Sie lag in einem Bett im Flur. Abgemacht war, daß erst nur das eine Auge operiert werden sollte, aber die Ärzte hatten beide Augen operiert und dann verbunden.

»Mama, ich will dich sehen!« jammerte Wiebke.

Das Bilderbuch, das Mama ihr schenken wollte, durfte ich mit in den Garten nehmen, den das Krankenhaus hatte.

Der Friederich, der Friederich, das war ein arger Wüterich! Er peitschte seine Gretchen gar, aber die war viel größer als der bitterböse Friederich, da hätte sie ihm doch eine verplätten können?

Und Minz und Maunz, die Katzen, erheben ihre Tatzen.

Der Niklas, der die drei Jungen ins Tintenfaß taucht, und die Geschichte vom Daumenlutscher: Weh! jetzt geht es klipp und klapp, mit der Scher die Daumen ab.

Komisch, daß die Eltern vom Suppenkaspar dem noch eine Schüssel Suppe aufs Grab stellten.

Der Zappelphilipp. Und Hans Guck-in-die-Luft, den die Fische auslachen, als ihm die Schulmappe wegschwimmt. Und der fliegende Robert mit seinem Schirm: Wo der Wind sie hingetragen, ja, das weiß kein Mensch zu sagen.

Wir hatten eine neue Schülerin in der Klasse, und weil Melanie Pape krank war, kriegte die Neue den freien Platz neben mir. Sie hieß Roswitha Schrimpf und hatte braune Zöpfe und dunkelbraune Augen. Mit ihren Eltern war sie von Stuttgart nach Vallendar gezogen, in die Gartenstadt. Alles an Roswitha Schrimpf war fein und schmal, und an ihrer Schläfe konnte man blaugrüne Äderchen sehen.

Zuhause holte ich mir ein blütenweißes Blatt Papier aus Papas Schreibtisch.

Liebe Roswitha! Ich liebe Dich über alles und möchte Dein Freund werden. Dein Martin.

In Sonntagsschrift. Ich kriegte Herzklopfen, wenn ich das las. Das Blatt versteckte ich im Schiebeschrank zwischen alten Schulheften. Melanie Pape spielte jetzt für mich nur noch die zweite Geige. Auf die Dauer, lieber Schatz, ist mein Herz kein Ankerplatz.

»Setz dich mal richtig hin«, sagte Roswitha Schrimpf, als ich einmal mit einem Fuß unterm Hintern auf meinem Stuhl saß, und als Melanie Pape wiederkam, setzte Frau Katzer Roswitha Schrimpf neben Heike Zöhler. Die beiden wurden Busenfreundinnen, und ich hatte keine Chance mehr.

Jetzt kapierte ich erst, was Liebeskummer war und weshalb Charlie Brown immer so unglücklich war wegen dem kleinen rothaarigen Mädchen.

Frau Katzer wollte ein Theaterstück über die Schildbürger mit uns aufführen. Wer Lust hatte, mitzumachen, sollte sich melden. Roswitha zeigte auf. Ich auch.

Schicksalsmelodie.

Für das Treffen am Nachmittag in der Klasse sollten wir uns neue Schildbürgerstreiche ausdenken. Ich überlegte mir, daß einer von den Schildbürgern in das Rathaus, das sie aus Versehen ohne Fenster gebaut hatten, eine Katze mitbringen will. Katzenaugen leuchten in der Dunkelheit, und dann ist es hell im Rathaus, sagt der Schildbürger, aber die anderen sagen, wenn es hell ist, leuchten die Katzenaugen nicht mehr, und es ist wieder dunkel, deshalb holen sie dann doch keine Katze ins Rathaus.

Von Frau Katzer kriegte ich ein Lob für diesen Einfall, aber Roswitha Schrimpf war nicht gekommen, und da ging ich auch nicht mehr hin.

Als Stephan Mittendorf Geburtstag hatte, gab Mama mir einen Strauß Dahlien aus dem Garten mit. »Und benimm dich!«

Wir spielten Stadt-Land-Fluß, wobei Oliver Wolter immer gewann, weil der das irgendwann für jeden Buchstaben auswendig gelernt hatte, sogar für Ypsilon. Stadt: Yokohama, Land: Yemen, Fluß: Yellowstone River, Pflanze: Yamswurzel, Tier: Yak, Name: Yvonne, Beruf: Yuccapalmenzüchter.

Ich hatte was ins Auge gekriegt. »Immer zur Nase hin reiben«, sagte Frau Mittendorf. Das merkte ich mir.

Dann wurde Taler, Taler, du mußt wandern gespielt, was zum Einschlafen war. Schön in der Patsche saß Oliver Wolter beim Teekesselraten. Er kam nicht drauf, daß mein Teekessel das Garagentor war und Stephans Teekessel der Tor als anderes Wort für Narr, und Oliver Wolter sagte, das sei kein echter Teekessel. Der Tor, das spreche man anders aus als das Tor, nämlich mit kurzem o, also nicht Tor, sondern Torr.

Oliver Wolter, der alte Spielverderber. Der war so doof, das ging auf keine Kuhhaut.

Beim Versteckspielen fand mich keiner, weil ich in den Wohnzimmerkamin gekrochen war, aber das hätte ich besser gelassen, weil ich danach die Sesselpolster mit Ruß vollsaute. Alles war schwarz beschmiert, und ich versprach Frau Mittendorf, ihr mein ganzes Geld zu geben, aber sie sagte, die Reinigungskosten seien viel zu hoch. »Das kannst du gar nicht bezahlen!«

Mama mußte die Sache dann wieder einrenken.

Sie sei mit mir nun bald am Ende ihrer Weisheit, sagte Mama.

Wir kriegten unsere eigenen Beete, jedes einen Quadratmeter groß, wo wir säen und pflanzen durften, was wir wollten: Renate Rosen, Volker Ziermais und Wiebke Vergißmeinnicht. Ich selbst wollte eine Höhle bauen. Im Beet eine Grube ausheben, Bretter drüber, Erde drauf, eine Einstiegsluke freilassen und dann unten in der Höhle sitzen, aber damit kam ich nicht durch. Mama sagte, ich sei nicht ganz gar gebacken. Zwiebeln pflanzen sollte ich in meinem Beet. »Da bricht dir schon kein Zacken aus der Krone.«

Zum Geburtstag kriegte Wiebke eine Handtasche, einen Pullover, einen roten Hosenanzug und einen Pinguin mit Ringen zum Drüberwerfen.

Ich riet Wiebke, sich zum Mittagessen einen Guglhupf zu wünschen, wie den, den Frau Waas im ersten Kapitel von Jim Knopf und die Wilde 13 serviert hatte, weil ich dachte, das sei ein Geflügelbraten, aber Mama klärte mich darüber auf, daß das ein Kuchen sei, und ich war völlig von den Socken.

Was Jim Knopf und Lukas der Lokomotivführer in China essen sollten, waren Ameisenklößchen auf Schneckenschleim, gesottene Wespennester mit Schlangenhaut in Essig und Öl, Seidenraupen mit weichgekochten Igelstacheln oder zarter Salat aus Eichhörnchenohren.

Dann lieber dicke Bohnen.

Wir waren noch beim Essen, als Stephan Mittendorf klingelte. Er wartete dann in meinem Zimmer, bis wir den Nachtisch aufhatten.

Als ich reinkam, las mir Stephan Mittendorf vor, was ich Roswitha Schrimpf geschrieben hatte. Liebe Roswitha! Ich liebe Dich über alles und möchte Dein Freund werden. Dein Martin.

Das Blatt hatte er im Schiebeschrank ausgegraben, und jetzt mußte ich mir blitzartig was ausdenken.

Das sei mein Bruder gewesen, rief ich. Volker, der Arsch!

Fälscht einen Liebesbrief und legt ihn zwischen meine Sachen. »Das zahl ich dem noch heim!«

Stephan Mittendorf griente. Er glaubte mir kein Wort, und ich konnte nur hoffen, daß er die Sache nicht an die große Glocke hängte.

Um jeden Verdacht zu zerstreuen, mußte ich mich in der Schule möglichst weit fernhalten von Roswitha.

Wir nahmen die Blüte durch. Wie sie bestäubt wird. Fruchtknoten, Stempel und Samenfäden.

Geschützte Pflanzen: Lilie, Küchenschelle, Königsfarn, Seidelbast und Aurikel. Die Familie der Doldengewächse. Tonboden, Lehmboden, Sandboden, Löß.

Fink und Meise, die sich im Sommer mausern. Wie eine Schleuse funktioniert. Der Satz als Sinnschritt.

Koblenz ist ein Verkehrsknotenpunkt.

In Musik mußten wir singen. Grün, grün, grün sind alle meine Kleider, weil mein Schatz ein Jägermeister ist! Michael Gerlach machte nur den Mund auf und zu, weil er den Schwachsinn nicht singen wollte.

Total beknackt fand Renate Tyrannosaurus Rex. Die würden nur Krach machen.

Bei den Les Humphries Singers fragte ich mich, ob die alle zusammenwohnten.

Während einer Klassenarbeit in Rechnen mußte ich dringend pinkeln, aber das Klo war weit weg und die Stunde schon halb um, und ich hatte erst zwei von sieben Aufgaben gelöst, da durfte ich keine Zeit verlieren. Ich wippte mit den Beinen. Rechnen konnte ich so aber auch nicht mehr. Mit kurzer Hose wäre das nicht gegangen, aber ich hatte meine lange schwarze an, und da ließ ich es laufen.

Die Pisse floß mir warm am linken Bein runter, innen am Oberschenkel und am Knie vorbei. Ich hatte Angst, daß die

Pisse aus dem Hosenbein auf den Boden tropft und die ganze Klasse die Bescherung mitkriegt, schon wegen dem Gestank. Dann wäre ich unten durch gewesen, bei allen, für immer und ewig.

Doch die Hose saugte alles auf. Man sah auch kaum, daß sie an manchen Stellen dunkler geworden war.

Melanie Pape neben mir rechnete seelenruhig weiter. Die hatte nichts gemerkt.

Zwei Aufgaben kriegte ich noch raus, bevor es schellte und wir abgeben mußten.

Beim Fangenspielen in der Pause war ich so schnell wie nie zuvor. Die Hose klebte mir kalt am Bein, und ich wollte nicht, daß mir irgendeiner zu nahe kam.

»Der rennt wie der Teufel!« rief Manfred Cordes. Wenn der gewußt hätte.

Groß in Mode waren jetzt aus Plastik, Schnürsenkeln und Cowboyfiguren gebastelte Fallschirmspringer. Die gondelten in jeder Pause überm Schulhof rum, bis das vom Direktor unterbunden wurde.

Volker hatte mal versucht, aus Nähgarn, einer Plastiktüte und einem Teelicht einen Heißluftballon zu basteln. Das brennende Teelicht sollte in der Tüte obendrüber die Luft erwärmen, damit sie stieg, aber das Teelicht ging immer aus.

Mittags war im Schulbus eine Bullenhitze. Den linken Arm ließ der Lauterberg beim Fahren aus dem Fenster hängen. Einmal hatte er einen Lachsack vorne liegen, eine orange Stofftasche, aus der ansteckendes Gelächter kam, und wir lachten uns kringelig, aber das Dachfenster durften wir trotzdem nicht aufmachen.

Im Freibad Oberwerth hatte Volker die Freischwimmerprüfung bestanden. Mama nähte ihm das runde Abzeichen mit der einen Welle auf die blaue Badehose.

Dafür war Volker vom Gymnasium geflogen und mußte nach

den Ferien in Vallendar auf die Hauptschule gehen. Ich konnte immer noch nicht schwimmen, aber die Versetzung hatte ich geschafft. Drei Einsen, sieben Zweien, drei Dreien und eine Vier, in Rechnen.

Dr. Oetker Eis-Vergnügen.

Am ersten Sommerferientag kochte Mama Rhabarber ein. Ich übte Weitsprung von der Schaukel aus, mit Schwung. Immer dichter an den vorderen Komposthaufen ran. Wenn ich einen neuen Rekord aufgestellt hatte, holte ich mir hinten aus dem Garten zur Belohnung Sonnenblumenkerne und Zuckererbsen.

Papa machte die Terrasse. Er hatte Gummistiefel an und kippte Sand aus der Schubkarre, den er mit einem Brett glättete. Als ich die Wasserwaage aus der Garage holen sollte, kam ich mit was Falschem wieder hoch, und Papa faßte sich an den Kopf. »Wasserwaage hab ich gesagt, du Rhinozeros!«

Da, wo der Rasen hinkommen sollte, zog Papa eine schwere Walze hinter sich her. Das dauerte drei Tage. Dann warf er den Rasensamen auf die brettebene Fläche.

Im Märzen der Bauer.

Ich pinkelte zwischen die beiden Komposthaufen. Da erschien in der Himbeerhecke das Gesicht von Ute Rautenberg. »Wir sagen dazu Glied«, teilte sie mir mit, und ich verduftete.

In der Pfanne schwitzte Mama Zwiebelwürfel an.

Von meinem Zimmer aus konnte ich das halbe Wambachtal überblicken. Im Kloster Schönstatt, auf der Anhöhe gegenüber, würden jetzt vielleicht Mönche im Büßerhemd durch die Sakristei schreiten, und olle Nonnen würden Choräle singen. Ein Segen, daß ich evangelisch war und nicht wie die Katholen Rosenkränze beten und einen Obermotz in Walle-walle-Gewändern verehren mußte.

Unten im Schiebeschrank lag ein Fünfpfennigstück. Bank deutscher Länder. Draufbeißen, ob es kein Falschgeld ist. Jetzt waren ja überall Blüten im Umlauf.

Einen Falschgeldmünzer dingfest machen, und dann klopft einem der Kriminalkommissar auf die Schulter: »Junger Mann, wir sind Ihnen zu Dank verpflichtet!« Und ich zu den Pressefritzen: »Angefangen hat alles mit einem Fünfpfennigstück ...«

Aber wenn da Hunde draufgepinkelt oder Füchse draufgeschissen hatten, machten sich's jetzt Wurmeier in mir gemütlich, und mir mußte ein vier Meter langer Bandwurm aus dem Po gezogen werden. Das hatte Papa als Kind mal erlebt.

Ich ging ins Bad und spülte mir den Mund aus.

Dann zählte ich meine Piepen nach. Der Pfennigturm war am höchsten, aber am wenigsten wert.

Wer den Pfennig nicht ehrt. Einer, Zweier, Fünfer, Zehner. Alles auf die hohe Kante legen. Kleinvieh macht auch Mist. Eigenartig, daß die Zweier größer waren als die Fünfer.

Ich schlich mich ins Elternschlafzimmer. Papa war im Keller, und Mama hängte im Garten Laken an der Wäschespinne auf.

Unten in Papas Nachtschränkchen lagen Schuhspanner aus Holz und oben in der Schublade zusammengerollte Socken und Papas Portjuchheirassa.

Fünf Zwanzigmarkscheine waren drin. Einen nahm ich raus und klemmte ihn mir zusammengerollt vorne unterm T-Shirt in den Turnhosenbund. Ich dachte, es fällt schon nicht auf, ob da vier oder fünf Zwanzigmarkscheine im Portemonnaie stecken.

In der Küche kriegten Volker und ich von Mama jeder zwei Mark, die wir bei der Kirmes in Vallendar auf den Kopp hauen durften. Neue Münzen, mit Adenauer auf der Rückseite statt Max Planck. Damit wären wir nicht weit gekommen, aber ich hatte ja vorgesorgt.

In Vallendar sollten wir Leergut abgeben, vier Flaschen. »Wie siehst du bloß wieder aus!« rief Mama und wollte mir das Hemd in die Hose stopfen. Vor Schreck ließ ich die Tüte mit den Flaschen fallen. Eine zerbrach, und Mama sagte, ich sei ein nervöses Handtuch.

»Da können wir ja in Saus und Braus leben«, sagte Volker, als ich ihm die Moneten gezeigt hatte. Wir brauchten wahrlich nicht zu knapsen. In Vallendar kaufte ich uns jedem ein Mars und auf der Kirmes Zuckerwatte. Ich hatte die Spendierhosen an.

Das viele Wechselgeld hielt ich in der Hand fest, aber als ich beim Auto-Scooter-Fahren mit Volkers Wagen zusammenknallte, fiel alles auf die Piste, und nach der Fahrt fand ich nur fünfzig Pfennig wieder.

Abends hörte ich Mama und Papa streiten. Es ging um die zwanzig Mark. Papa hatte Volker und mich im Verdacht, aber Mama sagte, das würde sie uns nicht zutrauen. Den eigenen Vater zu bestehlen!

Lügen haben kurze Beine. Ich lief in mein Zimmer und versteckte mich unterm Doppelstockbett.

Mama zog mich am Fuß raus.

Die Strafen waren hart. Prügeltracht, kein Dick und Doof, kein Mannix, und ich durfte erstmal nicht mit nach Jever. »Da brauchst du gar nicht so zu kucken wie Naphthalin!«

Keine Ahnung, wer Naphthalin war.

Stephan Mittendorf hatte seine Eltern angeblich noch nie im Leben angelogen. Ich dagegen hätte überhaupt nicht mehr zählen können, wie oft ich meine Eltern schon angelogen hatte, ohne mit der Wimper zu zucken, aber das hätte ich ihm nicht verraten sollen. Als ich das nächste Mal bei ihm zuhause war, nahm seine Mutter mich in den Arm und sagte: »Martin, das darfst du nie wieder tun, deine Eltern anlügen!«

Mama und Papa brachten Volker und Wiebke nach Jever. Zwei Tage ohne Eltern. Renate erntete Himbeeren für Rautenbergs, die in den Schwarzwald gefahren waren. Ich bereitete mir geschlagenes Ei mit Zucker zu und kuckte Fernsehen. Damit Sie auch morgen noch kraftvoll zubeißen können. Dash, Fewamat und Creme 21. Ihr Mund wird kußfrisch wie noch nie!

Dann kam Renate mit blutendem Fuß ins Wohnzimmer gehumpelt. Sie war in Rautenbergs Garten auf einen rostigen Zinken getreten. Die Spitze hatte sich durch die Strandlatschensohle gebohrt und dann tief in den Fuß.

Ich lief zu Mittendorfs, Hilfe holen, und Stephans Mutter fuhr uns nach Vallendar ins Krankenhaus, wo Renate eine Tetanusspritze gegen Blutvergiftung kriegte. Erst der Zinken, dann die Spritze, das war nicht Renates Glückstag.

Als ich schon im Bett lag, kam Renate rein und erzählte mir was von einem Liebespaar, das sich umarmt und küßt. Zwischendurch kuckte sie nach, ob ich von der Geschichte einen steifen Pimmel gekriegt hatte.

»Aber behalt das für dich«, sagte Renate.

Im Wambachtal spielten Michael Gerlach und ich, daß wir Kettensträflinge wären, auf der Flucht vor der Polente und deren Bluthunden, wie in dem Film, in dem die entflohenen Sträflinge vor Hunger einen Frosch gebraten und gefressen hatten, aber das mit dem Frosch ließen wir weg.

Im Zweiten kam ganz spät eine schweinische Sendung, die Renate kucken wollte. Das sexte Programm. Ich war hundemüde und bei dem Film davor schon dreimal eingeschlafen, aber bis zum sexten Programm wollte ich aufbleiben. Und dann schlief ich doch wieder ein. Alles, woran ich mich morgens noch erinnern konnte, waren zwei dicke Frauenbrüste, die in Zeitlupe bei Glockengeläut zusammengeprallt waren. Daß wir das gekuckt hatten, mußte ich vor Mama und Papa geheimhalten, genauso wie das mit der Gutenachtgeschichte.

Herr Winter spülte sein Auto in der Einfahrt mit dem Schlauch ab, und ich sah zu, wie das Wasser durch den Rinnstein vor unserem Haus zum Gully floß.

Renate war jetzt mit der Brillenschlange Rüdiger liiert, fuhr aber ohne ihn mit Tante Dagmar, Tante Grete und Gustav für drei Wochen nach Castelldefels in Spanien.

In der Tagesschau konnte man den Bankräuber Rammelmayr tot auf der Straße liegen sehen, von Polizeischarfschützen erschossen.

In Bruchköbel war eine neue Kusine zur Welt gekommen, meine elfte. Vettern hatte ich erst sieben. Drei Onkel und sechs Tanten, einen Bruder und zwei Schwestern. Ein jüngerer Bruder wäre auch nicht schlecht gewesen. Zur Not auch noch eine zweite Schwester, so wie im Fernsehen: Drei Mädchen und drei Jungen. Plus Haushälterin und Hund.

»Das kannst du dir aus dem Kopf schlagen«, sagte Mama.

Damit wir von der Terrasse zur Schaukel konnten, hatte Papa Steinplatten in den Rasen eingepaßt, von dem noch nicht viel zu sehen war. Ich übersprang immer gleich zwei, und einmal landete ich mit der Hacke im Rasen, in letzter Sekunde vor der Abfahrt nach Jever. Mit dem Hintern umschmeißen, was andere mit den Händen aufgebaut hätten, das sei mein Spezialgebiet, sagte Papa. »Kannst du nicht besser aufpassen auf deine Kackstelzen?«

In der Mühlenstraße 47 hing ein Schild an der Haustürklinke: Wir sind im Garten! Das machte Mama wütend. »Wie kann man nur! Da weiß doch jeder Einbrecher, daß er freien Eintritt hat!«

Als erstes raufte ich mich mit Volker, wobei keiner von uns gewann. Beim Händewaschen vorm Abendbrot sagte er, unser Kämpfchen sei ihm ein Hochgenuß gewesen.

Oma und Opa waren ein Stockwerk tiefer gezogen, in die

Wohnung von Frau Apken, die in ein Heim gekommen war. Geistig umnachtet und bloß noch ein Klappergestell. »Sitzt da, muß mit dem Löffel gefüttert werden und erkennt keinen mehr, nicht mal mich«, sagte Oma. »Streicht sich hundertmal in der Minute den Rock glatt und sagt: Guten Tag, guten Tag, auch wenn sie ganz alleine ist. Die arme Frau!«

Oben wohnte jetzt eine Familie mit zwei kleinen Kindern. Tjark und Gesche. Die waren mehr Wiebkes Kaliber.

Weil im Fernsehen nur Schrott kam, wurden alte Alben bekuckt. Mama erklärte, wer wer war. Opa als Soldat und unser zwei Meter langer Urgroßopa, der sich mit dem Arm an die Regenrinne lehnen konnte. Wenn die Kinder Zwieback gekriegt hatten, sei er nach draußen gerannt: »Lot mi rut, Tweeback-Knacken geiht los!«

In Moorwarfen hatte Mama einen Mitschüler gehabt, der für zwanzig Pfennig Fröschen den Kopf abgebissen hatte.

Und Frau Siebels mit ihren acht Kindern, die sie abends vom Küchenfenster aus zusammenrufen mußte: »Tille, Heino, Käti, Werner, Siegfried, Anton, Otto, Aaaaadolf!«

Im Krieg dann jede dritte Nacht der Tommy. Ausgebombte Nachbarn und im Winter der kegelförmige, hartgefrorene Kackhaufen im Plumpsklo, das sei nicht mehr feierlich gewesen. Oder die Inflation, als ein Brot eine Million Mark gekostet hatte und ein paar Tage später schon eine Milliarde.

In Jever durfte man die Badewanne nur so weit einlaufen lassen, daß man in einer Pfütze Wasser saß. Der Schwamm hing an einem Faden mit roter Holzkugel dran. Auf dem Wannenboden klebte eine Gummimatte mit Saugnäpfen, und nach zehn Minuten scheuchte Oma einen wieder raus aus der Wanne.

Das Gästeschlafzimmer war im Keller. Das Fenster hatte eine Milchglasscheibe, gegen die nachts im Wind die Zweige von den Rosensträuchern im Vorgarten tickten.

Im Schrank lagen Gustavs Schlittschuhe und alte Bücher. Reader's Digest, Deutschstunde und Ansichten eines Clowns.

Wenn man mußte, mußte man durch den Keller am knackenden Heizkessel vorbei den Flur lang um zwei Ecken rum zur Holztreppe, die nur am oberen Ende einen Lichtschalter hatte, und dann noch die dunkle Treppe hoch in die Wohnung und zum Klo.

Und wieder runter, was genauso unheimlich war. Oma wollte nicht, daß das Licht die ganze Nacht brannte, und die Lichtschalter im Keller waren so gescheit verteilt, daß man nicht nur vorm Anmachen, sondern auch nach dem Ausmachen immer dunkle Strecken vor sich hatte.

Selbst Volker, der schon zwölf war, gruselte sich im Keller.

Einmal dachte ich, hinter der Ecke steht einer, aber es war nur der knackende Heizkessel.

Dann stellte Oma einen Blecheimer zum Reinpullern nach unten. Den Eimer nannte sie Tante Meier. Wenn wir da hinmußten, sollten wir danach eine alte Zeitung drauflegen.

Vor dem Frühstück mußten wir Tante Meier oben im Klo auskippen.

Anstelle von SB gab es in Jever Rama. Morgenfrisch und urgesund.

Im Garten spielten wir Krocket. Da mußte man mit Stöcken Holzbälle durch Tore aus gelbem Draht kicken.

Oma bereitete Rotbarschfilets zu. Säubern, säuern, salzen.

Nach dem Essen setzte Mama sich in die Veranda und las in der neuen Hörzu. Fragen Sie Frau Irene.

Das Verandaregal hatte einen Vorhang. Meyers Klassiker-Ausgaben: Goethe, Grillparzer, Körner, Lessing, Reuter, Scheffel und Schiller. Tausend Jahre Jever. Soll und Haben von Gustav Freytag.

In der Zigarrenkiste auf Opas Schreibtisch lagen neben den Zigarren Büroklammern, gelbe Mundstücke und abgestreifte Bauchbinden. Handelsgold.

Die Tüte Salzstangen, die ich im Wohnzimmerbüfett zwischen Vasen und Tortenplatten aufstöberte, war noch zu, aber vom angebrochenen Käsegebäck konnte ich gefahrlos was wegnehmen.

Ergiebig waren auch die Packungen mit Schokostreuseln und süßen Mandeln. In der Kandisdose lag obenauf ein Zettel: Finger weg, du Naschkatze!

Der Eßtisch hatte eine Schublade, in der Oma Einmachgummis, Rabattmarken und Korken hortete. Unterm Banksitz, den man hochklappen konnte, lagen Spiele. Denkfix, Malefiz und Halma.

Im Keller war Gustavs Bravosammlung. Wer den Bravo-Otto bekommen hatte. Briefe von Mädchen, die mit gleichaltrigen Jungen in den Federkrieg eintreten wollten, und Schicksalsbriefe an Dr. Vollmer. Ein Junge, der beim Raufen einen Steifen gekriegt hatte, wollte wissen, ob er homosexuell sei.

Im Briefschlitz steckte das Jeversche Wochenblatt, und auf dem Fußabstreifer lag die Bildzeitung, die sich Oma und Opa mit Kaufholds teilten.

In einem Spielzeugladen klaute ich Indianer. Erst einen, dann zwei und dann vier auf einmal. Ich wartete schon immer vor dem Laden auf das Ende der Mittagspause.

Mein Trick war, daß ich einen Indianer kaufte und die anderen in der Jacke versteckt nach draußen schmuggelte. Dreimal hatte das geklappt, aber beim vierten Mal fragte mich die Frau an der Kasse: »Ist das alles?« Und gleich nochmal: »Ist das wirklich alles?«

Ich dachte, die spinnt oder ist schwer von Kapee, aber dann kam eine andere Frau von hinten an und rupfte die Indianer aus meinen Jackentaschen.

»Und jetzt mach die Biege, Freundchen«, sagte sie, »sonst rufen wir die Polizei!«

Zum Tee hatte Oma in der Veranda Schalen mit Butterkeksen und Zitronenröllchen angerichtet. Ich griff zu, bis Mama mir einen Klaps auf die Hand gab. »Andere Leute wollen auch noch was!« Ich sei wohl vom Stamme Nimm.

Einmal nahm Opa Volker und mich in den Schloßturm mit, bis unter die Uhr, wo die Holztreppen schon halb verwittert waren und kein Geländer mehr hatten. Als Heimatvereinsmeier hatte Opa da freien Zutritt.

Die Stufen waren dick bedeckt mit toten Fliegen, und an den Wänden hatten sich Leute aus früheren Jahrhunderten verewigt.

Eigentlich komisch, daß man sich nicht erinnern konnte, wo man vor seiner Geburt gewesen war.

Auf dem Schützenfest durften wir mit der wubbeligen Cortinabahn fahren und im Riesenrad und im Auto-Scooter. Volker und ich versuchten, zu zweit fahrende Mädchen in die Bredullje zu bringen.

Schön ist es, auf der Welt zu sein, sagt die Biene zu dem Stachelschwein!

Als ich auf einem Pony reiten wollte, sagte Mama, das könne ich auch morgen noch tun. Aber am nächsten Tag waren die Ponys weg. Da lag bloß noch Sägemehl in der Manege.

Im Zoo von Logabirum, wo wir auf der Rückreise Halt machten, gab es Wildschweine und Zebras, aber auch wieder keine Ponys, auf denen man reiten konnte.

Wir fuhren über Hannover, um bei Tante Dagmar Renate einzusammeln, die aus Castelldefels dunkelbraungebrannt zurückgekommen war, fast schon verkohlt.

Dann kriegten wir noch Kaffee und Käsekuchen bei Onkel Rudolf und Tante Hilde, die in einem Reihenhaus mit vier Etagen wohnten und drei Töchter hatten: Franziska, Alexandra und Kirstin. Ganz oben, in Franziskas Zimmer, durfte ich mir die Single Anuschka von Udo Jürgens anhören. Ich machte das Fenster auf, damit meine Kusine unten im Garten mitbekam, daß ich das Lied immer wieder abdudelte. Auf dem Dorf beim

Tanze sah ich sie und sank fast in die Knie, sie war so schön wie Milch und Blut …

Mein Wunsch, Franziska die Single abzuluchsen, ging in Erfüllung: »Wenn die dir so gut gefällt, dann nimmse mit!« Leider hing mir Anuschka jetzt zum Hals raus.

Meine Zwiebeln waren gut gediehen. Volker zählte die Körner, die sein Ziermais hatte.

Der Rasen durfte noch nicht betreten werden.

In Vallendar fanden Volker und ich in einem Mauerloch eine halbvolle Schachtel Ernte 23. Als wir in Papas Schreibtisch auch noch Streichhölzer ausfindig gemacht hatten, gingen wir zum Paffen weg.

Von den Zigaretten kriegte man einen rauhen Hals, aber weil wir irgendwie auf den Geschmack gekommen waren, kratzten wir, als die Schachtel leer war, unseren Zaster zusammen und radelten zum Automaten in der Schubertstraße. Milde Sorte, Reval, Astor, Atika, Lord Extra, Overstolz, HB, Pall Mall und Peter Stuyvesant.

Volker zog Reval. Das waren Zigaretten ohne Filter. Schon nach dem ersten Zug hatte ich innen hinter den Lippen alles mit Tabakkrümeln voll und hätte fast gekotzt.

Zuhause trank ich erstmal Wasser aus dem Waschküchenhahn.

Als nächstes zog Volker eine Schachtel Milde Sorte. Er lud mich zum Paffen ins Wambachtal ein, aber vorher futterten wir noch jeder drei Stücke von der Walnußtorte, die Mama zur Feier des Tages eingekauft hatte, obwohl es gar nichts zu feiern gab.

Mit den Gedanken war ich schon im Wambachtal. Walnußtorte fressen und anschließend Sargnägel quarzen, ob man dafür in die Hölle kommen konnte?

Bei einer Radtour nach Simmern klauten wir uns Maiskolben vom Feld. Erst vorne den Fusselzopf abreißen, dann die Blätter abpellen. Der Mais war noch nicht reif, und wir schmissen die Kolben weg, um uns keinen flotten Heinrich einzufangen.

Wenn man mal rückwärts rollte mit dem Rad, durfte man die Handbremse nicht anziehen, sonst rutschte die Bremsbacke raus.

Hinter Simmern ging Richtung Vallendar steil durch den Wald eine Straße runter, wo man ein Höllentempo kriegte und scharf aufpassen mußte, besonders in den Haarnadelkurven. Volker kachelte vorneweg, mit dem Kinn in Lenkerhöhe, wie üblich, um den Luftwiderstand zu verringern.

In Vallendar wollten wir Kaugummis ziehen, aber um den Automaten flogen Wespen rum. Es waren auch welche innendrin, eingekeilt zwischen den Kaugummis, die in der prallen Sonne schon halb geschmolzen waren. Tierquälerei sei das, sagte Volker.

Wir schoben die Räder auf Umwegen durch die Gartenstadt hoch, und ich hielt Ausschau nach Roswitha Schrimpf, aber ohne Erfolg.

Am Straßenrand saß ein kleiner Hund, der sich streicheln ließ. Dann lief er uns nach, die ganze Strecke bis zur Kaiser-Friedrich-Höhe. »Ich wette, der ist herrenlos«, sagte Volker, aber dann kam ein Opa auf einem Moped die Sprungschanze hoch, pfiff den Hund zu sich hin und spuckte Gift und Galle: »Saupänns seid ihr!«

Als ob wir den Hund entführt hätten und der uns nicht von sich aus nachgelaufen wäre. Sollte der Idiot seinen Wauwau doch anleinen.

In der Gutenbergstraße fuhr ich mit Volldampf über die Bürgersteigkante. Es gab einen Knall, und der Vorderreifen war platt. »Wer sein Fahrrad liebt, der schiebt«, sagte Volker.

Es gab nicht viel, wobei man belemmerter aussah, als wenn man ein Rad mit Plattfuß zu schieben hatte.

Den geplatzten Schlauch mußte ich unter Papas Aufsicht flikken. Rad auf den Kopf stellen, Wasserschüssel füllen, Flickzeug suchen, Vorderrad ausbauen, Mantel von der Felge würgen, Schlauch aufpumpen, ins Wasser halten und auf Bläschen achten, Loch finden, Schlauch abtrocknen, Flickstelle mit Stinkezeug einschmieren, Flickengummi abziehen, aufsetzen und andrücken, abwarten und den Schlauch wieder aufpumpen. Wenn unter dem Flicken Luft rauspfiff, konnte man alles wieder abreißen und von vorne anfangen.

Papa warf mir Schimpfwörter an den Kopf: Trampeltier, Nashorn, Tränentier, Trantüte, Weihnachtsmann, Pfeife, Kamel.

Als auch beim zweiten Mal noch Luft aus der Flickstelle kam, riß Papa mir den Schlauch aus der Hand. Ich sei ein Armleuchter.

Die Steilkurven in der Carrerabahn bewältigte Volkers lahmes Auto nur noch hängend. Es kam nicht mehr auf Touren. Den Looping sauste es halb hoch und fiel dann runter. Klack! Das war im Eimer.

Mein eigenes fuhr noch wie geschmiert, aber ohne guten Gegner machte das Gewinnen keinen Spaß, und wir bauten die Carrerabahn wieder ab.

In der Schule wollte ich jetzt ganz vorne sitzen. Den Platz, den man das ganze Jahr lang hatte, mußte man sich gleich in der ersten Stunde sichern, und ich kriegte es hin, mich auf einen Stuhl unmittelbar vorm Pult zu schwingen, bevor mich jemand überholen konnte.

Benno Anderbrügge und Angela Timpe waren klebengeblieben.

Neue Hefte mit makellosen Löschblättern. Mein Vorsatz war, das vierte Schuljahr ohne Tintenflecken auf den Löschblättern zu überstehen.

Neben mir saß Manfred Cordes. Melanie Pape kam zu spät und mußte ganz hinten sitzen. Roswitha Schrimpf teilte sich am Fenster einen Tisch mit Heike Zöhler.

Frau Katzer machte den Vorschlag, die Tische mal ganz anders aufzustellen, in Hufeisenform, aber da waren alle gegen. Das wäre ja wohl auch das Letzte gewesen, erst einen Platz vorm Pult ergattern und den dann wieder aufgeben müssen.

Zum Religionsunterricht müßten die Evangelen mittwochs nach der dritten Stunde zur Kirche im Weitersburger Weg laufen, sagte Frau Katzer, und danach, das sei der Witz des Jahrhunderts, wieder raufkommen, weil in der fünften alle zusammen Zeichnen hätten.

Als abgestimmt wurde, ob ein neuer Klassensprecher gewählt werden soll, war die Mehrheit dafür, daß ich das bleibe. Ich war gebauchpinselt, aber dann ärgerte ich mich schwarz, weil ich Esel nicht gekuckt hatte, ob Roswitha Schrimpf für mich oder gegen mich gewesen war. Das konnte ich auch keinen fragen.

Als Klassensprecher hatte man allerhand um die Hacken.

Im neuen Lesebuch stand was über die Ewigkeit. Alle hundert Jahre wetzt ein Vogel seinen Schnabel an einem Berg, und wenn die Vögel den ganzen Berg weggewetzt haben, ist die erste Sekunde der Ewigkeit vorbei.

Und die Geschichte von einem Jungen, der so dick war, daß alle ihn Kloß nannten, und dann wurde er auch noch verhaftet, weil er Spielzeugautos gestohlen hatte. Ein Polizist ging mit dem Kloß nach Hause und erzählte alles seiner Mutter …

In dessen Haut hätte ich nicht stecken wollen.

Die Stundenpläne befestigte Mama neben dem Kühlschrank mit Stecknadeln an der Küchenwand.

Neu war, daß wir Sexualkunde hatten. Frau Katzer hängte eine Zeichnung von zwei nackten Kindern auf. Was haben Peter und Evi gemeinsam? Stirn, Augen, Nase, Mund, Schultern, Arme, Bauchnabel, Beine, Füße. Was hat Peter, was Evi nicht hat? Das Glied. Was hat Evi, was Peter nicht hat? Die Scheide.

Auf einem Bild war zu sehen, wie sich der Samenfaden ins Ei

bohrt. Gut merken sollten wir uns, daß eine Schwangere nicht für zwei zu essen brauche.

Die Pubertät, der Eisprung und die Gebärmutter. Klaus Koch kippelte mit dem Stuhl und kriegte einen Eintrag ins Klassenbuch.

Die Kartoffel. Die Kartoffel ist eine Staudenpflanze mit rauhhaarigen Fliederblättern, weißen oder bunten Blüten, giftigen Beerenfrüchten und blattlosen Erdtrieben, die stärkereiche Knollen bilden. Frau Katzer schälte eine Kartoffel und sagte, daß die Kartoffeln aus Amerika nach Europa gekommen und in Deutschland erst vor zweihundert Jahren heimisch geworden seien. Manfred Cordes und ich fraßen die Schalen vom Pult weg.

Wir hatten jeder eine Kartoffel in die Schule mitbringen sollen. Welche Form hatten die Kartoffeln? Rund, lang, dick, dünn. »Meine Kartoffel ist oval«, sagte Oliver Wolter hochtrabend und wurde dafür von Frau Katzer über den grünen Klee gelobt, die alte Arschgeige.

In Zeichnen waren Bilder in Kartoffeldruck dran. Da mußte man keine Pinsel ausspülen, aber das Gedrängel am Waschbekken dauerte noch länger als sonst, weil sich alle Jungs mit Farbe eingesaut hatten, außer Oliver Wolter natürlich.

Nach der Kartoffel nahmen wir die Schnecke durch. Frau Katzer hatte einen Glaskasten mit Erde aufgebaut und zwei Schnecken reingesetzt.

Die Schnecke ist ein Zwitter, schrieb Frau Katzer an die Tafel und legte ein Kopfsalatblatt in den Glaskasten, als Futter für die Schnecken, die mit der Unterseite aneinander hochgeglitscht waren, um sich zu begatten. Das sollten wir abzeichnen.

In der Pause sagte Michael Gerlach, daß er sich frage, ob wir bald auch Bilder in Schneckendruck machen müßten. Durchgeschnippelte Schnecken in die Farbe tunken und das Blatt damit vollstempeln.

Hinter den Fichten am Schulhofrand kriegte ein I-Dötz den

Arm auf den Rücken gedreht, von Qualle und dem Ventilmops. Die konnten es nicht lassen, ihr Mütchen an Schwächeren zu kühlen.

Religion hatten wir bei Frau Frischke. Absalom, der beim Reiten mit dem Haar an Eichenzweigen hängengeblieben war, und König Salomo, der ein Kind in zwei Hälften hacken lassen wollte.

Frau Frischke zwinkerte immer, weil sie ein Gerstenkorn im Auge hatte, und nach ein paar Tagen fing Oliver Wolter auch so an zu zwinkern, aber nur in Reli.

Einmal mußte Frau Frischke Bußgeld zahlen, weil sie in Vallendar falschrum durch eine Einbahnstraße gefahren war. Das erzählte mir Michael Gerlach. Frau am Steuer!

Sonntags garten Rindsrouladen im Dampfkochtopf, und Mama striepelte im Wohnzimmer beim Internationalen Frühschoppen Bohnen ab. Das einzige, was da passierte, war, daß von Zeit zu Zeit eine Frau reinkam und den sechs Journalisten aus fünf Ländern Wein einschenkte. »Wenn ich das jemals freiwillig kucken sollte, könnt ihr mich aufhängen«, sagte Volker.

Die Leute von der Shiloh Ranch waren das Beste am Sonntag. Trampas, mit Schweißrand am Cowboyhut, und Virginian in seiner schwarzen Weste. Die mußten mit durchgehenden Rinderherden und allen möglichen Halunken fertigwerden: »Ihren Revolvergürtel weg, Mister! Schön langsam!«

Als Badewanne hatten sie ein Holzfaß, und im Saloon von Madison Bow, Wyoming, ließ der Wirt die Biergläser mit Schwung über den Tresen schliddern.

Bei einem Klassenausflug nach Maria Laach mußten wir ein katholisches Kloster besichtigen und mucksmäuschenstill sein. Nonnen torften da rum, in pechkohlrabenschwarzen Klamotten.

Maare. Maare sind kraterförmige, durch Gasexplosionen entstandene und mit Seen oder Sümpfen erfüllte Vertiefungen in der Erdoberfläche. Der Laacher See, 275 Meter über dem Meeresspiegel gelegen, mißt 3,3 Quadratkilometer und ist 53 Meter tief. Am Ufer liegt das Kloster Maria Laach mit dreischiffiger und sechstürmiger Basilika.

Roswitha Schrimpf stand ganz alleine da, und ich schlenderte zu ihr hin, aber dann sah ich aus dem Augenwinkel das dumme Grinsen von Stephan Mittendorf, bog wieder ab und gesellte mich zu Melanie Pape, die mir ein Rolo anbot.

Vorm Einschlafen stellte ich mir vor, daß ich zufällig die Sprungschanze runterkomme, wenn Roswitha da mit ihren Eltern spazierengeht und der Ventilmops Roswithas Mutter die Handtasche stiehlt. Ich würde hinterherhechten, dem Ventilmops die Handtasche entwinden und sie dann mit einem Diener Roswithas Mutter darreichen. Auf alle Fälle würde mich Roswitha mit ganz anderen Augen ansehen, und Roswithas Eltern würden mich in ihr Haus einladen, zu Tee und Kuchen. Dann würden die Eltern Roswitha und mich alleine lassen, und Roswitha würde mir um den Hals fallen oder so, das würde sich dann schon ergeben.

Volker und ich waren wieder auf die Horchheimer Höhe eingeladen worden, Volker von Kasimirs und ich von Stracks.

Im Fernsehen kam Zorro, der Mann mit den zwei Gesichtern. Der mußte ja wohl auch zwei Köpfe haben, dachte ich, aber in dem Film kam kein Mann mit zwei Köpfen vor, und Uwe und ich waren stinksauer.

Volker und Kalli hatten im ganzen Revier die Suhlen für die Sauen mit Äpfeln und Mais gefüllt und versucht, sich das Essen im Wald mit Kallis Kleinkalibergewehr vom Himmel zu schießen.

Im Hobbyraum hingen noch bunte Papierschlangen, Luftballons und Bravoposter von Renates nachgeholter Geburtstagsfeier. John Wayne, den Revolverlauf über der Schulter, und

Hoss Cartwright, an ein Kutschenrad gelehnt. Zehn Gäste hatte Renate gehabt. Der wichtigste war Renates Tanzstundenfreund Rüdiger gewesen, ein langes Elend mit Schinn auf den Schultern, Schuhgröße 47 und Kassengestell. Wo die Liebe hinfällt.

Wenn es regnete, lief aus dem Vorgarten Lehm auf die Straße. »Die reinste Schweinerei«, sagte Mama.

Volker und ich schmierten uns Marmeladenbrote, legten uns auf den Teppich und lasen um die Wette, Volker Jim Knopf und Lukas der Lokomotivführer und ich Jim Knopf und die Wilde 13. Wer zuerst durch war. Kopf auf die Hand gestützt, bis einem der Arm einschlief.

Die Lokomotive Emma flog als Perpetuum mobile hinter den Magneten her, die Lukas ihr vorne drangehängt hatte. Von uns war Papa der einzige aus der Familie, der schon mal geflogen war.

Den Garten bepflanzten Mama und Papa mit Feuerdorn, Weigelien, Flieder, Forsythien, Sanddorn und Zierjohannisbeeren. Mama zeigte uns, was davon was war. Blutpflaumen, Mandelgehölze und jugoslawische Fichten. An die Terrassenseite kamen Kletterrosen hin und neben die Garageneinfahrt zwei Birken, die ich von meinem Zimmer aus sehen konnte.

Papa fluchte über das Scheißding von mechanischem Rasenmäher, weil bei dem in einem fort die Walze klemmte.

Beim Erntedankgottesdienst, der Pflicht war, stand eine Schale mit Obst und Gemüse auf dem Altar. »Das ist nur der Rest, den Schweinebraten hat der Liebisch aufgefressen«, sagte Michael Gerlach, und ich mußte mir die Nase zuhalten, um das Lachen zu unterdrücken. Der Liebisch war so dick, daß man bei der Predigt dachte, gleich bricht die Kanzel ab.

Wichtig war auch, nur mit Hand vorm Mund zu gähnen, sonst gab es Saures.

Die Predigt dauerte lange. Mit welchem Rechte feiern wir das

Erntedankfest? Doch wohl mit dem Rechte, das uns aus dem ersten Buch Mose im achten Kapitel entgegenscheint, wo der treue Gott verspricht, daß erst mit dem Untergang der Erde auch Säen und Ernten aufhören sollen. Wie aber sollen wir nun das Erntefest feiern? Ich nehme die Antwort aus der vierten Bitte des heiligen Vaterunsers. Erstens mit Danken, zweitens mit Beten, drittens mit geweihter Mitarbeit im Reiche Gottes.

Rhabarber, rhabarber. Auf die Häupter seiner undankbaren Kinder werde Gott glühende Kohlen häufen. Wenn wir aber recht danken, dann gewinnen wir auch den Mut zu beten …

Aua, sagt der Bauer, die Äpfel sind zu sauer.

Volker war zu Ohren gekommen, daß man beim Forstamt Geld für Kastanien kriege. Mama sagte, wenn wir nicht mindestens 25 Pfund sammelten, könnten wir gleich zuhausebleiben.

Im Weitersburger Weg in Vallendar standen Kastanienbäume. Wir asteten von da vier große Einkaufstüten den Berg hoch. Bei einer rissen oben auf der Sprungschanze die Henkel ab, und die ganzen Kastanien kugelten und sprangen die Straße runter. »Bloß weg hier«, sagte Volker. »Wenn da einer drauf ausrutscht und sich die Gräten bricht, sind wir dran!«

Die übrigen Tüten verstauten wir im Kleiderschrank, und da blieben sie liegen, weil wir nicht wußten, wo das Forstamt war.

Hausaufgaben. Kaffee ist ein Getränk für die ältere Generation, schrieb ich, und Mama wollte wissen, woher ich diesen Ausdruck hätte. Den hatte ich aus dem Fernsehen, von Mosaik, dem Magazin für die ältere Generation.

Volker hatte sich mit dem strohblonden Hansjoachim angefreundet, der schräg gegenüber wohnte, einen Schäferhund sein eigen nannte und Mitglied im Tennisverein war. Vom Nacken bis zum Hinterkopf war Hansjoachim kahlrasiert, weshalb er bei Papa nur »der kurzgeschorene Hundeführer« hieß.

Vor Mama machte Hansjoachim immer einen Diener bis zum

Fußboden, aber den Schäferhund wollte sie nicht ins Haus lassen. Ganz geheuer war mir der auch nicht.

Ich steckte jetzt öfter mit Michael Gerlach zusammen, der sich im Wambachtal gut auskannte und eine Fratze schneiden konnte wie Doof von Dick und Doof.

Er zeigte mir eine Stelle, wo Lianen hingen, an denen man schwingen konnte wie Tarzan. Nicht von einer zur anderen, nur hin und her, aber das war schon was.

Im Wambach veranstalteten wir ein Blätterwettrennen und bauten einen Staudamm aus Steinen und Stöcken. Es klappert die Mühle am rauschenden Bach, klipp klapp! In der Erde stießen wir auf appe Tassenhenkel, Klokachelsplitter und Scherben von Suppentellern.

Bei der Jagd auf Komantschen entdeckten wir eine Schabracke mit einer Tür, die schief in den Angeln hing. Zwei schmutzige Matratzen, vergilbte Illustrierte, kodderige Decken, Kerzenstümpfe und ausgesüffelte Bierflaschen. In der Ecke lag eine Büchse mit Seifenpaste: Grüne Tante. Damit wuschen wir uns im Wambach die Hände.

Mama erwischte mich, als ich mir vorne auf der Treppe im Sitzen die Schuhe runtertrat, ohne die Schnürsenkel aufgemacht zu haben. »Wirst du wohl! Die guten Schuhe!«

Als das Telefon klingelte und ein Mensch vom BWB Papa sprechen wollte, kam er im Panzeranzug aus der Garage rauf, mit ölig-schwarz verschmierten Händen.

Um Wiebke mal was vorspielen zu können, suchte ich mir in der Schulbücherei ein Buch mit Kaspertheaterstücken aus, aber die waren unter aller Kanone. Da traf Kasperle in Afrika den Negerkönig Quitzlampapo, hahaha, und der brüllte: »Blaßgesicht wird stäärrbeen! Kro-Kro wird es fressen mit seinem großen Maule!« Und Kasperle rief zurück: »Daß du dich nicht täuschst, du Putzwollenkopf!«

Mama meldete mich im Turnverein an. Ich sollte überschüssige Energie loswerden.

Die Turnhalle war an der Jahnstraße. Von den Jungen kannte ich keinen einzigen. Kerze, Brücke, Liegestütze, Rolle vorwärts, Rolle rückwärts, Rolle seitwärts und Geboller mit Medizinbällen.

Am dööfsten war Völkerball. Da kriegte man den Ball voll in den Bauch geschmettert oder mitten ins Gesicht.

In der Umkleidekabine, die nach Fußschweiß stank, brüllten alle im Chor: »Hautse, hautse, immer auf die Schnauze!« Oder: »Zickezacke, zickezacke, heu, heu, heu!«

Und dann zu Fuß den Berg rauf.

Ein Junge, der Wilfried hieß, konnte Judo, Karate, Handstand mit Überschlag, Flickflack und auf den Händen vorwärts laufen.

»Das gibt's doch gar nicht«, sagte Mama. »Das wäre ja olympiareif.«

Dickere Muskeln hatte ich noch nicht, aber überall blaue Flekken. Mit Einmachgummis die Oberarme abklemmen, damit das Blut sich staut und die Adern auf dem Handrücken anschwellen.

Als ich Wilfried von meiner Heino-Single erzählte, wollte er die ausborgen, und ich brachte sie ihm mit, aber bis ich sie wiederhatte, mußte ich ihn dreimal dran erinnern, und wir wurden keine Freunde.

In den Herbstferien wollte Volker die Carrerabahn wieder aufbauen, aber Papa mußte noch Volkers Auto reparieren, und da kam es nicht zu. Papa schenkte Volker stattdessen ein Autoquartett. PS und Hubraum. Silver Arrow war die zweitbeste und Golden Arrow die beste Karte. Es gab auch welche mit superlahmen Benzindroschken aus der Steinzeit.

Von den anderen Spielen fand ich Mühle am miesesten.

Da gewann ich nie, höchstens mal gegen Wiebke. Von Volker wurde ich immer in die Zwickmühle gebracht und konnte ziehen, wie ich wollte, ich war jedesmal der Gelackmeierte.

Im Vorspann von High Chaparral konnte man einen Dünnen neben einem Dickwanst an der Schlucht stehen sehen.

»Wenn ein Mann Ärger hat, dann muß er das schon selbst in Ordnung bringen«, sagte Big John Cannon, der Vater, ein Rinderbaron mit weißen Koteletten. Sein mexikanischer Schwager Manolito rief unentwegt Sachen wie »Amigo!« und »Arriba!« und »He, warte auf mich, Hombre!« Der mit den Federn am schwarzen Hut war Johns Bruder Buck.

Die Cowboys mußten Pferde in die Koppel treiben und mit Hufeisen beschlagen oder beim Viehtreck Rinder wieder einfangen, aber im übrigen konnten sie eine ruhige Kugel schieben. Auf dem Zaun sitzen, um Streichhölzer pokern, mit dem Schießeisen Konservenbüchsen tanzen lassen und auf der Gitarre klimpern. Ins Bett gingen alle unausgezogen, und aus Schabernack packten sie sich gegenseitig Schlangen unter die Decke. Bei Vollmond heulten draußen die Wölfe.

Nach einem Skorpionbiß mußte jemand das Gift aus der Wunde saugen und ausspucken. In acht zu nehmen hatten sich die Cowboys auch vor den Apatschen, für die es ein Klacks war, Leuten die Nase abzuschneiden, und vor Pferdedieben und Gesetzlosen, die nicht lange fackelten, wenn es darum ging, jemanden umzupusten. Wenn die Männer ausritten, um den Kampf aufzunehmen, blieb Big Johns Frau nichts anderes übrig, als sich sorgenvoll an den Verandapfosten zu lehnen.

Winnetou war der Beste von meinen Indianern. Den ließ ich Mutproben bestehen. Fünf Minuten im heißen Backofen, eine Stunde im Gefrierfach und eine Nacht im Garten. Für die härteste Mutprobe von allen knotete ich Winnetou an einer Paketschnur fest und spülte ihn das Klo runter. Als ich die Schnur wieder hochzog, war Winnetou weg.

Ich sah mir lange die leere Schnur an. So mußte es sein, wenn man unter Schock stand.

Nicht einmal eine Squaw hatte Winnetou gehabt vor seinem Tod im Klo.

Aus einem anderen Stück Schnur und zwei Schuhcremedosen hatte Volker ein Telefon gebastelt. Damit unterhielten wir uns im Garten. Die Schnur mußte straff sein.

»Wie geht es dir, Compadre?«

»Danke, ich kann nicht besser klagen!«

In die Schule brachte Manfred Cordes Honigmuscheln mit, die man in der hohlen Hand halten und ausschlecken konnte, ohne daß Frau Katzer Lunte roch.

Michael Gerlach hatte ein Gedicht verfaßt: Ich habe eine Hose, die hat Löcher große, doch eine Hose ist sie keine, denn sie hat nur noch ihre Beine. Ich schrieb auch eins: Wenn ich einmal reich wär und ein fetter Scheich wär, führte ich ein heiteres Leben ohne weiteres.

Wir schrieben noch mehr von der Sorte, und ich fragte Frau Katzer, ob wir unsere Gedichte mal in der Klasse vortragen dürften. Durften wir, und am Ende klatschten alle, auch Roswitha Schrimpf, und ich setzte mich mit knallrotem Kopf wieder hin.

Rechts von der Sebastian-Kneipp-Straße wurde ein Freibad gebaut, und links davon war ein großer Schrottplatz, wo Volker und ich Massen von Sachen fanden, die man noch gebrauchen konnte. Puppen, bei denen der eine oder andere Arm fehlte, breite Batterien von Daimon und gnubbelige Glasschälchen. »In sowas kriegt man nur Salat, der nicht schmeckt«, sagte Volker. »Wachsbohnen und Rote Bete und so 'n Zeug.«

Wir nahmen die Schälchen dann aber doch mit, als Weihnachtsgeschenk für Mama. Für Wiebke war ein kleiner Stoffseehund mit Knopfaugen und für Renate eine Schmuckschatulle.

Sicherungen, ausgemusterte Radios, Autoreifen und ein verrostetes Stück Metall, das auch eine Granate sein konnte, ein Blindgänger aus dem Krieg.

»Schuhe abtreten!« rief Mama und hielt sich die Nase zu. »Pfui Deibel nee!« Stinktiere wie wir müßten sofort in die Wanne gesteckt werden. »Euch kann man nicht mal mehr mit der Kneifzange anfassen.«

Nase, Hand, Gesicht und Ohren sind so schwarz als wie die Mohren.

Frau Katzer fragte uns, ob wir schon von dem großen Unglück gehört hätten. Die neue Rheinbrücke sei eingestürzt. Erst halb fertig und dann vorne abgeknickt. Dreißig Menschen seien mit in die Tiefe gerissen worden, Arbeiter und Ingenieure, und dreizehn davon ertrunken. Taucher hätten die Leichen wegen der starken Strömung an den Brückenpfeilern festgebunden.

Eine furchtbare Geschichte. Und wir sollten auch mal an die armen Angehörigen denken. Die könnten ja nie wieder ihres Lebens froh werden.

Oliver Wolter zeigte auf und brüstete sich damit, daß ein Onkel von ihm Rettungsschwimmer sei, bei der DLRG. Warum konnte der Ventilmops nicht zur Abwechslung mal Oliver Wolter das Maul stopfen?

Zum 44. Geburtstag malte ich für Papa ein Bild von Frau Malzahn mit einem Schild in den Klauen: Herzliche Drachenspucke zum Geburtstag!

Auf dem Gabentisch lagen fast nur Socken und Taschentücher. Und ein blauer Schlips mit roten Querstreifen, den Papa nicht leiden mochte. »Soll ich vielleicht wie so 'n Papagei ins Büro gehen?«

Im Stern war ein Fortsetzungsroman über einen Jungen abgedruckt, der eine tote Frau in der Tiefkühltruhe versteckt hatte.

Nachts fürchtete sich der Junge dann vor der spukenden Toten. Philly Spitalnik, sechzehn Jahre alt. Beim Lesen kriegte ich ein schlechtes Gewissen, als ob ich mit dem Mörder unter einer Decke gesteckt hätte, und ich brachte es nicht mehr über mich, abends Brot aus der Kühltruhe hochzuholen, schon gar nicht mitten in dem Krimi von Durbridge, als da eine Leiche vorgekommen war mit Messer im Rücken. Sollte Volker doch runterlatschen, wenn der so abgebrüht war, wie er tat, oder Wiebke.

Renate hatte die fixe Idee, ein Jahr lang in Amerika zur Schule zu gehen. Den Horizont erweitern, Augen und Ohren aufsperren und irgendwann fließend Englisch können. »Die Amis sprechen alle so, als ob sie 'ne heiße Kartoffel im Mund hätten«, sagte Papa.

Bei einem Schüleraustauschdienst war Renate in die engere Wahl gekommen und fuhr mit Mama zur Vorstellung nach Frankfurt.

Cowboys und Indianer, Jeeps und G.I.-Joes. Renate würde sich da bestimmt zur halben Amerikanerin entwickeln. Dafür hätte Volker solange in ihr Zimmer ziehen können.

Volker setzte mir haarklein auseinander, wieso wir uns zu Weihnachten zusammen eine Dampfmaschine wünschen sollten. Der eigentliche Grund war aber, daß die Dampfmaschine für Volker alleine zu teuer war.

Ich wälzte den Quellekatalog im Wohnzimmer und tat so, als ob ich nach Weihnachtsgeschenken für meinen eigenen Wunschzettel suchte. Ritterburgen, Roboter, ferngesteuerte Spielzeugautos und das schöne Mädchen von Seite eins. Dabei wollte ich nur wissen, was die elektrischen Rasenmäher kosteten, weil ich die Absicht hatte, Mama und Papa einen zu schenken.

Automatischer Drehzahlregler, Stahlgehäuse mit Einbrennlackierung, mehrseitig verwendbare Messerklingen, Schnitthöhe vierfach verstellbar. Leidergottes waren die Rasenmäher alle ausgesprochen kostspielig. Für den billigsten waren zweiundsiebzig Mark zu berappen. Eine Stange Geld. Bei neunzig Pfennig Taschengeld in der Woche, einem Groschen für jedes Lebensjahr, hätte ich soundso lange jeden Pfennig zurücklegen und kürzertreten müssen. Achtzig Wochen oder umgerechnet mehr als anderthalb Jahre lang eisern sparen. Das ging über meine Kräfte.

Mit Frau Katzers Segen verkündeten Michael Gerlach und ich im Deutschunterricht, daß wir bei mir im Hobbyraum eine Dichterlesung veranstalten wollten, für drei Mark Eintritt. Wer kommen wollte, sollte sich melden.

Das taten fast alle, auch Roswitha Schrimpf. Dreißig mal drei macht neunzig, geteilt durch zwei fünfundvierzig. Damit hätte ich meine Kasse gewaltig aufbessern können. Fünfundvierzig Mark!

Oder noch mehr. Ich wollte bei der Dichterlesung Fanta verkaufen, eine Mark das Glas. Aber nach Melanie Pape, Manfred Cordes, Stephan Mittendorf, Norbert Ripp und Oliver Wolter kam kein Aas mehr, und als Mama Wind davon kriegte, daß wir Eintrittsgeld genommen hatten, mußten wir alles wieder hergeben.

Bittesehr. Aber dann konnten sich Mama und Papa auch den elektrischen Rasenmäher abschminken. Aus der Traum!

Wenn wenigstens Roswitha Schrimpf gekommen wäre. Bei der hatte ich wohl doch keinen Stein im Brett.

Aus Frankfurt war ein Brief gekommen: Mit Renates Amerikajahr war es Essig. »Außer Spesen nichts gewesen«, sagte Mama.

Für Oma und Opa Jever schrieb ich Witze aus dem Buch von Willy Millowitsch ab. Im Wartezimmer beklagt sich eine Frau: »Ekelhaft, ich kann gar nicht aufstehen! Mein Fuß ist eingeschlafen!« – »Was heißt eingeschlafen«, sagt die Nachbarin mit bösem Blick. »Nach dem Geruch zu urteilen, muß er schon lange tot sein.«

Die Stadt Hannover suchte einen Slogan, für den es Geld geben sollte, und Mama dachte sich einen aus: Hannover hat die Welt zu Gast.

Einmal so einen Spruch aus dem Boden stampfen und dann für immer in dulci jubilo davon leben können.

Als es Fischstäbchen mit Pellkartoffeln gab, löcherte ich Mama, bis sie mir erlaubte, eine von den Kartoffeln vor dem Pellen zu zerquetschen, über meinem Teller, mit bloßer Hand, wie der Seewolf, aber innen war die Kartoffel noch kochend heiß, und ich ließ sie fallen.

In der Küche hielt ich die Hand unter fließend kaltes Wasser und kriegte trotzdem eine Brandblase.

Am vierten Advent wurde dem schmierigen Schiffskoch im Seewolf von einem Hai der Fuß abgebissen. Köchlein robbte übers Deck, und man sah den blutigen Stumpf zucken.

Papa las uns die Weihnachtsgeschichte vor. Es begab sich aber zu der Zeit, daß ein Gebot von dem Kaiser Augustus ausging, daß alle Welt geschätzet würde und so weiter, das zog sich ziemlich hin.

Bei der Bescherung stellte Papa den Kassettenrekorder auf Aufnahme.

»Paßt mal auf«, sagte Mama. »Ihr habt alle neue Teller in euern Farben!«

Volker und ich hatten Melodicas gekriegt und spielten drauflos. Süßer die Glocken nie klingen, Wir lagen vor Madagaskar und Zeig mir den Platz an der Sonne, wo alle Menschen sich verstehn. Wiebke, die eine rote Kindermelodica bekommen hatte, quäkte dazwischen und wurde von Mama gebeten, die Tröte nicht so weit in den Mund zu stecken.

»Das kann ja kein Schwein aushalten«, sagte Papa und ging aufs Klo.

Unten an der Melodica war eine Lasche. Wenn man die öffnete und oben reinblies, lief da die angesammelte Spucke raus.

Nicht vergessen sollten wir, wer uns was geschenkt hatte. Von Tante Dagmar waren zwei Taschenbücher für mich, eins mit Rätselspäßen und eins mit Zungenbrechern und Scherzgedichten. Wenn die Möpse Schnäpse trinken und an Stangen Schlangen hangen.

Das Dominospiel war von Oma Schlosser für alle.

Am ersten Feiertag hörten wir uns die Kassette von der Bescherung an.

»Jetzt legt mal 'n Augenblick die Dinger weg, damit wir uns hier verständigen können. Die eingewickelten Sachen, wo kein Name draufsteht, sind von Tante Dagmar.« Mama.

»Mama, kuck mal, was ich Schönes gekriegt hab, von Tante Grete so 'ne tolle Tasche und noch zwanzig Mark!« Renate.

»Richard, komm mal her und setz dich hier auch mal rüber, hier ist auch was für dich. Wir machen nachher noch 'n paar Aufnahmen. Komm.« Mama.

»Stickbilder!« Wiebke.

»Siehst du mal, und das Garn ist auch gleich dabei!« Mama.

»Und noch 'ne Giraffe! Und 'ne Kirche! Zum Sticken!« Wiebke.

»Fliegende Tiere, Stürme, Reptilien, Weltraum, jabba dabba du!« Volker.

»Und hier sind nochmal fünfzehn Mark, Mama!« Renate.

»Mama, was ist denn da noch alles für mich?« Wiebke.

»Hier, der ganze Haufen! Märchenfiguren für dein Zimmer! Toll, was?« Mama.

»Jaa!« Wiebke.

»Sag mal: Dankeschön, Volker!« Mama.

»Dankeschön, Volker!« Wiebke.

»Da nicht für!« Volker.

»Kuck mal, Papa, was das hier für 'n tolles Ding ist von Tante Grete, echtes Leder! Und zwanzig Mark dabei. Und 'n Scheck hab ich von Tante Dorothea. Fümmensechzig Mark hab ich zusammen von allen.« Renate.

»Noch mehr Märchenfiguren! Mit Flügeln! Mama, kuck mal! Mama, kuck doch mal!« Wiebke.

»Noch mehr Märchenfiguren? Ach du lieber Himmel! Alle von Martin?« Mama.

»Ist das auch vom Schrottplatz?« Papa.

»Mama, was ist mein Teller?« Wiebke.

»Das ist nicht alles vom Schrottplatz!« Ich.

»Wiebke, hör mal hier den Brief von Oma Schlosser. Liebe Wiebke! Diesen Pullover hat deine Oma aus Hilden für dich angefertigt! Ich habe viele liebe Gedanken mit hineingestrickt.« Mama.

»Kuck mal, was Tante Dagmar mir alles geschenkt hat, hier so 'n Spray und hier dies schöne Handtuch und Bonbons.« Renate.

»Volker, kuck mal, hmm namm namm namm!« Wiebke.

»Papa, kuck mal, eine Tasche für Kleingeld, dann ist hier so 'ne extra Stecktasche und eins, zwei, drei, vier, fünf Taschen für Geldscheine. Da passen auch Führerschein und Ausweise rein.« Renate.

»Jetzt habt ihr immer noch nicht alles ausgepackt. Das große Paket von Tante Hilde liegt da vorne.« Mama.

»Ich bin mit Lesestoff für die nächsten zwanzig Jahre versorgt!« Volker.

»Wiebke, das hier ist vom Weihnachtsmann.« Mama.

»Martin, laß mal bei deiner Melodica gleich das schwarze Mundstück drauf, damit ihr die nicht verwechselt.« Papa.

»Wenn du das schwarze benutzt und Volker das weiße, dann weißt du immer, welche deine ist.« Mama.

»Aye, aye, Sir!« Ich. Auf der Kassette klang meine Stimme anders als sonst.

Die Kuh, die saß im Schwalbennest mit sieben jungen Ziegen, die feierten ihr Jubelfest und fingen an zu fliegen, stand in meinem einen neuen Taschenbuch. Lebe glücklich, lebe froh, wie der König Salomo, der auf seinem Throne saß und verfaulte Äpfel fraß. Das grenzte ja an Gotteslästerung.

Wenn der Storch mit dem Mops übern Stuhl wegspringt und die Wurst in der Luft den Frosch verschlingt.

Von den Zungenbrechern waren manche babyleicht. Hinter Hansens Hühnerhaus hängen hundert Hemden raus. Oder: Wir Wiener Waschweiber würden weiße Wäsche waschen, wenn wir wüßten, wo warmes Wasser wäre. Schwierig war außer Fischers Fritze nur der letzte: Zwischen zwei Zwetschgenzweigen zwitschern zwei Schwalben.

Ein Gedicht verstand ich nicht: Zwei Knaben machten einen Bummel und fanden ein Zigarrenstummel. Sie rauchten beide gravitätisch, das weitere ist unästhetisch.

Beim Mittagessen fiel mir das wieder ein.

»Papa, was ist unästhetisch?«

»Du.«

Unästhetisch, wo ich dieses Wort herhätte, fragte Mama, und ich gab ihr das Buch. Sie blätterte darin rum und las das Gedicht von der Oma, die im Hühnerstall Motorrad fährt, Klosettpapier mit Blümchen hat, einen Nachttopf mit Beleuchtung und einen Bandwurm, der Pfötchen gibt. Das sei ja reichlich ordinär, sagte Mama, da müsse sie mal ein paar Takte mit Dagmar reden.

Domino war doof. Ich wollte lieber Wildwest spielen, aber Volker sagte, ihm stehe Wildwest bis hier.

An Silvester hatte Papa einen Schwips. Mama schoß ein Foto von Volker und mir, als wir im Wohnzimmer zur Musik aus dem Fernsehen Beat tanzten.

Roberto Blanco, Adamo und Dunja Rajter. »Die singen sich aber auch einen Schafsscheiß zusammen«, sagte Papa und gähnte so laut und so lange, daß Mama schon dachte, er würde Maulsperre kriegen. Mama hatte das mal gehabt, als Kind. Den Mund nicht wieder zugekriegt und zum Arzt gemußt, der ihr den Unterkiefer mit einem brutalen Griff wieder eingerenkt hatte.

Um Mitternacht durften wir mit brennenden Wunderkerzen durch den Garten rennen und das Schaltjahr begrüßen.

Hansjoachim hatte in der Silvesternacht von seinem Zimmer aus mit einem Kerzenstumpf nach einer jaulenden Katze geworfen. Sowas hätten Volker oder ich mal versuchen sollen. Den Hosenboden strammgezogen hätten wir gekriegt.

In der Klasse hatten wir nach den Ferien eine Neue, die Piroschka hieß.

»Und wie weiter?« fragte Frau Katzer.

»Szentmiklossy.«

»O Gott, das mußt du mir buchstabieren!«

Piroschka stammte aus Ungarn und konnte Ungarisch, aber auch Deutsch. Sie war noch viel schöner als Roswitha Schrimpf. Blitzblaue Augen, Bubikopf statt Zöpfe und ungarisch.

Zur Schule war Piroschka von ihrem Vater gebracht worden. Sie wohnte in der Rudolf-Harbig-Straße hinterm Fußballplatz und kannte sich noch nicht aus. »Wer begleitet Piroschka heute nachhause?« fragte Frau Katzer. Fünf Mädchen meldeten sich, und Frau Katzer suchte Heike Zöhler und Gabi Schleip aus.

Ich hätte mich auch gerne gemeldet, aber genausogut hätte ich mich begraben lassen können: Hier liegt in ewiger Ruhe der Schwachkopf, der als einziger Junge aufgezeigt hatte, als es darum ging, wer die Neue nachhause begleitet.

Die anderen Jungs hätten sich gekugelt vor Lachen, auch die Mädchen, und ich wäre blamiert gewesen bis auf die Knochen.

Vorm Einschlafen dachte ich jetzt nicht mehr an Roswitha, sondern an Piroschka, wie ich sie vor Qualle und dem Ventilmops beschütze, und ich drehte mich immer auf die linke Seite, mit dem Gesicht zur Rudolf-Harbig-Straße.

Willst du mit mir gehn, Licht und Schatten verstehn, dich mit Windrosen drehn? So war das also, wenn man bis über beide Ohren verliebt war.

Nach Angelika Quasdorf und Melanie Pape konnte Piroschka meine dritte Freundin werden. Oder meine sechste, wenn man Andrea und Daniela von der Horchheimer Höhe mitzählte und vom Mallendarer Berg noch Roswitha Schrimpf, auch wenn die das nicht wußte.

Michael Gerlach wohnte in der Sebastian-Kneipp-Straße, wo das Schwimmbad gebaut wurde und der beste Weg ins Wambachtal runterging. Da latschten wir dann abends auch wieder rauf, und ich nahm jedesmal noch den Umweg über die Rudolf-Harbig-Straße in Kauf, in der Hoffnung, Piroschka in die Arme zu laufen, aber von der war nie eine Spur zu sehen.

Rumba, Cha-Cha-Cha und die Linksdrehung beim Walzer lernte Renate jetzt in der Tanzstunde und machte uns das im Wohnzimmer vor, inklusive Tango und Foxtrott, bis Papa aus dem Keller hochbrüllte: »Könnt ihr mal aufhören mit dem Zinnober da oben?«

Als Renate zum Zahnarzt mußte, sollten Volker und ich auch mit hin, alle in einem Aufwasch. »Ich mach mein Testament«, sagte Volker, und das machte ich auch.

Ich, Martin Schlosser, im Vollbesitz meiner geistigen Kräfte, vererbe für den Fall meines Ablebens auf dem Zahnarztstuhl meiner Schwester Renate alle meine Bücher, meinem Bruder Volker meine Heinoplatte und meinen Anteil an der Carrerabahn, meiner Schwester Wiebke meinen G.I.-Joe und meinen Eltern den Rest meiner irdischen Besitztümer. Meine sterblichen Überreste sollen im Wald auf der Horchheimer Höhe zur letzten Ruhe gebettet werden. Martin Schlosser, Vallendar bei Koblenz, 13. Januar 1972.

Durch die Wartezimmerwand konnte man die Kinder schreien hören, bei denen gebohrt werden mußte.

Ich holte mir ein Buch. Karius und Baktus. Die hatten sich bei einem Jungen in dessen Gebiß wohnlich eingerichtet und benagten die Zahnhälse.

Zum Zahnklempner müssen war schlimmer als zum Glatzenschneider müssen, weil man nie wußte, was auf einen zukam. Man konnte kilometerlange Betäubungsspritzen kriegen, wenn man Pech hatte.

Bei mir war alles in Ordnung, aber bei Renate, die zwei neue Plomben bekommen hatte, war von den Spritzen die halbe Nase taub.

Volker jubilierte, weil er die Zahnspange nicht mehr tragen mußte. Das sei sein schönstes Geburtstagsgeschenk.

Das zweitschönste war ein neues Auto für die Carrerabahn, ein rotes. Das grüne hatte ausgedient. Volkers neue Karre war erheblich fixer als meine. Ohne zwei Sekunden Vorsprung hatte ich mit meiner alten Mühle keine Chance.

Von den dreißig Mark, die er von Onkel Walter gekriegt hatte, kaufte Volker sich Platten. The Well-Tempered Synthesizer und eine von Ekseption.

Morgens war Stromausfall, und wir saßen im Dunkeln.

»Häch?«

Mama kramte im Küchenschrank nach Streichhölzern und Kerzen. Mit einer von den Funzeln tappte Papa zum Sicherungskasten, aber dann ging das Licht ganz von alleine wieder an. »Da soll sich einer auskennen«, sagte Mama.

Bei den anderen war auch überall Stromausfall gewesen, und wir sollten einen Aufsatz darüber schreiben. Wir waren gerade aufgestanden, als das Licht ausging, schrieb ich. Mein Bruder stürzte beim Zähneputzen in die Badewanne und kugelte sich den Arm aus. Von oben fiel mein Vater mit ohrenbetäubendem Lärm die Treppe runter und überschlug sich, bis er unten mich und meine Schwestern umstieß. Wir lagen in einem einzigen Knäuel auf dem Fußboden im Flur und fluchten alle so laut, daß die Wände wakkelten, und dann stolperte noch meine Mutter über uns drüber.

Wegen dem Aufsatz hatte Mama eine Stinkwut auf mich. Was ich mir dabei gedacht hätte, solchen hirnverbrannten Quatsch zu verzapfen. Es sei höchste Zeit, meiner blühenden Phantasie mal die Zügel anzulegen. »Was soll denn deine Lehrerin denken über unsere Familienverhältnisse hier? Die geht noch hin und hetzt uns das Jugendamt auf den Hals!«

Im Turnverein gefiel es mir nicht mehr. Liegestütze und Übungen mit dem Scheißmedizinball, bis man auf dem letzten Loch pfiff, immer der Schweißmaukengestank im Umkleideraum und wie gerädert nachhause kommen.

Mama meldete mich wieder ab.

Aus irgendeinem Grund war Piroschka in eine andere Klasse versetzt worden, und ich wollte die Brocken schon hinschmeißen, aber dann kam ich eines Tages aus dem Wambachtal und sah Piroschka in der Rudolf-Harbig-Straße auf dem Fahrrad im Kreis fahren.

Ich kriegte einen Steifen, und es gab keinen Weg, in den ich abbiegen konnte. Was tun, sprach Zeus? Auf den Hacken kehrtmachen?

Je näher ich Piroschka kam, desto öfter sah sie zu mir rüber, und als bei ihr war, blieb sie stehen. »Ich hab gehört, du schreibst Gedichte«, sagte sie. »Kannst du mir mal welche davon zeigen?«

In meinem Zimmer zermarterte ich mir das Gehirn, was ich Piroschka genau geantwortet hatte. Daß die Gedichte erst den letzten Schliff kriegen müßten, aber danach würde ich sie ihr zu lesen geben, gut, aber was noch?

Hoffentlich hatte sie nichts von meinem Steifen gemerkt.

Für Piroschka brachte ich meine Gedichtekladde von der ersten bis zur letzten Seite auf Vordermann. Wörter ausradieren und gelungenere einsetzen. Ich schrieb auch noch ein neues Gedicht, nur für Piroschka, über den reißenden Wambach, der natürlich nicht überall reißend war, aber was war das Gegenteil von reißend?

Ich ging Mama fragen, die in der Küche stand und Brote schmierte. Mettwurst und Emmentaler.

»Was ist bei einem Bach das Gegenteil von reißend?«

»Na, du hast Sorgen«, sagte Mama. »Das Gegenteil von reißend? Seicht, würd ich sagen.«

Auf seicht reimte sich leicht und auf reißend beißend. Der Wambach. An manchen Stellen ist er seicht, an andern Stellen reißend. Rüberspringen kann man leicht, in ein Brötchen beißend.

Ich las Mama das Gedicht vor, und sie sagte: »Reim dich oder ich freß dich.«

In der großen Pause stand Piroschka mit Heike Zöhler und anderen Mädchen bei den Kletterstangen, aber ich genierte mich, da hinzugehen und Piroschka die Kladde mit meinen dichterischen Ergüssen zu überreichen. Ich verputzte mein Schulbrot mit Johannisbeergelee und schielte aus sicherer Entfernung zu Piroschka rüber.

Eine neue Liebe ist wie ein neues Leben.

In der Schule war kein Durchkommen, also wanderte ich mit der Kladde in der Hand ein ums andere Mal durch die Rudolf-Harbig-Straße, aber Piroschka war wie vom Erdboden verschluckt.

Renate brezelte sich für den Mittelball auf. Klopsaugen, gelber Mini mit großen roten Herzen und ein Stirnband mit roter Papierrose. »Aussehen tust du wie vom wilden Affen gebissen«, sagte Papa.

Die Freundin, die Renate abholen kam, hatte auch einen Minirock an, einen quietschbunten. Mareike hieß die.

Im Halbjahreszeugnis hatte ich eine Eins in Lesen und neun Zweien. Summa summarum fünf Mark fünfzig.

Volker war jetzt Klassenbester. Er sagte, bei den Deppen in seiner Penne sei das keine große Kunst, aber er hatte wieder Oberwasser.

Das Neueste vom Neuen war, daß wir plötzlich alle im Herbst für ein Jahr nach Amerika ziehen sollten. Das sei noch nicht spruchreif, sagte Mama, aber wir könnten uns schon mal mit dem Gedanken vertraut machen.

Nach Amerika! Am Mississippi leben, mit Schoschonen und Schaufelraddampfern, statt am gammeligen Rhein. Meine Pläne mit Piroschka konnte ich dann aber wohl in der Pfeife rauchen.

Mama erlaubte mir, Papas amerikanischen Weltatlas aus dem Schuber zu nehmen. Zentnerschwer, der Otto, und die Farbseiten stanken wie nichts Gutes.

Neben den Karten waren Fotos von Ölpipelines in der Wüste, von der Chinesischen Mauer und von Indern beim Reispflükken.

Die Rocky Mountains und die Niagarafälle. Kalifornien, Kentucky, Texas, Florida, Nebraska. Und dann dagegen: Rheinland-Pfalz.

Was war besser, Piroschka oder Amerika?

Hose wie Jacke. Mich würde sowieso keiner fragen.

Drei Möbelpacker schleppten ein Mordstrumm von gebrauchtem Klavier durch die Garage und die Waschküche in den Hobbyraum. »Die schwarzen sind die schwersten!«

Oma Schlosser hatte Geld dafür geschickt, mehr als tausend Mark. Renate war schon zum Klavierunterricht angemeldet. Wir andern sollten entweder Unterrichtsstunden nehmen wie Renate oder die Flossen von dem Klimperkasten lassen.

Oben konnte man das Klavier aufmachen und zukucken, wie sich die Hämmerchen bewegten, wenn Renate spielte. Nach dem Üben verriegelte sie die Tastenklappe und zog den Schlüssel ab.

Einmal stolperte sie beim Aufstehen, brach mit dem Ellbogen

das Notenbrett ab und kriegte einen Anschiß, der sich gewaschen hatte.

Papa mußte das Brett wieder anleimen.

Dann kam die Taschengelderhöhung. Jede Woche zwanzig Pfennig pro Lebensjahr, aber nur, wenn wir sonntags bis Punkt zwölf Uhr die Zimmer aufgeräumt und die Schuhe geputzt hatten. »Beseitigt erstmal das Tohuwabohu hier in euerm Saustall«, sagte Mama. Sie habe keine Lust, sich den Mund fusselig zu reden.

Das Schuheputzen ging in der Waschküche vor sich. Der Einfachheit halber den Dreck mit Erdal zuschmieren und dann drüberbürsten, bis man lahme Arme hatte.

»Das ist ja wohl nicht dein Ernst«, sagte Mama. »In der kurzen Zeit? Wenn die gründlich geputzt sind, freß ich 'n Besen.« Bei den Schuhen war Mama pingelig. Die mußten picobello aussehen und glänzen wie Speckschwarten.

Abermaliges Antanzen. »Sind die jetzt gut?«

»Naja, mit einem zugedrückten Auge …«

Damit wir nicht alles gleich verklähten, hatte Papa für Volker und mich zwei kleine blaue Tresore gekauft, in die wir die Hälfte vom Taschengeld reinschmeißen mußten. Drei Hebel zum Drehen waren vorne an der Tür. Die richtige Zahlenkombination kannte nur Papa. Sonst würden wir doch nur auf dumme Gedanken kommen.

Wenn man die Tresore schüttelte, konnte man die Münzen rasseln hören.

Auf den 29. Februar war ich gespannt gewesen wie ein Flitzebogen, aber das war ein Tag wie immer.

In einem Film, der im Fernsehen kam, fiel eine Frau in Ohnmacht, kriegte was unter die Nase gehalten und wurde wieder wach. Riechsalz sei das, sagte Mama. Was die alles wußte.

Der Empfang war saumäßig, Ton dauernd weg und Schnee im Bild.

Aus der Tanzstunde kam Renate schweißbedeckt zurück. Sie hatte Jive und Pasodoble gelernt.

Dann war der Fernseher total im Arsch, und wir versäumten alle Folgen von Flipper, Pan Tau, Pippi Langstrumpf, Shiloh Ranch, Renn, Buddy, renn, Schweinchen Dick, Lassies Abenteuer, Westlich von Santa Fé, Semesterferien, Bezaubernde Jeannie und Dick und Doof, bis der Kasten repariert war.

Dalli-Dalli kuckte ich bei Stephan Mittendorf in Farbe. Das hätte ich bei uns nicht sehen dürfen, weil Mama der hopsende Hans Rosenthal auf die Nerven ging.

Farbfernsehen, da jiepere sie nun weiß Gott nicht nach, sagte Mama, aber ich fand das eine Million Mal besser als Schwarzweiß.

Mittendorfs waren halt reich, die konnten sich das leisten.

Nach der Reparatur trat Christian Anders in der Drehscheibe auf. Es fährt ein Zug nach nirgendwo, mit mir allein als Passagier. Das sei der größte geistige Dünnschiß aller Zeiten, sagte Renate. Sie nähte einen Reißverschluß in ihr Kleid für den Abschlußball.

In den Osterferien wurde Volkers Zimmer isoliert, vertäfelt und tapeziert, und im Vorgarten hoben Bauarbeiter das Fundament für die Böschungsmauer aus.

Jetzt hatte ich mein Zimmer für mich allein. Ich spielte Freude, schöner Götterfunken auf der Melodica, bis Papa hochrief, daß ich das Gehupe einstellen solle. Das sei ja zum Steinerweichen.

Renate hatte einen Ferienjob in der Kaufhalle in Koblenz. Da mußte sie Schokoladeneier und Bärentatzen abwiegen und verpacken, immer in Tüten zu einhundert Gramm, für zwei Mark fünfundsechzig in der Stunde.

Mühsam ernährt sich das Eichhörnchen.

Hinterm Haus flatterten Vögel rum, die nach Volkers Meinung Saatkrähen waren. Wegen der Krokusse durften wir auf dem Rasen nicht mehr bolzen. »Frühling ist, wenn die Krokusse lachen und die Lokusse krachen«, sagte einer der Arbeiter, die Erde für den Vorgarten brachten.

Am Bahnhof hängte Mama mir ein Schild um, auf dem stand, wie ich hieß, wo ich wohnte, wo ich aussteigen mußte und zu wem ich wollte, und im Zug suchte sie mir ein Abteil aus, in dem eine Oma saß, die mich im Auge behalten sollte: »Wären Sie so gut?«

Dann am Fenster, Mama auf dem Bahnsteig. »Mach unterwegs keine Dummheiten, hörst du?« Jaja. »Wo mußt du raus?« In Hannover. »Wo hast du deine Fahrkarte?« Hier. Nein, doch nicht. Wo war die hin? »O Gott, mach mich nicht schwach!« Der Schaffner pfiff schon. »Kuck nochmal ganz genau nach! Eben hattest du die doch noch!« Runtergefallen war sie.

»Wenn das nur mal gutgeht!« sagte Mama und winkte mir nach.

Die Oma schälte einen Apfel mit dem Messer, schnitzte das Kerngehäuse raus und bot mir ein Stück von dem Apfel an. »Wenn du groß und stark werden willst, brauchst du Vitamine«, sagte sie, aber ich war nicht scharf auf Obst aus den Popelpfoten von alten Omas.

Auf dem Bahnsteig in Hannover nahm mich Tante Dagmar in Empfang. »Willkommen in deiner Geburtsstadt!«

Wir gingen zum Taxistand. »Zu Fuß gehen können meine Erben«, sagte Tante Dagmar, und dann durfte ich mir aussuchen, was ich zuallererst wollte, Kuchen essen oder in den Zoo oder eine Langspielplatte aussuchen.

Erben hatte Tante Dagmar keine. Sie war auch nicht verheiratet. »Jeden Abend denselben Kerl auffem Sofa, dreißig Jahre lang? Und womöglich Papi zu dem sagen, und der nennt mich Mami?« Soweit komme das noch, aber nicht mit ihr.

Ohne Ehemann mußte Tante Dagmar selbst arbeiten gehen, weswegen sie aber auch viel Geld hatte und mir so mir nichts, dir nichts eine LP schenken konnte, eine von Bruce Low. Noah schrie: Herr, es gießt in Strömen hier! Der Herr sprach: Noah, hurry up und schließ die Tür!

In Tante Dagmars Wohnung war ein ganzes Regal mit Platten voll. Smetana, Mozart, Schubert und Beethoven, Eroica. Die vier Jahreszeiten und der gepfiffene River-Kwai-Marsch. Reinhard Mey live. Der Schwiegermuttermord von Jürgen von Manger.

Honululu, Uppsala und Maratonga.

Als ich schon im Bett lag, kam Tante Dagmars neuer Freund Jörg, der im Rundfunkorchester Flöte spielte, und ich konnte die beiden flüstern hören.

Trompete hätte ich besser gefunden.

Zum Frühstück durfte ich Cola trinken und mir fingerdick Käpt'n Nuß aufs Brötchen schmieren. Als Jörg das sah, ließ er sein Besteck fallen und sagte: »Sorry, mir vergeht der Appetit, wenn ich sehe, wie sich einer Scheiße aufs Brot kleistert«, wovon ich so lachen mußte, daß ich mich verschluckte und Krümel auf den Tisch hustete. Papa hätte mir eine gefenstert, aber Tante Dagmar lachte mit.

Ich durfte auch Kennen Sie Kino kucken und im Funkhaus, wo Tante Dagmar zur Arbeit ging, auf den Händen laufen. Da kriegte ich Applaus, wenn das jemand sah.

Einen Narren an mir gefressen hatte Tante Dagmars Kollegin Frau Leineweber, eine steinalte Dame mit großen Augen hinter den Brillengläsern. Für Frau Leineweber legte ich Sendeprotokolle zusammen und erhielt von ihr jedesmal zwei Mark zur Belohnung.

In der Kantine kaufte Tante Dagmar mir soviel Tortenstücke, wie ich verdrücken konnte. Paradiesisch. Ich sollte mir nur nicht den Magen verderben.

Weil sie keine Zeit mehr hatte, in die Stadt zu gehen, kaufte Tante Dagmar der Kantinentante zwanzig Eier ab, die sie auf dem Rückweg zum Büro in einem offenen Karton vor sich hertrug, und ich durfte einen Blick in das Zimmer werfen, in dem die Agenturmeldungen aus den Tickern gerattert kamen. Indira Gandhi, Tschiang Kai-schek und Papadopoulos.

Im Treppenhaus kam ein Typ mit giftgrüner Fliege an und sagte: »Klatschen Sie doch mal in die Hände, Frau Lüttjes!« Tante Dagmar machte das, und der Eierkarton fiel dem Typen vor die Füße, wobei fast alle Eier kaputtgingen und Eigelb hochspritzte.

»Wenn mir einer so blöd kommt, braucht er sich nicht zu wundern«, sagte sie, als wir zurück zur Kantine gingen, neue Eier kaufen.

Nachhause schrieb ich eine Ansichtskarte mit dem Maschsee vornedrauf. Daß Hannover die Wucht in Tüten sei und daß ich statt Mittagessen immer Kuchen und Negerküsse essen dürfe.

Tante Dagmar hatte Welfenspeise gemacht. »Da könnt ich mich reinsetzen«, sagte Jörg und gab Tante Dagmar zwischen zwei Löffeln einen Kuß auf die Nase. Papa hätte nur gesagt: »Schmeckt wie Zement.«

Über Ostern fuhren wir nach Jever. Am Bahnhof stand Gustav Gewehr bei Fuß, um uns abzuholen. Sein Stottern war nicht mehr so doll wie früher. Er sang sogar was: »Wer hat mein Glied so zerstört?«

Oma strahlte wie ein Honigkuchenpferd, als wir da waren, und Opa stellte fest, daß ich gewachsen sei. »Du heiliger Strohsack!« In Opas Jugend seien die Menschen alle viel kleiner gewesen. Oder im Mittelalter erst. In die Ritterrüstungen von damals würden heute nur noch Halbwüchsige reinpassen.

Als ich im Schloßgarten eine Ente erschreckt hatte, war Tante Dagmar sauer. »Mit dir kann man nirgendwo hingehen«, sagte sie, und ich dachte zum ersten Mal im Leben daran, ihr was Schlechteres als eine Eins zu geben.

Pfauenfedern fand ich keine.

Die Reise zum Mittelpunkt der Erde war das beste, was an den Feiertagen im Fernsehen kam. Mammutpilze, heiße Dämpfe und fleischfressende Riesenechsen, ein unterirdischer Ozean mit Strudel und eine versunkene Stadt, in der ein Drache mit langer Schlabberzunge im Hinterhalt lag. Dann brach ein Vulkan aus, und der Drache wurde unter glühender Lava begraben.

In der Küche stand ein großes Einmachglas mit hartgekochten und gepellten Eiern in Salzwasser. Da ging Gustav hin, wenn er ein russisches Ei essen wollte. Ei halbieren, Dotter mit dem Löffel rauspolken, Essig, Pfeffer und Salz in die Mulde streuen, Senf drauf, Dotter umgekehrt wieder aufsetzen und runter damit. Ich aß auch einmal ein russisches Ei, und mir kamen die Tränen.

Beim Mittagsschlaf hatte Oma geträumt, eine Riesengesellschaft bekochen zu müssen. Sie habe immer solche Träume. »Ganze Paläste reinigen, Teppiche ausklopfen, Fische ausnehmen und all sowas daher. Hausfrauenträume eben!«

Gustav saß in seinem Zimmer und studierte Meyers Großes Personenlexikon. Er war berühmt dafür, daß er Lexikons auswendiglernte.

»Lexika heißt das.«

Im Regal standen ein Modell vom Eiffelturm und eine Bobbypuppe mit roter Weste und schwarzem Bobbyhut, ein Souvenir aus London. Und Bücher in rauhen Mengen. Der große Ploetz. Duden Stilwörterbuch. Das Handbuch des Deutschen Bundestages. Kulturfahrplan. Der Fischer Weltalmanach 1969. Kurze Geschichte Afrikas. Das treffende Zitat. Wer ist wer?

Um Gustav zu erschrecken, sprang ich ihm auf den Schoß,

wobei ich sah, daß er innen in dem aufgeklappten Lexikon eine Zeitschrift mit Nacktfotos liegen hatte.

»Jetzt reicht's aber, du Quälgeist«, rief er und schmiß mich raus.

Zu Opas 76. Geburtstag kamen schon vormittags acht andere Opas und qualmten Zigarren, bis man im Wohnzimmer keine Luft mehr kriegte.

Warum haben die Ostfriesen so flache Hinterköpfe? Weil ihnen beim Wassertrinken immer der Klodeckel auf den Kopf fällt.

Oma saß solange mit den anderen Omas in der Küche.

Als die Luft wieder rein war, ordnete Gustav im Wohnzimmer seine Bierdeckelsammlung. Rund dreihundert Stück hatte er schon beisammen. Daß es die umsonst gab, wollte ich nicht glauben, aber Gustav nahm mich mit in eine Kneipe, und da kriegte ich fünf Bierdeckel geschenkt vom Wirt.

Opa studierte das Kursbuch, um die beste Verbindung für uns zu finden. Dann und dann ab Jever, in Sande umsteigen, Ankunft in Hannover um soundsoviel Uhr, oder einen Zug früher nehmen und zweimal umsteigen.

So sei das im Krieg schon gewesen, sagte Oma. »Da freut man sich über einen Brief, und was steht drin? Meine liebe Emma, heute ist dein Brief vom achten neunten angekommen, der nur vier Tage gebraucht hat, während der vom neunten achten sechzehn Tage lang brauchte, im Gegensatz zu dem Brief Nummer vierzehn vom dritten sechsten! Zum Auswachsen!«

Von Hannover brachten Jörg und Tante Dagmar mich mit dem Auto zurück nach Koblenz. Dabei krakeelten sie ein Lied von einem Heideblümelein, das Erika hieß.

Mama machte Tante Dagmar eine Szene: Ob es stimme, daß ich immer nur Kuchen gekriegt hätte statt regulärer Mahlzeiten?

»Ich kann bloß hoffen, daß du uns hier keinen verzogenen Bengel wieder abgeliefert hast!«

Renate wollte sich eine neue Single kaufen. Ich erzählte Stephan Mittendorf davon. Wir verabredeten uns für vier Uhr, mußten aber fast bis halb sechs warten, bis Renate sich an der neuen Single sattgehört hatte. How do you do, nanaaa, nana, nanaaa, nana …

Dann kam ein Anruf aus Jever: Tante Lina sei gestorben. An die konnte ich mich kaum noch erinnern. War das die aus Hooksiel gewesen?

Die Arbeiter, die die Holzverschalung für die Vorgartenmauer bauten, hatten Filzhüte auf.

Im Schulbus stritt ich mich mit Stephan Mittendorf, der für Rainer Barzel war, den alten Schleimscheißer, und nicht für Willy Brandt. Stephan Mittendorf hatte sie nicht mehr alle.

Frau Frischke schrieb die Zehn Gebote an die Tafel. Gegen das vierte, das siebente und das achte hatte ich schon wer weiß wie oft verstoßen, aber das behielt ich für mich. Melanie Pape wollte wissen, was mit Notlügen sei, ob man da eine Ausnahme machen dürfe.

»Strenggenommen nicht«, sagte Frau Frischke. Auch Notlügen seien Lügen. »Es gebe aber Grenzfälle, wo dem Nächsten mit einer Notlüge mehr geholfen sei als mit der Wahrheit.«

Also doch. Dann war ich beim achten Gebot aus dem Schneider. Meine Lügen waren immer Notlügen gewesen. Ohne Not hätte ich ja überhaupt nicht lügen müssen.

In der Turnstunde hätten wir auf dem neuen Trampolin hüpfen sollen, aber das war weggestellt worden, weil ein Mädchen aus einer anderen Klasse beim Springen auf die Trampolinkante geknallt war und sich den Fuß gebrochen hatte. Mit Tatütata ins Krankenhaus, und Herr Jungfleisch hatte vor der Turnhalle gestanden und sich hinten am Kopf gekratzt.

Stattdessen mußten wir jetzt um Holzkegel wetzen und an der Sprossenwand Übungen machen, von denen man Muskelkater im Bauch kriegte. Im Hängen die Beine anziehen, Knie an die Brust.

»Ächz, keuch, stöhn«, sagte Michael Gerlach, als er da baumelte.

In Heimatkunde ging uns Frau Katzer mit dem Rheinischen Schiefergebirge auf den Keks. Der Westerwald ist der nördlichste Teil des Rheinischen Schiefergebirges. Seine Grenzen heißen Sieg im Norden, Rhein im Westen, Lahn im Süden. Das Rheinische Schiefergebirge besteht aus fünf Teilen: Westerwald, Taunus, Eifel, Hunsrück und Süderbergland.

Wo jetzt der Rhein floß, sei früher ein Urstromtal gewesen, hoch überflutet und voller Plankton.

Das Deutsche Eck, aus Schwarzwälder Granitquadern errichtet, stehe auf einem Untergrund von Niedermendiger Basalt. Und gegenüber der Ehrenbreitstein: Da hätten schon die alten Römer eine Befestigung gebaut. Niemals mit Waffengewalt bezwungen worden. Kurfürst Klemens Wenzeslaus, 1739–1812.

Nach dem Schiefergebirge war das Kannenbäckerland dran. Frau Katzer diktierte. Der Mittelpunkt des Kannenbäckerlandes ist Höhr-Grenzhausen. Schon vor Jahrhunderten wurde in dieser Gegend Ton gefunden, eine weiße, fettglänzende Erde. Auch heute noch geben die Tonlager vielen Menschen Arbeit. Ein Teil des Tons kommt nach Neuwied und wird dort zu Zement verarbeitet. Der größte Teil aber wird im Kannenbäckerland verwertet. Er wird von großen Kränen ausgegraben, dann geschlämmt oder gereinigt. Dieser vorbearbeitete Ton wird auf der Töpferscheibe zu Vasen, Schalen oder anderen Gefäßen geformt. Anschließend müssen die Tonwaren an der Luft getrocknet werden, erst danach werden sie in Öfen gebrannt. Die Hitze beträgt 1200 bis 1400 Grad Celsius. Für die Glasur kommt Kochsalz in den Ofen. Wenn die Waren fertig gebrannt sind, werden sie verpackt und verschickt.

»Wenn die Katzer auf dem Kannenbäckerland so lange rumreitet wie auf dem Rheinischen Schiefergebirge, nippel ich ab«, sagte Michael Gerlach in der Pause.

Mit der ganzen Klasse sollten wir eine Vasenfabrik besuchen. Beim Broteschmieren platzte Mama der Kragen: »Weshalb muß auf Klassenausflügen eigentlich zehnmal soviel gefressen werden wie sonst?«

In der Fabrik war es staubig und laut, und die Arbeiter waren pampig und schrien rum. Bloß kein Kannenbäcker werden.

Ich sammelte Vasenscherben vom Boden auf, die ich auf der Rückfahrt im Bus mit Stephan Mittendorf seinen verglich. Welche wohl kostbarer waren.

Der gebrochene Pfeil sah auch Mama sich an, obwohl sie für Wildwestfilme nichts übrig hatte, aber der hier war mit James Stewart, und den mochte sie leiden.

James Stewart konnte Rauchzeichen machen. Er operierte einem Indianerjungen Schrotkugeln aus dem Rücken und verbündete sich mit dem Apatschenhäuptling Cochise, der verteufelte Ähnlichkeit mit Oma Schlosser hatte, wenn man sich die Indianersachen wegdachte. Wie aus dem Gesicht geschnitten.

Von den Weißen wurden die Apatschen immer nur aufs Kreuz gelegt.

Einmal mußte Volker nachsitzen und hatte dann noch Turnen, und ich sollte ihm den vergessenen Turnbeutel bringen. Viel Lust hatte ich nicht, aber Mama setzte mich in Marsch.

In der Schule mußte ich den Hausmeister fragen, wo die Nachsitzer Unterricht hatten. Das Klassenzimmer fand ich, aber nicht Volker. Da tobten die Großen und rissen mir den Beutel weg. Ein verknöcherter Pauker krickelte was an die Tafel, mit dem Rücken zur Klasse, wo unter großem Gejohle der Turnbeutel rumgeschmissen wurde. Frau Katzer wäre hochgegangen wie Apollo 16, wenn wir uns bei der so aufgeführt hätten, aber der alte Knacker vorne drehte sich nur halb rum, blinzelte über die Brille weg und sagte: »Ta, ta, ta, ta, ta!«

Irgendwer schmiß den Turnbeutel aus dem Fenster auf den Schulhof, und ich machte mich aus dem Staub. Sollte Volker doch ohne seinen Turnbeutel selig werden. Das war das letzte Mal, daß ich Volker was hinterhergeschleppt hatte.

Am Sperrmülltag rettete Papa auf unserer Straße einen defekten Benzinrasenmäher vor der Reise in die ewigen Jagdgründe und brachte viele Abende damit zu, den zu reparieren, aber immer fehlten noch Teile.

Das feuerrote Spielmobil mit Maxifant und Minifant und den Stoffhunden Wuff und Biff war mehr was für Wiebke. Ich war zu alt dafür.

In der Klasse kriegte ich an meinem zehnten Geburtstag ein Ständchen. Viel Glück und viel Segen auf all deinen Wegen, aber ich konnte es kaum abwarten, wieder nachhause zu kommen, weil ich meine neuen Platten hören wollte. Die Armbanduhr, mein Hauptgeschenk, hatte ich schon an.

Auch Sachkunde ging mir am Arsch vorbei. Was Kürschner sind und wie man Leder gerbt.

»Deine Schallplatten laufen dir schon nicht weg«, sagte Mama. Ich mußte ihr beim Wäschesprengen helfen. Die Laken an zwei Ecken festhalten, und Mama spritzte aus einer Siebflasche Wasser drüber.

Auf der 3x9-LP waren Schlager von Roy Black und Anita, Bata Illic, Karel Gott, Daliah Lavi, Reinhard Mey, Katja Ebstein und Chris Roberts und dazu noch Musik von Max Greger und James Last.

Eine Fuge von Bach erinnert mich an dich. Renate sagte, Roy Black sei ein Sülzbubi. Was der sich zusammenschluchze, sei

Kitsch in höchster Potenz, aber ich wollte mir die LP nicht madig machen lassen. Akkordeon, Akkordeon, ich träume heute noch davon. Zwei Mark gingen an die Aktion Sorgenkind.

Volker und Renate hatten ihre Penunze zusammengelegt und eine Single von Tony Marshall für mich erstanden. Wir singen Tralala und tanzen Hoppsassa.

Ein Sprichwörterquartett, von Onkel Dietrich ein Karl-May-Album und von Oma Jever und Tante Gertrud je fünf Mark. Davon kaufte ich mir die Singles Jeder Abschied kann ein neuer Anfang sein von Freddy Quinn und Du lebst in deiner Welt von Daisy Door auf Ariola. Auf der B-Seite war ein Instrumentalstück, Jericho Angels, ohne Gesang und eigentlich Betrug am Kunden. Da drückte man fünf Mark für eine Single von Daisy Door ab, und dann war hinten gar nichts drauf von der.

Zu Mittag gab es Gänseklein und Schokoladenpudding mit Vanillesoße. Da konnte man mit dem Löffel Krater ausbaggern und die Soße reinlaufen lassen.

Das Quartett war mit Bildern. Wer den Schaden hat, braucht für den Spott nicht zu sorgen, wo gehobelt wird, da fallen Späne, wer zuletzt lacht, lacht am besten und Gelegenheit macht Diebe. »Reißt mich nicht vom Hocker«, sagte Volker, als wir das erste Mal damit gespielt hatten.

Er war mehr für mein Karl-May-Album zu haben, aber mich ließ das kalt.

Von dem Umzug nach Amerika war keine Rede mehr. Dafür hatten Mama und Papa jetzt vor, im Urlaub mit uns allen nach Italien zu fahren. Mit dem Peugeot über die Alpen und dann an die Adria. Volker und ich waren Feuer und Flamme dafür.

Am Tag der Arbeit saß Renate auf der Terrasse und lernte was für Geschichte, und der Sohn vom Walroß geierte immer über den Zaun zu ihr rüber. Nicht ganz dicht, der Fidi.

Seit er mir mal sechzig Pfennig gepumpt hatte, war Volker mein Gläubiger und jaulte mir die Ohren voll wegen dem Geld. Von Rechts wegen war ich ja ein Krösus, aber wenn ich an meinen Schotter wollte, mußte ich den Tresor knacken, da führte kein Weg dran vorbei.

Durch Drehen und Ziehen und Ruckeln kriegte ich irgendwann die Kombination raus. Fünf, drei, null. Sesam, öffne dich! Genau neun Mark waren drin. Jetzt konnte ich immer ran an den Speck. Ich nahm zwei Mark weg, beglich meine Schulden, kaufte mir Tictac vom Rest und fühlte mich wie auf Wolke sieben.

Renate hatte es noch besser. Die fuhr zu einem Konzert von Ulrich Roski in der Rhein-Mosel-Halle und kam mit einem Plakat und einem Autogramm zurück.

Michael Gerlach und ich hatten uns vorgenommen, einmal sonntags bis zu dem Fernsehturm zu wandern, der vom Mallendarer Berg aus zu sehen war. Das muß ein schlechter Müller sein, dem niemals fiel das Wandern ein! Honigbrötchen fressen und erst abends wiederkommen.

Wir gingen der Nase nach durchs Wambachtal und den Berg hoch, an einer eingezäunten Wiese vorbei, mit Schafen und Apfelbäumen und einem Monstrum von Hirtenhund, genannt Attila, irre bellend und mit Geifer an den Lefzen. Der hätte uns liebend gerne zerfleischt, bei lebendigem Leibe.

Weiter oben, vor der Kuhweide, stand ein abgewrackter Traktor. Um die Weide war ein tickender Elektrodraht gespannt. Nie dranpinkeln, wenn man keinen Wert darauf legte, in einem Harem als Eunuche anzuheuern.

Die Kühe schleckten an hellroten Salzwürfeln, die am Zaun hingen. »Hättst du Lust, 'ne Kuh zu sein?« fragte Michael mich. »Ohne Hände, um die Fliegen zu verscheuchen, Wasser aus 'ner Blechwanne mit toten Insekten drin saufen und eines schönen Tages kaltblütig abgeschlachtet werden?«

Zwischen Misthaufen und Rübenfeldern führte ein Teerweg

lang und an Masten mit Stromkabeln oder Telefonkabeln vorbei. Eher Telefon wohl, weil man die Kabel britzeln hören konnte. Da sabbelten die Leute.

Dann eine Kapelle. Abgeschlossen. Und in der Ferne der Fernsehturm. Um dahinzukommen, mußten wir links vom Weg ab, querfeldein ins Tal runter und den nächsten Berg wieder hoch.

Tote Bäume umkippen beim Abstieg und Wanderstöcke suchen, die was aushielten. Anhand von Sonnenstand und Uhrzeit hätte man rauskriegen können, wo Norden war, aber wie?

Unten durch Matsche, feuchtes Moos und Dornen. Dann kam ein Bach, und wir suchten lange nach einer Stelle, wo wir trockenen Fußes rüberkonnten. Nur ja nicht auf einem von den Steinen ausgleiten. Sonst durfte man pladdernaß den Rückzug antreten, krepierte an Lungenentzündung und konnte die Radieschen von unten betrachten.

Oberhalb vom Bach war eine Straße. Zum Verpusten setzten wir uns auf die Leitplanke. Von den Autos, die vorbeifuhren, hatten die meisten KO oder NR als Stadtkennzeichen, Koblenz oder Neuwied am Rhein. Als nächste Buchstaben hatten die Autos aus Neuwied CR. Alle, aber auch alle. NR-CR 304, NR-CR 67, NR-CR 750. Immer das gleiche. NR-CR, NR-CR, NR-CR. Ob die da keine anderen Buchstaben hatten beim TÜV in Neuwied?

Als gerade mal kein Auto kam, versuchten wir, einen Gullydeckel aus der Verankerung zu ziehen, aber der war zu schwer.

Dann die steile Anhöhe rauf. Hochziehen mußte man sich von einem Baum zum andern, Meter um Meter. Manche Stämme waren morsch und knackten ab, und an manchen wuchsen Schimmelpilze.

Auf, du junger Wandersmann, jetzo kommt die Zeit heran!

Oben war eine Ortschaft, Hillscheid. Dahinter ging es noch höher, und da fing auch der Wald wieder an. Vom Fernsehturm war nichts zu sehen, aber der mußte irgendwo in der Richtung stehen, die wir eingeschlagen hatten.

Eine Schutzhütte. Udo liebt Steffi, ins Holz geritzt, und ein Drahtpapierkorb mit ausgesoffenen Bierflaschen.

Dann eine Fichtenschonung, mit Aufklebern an den Bäumen: Kein Urlaubsort, wo Vogelmord! Dazu ein durchgestrichener Italienstiefel.

Nach endlosem Gelatsche ragte der Fernsehturm vor uns auf, neunundneunzig Meter hoch. Ob da oben Leute drin arbeiteten? Oder lief das alles automatisch? Ringsherum ein hoher Zaun.

»Vielleicht haben die da ja 'n Gästebuch«, sagte Michael. Da was reinkrickeln, nach dreißig Jahren wiederkommen und nachschlagen, was man damals geschrieben hat. Wir suchten nach einer Klingel am Tor, aber es gab keine. Nicht mal eine Bank zum Ausruhen gab's da.

Und dann den ganzen langen Weg zurück.

Am Fußballplatz kriegte Volker von einem Jungen dessen Mofa geborgt und rief nach einer Runde auf der Aschenbahn: »Von jetzt an wird gespart!«

Jahr um Jahr auf ein Mofa zu sparen, das konnte auch nur Volker einfallen.

Renate hatte währenddessen Schluß mit Rüdiger gemacht, und Papa war zum Schrottplatz gefahren, um einen Rasenmähergriff zu organisieren.

Von dem Geld, das sie in der Kaufhalle verdient hatte, kaufte Renate sich einen Flokati, um in ihrem Zimmer die verhaßten grünen Fliesen abzudecken.

Seinen Geburtstag feierte Stephan Mittendorf großkotzig unten in Vallendar an der Kegelbahn in der Stadthalle, mit zehn Gästen. Haste was, dann biste was.

Es war reine Glückssache, wieviele Kegel umflogen. »Den Wurfarm muß man lange ausschwingen lassen«, sagte Oliver Wolter hundertmal. Wenn ich was getroffen hatte, rief er, daß das Anfängerglück sei, und wenn seine Kugel von der Bahn abkam, krähte er: »Da brate mir doch einer einen Storch!«

Der Kerl war so doof, wie er lang war.

Zu trinken kriegten wir Sprite und Cola, soviel wir wollten.

Die Kegel wurden automatisch wieder aufgestellt, was ich mir auch mal aus der Nähe ansehen wollte, aber da durfte man nicht hin, das war zu gefährlich.

Ich denke oft an Piroschka hieß ein Film, der im Ersten kam. Wenn das kein Wink des Himmels war. Den Film wollte ich kucken, koste es, was es wolle, aber ich versuchte, so gelangweilt auszusehen, wie's nur ging, als er lief.

Die Piroschka in dem Film hatte Blumen und Schleifen im Haar und lief barfuß zwischen Heuhaufen rum. Die Frauen rauchten Pfeife und schälten Maiskolben, und die schnurrbärtigen Männer tanzten Csárdás oder geigten Zigeunerweisen und gaben sich Backenküsse. Von dem Bahnhofsschild, das man immer wieder sah, schrieb ich den unaussprechlichen Namen von dem Ort ab, in dem das spielte: Hóomezövásárhelykutasipuszta. Damit wollte ich Piroschka irgendwann mal beeindrukken. Oder Ungarisch lernen, und dann würden wir als Erwachsene zusammen nach Ungarn ziehen und uns daran erinnern, wie wir damals beide den Film gekuckt hatten, Piroschka in der Rudolf-Harbig-Straße und ich bei uns.

Weil sich Papas Versetzung nach Meppen anbahnte, wurde der Italienurlaub abgeblasen. Statt an der Adria rumzugammeln, wollte Papa lieber das Haus verschönern und es dann zu einem angemessenen Preis vermieten.

»Eben erst eingezogen und dann schon wieder umziehen mit Sack und Pack, das ist auch nicht das Gelbe vom Ei«, sagte Mama. Aber in Meppen konnte Papa mehr verdienen.

Im Wambachtal kletterten Michael Gerlach und ich auf zwei Bäume, Cockpit und Brücke, und spielten Raumschiff Enterprise. Der Weltraum. Unendliche Weiten. Sternzeit drei eins eins drei Komma nochwas.

»Käpt'n ruft Brücke! Nichtidentifiziertes Schiff im Anflug! Alarm für alle Decks!«

»Energieschirme ausgefallen! Sensorenwarnung! Wir werden angepeilt!«

»Mister Sulu, Transporterstrahl auf romulanisches Schiff!«

»Frequenz stabil! Photonentorpedos haben Ziel erfaßt! Batterie drei aktiviert und feuerbereit!«

Spock, halb Vulkanier, halb Mensch, der Schiffsarzt McCoy, genannt Pille, und Lieutenant Uhura. Die wurden nie von Käpt'n Kirk gefragt, ob sie im Zirkus großgeworden seien, weil auf der Enterprise die Türen von alleine aufgingen und wieder zu.

Laserpistolen hätte man haben müssen. Und sich aus dem Wambachtal auf den Mallendarer Berg beamen lassen können, wenn es anfing zu regnen.

»Da scheiß ich drauf«, sagte Volker, als ich mit meinem Sprichwörterquartett bei ihm ankam. Er lag auf dem Bett und las Zack, mit Comics über Rennfahrer, Marsupilami, Lucky Luke und die vier Daltonbrüder, von denen der längste auch der dümmste war. Gegen den war selbst Lupo eine Intelligenzbestie. Einmal wollte Lupo mit einem Geldschein bezahlen, den er selbst gefälscht hatte: Zwanzick Marck. Und Lupo wunderte sich noch, daß das nicht klappte.

In Konflikt mit dem Gesetz gekommen waren auch die Terroristen, von denen einer bei der Festnahme nur noch seine Unterhose anhatte in der Tagesschau. Oder sonntags die kleinen Strolche, ungekämmt, zerfetzte Hosen an und immer am Wegrennen vor Polizisten oder vor Hundefängern, die die Promenadenmischung mit dem schwarzen Ring um das eine Auge schnappen wollten.

Als Flipper seinem Herrchen Sandy half, drei Ganoven unschädlich zu machen, war ich wieder für die Polizei.

Die Bundesjugendspiele fanden bei großem Sauwetter statt. Michael Gerlach drückte sich vorm Kugelstoßen und kam beim

Zweitausendmeterlauf als zweitletzter mit Hängezunge über die Ziellinie gebösselt. Ich war zehnter gewesen und hatte gehofft, daß Piroschka mir beim Endspurt zukuckt, aber die war nirgendwo zu sehen.

Krach mit Papa kriegte Renate, als sie in Hotpants zur Schule wollte. »In diesem Aufzug kannst du deinen Paukern nicht den Arsch ins Gesicht drehen«, sagte Papa, und Renate stampfte beleidigt die Treppe hoch.

Hausaufgaben. Werfall, Wesfall, Wemfall, Wenfall: Wer hat den Maikäfer zertreten? Uli war es. Wessen Maikäfer ist es? Hartmuts. Wem ist Hartmut böse? Uli. Wen beauftragt der fünfjährige Hartmut, den neunjährigen Uli zu verhauen? Fritz.

Auf dem Klavier übte Renate Love Story, die Forelle und Amazing Grace.

Zum Geburtstag kriegte Wiebke ein Kleid von Tante Therese, einen grünen Fummel, der an der Taille enger genäht werden mußte. Mädchen sein, das Allerhinternachletzte. Ohne Punkt und Komma über Wäsche reden und Handarbeiten machen, so wie Renate, die zuletzt eine Milliarde Wolltintenfische gestrickt hatte, mit Tischtennisbällen als Schädel, einen Türvorlegerdakkel und ein Schildkrötenkissen namens Lord Nelson. Für die Füllung hatte sie alte Strumpfhosen von Mama genommen, und Lord Nelson miefte dementsprechend.

Den Benzinrasenmäher hatte Papa endlich wieder in Gang gesetzt und neu lackiert. »Mich laust derselbige«, sagte Mama.

Der Rasenmäher machte einen Höllenlärm, im Stehen noch mehr als beim Geschobenwerden. Papa mähte den Rasen nach einem ausgeklügelten System, von außen nach innen. Das Gras landete in einem Fangkorb. Als Renate mähte, machte sie das kreuz und quer, bis Papa das sah und ihr die Leviten las.

Auf dem frischgemähten Rasen wollte ich mit Wiebke Federball spielen. Den einzigen heilen, den ich in der Spielzeugkiste noch gefunden hatte, feuerte Wiebke gleich beim ersten Schlag über den Zaun in den Garten vom Walroß. Ich teilte ihr mit, daß sie ein doofes Arschloch sei, und sie rannte heulend ins Haus.

Mama war auf achtzig. »Daß du dich nicht schämst! Deiner kleinen Schwester sowas vor den Latz zu knallen!« Ich wurde ins Bett geschickt, am hellichten Tag. Ohne Wenn und Aber. Jalousie runter und Licht aus.

Wegen so einem Pipifax.

Ratzen müssen, wenn man noch kein bißchen müde war. Eine schöne Suppe hatte mir mein Schwesterherz da eingebrockt. Das schrie nach Rache. Manometer. Wiebke, die alte Zimtziege.

Augen zumachen, wie bei Was bin ich, wenn der Gong kommt und der Beruf eingeblendet wird. Die typische Handbewegung, und von Robert Lembke für jedes Nein ein Fünfmarkstück. Gehe ich recht in der Annahme, daß. Und wie die Leute sich wohl ärgerten, die am Schluß nur fünf oder zehn Mark im Sparschwein hatten statt fünfzig.

Im Urlaub verlegte Papa Pflasterplatten neben dem Haus und entdeckte ein Mäusenest unterm Komposthaufen. Er rief uns raus, damit wir zusehen konnten, wie die Mäusemutter alle ihre Kinder einzeln wegschleppte.

Auf einer Wiese im Wambachtal suchten Stephan Mittendorf und ich nach vierblättrigem Klee, weil der Glück bringen sollte. Ob ich noch verliebt sei in Roswitha Schrimpf, wollte Stephan wissen. Er würde es auch nicht weitersagen. Oder ob ich mich in eine andere verschossen hätte. »Haste doch, oder nicht? Kann ich dir doch an der Nasenspitze ansehen. Brauchst mir gar nicht noch länger was vorzugaukeln! Raus mit der Sprache!«

Er bohrte und bohrte, aber bevor ich ihm die Wahrheit sagte, mußte er schwören, daß er dichthielt.

»Die Piroschka!« brüllte der Blödmann dann. »Ich lach mich schlapp!« Hinter der sei er selber her. Schon alles versucht. Sich hinter die gesetzt im Bus und lauter Wörter mit Pi am Anfang benutzt, Pistole, Pingpong, Pillenknick, Pilot und Pickel, aber das sei Piroschka piepegal gewesen. Die interessiere sich nicht für Jungs.

Jedenfalls nicht für Stephan Mittendorf.

Tatform und Leideform. Der Lehrer lehrt die Schüler, die Schüler werden vom Lehrer gelehrt. Ob wir noch andere Beispiele nennen könnten. »Die Eltern tun die Kinder erziehen«, sagte Norbert Ripp, und Frau Katzer sagte: »Titen, taten, tuten! Die Eltern erziehen die Kinder, ohne tun!« Das sollten wir uns hinter die Ohren schreiben.

Von meinem Zimmerfenster aus sahen Renate und ich die fette Frau Winter die Straße runterwatscheln. »Die geht zum Bäckerwagen«, sagte Renate. »Kann's vor Freßgier nicht mehr aushalten, die Alte.« Und tatsächlich, nach einer Viertelstunde watschelte Frau Winter die Straße wieder rauf, mit einem großen Tortenkarton in den Pranken.

Der Wagen von Bäcker Klinkeisen kam erst eine Weile später. Renate kaufte ein Oberländer Graubrot und kriegte noch drei Puddingteilchen geschenkt.

»Das wundert mich nicht, bei dem kurzen Fetzen von Rock, den du anhast«, sagte Mama. Sie brühte Bohnen aus dem Garten für die Gefriertruhe vor, im Vitavit-Topf.

Zum Davonlaufen schmeckte Sülze mit Remouladensoße. Ich hätte lieber was Normales gegessen, Hühnerfrikassee oder Bratwurst oder falschen Hasen mit Kartoffelbrei und Apfelmus.

Das Gegenteil von normal war anormal oder anomal oder abnormal, drei Wörter, die alle haargenau das gleiche bedeuteten. Hätte eins nicht gereicht?

Zum Nachtisch Kirschjoghurt. Weil Papa die leeren Becher

für irgendwas brauchte, kamen sie statt in den Mülleimer in die Spülmaschine. Im Keller türmten sich schon Hunderte von leeren Joghurtbechern.

Auf dem Fußballplatz fand ein Spiel statt, und von den Zuschauern standen welche unter einem Sonnenschirm mit der Aufschrift EISKREM. Ich lief nachhause und mit allem Geld aus meinem Tresor im gestreckten Galopp wieder zum Fußballplatz, beide Hosentaschen dick mit Münzen voll. Eiskrem, was war das überhaupt? Noch leckerer als Eis bestimmt.

Aber als ich mit meinen sauer verdienten Groschen ankam, wurde ich ausgelacht. »Bloß weil das da steht, gibt's hier noch lang keine Eiskrem zu kaufen, Junge!«

Das war ein dicker Hund. Hätten die Vollgasidioten nicht einen Schirm ohne Eiskremreklame aufstellen können?

Wenn man im neuen Freibad zu den Becken wollte, mußte man da, wo die Duschen waren, durch klirrend kaltes Wasser waten. Oder rennen, aber dann kriegte man Spritzer ab an den Beinen.

Im Nichtschwimmer war eine Rutsche, die ich benutzen mußte, wenn ich mich nicht von Stephan Mittendorf hänseln lassen wollte. Unten durfte man sich nicht lange die Augen reiben, sonst kriegte man den Hintermann ins Kreuz.

Auf den warmen Pflasterplatten zwischen den Becken verdampften die frischen Fußabdrücke in der Sonne. Stephan Mittendorf sagte, ich hätte Plattfüße. Das sehe man an der Form.

Im Schwimmer machte Renate Kopfsprung vom Startblock und tauchte bis zum anderen Beckenrand. Dann ging sie wieder zu ihrem Badelaken auf der Wiese und strickte an dem gelben Pullunder weiter, den sie Franziska schenken wollte.

Volker war auch da, mit Hansjoachim, der erzählte, daß er in einem anderen Schwimmbad mal gesehen habe, wie jemand einen Bauchklatscher vom Zehner gemacht hatte. Dem hätten die halben Eingeweide rausgehangen, Magen, Leber, Pansen, alles. »Da ziehe ich doch eine gepflegte Arschbombe vor«, sagte Volker.

Auf der Steinterrasse vor dem Sprungturm saß Piroschka. Sie rubbelte sich mit einem roten Handtuch ab und kramte dann aus einem Beutel ein Portemonnaie hervor. Damit ging sie zum Kiosk. Stephan Mittendorf und ich schlichen ihr nach.

Heute fängt ein neues Leben an. Deine Liebe, die ist schuld daran!

Am Kiosk kaufte Piroschka sich ein Eis, und bevor wir uns verstecken konnten, drehte sie sich um und kam genau auf uns zu.

»Tja, mein Lieber«, sagte Stephan Mittendorf und legte mir die Hand auf die Schulter, als Piroschka an uns vorbeiging, »wie wär's, wollen wir Köpper machen? Vom Dreier?«

Dann stolzierte er zum Sprungturm, der Scheißkerl, um sich vor Piroschka mit seinen Künsten zu brüsten, und ich ging zum Wildwestfort am unteren Ende der Freibadwiese, aber das war bis an die Schneidezähne voll mit kreischenden Kleinkindern.

Umziehen konnte man sich in den Kabinen vorne am Eingang oder in einer von den Zeltspiralen auf der Wiese. Vorne eine Kette einhaken und im Inneren der Spirale die nasse Badehose ausziehen und auswringen.

Piroschka war schon weg.

In Heimatkunde hatte ich eine Vier im Zeugnis, aber das war mir egal. Sommerferien! Pofen bis neun, nach den Ferien in Koblenz aufs Gymnasium gehen und nie wieder mit dem Schulbus nach Vallendar fahren! Der Lauterberg konnte mir den Buckel runterrutschen und Frau Katzer desgleichen, mitsamt dem Kannenbäckerland und dem Rheinischen Schiefergebirge.

Michael Gerlach wollte mir die Sporkenburg zeigen, eine jott weh deh gelegene Ruine, zu der man nur mit dem Fahrrad hinkam.

Wem Gott will rechte Gunst erweisen. Hinter Simmern stand ein ausgebrannter Unfallwagen am Straßenrand. Wir setzten uns vorne rein, ließen die Zunge raushängen und machten

Glotzaugen, so als ob wir gerade abgekratzt wären. Ein Autofahrer hielt an und sah erschrocken zu uns rüber, bis er merkte, daß wir ihn veräppelt hatten, und da ließ er eine Schimpfkanonade auf uns los.

Im Wald neben der Straße war ein Trimm-dich-Pfad, wo man auf Balken balancieren und über Hürden hüpfen sollte. »Da kann ich mich auch gleich die ganzen Ferien über in der Turnhalle einschließen lassen«, sagte Michael.

Zwischen Simmern und Neuhäusel ging die Straße einige Male hoch und wieder runter, so daß man Schwung holen konnte für die Steigungen, die komischerweise von weitem immer viel steiler aussahen als aus der Nähe.

Von Neuhäusel mußten wir noch bis Eitelborn strampeln. Dann in den Wald, scharf bergab, mit angezogener Handbremse. Steinen ausweichen, damit man keinen Platten kriegte. Das hätte noch gefehlt.

Nach einer Kurve führte der Weg wieder rauf, und da war sie, die Sporkenburg, mit himmelhohen Mauern. Abgesehen von zwei vollgeschissenen Kellerzimmern waren die Außenmauern alles, was von der Sporkenburg noch übrig war. Wenn wir schwindelfrei gewesen wären, hätten wir auf die Mauer krabbeln können, immer höher und höher, bis zu dem einen Eckturm, aber wir schafften nicht mehr als die ersten Meter, und auch die nur mit Überwindung.

Hier hatten früher Ritter ihre Turniere ausgetragen und Feinden, die die Burg belagerten, von den Zinnen aus siedendes Pech übergekippt. Musketiere mit Katapulten und blinkenden Hellebarden. Oder Hexen verbrannt, im Burghof, wo erst vor kurzem wieder irgendwer Feuer gemacht hatte. In der Asche lag eine zerknickte Fantabüchse.

Auf der Rückfahrt kam uns kurz vor Simmern ein Porsche entgegengerast, und dann hörten wir es hinter uns quietschen und scheppern.

Der Porsche war gegen einen Baum gerasselt, aber der Fahrer lebte noch. Der stand neben dem Wagen und rauchte. In gebührender Entfernung warteten wir auf das Eintreffen der Polizei. Wir könnten ja als Unfallzeugen gebraucht werden, dachten wir, aber als ich einem von den Polizisten meine Hilfe anbot, sagte der bloß: »Mach dich vom Acker.«

Dann eben nicht. Sollten die doch zusehen, wie sie ohne uns klarkamen.

In der Bäckerei neben dem neuen Sparladen in der Gutenbergstraße sollte ich Kaffee kaufen, ein Pfund Eduscho mild gemahlen, aber von wegen mild: Das Mahlen war so laut, daß man sich die Ohren zuhalten mußte.

Mit Volker fuhr ich zu den Fischteichen an der Straße zwischen Hillscheid und Vallendar. Dicht am Ufer schwammen Kaulquappen. Ich fischte welche raus und legte sie auf den Holzsteg. Dann mußte ich pissen, und als mir die Kaulquappen wieder einfielen, waren sie schon tot und vertrocknet.

Quäle nie ein Tier im Scherz.

Links von dem Weg ins Wambachtal waren Bäume gefällt worden. In den Kronen konnte man gut rumklettern, wie in einem Labyrinth. Da spielten Michel Gerlach und ich Danny Wilde und Lord Brett Sinclair. Einen Ast zur Seite biegen: »Darf ich Euer Sippschaft die Pforte aufpforten?«

»Ich bitte darum, denn sonst fliegt gleich ein Satz warmer Ohren durch die Luft.«

»Bitte nicht, Euer Durchlocht, sonst werdet Ihr das Gepökelte aus der Schnabeltasse lutschen!«

Michael Gerlach Lord Siegelverkleber nennen und sein Taschenmesser als Hosentaschenaxt bezeichnen. »Sehr wohl, Euer Merkwürden.«

Auf einem Stein saß eine Eidechse. Vielleicht war das eine von denen, die beim Fliehen den Schwanz abwarfen. Ich wollte sie mir schnappen, aber plötzlich war sie weg, von einer Sekunde auf die andere.

Als ich nachhause ging, machte ich wieder den Umweg über die Rudolf-Harbig-Straße, wurde von einem Platzregen überrascht und war bald naß bis auf die Haut. Der Regen rauschte, ich rannte, und dann sah ich eine Frau, die in der Haustür stand und winkte und mir zurief, daß ich reinkommen soll, mich unterstellen. Piroschkas Mutter war das. Neben ihr stand Piroschka. Die winkte auch.

Ich rief zurück, daß ich es nicht mehr weit hätte, und rannte weiter.

Im Badezimmer raufte ich mir die Haare und streckte meinem Spiegelbild die Zunge raus. Wenn Doofheit wehtäte! Da bietet sich die einmalige Chance, bei Piroschka zuhause darauf zu warten, daß der Regen aufhört, und mit Piroschka Monopoly zu spielen oder was weiß ich, und was macht Martin Schlosser? Galoppiert weiter, der Dämel. Hat sein Gehirn an der Garderobe abgegeben.

Renate arbeitete wieder in der Kaufhalle, wo sie kassieren mußte und die Wühltische aufräumen. Eine Frau, die da beim Klauen erwischt worden war, hatte versucht, durchs Klofenster zu entkommen.

In Jever konnte ich meiner Sammlung drei neue Pfauenfedern einverleiben. Außer Mama und mir war nur Wiebke mitgekommen. Renate wollte lieber in der Kaufhalle schuften, und Volker weilte mit Kasimirs an der Adria.

Wir fuhren zu einem Bauernhof bei Waddewarden, der einer alten Frau gehörte, einer Schulfreundin von Oma. Die Frau hatte drei Söhne, alles Hünen, die noch bei ihr wohnten. »Die haben Hände wie Klosettdeckel«, tuschelte Gustav mir zu.

Die Mutter von der Bauersfrau war schon fast hundert Jahre alt. Sie saß in der Küche auf einem Stuhl neben dem Ofen und sah so ähnlich aus wie des Teufels Großmutter auf dem einen Bild in Grimms Märchen, wo des Teufels Großmutter dem nackten Teufel die Haare entlaust.

Auf dem Bauernhof gab es Kälbchen, Kühe, Katzen, Schweine, Hühner und einen Heuboden. Beim Rumtoben sollte ich auf Forken achten im Heu. Mama war als Kind mal auf die Zinken einer Forke gesprungen und hatte den Stiel an die Stirn geknallt gekriegt.

Zum Tee gab es Weißbrot, das die Bauersfrau selbst gebacken hatte. Ich verschlang zwölf Schnitten mit Honig, und der eine von den Söhnen sagte: »De Jung hett awer 'n gesünn Aftiet.«

Nach dem, was Mama erzählte, hatte Papa in den fünfziger Jahren nach der Maloche im Pütt manchmal zwanzig Stullen verschrotet. Oder Pillen, was damals in Dortmund der Name für Stullen gewesen war.

In der Hörzu stand was über einen Jungen, der sich das Schienbein angestoßen und Knochenkrebs gekriegt hatte. Alles zerfressen, da hätten die Ärzte nichts mehr machen können, und der Junge sei qualvoll gestorben.

Ich befühlte meine Schienbeine, die ich mir schon oft irgendwo angestoßen hatte. Die Knochen waren uneben. Wenn ich Knochenkrebs hatte, dann im Endstadium.

Ich behielt das für mich, sonst hätte ich vielleicht den Rest meiner Tage im Krankenhaus verbringen dürfen.

Oma und Opa schenkten uns eine Reise nach Helgoland.

Auf der Fähre erhielt ich ein Stück Mohnkuchen und eine Cola mit Strohhalm. »Da halt dich man dran fest«, sagte Oma. »Das muß reichen, bis wir da sind!«

Von dem kleinsten und gemeinsten Mann bis rauf zum Kapitän.

Meine Cola reichte nicht mal eine Minute lang. Ich wollte lieber hoch aufs Deck als weiter in der stickigen Budike vor meinem leeren Glas sitzen und am Strohhalm lutschen, und ich zappelte auf der Bank rum, bis Mama sagte: »Dann schieb halt ab, du Wippsteert, aber sieh dich vor!«

Den Rest von meinem Kuchenstück verfütterte ich an die

Möwen, die schreiend über der Fähre schwebten und sich die Krümel aus der Luft fingen, bis Mama ankam und mir die Hölle heißmachte. Ob ich den Verstand verloren hätte. Der teure Kuchen!

Gna, gna, gna.

Das beste war das Ausbooten. Fast noch auf hoher See von der Fähre in ein schwankendes Boot hüpfen und damit bis zum Hafen tuckern, aber Helgoland selbst war pottlangweilig. Zu den besten Kletterstellen durfte man nicht hin.

Bei den Fotos schnitt ich jedesmal ein Gesicht wie Doof von Dick und Doof, was ich von Michael Gerlach gelernt hatte, und als der Film entwickelt war, brummte Mama mir einen Tag Hausarrest auf. »Die ganzen Bilder hast du uns versaut mit deiner blöden Grimasse! Das ist nun der Dank für die schöne Reise! Scher dich in dein Zimmer!«

Dann durfte ich aber doch zukucken, als die neue Tiefkühltruhe von Neckermann gebracht und im Keller angeschlossen wurde. Die alte hatte den Geist aufgegeben.

»Primstens«, sagte Mama und machte den Deckel zu.

Von der Adria brachte Volker Fossilien mit, versteinerte Meeresschnecken, die er an ein Museum verkaufen wollte, aber Papa sagte, wenn ein staatliches Museum auf Kosten der Steuerzahler für dieses Geröll auch nur eine müde Mark hinblättere, wandere er noch am selben Tag nach Alaska aus.

An der Gartenseite war die Dachrinne verstopft. Papa stellte zwei Leitern dran, und dann sollten Volker und ich mit Rundspachteln den Kniest aus der Rinne schaben. Modrige, verfilzte Blätterklumpen und anderes angebackenes Zeugs. Papa wollte das, weil Besuch ins Haus stand, meine Patentante Gertrud und Onkel Edgar mit Kindern. Als ob die vorgehabt hätten, die Dachrinne unter die Lupe zu nehmen.

Gesehen hatte ich Tante Gertrud und Onkel Edgar noch nie. Die beiden waren schon alt, fast fünfzig, und Onkel Edgar hatte graue Schnurrbarthaare, so ähnlich wie Wiebkes Seehund vom Schrottplatz.

Weil ich höflich sein wollte, hielt ich Tante Gertrud die offene Prinzenrolle von DeBeukelaer hin, die sie mir vermacht hatte: »Wollen Sie auch selber welche?« Da lachten mich alle aus. Siezt der Dösbattel seine eigene Patentante! »Du weißt wohl nicht, wer ich bin?« sagte Tante Gertrud, und ich ärgerte mich, daß ich der überhaupt was angeboten hatte.

Ihre Söhne Horst und Bodo, sechzehn und acht, machten Kopfstand auf dem Rasen und führten Yogastellungen vor. Bodo war nur ein Strich in der Landschaft, und Horst war Tante Gertruds Stiefsohn, ein Sprößling aus der ersten Ehe von Onkel Edgar, der sich dann hatte scheiden lassen, was ja wohl auch nicht die feine englische Art war.

Abends wurde im Wohnzimmer rumgehockt, und ich durfte den Wildwestfilm im Zweiten nicht kucken. Im Höllentempo nach Fort Dobbs, das wäre mir lieber gewesen als das Gerede über Bausparverträge, Bandscheibengeschichten und Ostpreußen, und ich war heilfroh, als der Besuch sich wieder verkrümelt hatte.

Dann kamen die Engländer, sieben Mann hoch. Tante Therese, Onkel Bob, Kim und Norman, ein Schwager und eine Schwägerin von Tante Therese, Stuart und Carol, und Collin, ein Sohn von denen, in Renates Alter, der kein einziges Wort Deutsch konnte.

Carol war spindeldürr und abenteuerlich aufgetakelt. Die Haare rotgefärbt, lila Lidschatten, rosalackierte Krallen, an den Ohren protzige Edelsteine und dazu eine Fistelstimme. »Solche Schreckschrauben werden auch nur in England gezüchtet«, hörte ich Papa sich selbst zuflüstern, als ich vor der Klotür wartete. Bei dreizehn Leuten im Haus kam es alle naselang vor, daß sämtliche drei Klos besetzt waren.

Nachmittags gab's Kaffee, Kaba und Bienenstich auf der Terrasse. Sieh mal kucke. Ohne Besuch hätte Mama das alles im Leben nicht aufgetischt.

Als ein Geschwader Wespen über uns herfiel, bewaffnete Mama sich mit der Fliegenklatsche, in der oben noch Flügel, Beine und halbe Köpfe von zerdötschten Fliegen klebten.

Aus dem Nachbargarten kam die kleine Dörte Rautenberg gelaufen, rot mit Himbeersaft beschmiert bis über beide Bakken.

»Who is that?« fragte Onkel Bob, und als er hörte, daß das Mädchen Dörte hieß, rief er: »Dirty! What a suitable name!«

Was daran so witzig war, mußte ich mir erst erklären lassen.

Aus Fix und Foxi kannte ich einen guten Witz mit Lupo auf dem Postamt. »Der Brief ist zu schwer«, sagt der Postbeamte, »da muß noch eine Marke drauf!« Darauf Lupo: »Witzbold, dann wird er ja noch schwerer!«

Auswendig hatte ich sonst keinen Witz mehr auf Lager, und ich wetzte ins Wohnzimmer, um Willy Millowitschs Witzebuch zu holen, aber Renate war dagegen. Witze vorlesen sei doof.

Wenigstens einen wollte ich aber loswerden. Eine größere Familie geht an einem schönen Frühlingstag spazieren. Nach geraumer Zeit blickt sich die Mutter um und stellt fest, daß die Tochter samt Bräutigam verschwunden ist. »Was machen denn die Kinder bloß?« fragt die Mutter unruhig. Der Vater erwidert lakonisch: »Nachkommen.« Das war ein Witz, den man nicht ins Englische übersetzen konnte.

Im Hobbyraum wurde ein Matratzenlager für die Jugend eingerichtet. Renate schleppte den Plattenspieler nach unten und legte für die Engländer die Platte von Ulrich Roski auf den Teller: Laß dir Ringe um die Beine schweißen, daß dich nicht die Schweine beißen, Baby.

Nach Boppard fuhren wir ohne Renate und Kim. Die wollten lieber in Koblenz Shopping machen, also Gürtel und hochhakkige Schuhe begaffen und die Preise vergleichen.

In der Sesselbahn machte ich mir, als ein Windstoß kam, vor Schreck einen Strahl Pisse in die Hose, aber das merkte keiner.

Von oben konnte man auf die Rheinschleife sehen und die Schleppkähne, die da fuhren. Wie das wohl ausgesehen hätte, wenn da zwei zusammengeknallt wären und abgesoffen.

Ich lief mit Volker im Wald rum, bis Mama nach uns rief.

»Wollt ihr schon zurück?«

»Dreimal darfst du raten.«

Im Schwimmbad quasselte Renate drei Typen an, Jochen und Henry und Dirk, die sie alle zu ihrer Geburtstagsparty einlud. Das hätte ich mal bei Piroschka versuchen sollen. Da hätten sie mich doch gleich nach Andernach gebracht, ins Beklopptenheim.

Genaugenommen hätte Piroschka ja auch mal zu mir kommen können, um mich zu irgendwas einzuladen, die Transuse.

Ich sah mich überall nach ihr um, aber sie war nicht da, und auf dem Platz, wo sie sonst gesessen hatte, räkelte sich ein Opa, der Quick las.

Zum Geburtstag kriegte Renate Ringe, Taschentücher und Parfüm und solchen Kack. Mädchen waren schon arme Schweine.

Volker erzählte von den Riesenkraken, die ich nicht gesehen hatte, weil ich am Abend vorher bei Geheimnisse des Meeres vorm Fernseher eingeschlafen war. Seeungeheuer seien da noch gezeigt worden und gigantische Tintenfische mit achtzehn Beinen und drei Köpfen, aber es konnte auch sein, daß Volker mich auf die Schippe nahm.

Renates Partygäste kamen alle mit Platten: The Lion Sleeps Tonight, Guantanamera, Que sera und Popcorn, das Stück aus dem Synthesizer. Renates Freundin Mareike kam zusammen mit Susanne, einer Riesin aus Lahnstein, die eins neunzig lang war und auf der Kellertreppe den Kopf einziehen mußte.

Volker, Norman, Kim und Collin feierten auch mit. Hopsten da rum wie die Irren. One Way Wind und Old Man Moses. Haschu Haschisch inne Taschen.

»Frag die mal, ob die noch Salzstangen wollen«, sagte Mama,

»und dann komm wieder rauf und sag mir, was die da unten treiben.«

Ich ging runter. Im Schummerlicht kauerten Pärchen, und zwei Weiber tanzten zu Butterfly, my Butterfly. Eine Welt voll Poesie, die Zeit blieb für uns stehn, doch der Abschied kam, ich mußte gehn.

»Und was machen die da?«

»Nichts.«

Als die Engländer abgereist waren, sagte Papa, daß er die Nase gestrichen voll habe von Logiergästen, insbesondere von Carol. Diesem wandelnden Tuschkasten weine er keine Träne nach. »Schlimmer als die Polizei erlaubt.«

Am letzten Ferientag ging ich noch einmal die Rudolf-Harbig-Straße lang. Vor Piroschkas Haus saß ein kleiner Junge und malte mit Kreide was aufs Pflaster. Das konnte ihr kleiner Bruder sein, und ich lächelte ihn gutmütig an, aber er streckte mir die Zunge raus und rief: »Du bist doof! Das hat die Piroschka gesagt!«

Und ich Idiot hatte mich da noch blicken lassen. Ich legte das Gelübde ab, nie wieder einen Fuß in die Rudolf-Harbig-Straße zu setzen. Und wenn Piroschka hier angewinselt käme, um sich zu entschuldigen, würde ich der die Tür vor der Nase zuknallen.

Da konnte sie Gift drauf nehmen, die dumme Pute.

Morgens drehte sich alles um Wiebke, weil es ihr allererster Schultag war, aber ich fand, daß so eine Einschulung pipileicht war im Vergleich zum Wechsel von der Grundschule aufs Gymnasium.

Papa fuhr mich hin, durch Urbar, dann am Rhein lang, am Deutschen Eck vorbei, durch Ehrenbreitstein und über die Brücke, und er zeigte mir auch die Stelle, wo wir uns mittags wieder treffen sollten, am Zentralplatz in Koblenz. Dann gingen wir zum Eichendorff-Gymnasium.

Die Zeremonie zur Begrüßung der Sextaner fand in der Aula statt. Da waren die Fensterscheiben lange nicht geputzt worden. Der Direx hielt eine Rede. Links hatte er einen braunen Lederhandschuh an, und der Arm war steif, das war eine Prothese, wie ich später erfuhr.

Ich kannte keine Sau in dem ganzen Laden, aber Papa sagte, ich würde schon noch rausbekommen, wie der Hase läuft.

Das Gymnasium war ein riesiger Kasten, kein Vergleich mit der Karl-d'Ester-Schule. Die hätte da glatt zehnmal reingepaßt. Und alles Jungs.

In der Klasse sicherte ich mir einen Platz ganz vorne. Ein grauhaariger Fritze mit Schlips und Anzug war der Deutschlehrer und gleichzeitig der Klassenlehrer. Er schrieb seinen Namen an die Tafel: Meier. »Zur Unterscheidung von dem Kollegen Meier, der Sport und Erdkunde unterrichtet, nennt man mich auch Deutsch-Griechisch-Französisch-Meier.«

Wir sollten Namensschilder malen. Wenn er die nicht lesen könne, behelfe er sich mit Eselsbrücken: »Keiner kommt mehr richtig mit, vorne Schulze, hinten Schmidt.« Bei uns hieß er deshalb der Schlaumeier.

Für uns beginne jetzt der Ernst des Lebens. Hier wehe ein anderer Wind als in der Grundschule. Nach den Kinkerlitzchen, die wir da gelernt hätten, kämen nun die schweren Brocken. Als Gymnasiasten dürften wir unsere Ausbildung nicht auf die leichte Schulter nehmen, sonst werde man uns schon nach kurzer Zeit wieder aussortieren, als Muster ohne Wert, und uns anheimstellen, die Laufbahn eines ehrbaren Straßenkehrers einzuschlagen. Erziehung habe was mit Zucht zu tun.

Ob uns das klar sei? Klar und Klärchen? Da sollten wir mal den einen oder anderen Gedanken dran verschwenden.

Neben dem Haupteingang stand eine beschmierte Büste auf einem Sockel, von Friedrich Mohr, Naturwissenschaftler und Pharmazeut, von dann bis dann. Die wußten auch nicht, was sie wollten. Nannten das Gymnasium Eichendorff und stellten ein Denkmal von jemand anderem davor.

Auf Papa hatte ich schon fast zwanzig Minuten lang gewartet, bis mir auffiel, daß ich an der falschen Stelle vom Zentralplatz stand. Als ich zur richtigen gelaufen war, rief Papa: »Da bist du ja endlich, du Tranfunzel!«

Im Auto fragte er mich, wie mir die neue Schule gefalle.

»Geht so.«

Mama sagte, daß sie als Schülerin immer zugesehen habe, einen Platz ganz hinten zu kriegen. Da habe sie den besten Überblick gehabt, und es sei weniger Keile ausgeteilt worden als weiter vorne. In die erste Reihe hätten sich nur die Streber gesetzt.

Zum Frühstück gab's jetzt Brötchen, die der Bäcker an die Tür brachte. Zwölf Stück, für jeden zwei. Viel besser konnten es auch Mittendorfs nicht haben. Oder nur, wenn es bei denen Mohnbrötchen gab statt gewöhnlicher Brötchen.

Michael Gerlach war aufs Max-von-Laue-Gymnasium gekommen, gleich gegenüber vom Eichendorff, und wir saßen jeden Morgen im selben KEVAG-Bus, der auf dem Mallendarer Berg noch leer war und ab Urbar immer so proppenvoll, daß die Leute stehen mußten.

KEVAG: Koblenzer Elektrizitätswerk und Verkehrs-Aktiengesellschaft. Fast sowas wie Donau-Dampfschiffahrtsgesellschaft.

Ein Fiesling, der jeden Morgen in der Pfarrer-Sesterhenn-Straße zustieg, hatte spitze Ohren wie der Spock von Raumschiff Enterprise und zutzelte an seinen Zähnen.

Zwischen Urbar und Ehrenbreitstein stand der Bus immer eine halbe Stunde lang im Stau. Da war der Berufsverkehr dran schuld.

Die Pauker am Max von Laue seien alle hoffnungslos vergreiste alte Hosenscheißer, sagte Michael. Sein Bruder Holger gehe da schon zwei Jahre lang hin und sei restlos bedient von dem Verein.

Von der Pfaffendorfer Brücke aus konnte man die abgeknickte neue Brücke sehen, die noch immer in den Rhein hing.

Aussteigen mußten wir beide an der Christuskirche.

»Und da verließen sie ihn«, sagte der Schlaumeier, wenn jemand was nicht wußte, und: »Leichte Schläge auf den Hinterkopf erhöhen das Denkvermögen.« Oder: »Hier spielt die Musik!«

Ein Apostroph sei das Grabmal für einen verstorbenen Buchstaben. »Verstanden, Herr von und zu, auf und davon Schlosser?«

Fabeln von Lessing. Der böse Wolf war zu Jahren gekommen und faßte den gleißenden Entschluß, mit den Schäfern auf einem gütlichen Fuß zu leben. Und so weiter. Hier lernte ich auch, daß es Bibliothek hieß und nicht Bibilothek, Rückgrat und nicht Rückrad und nicht Augenbraunen, sondern Augenbrauen.

Was der Schlaumeier mit Kreide auf die naß abgewischte Tafel schrieb, war anfangs unleserlich und dann leserlich.

Den Unterricht in evangelischer Religion hatten wir bei einer ondulierten Gewitterziege namens Jutta Niedergesäß. Die hieß wirklich so. Bei der lernten wir Fremdwörter wie Genesis, Exodus, Leviticus, Deuteronomium und Septuaginta. Einer aus der Klasse hatte die Masche, immer Jesu Christi zu sagen statt Jesus Christus. Jesu Christi verkündet, Jesu Christi lehrt, Jesu Christi gebietet, hundertmal in jeder Stunde.

Herr Delling, der Mathelehrer, war ein fetter alter Saftsack. Glatze mit Geländer und kriegsversehrt. Das hohle Hosenbein war hochgeschlagen und oben am Gürtelbund angenäht.

Mathematik heute: Das Buch war grün mit bunten Karos vornedrauf. Enthält eine Menge nur ein Element, so spricht man von einer einelementigen Menge. Es gab Obermengen und Untermengen, Grundmengen und Erfüllungsmengen, Schnittmengen und Restmengen, Minuenden und Summanden und

Subtrahenden. Dazu noch das Kommutativgesetz: Das Vereinigen von Mengen ist kommutativ. Und das Distributivgesetz: Die Kreuzmengenbildung ist bezüglich der Vereinigung distributiv.

Köln, Frankfurt, Stuttgart und München haben untereinander direkte Airbus-Verbindung. Gib durch geordnete Paare alle Möglichkeiten für einen Flug (von Stadt zu Stadt) an. Ist die Menge aus diesen Paaren eine Kreuzmenge? Begründe deine Antwort!

Da mußte man ja gaga sein, wenn man das beantworten konnte.

Multiplikand und Multiplikator, Quotient und Divisor, Punktmengen und Parallelogramme. Mit dem Geodreieck sollten wir orthogonale Geraden zeichnen, was mir tierisch auf den Wecker ging, weil ich schon die Namen von dem Scheiß nicht leiden konnte.

Englisch hatten wir bei Herrn Lauritzen, der einen Bart um den Mund rum hatte, wie mit dem Teppichmesser ausgeschnitten. Und feuchte Aussprache. Da hätte man einen Regenschirm aufspannen müssen.

The Good Companion. I see a cat. The cat is fat. Can you see the cat?

The zebra in the zoo is suffering from flue.

Einen Bart trug auch Herr Engelhardt, der Biolehrer, aber nur an den Backen und am Kinn. Das war der einzige Lehrer, der in Jeans zur Schule kam. Aber wechselwarme Tiere und die Magenteile der Wiederkäuer interessierten mich nicht für fünf Pfennig, so wenig wie in Musik bei Herrn Bosch die ganzen besengten Namen der Orchesterinstrumente. Kesselpauke, Violoncello, Fagott und Englischhorn.

In Geschichte seiberte ein Pauker mit Himmelfahrtsnase über Chaldäer, Assyrer und Phönizier, die Gesetzesstele des Hammurabi und die dorischen Wanderungen. Als wir als Hausaufgabe hatten, das Löwentor von Mykene abzuzeichnen, nahm ich Kohlepapier zuhilfe, aber weil ich es verkehrtrum eingelegt hatte, mit der schwarzen Seite nach oben, war hinterher ein Riesenschmierfleck im Buch.

Drei drei drei, bei Issos Keilerei. Die ollen Griechen auf den Bildern hatten alle superkleine Piepmätze.

Den schweren Diercke-Atlas, den wir in Erdkunde brauchten, hatte ich von Volker geerbt, mit Randbemerkungen in dessen Sauklaue und mit allen Tintenklecksen, die er da im Lauf der Jahre hineinpraktiziert hatte. Die Gefrierdauer der Flüsse und das Werden der heutigen Kulturlandschaft. Kalisalze, Braunkohle, Erdgas und Eisenerz.

In Erde meldete ich mich jedesmal zum Austreten, wartete auf dem Flur, bis der Sekundenzeiger oben war, und rannte los. Einmal schaffte ich die Strecke bis zum untersten Klo in weniger als zwanzig Sekunden.

In diesem Scheißhaus wohnt ein Geist, der jeden, der hier sitzt und scheißt, von unten in die Eier beißt.

Wer das liest, ist doof.

Wenn kein Unterricht war, wurde Skat gekloppt. In der großen Pause, in der kleinen Pause und in den Pausen zwischen den Stunden, immer und überall rotteten sich Schüler zusammen, holten die Karten raus, brüllten und fluchten und waren nicht mehr ansprechbar. Am schrillsten schrie Jesu Christi, vor allem, wenn ihm jemand von hinten ins Blatt kucken wollte.

Von den Kartenspielern hielt ich mich fern, aber auch von den Dösköppen, die sich die Hälfte jeder Pause in der Schlange vor der Hausmeisterluke die Beine in den Bauch standen, um Teilchen und Kakao zu kaufen. Dafür hätte ich auch kein Geld gehabt.

Ich lungerte mit Erhard Schmitz und Boris Kowalewski beim Fahrradständer rum. Erhard Schmitz, ein Kraftpaket aus Neuendorf, kam jeden Morgen mit seinem Peugeot-Rennrad zur Schule. Zehn Gänge hatte das, und er paßte in den Pausen wie ein Schießhund darauf auf. Boris Kowalewski war klein und dünn, aber er hatte lange blonde Haare und die größte Fresse von allen. »Du hast da 'n Pickel. Oder soll das dein Kopf sein?« Von solchen Sprüchen hatte der Hunderte in petto. »Hier zieht's, mach's Maul zu!«

Einer in der Klasse hatte Asthma, Frank Töpfer, eine Bohnenstange mit Hängeschultern und vorquellenden Knopfaugen, wie bei Heino fast. In Sport schied Frank Töpfer immer schon nach wenigen Minuten aus, und wenn er konnte, rückte er einem auf den Pelz und ließ Horrorgeschichten über seine Krankheit vom Stapel, wie schwer die sei und wie oft er zum Arzt müsse.

Wenn ich nach der fünften Stunde freihatte, ging ich ins Gewa am Zentralplatz, mit der bunten Spirale vornedran, die sich drehte, oder in die Löhrstraße zum Kaufhof, Langspielplatten ankucken, die ich mir gekauft hätte, wenn ich reich genug gewesen wäre. Am Tag, als Conny Kramer starb. Musikalisches Gerümpel von Insterburg & Co. und ein halbes Dutzend Platten von Reinhard Mey: Alles, was ich hahabe, ist meine Küchenschahabe, sie liegt auf meinem Ohofen, da kann sie ruhig pohofen.

Bei den Rolltreppen mußte man aufpassen. Eine Mitschülerin von Renate hatte mal gesehen, wie eine Frau mit den Haaren in die Rolltreppe gekommen und richtiggehend skalpiert worden war.

Das ganze Jahr den Schuh von Lahr.

Wenn es ging, setzte ich mich im Bus ganz vorne hin oder auf einen von den erhöhten Sitzen über den Reifen. An der Seite hing ein Hämmerchen. Notausstieg. Bei Gefahr Scheibe einschlagen.

Während der Fahrt durfte man sich nicht mit dem Fahrer unterhalten.

Sitzplätze: 48. Stehplätze: 52.

Hinter Ehrenbreitstein war Steinschlaggefahr. Da hätte mal 'ne Lawine runterkommen sollen. Peng, batsch, boing! Voll auf die Straße, so daß da für den Bus eine Woche lang kein Durchkommen mehr gewesen wäre.

In Urbar waren die Straßen so schmal, daß der Bus alle paar Meter hinter geparkten Wagen halten und den Gegenverkehr vorbeilassen mußte.

Einmal nahm ich alle meine Platten und noch welche von Renate und Volker zu Michael Gerlach mit. Alles von Freddy, Heino, Bruce Low, Daisy Door, Danyel Gerard und Cat Stevens, aber dann stellte sich raus, daß Gerlachs keinen Plattenspieler hatten.

Sechs Kinder und keinen Plattenspieler im Haus! Verrückt.

Eine Zeitlang war beim Abendbrot Erdnußbutter der letzte Schrei, bis Wiebke und ich uns dadran überfressen hatten.

Bei den Olympischen Spielen gewann Heide Rosendahl eine Goldmedaille im Weitsprung, mit Brille auf. Ich fand aber auch Olga Korbut gut, die russische Turnerin. Auf dem Schwebebalken Rad schlagen vor einer Milliarde Fernsehzuschauern in aller Welt, das war nicht von Pappe.

Verzichten können hätte ich dagegen auf Kanuslalom, Florettfechten, Rudern und Stabhochsprung der Herren.

Und dann die Geher. Ich war auch für Bernd Kannenberg, aber fünfzig Kilometer so zu gehen, wie mit vollen Hosen? Da machte der Speerwerfer Klaus Wolfermann eine bessere Figur.

Oder Ulrike Meyfarth, obwohl ich erst gedacht hatte, daß das die Terroristin sei. Und Shane Gould, die Schwimmerin aus Australien: dreimal Gold, einmal Silber, einmal Bronze. Fünfzehn war die, und ich war zehn und hatte noch nicht mal den Freischwimmer.

Am allerbesten war Mark Spitz mit seinen Goldmedaillen in der 4×100-m-Freistilstaffel, in 200-m-Delphin, 200-m-Freistil, in der 4×200-m-Freistilstaffel, in 100-m-Delphin, 100-m-Freistil und in der 4×100-m-Lagenstaffel. Das sollte dem mal jemand nachmachen.

Als ich von der Schule kam, machte Mama die Tür auf und sagte, daß was ganz Entsetzliches passiert sei. Araber hätten die israelische Olympiamannschaft überfallen und schon zwei von den Sportlern umgebracht. Und das in Deutschland, wo wir doch nun gehofft hätten, daß die anderen uns die Nazivergangenheit endlich vergeben könnten.

Behämmert war, daß deswegen der Film über die Abenteuer des Robin Hood aus dem Programm genommen wurde. Hätten die verdammten Araber nicht in der Wüste bleiben können, bei ihren Wasserpfeifen und Kamelen?

Renate wollte sich in Koblenz Wolle kaufen. Ich fuhr mit, und in der Kaufhalle mogelte ich hinter Renates Rücken ein Stück Seife in die Einkaufstasche. Rexona.

Als Renate das Seifenstück gefunden hatte, sagte sie: »Das bringst du genau wieder dahin, wo du's hergeholt hast!«

Das war fast noch schwerer als das Klauen.

Am Samstag mußten wir im Garten Unkraut rupfen: Quecke, Giersch und Melde, und zwar mit Wurzel. Papa überwachte das. Alle anderen Pflanzen mußten gepflegt und gegossen werden, wenn sie nicht eingehen sollten, nur das Unkraut wuchs von alleine.

Mama erntete wieder kiloweise Bohnen. Als sie alle kleingeschnippelt, vorgebrüht und eingefroren hatte, ging die Tiefkühltruhe kaputt, natürlich am Wochenende, wo die Neckermänner nicht kommen konnten.

Ganz am Schluß hatten wir dreizehn Goldmedaillen, die DDR zwanzig, Amerika dreiunddreißig und Rußland fünfzig. Wenn man die DDR mitzählte zu Deutschland, hatten wir genausoviel wie die Amis.

Es gab aber zuviele doofe Sportarten wie Hammerwerfen, Kugelstoßen und Gewichtheben. Oder Ringen, wenn den Fettwänsten dann so der Po aus dem Trikot quoll.

Ich schwatzte Renate das Bravoposter von Mark Spitz ab, auf dem er seine sieben Goldmedaillen um den Hals hängen hatte und eine Badehose mit Stars and Stripes an. In zehn oder zwölf Jahren würde ich vielleicht auch so dastehen, über und über mit olympischem Gold geschmückt. Martin Schlosser, wie er leibt und lebt.

Wiebke konnte jetzt schreiben: Lisa, Uli, Ali, Susi, lila, Nina, Isa. Und Wiebke. Sie wollte auch Robbi, Tobbi und das Fliewatüüt schreiben, aber dafür hatte sie noch nicht genug Buchstaben gelernt.

Von der neuen Rheinbrücke war schon wieder ein Teilstück eingestürzt, und sechs Leute waren draufgegangen. Was da wohl für Knallköpfe im Ingenieurbüro saßen. Berechneten alles falsch, und ein paar arme Schlucker konnten es ausbaden. Er könne die Sesselfurzer förmlich vor sich sehen, sagte Papa. Von dieser Bagage gebe es auch im BWB ganze Rudel.

Renate war nach Koblenz gefahren, um sich Karten für Insterburg & Co. zu kaufen, und ich ging in Renates Zimmer. Mal kucken, was es da so gab.

Im Schreibfach lag ein dunkelgrünes Ringbuch. Auf dem Umschlag prangten die mit Herzchen umkringelten Namen Rüdiger, Jochen, Henry und Erwin. Innen standen Hausaufgaben. Der Quintenzirkel, das Leben Mahatma Gandhis und der Verlauf der Französischen Revolution. Weiter hinten kam ein Sonderteil. Betrifft: Renates Party am 10. August 1972! Dann folgte ein Gedicht, das Renates Freundin Susanne verbrochen hatte.

Mareike und ich konnten die Party kaum mehr erwarten.
Es kam ganz anders, als wir gedacht,
aber es hat doch viel Spaß gemacht.
Zwar konnten nicht alle kommen,
dafür kamen über den Kanal aber Norman, Collin und Kim geschwommen.

Zu sechst ließen wir die Party steigen
und fingen an mit einem Reigen.
So ging es von fünf bis achte,
gemächlich und sehr, sehr sachte.
Um acht erschien dann Jochen.
Beschreibung: Muskeln, Haare und ein paar Knochen!
Er nahm die Sache in die Hand,
was Renate auch sehr lustig fand.
Collin hatte sich mittlerweile zurückgezogen
und war vor dem bärtigen Jochen davongeflogen.
Auf einmal waren zwei Paare entstanden,
die immer wieder zueinanderfanden.
Paar Number One, wer es wohl gewesen war,
das ist doch mal wieder klar.
Renate und Jochen, die schwebten im Glück,
Dancing und Kissing an einem Stück!
Von zehn bis zwölf, Mensch, what a time,
Jochen machte das aber auch wirklich fein.
»Zur Sache, Schätzchen«, hieß sein Ziel,
und es geschah, als Renate der Länge nach aufs Sofa fiel.
Ihr Bruder Volker war auch noch dabei,
und was da geschah, war für ihn durchaus nicht einerlei.
Er fand das Geschehen auf dem Sofa sehr interessant
und beobachtete seine Objekte gespannt.
Die Stimmung stieg, Renate war schon ziemlich blau,
und Jochen merkte dies genau.
Ich saß da und hatte meine Ruh',
sah dem fröhlichen Treiben mit wachsamen Augen zu.
Jochens Bart gefiel mir am besten,
Renate hatte das Glück, seine Kitzligkeit zu testen.
Um zwölf war alles zu Ende,
und Jochen gebrauchte noch einmal seine Hände.
Diese Tat war meines Erachtens zu gewagt
und hat alle anderen Geschehnisse überragt.
Es war schon fast ein »Spiel vor der offenen Tür«,

aber Renate schien sehr viel Lust zu haben dafür!
Dienstag danach gingen die zwei ins Safari und Pizza essen,
und nach einem ausgedehnten Spaziergang haben sie noch
'ne halbe Stunde vor Renates Haustür gesessen.
Doch Renates Mutter hatte gute Ohren,
und Jochens Motor war noch längst nicht eingefroren …
Er arbeitete im Auto sehr beflissen,
nun, Renate wird das ja alles selber wissen!

Sieh mal einer an. Und das Gedicht ging noch weiter:

Paar Number Two, Mareike und Norman, they are fallen in love,
doch jetzt ist Norman wieder in diesem englischen Kaff.
Er schien ihr doch besser gefallen zu haben, als sie gedacht.
Nun ja, die Liebe ist eine Himmelsmacht!
Nach einigen Tänzen brodelte in ihnen schon das Feuer,
mir war die Sache von Anfang an nicht geheuer.
Norman schien anfangs etwas scheu,
doch er war ein ganz ausgefuchster Boy.
Nun, was soll ich hier noch viel erzählen,
Mary muß sich nun mit Liebeskummer quälen.
Ein Tip von mir, von Frau zu Frau,
es lohnt sich nicht, ich weiß es ganz genau.
So, das wär's, meine Damen. Sendeschluß.
Gruß und Kuß, Eure Sus!

Das Ringbuch legte ich wieder genau an den Platz, wo ich es weggenommen hatte.

Was die da alles anstellten, wenn die unter sich waren!

Papa hatte für teuer Geld einen Preßlufthammer ausgeliehen und traktierte damit den Boden vor der Garage, der gepflastert werden sollte.

Meiner einer würde sowas lassen, hätte Bugs Bunny gesagt. Ich wollte später lieber ein fertiges Haus kaufen als eins bauen. Es standen ja überall welche rum, und ich fand's schon mürselig genug, immer die Carrerabahn aufzubauen und wieder ab. Und wenn an dem Haus was zu reparieren wäre, würde ich das Knechte machen lassen und selbst solange Federball spielen. Oder in der Hängematte liegen und Pflaumen essen, eine Sorte, von der man hundert Kilo futtern könnte, ohne Dünnpfiff zu kriegen. Das war bestimmt besser, als als normaler Erwachsener mit dem Preßlufthammer rumzustoppeln und jeden Abend die Tagesschau kukken zu müssen, mit Nachrichten über trilaterale Abkommen zwischen Erzbischof Makarios, Haile Selassie und Abba Eban in Addis Abeba oder Phnom Penh oder Daressalaam. Und die Wettervorhersage, die sowieso nie stimmte. Wolkig mit Aufheiterungen, Tageshöchstwerte, atlantische Tiefausläufer, rechtdrehende Winde und das Piepen nach dem Windpfeil.

»Wenn der Hahn kräht auf dem Mist, ändert sich das Wetter, oder es bleibt, wie es ist«, sagte Mama.

Auf dem Klavier übte Renate jetzt den Jägerchor aus dem Freischütz. Telefonisch wurde das auch Oma Schlosser mitgeteilt, damit die nicht dachte, jetzt hab ich denen das Klavier geschenkt, aber spielen tut ja doch keiner drauf.

Am Freitag dem 13. stieß ich mit dem Schienbein voll vor den obersten Treppenabsatz. Der Schmerz ließ irgendwann nach, aber ich konnte mir endgültig Knochenkrebs weggeholt haben, wie der Junge in Hörzu.

Michael und Holger Gerlach luden mich zu einem Radrennen ein. Start vor deren Haustür, erste Etappe bis Simmern, zweite Etappe von Simmern aus durch den Wald bis Vallendar.

Michael drehte auf wie eine Bergziege und kam dreißig Sekunden vor mir in Simmern an und fast eine Minute vor seinem Bruder.

Auf einem Schild stand, wann in Simmern Gottesdienst war.

Von einer Obstwiese klauten wir uns Birnen und schoben dann die Räder durch Simmern hoch. Jedesmal, wenn ich da durchkam, dachte ich, daß die Leute da einen an der Waffel haben mußten.

Kein vernünftiger Mensch würde in ein Kuhkaff mit solchem Gefälle ziehen. Immer rauf und wieder runter, selbst wenn man nur mal eben hundert Gramm Bierwurst vom Kaufmann holen wollte, der in Simmern wahrscheinlich auch nur drei Stunden an drei Tagen in der Woche aufhatte, wenn überhaupt.

Bei der zweiten Etappe kriegte Michael eine halbe Minute Vorsprung vor mir und eine ganze vor Holger, von dem man nur hoffen konnte, daß er ehrlich war und nicht früher losfuhr als erlaubt.

Auf den letzten Kilometern vor Vallendar kam ich außer Puste. Michael konnte ich nicht mehr einholen, und als Holger freudestrahlend an mir vorbeizog, rief ich ihm zu, daß ich einen Wadenkrampf hätte und langsamer fahren müsse, was aber gelogen war.

Klar, bergab war Holger mit seinen sechzig Kilo Speck im Vorteil. Kurz vor Vallendar überholte er sogar ein Auto.

Abends im Bett schämte ich mich zu Tode wegen meiner Lüge mit dem Wadenkrampf. Ich war kein guter Verlierer.

Am Sonntag machte Johnny Weissmüller als Tarzan aus Leoparden, Nilpferden und Menschenaffen Kleinholz, und Mama sagte: »Ich möcht ja nur mal wissen, wie der sich rasiert«, womit sie bewies, daß sie keinen Funken davon verstanden hatte, was bei Tarzanfilmen wichtig war und was nicht.

Von der Elternsprechstunde im Hilda-Gymnasium kehrte Mama wutschnaubend zurück. Was sie auf die Palme gebracht hatte, war eine Bemerkung von Renates Deutschlehrerin, die darauf erpicht gewesen war, Mama zur Klassenpflegschaftsvorsitzenden zu ernennen, aber sie hatte abgelehnt, weil sie dazu nicht mobil genug sei ohne eigenes Auto. »Und da sagt die doch zu mir: Mein Gott, sind Sie unemanzipiert!«

My Bonnie is over the ocean. In Musik erzählte Boris Kowalewski mir einen Witz über einen Typen, der seinen Pullermann als Lasso benutzt, und als ich lachte, machte der Bosch mich zur Schnecke. Bei dem anzuecken war kein Zuckerlecken. Er schickte mich vor die Tür, und da mußte ich bis zum Ende der Stunde stehenbleiben wie bestellt und nicht abgeholt.

Scheiße in der Lampenschale gibt gedämpftes Licht im Saale.

Immer war was. In der Pause blies mir ein Lehrer den Marsch, weil ich eine Flurtür mit dem Fuß aufgestoßen hatte: »Machst du das zuhause auch so, du Rüpel?« Und als ich in Englisch Frank Töpfer den Stuhl unterm Arsch weggezogen hatte, stauchte mich der Lauritzen zusammen. Daß man nach so einem Sturz zeitlebens mit Querschnittlähmung im Rollstuhl sitzen könne, ob ich daran mal gedacht hätte? Und ob ich das verantworten könne? Sowas einem Mitschüler anzutun?

Oder im Bus. Ich hatte ja einen Schülerausweis, aber als ich einmal am Bahnhof eingestiegen war und am Zentralplatz wieder aussteigen wollte, zeterte der Busfahrer durchs Mikrofon: »Dat sinn hier keine Spazierfahrde, Jüngelsche!«

Sollte der Stinkstiefel sich doch gehackt legen.

In the Summertime von Mungo Jerry hätte ich gerne gekauft als Single, aber die war nirgends zu finden, weder bei Gewa noch sonstwo. Am beschissensten war die Auswahl bei Neckermann. Da wurde ich auch gleich wieder weggeekelt von einer Verkäuferin, die sagte, sie habe hier keine Verwendung für Vorgartenzwerge, die die Waren betatschten.

Scheiße auf den Autoreifen gibt beim Bremsen braune Streifen.

Auf den Platz, den ich für Michael Gerlach freigehalten hatte, pflanzte sich einmal im Bus eine fette Tante, obwohl noch massig andere Plätze frei waren, aber als ich der vorschlug, sich woanders hinzusetzen, schüttelte sie bloß den Kopf, und ich saß bis zum Mallendarer Berg eingequetscht da und wälzte Racheplläne. Der mal Juckpulver in den Kragen schütten oder eine Stinkbombe durchs Schlafzimmerfenster schmeißen.

Rache ist Blutwurst, und Leberwurst ist Zeuge.

Zur nächsten Sportstunde sollten wir Badesachen mitbringen, und mir schwante Böses, weil ich immer noch nicht schwimmen konnte, aber es war dann doch nur halb so wild. Im Hallenbad an der Mosel durften die Nichtschwimmer sich darauf beschränken, Zeiten zu stoppen.

Einen Fünfmetersprungturm gab es da und Maukenduschen gegen Fußpilz.

Auf dem Weg zurück zur Schule fiel mir siedendheiß ein, daß ich meine Armbanduhr im Umkleideraum liegengelassen hatte, aber mir fehlte der Mut, das zu sagen, alle damit aufzuhalten und mich auslachen zu lassen. Ich kam auch so schon nicht gut mit, weil mir ein Schnürsenkel gerissen war.

In der Casinostraße lag ein dreieckiger FDP-Aufkleber. Den pappte ich an meine Zimmertür. Jetzt war ich FDP-Anhänger, der einzige in unserer Familie. Hoch auf dem gelben Wagen sitz ich beim Schwager vorn, vorwärts die Rosse traben, lustig schmettert das Horn! Die FDP war gar nicht so verkehrt.

Als Oma und Opa Jever für zwei Tage zu Besuch kamen, staunten sie den Aufkleber an, und Oma sagte, daß sich auch Gustav schon als kleiner Steppke mit Politik beschäftigt habe. Von ihr hätten wir das nicht!

Über Renates Deutschlehrerin lachten Oma und Opa sich einen Ast. »Mein Gott, sind Sie unemanzipiert!« Nur weil Mama kein Auto hatte. »Was sollen denn wir zwei Alten da erst sagen!« rief Oma. »Wir haben ja alle beide kein Auto! Dann ist Vati wohl auch unemanzipiert?«

Oma nannte Opa immer Vati.

»Da hast du leider einen Bock geschossen, Martin«, sagte der Engelhardt, als wir unsere Arbeiten in Bio wiederkriegten. »Das ist ungenügend. Schlicht und ergreifend.«

Ich dachte, der nimmt mich auf den Arm, aber er hatte mir wirklich und wahrhaftig eine Sechs gegeben. Die erste meines Lebens. Fast alles, was ich geschrieben hatte, war rot angestrichen.

Wie sollte ich das Mama beibiegen? Die würde Zustände kriegen.

Selbst in der Pause mußte ich noch heulen. Ich stand hinter der Klotür und kriegte Platanenbommel und Kastanien zugekickt von Erhard Schmitz und Boris Kowalewski, die auch beide Sechsen geschrieben hatten. Denen waren ihre Noten vollkommen schnurz.

Eine Lehrerin, die ich nicht kannte, kam zu mir, um mich zu trösten, und der schüttete ich mein Herz aus.

»Und jetzt fürchtest du dich davor, was deine Eltern sagen werden?«

Sagen ist gut.

»Was werden die dir denn tun?«

Mich verprügeln natürlich.

»Na, na, na, so schlimm wird's schon nicht werden«, sagte die Lehrerin, aber da war ich mir nicht so sicher.

Ich mußte Mamas Unterschrift fälschen. Dann brauchte ich das mit der Sechs niemandem auf die Nase zu binden. Was ich nicht weiß, macht mich nicht heiß.

Wir saßen beim Nachtisch, als das Telefon klingelte. Mama ging ran, und als sie wiederkam, sagte sie, das sei eine Frau Rademacher gewesen, Lehrerin am Eichendorff, und die habe ihr nahegelegt, nicht zu hart mit mir ins Gericht zu gehen wegen der Sechs in Biologie.

Mir blieb der Pudding im Halse stecken. Hätte ich der alten Kuh doch bloß nichts gesagt! Was mischte die sich denn hier ein? Und woher hatte die unsere Telefonnummer?

»Nun sitz nicht da wie so 'n Ölgötze!« sagte Mama. »Du bist doch sonst nicht auf den Mund gefallen!« Weshalb ich denn die Sechs mit keiner Silbe erwähnt hätte bis jetzt?

Ich sagte, ich hätte noch bis nach dem Essen warten wollen.

Weil Oma und Opa da waren und ich nicht gut vor deren Augen vertrimmt werden konnte, kam ich glimpflich davon. Papa hüllte sich in Schweigen, und Opa, der früher selbst Lehrer gewesen war, sagte, bei einem guten Schüler sei eine Sechs kein Grund zur Aufregung. Sowas komme in den besten Familien vor. Das sei Künstlerpech.

Knutschen können hätte ich Opa dafür. Aber als rauskam, daß ich meine Armbanduhr verbaselt hatte, war auch Opa böse auf mich, und von Papa kriegte ich vor versammelter Mannschaft eine gepflastert.

»Und jetzt geh die Uhr suchen!« rief Mama.

»Hab ich schon.«

»Dann such nochmal!«

Mantel, Fuß und Rumpf der Muschel. Wer von Tuten und Blasen keine Ahnung habe, gehöre hinter sein Biologiebuch statt ins Wambachtal, sagte Mama, und ich hatte nicht viel zu lachen, bis ich im Eichendorff auf dem Korridor vorm Musikzimmer ein Zweimarkstück fand.

Am Kiosk beim Busbahnhof hatte ich die Qual der Wahl. Ich entschied mich für Nappos und Salinos und nahm einen Bus später, um Michael Gerlach nichts abgeben zu müssen.

Am Busbahnhof war auch das Verkehrsamt. Was die da wohl zu arbeiten hatten. Verkehr war doch von ganz alleine.

Die Rückfahrt verbrachte ich damit, mir die Lakritze aus dem Gebiß zu knibbeln.

Weil er den Schweinefraß in der BWB-Kantine nicht mochte, fuhr Papa mittags immer nachhause, aber erst so spät, daß man nach Schulschluß noch Zeit hatte, in Koblenz rumzuspazieren.

Vorm Kaufhof pries ein schnauzbärtiger Marktschreier einen »Zick-Zack-Zyliss« an oder Teflonpfannen.

Auf dem Bürgersteig nicht auf die Ritzen treten und in den Eingängen von Kaufhäusern nicht einatmen, weil in den Warmluftschleiern Schnupfenbazillen zirkulierten.

In der Spielzeugabteilung vom Kaufhof besah ich mir die Matchbox-Autos. Alle unerschwinglich, aber schnittiger als unsere alten Schrottkarren, und ich schob mir, ohne lange zu überlegen, das erstbeste Auto samt Verpackung unter den Parka, so wie seinerzeit Ingo Trinklein, klemmte es mit dem Arm fest und ging zitternd zur Rolltreppe.

Keiner hielt mich auf. So leicht konnte man die Eierköpfe da überlisten! Mit dem Auspacken wartete ich aber noch, bis ich außer Sichtweite war.

Eine weiße Luxuslimousine. Die Verpackung schmiß ich weg, und nach dem Mittagessen verzog ich mich in den Hobbyraum. Der Schlitten fuhr wie eine Eins und schnurgeradeaus, nicht wie die anderen Dinger, die Linksdrall oder Rechtsdrall hatten.

Klein, aber mein.

Damit Mama nichts merkte, wühlte ich das Auto in der Spielzeugkiste unter. Jetzt wollte ich auch die übrigen Spielzeugabteilungen abklappern.

Fuchs, du hast die Gans gestohlen!

Ich versorgte mich bei Quelle und in der Kaufhalle auf die bewährte Tour: Verpackung in die Hand nehmen, kucken, ob jemand kuckt, Auto unter den Parka schieben und ab. In der Kaufhalle ließ ich gleich drei Autos mitgehen, einen Oldtimer mit hohen Heckflossen, einen Sportwagen mit dunkelblauer Windschutzscheibe und einen goldenen Mercedes, bei dem man alle vier Türen, die Kofferraumklappe und die Motorhaube aufmachen konnte.

Im Hobbyraum ließ ich die Autos auf der freigeräumten Strecke zwischen Wand und Teppich Rennen fahren. Erst die ganze Flotte dicht zusammenstellen, dreimal Schwung holen und dann loslassen.

Ewiger Spitzenreiter war der Oldtimer, selbst wenn er die Startposition ganz links gehabt hatte, wo die Gefahr, mit einem der Heizkörperstege zu kollidieren, am größten war, aber da kam er fast immer dran vorbei. Es gab auch Kopf-an-Kopf-Rennen mit dem orangen Sportwagen, aber der prallte vorne oft so heftig von der Wand ab, daß er dann weiter hinten liegenblieb als die anderen Autos.

Mein Fuhrpark mußte noch vergrößert werden. Sicherheitshalber ging ich nirgends öfter als einmal klauen. Nur bei Woolworth war ich noch nicht gewesen. Da lagen die Spielzeugautos auf Grabbeltischen.

Als ich unauffällig eins eingesteckt hatte, wollte ich gehen, aber da sah mich eine Verkäuferin so finster an, daß mein Herz einen Satz machte. Ich versuchte noch, freundlich zu lächeln, aber da packte mich schon jemand von hinten am Arm und sagte: »So geht's ja nicht, junger Mann!«

Dann wurde ich abgeführt, quer durchs Geschäft zu einer Tür, eine Treppe hoch, einen Flur lang und in ein Zimmer, wo zwei Frauen mich in die Mangel nahmen.

Ich mußte so heulen, daß ich nicht viel mitbekam, nur die Wörter Ladendiebstahl, Anzeige, Polizei und Eltern, und davon mußte ich noch mehr heulen.

Ich war erledigt. Verratzt und verloren, wie der Kloß im Lesebuch aus der Grundschule. Wenn rauskam, daß ich ein Kaufhausdieb war, hatte ich ausgeschissen, bis ans Ende aller Tage. Grün und blau gehauen würde ich werden und dann ins Heim gesteckt oder ins Zuchthaus. Herzlichen Glückwunsch.

Die Frauen räumten meinen Ranzen aus und hielten mir meine Schulbücher vor die Nase. »Hast du die auch alle geklaut?«

Wie ich hieß, stand auf meinen Schulheften. »Und wo wohnst du?«

Kalli fiel mir ein, wie der dem Fischzüchter was vorgeflunkert hatte, und als ich nicht mehr ganz so laut schluchzen mußte, sagte ich: »In Neuwied.«

Die Weiber wollten mir nicht glauben. »In Neuwied? Und da gehst du in Koblenz zur Schule? Sei ehrlich, wo wohnst du?«

»In Neu-en-dorf!« rief ich, um so zu tun, als ob ich vorher nicht deutlich genug gesprochen hätte, und dann mußte ich wieder heulen.

»Ach, in Neuendorf wohnt der Herr! Und in welcher Straße?«

Straße war schlecht. Mir fiel ums Verrecken kein Straßenname ein, während ich gegen die Tränen kämpfte.

»Na, das kriegen wir schon noch raus«, sagte eine von den Frauen. Dann telefonierte sie mit der Polizei, und die andere fing an, ein Formular auszufüllen. »Martin Schlosser, wohnhaft in Neuendorf, stimmt das denn jetzt auch? Oder hast du uns da was vorgepillert?«

Ich konnte nicht mehr. Jetzt waren auch noch Polizisten im Anmarsch, um mich ins Kreuzverhör zu nehmen. Ich ergab mich in mein Schicksal und legte ein volles Geständnis ab. Wohnort, Straße, Hausnummer, Vornamen der Eltern, Telefonnummer, Geburtstag, Geburtsort. Mit mir war's aus.

Zwei Polizisten holten mich bei Woolworth ab, und dann saß ich hinten im Peterwagen und machte mich klein, damit mich keiner sehen konnte.

»Ans Türmen brauchst du nicht zu denken«, sagte der Bulle, der am Steuer saß. »Hier kommst du nicht raus, da haben wir vorgebaut.«

Auf dem Polizeirevier wartete ich darauf, abgetastet und erkennungsdienstlich behandelt zu werden, aber ich saß nur auf einer Holzbank rum und bekam mit, wie einer von den Polypen bei uns anrief.

»Frau Schlosser?«

Jetzt war Mama dran.

»Wir haben Ihren Sohn Martin hier bei uns, und ich fürchte, der hat eine kleine Dummheit gemacht …«

Himmelangst war mir, als ich mit meinem Ranzen auf dem Schoß dasaß und auf Mama warten mußte. Gehörig zur Sau würde sie mich machen, und dann? Und ob ich jetzt vorbestraft war?

Aber wehe, wehe, wehe, wenn ich auf das Ende sehe.

Jedesmal, wenn die Tür aufging, dachte ich, jetzt isses soweit, aber es kamen immer nur Polizisten rein.

Der Wachtmeister oder was der war, der mit Mama telefoniert hatte, las Praline, eine Zeitschrift mit barbusigen Frauen vornedrauf.

Büro-Ordnung. § 1 Der Chef hat immer recht. § 2 Sollte der Chef einmal unrecht haben, tritt automatisch § 1 in Kraft.

Als Mama kam, war sie erst noch nett zu dem Wachtmeister, aber schon geladen wie eine Rakete. Draußen kriegte ich ein paar vorn Hals und eine Standpauke gehalten, die überhaupt nicht wieder aufhörte, auch die ganze lange Busfahrt über nicht, bei der wir stehen mußten, weil der Bus so voll war.

Ob ich die Absicht hätte, noch weiter auf die schiefe Bahn zu geraten? Und als verkrachte Existenz zu enden? »Weiß der Himmel, was wir mit dir noch anstellen sollen!« Sie sei mit ihrem Latein am Ende. »All die Jahre lang haben wir auf niederstem Level rumgekrebst und uns beide Beine ausgerissen, um die Familie hochzubringen, und zum Dank dafür dürfen wir dich heute von der Polizei abholen! Als ob ich nicht genug zu tun hätte damit, den ganzen Riesenhaushalt zu versorgen! Nichts als Schande bringst du über die Familie!« Ob ich vorhätte, uns alle ins Unglück zu stürzen? »Wir haben unser Menschenmöglichstes getan!«

Jetzt würden andere Saiten aufgezogen. Feierabend. Ende der Fahnenstange. Ich hätte den Bogen überspannt. »Bild dir ja nicht ein, daß wir diese Sache mit einem treuherzigen Augenaufschlag von dir für gegessen halten, und dann ist wieder Friede, Freude, Eierkuchen!« Jetzt werde gespurt. Eine Woche Zimmerarrest, sechs Wochen Hausarrest. Kein Taschengeld mehr und kein Fernsehen. »Und wenn du denkst, ich meine das nicht ernst, dann bist du schief gewickelt!« Da könne ich ruhig denken, ich hätte Rabeneltern. Alle früheren Ermahnungen hätte ich offenkundig für Larifari gehalten. »Und deine Krokodilstränen kannst du dir sparen, das zieht bei mir nicht!«

Und da waren wir erst in Ehrenbreitstein.

»Nun lassen Sie doch den armen Jungen in Ruhe«, sagte ein Mann zu Mama, und der kriegte schön was zu hören.

Zuhause wurde ich in mein Zimmer geschickt. »Komm mir ja nicht mehr unter die Augen heute!«

Unters Bett verkroch ich mich.

Irgendwann kam Renate rein und stellte mir mein Mittagessen auf den Tisch.

Wenn mir bloß ein Straßenname eingefallen wäre. Jetzt hätte ich die aus dem Handgelenk schütteln können. Schloßstraße, Kochstraße, Bergstraße, Baumstraße.

Hausverbot hatten sie mir erteilt bei Woolworth, aber das hätten sie sich schenken können. Den Arschlöchern noch was abkaufen? Ohne mich.

Woolworth, was für ein Scheißname das schon war.

Und die gemeinen Ziegen da, wieso hatten die mir nicht das Auto abgenommen und mich wieder laufengelassen? Kurz und schmerzlos? Statt so einen Aufstand zu veranstalten? Nach dem Schrecken, der mir bei Woolworth in die Glieder gefahren war, wäre mir auch ohne Polizei und Hausarrest die Lust aufs Klauen vergangen.

Von den Staubflusen unterm Bett mußte ich husten beim Weinen.

Das Essen war kalt geworden. Erbseneintopf und kein Nachtisch.

Neue Noten. Mama 6 und Papa 6. Renate 5, Volker 5. Und Wiebke?

Auch 5. Oder gleich Sechsen für alle, das war das einfachste.

Jetzt hätte ich mit Michael Gerlach ins Wambachtal gehen können, aber ich lungerte in meinem Zimmer rum und schob mit der Hand meine linke Kniescheibe hin und her.

Sechs Wochen lang als Trauerkloß versauern, Trübsal blasen

und Däumchen drehen. In den Büchern wäre jetzt einer wie Karlsson vom Dach angeflogen gekommen, um einen aufzumuntern.

Meine Schienbeine fühlten sich rauh an. Zerklüftet, besser gesagt. Knochenkrebs, sowas in dieser Preisklasse wünschte ich auch den Hexen bei Woolworth an den Hals.

Ich würde bald ins Gras beißen.

Oder weiterleben, aber böse werden. Erst Schulschwänzer und dann Landstreicher oder Robbenfänger. Elendiglich zugrundegehen, wie Mugridge, das Köchlein, von dem nur der Schrumpfkopf übriggeblieben war.

Es regnete. Ich stellte das Fenster auf Kipp und konnte die nasse Straße riechen.

Sechs Wochen Hausarrest waren ganz schön happig.

Einen Schrecken kriegte ich, als mir die anderen geklauten Autos einfielen. Die mußte ich in der Versenkung verschwinden lassen. Gleich morgen früh. Bloß weg damit, bevor die jemand fand.

»Mein Beileid«, sagte Michael Gerlach, als ich ihm morgens im Bus die ganze Scheiße gebeichtet hatte.

In meinem Zimmer konnte ich hören, wie Volker sich vorm Fernseher bei Calimero und Männerwirtschaft beömmelte. Eine himmelschreiende Ungerechtigkeit war das.

Hoffentlich war schön oft Bildstörung, auch bei Schweinchen Dick, den Peanuts, Raumschiff Enterprise, Disco '72, Shiloh Ranch, Barrier Reef und Dick und Doof.

Auf den Dachboden hätte man klettern müssen und die Antenne verbiegen.

Die Geschichte vom hölzernen Bengele. Wie ihm die Holzfüße in der Kohlenglut verbrennen, wie er von Fuchs und Katze übertölpelt wird und wie ihm im Faulenzerland Eselsohren wachsen.

Zum x-ten Mal las ich die beiden Jim-Knopf-Bücher und Fliegender Stern. Wie Grasvogel und Fliegender Stern zu den Weißen reiten und auf Schienen stoßen, die sie für eine silbern schimmernde, eiserne Zwillingsschlange halten.

Und Donald Duck, die Geschichte, in der Tick, Trick und Track beim Entenhausener Schneeplastikwettbewerb eine Statue von Erasmus Erpel bauen wollen, des Gründers von Entenhausen, um den ersten Preis zu gewinnen und ihn dann zwei armen Kindern aus der Fabrikvorstadt zu geben, und Donald, der das gleiche vorhat, kommt seinen Neffen in die Quere.

Dagobert Duck, der Superhyperultramilliardär, Primus von Quack und das Fähnlein Fieselschweif. Oder Donald im Jahre 2001: Da flogen fliegende Untertassen durch Entenhausen, und die Autos fuhren mit Atomkraftstoff.

Mal zählen, wieviele von Walt Disneys Lustigen Taschenbüchern wir besaßen. Weil ich immer noch Zimmerarrest hatte, mußte ich Renate bitten, mir die zusammenzusuchen.

Der Kolumbusfalter, da war der Umschlag halb abgerissen. Hallo, hier Micky, Onkel Dagoberts Millionen, Donald, der König des Wilden Westens, Onkel Dagobert bleibt Sieger, Micky-Parade, Donald gibt nicht auf, Donald in Hypnose und Hexenzauber mit Micky und Goofy. In einer Geschichte verbündeten sich die Panzerknacker mit dem Fakir Rabad Rabadadi, der Onkel Donald hypnotisierte. Das wollte ich auch mal versuchen. Als ich aus meinem Zimmer wieder rausdurfte, setzte ich Wiebke im Hobbyraum in Hypnose: »Du machst jetzt alles, was ich will! Du bist hypnotisiert! Bring dein Stühlchen in den Heizungskeller!«

Tatsache, sie machte das. Dann kam sie wieder an.

»Jetzt bring dein Stühlchen hierher zurück!«

Als sie auch das getan hatte, kriegte ich es mit der Angst zu tun und lief hoch. Wie sollte ich das Mama und Papa erklären, wenn Wiebke plötzlich einen Dachschaden hatte?

Von einem, der auszog, das Fürchten zu lernen. Allein die Bilder in Grimms Märchen, wie der da von den Bestien belagert und angeknurrt wurde.

Der Froschkönig, die zertanzten Schuhe und Brüderchen und Schwesterchen im tiefen Schlaf im hohlen Baum. Und Rapunzel, an deren Zopf man hochklettern konnte. Die mußte Nerven wie Drahtseile haben, daß die das aushielt.

Von Einäuglein, Zweiäuglein und Dreiäuglein hätte ich nur Zweiäuglein haben gewollt.

Nach zwei Stunden befahl ich Wiebke, mir ein Nutellabrot zu schmieren. »Du spinnst wohl«, sagte sie, und ich konnte beruhigt sein. Die Hypnose hatte aufgehört zu wirken. Wiebke war wieder die alte Kratzbürste.

Stephan Mittendorf stand vor der Haustür. Ob ich Lust hätte, mit ins Wambachtal zu gehen. Wie sollte ich den jetzt abwimmeln?

»Heute hab ich keine Lust.«

»Und wann hast du Lust?«

»Weiß ich nicht.« Ich schob die Haustür hin und her. Unten wischte die Gummdidichtung über die Kacheln, und hinten im Flur stand Mama und hörte zu.

»Na, dann halt nicht«, sagte Stephan Mittendorf. »Ich hab ja noch andere Freunde.«

»Dann geh doch zu denen«, rief ich ihm nach und machte die Tür zu.

Sie bringe es nur schwer übers Herz, mich noch weiter einzusperren, sagte Mama. »Aber Strafe muß sein.«

Ich ging in mein Zimmer, Scrabble spielen mit mir selbst.

Wenigstens war ich nicht mehr das einzige schwarze Schaf, seit Volker in Englisch auf dem absteigenden Ast war.

Wegen irgendeinem Quark erschien dann abermals die Polizei. Der Streifenwagen stand vor Rautenbergs Haus. Bei denen hatten die Bullen versehentlich zuerst geklingelt.

Danach stieg Mama mir aufs Dach: »Das hast du nun davon! Jetzt weiß glücklich auch die ganze Nachbarschaft Bescheid!«

Dann kam eine Frau vom Jugendamt angeschissen und wollte auch noch irgendwas. Mama fertigte die an der Tür ab, und ich als derjenige welche hielt die Luft an, bis die aufdringliche Tante sich subtrahiert hatte.

Die sollte hingehen, wo der Pfeffer wächst.

Mittags deckte ich den Tisch, um Mama milde zu stimmen. »Flache oder tiefe Teller?«

Gabeln links und Messer rechts.

»Brauchen wir Nachtischlöffel?«

Endlich durfte ich wieder fernsehen. In Asbach Uralt ist der Geist des Weines. Das berühmte Nestlé-Filter-Frio-Verfahren, Moulinex, Schneekoppe und das Gard Haarstudio. Die gibt der Zahnarzt seiner Familie. Lavendel, Oleander, Jasmin, Vernel!

Fakt im Härtetest. Da wurde Schmutzwasser aus dem Hamburger Hafen in eine durchsichtige Waschmaschine gegossen. Eine harte Probe für die Vollwaschkraft von Fakt, aber nach dem Waschen war alles sauber. Fort mit dem Grauschleier. Weißes wird wieder weiß. Buntes wird wieder bunt.

Milch ist gegen Maroditis.

Neu war nach den Herbstferien, daß wir einmal in der Woche Religion bei Frau Niedergesäß in der nullten Stunde hatten.

Nullte Stunde, sagte Mama, das sei doch geisteskrank. Was die wohl als nächstes aushecken würden. Unterricht um Mitternacht oder was.

Ich mußte irrsinnig früh zur Haltestelle. Alle Sterne standen noch am Himmel, und es lag dicker Schnee auf dem Bürgersteig. Dafür war der Bus fast leer, am Rhein war noch kein Stau, und im Radio sang Wencke Myrhe einen Schlager über tausend rosarote Pfeile.

Das Eichendorff roch nach Bohnerwachs und war stockdunkel.

Am Friedrich-Ebert-Ring sprang die zweite Fußgängerampel immer genau dann auf Rot, wenn ich angerannt kam, aber ich flitzte trotzdem noch rüber. Einmal war ich spät dran. Die Autos starteten, als ich noch mitten auf der Straße war, und ein von hinten heranjagender Motorradfahrer streifte mich und riß mich fast um.

Da konnte ich noch von Glück reden. Um Haaresbreite wäre ich über den Jordan gegangen. Mir schlug das Herz bis zum Hals.

Ich hatte Schwein gehabt, unglaublichen Dusel. Dem Tod von der Schippe gesprungen war ich. Einen halben Schritt weiter vor, und Mama hätte mich im Leichenschauhaus besuchen können.

Im Eichendorff setzte ich mich auf einen der Sessel im ersten Stock, wo sonst nie jemand saß, und betete. Ein feste Burg ist unser Gott.

Nie wieder wollte ich bei Rot über die Straße laufen. Gut werden wollte ich, aus Dankbarkeit, in jeder Hinsicht. Mich an alle Verkehrsregeln halten, nie mehr abschreiben, nie mehr schwätzen, nicht mal mehr auf dem Füller kauen, der hinten schon eingedellt war davon.

Nach dem ersten Wintereinbruch taute der Schnee, und der Rhein hatte Hochwasser, aber die Straße nach Koblenz war noch befahrbar, sonst hätte ich schulfrei gehabt.

In Vallendar und anderswo liefen die Keller voll. Davon war ein Foto in der Zeitung. »Wer so dicht am Rhein wohnt, muß doch lebensmüde sein«, sagte Mama, und Volker sagte: »Wenn ich die Wahl hätte, würde ich lieber ersaufen als verbrennen.«

Ersaufen war aber auch nicht angenehm. Nach Luft schnappen wollen und bloß Wasser einsaugen. Wie in dem Film vom Untergang der Titanic, wo die Leute in den überfüllten Rettungsbooten mit dem Ruder auf die Ersaufenden eingedroschen hatten.

Frauen und Kinder zuerst.

Oder auf einer einsamen Insel landen wie Robinson Crusoe und da dann mit Kannibalen kämpfen. Als das im Fernsehen kam und Robinson den Fußabdruck entdeckte, sagte Renate, das sei Kokolores, eine einsame Fußspur im Sand und keine andere dahinter und davor. »Da muß einer schon hundert Meter lange Beine haben, um so 'n Abdruck zu hinterlassen.«

Über die Sache mit dem Ladendiebstahl war allmählich Gras gewachsen. Ich durfte noch nicht wieder raus, aber ich konnte mich im Wohnzimmer aalen, von Renate gebackene Zimtsterne verkasematuckeln und Drehscheibe kucken, mit Heino: Ja, ja, so blau, blau, blau blüht der Enzian.

Dann kam ein Brief von der Polizei. Ich sollte nochmal vernommen werden, in Bendorf, in Begleitung eines Erziehungsberechtigten. Hatte der Scheiß denn nie ein Ende?

Um da hinzukommen, mußten Mama und ich erst zu Fuß nach Vallendar und dann mit dem Bus fahren. Das werde sie mir nicht so bald vergessen, sagte Mama, daß ich sie in diese hochnotpeinliche Situation gebracht hätte. Mit dem Herrn Sohnemann zum Polizeiverhör zu müssen. »Schäm dich, daß du das deiner alten Mutter angetan hast!«

In Bendorf hielt Mama mich fest an der Hand, und ich schaffte es nicht, nicht auf die Ritzen zu treten.

Der Polizist, bei dem wir im Büro saßen, holte aus einem Schubfach Blätter raus, besah sich die, faßte mich über den Brillenrand weg scharf ins Auge und sagte: »Ja, Martin, bis vor kurzem bist du für uns ja noch ein unbeschriebenes Blatt gewesen ...«

Ich wurde rot, und es pochte in meinen Ohren.

Bendorf, Penndorf. Im Hochwasser absaufen sollte das Drecknest, mit Mann und Maus. Ich für mein Teil wollte Bendorf bis an mein Lebensende meiden. Weder auftanken da noch einkaufen noch aussteigen und alten Omis über die Kreuzung helfen. Das hatten die sich verscherzt.

Nach dem Elend in Bendorf hob Mama meinen Hausarrest auf, und ich tobte jubelnd durch alle Etagen, auf der Suche nach meinen Gummistiefeln. Eine Dreiviertelstunde Wambachtal war noch drin, und vielleicht würde Michael Gerlach mitkommen.

Im Hobbyraum stand Wiebke auf dem Klavierhocker und kraßelte oben auf dem Klavier in den Noten. Nur aus Spaß, um Wiebke zu erschrecken, ruckelte ich am Hocker, und sie fiel runter auf den Boden und schrie wie am Spieß.

Und schon hatte ich wieder Hausarrest, weil Wiebke sich bei ihrem Sturz den Arm gebrochen hatte.

Wiebkes weher Arm mußte regelmäßig im Krankenhaus in Vallendar geröntgt und massiert werden, und der arme Arsch, der sie begleiten mußte, runter und wieder rauf, war natürlich ich.

Erhard Schmitz kannte die Autogrammadresse von dem Turner Eberhard Gienger, und ich schickte ihm ein Gedicht: Von dort, von der Turnhalle komm ich her. Ich muß euch sagen, es freut mich sehr! Allüberall auf den Siegerpodesten sah ich Eberhard Gienger nesten.

Am ersten Advent nahm Renate Volker und mich nach Koblenz mit, zum Konzert von Reinhard Mey in der Rhein-Mosel-Halle. Die Eintrittskarten hatte Mama gestiftet.

»Und was sagt man dann?«

»Danke.«

Es war rappeldicke voll. Wir kriegten nur noch in der letzten Reihe links drei Plätze. Um was zu sehen, mußte man sich oben auf die Sessellehne setzen, aber wenn man das tat, wurde man von den Saalordnern angegiftet.

Papas Fernglas hätten wir jetzt haben müssen.

Die heiße Schlacht am kalten Büfett und Annabelle, ach Annabelle. Seit ich auf ihrem Bettvorleger schlief, da bin ich ungeheuer progressiv, ich übe den Fortschritt, und das nicht faul, nehme zwei Schritte auf einmal und fall aufs Maul.

Ein leuchtend oranges Hemd hatte Reinhard Mey an. Von Wand zu Wand sind es vier Schritte, von Tür zu Fenster sechseinhalb.

Irre, daß der alle Lieder auswendig konnte und sich nie verhaspelte, auch auf der Gitarre nicht.

Was ich noch zu sagen hätte, dauert eine Zigarette und ein letztes Glas im Stehn. Das kam als Zugabe.

Ich wollte mir ein Autogramm holen, aber wo? Ob Reinhard Mey irgendwann rauskam zum Autogrammegeben? Ewig konnten wir auch nicht warten, weil wir zum Bus mußten.

Auf der Rückfahrt las Renate im Nibelungenlied. Das hatte sie für Deutsch auf. Nu was er in der sterke daz er wol wâfen truoc. Swes er dar zuo bedorfte, des lag an im genuoc. Totaler Pillefax sei das, sagte Renate.

Zwei Männer vom Kirchenchor gehen zum Weihnachtsliederabend. Fragt der eine den andern: Wer ist eigentlich dieser Owie? Fragt der andere: Welcher Owie? Sagt der erste: Na, der in Stille Nacht, heilige Nacht, alles schläft, o wie lacht.

Diesen Witz gab der Schlaumeier zum besten.

Als im Fernsehen Musikladen kam und der Sänger von der einen Gruppe einen Hut mit Spiegeln dran aufhatte, ging Papa raus. Bei solcher Hottentottenmusik komme ihm die Galle hoch. Er habe auch noch was zu sägen in der Garage, und so entging ihm der Auftritt von Insterburg & Co., bei dem Karl Dall ein Lied geschenkt kriegen sollte von den drei anderen, Ingo Insterburg, Peter Ehlebracht und Jürgen Barz, die dann auch gleich was spielten. »Ist das schon mein Lied?« fragte Karl Dall, und Ingo Insterburg sagte: »Nee, wir haben erstmal nur das Packpapier abgemacht.«

Sind Tannennadeln trocken, falln sie vom Baum herab. O Mädchen, laßt euch locken, auch eure Zeit ist knapp!

Ingo Insterburg sang noch ein Lied über die Kaulquappen im Ententeich, die ihre Kiemen abgeben: Und dann verlieren sie ihr Schwänzelein, ich möchte nie eine Kaulquappe sein!

Wie Renate dabei ungerührt Mützen häkeln konnte, ging mir über den Verstand.

Frau Niedergesäß wollte einen weihnachtlichen Geschenkebasar veranstalten. Jeder sollte ein Geschenk mitbringen, die Geschenke sollten Nummern kriegen, und dann würde jeder auf gut Glück eine Nummer ziehen und ein Geschenk bekommen.

Mama gab mir für den Basar eine Packung Lebkuchenherzen mit. Mir kam das recht dürftig vor, aber Mama sagte, sie sei nicht Graf Koks. »Wenn deine Lehrerin darüber quakt, kannst du der von mir bestellen, daß Vater Staat das Kindergeld erhöhen soll, bevor ich mich für deine lieben Mitschüler in Unkosten stürze.«

Kindergeld, das hörte sich so an, als ob das eigentlich meins gewesen wäre.

Das Losglück bescherte mir einen Kompaß. Der konnte mir im Wambachtal von Nutzen sein, wenn Michael Gerlach und ich uns da mal verirren sollten.

Meine Lebkuchenherzen waren bei Jesu Christi gelandet. »Der Sausack, von dem die stammen, soll mir mal im Mondschein begegnen«, sagte er zu Erhard Schmitz, und der pflichtete ihm bei. Klassenkeile sei das mindeste, wenn sie den Pfennigfuchser beim Schlafittchen kriegten.

Für mich war ein Brief eingetroffen, von Eberhard Gienger, mit einer Autogrammkarte: Gienger am Barren. Hintendrauf stand: Und herzlichen Dank für das reizende Gedicht!

Ich war geplättet.

Renate reiste über Weihnachten nach England zu Tante Therese. Erst mit dem Zug, dann mit der Fähre, dann wieder mit dem Zug.

Mir war Weihnachten in Deutschland lieber. In England gab es Weihnachten bloß Grußkarten, die auf den Kaminsims gestellt wurden. Schluß, fertig, aus. Das hatte Tante Therese mal erzählt. Tolles Weihnachtsfest: Grußkarten aufreihen. Ich freute mich das ganze Jahr über auf Weihnachten und die letzten Tage davor so doll, daß ich's fast nicht mehr aushielt. Die Engländer wußten gar nicht, was ihnen da entging.

Beim Winken wehte Renates langer weißer Schal im Fahrtwind.

Es war erst der 22. Dezember, aber vor ihrer Abreise hatte Renate auch die letzten beiden Adventskalendertürchen schon aufgemacht und die Schokolade verspachtelt.

Manche von den Bildern in Renates Kalender kamen mir bekannt vor, und ich hielt meinen eigenen daneben, zum Vergleich. Die Türchen waren verschieden numeriert, aber innen waren an der gleichen Stelle genau die gleichen Bilder. Den Ball, der bei mir am Vierten war, hatte Renate am Zwölften, am Dritten hatte sie das Reh, das bei mir erst am Zwanzigsten kam, und so weiter. Bei den Adventskalendern von Wiebke und Volker war das auch nicht anders. Überall die gleichen Bilder, obwohl vorne auf den Kalendern, bei geschlossenen Türchen, vier unterschiedliche Weihnachtsmänner zu sehen waren.

Mama saß am Eßtisch, knotete die Enden von zerrissenen Gummibändern zusammen und sagte, ich sei ein Einfaltspinsel. »Was soll ich denn jetzt bitteschön tun? Den Herstellern einen Brief schreiben? Sehr geehrte Herren, nach Rücksprache mit meinem Sohn Martin möchte ich Sie fragen, ob Sie die Güte hätten, nächstes Jahr eine Million Adventskalender zu produzieren, bei denen kein Bild wie das andere ist?«

An Heiligabend fuhren wir mit dem Peugeot nach Vallendar zum Gottesdienst. Weil Renate nicht da war, konnte ich am Fenster sitzen, aber ich mußte versprechen, auf der Nachhausefahrt mit Wiebke zu tauschen.

Macht hoch die Tür, das Tor macht weit.

Bei der Bescherung konnte man wieder mal sehen, daß Mädchen schlechter dran waren als Jungs. Ich kriegte zwei Detektivbücher, ein Märchenbuch, eine Olympiamünze im Wert von zehn Mark und ein neues Brettspiel: Schmugglerjagd. Volker kriegte einen Elektronikbaukasten mit Bausätzen für Morsegeräte und Alarmanlagen, und zusammen kriegten wir einen Tischkicker.

Und Wiebke? Söckchen, karierte Pantoffeln und aus Jever eine Strumpfhose, drei Nummern zu klein.

Für Mama hatte Papa einen Leifheit-Staubsauger besorgt, der ohne Strom funktionierte. Beim Schieben drehten sich die Bürsten von alleine. Wir probierten das mit Tannennadeln, Asche und Locherkonfetti aus. Die Hälfte blieb jedesmal liegen, und Papa ging mit dem Staubsauger in die Garage runter.

Das Märchenbuch war von Onkel Dietrich: Ungarische Märchen.

Schluck. Ob der was von Piroschka wußte?

Ein Paar Strümpfe lag noch rum, zusammengenäht.

»Nicht reißen!« rief Mama. »Sonst sind die doch im Nullkommanichts wieder kaputt!«

Dann rief sie in England an.

Als Festmahl für den ersten Weihnachtsfeiertag hatte Mama ein Kaninchen gebraten, aber das war ein zäher Brocken, trocken und kaum runterzubekommen. »Das hab ich ja nun auch nicht geahnt«, sagte Mama.

In Ermangelung von Zahnstochern schabte Papa sich die Fleischfasern mit einem angespitzten Streichholz aus den Zahnzwischenräumen, und als Oma Jever anrief und wissen wollte, was wir gegessen hätten, sagte er ihr, wir hätten einen etwas ältlichen Karnickelbock seiner gottgewollten Bestimmung zugeführt, aber es sei nur sehr bedingt statthaft, von einer kulinarischen Offenbarung zu sprechen.

Bei Schmugglerjagd traten Zöllner gegen Schmuggler an. Als Schmuggler mußte man kleine schwarze Scheiben in die hohlen

Figuren stopfen und versuchen, sie an den Zöllnern vorbei auf die Ziellinie zu manövrieren. Wenn die Zöllner eine Figur kontrollierten, die nichts schmuggelte, hatte man als Schmuggler gut lachen, aber man mußte auch darauf achten, daß die Schmuggelware nicht rausrutschte beim Ziehen.

Und durfte man nun diagonal oder nicht? Die Regeln standen innen im Deckel, aber wo war der jetzt wieder abgeblieben?

Wiebke schob die Figuren, in denen sie was schmuggelte, so langsam übers Brett, daß man gleich Bescheid wußte.

Ziemlicher Quark waren die ungarischen Märchen. Da metzelten ununterbrochen todesmutige Ritter Drachen ab, um zartbesaitete Königstöchter zu befreien, und wenn der Kampf vorbei war, stand da: Wer's glaubt wird selig, wer's nicht glaubt, wird mehlig.

Pffft.

Dafür waren die anderen Bücher klasse, Rätsel um die verbotene Höhle und Meisterdetektiv Blomquist, auch wenn mir mulmig zumute war, als ich las, wie Kalle Blomquist die Polizei auf die Spur von Onkel Einar brachte, dem Juwelendieb. Mir hätte die Polizei noch weniger geglaubt als Kalle Blomquist, weil ich kein unbeschriebenes Blatt mehr war.

Rätsel um die verbotene Höhle stammte von Enid Blyton. Da spionierten gleich vier Kinder hinter Verbrechern her, eins mit einem dressierten Äffchen und eins mit einem Hund, einem Spaniel namens Lümmel, der wie ein wildgewordener Handfeger durch die Landschaft peeste. Unsereiner hatte nicht einmal ein Meerschweinchen. Geschweige denn das Glück, in einem Land zu wohnen, das von Verbrechern nur so wimmelte. Nach Juwelendieben graste ich den Mallendarer Berg vergebens ab.

Hinten standen die Titel von den restlichen Rätselbüchern drin. Rätsel um das verlassene Haus, um die grüne Hand, um den unterirdischen Gang, um den geheimen Hafen, um den wandelnden Schneemann und um den tiefen Keller.

Im Zweiten wurde Lederstrumpf wiederholt. Mitten im dritten Teil, klingeling, stand Stephan Mittendorf vor unserer Haustür. Ob ich schon die Neuigkeiten gehört hätte. Piroschka ziehe weg. In der Rudolf-Harbig-Straße stehe ein Möbelwagen, der werde gerade beladen.

Soso.

»Ist doch ganz gut«, sagte Stephan Mittendorf, »dann haben wir endlich unseren alten Streit nicht mehr.«

Als ob ich mich mit dem um Piroschka gestritten hätte.

»Du hast den Tod von Häuptling Pfeilspitze verpaßt«, sagte Volker, als ich wiederkam. Er lag auf dem Bauch, mit dem Kinn im Kissen.

Vom Tannenbaum waren mehrere Süßigkeiten verschwunden, und Mama machte Terror, aber ich war mir meiner Unschuld bewußt.

Jetzt konnte ich mich ja doch mal als Detektiv betätigen, auf eigene Faust und in eigener Sache. Dem Täter auf der Spur.

Renate und Wiebke schieden als Verdächtige aus. Renate war in England und hatte ein wasserdichtes Alibi, und Wiebke hätte vielzuviel Schiß gehabt. Meine Ermittlungen konzentrierten sich auf Volker, der für mich der Hauptverdächtige war.

Meisterdetektiv Martin Schlosser. Als Volker sich verdünnisiert hatte, ging ich in sein Zimmer. Im Papierkorb lagen Silberfolienschnipsel. Die steckte ich, um keine Fingerabdrücke zu verwischen, mit einer Pinzette aus Mamas Kosmetikschrank in eine Brötchentüte, malte eine Eins auf Papier, schnitt sie aus und klebte sie mit Uhu auf die Tüte, der ich einen Ehrenplatz im Schiebeschrank gab. Mein erster Fall und meine erste Indizientüte. Viele, viele würden noch dazukommen, aber am öftesten würden mich die Reporter nach der allerersten Tüte fragen. »Wie sind Sie denn Ihrem Bruder damals auf die Schliche gekommen, Herr Schlosser?«

Wenn Volker gedacht hatte, er sei fein raus, weil der Verdacht auch auf mich fallen mußte, hatte er falsch geraten.

Ich konnte frohgemut ins Wambachtal marschieren, das Kriegsbeil ausgraben und mit Michael Gerlach die Kaiowa angreifen. Wir waren Sioux.

Abends ging ich zu Volker hoch, ließ die Schnipsel aus der Tüte auf die Teppichfliesen rieseln und sagte: »Kannst du mir mal sagen, was das hier ist?«

Statt aus allen Wolken zu fallen, verpaßte Volker mir einen Arschtritt: »Schieb ab!«

Ich hatte nicht gewußt, daß Volker in der Zwischenzeit von Mama überführt worden war und eine Abreibung bezogen hatte.

Den Detektivberuf hängte ich an den Nagel. Im Handumdrehen die vertracktesten Fälle lösen und dafür noch in den Arsch getreten werden? Undank ist der Welten Lohn.

Bald würden 15 Milliarden Menschen die Erde bevölkern, stand im Stern. Dazu ein Foto von einer Masse nackter Asiaten, wie die Heringe zusammengepfercht in einem viel zu kleinen Raum.

»Da kann einem ja angst und bange werden«, sagte Mama.

Disco '72 hieß jetzt Disco '73. Daran mußte man sich erst gewöhnen.

In England hatte Renate auf Kims Pferd reiten dürfen und war auch im Wachsfigurenkabinett gewesen und in Kims Schule. Da hatte der Unterricht gleich nach Silvester wieder angefangen. Die Schülerinnen alle uniformiert und Renate als einzige in Alltagsklamotten, wie ein Paradiesvogel.

Carnaby Street, der Buckinghampalast und Big Ben. Und als der Käfig von Kims Goldhamster in der Badewanne stand, habe der Hamster ein zum Trocknen aufgehängtes Kleid durch die Gitterstäbe gezogen und angeknabbert, und Kim habe gekrischen: »It was the hamster!« Das sei zu einem geflügelten Wort geworden. Als die Milch übergekocht war und als der Wind die Tür zugeschlagen hatte: »It was the hamster!«

In England wurden Hamster so genannt wie bei uns, aber

Esel hießen Donkeys und Affen Monkeys. Da sollte sich einer durchfinden.

Ihr eigenes Englisch fand Renate ganz passabel. Nur von dem Dialekt, den das einfache Volk da spreche, habe sie nichts verstanden, das sei ein einziges Kauderwelsch. Dafür habe sie auf der Fähre drei nette Typen kennengelernt, Wolfgang, Alec und Lorry. Sie hätten auch Adressen ausgetauscht.

Bei ihm in der Klasse heiße einer Gangwolf, sagte Volker, und Mama schlug die Hände überm Kopf zusammen. »Gangwolf! Der arme Junge!«

Dann richtete Renate noch schöne Grüße aus von allen, auch von Stuart und Carol. Bei diesem Namen blies Papa die Backen auf und ließ geräuschvoll Luft ab. Von ihm kriege Carol jedenfalls keine schönen Grüße zurück. Von ihm könnten der höchstens unschöne Grüße bestellt werden.

»Nun laß mal gut sein«, sagte Mama.

Die merkwürdige Lebensgeschichte des Friedrich Freiherrn von der Trenck. Davon wollte ich den zweiten Teil kucken, aber Mama gab Tatort den Vorzug. Tote Taube in der Beethovenstraße.

»Mach nicht so 'n langes Gesicht!«

Das Augenpaar im Fadenkreuz und die Spirale über den Beinen von dem, der da irgendwo langrennt.

Es gab eine Verfolgungsjagd, hinter einem Mörder her, aber dann stieg ich nicht mehr durch. Politiker wurden mit Fotos erpreßt, und es hörte damit auf, daß eine tote Taube in der Beethovenstraße lag.

Da lobte ich mir das Rätselbuch von Enid Blyton. Immer, wenn ich das aushatte, fing ich gleich wieder vorne an, so gut war das.

Bei Renate war der Wohlstand ausgebrochen. Sie kaufte sich auf einen Schlag zwei Singles von Melanie und eine LP von Reinhard Mey: Ich bin aus jenem Holze geschnitzt.

In Renates Zimmer hörte ich mir die Reinhard-Mey-LP an.

Ganz leis bläht der Wind die Gardinen auf, auf die Erbin zeigt mattschwarz ein stählerner Lauf, und ein gellender Schrei zerreißt jäh die Luft – auch das war wohl wieder der Gärtner, der Schuft!

Nach einer Party mit Kim und Norman und Collin und noch anderen hatte sich Renate in England einen Rollkragenpulli leihen müssen, wegen der vielen Knutschflecken. Das verriet sie aber nur Volker und mir. Ganz schwarzgelutscht gewesen sei ihr Hals.

Die neue Rheinbrücke hing immer noch ins Wasser. Ob die jemals fertig würde?

In Sport mußten wir den Fosbury-Flop üben, und Frank Töpfer sah von der Bank aus zu, wie wir uns da einen abbrachen.

Bei Quelle kaufte ich mir die Single Hello-A von Mouth & MacNeal. Die zierliche Frau und der dicke Sack. Wie die wohl keuchen mußte beim Bumsen, wenn sie unten lag und der auf ihr drauf. Oder bumsten die nicht?

Die Ravioli mittags waren außen abgekühlt, aber innen verteufelt heiß.

»Kaltes Kochen ist noch nicht erfunden«, sagte Mama.

Von Michael Gerlach kriegte ich zwei Kalle-Blomquist-Bücher geliehen. Eins mit einem Mord und eins mit einer Entführung. Beide gut, aber auf dem Mallendarer Berg kamen leider weder Morde noch Entführungen vor. Woher nehmen, wenn nicht stehlen?

Während im Ersten Cleopatra lief, fing Papa an, seine alten VDI-Zeitungen nach Jahrgängen zu sortieren, auf dem Eßtisch, mit großem Geraschel. Als ob er das extra machte, weil es ihm gegen den Strich ging, daß der Rest der Familie auf der faulen Haut lag, bis auf Renate, die an einem Sommerpulli strickte.

Am Ende ließ sich Cleopatra von einer Schlange totbeißen.

Leise rieselt die Vier auf das Zeugnispapier. Fünfen und Sechsen dazu, freue dich, sitzen bleibst du!

Ich hatte in Betragen, Mitarbeit und Englisch Sehr gut und in Deutsch Gut, das waren drei Mark fuffzig. Renate hatte einen Notendurchschnitt von 2,7. »Das ist auch nicht grad 'ne Meisterleistung«, sagte Mama. Die war nie zufrieden.

Wiebke ist eine verträgliche, ruhige Schülerin, stand in Wiebkes erstem Zeugnis. Sie ist sehr eifrig, fleißig und gibt sich viel Mühe. Ihre Leistungen in Deutsch und Mathematik sind gut.

Unterschrieben von Frau Katzer. Gut, daß ich die los war. Die machte jetzt anderen Kindern das Leben zur Hölle.

Renate hatte einen Brief von ihrer Ferienbekanntschaft Alec gekriegt. Da stehe nur Kappes drin, sagte Renate.

»Ist das 'n Liebesbrief?«

Das gehe mich einen feuchten Käse an.

Bei Schmugglerjagd war schon fast die Hälfte vom Schmuggelgut verschwunden. Die fehlenden Scheiben ersetzten wir durch Weinkorkenbröckel.

Für dicken Schmutz war der neue Staubsauger nach wie vor zu schwach auf der Brust, und der alte machte solchen Lärm, daß man beim Saugen lauthals singen konnte, ohne daß das jemand hörte.

Kosaken müssen reiten, ihr ganzes Leben reiten, noch schneller als der Wind, teremm temm temm, weil sie dazu, teremm temm temm, geboren sind!

Von Ivan Rebroff, diesem Russen für Arme. Renate hatte die Single, aber die gefiel ihr nicht. »Kosaken müssen scheißen«, sagte sie immer.

Eine weiße Birke stand vor meinem Haus, da bin ich geboren, da bin ich zuhaus. Auch von Ivan Rebroff. Eine weiße Birke, genau wie bei uns, nur daß ich in Hannover geboren worden war.

Was mir auf den Senkel ging im Fernsehen: Die sechs Siebeng'scheiten, Teletechnikum, Cordialmente dall'Italia, Aquí España, Schaukelstuhl und Mosaik. Heute: Herzbeschwerden, Renteninformation, Bilanz der guten Taten und Rückengymnastik für runzlige Omas. Um das aus freien Stücken zu kucken, mußte man mit einem Bein im Grab stehen.

Volker schwärmte von Jason King, aber das kam zu einer Uhrzeit, wo eine halbe Portion wie ich schon in der Falle zu liegen hatte. »Wenn dir das nicht paßt, kannst du dir ja andere Eltern aussuchen«, sagte Mama.

Um mich zu rächen, wusch ich mich nur schlunstrig, und das Zähneputzen ließ ich bleiben.

Im Stern war ein Foto von einem japanischen Kind mit Quecksilbervergiftung. Die Augen gräuslich verdreht und die Finger verbogen. Das Meer war da durch Abwässer aus einer Chemiefabrik verseucht worden, und das Kind hatte einen quecksilberhaltigen Fisch gegessen.

Mir selbst ging's aber auch nicht gut. Mein Hintern juckte, und in meiner Kacke waren weiße Würmchen. Doktor Kretzschmar verschrieb mir ein Puder für hintendrauf. Damit Mama meine Kackwürste untersuchen konnte, grub sie auf dem Boden den alten Kindernachttopf aus. Den sollte ich zwei Wochen lang benutzen.

Wenn das einer gesehen hätte.

»Das kommt davon, wenn du dir deine Flossen nicht wäschst«, sagte Papa. Mußte der gerade sagen mit seinem vier Meter langen Bandwurm.

Mit zwei Fingern pingelte ich mir was auf dem Klavier zusammen, und weil sie fand, daß ich Talent hätte, meldete Mama mich zum Unterricht an, bei Herrn Vogel, zu dem auch Renate einmal die Woche hinging. Das war ein stinkreicher Opa, der in einer Villa in der Gartenstadt wohnte und mit einer mindestens dreißig Jahre jüngeren Erbschleicherein verheiratet war. Die wartete nur darauf, daß ihr Alter den Löffel abgab, und dann würde ihr alles allein gehören.

Der Vogel roch aus dem Hals nach Kaffee und hatte so lange Fingernägel, daß es knackte, wenn er einem was vorspielte.

An der schönen blauen Donau.

»Nun mußt du aber auch bei der Stange bleiben«, sagte Mama.

Der junge Pianist. In Musik gab ich mir jetzt viel Mühe.

In den Sommerferien sollte in den Süden gefahren werden. Mama breitete Reiseprospekte auf dem Eßtisch aus. Wohin wir lieber wollten, auf eine Insel oder einfach in ein Land mit Strand?

Mama und Renate lernten vorsorglich Spanisch an der Koblenzer Volkshochschule. Der Kursus fand im Eichendorff statt, in einem Zimmer, wo an der Tür immer die Klinke abfiel.

Ein Arzt hatte versucht, einen Affenkopf zu verpflanzen. Dem einen Affen abgeschnitten und einem anderen auf den durchgehackten Hals gefisselt. Davon waren Fotos im Stern.

In Kürze sei das auch bei Menschen möglich. Nach einem Autounfall, wenn beim Fahrer das Gerippe zermatscht ist und beim Beifahrer der Schädel. Dann könnten die Ärzte den heilen Kopf an den heilen Rumpf nähen.

Auch nicht schön, mit dem Bierbauch von jemand anderem rumzulaufen. Oder aus der Narkose zu erwachen, und man hat 'nen anderen Kopf auf. Dann schon lieber mausetot sein, oder?

Karneval ging ich als Hippie. Auch ein Hippie muß mal Pipi, hatte Renate mir mit Filzstift auf die Wange geschrieben. Als ich so durch Vallendar lief, hielten mich Erwachsene am Ärmel fest, um den Spruch zu lesen, und dann prusteten sie los.

Humba, humba, humba, täterää.

Renate ging als Blumenkind mit großen aufgenähten Blüten auf Hemd und Hose.

Sonntagnachmittags kuckte Mama die Forsyte-Saga. »Da schlafen einem ja die Füße bei ein«, sagte Volker, und wir gingen in den Hobbyraum runter, tischkickern. Bis auf einen letzten waren von den Bällen alle verbummelt.

Die Mittelfeldkette wild rumwirbeln, in der Hoffnung auf einen Sonntagsschuß, die linke Hand immer an der Torwartstange lassen und an den Tisch hauen, wenn der Ball so liegengeblieben war, daß keiner mehr drankam.

10:6 für Volker. Das war das Glück der Doofen.

Bei der Revanche semmelte Volker mir gleich mit dem ersten Schuß ein Tor rein. Den hätte ich halten müssen, ich Arsch.

»Selbsterkenntnis ist der erste Weg zur Besserung«, sagte Volker.

Von Renates heißgeliebtem Alec kam schon wieder ein Schrieb, obwohl sie den letzten gar nicht beantwortet hatte. Ein waschechter Liebesbrief. Dear Renate! Daß er, Alec, immer an sie denken müsse, all day long and during the night, too, und alle i-Punkte in Herzchenform, was Renate für sentimentalen Kiki hielt. Dieser Alec könne sie mal gernhaben.

Onkel Dietrich hatte seinen Besuch angekündigt und konnte jeden Moment vor der Tür stehen, und außer mir war niemand da.

Statt Stadt ohne Sheriff zu kucken, wollte ich einen Kuchen backen für Onkel Dietrich, ganz alleine.

Milch, Eier, Zucker. Ich verquirlte alles, aber wie ein Teig sah das nicht aus. Nicht fest genug. Da fehlte noch eine Zutat. Aber welche?

Wer will guten Kuchen backen, der muß haben sieben Sachen. Ich suchte mein Taschengeld zusammen, lief zu Spar und kaufte eine Packung Erdnüsse, Ültjes, für Nußkuchen. Einen Teig kriegte ich aber auch mit den Erdnüssen nicht zustande.

Dann kam Papa. »Was rührst du denn da für 'ne Pampe zusammen, um Himmels willen?«

»Einen Kuchen für Onkel Dietrich.«

»Ohne Mehl? Und wer hat dir den Floh ins Ohr gesetzt, da Erdnüsse reinzuschmeißen?«

Mehl, genau. Das hatte ich vergessen.

Ich sei ein Holzkopf, sagte Papa und verfertigte aus der Plörre einen Pfannkuchen für Onkel Dietrich, und der machte mir Komplimente. Das werde er seiner Frau mal stecken, wie köstlich so ein Pfannkuchen mit Erdnüssen schmecke. Das müsse die ihm jedes Wochenende kredenzen. »Sonst schlägt's dreizehn!«

Morgens fuhr Onkel Dietrich mich nach Koblenz zur Schule, und ich sollte ihm meinen Geburtstagswunsch sagen, im Stau am Rhein. Wieder was von Karl May?

Örk. Viel lieber wollte ich noch ein Rätselbuch von Enid Blyton haben.

»Das müßte sich deichseln lassen«, sagte Onkel Dietrich.

Lodern zum Himmel seh ich die Flamme, das donnerte schön, wenn Renate mir das vorspielte, aber ich war noch nicht weit genug dafür.

Üben, üben, üben. Linke und rechte Hand, Baßschlüssel und Violinschlüssel. Kleine Werke großer Meister, für die klavierspielende Jugend mit musikgeschichtlichen Anmerkungen versehen von M. P. Heller, mit Pedalzeichen.

Crescendo und decrescendo. Piano, pianissimo, forte, fortissimo und fortefortissimo.

Armes Waisenkind, von Robert Schumann.

Im Zweiten lief jetzt dienstags immer Arpad, der Zigeuner. Die Serie spielte in Ungarn, wo Arpad gegen die Österreicher kämpfte.

Ich achtete darauf, ob im Abspann der Nachname Szentmiklossy vorkam. Kam er aber nicht.

Wo Piroschka jetzt wohl hin war? Ob die sich noch an mich erinnerte? Oder ob sie mich vergessen hatte? Aus den Augen, aus dem Sinn?

Ein Mitschüler von Wiebke war gestorben, und sie holte ein Klassenfoto raus, um uns zu zeigen, welcher das war.

Da hatte er noch dagestanden und gelacht, und jetzt war er tot. Innerlich vom Blutkrebs aufgefressen. Rote und weiße Blutkörperchen. Hämoglobin.

Ihr täten vor allem die Eltern leid, sagte Mama. Ein Kind so hochzupäppeln und dann mit ansehen zu müssen, wie das arme Würstchen sein Leben aushaucht.

Für Volker kam ein Blauer Brief: Leistungsrückgang in Geschichte und Englisch. Mama sagte, Volker sei helle genug, aber ein Faultier.

Die Osterferien verbrachte ich in Bielefeld bei Tante Gertrud und Onkel Edgar. In Bielefeld-Sennestadt, um genau zu sein.

Die Hinfahrt unternahm ich ganz alleine mit dem Zug. Koblenz, Bonn, Köln, Wuppertal, Bochum, Dortmund, Unna, Hamm, Gütersloh, Bielefeld, eine halbe Weltreise.

Den Kartoffelsalat kippte ich aus dem Fenster.

Nicht hinauslehnen. Do not lean out. E pericoloso sporgersi.

Tante Gertrud und Onkel Edgar wohnten in einem Bungalow im Grünen, aber Onkel Edgar wollte noch ein Dachgeschoß draufbauen. Vor lauter Eimern, Leitern, Balken, Ziegeln und Plastikplanen sah man fast den Garten nicht mehr. Die Garage war bis vornehin voll mit Brettern, und an den Hausecken standen randvolle Regentonnen.

Schlafen sollte ich auf einer Klappcouch in Bodos Zimmer. Die Tür war mit Aufklebern bepflastert: Rauchen macht schlank, Seid nett aufeinander, Bitte keine heiße Asche einfüllen. CDU, SPD, WDR.

Bodos Bruder Horst saß oft in seinem Zimmer und meditierte. Dann hing ein Warnschild an der Tür: Meditation! Betreten verboten!

Das Abendbrot mußte sich jeder selbst schmieren, am Tisch, auf Tellern statt auf Brettchen, und Tante Gertrud goß Bodo und mir Ovomaltine ein.

Auf die Frage, wie das Essen schmecke, hatte irgendeine Frau mal gesagt: »Man stopft's so rein.« Tante Gertrud und Onkel Edgar hatten das gehört, und jetzt sagten sie es selbst immer: »Man stopft's so rein.«

Als ich vom Butterklotz mit dem Messer was für mich abgesäbelt hatte, sagte Bodo: »Da ist wohl ein Schaufelbagger am Werk gewesen.« Tante Gertrud brachte mir bei, daß man Butter streiche und nicht schneide.

Bodo und ich durften uns ein Loch im Garten buddeln. Der war ohnehin verwüstet.

Tiefer und tiefer, mit Schippen und Schaufeln, auch im Nieselregen. Eine Goldader entdecken und steinreich wieder ins Haus kommen: »Kuck mal, Tante Gertrud, was ich dir mitgebracht hab!« Die rechnet dann mit gar nichts, und man packt einen Goldklumpen aus, wie Hans im Glück.

Oder auf Öl stoßen, und die Fontäne schießt tausend Meter hoch in den Himmel.

Am Karfreitag sollte ein Film über einen Jungen kommen, der von allen anderen gehänselt wird. Das stand in der Zeitung, und ich wollte mir den Film ankucken, aber Tante Gertrud erlaubte mir das nicht. »Was hast du denn davon, wenn du dir sowas Trauriges ansiehst? Kannst du mir das bitte mal sagen?«

Es regnete sich ein über Ostern. Bielefeld sei eben ein Regenloch, sagte Tante Gertrud. Sie wischte den Boden in der Küche, die nur ein winziges Kippfensterchen hatte, eine bessere Schießscharte.

Onkel Edgar war unterm Dach am Wirtschaften. Da regnete es durch, denn die Dachdecker hatten geschlampt. »Ein zweites Mal lasse ich diese Brüder nicht über meine Schwelle«, sagte er.

Do it yourself, das sei das einzig Wahre. »Ich bin doch nicht mit dem Klammerbeutel gepudert. Im Gegentum!« Selbst sei der Mann, mit Geduld und Spucke.

Im Keller stand eine Tischtennisplatte, leider unbrauchbar, weil der Keller genauso vollgepremmst war wie die Garage. Rohre, Stangen, Balken, Schläuche, Dachpfannen, Originalverpackungen von Küchengeräten und Gartenwerkzeugen, ausgehängte Türen, alte Autoteile und mittendurch eine Schneise, in der man sich ducken und verrenken mußte, um weiterzukommen. Über Türme aus Backsteinen steigen oder quer gehen und den Bauch einziehen, wenn in einem Stapel was überstand.

Bodo und ich spielten Mikado, auf dem harten Sisalteppich in Bodos Zimmer. Oder wir trugen im Flur eine Rallye aus, auf zwei Schreibtischstühlen mit Rollen, bis Tante Gertrud uns das verbot, weil die Fußbodenleisten Schrammen abbekommen hatten.

Horst saß oft am Klavier. Er konnte Nocturnes von Chopin, auch mit zugehaltenen Augen. Stücke mit Kreuzen und b's ohne Ende, in H-Dur, Des-Dur, Fis-Dur und cis-Moll. Oder Kinderszenen von Robert Schumann: Von fremden Ländern, Bittendes Kind und Träumerei. Das tollste war, daß Horst sich beim Klavierspielen auch ausdenken konnte, was er spielte, und dazu noch aus dem Stegreif Texte singen, die sich reimten: »Liebes Blümelein im Garten, nach der Winterszeit, der harten, mußt du nicht mehr länger warten, denn gleich komm ich mit dem Spaten, und du kriegst eins draufgebraten!«

Einmal kuckte ich durchs Schlüsselloch, als Horst in seinem Zimmer meditierte. Da saß er, unter seiner Decke. Schon seit Stunden. Ich machte leise die Tür auf, ging zu ihm hin und stupste seinen Kopf an.

Nichts. Der befand sich in einer anderen Welt.

Am Abend nahm er mich ins Gebet: Er hätte sterben können, als ich ihn angestupst hatte! Beim Meditieren weile seine Seele außerhalb des Körpers. Das Betreten-verboten-Schild hänge da nicht umsonst!

Mit den Büchern in der Wohnzimmerschrankwand war nicht viel anzufangen. Götter, Gräber und Gelehrte, Biblisches Lesebuch oder Julius Schniewind: Die Freude der Buße. Viel Vergnügen.

Das Bücherregal in Bodos Zimmer hatte Schlagseite. Was ist was: Unsere Erde, Reptilien und Amphibien, Entdecker und ihre Reisen.

Und die Asterixhefte. Wie Obelix die Römer vermöbelt. Oder wie er sich in Falballa verknallt und nicht mehr sprechen kann: Wkrstksft! Und die Piraten, die von Asterix und Obelix jedesmal eins auf die Mütze kriegen. Die Galee'e kommt di'ekt auf uns zu! Methusalix, Stupidix und Schweineschmalzix. Fix und Foxi konnte man vergessen dagegen.

Einmal ließ der Regen nach, und wir übten mit Bodos Bogen im Garten Pfeilschießen auf eine Zielscheibe, die an einer der Birken hing, aber dann gab's Essen, Buttermilchauflauf mit Rosinen, und als wir damit fertig waren, hatte der Regen wieder angefangen.

Vorm Einschlafen erzählte Bodo mir von der Tarzanschlinge im Wald, einer Liane, neben der er einmal ein Mädchen aus seiner Klasse geküßt hatte oder jedenfalls fast.

Dann zankten wir uns darum, wie Robinson Crusoe ausgeht. Ich wußte genau, daß Robinson überlebt und gerettet wird von der Insel, aber Bodo behauptete steif und fest, Robinson werde von einem Pfeil getroffen und gehe drauf.

Am Morgen zeigte Bodo mir die Stelle in seinem Buch, und da stand schwarz auf weiß, wie Robinson ums Leben kommt. Es war auch eine Zeichnung drin, wie er den tödlichen Pfeil in die Brust kriegt. In meinem Buch ging die Geschichte anders aus. Auch in dem Film, den ich gesehen hatte. Was für ein Beschiß.

Für die Jugend bearbeitet, stand vorne in Bodos Buch.

Streit gab es auch um das Perpetuum mobile in Jim Knopf und die Wilde 13. Das funktioniere nicht, sagte Tante Gertrud.

»Und warum nicht?«

»Das funktioniert eben nicht.«

»Aber warum denn nicht?«

»Weil es ein Perpetuum mobile nicht geben kann, darum nicht!«

Tolle Antwort.

Erst Horst machte sich die Mühe, mir den Denkfehler zu erklären: Wenn die vorne hängenden Magneten die Lokomotive anzogen, zog die Lok auch die Magneten an, statt sich zu bewegen. Das verstand ich, aber jetzt ärgerte ich mich über Michael Ende. Hätte der sich das nicht denken können?

Als einmal die Sonne schien, stromerten Bodo und ich durch den Wald. Da gab es eine Schlucht, die viel tiefer war als die im Wambachtal. Eigentlich war auch die Schlucht auf der Horchheimer Höhe nur Mickerkram.

Unten war eine Pfütze, so groß wie ein halber See. Wir versuchten, ein Floß zu bauen, wobei wir uns nasse Füße holten. Kwuutsch, kwuutsch, machte das Wasser in den Schuhen beim Gehen.

An einem warmen Tag unternahmen Onkel Edgar, Tante Gertrud, Bodo und ich eine Wanderung. Horst meditierte wieder.

Im Teutoburger Wald waren scharenweise andere Wanderer unterwegs, mit Kind und Kegel und mit Hunden, die den Schwanz so hielten, daß man ihnen genau ins Arschloch kucken mußte.

Auf Schusters Rappen. Onkel Edgar trug den Rucksack mit Knäckebroten und vier Äpfeln, für jeden einen. Unseren Durst könnten wir an Brunnen stillen, hatte Tante Gertrud gesagt, aber bis wir den ersten Brunnen gefunden hatten, waren zwei Stunden um.

Klares, frisches Wasser sei doch das köstlichste Getränk auf

Erden, sagte Onkel Edgar. Ich hätte aber auch nichts gegen einen Fantabrunnen gehabt. Tante Gertrud nahm nur einen kleinen Schluck, um nicht zu müssen, bevor wir zurück waren.

Mittags kamen wir auf einem Bergkamm an, und es war heiß, aber Onkel Edgar wollte nicht Rast machen. Wer raste, der roste, und die Äpfel könnten wir auch im Gehen essen. Das Knäkkebrot war schon alle.

Meinen Apfel sollte ich abnagen bis zum Kerngehäuse. Die Kriegsgefangenen hätten sich auf so einen Apfelgriebsch gestürzt wie auf eine Delikatesse, sagte Onkel Edgar.

Griebsch? Bei uns hieß das Grütz.

Wann wir wieder an einem Brunnen vorbeikämen, wollte ich wissen, und Tante Gertrud sagte, es sei nicht mehr weit bis nachhause, aber dann waren es doch noch drei oder vier Kilometer.

Auf dem letzten Stück Weg fand ich eine Colaflasche, in der noch was drin war. Die lehnte an einem Baum, und ich wollte sie aussaufen, aber Tante Gertrud verbot mir das. Da könne einer reingepinkelt haben. Schlechte Menschen brächten sowas fertig.

An meinem Geburtstag fuhren wir in die Innenstadt, und ich durfte mir eine Single aussuchen. »Ruhig auch was Klassisches«, sagte Tante Gertrud, aber ich wollte nichts Klassisches. Ich suchte mir Block Buster aus von Sweet und kriegte auch noch das Buch Rätsel um die grüne Hand und ein kackbraunes Hemd mit weißen Punkten.

Ein einziges Mal durfte ich Block Buster im Wohnzimmer hören, dann war Schluß mit lustig. »Verglichen damit klingt meine Schleifmaschine wie ein Kammerorchester«, sagte Onkel Edgar.

Als er mit Tante Gertrud zum Kirchenchor gefahren war und Horst meditierte, legte ich dann doch wieder Block Buster auf. Aus einem Regalfach suchte Bodo zwei Mikrofone raus, und wir tanzten trällernd damit durchs Wohnzimmer, bis das Dekkenlicht anging und Tante Gertrud dastand und schimpfte. Ihr

Vertrauen auszunutzen und Schindluder zu treiben mit der Stereoanlage, das hätte sie nicht von uns gedacht!

Wir verschwanden eiligst von der Bildfläche.

Im Zug nach Koblenz las ich Rätsel um die grüne Hand. Da dachte sich Stubs im Zug eine Lügengeschichte aus, daß er einer Atombombenverschwörung zum Opfer gefallen sei und von einer internationalen Bande verfolgt werde, der grünen Hand. Der alte Mann, dem er das erzählte, glaubte ihm jedes Wort und war erschüttert, aber dann steckte Stubs in der Klemme, weil sich rausstellte, daß der alte Mann sein Großonkel Johann war, und noch mehr, als ein mysteriöser grüner Handschuh auftauchte.

Mir passierte sowas nie. Wenn ich mal in der Klemme steckte, dann wegen schlechter Noten und nie wegen einer Atombombenverschwörung.

Von meinen nachgereichten Geburtstagsgeschenken waren die besten eine blaue Zottelweste von Renate und von Tante Dagmar die Single Diplomatenjagd von Reinhard Mey: Selbst den klapprigen Ahnherrn von Kieselknirsch trägt man mit der Trage mit auf die Pirsch.

Auf der Fensterbank stand noch der Osterstrauch mit gelben Stoffküken und lackierten Holzeiern.

Papa war nach Meppen versetzt worden, hatte sich da zwei Zimmer mit Bad gemietet und kam nur noch am Wochenende nachhause. »Und dafür haben wir hier nun gebaut«, sagte Mama. Das sei doch hirnrissig.

In meinem eigenen Robinson-Crusoe-Buch stand vorne das gleiche wie in dem von Bodo: Für die Jugend bearbeitet. Dann wußte also keiner von uns, wie die Geschichte wirklich ausgegangen war. Wozu mußten Abenteuerbücher überhaupt für die Jugend bearbeitet werden? Konnte man die nicht lassen, wie sie waren?

Ich übte viel Klavier, auch ohne Klavier, in der Schule, auf der Ablagefläche unter der Tischplatte, bis die Niedergesäß mir das verbot. Unterarsch hieß die bei uns.

Im Gewa kaufte ich mir ein Notenheft für eigene Kompositionen. Sonatinen von Schlosser. Das machte sich gut auf dem Umschlag.

In Mamas Konzertführer standen Notenbeispiele wie Sand am Meer, und ich dachte daran, die abzuschreiben, hintereinander weg, und dann so zu tun, als ob die Musik auf meinem eigenen Mist gewachsen sei. Nicht einmal ein Musikprofessor hätte gemerkt, daß das alles aus dem Konzertführer stammte, aber dann war ich doch zu faul, eine Million Halbnoten und Viertelnoten und Pausenzeichen zu übertragen und den ganzen anderen Kram. Andante molto mosso, Adagio assai und Allegretto scherzando.

Renate hatte wieder ein Elaborat von Alec erhalten. Darin kündigte er mit großem Tamtam seinen Deutschlandbesuch an und wollte wissen, ob er zweimal bei uns übernachten dürfe.

Zu Renates Entsetzen war Mama einverstanden. Den Einwand, daß Alec balla-balla sei und aussehe wie Klein-Doofi mit Plüschohren, ließ sie nicht gelten. »Stell dich nicht so an«, sagte sie zu Renate, und dann mußte Wiebke für Alec ihr Zimmer räumen und kam in meins.

Auf Mamas Geheiß mußte Renate Alec alle Sehenswürdigkeiten zeigen. Deutsches Eck, Kastorkirche, Schängelbrunnen und die Festung Ehrenbreitstein.

Abends wurde im Wohnzimmer Konversation gemacht. Eine Schönheit war Alec nicht, mit seinen gelben Hauern und den Hängeschultern, und er stellte seine Schuhspitzen immer nach außen. Die reinste Vogelscheuche.

Volker und ich sollten auch mal was sagen, um unser Englisch aufzupolieren.

»I am learning English at … was heißt Eichendorff-Gymnasium?«

»At school«, sagte Mama.
»At school«, sagte ich.
»Oh, do you?« fragte Alec und schielte zu Renate rüber, spitz wie Nachbars Lumpi. »Since when?«
»Since … was heißt seit letztem Jahr?«
»Since last year«, sagte Mama.
»Since last year«, sagte ich.
»Oh, good«, sagte Alec, und dann steckten wir wieder fest.

Für Sonntag hatte Renate sich ihren alten Freund Jochen ins Schwimmbad bestellt, um Alec eine Lektion zu erteilen. Das wollte ich sehen.

Jochen ließ sich wie aus Zufall ganz in unserer Nähe auf der Wiese nieder und winkte. Renate ging zu ihm hin, und dann fingen die beiden hemmungslos an zu knutschen und sich abzuschlecken; erst im Sitzen, dann im Liegen. Jochen hatte einen Sauerkohl wie Peter Ehlebracht von Insterburg & Co. und mordsmäßig breite Schultern.

Alec machte Stielaugen. Abends ging er früh schlafen, und als Mama ihn wecken wollte, war er spurlos verschwunden.

Papa hatte zehn Tage lang dienstlich in Ottobrunn zu tun, und in dieser Zeit stellte Mama einen Handwerker für die restlichen Terrassenarbeiten an. »Sonst wird das ja niemals was!« Wenn Papa deswegen Theater mache, nehme sie das auf ihre Kappe. »Der wird mir schon nicht den Kopf abreißen, der wird selbst ganz froh sein, wenn das fertig ist.«

Dann setzte sie Gladiolenzwiebeln, bis die Sonne unterging.

Seit einer Party bei Mareike hatte Renate einen Fimmel für Olaf, einen Juso, der am Eichendorff die Oberprima besuchte und in der Schubertstraße wohnte. Der holte Renate jetzt immer zum Spazierengehen ab. Blonde Haare, blaue Augen, rank und schlank und SPD. In der großen Pause ging er meistens einen heben im Posthorn in der Casinostraße. Er rief oft an, und Papa moserte über Renate und ihren süßholzraspelnden Filz, wenn sie das Telefon zu lange blockierte.

Olaf hatte keinen Schulranzen, sondern nur ein Buch und ein paar Hefte in der Hand, wenn er morgens an der Haltestelle stand. Das hätte mir auch gefallen. Oder die Schulsachen zum Bündel geschnürt an einer Strippe über der Schulter zu tragen wie Tom Sawyer, aber als ich einmal so losziehen wollte, kriegte Mama mich am Kanthaken zu fassen. Ob ich übergeschnappt sei.

Im Hobbyraum spielten Renate und Olaf vierhändig Klavier. Nicht so brillant wie Marek und Vacek, aber ganz gut, und dann gingen sie zum Kaffeetrinken in Renates Zimmer.

Nach einer halben Stunde schickte Mama mich zum Spionieren hoch, nach der alten Masche: »Frag mal, ob die noch Büchsenmilch brauchen.«

Platten hörten sie. El Condor Pasa.

Renates neuer Eumel war auch Redakteur bei einer Schülerzeitung, und er machte bei einer Verkehrszählung mit. Vom Bus aus konnte man ihn sehen, wie er auf einem Klappstuhl vorne an der Rheinbrücke saß und eine Strichliste führte.

Wenn ich in den Sommerferien in Spanien schwimmen können wollte, mußte ich mich ranhalten. So langsam war ich auch zu groß fürs Nichtschwimmerbecken. »Da gondelt zuviel Kinderpisse drin rum«, sagte Michael Gerlach, und wir wagten uns ins tiefe Becken, obwohl ich nur fünf Züge konnte und Michael nur Hundekraulen.

Wir übten am Rand und hielten uns fest, wenn uns die Kräfte verließen oder wenn irgendein Kotzbrocken im Delphinstil das Wasser aufwühlte, so daß man in den Wellen fast ersoff. Auf das Freischwimmer-Abzeichen legte Michael aber keinen gesteigerten Wert, weil man dafür nach fünfzehn Minuten Brust auch noch vom Einer springen mußte: »Für so 'n Stück Stoff setz ich doch nicht mein Leben aufs Spiel!«

Zur Prüfung kam Renate mit, um mir beizustehen. Sie meldete mich auch beim Bademeister an, aber sie hatte ihre Armbanduhr nicht mit, und als dem Bademeister einfiel, nach mir zu kucken, war ich schon fast eine halbe Stunde lang geschwommen und hatte blaue Lippen.

Dann noch vom Einer. »Nicht lange nachdenken«, sagte Renate. »Loslaufen und hopp!«

Das tat ich dann auch, aber ich hatte vergessen, mir die Nase zuzuhalten, und mir blubberte der Kopf mit Chlorwasser voll.

Mama hatte keine Zeit, mir das Abzeichen auf die Badehose zu nähen, weil Volkers Konfirmation bevorstand und Haus und Garten generalüberholt werden mußten. Papa fegte die Terrasse mit dem Piassavabesen, und innen wienerte Mama alles blitzeblank. Beim Staubwischen entdeckte sie im Hobbyraum mein Kompositionsheft. »Sonatinen von Schlosser! Zum Schießen! Und keine einzige Note drin!« Das Heft war meins, und ich wollte es haben, aber Mama wollte es mir nicht geben. »Räum erstmal dein Zimmer auf, dann überleg ich mir, ob ich das hier allen zeige oder nicht!«

Am Pfingstsonntag ging es hektisch zu. Wiebke hatte Geburtstag, und die Gäste waren im Anmarsch: Onkel Walter und Tante Mechthild, Onkel Edgar und Tante Gertrud, Tante Luise und Onkel Immo und ein Rudel Vettern und Kusinen.

Eins, zwei, drei Autos standen vor unserm Haus auf der Straße, mit verschiedenen Stadtkennzeichen: DO, BI und HI.

Wiebke führte ihr Mainzelmännchen-Klebealbum vor. Anton, Berti, Conni, Det und Fritzchen. Und einmal packte Mama mich am Kragen, weil ich ein Kavalier sein und mich nicht vor anderen durch die Tür quetschen sollte.

Für die Konfirmation mußte Volker sich in Schale werfen. Der neue Anzug schlotterte ihm ums Gebein. Dazu ein breiter Streifenschlips aus Papas Beständen.

Mama hielt uns auf Trab. »Dein Haar ist heute auch noch mit keinem Kamm in Berührung gekommen!«

Fünfzig Pfennig kriegte ich für die Kollekte.

Lobe den Herrn, meine Seele, und vergiß nicht, was er dir Gutes getan hat. Das war Volkers Konfirmationsspruch. Zusammen mit Volker wurden auch Hansjoachim und Michael Gerlachs Bruder Harald konfirmiert. An der Wand stand:

128 1+3
429 1–4
234 1–3
155 1–6
141 1–3

Konfirmation heiße Befestigung, sagte Pfarrer Liebisch. »So wie ein junger Baum an einem Pfahl befestigt wird, um einen Halt zu haben, wird der junge Mensch in seiner Jugend an Gott befestigt, damit er im ganzen Leben einen Halt an Gott und Jesus Christus hat.«

Psalter und Harfe, wacht auf.

Papa drückte sich wieder vorm Abendmahl, weil er mit dem ganzen Brimborium nichts am Hut haben wollte, und Mama sagte, die Predigt sei ja man ein ziemliches Wischiwaschi gewesen.

Volker kriegte einen Haufen Geld von allen, den er nicht gleich wieder verquansen sollte. Papa nahm das Geld in Verwahrung.

Das beste Geschenk war ein Weltempfänger von Blaupunkt, mit Kopfhörern. Damit saß Volker stundenlang auf der Terrasse und lauschte verzückt den Melodien aus dem Äther.

»Darf ich auch mal?«

»Nein.«

Bodo blieb noch bei uns. Ich wollte ihm das Wambachtal zeigen, aber er kriegte Mumps und mußte Mundspülungen mit

Salbeitee über sich ergehen lassen, bis Doktor Kretzschmar herausfand, daß Bodo eine Mandelentzündung hatte. Onkel Edgar kam und holte Bodo ab.

Die arme Sau.

Jetzt wollte ich auch den Fahrtenschwimmer machen. Der Sprung vom Dreier sei kein großer Akt, sagte Renate.

Vor mir war ein Opa dran, der wie ein Irrer wippte und dann einen Köpper machte. Das Sprungbrett hatte graue Schmutzflecken, und es war viel höher, als ich gedacht hatte.

Ich wollte noch warten, bis das Brett nicht mehr zitterte, aber hinter mir nölte ein Muskelprotz: »Na, wird's bald?«

Ins Wasser fiel ich schief, und die Badehose rutschte mir runter, was hoffentlich keiner gesehen hatte.

Mit dem Fahrtenschwimmer-Abzeichen bewegte ich mich gleich viel mutiger durchs Schwimmbad. Einmal ums Nichtschwimmerbecken gehen, wo die blutigen Anfänger paddelten, oder lässig auf den Steinstufen vorm Sprungturm sitzen. Die Sonne glühte, und wenn ich reich gewesen wäre, hätte ich mir zehn Kilo Eis gekauft.

Michael Gerlach kannte eine Umkleidekabine mit Kucklöchern, durch die man einen Blick auf anderer Leute Podexe und Pimmel erhaschen konnte, was aber nicht ganz ungefährlich war. Es sollte schon vorgekommen sein, daß ein Spanner durch so ein Kuckloch eine Stricknadel ins Auge gerammt gekriegt hatte.

Eines Tages waren die Löcher mit Kaugummi zugeklebt.

Renate übte auf dem Klavier den fröhlichen Landmann, Stunde um Stunde, bis man's nicht mehr hören konnte. Dideldumm schrumm schrumm, dideldumm schrumm schrumm …

Ich veranstaltete in Renates Zimmer meine eigene Hitparade mit allen Platten, die wir hatten. Auf Platz Eins stand bei mir Block Buster, auf Platz Zwei Diplomatenjagd, auf Platz Drei

Harlekin von Danyel Gerard und auf Platz Vier Song of Joy von Miguel Rios.

Auf manchen Singlehüllen waren hinten noch andere Singles abgebildet. Erik Silvester: Zucker im Kaffee. Die hätte man alle haben müssen. Karamba, Karacho, ein Whisky, Karamba, Karacho, ein Gin!

Papa besaß genau zwei Langspielplatten: An American in Moscow und Ja, so san's, die alten Rittersleut. Auf der sangen die Hot Dogs. Ein Ritter saß am Donnerbalken, in der Rechten seinen Falken. Ein Krach, ein Schrei, dann wurd es leise, ein Ritter wühlt sich aus der Scheiße.

Die andere LP hatte Renate für Papa gekauft, weil da ein Lied mit dem Titel Raskolnikoff drauf war, aber es war das falsche. Papa suchte eins, das er mal irgendwo gehört hatte und von dem er nur den Titel wußte, Raskolnikoff eben, und seitdem hatte Renate die Plattenläden danach durchforsten müssen.

Eine Single von Petra Pascal war dann die richtige gewesen. Da wurde ein Russe namens Raskolnikoff von einem deutschen Mädchen angehimmelt. Auf der Bank schien der Mond auf weißes Papier, da machten wir – Deutschunterricht, und er sagte mir oft, so gern wär er hier, doch ich sah das Heimweh in seinem Gesicht.

Das Ende vom Lied war, daß Raskolnikoff die Mücke machte. Er schrieb mir auf kariertem Papier: Es war Heimweh. Verzeih bitte mir! Dein Raskolnikoff.

Sonst hörte Papa nie Musik, aber Raskolnikoff fand er gut.

An American in Moscow war aber auch nicht ohne. When morning comes, I wonder why you have to go, so sad am I. Ein Neger sang das, mit tiefer Stimme.

An meinem Zeugnis war das beste die Eins in Musik. »Dann ist der Klavierunterricht ja wohl doch nicht nur rausgeschmissenes Geld«, sagte Mama.

Zur Einstimmung auf die Sommerferien hatte Renate sich Asterix in Spanien gekauft. Bald würden wir wissen, ob die da wirklich alle mit Kastagnetten klapperten und »Ayayay!« und »Olé!« schrien.

Wiebke war dafür, den Fernseher mitzunehmen, weil sie auch in Spanien Ferien auf Saltkrokan kucken wollte. Als sie hörte, daß man das da nicht empfangen könne, kriegte sie einen Tobsuchtsanfall. Volker und ich mußten auch auf unsere Lieblingssendungen verzichten, er auf Cannon und ich auf Die Spur des Jim Sonnett, aber Wiebke fing nur immer irrer an zu brüllen, und Mama rief, wir sollten augenblicklich aufhören, Wiebke zu triezen.

Wie man's macht, macht man's verkehrt.

Sachen packen. Strümpfe, Hemden, Unterbüxen, als wichtigstes Utensil die Badehose und zum Lesen alle von Walt Disneys Lustigen Taschenbüchern, aber da machte Mama mir einen Strich durch die Rechnung: »Soweit kommt das noch, daß wir mit Achsenbruch liegenbleiben, bloß weil du zehn Zentner Schundhefte im Gepäck hast!«

Ich wählte Onkel Dagoberts Millionen aus, weil ich das noch nicht so oft gelesen hatte wie die restlichen Taschenbücher.

Volker wusch den Peugeot, und Renate machte trotz Kopfweh Kartoffelsalat.

»Ich möchte ja nur mal wissen, was ich in Spanien verloren hab«, sagte Papa. Da stumpfsinnig in der Sonne zu schmoren, obwohl noch so unendlich viel am Haus zu tun sei. »Und wenn wir wiederkommen, hat sich hier 'ne Hippiekommune eingenistet.«

Für alle Fälle sollten Rautenbergs einen Schlüssel kriegen.

Meine größte Sorge war, daß mir in den drei Wochen ohne Klavierstunde beim Vogel die Finger einrosteten.

Renate aß abends nicht mit. Sie hatte sich mit dickem Hals und Fieber ins Bett gelegt. Ob sie sich das bei Bodo geholt hatte? War Mandelentzündung ansteckend?

»Mach mich nicht schwach«, sagte Mama. Monatelang alles

geplant bis ins kleinste und jetzt das. Sie sehe schon unsere ganzen Felle davonschwimmen.

Am Morgen mußte Renate mit Kamillentee gurgeln.

Vom Mallendarer Berg nach Tossa de Mar. Um acht sollte es losgehen. »Alles eingepackt? Auch euer Zahnputzzeug?«

Meine Waschtasche war weg.

»Das heißt nicht was, das heißt wie bitte!«

Um neun stand das Auto immer noch in der Einfahrt, mit uns auf der Rückbank. Renate und Volker an den Fenstern, Wiebke und ich in der Mitte.

Papa ging auf Nummer Sicher, testete den Luftdruck, sah zum hundertsten Mal nach dem Reservereifen und zog die Schrauben am Gepäckträger an. Der saß schon bombenfest, aber Papa sagte, der wackele noch wie ein Lämmerschwanz.

Als wir dann endlich rückwärts auf die Straße setzten, brach der Blinker hinterm Lenkrad ab.

»Es ist doch nicht zu fassen«, sagte Mama. »Ob wir hier wohl noch jemals zu Potte kommen?«

Papa suchte in der Garage nach einem Ersatzblinker. Dann mußte Wiebke aufs Klo. Renate wollte sich nochmal schlafen legen, aber das kam nicht in die Tüte.

Um halb zehn gab Papa die Suche auf und kloppte einen langen Nagel in den Blinkerstumpf.

Wenn die bunten Fahnen wehen, geht die Fahrt wohl übers Meer.

Als wir das erste Mal tanken mußten, stiegen wir alle aus, außer Renate, um uns die Beine zu vertreten. Ich trank Kaba, und als wir wieder losfuhren, purzelte mein ausgetrunkener Becher durchs offene Schiebedach ins Auto. Den hatte ich da oben abgestellt und dann vergessen, weswegen ich für den Rest des Tages der Arsch war.

»Stück ma 'n Rück«, sagte Volker alle paar Sekunden. Können vor Lachen. Weil es so eng war, kriegte ich mich laufend auch mit Wiebke in die Haare, und Mama sagte, wir sollten aufhören, uns zu piesacken. »Ihr raubt mir den letzten Nerv!«

Einmal drehte sich Papa beim Fahren um und tafelte mir eine.

Ohrfeige auf spanisch: Bofetada.

Die einzige, die mich in Ruhe ließ, war Renate. Die hing wie ein Häufchen Elend in ihrer Ecke und lutschte Kräuterbonbons.

Der Kilometerzähler stand auf 99995, und wir wollten sehen, wie er auf die Schnapszahl 99999 und dann auf 100000 umsprang.

Auch mit runtergekurbelten Fenstern war es hinten heiß wie im Backofen. Mama teilte uns Gesöffe aus der blauen Kühltasche zu.

»Zählt doch mal, wer wen öfter überholt, wir die anderen oder die anderen uns«, sagte Papa, und Wiebke und ich zählten eine Weile. Es stand bald 15:3 für uns, aber dann hingen wir hinter einem Vehikel mit angehängtem Wohnwagen fest, das mit gerade mal sechzig Sachen über die Autobahn kroch, und wir kamen nicht daran vorbei, weil die anderen uns nicht auf die Überholspur ließen. Mercedesse mit eingebauter Vorfahrt.

Den Fahrern, die uns überholten, schnitt ich Fratzen, bis Mama das sah. »Schluß mit dem Affentheater!« Ich sei unausstehlich.

Dann stand im Stau ein Anhänger mit zwei Pferden vor uns, und Papa sagte, er hätte lieber mal was anderes vor Augen als diese Pferdepöter.

»Scheiße«, rief Papa, »der Kilometerzähler!« Der stand schon auf 100006.

In Onkel Dagoberts Millionen rechnete ein Roboter aus, daß Onkel Dagoberts Vermögen sich auf genau 5 Billionen, 48 Milliarden, 25 Millionen, 103409 Taler und 65 Kreuzer belief. Wenn er trotzdem Geldsorgen hatte, flennte Onkel Dagobert in eine Tränenschüssel, und wenn er Donald anrief, hoppelte bei dem das Telefon.

In der ersten Geschichte kriegte Donald einen Kunstdünger für Gold in die Hände, wurde reicher als Onkel Dagobert, soff Entenwein und ließ sich ein Schwimmbecken bauen, das man bloß vom Hubschrauber aus in voller Länge sehen konnte. Aber dann löste sich das künstliche Gold in Nichts auf, und Donald war wieder bettelarm.

Nach zwei bunten Seiten kamen immer zwei schwarzweiße, und ich war jedesmal froh, wenn ich die durchhatte und wieder zwei bunte aufschlagen konnte.

In der nächsten Geschichte wurden Donald und die Neffen in Caramba-Romba von Negern gefangengenommen und mit Klößchen aus Heuschrecken und weißen Ameisen gefüttert, und in der übernächsten Geschichte mußte Donald als Hilfszoowärter arbeiten und sich anschnauzen lassen, weil er die Giraffen noch nicht gebürstet hatte.

Mir war der eine Fuß eingeschlafen. Der kribbelte, und als ich das Bein langmachte, sagte Mama: »Kannst du nicht mal fünf Minuten ruhig auf deinen vier Buchstaben sitzen, du Biest?«

Vor der französischen Grenze machten wir Rast. Mama holte den Kartoffelsalat aus der Kühltasche, und Papa wollte, daß wir uns kämmten, damit die Zollbeamten uns nicht für Strauchdiebe hielten und den Peugeot bis in alle Einzelteile zerlegten.

»Mal nicht den Teufel an die Wand«, sagte Mama, und Volker sagte: »Wenn man den Teufel nennt, dann kommt er schon gerennt.«

In Frankreich mußte man für die Autobahn bezahlen, deshalb fuhren wir auf der Landstraße weiter. Immer rauf und runter, wie zwischen Simmern und Neuhäusel. Ich fand das prima, aber Renate wurde es schwummrig davon.

»Wieder so 'n Sonntagsfahrer«, sagte Papa, wenn ihm das Auto vor uns zu langsam war.

Nach Onkel Dagoberts Millionen las ich einen von Mamas Krimis, der sterbenslangweilig war, bis sich zwei verfeindete Schurken in einem Getreidesilo einen Schußwechsel lieferten, aber man konnte sich das nur schlecht vorstellen, wenn man nicht wußte, was ein Getreidesilo war.

Ohne Krimi geht die Mimi nie ins Bett.

Papa hatte für die Reise das große Karl-Valentin-Buch gekauft, daraus sollte ich was vorlesen. Der Auerochs, der Auerochs, der aß nicht auf und frug: Wer mogs? Oder das Gespräch mit dem Schutzmann: Wie heißen Sie denn? Wrdlbrmpfd. Wie? Wrdlbrmpfd. Wadlstrumpf? Wr-dl-brmpfd! Redens doch deutlich, brummens nicht immer in ihren Bart hinein. Valentin zieht den Bart herunter: Wrdlbrmpfd. Schutzmann: So ein saublöder Name! Schauns jetzt, daß Sie weiterkommen.

Sie sei bloß froh, wenn die ganze Blase in den Betten liege, sagte Mama und suchte ein Hotel aus, nach zwölf Stunden Fahrt.

Renate konnte gut Französisch, und sie sollte mit dem Portier verhandeln, aber sie wollte nicht, weil sie Fieber hatte, und sie zankte sich mit Mama.

Im Hotelflur stand ein Klavier, und ich wollte was drauf spielen, aber Mama zerrte mich weg. »Untersteh dich!«

Auf dem Klo war kein Becken. Da mußte man in der Hocke in ein dunkles Loch im Boden kacken und aufpassen, daß man sich nicht die Schuhe beferkelte.

Die Nacht verbrachten Volker und ich in einem Doppelbett, das in der Mitte so durchhing, daß wir immer zusammenrollten. Als Zudecke gab es nur ein dünnes Laken, und die Kopfkissen waren platt wie Briefmarken.

Am Frühstückstisch ließ Volker eine Bemerkung über meinen Mundgeruch fallen: »Der Odem wird zum Brodem.« Das machte mir den ganzen Urlaub über zu schaffen, weil immer jemand sagte, daß mein Odem zum Brodem geworden sei.

Vor der Weiterfahrt stellte Volker sich mit einer Baguettestange über der Schulter für ein Foto in Positur.

Kurz vor der spanischen Grenze verirrte sich eine Fliege ins Auto. »Scheucht die bloß raus«, sagte Papa, »sonst verhaften die uns noch, weil wir 'ne französische Fliege entführt haben!«

Mama sagte, daß wir mal aus dem Fenster kucken sollten, aber ich las lieber wieder Onkel Dagoberts Millionen. Renate und Wiebke dösten, und Volker schmökerte in einem von Mamas Krimis: Der Hund trug keine Socken.

»Das hätte mir früher mal einer bieten sollen«, sagte Mama. Für sie sei eine Radtour zum Theater in Oldenburg das höchste der Gefühle gewesen. »Und ihr sitzt da rum und würdigt die Pyrenäen keines Blickes!«

Lang und länger dauerte die Fahrt. Wir wollten das Meer sehen, aber das Meer ließ auf sich warten, und die Sonne ging unter, obwohl die da doch bei Tag und Nacht scheinen sollte. Eviva España.

Wiebke wollte immer wissen, wie weit wir's noch hätten.

»Ihr könnt einem aber auch 'n Loch in den Bauch fragen«, sagte Mama, auf den Knien eine Landkarte, die sie im Taschenlampenschein studierte. Santa María de Llorell, Punta Porto Pí y Martosa und ob er aber über Oberammergau. Wir hatten uns verfranst. »Himmel, Arsch und Zwirn!«

Papa hielt an und riß Mama die Karte weg.

Renate stöhnte, Volker mußte pinkeln, und Wiebke und ich hatten Hunger.

Wir sollten uns am Riemen reißen, sagte Mama. Ihr hänge selbst der Magen auf halb acht.

Dann war das Meer zu sehen, aber in der Dunkelheit erkannte man nicht viel davon, nur weiße Schaumkronen hier und da. Wir fuhren auf einer gewundenen Küstenstraße weiter, mit Serpentinen, wo es an der einen Seite steil raufging und an der anderen steil runter, ohne Leitplanke.

Den Ferienbungalow fanden wir erst nach Mitternacht. Renate schmiß sich gleich ins Bett. Die kriegte ein Zimmer für sich allein, genau wie Volker, aber Wiebke und ich mußten uns eins teilen. Das hatte man gern. Geschlagene zwei Tage lang hinten in der Mitte sitzen und dann kein eigenes Zimmer kriegen.

Papa machte sich eine Flasche Bier auf und sagte, das könne ja heiter werden, wenn das hier schon nachts so pudelwarm sei.

Auf der Terrasse aßen wir Spiegeleier. Man hörte die Grillen zirpen. Tausende davon. Oder waren das Zikaden?

Mama lobte das Aroma der Luft und bewunderte den Sternenhimmel. Der große Wagen und der kleine Wagen, und dann ging wieder das sattsam bekannte Zwiegespräch zwischen Mama und Wiebke los: »Wiebke, weißt du noch, welches Sternbild du bist?«

»Zwilling.«

»Und Renate?«

»Löwe.«

»Und Volker?«

»Schütze.«

»Und Martin?«

»Martin ist Schwein!«

Das hatte ich mir schon des öfteren anhören müssen.

Die spanischen Brötchen waren Kaventsmänner, doppelt so groß wie die deutschen und nur halb so teuer. In Spanien war alles spottbillig.

Wir frühstückten auf der Terrasse, und Mama machte ein Foto von Wiebke mit Milchbart.

»Was hier fehlt, ist ein Komposthaufen«, sagte Papa. Er hatte kurze Hosen an, aber wenn Papa mal kurze Hosen anhatte, gingen die ihm immer noch fast bis zu den Knien.

Renate war bettlägerig, aber zum Strand wollte sie mitkommen, um Farbe zu kriegen.

Wir fuhren mit dem Peugeot hin und mußten das letzte Stück zu Fuß laufen. Mama achtete darauf, daß wir uns alle mit Sonnenmilch einschmierten. Piz Buin und Delial.

Die Wellen waren gut drei Meter hoch, und die Bucht war knüppelvoll mit Leuten. Spanier, Engländer, Franzosen, Holländer und Deutsche. Mama blies Wiebkes Schwimmärmel auf, und Volker zog die Ausrüstung an, die er sich von dem Geld fürs Peugeotwaschen gekauft hatte: Taucherflossen, Tauchermaske und Schnorchel.

Um in das eisekalte Wasser zu kommen, mußte man sich überwinden, auch wenn draußen noch so große Hitze herrschte.

Am allerbesten war es, auf dem Bauch auf der Luftmatratze liegend in den Wellen zu dümpeln, mit dem Gesicht zum Strand. Dann wußte man nie, wie hoch einen die nächste Welle tragen würde und ob man was abkriegte von der Gischt.

Da, wo man noch stehen konnte, spielten zwei Franzmänner mit einem blauen Niveaball und qualsterten ins Wasser, und ich paddelte von deren Spuckebatzen weg.

Wir eroberten uns einen Stammplatz neben einem Neger, der jeden Tag mit seiner französischen Frau und seinem Mulattenkind an den Strand kam, immer mit zwei Liegestühlen. Beim Aufstellen führte sich die Frau beinahe so dämlich auf wie Rudi Carrell einmal in der Rudi-Carrell-Show.

Papa schwamm weit raus, und als er wiederkam, sagte er, daß er in erster Linie mit schwimmenden Fäkalien Bekanntschaft geschlossen habe. Wegen seiner Operationsnarbe an der Seite sonnte Papa sich nie. Stattdessen lief er im Bademantel rum und machte Fotos. Von Renate eins beim Handstand im Meer, von den Wellen welche und Nahaufnahmen von den Seeigeln an den Felsen.

Der Sand war so heiß, daß man barfuß nicht drüberlaufen konnte. Mittags mußte man im Schatten liegen, wenn man sich keinen Sonnenbrand holen wollte oder einen Hitzschlag oder einen Sonnenstich.

Am Strand waren gute Kletterfelsen. Wenn wir erklimmen schwindelnde Höhen, Bergvagabunden sind wir, ja wir! Bald würde ich mich hier auskennen wie in meiner eigenen Westentasche.

Abends holte Mama gegrillte Hähnchen. Fast geschenkt und superknusprig, aber mit vielzuviel Pfeffer und Salz, praktisch ungenießbar. Davon qualmte einem der Schlund.

Aus einer Zehnliterflasche mit Korbgeflecht becherten Mama und Papa Rotwein, bis Papa sagte, er sei voll bis zur Halskrause.

Der Bungalow hatte Schönheitsfehler. Oft fiel der Strom aus, und durch den Badewannengully quoll Kacke in die Wanne, so daß wir uns lieber mit dem Gartenschlauch auf der Terrasse duschten.

Renate mußte zum Hals-Nasen-Ohren-Arzt, auf spanisch Otorinilaringoloco. Keine Sonne, kein Sand, kein Salzwasser, riet der Arzt und verschrieb Renate Penicillinkapseln, aber davon kriegte sie rote Quaddeln auf der Haut, weil sie dagegen allergisch war.

Die meiste Zeit verbrachte sie im Bett, und bei Besuchen in ihrem Zimmer mußte man sich bedächtig bewegen, um die Mücken nicht aufzuscheuchen. Sechzehn saßen allein am Lampenschirm.

Die Mücken waren eine große Plage. Um einmal Ruhe zu haben vor denen, kaufte ich mir von meinem Taschengeld eine Dose Mückenspray, machte in Wiebkes und meinem Zimmer das Fenster zu, hielt die Luft an und sprühte nach und nach die ganze Dose leer, und in der Nacht danach war Ruhe im Karton.

Papa knackte Kürbiskerne für die Ameisen, die zwischen dem Garten und einer Verkehrsinsel eine Transportstraße unterhielten. Wo sie verlief, konnte man gut sehen, weil Papa den Ameisen Wattebäusche aufgeladen hatte. Die wurden von den Ameisen bereitwillig von A nach B verfrachtet.

Im Garten wuchsen Korkeichen, Ginster und Pinien. Papa fand auch eine Stabheuschrecke, die vom Geäst, in dem sie sich versteckte, kaum zu unterscheiden war.

Mimikry.

An einem Abend saßen Zigeuner auf der Straße vorm Haus und spielten Gitarre, aber dann kam bald die Polizei und machte dem Spuk ein Ende.

Wenn es nichts anderes zu tun gab, sammelten wir Wörter für das Camel-Filters-Preisausschreiben. Dafür sollte man möglichst viele Wörter aus den Buchstaben C, A, M, E, L, F, I, L, T, E, R und S bilden. Das war leicht. Alm, Amen, Amt, Eile, Elfe, Falter, Film, Leiter, Liter, Mai, Meer, Miete, Reif, Reife, Relief, Samen, Samt, Seife, Talmi, Tee und Trill und was uns sonst noch so einfiel. Papa schlug Stremel vor, aber Mama sagte, das würden die notariellen Aufsichtsheinis nicht akzeptieren. Mit Wörtern, die nicht im Duden stünden, würden wir keinen Blumentopf gewinnen.

Todlangweilig war es im Botanischen Garten. Um Wiebke zu beschäftigen, schlug Mama ihr vor, die Namen der Gewächse von den Schildern abzuschreiben. Dafür nestelte Mama einen Schmierzettel und einen Kuli aus der Handtasche.

Mispeln, Akazien, Feigenkaktus, Papyrus, Passionsblume, Luftnelke, Wasserhyazinthe und Bitterorangenstrauch. Nicht zu vergessen die Bäume: Ölbaum, Eukalyptus, Mandelbäumchen, Granatapfelbaum, Lorbeerbaum, Pfefferbaum, Zitronenbaum, Fächerpalme und Säulenzypresse. Bis Wiebke das alles notiert hatte, waren Jahrmillionen vergangen.

Auf einer Tafel stand ein Gedicht von Goethe. Kennst du das Land, wo die Zitronen blühn?

Papa stiftete jedem von uns ein Eis, das in der Hitze schneller schmolz, als man schlecken konnte, und mir klatschte eine halbe Kugel auf die Erde runter.

Renate zuliebe, die mit ihrer Mandelentzündung nicht ins Wasser durfte, wurde ein Schlauchboot gekauft, damit sie darin herumschippern konnte und auf diese Weise auch was vom Mittelmeer hatte.

Mangels geeigneter Luftpumpen mußten wir das Schlauchboot mit dem Mund aufpusten, wobei einem der Schweiß nur so runterlief. Wiebke machte es falsch, die saugte die durchs Ventil geblasene Luft immer wieder ein.

»Selig sind die geistig Armen«, sagte Volker.

Papa knotete das Schlauchboot mit einem Seil auf dem Dachgepäckträger fest, und zwar so, daß an den Seitenfenstern lose Seilenden runterhingen, die beim Fahren festgehalten werden mußten.

Zum Boot gehörten zwei Paddel mit weißen Ruderblättern. Damit paddelte Papa testhalber alleine raus aufs Meer. Als er wieder an Land wollte, ging er mit dem Boot in der Brandung koppheister.

Es war auch mit Luftmatratze schwer, aus dem Wasser zu kommen. Da wurde man von den Brechern durch die Mangel gedreht, wenn man den falschen Moment erwischte.

Für den Ausflug nach Barcelona bügelte Renate ihre gelbe Trompetenhose. Volker zog sein Hemd mit Leopardenfellmuster an und fummelte einen Gürtel mit Löwenkopfschnalle durch die Jeansschlaufen.

In Barcelona konnte man mitten auf der Straße Affen kaufen, die in ihren viel zu kleinen Käfigen nicht mal genug Platz hatten, um sich umzudrehen. Meterhohe Käfigstapel standen da, und drinnen kauerten die Äffchen. Die Händler würden das absichtlich so machen, sagte Mama, damit man Mitleid kriege mit den armen Tieren.

»Das ist ja raffitückisch«, sagte Volker.

El Corte Inglès hieß ein Geschäft. Der kurze Engländer.

An der Kolumbus-Säule fütterte Wiebke die Tauben mit Brötchenkrümeln, und Mama schoß Fotos von uns allen.

Volker und ich kriegten jeder ein Plakat. Die konnte man sich in Barcelona drucken lassen, und dann stand da drauf, daß Volker ein Autorennfahrer sei und ich ein Stierkämpfer, allerdings nur auf spanisch.

Im Zoo saß gleich am Eingang ein angeketteter Papagei auf einer Stange und hackte mir mit dem Schnabel in die Hand, als ich ihn streicheln wollte.

Fast noch mieser waren die Flamingos. Im Zoo wollte man doch Affen und Löwen und Elefanten sehen und nicht so 'n Kroppzeug. Wenn schon Vögel, dann Aasgeier oder Adler.

Der Zoo hatte ein weißes Kamel, aber weil es keinen zweiten Höcker hatte, war es ein Dromedar. Volker bildete sich mächtig was darauf ein, daß er das wußte. Ob ich Tomaten auf den Augen hätte. »Das sieht doch 'n Blinder mit Krückstock, daß das kein Kamel ist!«

Papa fotografierte ein Zebra, das sich im Liegen am Kniegelenk leckte.

Ich wollte zu den Schimpansen, aber die machten gerade Siesta in ihrem Betongehege. Wenigstens in dem aufgehängten Autoreifen hätten sie ja mal schaukeln können.

Am Ausgang kaufte ich mir eine kleine Schatztruhe aus Holz und einen Pappstier. Dafür hatten meine paar Peseten eben noch gereicht.

Zum Stierkampf wollte Mama nicht und auch nicht zu der Kirmes, die in Barcelona das ganze Jahr über geöffnet hatte. Da hätte ich endlich mal Achterbahn fahren können, aber nein: »Für solche Extravaganzen haben wir jetzt keine Zeit mehr.«

Als Volker dann noch angeberisch mit dem neuen Kescher rumfuchtelte, den Papa ihm gekauft hatte, kriegte ich die Wut. Dem Schweinehund Volker, der die ganze Hinfahrt über am Fenster gesessen hatte, wurde ein Kescher nachgeschmissen, und ich durfte nicht mal Achterbahn fahren.

Die Luft anhalten, so wie Pepe in Asterix in Spanien, bis die Erwachsenen alles stehen- und liegenließen und zu Kreuze krochen vor einem.

Mama sagte, ich sei ein oller Quengelpott, aber dann kaufte sie mir auch einen Kescher, damit es nicht noch weiter böses Blut gab zwischen Volker und mir.

Zum Essen gingen wir in ein Restaurant. Der einzige freie Tisch war der neben der Klotür, und es wurden klotzige Preise verlangt für spanische Verhältnisse.

»Umsonst ist der Tod«, sagte Mama. Das teuerste beim Essengehen seien immer die Getränke, deshalb bestellten wir nur Paella für alle.

Sowas Leckeres hatte ich noch nie gegessen. Paella war viel besser als die spanischen Salzhähnchen. Ich aß meinen Teller freiwillig leer, wischte mit den letzten Reiskörnern den Rest von der Soße auf und war pappsatt.

»Fräsack da onten.«

Die Paella habe wie Tapetenkleister geschmeckt, sagte Papa. Er gebe aber zu, daß ihm eine gerechte Beurteilung der Qualität der servierten Lebensmittel aufgrund der Ausdünstungen aus dem stillen Örtchen nicht möglich sei.

»Nun hör aber mal auf, an allem und jedem rumzumäkeln«, sagte Mama. »Wir gehen doch nun wirklich nur alle Jubeljahre mal auswärts essen.«

»Gottseidank«, sagte Papa.

Mit den Keschern fingen Volker und ich keinen einzigen Fisch. Ganze Schwärme sah man da schwimmen, mit großen Oschis zum Teil, aber die Viecher waren zu flink.

Er wollte fangen einen Barsch, das Wasser ging ihm bis zum Knie.

Papa sagte, wenn man das nicht von der Pike auf gelernt habe, brauche man sich keinen Hoffnungen hinzugeben auf etwelches Anglerglück. Etwelches, was war denn das für 'n Wort?

Am letzten Abend fing Papa an, den Kofferraum mit Gepäck vollzuladen, und Mama bereitete aus Zitronen, Apfelsinen, Äpfeln, Pfirsichen, Rotwein, Puderzucker, Eiswürfeln, Schnaps und Mineralwasser eine Sangria zu.

Das sei ja 'ne ziemliche Plempe, sagte Papa, als wir auf der Terrasse saßen, und dann fiel wieder der Strom aus. Kurzschluß in der gesamten Siedlung.

Irgendwo hörte man einen schreien: »Scheißspanien! Morgen fahren wir nachhause!« Darüber mußte Papa so lachen, daß er sich Sangria aufs Hemd kippte.

Um die kühleren Stunden auszunutzen, wollte Mama spätestens um sieben Uhr morgens losfahren. Schon beim Anziehen mußten wir auf die Tube drücken.

Renate suchte überall nach ihrer Bürste. »Die kann sich doch nicht in Wohlgefallen aufgelöst haben!« sagte Mama und marschierte durch die Zimmer. »Da liegen ja noch eure ganzen Plünnen!«

Wir sollten in die Gänge kommen.

Startklar waren wir erst um halb elf, weil Papa noch so lange am Dachgepäck herumzuprüttjern gehabt und eine Dreiviertelstunde hustend auf dem Klo verbracht hatte.

Vor einer Baustelle steckten wir im Stau fest. Im Peugeot herrschte eine Affenhitze. »Da wird man ja rammdösig«, sagte Papa.

Wiebke weinte und durfte vorne auf Mamas Schoß sitzen, aber das war auch keine Dauerlösung. »Nehmt mir mal diesen Heizofen ab«, sagte Mama und reichte uns die schweißnasse Schwester zurück nach hinten.

Schlimm waren auch deutsche Autofahrer mit Hut.

Cuiseaux hieß der Ort und Hôtel du Commerce das Hotel, wo wir uns einquartierten. Da waren die Hauswände von Efeu überwuchert, was gut aussah, aber Mama meinte, durch solches Gestrüpp kämen bloß Käfer und Spinnen ins Haus.

Wir kriegten Limo und Pommfritz. Weniger gut war, daß es wieder nur ein Lochklo gab.

Am zweiten Rückreisetag ging es Renate so miserabel, daß sie sich quer hinter Wiebke und mir und Volker auf die Rückbank legte. Wenn wir pupen mußten, sollten wir Renate warnen.

Pupen mußten wir unzählige Male. Nach einem besonders üblen Furz von mir kurbelte Papa sein Fenster runter und rief: »Da kriegt man ja das kalte Kotzen!«

Jedes Böhnchen gibt ein Tönchen.

»Man soll nicht immer von sich auf andere schließen«, sagte Volker, wenn er selbst einen ziehengelassen hatte. »Wer's als erster hat gerochen, dem ist's hinten rausgekrochen.«

Haha. Selten so gelacht.

»Könnt ihr nicht mal aufhören, euch zu kabbeln?« fragte Mama. »Und mein Nervenkostüm zu strapazieren?«

Zuhause stank's wahrscheinlich total, da war ja drei Wochen lang nicht gelüftet worden. Ich wollte mit angehaltenem Atem in alle Zimmer rennen, die Fenster aufreißen und Durchzug machen, aber Mama hielt mich am Arm fest. »Benimm dich gefälligst!«

Mein Stierkampfplakat hängte ich neben dem Kleiderschrank an die Wand, über die Siegerurkunde von den Bundesjugendspielen im Stadion Oberwerth. Oder lieber an die Tür?

»Das kannst du halten wie 'n Dachdecker«, sagte Mama.

Im Krankenhaus kriegte Renate die Mandeln raus. Da machte ihr Olaf seine Aufwartung. Das war er seiner neuen Flamme ja wohl auch schuldig.

Massaker in Mosambik. Im Stern waren Fotos davon, aber Mama klebte die Seiten mit Uhu zu und sagte, wir würden nie wieder Taschengeld kriegen, wenn wir es wagen sollten, die aufzupulen.

Im Falle eines Falles klebt Uhu wirklich alles.

Ich zeigte Michael Gerlach meinen Stier, die Schatzkiste und das Plakat, und er sagte, daß er von sowas nur träumen könne. Mit seinen Eltern und drei von seinen fünf Geschwistern war er in den Ferien nur bei seiner Oma in Ransbach-Baumbach gewesen.

Dafür hatte er im Wambachtal eine Hütte entdeckt, die wie geschaffen war für unsere Zwecke, und noch eine andere, in der außer leeren Underbergflaschen und einer siffigen Matratze auch Werkzeug rumlag. Hämmer und Zangen und Schrauben und Nägel, die wir uns in die Taschen stopften, um die Beute zu unserer neuen Hütte zu schleppen, wie Ahörnchen und Behörnchen den Vorrat für den Winterschlaf.

Auf dem Weg begegneten wir einem Mann mit Schäferhund. Daß wir was in den Taschen hatten, war nicht zu übersehen. Wenn das der war, dem das Werkzeug gehörte, hetzte der vielleicht noch seinen Hund auf uns, und wir gingen schneller.

Wo wir unseren Staudamm gebaut hatten, lag ein rostiger Gasherd im Wambach. »Tjaja, die Leutchen«, sagte Michael.

Die Hütte wollten wir uns wohnlich einrichten. Da stand auch schon ein Stuhl drin, mit angekokelten Beinen.

In einer Ecke fanden wir ein Heft: Prinz Eisenschwanz. Darin wurde von den Schicksalen eines Prinzen berichtet, der soviele Frauen gevögelt hatte, daß er nach seinem Tod in eine Brunnenfigur verzaubert worden war, mit einem ewiglich sprudelnden Schwanz aus Eisen.

Ein Pferd, das auf der Anhöhe hinterm Attila mutterseelenallein in der Koppel stand, fütterten wir mit Grasbüscheln. Ich stieß mit einem Stock den Pferdepimmel an, was sich das Pferd auch gefallen ließ, und mit einemmal verlängerte sich der Pimmel bis fast zum Boden. Vor Schreck ließ ich den Stock fallen, weil ich dachte, ich hätte was demoliert an dem Pferd. Aber das machte nur große Augen und blieb wie angewurzelt stehen.

Auf dem Rückweg machte Qualle sich vor uns breit, das Arschgesicht vom Dienst, und fing an, mit Steinen nach uns zu werfen. Das Revier hier sei seins, und wir sollten uns dünnemachen.

Wir warfen die Steine zurück, bis Qualle mich am Kopf traf. Es tat nicht weh, aber ich blutete wie ein abgestochenes Schwein. Das sehe böse aus, sagte Michael. Wenn er ich wäre, würde er schnurstracks heimgehen und sich verarzten lassen.

Als Qualle das viele Blut sah, rief er, das sei doch alles nur Spaß gewesen. Das fand ich gut. Der sollte ruhig ein schlechtes Gewissen haben, der alte Schubiack.

Zuhause kuckte ich mich im Garderobenspiegel an. Ich sah gemeingefährlich aus. Kopf und Hals, Hände und Hemd und Hose, alles war voller Blut.

Ich öffnete die Wohnzimmertür, ging aber noch nicht rein.

»Mama?«

»Hier bei der Arbeit!« rief sie, weil sie das immer rief, auch wenn sie nur im Sessel saß und den Spiegel las.

»Ich komm jetzt gleich rein, aber du darfst dich nicht erschrecken.«

»Und wieso sollte ich das?«

»Weil ich was abgekriegt hab.«

Das glaubte sie mir nicht. »Jetzt mach nicht so 'n langes Gewese, komm einfach rein!«

Ich kam rein, und Mama sprang vom Sofa hoch. »Ogottogott!«

Ich kriegte einen Kopfverband.

Was war besser, nett zu sein wie der Bastian in der einen Fernsehserie oder stark wie der Seewolf? Mit Zeitgenossen wie Qualle und dem Ventilmops wäre der Seewolf leichter fertig geworden als der Bastian, aber ich hätte auch keinen Bock darauf gehabt, pausenlos die Besatzung zu schurigeln und notgedrungen kein Fernsehen kucken zu können in der Robbenjagdsaison. Gepfiffen hätte ich auf Kinderkram wie Robbi, Tobbi und das

Fliewatüüt, aber nicht auf Jim Sonett, Skippy, Lassie und Klimbim.

An ihrem siebzehnten Geburtstag, der auf den letzten Sommerferientag fiel, ließ sich Renate auf dem Rasen mit Jeansjacke, Minirock, Clogs und über der Schulter hängender Patchworktasche knipsen.

Volker saß auf der Terrasse und obduzierte sein Kofferradio. Widerstand und Ohm. Wiebke hüpfte durch den Wasserschleier aus dem tickenden Rasensprenger.

Meine Olympiamünze war inzwischen vielleicht schon mehr als zehn Mark wert. Eine Kapitalanlage fürs Leben. Oder sollte ich die doch lieber verscherbeln?

Zu Beginn des neuen Schuljahrs suchte ich mir einen Platz ganz hinten im Klassenzimmer, wie Mama es mir geraten hatte. Alles schön vor einem haben und den Paukern nicht vor der Nase rumsitzen.

Geschichte hatten wir bei einem backenbärtigen Stöpsel, der uns was von Romulus und Remus vorstotterte. Daß die als Säuglinge an den Zitzen einer Wölfin genuckelt und dadurch Rom begründet hätten. Patrizier und Plebejer. Und daß auch Koblenz einmal eine Römerstadt gewesen sei, Confluentes geheißen, weil hier bereits in der Antike Rhein und Mosel zusammengeflossen seien. Daher der Name Kowelenz oder hochdeutsch Koblenz.

In Deutsch nahmen wir ein Micky-Maus-Heft durch. Kater Karlo war da in Aktion zu sehen gegen Micky. Willi Dickhut meldete sich und sagte, daß in einem Bild die Schatten der Figuren in verschiedene Richtungen fielen. Willi Dickhut war oft schwer von Begriff, aber das mit den Schatten stimmte. Da wurde man ja nach Strich und Faden verscheißert. Ich nahm mir vor, bei Comics jetzt immer auf die Schatten zu achten, wohin die fielen.

Dienstags war Erdkunde. Rotes Karo für Kupfererz, oranges

für Zinn, grünes für Nickel, gelbes für Gold, blaue Flecken für Buntmetallverhüttung und braune Kreise für Aluminiumindustrie. In den Aralsee hatte Volker Hammer und Sichel gepinselt, und die Asienkarte zum Ausklappen war abgerissen.

Im Physikhörsaal hatte ich mich auf einen Platz ganz hinten oben gepflanzt, wo man Ruhe hatte vor dem alten Lehrerquatschkopf vorne unten an der Tafel. Chemie ist das, was knallt und stinkt, Physik ist das, was nie gelingt. Die Tischplatte war mit Galgen und Hakenkreuzen beschmiert.

Heil Hitler, du geile Ficksau!

Ich spielte Schiffeversenken mit Boris Kowalewski.

»C 3?«

»Treffer.«

»C 4?«

»Treffer.«

»C 5?«

»Versenkt!«

Um die Ecke gebaute Schiffe waren nicht so leicht abzuschießen.

Der allerletzte Kack war Mathe. Teilerketten und Primfaktoren. Verkettet man einen Stauchoperator und einen Streckoperator, so erhält man einen Bruchoperator.

In Bio brachte der Engelhardt uns was über die inneren Organe bei. Schmeil: Der Mensch. Rote Muskelstränge und leere Augenhöhlen. Der Engelhardt pflückte nacheinander Lungenflügel, Niere, Magen, Leber, Herz und Milz aus einem Rumpf, der auf dem Pult stand. Wie die Speiseröhre arbeitet. Ob wir glaubten, daß Gegessenes aufgrund der Schwerkraft in den Magen falle. Wir durften darüber abstimmen, ob man im Kopfstand was essen könne. Die Mehrheit war dagegen. Ich enthielt mich der Stimme. Dann futterte Boris Kowalewski im Kopfstand einen Marsriegel auf, den der Engelhardt mitgebracht hatte. Es sei ein Trugschluß, sich die Speiseröhre als Fallrohr vorzustellen.

In den Pausen war es üblich, Brötchentüten aufzupusten und

dann möglichst nah am Lauschorgan eines Mitschülers zerknallen zu lassen.

In Musik nahmen wir die Synkope durch.

Einem Münzhändler in der Altstadt bot ich meine Olympiamünze wie Sauerbier an und erhielt elf Mark dafür.

Ich kaufte mir ein MAD-Heft. Alfred E. Neumann mit seiner Zahnlücke. Auf einer Seite war zu sehen, wie Don Martin nach einer gewaltigen Mahlzeit mit einem Rülpser einen Vogel zum Absturz brachte.

Ich zeigte Papa das Heft, aber er sagte, das tauge nicht viel.

Von Frau Mittendorf bekam Mama zum Geburtstag eine Anthurie überreicht. Die fühlte sich an wie aus Plastik, war aber echt.

Von Papa hatte Mama einen Servierwagen gekriegt, einen Leifheit Regulus, den man zusammenklappen konnte.

Rautenbergs hatten Mama Weinbrandbohnen geschenkt, an denen man fast erstickte, wenn man die zerbiß.

Rhein in Flammen war ein Feuerwerk, das man vom Hang hinter der Kaiser-Friedrich-Höhe aus gut beobachten konnte. Renate war mit ihren Typen irgendwo zelten, aber Mama, Papa, Volker, Wiebke und ich fuhren alle Mann hin zu Rhein in Flammen. Die meisten Leute hatten sich Besäufnisse mitgebracht und pißten mitten in die Landschaft.

Manche Lichter sahen wie riesige rote und blaue Pusteblumen aus. Den Knall hörte man immer erst eine Weile später.

Klavier übte ich jetzt wie ein Besessener. Ich wollte so gut werden wie Elly Ney, die für den Vogel das Nonplusultra war. An der Saale hellem Strande. Schade, daß wir keinen Flügel hatten. Oder gleich einen ganz Schrank voll mit Flügeln, wie Schröder von den Peanuts.

Engelbert Humperdinck, so hätte ich nicht heißen wollen.

Einmal durfte ich in Musik was auf dem Flügel vorspielen, der da stand, und der Bosch gab mir eine Eins dafür. Auf Eins stand in Musik sonst nur Jesu Christi, aber der konnte kein Instrument spielen. »Johann Sebastian Bach ist ein großer Komponist, aber wenn ich eine Krone zu vergeben hätte, würde ich sie Mozart aufsetzen«, hatte der Bosch mal gesagt, und Jesu Christi hatte gekräht: »Und ich Bach!« Da hätte Bach auch gerade noch drauf gewartet, von diesem Wicht gekrönt zu werden.

Musik war immer montags in der fünften. An dem Tag, als ich vorgespielt hatte, bot der Bosch mir an, mich in seinem Auto bis Ehrenbreitstein mitzunehmen. Ich durfte nach vorne auf den Beifahrersitz. Von mir aus hätten wir ruhig noch eine Ehrenrunde auf dem Schulhof drehen können, damit das auch jeder mitkriegte.

In der Casinostraße sah ich Renate an der Ampel stehen. »Das ist meine Schwester!« rief ich. »Die hat denselben Weg, die können wir auch noch mitnehmen!«

Der Bosch fuhr an den Straßenrand, und ich winkte Renate zu uns her. Sie stieg hinten ein. Jetzt hätte uns bloß noch Volker über den Weg laufen müssen.

In Ehrenbreitstein setzte uns der Bosch an der Bushaltestelle vorm Bahnhof ab. Ich freute mich schon auf den nächsten Montag, weil ich da wieder mitfahren wollte. Als wir am Donnerstag hitzefrei kriegten, nahm ich mir vor, am Sonntagabend bei der Wettervorhersage aufzupassen. Die ganze Woche über konnte hitzefrei sein, nur nicht montags, wenn ich mit dem Bosch von Koblenz nach Ehrenbreitstein fahren konnte.

Aber dann fragte der Bosch mich gar nicht. Für den Fall, daß er es nur verschwitzt hatte, sagte ich Erhard Schmitz Bescheid. Der sollte mir an der Schulhofausfahrt ein Zeichen geben, wenn der Bosch in sein Auto stieg. Ich wartete hinter der Ecke und ging genau in dem Moment los, als der Bosch da rauskam, damit er anhalten mußte und mich sehen konnte, aber er ließ mich vorbeigehen und fuhr ohne mich weg.

Ob er stinkig auf mich war, weil ich vor einer Woche Renate

hergewunken hatte? Oder war mir was rausgerutscht, was der Bosch in den falschen Hals gekriegt hatte?

Ich war mir keiner Schuld bewußt.

Als Michael Gerlach und ich zu unserer Hütte gingen, war da die Tür versperrt. Auch der hölzerne Fensterladen war zu. Wir prockelten daran rum, aber ohne Ergebnis, und dann wurde die Tür aufgestoßen, und Qualle sprang raus, mit markerschütterndem Geschrei.

Aus der Hütte kamen auch noch zwei Mädchen.

»Dreimal seid ihr hier rumgedappert«, schrie Qualle und lachte sich schrott über unsere Doofheit. Die Mädchen brachten Kaugummiballons vorm Mund zum Platzen und leckten sich die Fetzen von den Lippen.

»Und jetz würd isch vorschlaren, 'ne kleine FKK-Party zu mache«, sagte Qualle, als er sich wieder beruhigt hatte.

»Mit denen da?« fragte eins der Mädchen.

»Nää«, sagte Qualle. »Die könne sisch verpisse.«

Das ließen wir uns nicht zweimal sagen.

Qualle und seine Kaugummiweiber. Was die da wohl veranstalteten. Kleine FKK-Party, das konnte ja alles mögliche sein.

Ich sah eine Ratte durch die Garage huschen, und am nächsten Tag gab mir Mama fünf Mark mit, wovon ich in Koblenz eine Rattenfalle kaufen sollte.

Im Kaufhof fand ich eine. Das war ein Riesending. Das hackte einem bestimmt die halbe Hand ab, wenn man da reinfaßte.

Papa stellte die Falle mit fettem Speck als Köder in der Garage auf, und morgens lag eine Ratte drin, ein dickes Vieh mit einem ellenlangen Schwanz. Aus der Schnauze war Blut geflossen und auf dem Holz getrocknet.

In der nächsten Nacht ging wieder eine Ratte in die Falle, aber dann war Schluß.

Renate hatte einen Brief von Olaf gekriegt. Außendrauf stand: Bitte bitte bitte bitte bitte bitte bitte bitte bitte bitte bitte bitte öffnen! Und innen: Danke danke danke danke danke danke danke danke danke danke danke danke danke für die Einladung zu Deiner Geburtstagsparty!

Renate machte Obstsalat und Ananasbowle, drückte Mitesser aus und bekuckte sich im Spiegel. Was sich farblich biß und was nicht.

Dann waren alle da, bloß Olaf nicht, und Renate saß ganz geknickt im Hobbyraum unterm Fenster, mit roten Augen.

Ich ging Olaf suchen. Auf dem Spielplatz vor dem Hochhaus kam er mir entgegen, mit einem Geschenkpaket unterm Arm und einer Schachtel Ferrero Küßchen für Renate. Er hatte sich einen Vollbart wachsen lassen.

Softly whispering I love you.

Von den Partygästen spielten welche den Flohwalzer. Später bekam ich noch mit, daß Renate in den Waschküchengully kotzte.

Frühmorgens ging ich in den Hobbyraum, Fressalien suchen. Es stank nach Bier, und auf den Plattenhüllen klebte Kerzenwachs. Simon & Garfunkel und Schobert & Black.

Salzstangen wären gut gewesen oder Pfanni-Sticks und Chio-Chips, aber ich fand nur breitgetretene Fischli und eine halbe Rolle Velemint.

An die Tür zum Geräteschuppen hatte jemand eine Milkataube gepappt, die nicht mehr abging.

Sail on silver girl, sail on by.

Am besten war die Otto-Platte, die einer von den Gästen vergessen hatte. Es wird Nacht, Senorita, und ich liege auf dir. Wie du vielleicht bemerkt hast, will ich gar nix von dir! Oder dann: Halb acht, halb neun, es wird schon heller, der Vater reitet immer schneller, erreicht den Hof mit Müh und Not, der Knabe lebt, das Pferd ist tot.

Es geht hier um einen jungen Mann, der ein wildes Kaninchen fangen möchte. Er setzt sich auf einen Acker und ahmt das Geräusch einer wachsenden Mohrrübe nach.

Renates Les-Humphries-LP lag ohne Hülle auf dem Boden und hatte einen Huppel gekriegt. Das sei von einer Kerzenflamme gekommen, sagte Renate, als sie aufgestanden war. Wir hatten ihr zum Spaß eine leergefressene Eierschale mit dem Loch nach unten in den Eierbecher gestellt.

Weil ich wollte, daß der Bosch mich wieder mitnimmt, meldete ich mich für den Chor an. Ars Musica: What shall we do with the drunken sailor. In manchen Liedern kamen unverständliche Wörter vor. Der Feber ist vergangen, Kum, Geselle min, Wer jetzig Zeiten leben will, muß han ein tapfers Herze, Ich armes welsches Teufli und Was wölln wir auf den Abend tun? Singen wölln wir gahn!

Chor war immer in der Aula, und beim Singen brüllte der Bosch einen an: »Deine Haare sitzen gut! Halt die Hände still!«

Junger Tambour kehrt fröhlich heim vom Kriege, junger Tambour kehrt fröhlich heim vom Krieg, e-ri, e-ran, ram-pa-taplan, kehrt fröhlich heim vom Krie-hie-ge. Jesu Christi schlug die Triangel dazu.

Meistens sangen wir was über Mägdelein, Turmwächter, fahrende Gesellen, rüstige Brüder, Schmiede, Hirten, Küfer und zarte Jungfrauen. Ja tanzen immerimmerimmerzu, tanzen immerimmerzu, ja tara ta ta ta ta, tara ta ta ta ta, tanzen immerzu! Oder: Hei, luliellala, holdri-o, holdri-a, holdri-o, gug-gu ho! Zum Abkacken. Wir lieben die Stürme, die brausenden Wogen, das gefiel mir schon besser.

Ganz was Neues im Bad war ein hellbraunes Stück Seife mit Kordel zum Aufhängen. Als ich auf dem Klo saß, kam Volker rein, der baden wollte, und ich sah, daß er schon büschelweise Schamhaar hatte.

»Eujeujeu«, sagte ich, und das war das letzte Mal, daß ich Volker nackend gesehen hatte.

Renate ging mit Olaf zu einer Jusoversammlung in Koblenz und kam als eingeschriebener Juso zurück.

»Jedem Tierchen sein Pläsierchen«, sagte Mama.

Morgens an der Bushaltestelle redete Olaf Renate mit »Schwester Genossin« an.

Mamas nach Venezuele ausgewanderte Freundin Kathrin war mit zwei von ihren fast schon erwachsenen Kindern auf Europareise und kam auch zu uns. Ansgar und Rita. Wir liehen uns Räder von Rautenbergs, und ich zeigte unseren Besüchern die Sporkenburg, aber beim Händewaschen zuhause meckerte mich Ansgar an, weil ich den Schmutz ins Handtuch geschmiert hatte, und da verging mir die Lust, dem und seiner Schwester jemals wieder irgendwas zu zeigen.

Nach dem Mittagessen schob Mama den Servierwagen ins Wohnzimmer, und in den Tassen schwappte der Kaffee über.

Weil die Venezolaner bei uns so froren, gingen sie mit dicken Wollsocken schlafen.

Als Papa die Heizungsanlage saubergemacht hatte, war er so dreckig, von Kopf bis Fuß, daß Mama ein Erinnerungsfoto knipsen wollte, zur allgemeinen Belustigung. Papa setzte sich dafür auf die Gartenbank vorm Küchenfenster.

Für den Ehemaligenball im Schützenhof in Jever hatte Mama abgenommen und sich einen langen silbernen Glitzerrock gekauft. F.d.H.: Friß die Hälfte.

Wir konnten solange ohne Eltern Fernsehen kucken. Daktari, Die Sendung mit der Maus, Im Reich der wilden Tiere, Rappelkiste und Shiloh Ranch.

Renate knutschte oben mit Olaf.

Am ersten Oktober kamen Mama und Papa zurück und brachten Oma und Opa Jever mit. Oma knibbelte immer an ihrem Hörgerät rum, das mörderisch pfiff.

Abends wurde das Glas darauf erhoben, daß Papa zum Leitenden Regierungsbaudirektor ernannt worden war, abgekürzt Eltederegbedir. Besoldungsgruppe A 16: Das roch nach Taschengelderhöhung.

Oma und Opa kurten dann in Bad Ems. Da badeten sie in Kohlensäure und kriegten Massagen. Es gab auch Brunnentrinken bei Musik.

In der Schule wurde es von Tag zu Tag dröger und blöder. Achsensymmetrie und Drehsymmetrie. Bei einer Klassenarbeit in Physik hatte ich das Buch aufgeschlagen zu meinen Füßen liegen, und der verkalkte Pauker merkte das nicht. Einmal kam er zu mir hoch, um sich anzusehen, was ich geschrieben hatte, und lobte mich noch. Der mußte blind sein.

Eine Stahlflasche enthält 20 l Wasserstoff unter 150 atü. Wieviel wiegt das eingeschlossene Gas?

In der großen Pause spielten wir Fangen. Sport, Spiel, Spannung! Ich jagte Boris Kowalewski bis zum Klo, wo er sich einschloß, und als ich unter der Tür durch nach ihm angelte, pißte er mir auf die Hand, der alte Schweinepriester. Den Rest der Pause verbrachte ich damit, die Pisse abzuwaschen.

Nach der Schule ging ich durch die Stadt. Unterm Dirndl wird gejodelt, Schulmädchenreport und Laß jucken, Kumpel. Als Volljähriger würde ich auch mal in einen Sexfilm gehen.

Singles kosteten jetzt eine Mark mehr.

Aus dem Camel-Filters-Preisausschreiben war irgendwie nichts geworden, jedenfalls hatten wir nicht gewonnen. Klarer Fall von denkste.

Renate brachte mir Canasta bei. Wir spielten in ihrem Zimmer, mit den neuen Loriotkarten, die Mama gekauft hatte. Tropfkerzen an und Tee dazu und Kekse. Renate nervte mich mit den schwarzen Dreien. Bei einer schwarzen Drei obendrauf konnte man den Stoß nicht nehmen. »Capito?«

Rote Dreien brachten hundert Punkte, und Zweien waren Joker.

Als ich das erste Mal den Stapel kriegte, hüpfte mir das Herz. Fünf Sechsen, fünf Fünfen und sechs Neunen, fast schon ein reiner Canasta. Drei Bauern, drei Damen, vier Könige und alle vier schwarzen Dreien. Irgendwas mußte ich zum Ablegen opfern. Eine Acht, mit Pokerface, weil ich schon vier Achten hatte, damit Renate dachte, ich würde keine Achten sammeln. Oder lieber noch damit warten und die vier schwarzen Dreien ablegen, eine nach der andern? Oder die Achten mit den drei bunten Jokern, die ich hatte, auf den Tisch packen, als vollständigen Canasta?

Ein reiner Canasta war mehr wert als einer mit Jokern. Ich legte eine von den Achten ab. Renate nahm die Acht auf, legte einen Achtercanasta mit Jokern aus und machte Schluß. Das nannte sich Handcanasta. Dafür gab es noch hundert Extrapunkte. Alles, was ich in der Hand hielt, wurde mir abgezogen, auch die drei bunten Joker, fünfzig Punkte für jeden.

Und da sollte man nicht den Glauben an die Menschheit verlieren.

»Leise zählen!«

Obwohl ich viel mehr ausgelegt hatte als Renate, war ich der Verlierer, nur wegen meiner Miesen.

»Du hast's erfaßt«, sagte Renate.

Bei Samba-Canasta kriegte man die doppelte Anzahl von Karten, und es war ein Kunststück, die alle in der Hand zu halten.

An einem Abend stellte ich die Tropfkerzen weit auseinander und zündete auch Renates kleine Petroleumlampe an, weil ich gedacht hatte, je mehr Licht aus unterschiedlicher Richtung fällt, desto gemütlicher hat man's, aber das war ein Irrtum.

Renate arbeitete jetzt als Putzhilfe bei uns im Haushalt für zwei Mark fünfzig in der Stunde und bei Rautenbergs für drei Mark fünfzig. Davon kaufte sie sich Augen-Make-up und anderen Modeschnickschnack.

Dann kam Volker in den Hobbyraum gestürmt: »Ich hab eine Sensation zu verkünden! Wir dürfen uns die Haare über die Ohren wachsen lassen!«

Verarschen kann ich mich alleine, dachte ich, aber es war die reine Wahrheit und nichts als die Wahrheit, so wahr mir Gott helfe: Wir durften uns Mähnen wachsen lassen wie die Beatles. Papa hatte eingewilligt.

Mama sagte, das sei kein Grund, wie von der Tarantel gestochen durchs Haus zu poltern, aber Volker und ich waren nicht mehr zu bremsen. Daß wir das noch erleben durften. Das war ja fast wie in der Sciene-Fiction-Serie: Es geschah übermorgen.

Am ersten Herbstferientag war ich mit Michael Gerlach im Wambachtal gewesen und ging nichtsahnend nachhause, als ich in der Theodor-Heuss-Straße einen Mann sah, der ein Papier zerriß und die Fetzen hinter sich warf, was mir äußerst verdächtig vorkam.

Ich wartete mit dem Aufsammeln, bis er weg war. In meinem Zimmer machte ich mich ans Puzzeln und klebte die Fetzen in der richtigen Anordnung mit Pattex auf ein Ringbuchblatt, aber ich wurde nicht schlau daraus: 0195667, Spargiro, Durchschrift für Auftraggeber, Empfänger Eduard Althoff, Bankleitzahl, Konto-Nr. des Empfängers 4713, bei (Sparkasse usw.) oder ein anderes Konto des Empfängers, Stadtsparkasse Hameln, Verwendungszweck Dritte Tilgungsrate, DM 300, Konto-Nr. des Auftraggebers 2153, Auftraggeber O. Trebitsch, 5414 Vallendar, Kaiser-Friedrich-Höhe, 15. 10. 73, Ottokar Trebitsch.

Was es damit auf sich hatte, stand vorläufig noch in den Sternen, aber es war zu vermuten, daß dieser Trebitsch ein krummes Ding gedreht hatte und jetzt versuchte, die Beweismittel zu vernichten, indem er sie zerfetzt auf die Straße schmiß, weil er nicht daran dachte, daß es auf dem Mallendarer Berg einen Detektiv gab, der schwer auf dem Quivive war. Der Trebitsch konnte die Polizei an der Nase herumführen, aber nicht mich.

Ottokar Trebitsch. Der war genau meine Kragenweite. Ein

Bankräuber wie Rammelmayr oder ein Gewohnheitsverbrecher und Raubmörder oder beides, bösartiger als Onkel Einar, Al Capone und Käpt'n Flint zusammengenommen. Haute alte Omas übers Ohr, war für eine Serie von Einbruchdiebstählen verantwortlich oder hatte hinterrücks Geld von einem Kind gestohlen, wie der fiese Möpp in Emil und die Detektive.

Irgendwas mußte der Trebitsch ja wohl auf dem Kerbholz haben, sonst hätte er das Papier nicht zerrissen. Daß er sein Hauptquartier in der Kaiser-Friedrich-Höhe aufgeschlagen hatte, wunderte mich nicht. Da wohnte ja auch der Ventilmops.

Ich zeigte Michael Gerlach die Indizien, die den Trebitsch belasteten, und wir unternahmen Patrouillengänge durch die Kaiser-Friedrich-Höhe. Übers Telefonbuch hatte ich auch die Hausnummer ausgetüftelt. Der Trebitsch wohnte in einem hundsgewöhnlichen Haus mit Heckenrosen als Tarnung.

Gerne hätte ich mal einen genaueren Blick auf das Anwesen geworfen, aber wir konnten ja nicht gut Zahlenstangen in die Erde stecken wie die Kripo und Fotos schießen, nur weil wir den Verdacht hatten, daß der Trebitsch in dunkle Machenschaften verwickelt war und im Keller Kinderleichen stapelte.

Mir kam dann die glorreiche Idee, in der ganzen Straße Ausgaben von Renates Schülerzeitung zu verteilen, Haus für Haus, Michael auf der linken Seite und ich auf der rechten, wo der Trebitsch wohnte.

Spectrum nannte sich die Schülerzeitung. Renate hatte einen Riesenstapel davon im Kleiderschrank. Auf der Titelseite war eine Zeichnung von einem feixenden Lehrer, der eine Schülermarionette in der Hand hielt.

Ich schob eine Schülerzeitung durch Trebitschs Briefschlitz und spähte ins Haus, aber nur kurz. Vorsicht ist die Mutter der Porzellankiste. Es war nicht ausgeschlossen, daß der gerissene Hund da schon lauerte, mit der Knarre im Anschlag, um mir das Lebenslicht auszublasen. Ich sah einen Schirmständer und nahm Kohlgeruch wahr. Das konnte aber auch eine Finte sein, und der Trebitsch war schon über alle Berge und lebte irgendwo wie Gott in Frankreich von seinen zusammengeräuberten Millionen und lachte sich ins Fäustchen.

Wir hielten Kriegsrat. Zu den Bullen gehen? Die würden uns was husten. Und wenn wir denen das Papier zeigten, das der Trebitsch kleingerissen hatte, würde er sich irgendeine Ausrede aus den Fingern saugen.

Im Gewa in Koblenz hätte ich den Wisch fotokopieren können, aber da kostete jede Fotokopie fünf Mark.

Eine harte Nuß, der Fall Trebitsch. Da mußte man auf Draht sein. Aber irgendwann, das schwor ich mir, würde ich das Verbrechernest ausräuchern, das war so sicher wie das Amen in der Kirche, und ich würde ein Denkmal kriegen, so groß wie das größte von Erasmus Erpel in Entenhausen. Der Junge, der den gefährlichsten Gangster aller Zeiten hinter schwedische Gardinen gebracht hat. Der Trebitsch in Unterhose, auf offener Straße, wie die Typen von der Baader-Meinhof-Bande, und wie ich den dann der Polizei übergebe. Im Fernsehen übertragen, mit Eurovisionshymne. Da würde den Leuten die Spucke wegbleiben. »Du kriegst die Motten«, würden alle Kidnapper und Heiratsschwindler stöhnen, und in der Unterwelt würde das große Heulen und Zähneklappern ausbrechen, wenn einer meinen Namen erwähnte.

Oder juckte das den Trebitsch überhaupt nicht, wenn er ins Gefängnis mußte, und der saß die paar Jahre auf einer halben Backe ab und rächte sich dann an mir, so wie es der Indianer-Joe mit der Witwe Douglas vorgehabt hatte? Nasenflügel aufschlitzen und die Ohren einkerben?

Ich mußte dem Burschen halt was anhängen, wofür er lebenslänglich eingebuchtet wurde. Ich war nur noch nicht auf den richtigen Trichter gekommen.

Michael und ich spazierten oft an Trebitschs Haus vorbei, aber da gab es nie was zu beobachten, bis wir den Trebitsch einmal fett im Garten stehen und die Rosen wässern sahen. Mit dem Trebitsch unterhielten sich über den Zaun weg zwei alte Opas.

Spitzkumpane von dem, die ins Kittchen gehörten, das war uns auf den ersten Blick klar wie Kloßbrühe, und als die Opas gingen, nahmen wir die Verfolgung auf. Die Jahnstraße hinunter. An einem Zigarettenautomaten blieben die Opas stehen.

Um nicht aufzufallen, schlugen wir einen kleinen Umweg ein, aber danach fanden wir Trebitschs Komplizen nicht mehr wieder. Die hatten uns vernatzt und abgehängt.

Die Personenbeschreibung sei wichtig, sagte Michael. Der eine der beiden Opas habe eine Brille mit Goldrand getragen, und der andere sei untersetzt gewesen. Untersetzt. Und er habe Geheimratsecken gehabt. Und graumeliertes Haar.

Was hätte Kalle Blomquist unternommen, um diesen Spießgesellen ihre Suppe zu versalzen? So einfach wollten wir die nicht davonkommen lassen. Wir gingen zu dem Zigarettenautomaten und untersuchten den auf Gaunerzinken. Die Typen waren ja mit allen Wassern gewaschen.

Auf einem Schild stand die Adresse des Automatenbesitzers. Das war ein Vallendarer Tabakhändler, ein gewisser Kleiber, und mir ging ein Kronleuchter auf: Der Tabakfritze steckte auch mit drin. Das war ein Kompagnon von denen. Vorne ganz seriös Pfeifenreiniger und Glimmstengel verkloppen und im Hinterzimmer Falschgeld drucken oder Leichen zersägen. Diesen Kleiber müßte man sich mal vorknöpfen.

Aber wie sollten wir zwei Milchgesichter uns da Zutritt verschaffen? »Wenn wir den fragen, was ihm der Name Trebitsch sagt, lügt er uns ja doch nur das Blaue vom Himmel runter, und dann bringt er uns um die Ecke«, sagte Michael.

Andererseits führte die einzige heiße Spur in den Tabakladen. Eine verzwickte Lage. Da hätte es mal schlaue Bücher drüber geben sollen. Eine Geheimsprache lernen, wie in Kalle Blomquist: »Dod e sos i sos tot dod e ror Tot ä tot e ror«, »das ist der Täter«, oder Fangfragen stellen, so daß der Kleiber sich um Kopf und Kragen redet, und dann schnell die Polizei rufen, bevor er kalte Füße kriegt und abhaut.

Unseren Besuch in dem Tabakladen mußten wir von langer

Hand vorbereiten. Nicht daß wir da noch in Schwulitäten kamen.

Wir einigten uns darauf, zu sagen, daß wir Brüder seien, die ihrem Vater zum Geburtstag eine Pfeife schenken wollten. Dann mußte man ja ins Gespräch kommen, und dabei wollten wir dem Kleiber auf den Zahn fühlen.

»Man hat schon Pferde kotzen sehen«, sagte Michael.

Der Laden war leer. Hinterm Tresen stand ein dicker Mann, die Fäuste auf den Ladentisch gestemmt. Der Kleiber persönlich.

»Guten Tag«, sagte ich. »Wir sind Brüder, und wir wollen unserem Vater zum Geburtstag eine Pfeife kaufen.«

Der Kleiber kuckte uns an, als ob wir sie nicht mehr alle hätten. Eigentlich sahen wir ja nicht aus wie Brüder. Michael mit seinem blonden Wuschelkopf und ich mit meinen dunklen Haaren, die eben erst angefangen hatten, über die Ohren zu wachsen.

Welche Art Pfeife unser Vater denn bevorzuge, wollte der Kleiber wissen, aber darauf fiel weder Michael noch mir eine Antwort ein.

»Pfeifen kann man nicht mehr umtauschen, wenn man sie einmal benutzt hat«, sagte der Kleiber, und er trug uns auf, die vorhandenen Pfeifen unseres Vaters einer genauen Inspektion zu unterziehen und dann wiederzukommen.

Wir stahlen uns davon. Wie bei Kalle Blomquist war das ganz und gar nicht gewesen, eher wie im Mainzelmännchen-Minikrimi. Aber irgendwas ging da nicht mit rechten Dingen zu, das sagte mir mein sechster Sinn. Der Kleiber hatte Dreck am Stekken.

Interpol einschalten? Scotland Yard und das FBI? Hallo, hier spricht Spezialdetektiv Martin Schlosser?

Nach Indizien suchte ich überall, auch in den verwaisten Gastarbeiterbaracken oberhalb der Gartenstadt.

Ich stieg durch ein Fensterloch ein. Auf dem Boden lagen

ausländische Zeitschriften rum und angegammelte Postkarten. Caro Paolo, tutti noi siamo felici di leggere che stai in buona salute. Wenn der Trebitsch eine internationale Verschwörung angezettelt hatte, konnte jede einzelne Karte wichtig sein. Erpressung oder Diamantenschmuggel. Und die Polizei war am Pennen, wie gewöhnlich.

Leider waren die meisten Postkarten schimmelig. Ich hätte auch nicht gewußt, wohin damit, und wer sollte die übersetzen?

Plötzlich rüttelte jemand an der Türklinke.

Ich hielt den Atem an und stand stocksteif an der Wand.

Es wurde weiter an der Klinke gerüttelt.

Jetzt kommt das dicke Ende, dachte ich, und der Trebitsch macht mich alle, aber als ich lange genug dagestanden hatte, kehrte wieder Ruhe ein, und ich lief nachhause.

Vielleicht hatte der Trebitsch ja auch einfach nur seine Frau gekillt. Einen ganzen Nachmittag lang suchten Michael Gerlach und ich den Friedhof in Vallendar nach Grabsteinen mit dem Familiennamen Trebitsch ab. Das war eine schweißtreibende Angelegenheit. Welcher Idi hatte sich bloß einfallen lassen, den Friedhof am Hang anzulegen, mit einer Milliarde Treppenstufen?

Wir fanden keinen einzigen Trebitsch auf dem ganzen gottverfluchten Friedhof, und als ich aus dem einen Wasserhahn was trinken wollte, schnauzte mich eine Oma an. Als ob ich der ihr Blumenwasser weggesoffen hätte.

Bei Aktenzeichen XY hielt ich Papier und Bleistift bereit. Sachdienliche Hinweise nahmen alle Polizeidienststellen und die Aufnahmestudios entgegen. Für Hinweise, die zur Ergreifung des Täters führten, konnte man mitunter bis zu tausend Mark kassieren. Ich wartete auf ein Phantombild vom Trebitsch. Dann hätte ich sofort Eduard Zimmermann, Werner Vetterli und Teddy Podgorsky informiert.

Es ging aber immer nur um Verbrechen in anderen Städten,

um Morde und Einbrüche und raffiniert eingefädelte Betrügereien, begangen von Tätern mit ausgeprägter Stirnwinkelglatze, die eine vermögende Witwe mit der Strumpfhose erdrosselt oder beim Einbruch Tatwerkzeuge hinterlassen hatten, Schraubenzieher oder Vorschlaghämmer oder Fleischmesser, von denen ich nicht wußte, ob sie dem Trebitsch gehörten.

Erste Ergebnisse kamen erst nach zehn Uhr abends, wenn ich nicht mehr aufsein durfte.

Am letzten Herbstferientag wollten Michael und ich wieder zum Fernsehturm wandern. Unten im Wambachtal fanden wir eine Schnecke mit Häuschen. Ich schleuderte sie weit weg, und man hörte es pulschen, als sie genau in den Wambach fiel.

»Du Idiot«, sagte Michael, und da mußte ich ihm leider recht geben.

Der Attila war älter und müder geworden, der kläffte uns nur noch schlapp und der Form halber an.

In Hillscheid stand ein Bagger, aber der sprang nicht an, auch wenn man noch so kräftig an den Kupplungshebeln rüttelte.

Auf dem Rückweg fing es an zu regnen. Scheiße mit Reiße. Michael wollte seinen Vater anrufen, daß der uns mit dem Auto abholen kommt, aber wir fanden keine Telefonzelle in Hillscheid. Es gallerte aus allen Rohren, und wir konnten uns nirgendwo unterstellen.

Ein Neger mit Gazelle zagt im Regen nie.

Weil Oma und Opa Jever sich einen Farbfernseher gekauft hatten, holte Papa mit dem Auto deren altes Schwarzweißgerät ab und schloß es bei uns im Hobbyraum an. Der Apparat hatte zwei Klappen zum Zumachen und war altersschwach. Wenn man drei Augenpaare übereinander sah, mußte man ausschalten und abwarten. Je länger man wartete, desto länger blieb das Bild danach klar.

Jetzt konnte man in den Hobbyraum gehen, wenn man in Ruhe den rosaroten Panther kucken wollte. Zu Gast bei Paulchens Trickverwandten. Denn du bist, wir kennen dich, doch nur Farb und Pinselstrich! Am besten gefiel mir die blaue Elise, die auf Ameisen scharf war.

In der Stadtbücherei in Koblenz konnte man sich über Kopfhörer Platten anhören, aber die fünf Kopfhörer waren immer besetzt. Ich lieh mir eine Musiklehre für Jedermann aus und eine Biographie von Mozart.

Romanische Quadratnoten. Dorisch, Phrygisch, Lydisch, Äolisch und Jonisch. Durkreis und Mollkreis. Das Glissando.

Als ich das Buch über Mozart las, war ich erkältet. Ich hatte mich unten im Doppelstockbett hingelegt und preßte das Buch beim Lesen mit den Füßen oben ans Drahtgitter, damit ich die Hände freihatte zum Naseputzen.

Klavier hatte Mozart schon als Kleinkind mit verbundenen Augen spielen können, mit einem Tuch über den Tasten. Da mußte ich mich aber ins Zeug legen, wenn ich Mozart das nachmachen wollte, bevor ich erwachsen war.

Im November standen die Chancen für einen Umzug nach Meppen fifty-fifty. Die getrennte Lebensweise sei doch großer Käse, sagte Mama, trotz Trennungsentschädigung.

Zum Geburtstag kriegte Papa von seinen Kollegen einen Freß- und Saufkorb geschenkt und von Renate ein Pling-Plong, das Happy Birthday spielte, wenn man an der Kurbel drehte.

Im Zweiten kam ein Film über ein Pferd, das beim Stierkampf draufgehen sollte, und der Film war so traurig, daß ich weinen mußte. Auch Michael Gerlach hatte geweint, das gestand er mir morgens im Bus. Da hätte man aber auch ein Herz aus Stein haben müssen, um da nicht bei zu weinen.

Wegen der Ölkrise durften sonntags keine Autos fahren. Am Dienstag kam ein Schneesturm auf, und am Freitag hatten wir rodelfrei. An der Todesbahn traf ich Michael Gerlach, der mich fragte, was mir lieber wäre, ein Jahr lang Keuchhusten haben oder nie wieder Sensationen unter der Zirkuskuppel und Väter der Klamotte kucken dürfen, sondern bloß noch Türkiye mektubu und Jugoslavijo, dobar dan.

Als ich vom Rodeln wiederkam, saß Mama am Eßtisch und spickte den Adventskranz mit Tannengrün. Renate und Wiebke bastelten Strohsterne.

Papa streute Sand auf die Treppe vorm Haus. Bodenfrost, Rauhreif und Glatteis. Auf dem Weg zur Bushaltestelle fror man sich einen Ast, und der Bus kam regelmäßig mit einer Viertelstunde Verspätung.

Unter Lebkuchen, Schokoladenkugeln, Mandarinen und Haselnüssen lag am Nikolaustag ein Fünfmarkstück ganz unten in meinem Stiefel, eins von den neuen, wo der Adler nicht mehr so stachelig aussah. Fünf Mark nur für mich. Fünf Mark!

Dann mußten wir zum Fotografen. Es sollte ein Bild von allen Kindern aufgenommen werden, für die Verwandten zu Weihnachten.

Die Ohren machte Mama mir mit einem Q-Tip sauber. Dann sollte ich das braune Hemd mit den weißen Punkten anziehen, das ich zum Kotzen fand. Ich wollte nicht, und Mama ging die Decke hoch. Fuchsteufelswild würde ich sie machen. »Gleich rutscht mir die Hand aus!« Bockbeinige Kinder könne sie auf den Tod nicht ausstehen. »Du kannst einen wirklich zur Weißglut treiben! Keine Widerrede mehr! Du kommst jetzt mit! Und jedesmal, wenn du später das Bild siehst, sollst du daran denken, wie du heute deine arme alte Mutter gequält hast!«

Wenn ich mal Kinder hätte, würden die mir alles heimzahlen. Darauf freue sie sich schon.

Wiebke schmierte auf der Kellertreppe um und mußte in Koblenz noch eine neue Strumpfhose gekauft kriegen.

Weil ich so dickfellig und obstinat gewesen war, durfte ich am Sonntag Don Blech und der goldene Junker nicht kucken.

Nach dem Essen kam die Bekanntgabe der Hauptgewinner der Deutschen Fernsehlotterie, mit Hellmut Lange, Reinhard Mey, Udo Jürgens und Cindy & Bert. Um Mama versöhnlich zu stimmen, kochte ich Tee in der Küche und brachte die Kanne dann auf dem Tablett ins Wohnzimmer, aber Mama sagte, der Tee sei viel zu dünn. Das sei bestenfalls Engelspipi.

Hauptsache, ich durfte wieder Fernsehen kucken.

Bert von Cindy & Bert konnte man irgendwie nicht ernstnehmen, der hatte so einen dümmlichen Gesichtsausdruck.

Der Vogel richtete zwei Weihnachtsfeiern aus, eine für die Kleinen und eine für die Großen. Ich gehörte noch zu den Kleinen, weil ich eben erst beim Baßschlüssel angelangt war. Im Partykeller turnten da die Kinder mit Gekreisch über die Sitzpolster, und es gab Rhabarbersaft. Das war auch nicht gerade der wahre Jakob.

Renate hatte sich in der Schule beim Basketball einen Bänderriß zugezogen. Im Knie habe es laut geknackst, sagte Renate. Der Arzt stellte fest, daß sich ein Knorpelsplitter gelöst hatte, und Renate kriegte ein Gipsbein, auf das alle was draufschreiben mußten. Hals- und Beinbruch, Petri Heil und so weiter.

Ein Autogramma von Deiner Mamma.

Für Oma und Opa Jever bemalte ich einen Holzteller. Volker bastelte für Onkel Walter einen Pfeifenständer, der drei Pfeifen und einem Stopfer Platz bot.

Maria durch ein Dornwald ging. Das übte Renate auf dem Klavier. Durch ein Dornwald, das mußte doch wehtun. An Marias Stelle wär ich außen rumgegangen um den Dornwald.

Ich half Mama beim Einkaufen. Auf dem neuen Sterntitelbild war ein vergoldeter nackter Mann zu bewundern, der auf einem Globus saß, und als wir auf dem Rückweg Frau Mittendorf begegneten und die den Stern mit dem nackten Mann obenauf in Mamas Einkaufskorb liegen sah, fingen Frau Mittendorf und Mama zu lachen an. Man könne sich das ja nicht aussuchen, sagte Mama, und Frau Mittendorf sagte, ihr sei der Stern generell zu weit links, bei aller Liebe.

Und wenn die fünfte Kerze brennt, dann hast du Weihnachten verpennt.

Dann kam Oma Schlosser zu Besuch. Schlohweißes Haar mit Dutt und immer in schwarzen Strumpfhosen.

Oma Schlosser sagte Plümoh statt Bettdecke, nahm Assugrin statt Zucker und ging schon um acht Uhr abends schlafen. Dann mußten wir still sein. Morgens geisterte sie in aller Herrgottsfrühe durchs Haus und mühte sich mit dem Hochziehen der schweren Rolläden ab.

Oft wollte sie beim Nähen und Stopfen und Flicken helfen, und Mama mußte ihr die entsprechenden Gerätschaften reichen, passendes Garn suchen und einen Stuhl ans Fenster stellen oder die Nähmaschine auf den Eßtisch, und wir wurden vom Fernseher vertrieben, weil Oma sich bei dem Krach nicht auf die Handarbeit konzentrieren konnte. Mitten in der schönsten Fernsehzeit unterwies Oma dann auch Renate in der Bedienung der mitgebrachten Strickmaschine. Das war ein irrer Klapperatismus, der den halben Eßtisch einnahm.

Danach sollte Renate mit einem Instrument, das sich Storchenschnabel nannte, die einzelnen Bestandteile eines Würfelspiels auf Pappe übertragen, bepinseln, lackieren und ausschneiden. Adlerschießen hieß das Spiel. Wenn man einen Pasch würfelte oder eine andere gute Kombination, konnte man dem Pappadler das entsprechend markierte Körperteil abrupfen und die darauf deponierten Süßigkeiten einstreichen.

Deutschlandreise war nicht halb so gut. Da mußte man immer erst Flensburg oder Ulm oder Goslar finden, und Oma schwärzte uns bei Papa an: »Deine Kinder wissen ja nicht mal, wo Schleswig-Holstein ist, die suchen das irgendwo hier unten!«

Im Hobbyraum ließ Oma sich von mir auf dem Klavier was vorspielen. Lodern zum Himmel hatte ich mir ausgesucht, und ich haute in die Tasten, aber Oma verzog keine Miene. Sie setzte sich dann selber hin und spielte aus dem Kopf und ohne Noten irgendwas von Carl Philipp Emanuel Bach, das wahnwitzig schwierig war, und ich mußte eine halbe Stunde lang da stehenbleiben und mir Omas Klavierspiel anhören.

Den Tannenbaum kaufte Papa in Vallendar mit dreißig Pfennig Rabatt bei Renates Freund Olaf am Tannenbaumstand der Jusos.

Beim Geschenkeverpacken sagte Mama, wir sollten nicht so mit dem Tesafilm aasen.

Weil Oma Schlosser nicht so gut zu Fuß war, setzten wir uns zum Gottesdienst vor den Fernseher im Hobbyraum. Wiebke plierte immer nach links und nach rechts, ob wir auch alle die Hande gefaltet hatten.

Und vergib uns unsere Schuld, wie auch wir vergeben unseren Schuldigern.

Der Gottesdienst wurde von Hippies gestört, die dem Pfarrer bei der Predigt ins Wort fielen und Transparente hochhielten. Denen sei auch nichts mehr heilig, sagte Papa.

Das tollste Geschenk war der Farbfernseher. Den hatten Mama und wir alle von Papa gekriegt. Ein ultramodernes Gerät, das auf einem Stiel stand, von Nordmende, mit elektronischen Gleitreglern und Bildwiedergabe durch Diodenelektronik oder so ähnlich und mit Tasten, die man nur antippen mußte, wenn man umschalten wollte.

Meine Geschenke waren außer einem riesigen Spielzeugpanzer zehn Mark von Tante Gertrud, ein Pullunder von Tante Dagmar, eine blaue Pudelmütze, ein grüner Plastikkorb für meine Strümpfe, ein Hemd, eine Hose und zwei Bücher: Spiele auf Spiekeroog und Rätsel um den geheimen Hafen. Nicht gerade umwerfend. Renate schenkte mir eine Halbkugel mit einem Pendel drin, das sich beim Schwingen überkopf in der Halbkugel spiegelte und von Papa als Zehenschoner eingestuft wurde.

Volker kriegte eine grüngelbe Pudelmütze, eine Trompeten-LP und ein Polorad mit Bananensattel und Wiebke ein Puppentheater mit verschiedenen Bühnenbildern, eine rote Skimütze, einen neuen Ranzen, eine weiße Tischlampe in Kugelform mit orangefarbenem Ständer und von Tante Therese einen Morgenrock.

Das meiste Geld hatte Renate abgesahnt, fast hundertdreißig Mark.

Als alles ausgepackt war, holte Papa aus dem Arbeitszimmer noch ein Geschenk für Mama, ein Fondue mit Besteck und allen Schikanen.

»Menschenskinder«, sagte Mama. »Vornehm geht die Welt zugrunde!«

Dazu hatte Papa noch eine Bimmel besorgt, mit der die Familie künftig zum Essen zusammengerufen werden sollte, und für Oma Schlosser eine LP mit dem Oboenkonzert in A-Dur von Bach. Ich selbst hatte für Oma eins der Witzbilder von dem Poster in Papas Arbeitszimmer abgemalt. Da war ein Mann auf einem Zaungitter aufgespießt, und ein anderer Mann zog den Hut und fragte: »Ist Ihnen nicht wohl, mein Herr?«

Oma reichte Papa das Bild stumm hin, und dann saßen sie über mich zu Gericht. Es sei nicht lustig, über tödlich verunglückte Menschen noch Spott auszugießen. Als ich endlich auch mal zu Wort kam und sagte, daß ich das doch nur abgemalt hätte von dem Poster in Papas Arbeitszimmer, hätte ich fast eine gepfeffert gekriegt.

Na toll. Im Herzen wird es warm durch die Weihnachtsgans im Darm, wie schon Ingo Insterburg sagte.

Zu fortgeschrittener Stunde zwängte Papa sich Wiebkes Skimütze über.

Am ersten Weihnachtsfeiertag bimmelte Mama zum Essen, und dann wurde das Fondue eingeweiht. Papa hatte anderthalb Kilo

Gulasch gekauft und sich seinen besten Schlips um den Hals gewürgt. Eine dicke bunte Kerze stand auf dem Tisch.

Mama hatte eine Literflasche Rotwein entkorkt und erzählte von früher. Von dem abgehackten Kuheuter in der Badewanne ihrer Zimmerwirtin, als Fressen für deren Hund, und daß Volker bei der Nachricht von meiner Geburt nur gesagt habe: »Bäh, bäh, Kacke.« Und nach der Hochzeit hatte Mama zu Papa gesagt: »Bau du mir erstmal 'n Badezimmer, dann wasch ich mich auch.«

Bis das Öl im Fonduekessel die richtige Temperatur hatte, verging viel Zeit.

Eine lahmarschige Wirtschaft sei das, sagte Papa und ging sich Käsebrote schmieren, und als das Öl heiß war, sagte er, daß er schon bis zum Stehkragen voll sei.

In Rätsel um den geheimen Hafen benutzte Stubs seinem Onkel gegenüber das Wort supertoll und wurde dafür getadelt. Wo er nur immer diese unmöglichen Ausdrücke herhabe. Supertoll? Was war denn daran so schlimm?

Gut war bei Volkers Polorad der Knüppel zum Gängeschalten, aber fahren konnte man nur schlecht mit dem Ding.

An Silvester machte Oma Schlosser Mama in der Küche das Leben schwer. Wiebke pappte Prilblumen auf die Kacheln zwischen den Topflappenhaken, und Renate war zu einer Party weg.

Es gab Krapfen und Bowle. Bei Schimpf vor Zwölf durften wir Papiergirlanden über den Tannenbaum werfen.

Ein musikalischer Silvesterbummel mit Dunja Raiter, Mary Roos, Roberto Blanco, Graham Bonney, Lena Valaitis, Rex Gildo und Karel Gott, und alles schön in Farbe.

Im neuen Jahr wurde Renate der Gips abgenommen. Der Arzt schnitt ihr dabei mit seiner elektrischen Säge ins Bein.

Einmal rund um das eigene Zimmer, ohne den Boden zu berühren. Start auf dem Kleiderschrank, von da auf den Sessel, dann auf der Fensterbank bis zum Tisch balancieren und sich am Fenstergriff festhalten. Vom Tisch auf den Schiebeschrank und aufs Bett. Mit dem Fuß die Zimmertür öffnen, auf jeden Türgriff einen Fuß setzen und an die Tür geklammert zum Kleiderschrank rüberschwingen.

Obendrauf lag ein alter Stern, in dem drinstand, daß Enid Blyton schon 1968 gestorben sei. Mir blieb bald das Herz stehen.

Dann würde es auch nie mehr ein neues Rätselbuch geben. Und ich hatte gedacht, das würde immer so weitergehen.

Zum Geburtstag kriegte Volker die LP Drums Drums Drums. Ich kriegte auch was, einen neuen Füller, weil mein alter hin war. Ein roter Pelikan. »Den mußt du in Ehren halten«, sagte Mama. Sonst werde sie mir die Flötentöne beibringen.

Bei 3 × 9 reparierte der Zauberer Uri Geller eine Uhr nur durch Handauflegen und zerbrach eine Gabel, indem er mit dem Mittelfinger drüberstrich.

Papa sagte, das sei Tinnef. Mit Abrakadabra Besteck zu zerbrechen, das gebe es nicht.

Der Bosch kuckte mich mit dem Arsch nicht mehr an und hatte mich auch nie wieder nach Ehrenbreitstein mitgenommen, aber eine Eins in Musik bekam ich dann doch auf dem Halbjahreszeugnis. Auch in Sport. Zweien hatte ich in Deutsch und Physik und Betragen. Und eine Vier in Mathe.

»Sonderlich mit Ruhm bekleckert hast du dich da nicht«, sagte Mama.

Volkers Zensuren waren besser geworden. Deutsch, Mathe und Französisch 3, Englisch 4, aber dafür Bio 2 und Physik 1. Er kam auch langsam in den Stimmbruch und ließ sich ein Radiergummibärtchen stehen, und abends ging er manchmal mit Renate zur Jusoversammlung oder zum Kegeln.

Im Stern war eine Reportage über Uri Geller. Minutenlang starrte Geller auf die Schalttafel der Hochfellner Seilbahn. Plötzlich hielt die Bahn an.

Papa sagte wieder, das sei fauler Zauber, und wir sollten nicht alles glauben, was in der Zeitung stehe. Das täten nur abergläubische Landpomeranzen.

Bei Volkers Geburtstagsparty spielte Renate den Disc-Jockey. Nach Hansjoachim, Kalli und Michael Gerlachs Bruder Harald kamen noch zwei aufgedonnerte Weiber, die ich nicht kannte. Auf welches von den Weibsen Volker wohl ein Auge geworfen hatte?

Um elf Uhr sprach Papa ein Machtwort und bereitete dem Affentanz im Hobbyraum ein Ende.

Der Kli-Kla-Klawitter-Bus war ein Riesenmist. Wir wollen lachen, lernen, lesen, schreiben, rechnen fast bis zehn, wir wollen Straßen, Städte, Länder, Menschen ganz genau besehn …

Wer war schon so meschugge, freiwillig in einen Bus zu steigen, um dadrin mit Klicker und Klamotte Rechenaufgaben zu lösen?

Aller Wahrscheinlichkeit nach blieben wir nun doch in Koblenz wohnen. Papa baute die Garage zur Werkstatt aus und zimmerte Regale an die Wände.

Wenn Olaf zu Besuch kam, weil er wieder was von Renate wollte, kriegte Papa das gar nicht mit. Und daß Muhammad Ali Joe Frazier nach Punkten besiegt hatte, erfuhr Papa erst von uns.

Es plästerte. Wiebke half Olaf beim Verteilen von SPD-Reklame, mit Südwester auf, und mobilisierte auch ihre Freundin Nicole, die jüngere Schwester von Stephan Mittendorf. Als die dann bei sich selbst was in den Briefkasten stopfte und Frau Mittendorf das mitkriegte, ging es rund, und es hätte nicht viel gefehlt, daß Frau Mittendorf Olaf angezeigt hätte wegen Verführung Minderjähriger.

Das schöne alte rote Sofa aus dem Keller kam auf den Sperrmüll. Aus meinem Zimmerfenster sah ich zu, wie es in die Walze hinten auf dem LKW befördert und zermalmt wurde.

Dafür kam das schwarze Sofa von oben in den Hobbyraum. Fürs Wohnzimmer hatte Mama eine Sitzlandschaft bestellt, mit beliebig kombinierbaren Elementen aus braunem Feincord. Die lose aufliegenden Polster rutschten aber immer runter von ihren Blöcken, wenn man nicht stillsaß.

Da sitze man ja wie der Affe auf dem Schleifstein, sagte Papa, als er die neuen Polstermöbel getestet hatte, und dann war er noch bis in die Puppen mit der Reparatur der Strickmaschine beschäftigt.

Als fällig betrachtete Mama für 1974 auch eine neue Waschmaschine und verkniff sich deswegen die geplante Reise nach Venezuela.

An Weiberfastnacht kam Papa schlechtgelaunt nachhause. Zwei Frauen hätten versucht, ihm auf dem Parkplatz vorm BWB den Schlips abzuschneiden, und als er denen die Autotür vor der Nase zugeschlagen habe, seien sie noch frech geworden und hätten ihm nachgekiffen, daß er wohl keinen Spaß verstehe.

Ich ging Karneval als Pirat. Wiebke ging als Micky Maus, und Renate und Mareike gingen als Rockerbräute. Renate hatte sich breite Litzen dafür an die Hosenbeine genäht. Beim Karnevalszug in Koblenz fiel aber keiner von uns auf.

Volker hatte vor, in den Sommerferien auf einem Frachtkahn zu arbeiten und was von der Welt zu sehen. Mama erkundigte sich bei Verwandten in Hooksiel. Die sagten, das gehe durchaus, aber es sei kein Job für Sensibelchen.

Renate wollte mit den Jusos nach Paris reisen. Alle hatten was vor, nur ich nicht, bis ein Anruf kam von Uwe Strack, ob ich Lust hätte, in einem Jugendzentrum in Pfaffendorf einen Western mit Charles Bronson zu kucken.

Uwe und sein Vater holten mich im Auto ab. An den Oberarmen hatte Uwe Muckis gekriegt, fast wie Popeye, wenn der seine in den Oberarmen gehabt hätte statt in den Unterarmen. Gewachsen war Uwe mehr in die Breite als in die Länge, und er hatte immer noch ein grünes und ein blaues Auge.

Spiel mir das Lied vom Tod hieß der Film. Da wußte man nie, was Rückblenden waren und was nicht, und nach zwei Stunden tat einem der Hintern weh vom Sitzen.

Uwe fand Charles Bronson gut. Ich nicht so. Ich fand auch Uwe Strack nicht mehr so gut wie früher.

»Da mach dir man nichts draus«, sagte Mama, als sie mich wieder nachhause brachte. Das sei der Lauf der Welt.

Zum Klassentreffen in Jever fuhr Mama alleine. Papa wollte nicht durch halb Deutschland zigeunern, bloß um einen Abend lang irgendwo rumzuschwofen.

Ich hatte noch Taschengeld übrig und durfte schon wieder ins Kino, zusammen mit Volker und Renate und vier Typen aus Renates Clique, Olaf und Hopper und Didi und Motz. Im Bus las Renate denen Lehrerausspruche vor, die sie im Unterricht mitgeschrieben hatte. »Als Napoleon gestorben war, beschloß man, daß er Frankreich nie mehr betreten durfte.« Oder: »Die Form der Samenschale ist weißgefärbt.« Oder: »Noch nicht ganz verstanden? Oder fehlt da irgendwo eine Lücke?«

Die Abenteuer des Rabbi Jacob. Da schlidderten welche über eine Rutschbahn in einer Kaugummifabrik in einen Kessel mit flüssiger grüner Kaugummimasse rein, zum Kranklachen.

Ich legte mir wieder ein Tagebuch zu und stellte über Nacht einen Becher in den Garten, um die Niederschläge zu messen und im Tagebuch notieren zu können. Das wollte ich jetzt immer machen. Nächtliche Niederschläge und dreimal am Tag die Außentemperatur. Einkleben konnte ich auch alle von Mamas Einkaufszetteln.

Um neuen Stoff für mein Tagebuch zu kriegen, sah ich mir im Hobbyraum den blauen Bock an. Oben durfte ich das nicht.

Frauen im Dirndl und der dicke Heinz Schenk. Die Becher hießen Bembel, und innendrin war Äppelwoi.

Renate kam rein und schüttelte den Kopf. Ich hätte wohl 'ne Meise unterm Pony. »Sitzt im Keller und kuckt den blauen Bock!«

Den fanden alle doof. Eben deshalb hätte ich ihn gerne gut gefunden, aber das war zuviel verlangt. Nach einer halben Stunde hatte ich genug davon für den Rest des Lebens.

Flitzer waren jetzt in. Rannten nackt rum, bis sie verhaftet wurden, nur auf dem Mallendarer Berg nicht.

Die Osterferien in Jever fingen damit an, daß ich abends den Winnetoufilm im Zweiten nicht kucken durfte. Der Schatz im Silbersee. Mama, Oma und die andern hätten sich auch in der Küche unterhalten können, aber nein, sie mußten im Wohnzimmer sitzen, wo der Fernseher stand.

Weil es viel regnete, spielten Oma und ich oft Malefiz. Es war ein Kinderspiel, sie zu besiegen, weil sie ihre Palisaden planlos in die Gegend setzte und mit den Figuren immer direkt vor den Palisaden stehenblieb, statt zurückzugehen. Dann hätte sie die Palisaden auch mit was anderem als einer Eins weghauen können.

Wenn sie vier oder fünf Spiele nacheinander verloren hatte, kriegte Oma einen Wutanfall, und dann mußte man sie mal gewinnen lassen, was gar nicht so leicht war. Sie übersah die besten Züge und verlegte sich oft selbst mit Palisaden den Weg, aber wenn sie dann den Sieg errungen hatte, jauchzte sie vor Glück, und man konnte sie wieder in die Pfanne hauen.

In die Wohnung oben war eine Familie mit drei Kindern eingezogen. Udo, Ulf und Meike Pohle, alle jünger als ich. Den Namen Meike fand Oma hanebüchen. Mike als Abkürzung für Michael, das lasse sie sich ja noch eingehen, aber Meike? Da hätten die guten Leute ihre Tochter ja gleich auf den Namen Itzenplitz taufen können.

Alle drei Pohlekinder hatten Roller. Wir machten Wettrennen auf dem Gartenweg und waren mal Teilnehmer und mal Schiedsrichter. Udo Pohle besaß eine Stoppuhr, mit der auf die Hundertstelsekunde genau die Zeit genommen werden konnte.

Ich wollte einen Rekord aufstellen, aber in der ersten Rechtskurve kam ich in der Matsche ins Rutschen und schlug mir das Kinn am Lenker auf.

Oma verarztete die Wunde mit Jod.

Mit den Pohlekindern ging ich auch in den Schloßgarten zum Entenfüttern und zu einem Spielplatz, wo es eine Hängekugel gab, in die man sich reinsetzen konnte, aber dann kamen andere Kinder und wollten uns die Kugel abspenstig machen. Die gehöre nur den Kindern, die da wohnten, und sie würden ihre Eltern holen, wenn wir nicht abschwirrten.

Sollten die doch selig werden mit ihrer Scheißhängekugel.

Renate schenkte Opa zum 78. Geburtstag zwei emaillierte Manschettenknöpfe. Den ganzen Vormittag über kamen Leute und gratulierten. In Jever sei Opa bekannt wie ein bunter Hund, sagte Oma. Sie war auch stolz darauf, daß Opa immer noch radfahren konnte. So wie jetzt. Wir standen am Verandafenster. Opa zog das Gartentor zu, schwang sich aufs Fahrrad und fuhr zum LAB-Treffen.

Ich schaukelte, und Gustav harkte Blätter zusammen im Garten und rauchte Marlboro. Er war dick geworden.

»Warum rauchst du eigentlich?«

»Weil's mir schmeckt.«

Auch 'ne Antwort.

Die Fernsehserie mit Alfred Tetzlaff konnte Oma nicht leiden. Dieser Prolet, wie der schon dasitze, im Unterhemd. »Säuft Bier und rülpst und macht seine Frau zur Minna, sowas will man doch nicht sehen!«

Beim Grand Prix landeten Cindy & Bert auf dem letzten Platz. Gesiegt hatte Abba. Die sähen aus wie eine zum Leben erweckte Buttercremetorte, sagte Gustav, und so würden sie auch singen.

Mit Ulf und Udo tollte ich ums Haus, bis Oma uns durchs Schlafzimmerfenster mit Wasser aus dem Wäschesprenger bespritzte.

Dann stahl ich mich ins Haus und versteckte mich unterm Küchensofa. Oma setzte Wasser auf und führte Selbstgespräche. »Ich hab die doch nur verscheuchen wollen«, sagte sie, und ich fühlte mich Scheiße, wie ich da unterm Sofa lag, während Oma sich ums Essen kümmerte und wegen uns Gewissensbisse hatte.

Kurz vor Ostern kam Mama mit einer abartigen Dauerwelle vom Friseur zurück.

Papa hätte am Ostersonntag lieber Unkraut geschövelt, als sich knipsen zu lassen, aber das Walroß paßte wieder auf, daß das sonntägliche Gartenarbeitsverbot eingehalten wurde.

Mama im weißen Rock und Papa mit graublauem Schlips. »Grau oder blau oder graublau oder blaugrau«, schimpfte Mama. »Nie mal irgendwas Farbiges!«

In der Nachbarschaft fiechelte neuerdings ein Kind auf der Geige. Papa sagte dann, ihm würden gleich die Plomben rausfallen, und ging in den Keller.

Die Mittagessenbimmel. »Na los, na los, wo bleibt ihr denn? Oder muß ich euch erst Beine machen?« Ob wir wieder eine Extrawurst gebraten kriegen wollten, Volker und ich.

Wiebke konnte noch keine Spaghetti aufdrehen, und statt »Serviette« sagte sie »Servierte«.

Nach dem Essen gab es Kaffee mit B&B-Milch. Einmal hatte Volker den Tropfen abgeleckt, der an der Dose runtergelaufen war, und sich einen Anschnauzer eingefangen. Dann war ein

Dosenmilchkännchen angeschafft worden, eins aus Glas, zum Umfüllen, mit Schraubverschluß und Schiebeleiste, die aber postwendend verkrustete und klemmte.

Volker wollte jetzt nach Norwegen reisen, als Schiffsjunge auf einem Kahn, auf dem ein Vetter von Mama erster Offizier war, und Papa wollte sich nach England versetzen lassen. Dann hätten wir alle nach England ziehen können.

Die tollkühnen Männer in ihren fliegenden Kisten.

Nach Ostern kamen drei Neue in die Klasse, und wir mußten uns umsetzen. Jetzt saß ich neben Axel Jochimsen, der zu allem und jedem unanständige Kommentare ablieferte. »Willi Dickhut fickt gut.« Oder: »Sport-Erdkunde-Meier leckt sich selbst Eier.« Oder »Pischpenis«, was »Tischtennis« heißen sollte. In seinem Diercke hatte er mit Tinte alles mögliche ins Schweinische abgeändert: Tittengebirge statt Mittelgebirge, Onanier-See statt Onega-See und Penishalbinsel statt Apenninenhalbinsel. Dick umrandet war eine Überschrift auf Seite 100: Das Rote Becken.

Ich lud ihn zu meiner Geburtstagsfeier ein und außerdem Michael und Holger Gerlach, Erhard Schmitz und Jürgen Hartlieb, weil der mich in Mathe immer abschreiben ließ.

Ein Spiel, das Mama sich für uns ausgedacht hatte, ging so, daß man Puderzucker von einem Teller löffeln mußte, ohne daß der Pfennig umfiel, der senkrecht im Zucker steckte, aber Erhard Schmitz und Axel Jochimsen wollten lieber hoch in Renates Zimmer und die neue Otto-Platte hören, mein schönstes Geschenk. Die war zum Totlachen. Mutti, was machen die beiden Hunde da? Ach, weißt du, der eine ist blind, und der andere schiebt ihn über die Straße. Oder: Es ist 'ne Atombombe auf Bayern gefallen, fünfundsechzig Mark Sachschaden.

Wurzel rein, Wurzel raus.

Hinterher hörten wir nochmal die alte Otto-Platte, die ich aber schon in- und auswendig kannte. Er würgte eine Klapperschlang, bis ihre Klapper schlapper klang.

Axel Jochimsen übernachtete auch bei uns. Mainzelmännchen-Kapriolen wollte er nicht kucken, und als er sich den Pulli über den Kopf zog, knisterte es laut.

Unter dem Siegel der Verschwiegenheit verriet mir Axel vorm Einschlafen ein Geheimnis, das ich niemals, aber auch wirklich niemals ausplaudern dürfe: »Der Kowalewski hat nur ein einziges Ei.«

Wow. Wer hätte das gedacht! Wo der sonst immer so 'ne große Fresse hatte.

Die Straßen von San Francisco. So wie Lieutenant Mike Stone und Inspector Steve Heller vom Morddezernat hätte man dem Trebitsch mal auf die Pelle rücken müssen. Mit einem wippenden Straßenkreuzer vorfahren, hinten am Gürtel Handschellen hängen haben und ein Taschentuch zücken, in das man die Revolver wickelt, die da rumgammeln.

Mama führte ein Telefongespräch mit Tante Gertrud, das fast eine Stunde lang dauerte. Ich mußte lange nachfragen, bis ich erfuhr, worum es gegangen war. Tante Gertrud hatte Krebs.

Ich stieg heulend in die Badewanne und blieb im Wasser liegen, bis ich schon ganz schrumpelige Haut hatte.

Zu Tante Dagmars Geburtstag fabrizierte Renate aus Stoffresten ein Nadelkissen.

Weil mein Rad platt war, mußte ich bei meiner nächsten Tour mit Michael und Holger Gerlach Volkers Polorad nehmen. Bergauf konnte man das nur schieben, und bei den Abfahrten kam man nicht in Schwung. Vor der langen Abfahrt bei Simmern bettelte ich Michael und Holger an, ob wir nicht mal tauschen könnten, aber das wollten sie nicht. Hätte ich auch nicht gewollt an deren Stelle. Ich mußte dann eben mit dem Polorad da runter und kam als letzter angedackelt.

Auf der Konfirmationsurkunde, die gerahmt in seinem Zimmer hing, hatte Harald Gerlach den Körper von Pfarrer Liebisch bis zur Brust mit dem Bild von einem halbnackten Pin-up-Girl überklebt. Das hätte Volker mal wagen sollen, da wäre aber was los gewesen.

Volker hatte einen Kettenbrief gekriegt, den er siebenmal abschreiben und verschicken sollte, sonst werde es ihm dreckig gehen. Ein Empfänger habe mal vergessen, den Brief abzuschreiben, und sei dann fast an Fieberfraß gestorben, aber nach dem Abschreiben sei er Millionär geworden.

Seine Abschriften gab Volker Hansjoachim, Renate, vier Typen aus seiner Klasse und mir, aber ich wollte noch abwarten, ob sich bei Volker der versprochene Reichtum einstellte.

Bei Am laufenden Band mußten zwei Kandidaten beim Schlußduell drei Fragen aus der Tagesschau beantworten. Mama wußte immer alles. Mama wußte sogar, warum sich die Kutschenräder in Wildwestfilmen rückwärts zu drehen schienen und wieso sich die Pferde beim Hinfallen nicht wehtaten und daß es Damensattel hieß, wenn die Frauen beim Reiten quer auf dem Pferd saßen und beide Beine auf derselben Seite runterhängen ließen.

Wiebke duftete nach Fichtennadeln.

Der Sieger durfte alles behalten, an das er sich erinnern konnte, wenn es auf dem Fließband vorbeigekommen war: Dreirad, Stehlampe, Kuckucksuhr, Sombrero, Toaster, Aktentasche, Wippepferd und so weiter. Wir brüllten alle durcheinander, aber der Sieger hatte oft Ladehemmung und vergaß den Würfel mit den Fragezeichen, der immer was Besonderes verhieß.

Mama hätte da mal sitzen sollen, die hätte alles abgeräumt.

In den Pfingstferien übte ich den Türkischen Marsch. Rondo alla turca. Da konnte man kräftig reinhauen, aber wenn Mama reinkam, rief sie: »Drisch nicht so rabiat! Und nimm die Quanten vom Pedal!«

Ich würde das Klavier malträtieren.

Irgendwann klackerte dann immer Renate in Clogs die Treppe runter und wollte den Entertainer üben.

Am Pfingstmontag kam ein Film mit einem Jungen, der ein Baumhaus hatte, und dann wollten welche einen Neger lynchen. Wer die Nachtigall stört. Bei uns gab's weder Baumhäuser noch Neger, und Nachtigallen hatte ich auch noch keine gesehen. Oder gehört.

Zeichnen hatten wir jetzt bei Herrn Uhde, einem dicken Glatzkopf, der nur im Nacken und über den Ohren noch Haare hatte. Planschbecken mit Spielwiese. Oder Hubschrauberlandeplatz.

Wir mußten Jesusbilder abzeichnen und Bildinhaltsangaben danebenkritzeln. Jesus am Kreuz mit Gasmaske auf.

Der Uhde hatte einen Riechkolben wie Obelix.

Bis der Bus kam, suchte ich in den Rückgabeluken von Münztelefonen und Zigarettenautomaten nach Kleingeld, oder ich ging in die Löhrstraße. Photo Porst und Agfa Photo. Tapeten, Bodenbeläge, Teppiche und Dr. Müllers Sex & Gags.

Poster ankucken im Kaufhof brachte es nicht. Das war immer das gleiche. Motorräder oder der Schimpanse, der auf dem Lokus sitzt und eine Banane frißt, oder der Arm von einem Gorilla, der aus dem Klo kommt und einer Frau die Unterhose runterzieht. Oder Wum auf seinem Sitzkissen, mit Banjo: Ich wünsch mir 'ne kleine Miezekatze.

In der Unterführung am Zentralplatz war eine Zoohandlung. Da sah ich mal, wie ein kleiner Fisch als Futter für die großen Fische ins Aquarium geschmissen wurde. Der kleine Fisch flitzte hinter eine Muschel, aber das nützte ihm nichts, er wurde aufgefressen, ripsraps. In dem Aquarium hatte er nicht die geringste Chance gehabt gegen die anderen.

Teppichhaus Eierstock.

Ich durfte Papas altes Radio in meinem Zimmer aufstellen. Man mußte am Knopf drehen, bis sich die grünen Leisten in dem Sichtfenster berührten, dann war der Empfang okay.

Es wurde eine Reportage über Contergankinder gesendet, über die Mädchen, die jetzt zum erstenmal ihre Periode bekommen hätten. Ihre Monatsblutung. Daß die sich nicht genierten, das im Radio zu erzählen?

Die waren schon in der Pubertät. Ich hätte ja auch ein Contergankind werden können, aber in der Pubertät war ich noch nicht, soweit ich wußte.

Im Radio kam auch Pop-Shop. Aus dem Hause vis-à-vis seh ich jeden Morgen früh die Mary Lou ein Stück die Straße gehn. Wenn mir die Musik gefiel, machte ich das Deckenlicht aus und legte mich auf die Teppichfliesen. Dann leuchtete nur noch die grüne Anzeigenskala.

Einmal platzte Mama rein. »Was ist denn hier für 'ne ägyptische Finsternis?«

Im Garten und im Haus war immer was zu tun. Papa kalkte die Garage, imprägnierte die Giebelvertäfelung und nagelte das Spalier für die Kletterrosen auf der Terrasse zusammen, und Mama jätete Unkraut, gebückt, mit Kopftuch um und rot im Gesicht.

Wenn die Schwalben niedrig fliegen, werden wir bald Regen kriegen.

Ich wollte als Erwachsener lieber doch kein Haus haben, auch kein gekauftes, sondern nur eine Wohnung, so wie Tante Dagmar, da hatte man nicht soviel Arbeit. Jeden Tag Hähnchen und Milchnudeln essen und bis zum Testbild Fernsehen kucken. Das sollte mir dann mal einer zu verbieten versuchen. Den würde ich einfach auslachen.

Die Fußballweltmeisterschaft nahte. In der Rhein-Zeitung stand, daß die Brasilianer, die Holländer und die Italiener gefürchtet seien. Die Deutschen seien nur mittelmäßig und die Uruguayer Pleitegeier.

Ich fand ja, daß die Maskottchen Tip und Tap aussahen wie Volker und ich, aber er sagte dazu nur, daß ich einen Sockenschuß hätte. Volker hatte nur noch Scheißlaune, seit sich seine Frachtkahnpläne zerschlagen hatten.

In der Rhein-Zeitung stand auch, daß bei der WM 1970 das Spiel des Jahrhunderts stattgefunden habe, zwischen Deutschland und Italien, 3:4 nach Verlängerung. Diesmal wollte ich mir nichts entgehen lassen.

Zum achten Geburtstag kriegte Wiebke eine Häkeltasche mit Smiley vornedrauf und war stolz wie Oskar. Als Renate mit Wiebkes Geburtstagsgästen im Garten Federball spielte, wurde in der Nachbarschaft wieder so schauerlich auf der Geige gekratzt, daß Mama trotz der Hitze die Terrassentür verrammelte.

Beim Eröffnungsspiel knallte Paul Breitner den Chilenen ein tolles Tor rein, und Australien besiegten wir mit 3:0, mit Toren von Overath, Cullmann und Müller. Danach mußten wir gegen die DDR antreten, was irgendwie verkehrt war, weil die DDR doch auch zu Deutschland gehörte. Das Spiel war ein Riesenreinfall. Grabowski holzte daneben, Müller traf nur den Pfosten, und als dann auch noch Sparwasser ein Tor für die DDR schoß, hatte ich ein Kotzgefühl, das noch tagelang anhielt, obwohl inzwischen Sommerferien waren und ich zwei Einsen im Zeugnis hatte.

Weltmeister waren wir zuletzt 1954 geworden, acht Jahre vor meiner Geburt, und es war ungerecht, daß wir jetzt, wo ich am Leben war, nur noch Pech haben sollten.

An Helmut Schöns Stelle hätte ich Günter Netzer aber auch nicht erst zwanzig Minuten vor Schluß eingewechselt.

Mama und Papa waren weggefahren, nach Meppen und nach Jever, und auf dem Mallendarer Berg führte Renate den Haushalt. Einmal besprühte sie eine Stubenfliege, die an der Küchengardine saß, mit Insektengift. Die Fliege fiel auf den Boden und blieb da liegen, Beine nach oben. Renate sprühte noch mehr

Gift auf die Fliege, und da fing sie an, sich wie irre zu drehen, bis sie nicht mehr konnte.

»Erzähl das bloß nicht Papa«, sagte Renate und beförderte die tote Fliege mit Handfeger und Schippe in den Komposteimer.

Beim Spiel gegen Jugoslawien standen Bonhof, Wimmer, Herzog und Hölzenbein in der Mannschaft, und es klappte wieder. Breitner schoß ein Tor aus 25 Metern Entfernung und Müller eins im Liegen. Jetzt konnten wir doch noch Weltmeister werden.

Gut waren aber auch die Holländer. Die besiegten Argentinien mit 4:0. Das erste Tor hatte Johan Cruyff erzielt, aber wie! An dem herausstürzenden Torwart trieb er den Ball immer weiter nach links vorbei und schob ihn dann ins leere Tor hinein, ganz lässig. Der beste Spieler aller Zeiten sollte ja Pele sein, aber ich hatte noch nie einen so guten wie Cruyff gesehen.

Im Hobbyraum stellte ich den Treffer nach, mit einer Bocciakugel als Fußball, dem Sofa als Tor und den Sofabeinen als Torpfosten. Den argentinischen Torwart mußte ich mir dazu vorstellen. Vorbei und rein!

Mama und Papa waren wieder da, aber das Spiel gegen Schweden mußte ich mir alleine ankucken. 0:1 Edström (26.), 1:1 Overath (50.), 2:1 Bonhof (51.), 2:2 Sandberg (53.), 3:2 Grabowski (78.), 4:2 Hoeneß (90., Foulelfmeter). Donner und Doria. Das war ja wohl mindestens so dramatisch wie das Spiel des Jahrhunderts. Ich drehte fast durch, aber da war ich der einzige in unserer Familie.

Am Montag mußte ich in Koblenz Paßfotos von mir machen lassen für den neuen Wuermeling.

Bloß nicht die Augen zuhaben, wenn der Blitz kommt.

Renates Liebster war jetzt Schütze Arsch im letzten Glied bei der Bundeswehr, in der Deines-Bruchmüller-Kaserne.

Im Zweiten kam ein Wildwestfilm mit Old Surehand, der aus großer Entfernung brennende Lunten ausschießen konnte, sich aber sonst wie ein blöder Lackaffe aufführte. Wie der schon redete: »Ich danke Euch nochmals, Miss!« Und: »Eigenartig, Ihr erinnert mich an jemanden. Sie war hübsch, genau wie Ihr …« Zum Reihern.

Meinen Wuermeling mußte ich selbst unterschreiben, über der Zeile Unterschrift des Inhabers.

Renate fuhr nach Lindau zu Tante Hanna, und abends spielten wir gegen Polen. Dafür mußte erst noch das Regenwasser vom Rasen gewalzt werden, aber der wurde und wurde nicht trocken. Immer blieb der Ball in Pfützen liegen, und bei Spurts rutschten die Spieler aus und fielen auf die Fresse. Das Frankfurter Waldstadion hatte keine gute Drainage.

Die Polen spielten mit Deyna, Lato und Gadocha. Der beste Stürmer, Szarmach, fehlte zum Glück, der war verletzt. Im Tor stand der gefürchtete Elfmetertöter Tomaszweski. Als Hoeneß in der zweiten Halbzeit zum Elfmeter anlief, dachte ich gleich, das geht schief, und tatsächlich, Tomaszewski hielt! Wir hätten ja nur ein 0:0 gebraucht, um ins Endspiel zu kommen, aber es war eine Erlösung, als Gerd Müller eine Viertelstunde vor Schluß ins Schwarze traf. Gerd Müller war doch der Beste von allen. Was der schon für Tore geschossen hatte. Eins phantastischer als das andere.

Um den dritten Platz hätte ich nicht spielen wollen. Polen gegen Brasilien. Eben noch den Weltmeisterschaftstitel vor Augen und dann gegen eine andere Verlierermannschaft antreten müssen. Da ging es nur um die Ehre, und es gab für keinen groß was zu bejubeln, auch in der 75. Minute nicht, als Lato den Siegtreffer schoß.

Abends kam im Ersten Otto, was ich noch im Wohnzimmer kucken durfte, aber für den Gruselfilm zwei Stunden später mußte ich alleine in den Hobbyraum runter. Das Schloß des

Schreckens. Da glotzten wandelnde Leichen nachts durch die Fenster rein. Die mittlere Neonröhre britzelte laut, aber ganz im Dunkeln wollte ich auch nicht sitzen. Die Vorhänge hatte ich zugezogen. Alle paar Minuten, wenn das Bild zu flackern anfing, mußte ich aufspringen und den Fernseher kurz ausmachen, damit er sich wieder bekriegte, und wenn ich auch wußte, daß unterm Sofa nur Staubflusen lagen und keine kalte glitschige Totenhand hervorschnellen und mich am Fußgelenk packen konnte, fiel es mir jedesmal schwer, vom Sofa zum Fernseher zu hüpfen und zurück. In dem Film passierten immer schaurigere Sachen. Allein von der Musik drehte sich einem der Magen um. Ich wollte keine Memme sein, aber irgendwann konnte ich es nicht mehr aushalten, und ich rannte, ohne den Fernseher auszumachen, die Treppe hoch und in mein Zimmer und sprang ins Bett, und das Licht ließ ich an.

Am Sonntag stellte Mama vor dem Endspiel Kirschkuchen mit Schlagsahne auf den Tisch. Für meinen Geschmack dauerte die Abschlußzeremonie zu lange.

Papa war auf Dienstreise. Von den Spielen hatte er sich kein einziges angekuckt. Papa hatte sowieso eigenwillige Fernsehgewohnheiten. Ganz selten Dick und Doof oder Charlie Chaplin oder Wickie und die starken Männer, meistens Tagesschau und immer alle Sendungen mit Kulenkampff. Der sah auch so ähnlich aus wie Papa, nur fröhlicher.

Kurz vorm Anpfiff stellte sich raus, daß die Eckfahnen fehlten.

Mama schob sich gerade die Sofakissen hinters Kreuz, als die Holländer schon einen Elfer zugesprochen kriegten, und bevor man überhaupt wußte, was da vor sich gegangen war, schoß Neeskens den Ball ins Tor, und wir waren die Angeschmierten. 0:1 in der ersten Spielminute.

»Ach du dicker Vater«, sagte Mama, die aber nur pro forma für Deutschland war. Ihr gefielen die Brasilianer besser.

Jetzt mußten wir alles nach vorne werfen, sonst waren wir

weg vom Fenster. Nicht daß die Holländer uns noch vernaschten. Aber 1954 gegen die Ungarn hatten wir sogar 0:2 zurückgelegen und trotzdem gewonnen.

Der Schiedsrichter war ein Metzger aus Wolverhampton. Wenn er fair war, mußte er irgendwann auch uns einen Elfer geben. Das machte er dann auch, und nach dem Schuß von Breitner stand es 1:1.

Johan Cruyff wurde von Berti Vogts gedeckt, das war gut.

Kurz vor der Halbzeitpause kam Gerd Müller an den Ball, trickste drei Holländer aus und schoß das 2:1, aus der Drehung.

»Nun mach aber mal halblang!« rief Mama, als ich jubelnd durchs Wohnzimmer sprang.

Nach dem Halbzeitpfiff lief ich raus, um zu kucken, ob auch der Mallendarer Berg so leergefegt aussah wie der Rest von Deutschland während des Endspiels. Zumindest die Theodor-Heuss-Straße sah in beiden Richtungen wie leergefegt aus. Die sah aber auch sonst immer wie leergefegt aus.

In der zweiten Halbzeit wurde es brenzlig. Da waren die Holländer am Drücker. Sie hatten Torchancen noch und nöcher, und es standen einem die Haare zu Berge. Sepp Maier hatte alle Hände voll zu tun. Mit Glanzparaden verhinderte er den drohenden Ausgleich.

Als Volker pissen ging, sicherte ich mir seinen Platz mit Lehne. Vorher hatte ich in der Sofamitte zwischen Wiebke und Mama sitzen müssen. Weggegangen, Platz vergangen.

Das Endspiel dauerte und dauerte, aber dann kam der Schlußpfiff, und wir waren Weltmeister, zum ersten Mal seit zwanzig Jahren wieder! Weltmeister!

Ich schnappte mir Volkers alten Fußball und lief damit nach draußen, um zu kicken. Die Theodor-Heuss-Straße sah immer noch wie leergefegt aus.

Mama brachte mich nach Hannover, wo ich zehn Tage lang bleiben durfte. Tante Dagmar hatte das Endspiel nicht gesehen. Sie interessierte sich nicht für Fußball. Als ich von ihr wissen wollte, mit wem sie lieber verheiratet wäre, mit Gerd Müller oder mit Johan Cruyff, sagte sie, die würde sie alle beide von der Bettkante stoßen. »Mit Fußballern kannst du mich jagen!«

In Hannover war Schützenfest. Tante Dagmar hatte einen Bekannten, Herrn Löffler, der alles bezahlte und noch lachte dabei. Achterbahn, Riesenrad, Würstchen, Cola, Geisterbahn, Amorbahn, Auto-Scooter und wieder Achterbahn. Allein für mich verpulverte der an dem Abend an die zwanzig Mark.

Den Anordnungen des Personals ist Folge zu leisten.

Wenn in der Achterbahn der Bügel einrastete, kriegte ich Gänsehaut. Dann ging es erst im Schneckentempo nach oben, ratter ratter ratter, aber dann auf einmal mit Lichtgeschwindigkeit in die Tiefe, und wenn die Achterbahn wieder hochfuhr, sackte einem der Magen bis in die Kniekehlen.

An der Losbude gewannen wir nichts. »Pech im Spiel, Glück in der Liebe«, sagte Tante Dagmar. Sie sagte auch Sachen wie Blumenstrunz, Arschbecher, zum Bleistift und alles in Dortmund. Ihren Fotoapparat nannte sie Knipskiste.

Im Funkhaus lief ich wieder auf Händen rum, um der alten Frau Leineweber zu imponieren, und einmal, bei großer Hitze, ging ich ins Freibad am Maschsee. Da wollte ein Mann den Rücken mit Sonnenmilch eingerieben kriegen und zahlte mir fünf Mark dafür, daß ich das machte.

Tante Dagmar verlangte mir danach den feierlichen Schwur ab, nie wieder Geld von fremden Leuten anzunehmen, weder von alten Schwuliberts am Maschsee noch von sonstwem.

Zu schaffen machte mir aber mehr, daß Gerd Müller seinen Rücktritt aus der Nationalmannschaft erklärt hatte. 68 Tore in 62 Spielen und dann aufhören, das wollte mir nicht in den Kopf. Auf dem einen Foto von der Siegesfeier hatte Gerd Müller noch mopsfidel in die Kamera gelacht, mit Zigarre im Mundwinkel.

Tante Dagmar wohnte in der Baumstraße, in der Nähe von einem großen 4711-Schild, das da an der Ecke hing.

In dem Haus gab es einen Mann, vor dem alle Angst hatten, weil er zwei Meter groß und einen Meter breit war und jeden Tag seine Frau verkloppte. Einmal begegneten wir dem, als Tante Dagmar ihr Rad in den Keller stellte.

Wenn der Typ gewollt hätte, wären wir da nicht mehr lebend rausgekommen.

Gut war Tante Dagmars Plattensammlung. Da gab es fast alles von Reinhard Mey, auch die teure Doppel-LP. Da sang er auch auf französisch. C'etait une bonne année je crois.

Kein Fels ist zu mir gekommen, um mich zu hören kein Meer, aber ich habe dich gewonnen, und was will ich noch mehr?

Am Sonntag wurde im Ersten Ich denke oft an Piroschka wiederholt, aber Tante Dagmar wollte mir die Herrenhäuser Gärten zeigen, und wozu sollte ich noch an Piroschka denken. Lieber vierzehn Jahre Sing Sing als der noch mal begegnen.

Als ich allein mit dem Zug zurückfuhr, blieb ich immer nur so kurz wie möglich auf dem Klo, damit der Schaffner nicht dachte, daß ich mich da als Schwarzfahrer eingeschlossen hätte.

Von Bielefeld bis Dortmund saß ein Mann im Abteil, der sich ungeniert in der Nase bohrte, und wenn er was gefunden hatte, wischte er sich das am Hosenbein ab.

Nach der Fahrkarte mußte ich dem Schaffner noch meinen Wuermeling vorzeigen.

Bei Tante Hanna im Allgäu hatte Renate den Zauberberg gelesen und den Rasen gemäht, aber der Rasenmäher hatte einen Wackelkontakt gehabt und war dauernd ausgegangen.

Sie hatte auch im Bodensee gebadet. Jetzt knüpfte sie einen Teppich mit einer bombastischen Teppichknüpfmaschine, die Oma Schlosser uns gestiftet hatte. Ich wollte auch mal, riß mir aber gleich den Zeigefinger auf.

Mama klebte mir ein Pflaster drüber. Ich ging dann nochmal selbst an den Medizinschrank und klebte den Rest von dem Finger mit Pflastern zu, immer noch eins und noch eins, bis alles dicht war, und als ich die Pflaster morgens abpulte, war die Haut an dem Finger weiß und wabbelig. Jetzt muß er amputiert werden, dachte ich mit Schrecken, aber der Finger erholte sich wieder.

Nach den Sommerferien hatten wir einen neuen Deutschlehrer mit Lockenkopf und getönter Brille. Surges hieß der, fast wie das neue Fruchtbonbon von Suchard, und er sagte uns, welches Reclamheft wir uns kaufen sollten. Das Gold von Caxamalca.

In Mathe mußten wir mit Rechenschieber arbeiten. Verkettet man einen Verschiebungsoperator und seinen Gegenoperator, so erhält man den neutralen Operator Null als Ersatzoperator. Mir war schon die Plastikhülle von dem Ding zuwider.

Der Religionslehrer lispelte. Wir follten mal darüber nachdenken, daff Gott den Menfen erft am Fluffe fuf. »Der Menf ift die Krone der Föpfung.«

Öd war es auch in Geschichte, mit den Langobarden und dem Reich der Franken und Karl dem Großen, und noch öder in Chemie. Schwefeldioxid, Kalkspat und Bromdampf. Der Chemielehrer sah aus wie der Ziegenbock Bobesch aus der Augsburger Puppenkiste und war schätzungsweise hundertachtzig Jahre alt.

Französisch hatten wir beim Schlaumeier. Nicole? Qui est-ce? C'est la sœur de Philippe. Et qui est Philippe? C'est le frère de Nicole? Oui, c'est le frère de Nicole. Davon hatte ich auch bald genug.

In Bio war schon wieder Sexualkunde dran. Die Ovulation, der Vorgang der Befruchtung und die Antibabypille. Hier müsse er dem Volksmund widersprechen, sagte der Engelhardt. Das Wort sei nicht ganz korrekt. Die Bezeichnung Antibefruchtungspille treffe die Sache genauer.

Willi Dickhut fragte allen Ernstes: »Müssen sich der Mann

und die Frau dann ganz nackt ausziehen für die Befruchtung?« Bei dem fiel der Groschen in Pfennigstücken.

Aber was war, wenn der Mann beim Ficken mal pinkeln mußte? Das war eine heiß diskutierte Frage auf dem Schulhof. Der einzige, der sie im Unterricht stellte, war wieder der Dickhut: »Ist es schädlich, wenn beim Verkehr zwischen Mann und Frau einige Tröpfchen Harn in die Scheide gelangen?«

Nein, sagte der Engelhardt, das werde alles auf natürlichem Wege wieder ausgeschieden.

Wer zweimal mit derselben pennt, gehört schon zum Establishment.

In der Schule war ein Aushang. Da konnte man seinen Friedrich Wilhelm hinschreiben, wenn man in der Schulmannschaft Fußball spielen wollte. Name, Alter, Klasse, Position. Ich paßte einen Moment ab, wo mir keiner zusah, und dann trug ich mich in die Liste ein: Martin Schlosser, 12, 7b, Mittelstürmer. Erst war mir das zu dreist vorgekommen, weil fast alle Mittelstürmer sein wollten und keiner Vorstopper, obwohl es ja auch Vorstopper geben mußte, aber ich wollte nun mal Tore schießen wie am Fließband. Meine Idole waren schließlich Cruyff, Pele und Müller und nicht Schwarzenbeck. Wenn schon, denn schon.

Tagelang wartete ich auf eine Reaktion, und in jeder Pause sah ich mir den Aushang an. Da hatten sich drei Torhüter, vier Liberos, zwei Linksaußen, drei Rechtsaußen und elf andere Mittelstürmer eingetragen. Dann war der Zettel weg, und es hingen bloß noch zwei Ecken davon am Brett, links und rechts unter den Reißbrettstiften.

Über die Schulmannschaft verlor nie wieder irgendwer ein Sterbenswörtchen. Weiß der Geier, ob die Idioten einen anderen Mittelstürmer als mich genommen hatten oder ob denen die Lust an der Sache vergangen war. Die würden sich noch in den Arsch beißen, wenn ich zweimal oder dreimal Weltmeister geworden war als Kapitän der deutschen Elf, zehnmal am Stück Deutscher Meister, Rekordnationalspieler und der größte Torschützenkönig aller Zeiten. Und dann sollte mich mal einer fragen, wie das mit der Schulmannschaft vom Eichendorff gewesen war.

In der Buchhandlung Reuffel blätterte ich in den WM-Büchern von Fritz Walter, Dieter Kürten, Ernst Huberty, Hennes Weisweiler, Uli Hoeneß, Paul Breitner und Udo Lattek. Wie der Haitianer Emanuel Sanon die Weltrekordserie des italienischen Torwarts Dino Zoff beendete, der 1142 Spielminuten lang alles gehalten hatte.

Das WM-Buch von Franz Beckenbauer kriegte man nur bei Eduscho. Für ein anderes gab es in den Schokoladentafeln von Sprengel farbige Sammelbilder von den Weltmeisterschaften 1966, 1970 und 1974. Drei hatte ich schon. Nr. 8: Brülls war verletzt, Haller mußte aus taktischen Gründen zusehen. So kam der Duisburger Krämer als Rechtsaußen zum Zug. Seine Dribbelkünste halfen mit, der deutschen Mannschaft den knappen Erfolg über Spanien zu sichern. Nr. 42: Müllers Siegtor wie aus dem Lehrbuch! Moore hatte den deutschen Torjäger sträflich ungedeckt gelassen, Bonetti sich zu spät von der englischen Torlinie gelöst. Ein klassischer Treffer in klassischer Haltung! Und Nr. 76: In vorbildlicher Schußhaltung jagte Grabowski den Ball an Augustsson (18) vorbei zum 3:2 ins schwedische Tor.

Auf der Straße übte ich, wie man Bällen Drall gibt. Immer gegen die Gartenmauer.

Wiebke kuckte Plumpaquatsch. Die wollte eben nicht Weltmeister werden. Hätte sie ja auch gar nicht gekonnt, oder allenfalls im Damenfußball. Ein Glück, für mich und für Deutschland, daß ich kein Mädchen war!

Im Zweiten kam ein Krimi mit Miss Marple, einer dicken alten Frau, die schlauer war als alle Polizisten. Um einen Mörder zu finden, ließ sie sich bei einer verdächtigen Familie als Hauswirtschafterin einstellen.

Was der Trebitsch wohl für ein Gesicht gemacht hätte, wenn

Michael und ich angekommen wären und gesagt hätten, daß wir für ihn Essen kochen und die Fenster putzen wollten. Da hätten wir auch gleich Harakiri begehen können. Erwachsene, selbst alte Omas, hatten es doch bedeutend leichter beim Detektivspielen.

Zum Geburtstag wollte Papa einen Teppich für Mama knüpfen und hatte auch schon fast ein halbes Jahr lang daran rumgedoktert. Zum Schluß mußte Renate mithelfen, dabei hatte sie selbst am nächsten Tag Geburtstag und mußte noch fünfzig Amerikaner backen.

Ich hatte für Renate bunte Schnapsgläser gekauft und stellte sie morgens auf den Gabentisch. Da lagen schon Broschen, Anhänger und ein neuer Bademantel. An einer Kerze lehnte eine LP von Cat Stevens: Mona Bone Jakon.

Abends brachte Olaf Renate eine Rose und einen Ring mit. Aus einem von den Schnapsgläsern, die ich ihr geschenkt hatte, trank Renate Whisky, den sie mitten in der Nacht wieder auskotzte, vom Balkon runter.

Beim Mittagessen stellte sich raus, daß Renate schon nach der zweiten Stunde wieder nachhause gefahren war und sich hingelegt hatte.

Renates Kotze spülte Papa abends mit dem Gartenschlauch von der Hauswand ab.

Von Wiebke, Volker und mir kriegte Mama eine Schachtel After Eight zum Geburtstag, stinkfeine Schokoladentäfelchen mit Pfefferminzgeschmack, jedes Stück in einer extra Papierhülle.

Wenn ich Mama gewesen wäre, hätte ich alles auf einen Satz aufgefressen, aber Mama ließ sich nur ein einziges Exemplar auf der Zunge zergehen und versteckte die angebrochene Schachtel.

Ich suchte überall, aber das Versteck war zu gut.

Mit Michael Gerlach war ich wieder viel im Wambachtal und im Wyoming. So hatte ich den Wald getauft, der hinter der Straße zwischen Vallendar und Hillscheid anfing.

Michael zeigte mir, wie man Autofahrern einen Streich spielen konnte. Wir stellten uns gegenüber an den Straßenseiten hin und taten so, als hielten wir ein über die Fahrbahn gespanntes Seil fest. Wenn die Fahrer dann auf die Bremse latschten, waren sie reingefallen. Einige hupten oder brüllten irgendwas, aber einmal lachte auch einer und schlug sich an die Stirn. Der hatte auch nicht NR-CR auf dem Nummernschild stehen, sondern K wie Köln. Von den Fahrern mit NR-CR als Kennzeichen lachte nie einer. Das waren allesamt Griesgrame und Sauertöpfe.

Im Straßengraben fanden wir ein dunkelgrünes Buch. In Farbe war vornedrauf ein strotzendes Paar Brüste abgebildet. Die Seiten waren zum Teil schon bröselig, aber die meisten konnte man noch gut entziffern.

Wir suchten uns eine stille Stelle im Wyoming, und dann lasen wir uns gegenseitig das Buch vor, immer Michael ein Kapitel und ich eins. Das Buch handelte von einem Mann, der sich vorgenommen hatte, jeden Tag eine andere Frau zu ficken, und jedesmal anders. Von unten, von oben, von vorne, von hinten und in den Mund und ins Arschloch. »Ich bin ja mal neugierig, welche Löcher der jetzt noch finden will«, sagte Michael. Da hatten wir das Buch erst zur Hälfte durch.

Im nächsten Kapitel wurde ein Tittenfick beschrieben. Der Typ saß in einem Hotelzimmer in Paris auf dem Bauch von einer Stewardeß, die er im Flugzeug aufgegabelt hatte, und träufelte ihr Öl auf die Möpse, um sie flutschiger zu machen. Es war schon spät, als wir das Kapitel durchhatten, und ich wollte die erste Folge von Die Gentlemen bitten zur Kasse kucken.

Wir versteckten das Buch in einer Kuhle im Wyoming. Als wir wieder hingingen und weiterlesen wollten, war das Buch nicht mehr da. Wir wühlten die ganze Kuhle durch und ließen keinen Stein auf dem andern, aber das Buch war futschikato. Das hatte sich irgendein Sittenstrolch unter den Nagel gerissen.

Schöne Scheiße. Jetzt würden wir nie erfahren, was der Typ noch alles angestellt hatte.

Bei Gerlachs stand jetzt eine Tischtennisplatte im Keller. Wenn der Ball von der Netzkante aus auf die gegnerische Hälfte purzelte, mußte man »Sorry« sagen. Vorne, hinten und an den Seiten standen Wäscheständer und Vitrinen im Weg und ein zersessenes Sofa, und man mußte permanent auf dem Fußboden rumkriechen und die Bälle suchen, die sich oft auch unter der Bügelmaschine verkeilt hatten, wo man schlecht drankam.

Oder Fußballspielen auf der Straße. Da flog der Ball halt manchmal in die Vorgärten der Nachbarn, und der eine, so ein Arsch mit Ohren, der sich viel auf seine Rosenzucht einbildete, rief mir zu, daß er den Ball, wenn er das nächste Mal in den Rosen lande, persönlich mit dem Küchenmesser in Stücke schneiden werde.

Vorm Haus übte ich Pässe mit einem siebenjährigen Mädchen von gegenüber, das hart schießen konnte und einen Haarschnitt hatte wie Mireille Mathieu. Ob die Eltern das mitkriegten, daß deren Lütte hier mit einem viel älteren Jungen Fußball spielte?

Einmal kam der Ball hoch an, und als ich ihn auffangen wollte, knickte mir der linke Zeigefinger nach hinten um. Mama fuhr mich ins Krankenhaus. Da wurde der Finger geröntgt, und ich kriegte einen Gipsverband, meinen allerersten.

Für den Garten wurden neun Tonnen Sand geliefert und mußten eimerweise verteilt werden. Renate trug 138 Eimer voll, Volker 152 und ich nur 43, weil ich immer noch den Gipsfinger hatte.

Das Handgelenk unterm Gips tat mir weh. Beim Abnehmen zeigte sich, daß er gebrochen war und die Haut eingeklemmt hatte. Die lag wie ein Regenwurm auf dem Gelenk und mußte mit Jod behandelt werden.

»Nun tu nicht so, als ob du hier ermordet wirst«, sagte Mama, als ich aufjaulte. Um mir Mitleid zu verdienen, hätte ich hungern müssen wie Papa im Krieg, bis man die Rippen einzeln zählen konnte.

Einmal rief Tante Dagmar an und wollte Mama sprechen. Das Telefonat dauerte fast eine Stunde. Danach setzte Mama sich ins Wohnzimmer und las den Stern.

Was die wohl zu bekakeln gehabt hatten. Als ich Mama fragte, sagte sie: »Das laß mal meine Sorge sein.«

Vielleicht hatte Tante Dagmar von ihr wissen wollen, ob es was ausmache, wenn beim Geschlechtsverkehr einige Tröpfchen Harn in die Scheide gelangten.

»Aha!« rief ich aus und wollte die Tür hinter mir zuziehen, aber ich wurde zurückgepfiffen.

»Was soll das bitte heißen, dieses Aha?«

»Gar nichts.«

»Dann tu auch nicht so altklug.«

Der Fußballverein bei uns hieß Grün-Weiß Vallendar. Wenn ich da eintreten wollte, brauchte ich Fußballschuhe, aber bevor Mama mir welche kaufte, mußte ich ihr versprechen, mindestens ein Jahr lang durchzuhalten in dem Verein. Hatte die 'ne Ahnung! Aber das war typisch Mama. Hatte einen kommenden Weltmeister leibhaftig vor sich stehen und fing an, über den hohen Preis von Fußballschuhen zu lamentieren.

Ich wollte Schuhe von Puma haben, weil die leichter zu putzen waren als die von Adidas mit den schmalen weißen Längsstreifen. Bei den Pumas waren es nur zwei breite Querstreifen pro Schuh. Da kam Deckweiß drauf, und zum ersten Mal im Leben hatte ich Lust, in der Waschküche zu stehen und meine Schuhe zu bürsten. Lieber als welche mit Gummistollen hätte ich aber welche mit Schraubstollen gehabt.

Irgendwann würden meine Pumas mal in einem Museum stehen. »Mit diesen billigen Galoschen hat der Junge damals seinen ersten Tore geschossen, und dann ist er fünfmal nacheinander Weltmeister geworden!«

Mama rief bei Grün-Weiß Vallendar an, und ich wurde zum Training der C-Jugend bestellt. Da sollten Elfmeter geschossen werden. Mama kam mit. Ich lief an und schoß mit rechts, weil ich dachte, das gehöre sich so, aber mit rechts war bei mir kein Bums dahinter. Der Fußball trudelte in die Arme des Torwarts, und ich wurde der D-Jugend zugeteilt.

Der Trainer hieß Schreiner. Das war ein Opa mit Schiebermütze, der beim Laufen immer seine Trainingshose hochzog, wobei ich einmal seinen blanken Arsch sehen konnte. Unter der Trainingshose hatte der Schreiner keine Unterhose an.

Wir machten Liegestütze und übten Eckstöße.

Ich hätte einen sagenhaft lahmen ersten Schuß abgegeben, sagte Mama abends, und da sei sie nachhause gegangen.

Weiß der Kuckuck, weshalb ich nicht gleich mit links geschossen hatte.

Trainieren und spielen mußten wir auf Schlacke. Es waren nicht immer Tornetze da, und es wurde oft gestritten, ob der Ball innen oder außen am Pfosten vorbeigeflogen war.

In der D-Jugend hatten die meisten keinen blassen Schimmer vom Fußballspielen. Der beste Stürmer war ein Knabe, der im Asozialenhochhaus wohnte, und ich war auf der Hut vor dem. Nachher war das noch ein Vetter vom Ventilmops oder ein Neffe vom Trebitsch.

Kapitän war ein Blondschopf mit Quadratlatschen, der gleich im ersten Spiel ein Eigentor schoß. Wir gewannen mit 2:1, aber ich wußte nicht mal, gegen wen.

Beim Training übte der Schreiner mit uns Ballannahme, Elfmeter, Doppelpaß und weiten Einwurf. Sich freilaufen und wie man eine Mauer baut und die Hände zum Schutz vor die Eier hält.

Auf der Hutablage eines Autos sah ich in Koblenz den neuen Kicker liegen, mit Karl-Heinz Schnellinger auf der Titelseite.

Gustav als größter Fußballfachmann der Sippe hatte in Jever schon eine ganze Sammlung von alten Kickern. Jetzt wollte ich mir auch eine zulegen. Ich hatte noch genug Taschengeld, um mir am Busbahnhofskiosk den Kicker zu kaufen.

In der Galerie der Weltmeister war ein Farbfoto von Sepp Maier. Rausreißen und aufhängen? Oder den Kicker lieber unversehrt sammeln?

Mann des Tages, Elf des Tages. Am Wochenende war Bayern München beim Bundesligastart von Offenbach mit 6:0 geschlagen worden, und ich hatte nichts davon mitgekriegt.

Den Kicker gab es zweimal die Woche, montags dick und bunt und donnerstags dünn und schwarzweiß und ohne Heftklammern, aber mit einer Seite, wo man die neuesten Ergebnisse der Bundesliga eintragen konnte.

Alles über die nächste Runde.

Renate hatte sich Pardon gekauft. Darin war ein Bild von einem kleinen Mann mit einem dicken Pimmel, aus dem vorne die Eichel rauskuckte, und Renate sagte: »Versteh ich nicht, wieso kommt da vorne denn nochmal so ’n kleiner Arsch raus?« Wie Männer untenrum aussahen, wußte Renate wohl doch noch nicht so genau, wie ich gedacht hatte.

Für ihre nachgeholte Geburtstagsparty hatte Renate bei Toom zwölf Liter Apfelwein und zwanzig Würstchen besorgt.

Es kamen die üblichen Typen mit ihren Weibern. Eine sah aus wie die Kröte Kylwalda von Catweazle. Papa war ihnen allen unheimlich, wenn er im Panzeranzug die Kellertreppe hochkam, um zu kucken, wer geklingelt hatte.

»Wieviel Knalltüten kommen denn da bloß noch?« fragte Papa Renate, und dann fing er an, in der Waschküche neue Wäscheleinen zu ziehen, wobei Volker und ich ihm helfen mußten. Knoten aufmachen und den Küchenhocker verrücken.

Einmal blieb Olaf auf dem Weg zum Klo an der offenen Waschküchentür stehen und machte einen Scherz von wegen Spätschicht und Gewerkschaft.

Papa brummte nur.

Im neuen Kicker war Bernard Dietz der Mann des Tages. Der MSV Duisburg hatte Schalke 2:0 geschlagen, und Dietz hatte vom Kicker die Note 1 bekommen.

Beim Spiel gegen die Schweiz mußte Hölzenbein mit Verdacht auf Achillessehnenriß in der Halbzeit ausgewechselt werden, und wenn ich Helmut Schön gewesen wäre, hätte ich Dietz eingewechselt.

Wir gewannen knapp mit 2:1 durch Tore von Cullmann und Geye. Es war Franz Beckenbauers 86. Länderspiel.

Fußballweltmeister zu werden war nicht leicht, aber man brauchte dafür nicht soviel auf dem Kasten zu haben wie die Kandidaten im ZDF beim großen Preis mit Wim Thoelke. Da mußte man sich mit griechischer Mythologie, deutscher Außenpolitik oder französischen Weinen auskennen.

Mama wußte wieder alles. Ehrlich, die hätte da mal mitmachen sollen, aber das wollte sie nicht.

Jeden Samstag saß ich jetzt ab halb vier in meinem Zimmer am Tisch, vor mir ein Ringbuch, Stifte, Radiergummi und das Radio mit der Konferenzschaltung. Wenn ein Tor fiel, konnte ich das gleich eintragen. Gelbe Karten und Rote Karten. Für die Statistik rechnete ich die durchschnittliche Zuschauerzahl für jedes Stadion aus, malte Erfolgsdiagramme für alle Vereine und spielte, wenn das Geld langte, Toto nach Gustavs Rezept: erste Spalte 1 1 1 1 1 1 1 1 1 1 1 und dann nach Gusto. Die Gewinnquoten für Toto und Lotto standen am Dienstag auf einer Tafel hinter der Glastür in einem Hochhaus neben dem Wienerwald am Busbahnhof in Koblenz.

Die Sportschau und das aktuelle Sport-Studio durfte ich nur

im Hobbyraum kucken. Mama war Fußball »Fleutjepiepen«, Renate büffelte fürs Abitur oder wedelte vorm Garderobenspiegel ihre lackierten Fingernägel trocken, weil sie wieder mit Olaf verabredet war, Volker verschwendete seine Zeit lieber in Tanzschuppen, obwohl er früher mal Shellmünzen mit Deutschlands Nationalspielern drauf gesammelt hatte, und Wiebke war noch zu klein für aufregendere Hobbys als Gummitwist und Abzählreime. Und Papa war sowieso immer weg oder wurstelte in der Garage rum.

Im Kicker kriegte Bernhard Dietz nur Einsen, aber ich war Fan von Borussia Mönchengladbach geworden. Nach den Noten aus dem Kicker und meinen eigenen Vorlieben stellte ich meine deutsche Traumelf auf:

Maier
Vogts, Beckenbauer, Dietz, Breitner
Netzer, Overath, Hölzenbein
Del'Haye, Müller, Abramczik

Aber Gerd Müller machte ja nicht mehr mit. Das war ein Jammer. Die hatten doch 'n Stich beim DFB, daß sie weder Kalle Del'Haye noch Rüdiger Abramczik noch Gerd Müller spielen ließen.

Im Europapokal der Pokalsieger schlug Eintracht Frankfurt den AS Monaco 3:0 (0:0). Zwei der drei Tore hatte die Eintracht Bernd Hölzenbein zu verdanken.

An Mamas und Papas zwanzigstem Hochzeitstag war Papa auf Dienstreise in England, und Gladbach unterlag Wacker Innsbruck 1:2 (0:0). Das erfuhr ich aber erst am Donnerstag aus dem Kicker, den ich morgens gekauft hatte. Ich lehnte mich vor der ersten Stunde an die Schulhofmauer, um alles zu lesen, und war zutiefst betrübt.

Gladbach! Hatte verloren! Da hätte man ja auch gleich Fan von Tennis Borussia Berlin oder vom Wuppertaler SV werden können. Erst als ich den Artikel zweimal gelesen hatte, ging mir ein Seifensieder auf: Es gab ein Rückspiel, und Gladbach hatte noch eine Chance! Heynckes-Tor läßt noch hoffen, stand im Kicker, auch wenn die Hoffnung nicht groß war. Doch in der Endabrechnung am 2. Oktober könnte Borussias Auswärtstor, das Heynckes in der 62. Minute erzielte, nachdem der Däne Flindt in der 53. und 55. Minute Innsbruck mit 2:0 in Führung gebracht hatte, sehr wichtig sein.

Na also.

Renate löffelte eine gezuckerte Pampelmuse aus und referierte den Schmonzes, den ihre Lehrer von sich gegeben hatten. »Arbeitsteilung versteht man so, daß einer bäckt und einer jägt.« Und der Mathelehrer sollte gesagt haben: »Das Produkt der Beträge ist gleich dem Betrug der Prodakte.«

Den MSV Duisburg schlug Gladbach mit 4:1, durch Tore von Wimmer, Heynckes (2) und Simonsen.

Neu war, daß Mama einen Malkurs an der Volkshochschule in Koblenz besuchte. Flußlandschaften und Blumensträuße malte sie da. Bei dem einen Fluß stimmte aber die Perspektive nicht. Der sah schief aus neben der Mühle am Ufer.

Am Montag brauchte ich nicht zur Schule, weil ich Schnupfen hatte, und ich gab Renate Geld für den neuen Kicker mit.

Den schmiß sie mir mittags aufs Bett. »Hier, dein schwachsinniges Heft!« Da stehe nur bestußter Käse drin über Fußballer mit gebrochenen Beinen.

Offenbachs Beinbruch-Serie: Fünf Knochenbrüche in dreizehn Monaten.

Bernhard Dietz hatte bloß die Note 2 gekriegt.

Aus England hatte Papa ein Beer-Brewery-Set mitgebracht und versuchte, Bier damit zu brauen. Dabei kam eine Brühe raus, die zum Himmel stank wie faule Eier. Mama riß die Fenster auf, und Papa lief mit dem Pott in den Garten, um das Bier auf den Komposthaufen zu kippen.

Ich mußte jetzt jeden Donnerstag nach Vallendar latschen zum Katechumenunterricht in einem Gebäude hinter der evangelischen Kirche. Da mußte auch Michael Gerlach hin. Der Unterricht wurde uns von Frau Frischke erteilt. Unter deren Fuchtel saß man säuberlich gescheitelt auf dem Stuhl rum, hörte sich Vorträge über Brotvermehrung, Almosen und Nächstenliebe an und versuchte, nicht aufzufallen. Es waren auch vier pummelige Mädchen dabei. Auf den Fensterbänken standen Zimmerpflanzen mit Staub auf den Blättern.

Frau Frischkes Lieblingsausdrücke waren »zünftig« und »diesen da«. »Dann feiern wir ein zünftiges Fest, und anschließend machen wir diesen da!« Dabei tat sie dann so, als ob sie mit einem Besen den Boden fege.

Wir sollten herausfinden, was Jesus uns persönlich zu sagen habe. Ein Schiff, das sich Gemeinde nennt.

Auf dem Rückweg kam man am Tor der Marienburg vorbei, wo eine Gedenktafel hing mit der Nachricht, daß Goethe da zweimal gepennt hatte.

Dann den Wilgeshohl hoch. Wir versuchten immer zu trampen, aber es klappte nur ein einziges Mal, als eine von Michaels Schwestern zufällig mit ihrem schwarzen Mini-Cooper vorbeikam.

Einmal standen wir schon zwanzig Minuten lang im Regen, und dann kreuzte ein Mädchen mit knallengen kurzen Jeans auf, stellte sich vor uns hin, hielt den Daumen raus und wurde gleich vom ersten Auto mitgenommen.

Ein anderes Mal fuhr Frau Frischke an uns vorbei und ließ uns stehen. Als ob wir Luft für die gewesen wären.

Das war ja wohl der Gipfel. Die sollte uns bloß nochmal was von christlicher Nächstenliebe vorsülzen, und daß Geben seliger sei denn Nehmen. Die hatte doch den Arsch offen.

Als Ersatz für den labberigen Schulranzen kaufte ich mir in Koblenz von meinen Ersparnissen eine Henkeltasche mit Aztekenmuster und Fransen. Mama war davon nicht begeistert.

Bis auf den Diercke paßte aber alles rein. Bücher, Hefte, Rechenschieber, Zirkelkasten, Ratzefummel und Pausenbrot.

Gut war immer, wenn einer mitten in der Stunde einen Flummi warf, der dann wie wild im Klassenzimmer rumsprang.

In Französisch war ich keine Leuchte. Je suis, tu es, il est, nous sommes, vous êtes, ils sont, da stand ich wie der Ochs vorm Berge. Ich schrieb eine Fünf und kriegte Nachhilfestunden von Renate. »Jetzt mußt du bimsen«, sagte Mama. Ich sollte mich auf den Hosenboden setzen und mein Hirnschmalz benutzen. »Du hast genug auf der Pfanne, du Faulpelz! Noch eine Fünf, und ich zieh dir das Fell über die Ohren!«

Mama war als junge Frau mal in Paris gewesen und hatte noch ihre alten Vokabelhefte aus der Zeit. Die wurden mir jetzt vorgezeigt. Ohne Fleiß kein Preis.

Renate mußte mir auf die Sprünge helfen, und dann hörte Mama mich ab. »Das war aber 'ne schwere Geburt«, sagte sie, auch wenn ich fast alle Vokabeln gewußt hatte. »Da mußt du dich nochmal hinterklemmen.« In Fleisch und Blut müsse mir das übergehen.

Übung mache den Meister.

Nach ein paar Stunden hatte ich den Bogen raus. Qu'est-ce qu'il y a au marché? Il y a des fruits. Il y a des bananes, des melons, des oranges et des citrons.

Für die nächste Arbeit kriegte ich eine Zwei, und der Schlaumeier hatte unten druntergeschrieben: »Es geht also auch so!«

Vom Roten Kreuz kam ein Herr Wunderlich in die Klasse und brachte uns was über Erste Hilfe bei. Stabile Seitenlage, Schlagadern und Mund-zu-Mund-Beatmung. Dessen Adamsapfel stand vom Hals ab wie ein Vogelhaus vom Baumstamm. Einmal hatte Herr Wunderlich Erste Hilfe geleistet, als einer Frau von einer Straßenbahn beide Beine abgefahren worden waren, und ein anderes Mal hatte er jemandem das Leben gerettet, der am

Nebentisch im Restaurant mit Herzinfarkt vom Stuhl gefallen war.

Überall, wo dieser Herr Wunderlich hinkam, passierten Unfälle, und ich war froh, als er wieder weg war.

In Chemie seierte der Bobesch was über Stickstoffdioxid und osmotischen Druck, und Boris Kowalewski und ich tauschten Zettel mit schweinischen Zeichnungen aus. Dat bringt Kinner, stand unter einer, auf der zu sehen war, wie ein Mann eine Frau von hinten fickt.

Die neuen Zeichnungen zeigte ich im Bus immer Michael Gerlach, aber der wollte irgendwann keine mehr davon sehen. Er sei verdorben genug, da brauche er sich nicht noch Zeichnungen von Pimmeln und Furzwolken und nackten Weibern anzukucken. Anatomisch haue das ja doch alles nicht hin, oder ob ich schon mal 'ne nackte Frau gesehen hätte in natura?

Harry Piel sitzt am Nil, wäscht sein' Stiel mit Persil.

Damit sie niemand in die Finger kriegte, legte ich die Zettel unter einen Schulbücherstapel im Schiebeschrank.

Rot-Weiß Essen – Gladbach 1:3. Wer sagt's denn?

Im Wambachtal versuchten Michael und ich, uns durch Imitationen von Vogelrufen zu verständigen, wie Old Surehand und Winnetou.

Als Cowboy hätte ich keine Lust gehabt, wie eine lebende Zielscheibe um eine Wagenburg rumzureiten und mich von Schoschonen abschießen zu lassen.

Die Zunge des weißen Mannes ist gespalten wie die der Schlange.

Renate hatte sich bei C&A einen Rock zurückhängen lassen. Darüber wurde bei uns mehr gequasselt als über Gladbachs 3:0 gegen Wacker Innsbruck.

In der 70. Minute war Del'Haye eingewechselt worden, hatte aber nicht mehr viel ausrichten können.

Am Samstag schlug Gladbach auch Bochum 3:0 und rückte auf den dritten Platz vor, punktgleich mit Frankfurt und Braunschweig. Frankfurt schlug Essen 9:1, mit drei Treffern allein von Hölzenbein. Meine Traumelf hatte ich umgestellt:

Maier
Bonhof, Beckenbauer, Kliemann, Dietz
Wimmer, Overath, Heynckes
Abramczik, Müller, Hölzenbein

Ewig schade, daß das ein Wunschtraum bleiben mußte, weil Gerd Müller nicht mehr mitspielen wollte. Ob Abramczik als Linksaußen oder als Rechtsaußen gefährlicher war, hätte man halt ausprobieren müssen. Einige von denen würden bei der WM 1982 wahrscheinlich noch mit mir zusammen spielen.

Mein Reserveteam war auch nicht übel:

Kleff
Körbel, Stielike, Kapellmann, Vogts
Beer, Wimmer, Lippens
Pirrung, Fischer, Held

Das ging natürlich nicht, weil Ente Lippens Holländer war. Den hätten sie bei der WM mal aufstellen sollen, dann wären sie Weltmeister geworden, die Käsköppe.

Im Tor waren auch Rudi Kargus und Norbert Nigbur gut.

Grabowski oder Pirrung im Sturm? Oder Hoeneß statt Kapellmann? Und was war mit Haller, Netzer, Schnellinger und Seeler?

Meine Lieblingstrainer waren Hennes Weisweiler (Gladbach), Tschik Cajkovski (Köln) und Kuno Klötzer (HSV). Branco Zebec (Braunschweig) galt als Schleifer.

Drei Tage vor dem Schlagerspiel gegen Bayern München wurde Gladbach von Fortuna Düsseldorf geschlagen, fiel in der Tabelle auf Platz 4 zurück und mußte dann zuhause zwei Punkte an

Bayern abgeben: 1:0 Wittkamp (36.), 1:1 Wunder (71.), 1:2 Torstensson (73.).

Scheibenkleister.

Volker wollte in den Herbstferien zelten gehen und breitete deshalb auf dem Rasen das alte Zelt aus, in dem Mama und Papa vor dreißig Jahren in den Flitterwochen übernachtet hatten. Da mußten erst die Heringe gezählt werden, ob die noch vollzählig waren.

Auch das Schlauchboot wollte Volker mitnehmen, und er pustete es probeweise auf, mit dem Mund, wie in Spanien.

Mama machte Fotos von Volker beim Pusten, und Papa stand meckernd daneben.

Wenn starker Wind war, liefen Michael Gerlach und ich in das Waldstück hinterm Tennisplatz. Da standen zwei Birken, an denen man leicht bis in die Krone klettern und sich dann an den dünnen Stamm geklammert im Oktobersturm durchschaukeln lassen konnte.

Der Wind, der Wind, das himmlische Kind. Wenn die Birken sich bogen, schrien wir vor Angst.

Was am schlimmsten wäre: Orkan, Tornado, Taifun oder Hurrikan.

Die Vorbereitungen für Oma Schlossers 75. Geburtstag liefen auf Hochtouren. Jetzt sei Großkampftag, sagte Mama. Sie unterzog das ganze Haus einer Generalreinigung, mistete die Küchenschubladen aus und beseitigte jedes Staubkorn, auch aus den Steckkontakten im Flur. Daß die verstaubt gewesen waren, merkte man erst, wenn man sich den Lappen ankuckte.

Auch Renate und Volker und Wiebke und ich sollten unsere Zimmer aufräumen, aber nicht so schlunzig wie sonst. »Und wehe, ihr spurt nicht!«

Außerdem sollten Renate und ich Klavier üben für die Gäste. Mein Paradestück war immer der Türkische Marsch gewesen, aber nur, bis ich einmal im Fernsehen einen kleinen Jungen gesehen und gehört hatte, wie der den Türkischen Marsch am Flügel spielte, auswendig und rasend schnell und fehlerlos, und dabei war der Knirps viel jünger als ich. Da hatte ich wohl keine Chance mehr, als klavierspielendes Wunderkind entdeckt zu werden und ins Fernsehen zu kommen. Dann brauchte ich auch nicht mehr zu üben.

Papa fuhr mit Renate morgens nach Koblenz, Wein und Torten kaufen.

Schnieke sollten wir aussehen. Hände waschen, Haare kämmen, Nägel bürsten, aber nicht bloß huschifuschi. »Dir schlamstert hinten noch das Hemd aus der Hose!«

Nach dem Kämmen musterte ich mich noch eine ganze Weile im Spiegel neben der Flurgarderobe. Die Haare hätten länger sein können, und ein paar Muckis mehr hätten nicht geschadet, aber alles in allem hätte ich keine schlechten Chancen gehabt bei der Wahl des schönsten Jungen vom Mallendarer Berg.

»Na, gefällst du dir?« fragte Mama. Sie hatte mir zugekuckt, und da hätte ich am liebsten den Spiegel zerschmissen.

Als die ersten Gäste klingelten, Onkel Walter und Tante Mechthild samt Trabanten, thronte Mama auf dem Lokus, und dann klingelte noch das Telefon.

Erst kamen alle zu uns, Onkel Rudi und Tante Hilde mit Franziska, Alexandra und Kirstin, Tante Dorothea und Onkel Jürgen, Onkel Dietrich und Tante Jutta, und als zu guter Letzt Onkel Edgar mit Tante Gertrud, Oma Schlosser und dem zarten Bodo ankutschiert kam, sollte die ganze Sippe wieder in die Autos einsteigen und zum Restaurant Humboldthöhe fahren zum Mittagessen. Da hätten wir uns gleich mit allen Mann versammeln können, aber hinterher ist man immer schlauer.

Ein Großonkel war unter den Gästen, Heinrich Schlosser, mit Haaren wie aus Zuckerwatte. Tante Gertrud war operiert worden.

Ich durfte bei Onkel Dietrich mitfahren.

In dem Restaurant standen Platzkarten auf den Tischen. Oma saß am Kopfende und ich in der Mitte zwischen Mama und Bodo und gegenüber von Renate.

Vom Fenster aus konnte man den Rhein und die Insel Niederwerth sehen, aber ich mußte mit dem Rücken zum Fenster sitzen, und aufstehen und rumrennen durfte ich nicht. Der Tisch war mit Rosengestecken geschmückt.

»Wenn du dich hier mit irgendwem in die Wolle kriegst, setzt's was«, sagte Mama, als Bodo sich ein Schinkenröllchen von meinem Teller geklaut hatte.

Es gab auch Rinderzunge, was Renate widerlich fand. Da sei jahrelang Rindersabbel drauf rumgelaufen. Wiebke hatte sich den ganzen Teller vollgeladen, aber nach den ersten drei Bissen konnte sie schon nicht mehr. »Da waren wohl die Augen größer als der Magen«, rief Onkel Edgar von hinten.

Onkel Jürgen rechnete im Kopf den Schlankheitsgrad von allen Verwandten aus. Körperlänge geteilt durch Gewicht. Die Ergebnisse krakelte er mit Kugelschreiber auf einen Untersetzer. Wer am fettesten war. »Man zeigt nicht mit dem nackten Finger auf angezogene Leute!«

Papa stand auf und hielt eine Rede über die Vergangenheit der Familie in Schirwindt und Lötzen und Marienwerder, und wir sollten alle das Glas erheben auf Oma, aber meins war schon leer.

Dann ging es bei uns im Wohnzimmer weiter mit Kirschtorte und Erdbeertorte. Papa hatte Metallklemmen für die Tischtücher beschafft.

Onkel Heinrich und Onkel Dietrich rauchten Zigarre. Tante Jutta, die ein feuerrotes Kleid anhatte, paffte Zigaretten.

Für die Stücke, die Renate und ich im Hobbyraum auf dem Klavier vorspielten, wurden wir mit Applaus überschüttet, aber beim Spielen hatten alle gequatscht.

Die beiden unordentlichen Bodenräume wurden beim Rundgang durchs Haus ausgelassen. Aus Renates Zimmer nahm Onkel Jürgen ein Pippi-Langstrumpf-Buch mit und las laut daraus vor: Große Menschen haben niemals etwas Lustiges. Sie haben nur einen Haufen langweilige Arbeit und komische Kleider und Hühneraugen und Kumminalsteuern.

Mama hatte Schnittenteller und Schüsseln mit Erdnußflips auf den Wohnzimmertisch gestellt, und Papa öffnete die Falttür, damit man auch sein Arbeitszimmer sehen konnte und die Regale mit den gebundenen Jahrgangsbänden der VDI-Zeitschrift.

Neun Leute übernachteten bei uns. Im Hobbyraum hatte Mama für alle Kinder ein Luftmatratzenlager aufgebaut und mußte noch achtmal runterkommen und mit uns schimpfen, bis Ruhe war. Die Großen lärmten oben aber noch viel länger und lauter als wir.

Nach dem Frühstück wurde lebhaft über die besten Fahrtrouten nach Dortmund und Hannover und Bielefeld diskutiert. Volker sollte den Shell-Atlas aus dem Peugeot holen, aber der Shell-Atlas war nicht da. Papa mußte selbst hingehen, und dann fahndeten wir alle fieberhaft nach dem verschwundenen Shell-Atlas. Onkel Edgar hatte auch einen im Auto, aber das war ein ganz oller, noch von 1957, mit dem er keine große Ehre einlegen konnte.

Als alle weg waren, kuckten wir Derrick. Da wurde eine Internatsschülerin von einem Triebtäter kaltgemacht. Doof war, daß es nichts zu raten gab, weil man den Mörder schon von Anfang an kannte.

Wie sich Gladbach in Offenbach gehalten hatte, konnte ich erst dem Kicker entnehmen. 1:0 Hickersberger (2.), 1:1 Allan Simonsen (34.), 1:2 Simonsen (41., Foulelfmeter), 2:2 Ritschel, (47., Foulelfmeter), 2:3 Simonsen (57.), 3:3 Kostedde (70.), 4:3 Schwemmle (78.). Damit war Gladbach auf den zehnten Tabellenplatz zurückgefallen.

Am letzten Herbstferientag jedoch schlug Gladbach Olympique Lyon im UEFA-Cup mit 1:0. Weiter so! In der 74. Minute war Del'Haye für Kulik gekommen.

Im Europapokal der Pokalsieger unterlag Eintracht Frankfurt Dynamo Kiew mit 2:3 (1:1), und im Europapokal der Meister besiegte Bayern München den 1. FC Magdeburg mit 3:2 (0:2). Nach Toren von Hoffmann und Sparwasser hatte Gerd Müller mit einem Tor und einem verwandelten Foulelfmeter den Gleichstand erzielt, und in der 69. Minute hatte einer von den doofen Magdeburgern noch ein Eigentor geschossen. Leider nicht Sparwasser. Das hätte ich dem gegönnt.

Sparwasser, was das schon für ein Name war, verglichen mit Beckenbauer.

Mit dem Surges machten wir einen Klassenausflug zum Schloß Stolzenfels. Erst mit dem Bus und dann zu Fuß den Berg hoch, unter einem Viadukt durch oder was das war. Boris Kowalewski meldete sich mit Magenschmerzen ab und durfte nachhause, dabei war er nur zu faul, die steile Straße raufzugehen. Dann wollte sich auch Erhard Schütz mit Magenschmerzen abmelden, aber weil er eben noch laut gelacht und mit Kastanien geworfen hatte, glaubte ihm der Surges nicht.

Oben von der Brüstung aus konnte man die Horchheimer Höhe sehen. Die anderen wohnten da wahrscheinlich immer noch, Stracks und Kasimirs und alle, nur wir nicht. Kalli mit seiner Lakritzekiste. Auf welche Schule Uwe jetzt wohl ging?

Im Schloß mußte man Pantoffeln anziehen. So ähnlich hatte es wohl auch in der Sporkenburg ausgesehen, als die noch in Schuß gewesen war. Wie die Leute früher gelebt hatten, ohne Heizung und Fernsehen, aber alles voll mit Ritterrüstungen, Schwertern, Wendeltreppen und Gemäldeschinken. Die Ausgießung des Heiligen Geistes an der Wand und im ganzen Schloß kein Klo.

Der Surges hastete immer von einer Ecke in die andere und schwitzte Blut und Wasser vor Angst, daß wir was umschmeißen könnten.

Als Mama mir mittags aufmachte, sah ich sofort, daß sie drauf und dran war, mich einen Kopf kürzer zu machen. Was war denn jetzt schon wieder los?

»Du brauchst mich gar nicht so scheinheilig anzukucken«, sagte sie. »Komm mal mit!« Sie führte mich in die Küche, und da lag das gesamte zeichnerische Werk von Boris Kowalewski und mir, Blatt für Blatt, ein Fickbild neben dem anderen, vom Brotschapp bis zur Heizung.

Dat bringt Kinner.

Ich ließ meine Schultasche fallen, rannte in mein Zimmer und wollte die Tür zuschließen, aber Mama hatte nicht nur meinen Schrank durchwühlt, sie hatte auch den Türschlüssel konfisziert.

Als sie zum Essen klingelte, ging ich nicht hin, auch nach zweimaliger Aufforderung nicht. Meinen Teller kriegte ich später von Renate gebracht. Pichelsteiner Topf.

Mein Zimmer verließ ich erst, als ich mußte. Die Küchentür stand offen, und die Zettel waren weg. Im Wohnzimmer unterhielten sich Renate und Mama. Durch die Tür war nicht viel zu verstehen, nur Genuschel und Klingklang von Löffeln und Kaffeetassen.

Da herrschte wohl noch immer dicke Luft.

Ich beschloß, ein artiger Junge zu werden. So wie Hansjoachim. Gute Zensuren nachhause bringen, viel Klavier üben, freiwillig zum Friseur gehen und immer gehorchen. Nie wieder Wiebke ärgern, Scheiße sagen oder den Staubsaugerstecker am Kabel aus der Steckdose ziehen. Im Fernsehen nur noch ernste Sachen kucken, Gesundheitsmagazin Praxis oder Ehen vor Gericht statt Trickfilmzeit mit Adelheid, und als Belohnung dafür nachts den Boxkampf zwischen Muhammad Ali und George Foreman.

Lammfromm werden. Die Kinderbibel lesen: Jetzt mußt du einmal gut zuhören. Denn ich werde dir erzählen, wer alles erschaffen hat. Weißt du wohl, woher dein Essen kommt? Das dicke Butterbrot, das du gerade gegessen hast? Nun, die Mutter hat es dir fertiggemacht, aber das Brot hat sie beim Bäcker gekauft. Der hat es aus Mehl gebacken. Das Mehl kam vom Müller. Der hat es aus Korn gemahlen. Wer aber hat das Korn wachsen lassen? Gott. Dein Herr.

Um meinen guten Willen zu zeigen, konnte ich ja damit anfangen, die Spülmaschine auszuräumen, aber als ich sie öffnete, fuhr der heiße Wasserdampf raus, so daß ich vor Schreck schrie und einen Satz nach hinten machte. Da platzte Mama in die Küche und ballerte mir eine. Ich hätte mir für den Rest des Tages genug erlaubt. »Marsch in dein Zimmer!«

Das hatte man davon, wenn man artig sein wollte. Von diesem Spleen war ich geheilt.

Der Exorzist war erst ab 18, sonst wär ich da reingegangen. Manche sollten wahnsinnig geworden sein von dem Film und sich umgebracht haben aus Furcht vorm Teufel.

Fast noch lieber als die Filmplakate sah ich mir nach der Schule das gelbe Rennrad an, das bei dem einen Fahrradhändler in Koblenz im Schaufenster hing. 599 Mark. Damit wäre ich am Ziel meiner Träume gewesen.

In der Bravo hatte mal ein Bericht gestanden über Eddy Merckx. Dessen Rennrad war so leicht, daß er es mit einem Finger hochheben konnte. Vielleicht würde ich als erster Mensch auf Erden sowohl Fußballweltmeister als auch Sieger bei der Tour de France werden. Dann wäre ich so berühmt wie Franz Beckenbauer und Eddy Merckx zusammen.

Vor der ersten Stunde ließ Erhard Schmitz mich auf seinem Rennrad mit Zehngangschaltung auf dem Schulhof rumfahren. Das Rennrad, das ich auf dem Kieker hatte, sah so ähnlich aus. Dagegen war das Rad, mit dem ich sonst so rumfuhr, eine alte Gurke, das hätten auch Mama und Papa einsehen müssen, und wenn ich für die Tour de France trainieren wollte, brauchte ich ein Rennrad, aber ich mußte einen günstigen Moment abwarten. 599 Mark waren kein Pappenstiel.

Gegen Urbar sollte ich im Mittelfeld spielen. Die hatten da einen Schlackeplatz wie wir. Mama fuhr mich hin. Sie hatte den Fotoapparat mitgenommen, für den Fall, daß es ein Tor von mir zu knipsen gab. Als ich mich umziehen wollte, merkte ich, daß ich meine Fußballschuhe vergessen hatte. Ich Trottel! Die lagen noch in der Waschküche beim Schuhputzkasten.

Mama raste mit dem Peugeot zurück zum Mallendarer Berg, die Schuhe holen. Ohrfeigen hätte ich mich können.

Glücklicherweise fand der Schiri seine Pfeife nicht gleich, sonst hätte das Spiel ohne mich begonnen.

Mit meinen Fußballschuhen kam Mama noch haarscharf rechtzeitig angebraust.

Wir gewannen 5:0 (3:0), allerdings ohne ein Tor von mir. Einmal hatte ich zwei Meter weit danebengeschossen und sonst immer nur Pässe weitergespielt, aber nach dem Schlußpfiff nahm mich der Schreiner zur Seite und sagte: »Junge, wenn du immer so spielst wie heute, dann kann mal ein ganz Großer aus dir werden.«

Das ging mir nicht mehr aus dem Kopf. »Junge, wenn du immer so spielst wie heute, dann kann mal ein ganz Großer aus dir werden.« Und ich war bereit, ein ganz Großer zu werden! Wenn nicht als Torjäger, dann eben als Mittelfeldregisseur, so wie Netzer.

Nach einem lahmen 1:1 (0:1) im Heimspiel gegen Hertha BSC putzte Gladbach Olympique Lyon im UEFA-Pokal-Rückspiel auswärts weg: 1:0 Valette (1.), 1:1 Bonhof (23.), 1:2 Simonsen (28.), 1:3 Bonhof (50.), 1:4 Kulik (64.), 2:4 R. Domenech (71.), 2:5 Simonsen (89.). Noch fünf, sechs Jahre, dann würde ich bei Gladbach mit Rainer Bonhof zusammen im Mittelfeld spielen.

Leider schied Eintracht Frankfurt gegen Dynamo Kiew aus, aber dafür schoß Gerd Müller in Magdeburg zwei Tore für Bayern München, und der Anschlußtreffer von Sparwasser nützte nichts mehr.

Gladbachs Auswärtsstärke zeigte sich auch in Stuttgart wieder, da verlor der VfB mit 1:2 (0:1). Nach der Sportschau kuckte ich noch Michel aus Lönneberga, aber das war was für Babys. Hätte einer aus meiner Klasse gewußt, daß ich das kucke, wär ich am Arsch gewesen.

Die Zeit, wo man die Tasten nur kurz anzutippen brauchte, wenn man umschalten wollte, war lang vorbei. Jetzt mußte man sich vorher den Finger anlecken, und auch das half nicht immer.

Auf dem Bökelberg spielte Gladbach gegen Köln nur 1:1 und war damit auf Platz 7, vier Punkte hinter Kickers Offenbach, dem Tabellenführer.

Zum 47. Geburtstag hatte Oma Schlosser Papa ein Buch über die Jagd geschickt, »zur Erinnerung an Rominten«, aber Papa war erkältet, und es wurde nicht groß gefeiert. Es lagen noch zwei Paar Socken und ein Schlips auf dem Geburtstagstisch. Lieber 'ne Mathe-Arbeit schreiben als erwachsen sein und Geburtstag haben.

Beim Länderspiel gegen Griechenland in Piräus stand Bernhard Dietz im Aufgebot, aber er wurde nicht eingesetzt, und wir holten mit Hängen und Würgen ein Unentschieden raus. 1:0 Delikaris (13.), 1:1 Cullmann (51.), 2:1 Eleftherakis (70.), 2:2 Wimmer (83.).

Mit Dietz, Abramczik, Del'Haye und mir hätten wir die Griechen eingeseift.

Sigi Held fehlte, weil sein Vater gestorben war.

Dann machte Gladbach den Wuppertaler SV in dessen Stadion naß: 0:1 Kulik (20.), 1:1 Galbierz (54.), 1:2 Heynckes (61.), 1:3 Kulik (73.), 1:4 Simonsen (81.), 1:5 Heynckes (88.). Das reinste Schützenfest!

Mit zwei Treffern gegen Rot-Weiß Essen hatte Gerd Müller in der Torjägerliste aufgeholt: Sandberg, Geye und Simonsen je 9 und Müller 7.

Gladbach gegen Real Saragossa war auch wieder super. 1:0 Simonsen (8., Foulelfmeter), 2:0 Heynckes (24.), 3:0 Simonsen (32.), 4:0 Bonhof (45.), 5:0 Heynckes (76.).

Wenn ich jetzt schon die Wahl gehabt hätte, wäre ich zu Gladbach gegangen, auch wenn mich der HSV oder Bayern München mit Handkuß genommen hätten. Oder der 1. FC Köln oder Werder Bremen. Hauptsache war, daß keine wichtigen Spiele stattfanden, wenn ich bei der Tour de France war oder beim Giro d'Italia. Die Termine müßten eben aus Rücksicht auf mich so festgelegt werden, daß ich überall mitmachen konnte.

Falls ich nicht doch lieber Schauspieler wurde. Im Ersten lief ein Western mit John Wayne. Das wär's doch, so als Sheriff im Wilden Westen aufzuräumen und aus der Hüfte zu schießen, wenn keiner damit rechnet.

Irgendwann nachts wurde ich wach, da kriegte Renate im Flur ihr Fett weg, weil sie so spät nachhause kam. Mama war schwer am Zetern.

»Winnetou weiß, daß sein Tod nicht mehr fern ist«, sagte Winnetou in Winnetou III im Zweiten. »Der Tag liegt in weiter Ferne, und wir haben noch eine lange, glückliche Zeit vor uns«, erwiderte Old Shatterhand, aber dann starb Winnetou noch im selben Film, und Wiebke fing an zu flennen. Mich konnte das nicht mehr schocken. Mein Winnetou war schon vor Jahren im Klo ersoffen.

Statt nach England sollten wir jetzt doch nach Meppen ziehen, und Mama und Papa fuhren schon mal hin, um unser neues Haus zu besichtigen. Nicht daß das eine heruntergekommene Bruchbude war.

Ich legte mir die Worte zurecht für meine Bitte um das Rennrad, aber die Mühe hätte ich mir sparen können, denn als Mama wieder da war, ließ sie mich gar nicht ausreden. »Ein Rennrad! Du denkst wohl, das kostet nur 'n Appel und 'n Ei!«

Das war Blödsinn. Ich wußte ja, daß das Rennrad 599 Mark

kostete, aber als ich das sagte, wurde Mama noch wütender. »599 Mark, soll ich mir die vielleicht aus dem Bein schneiden?« Papa würde auch nicht mit ’nem Rolls-Royce rumfahren, nur um den dicken Max zu markieren. Und es sei auch nicht gut für ein Kind, wenn es jeden Wunsch gleich erfüllt kriege.

»Jeden Wunsch, haha«, sagte ich, »da lachen ja die Hühner!«

»Halt den Rand!« schrie Mama. »Du kriegst kein Rennrad, und wenn du dich auf den Kopp stellst!«

»Dann könnt ihr euch alle andern Geschenke ins Arschloch stecken!« schrie ich zurück und rannte in mein Zimmer.

Als Mama reinwollte, stemmte ich die Füße gegen den Kleiderschrank, Rücken an der Tür.

»Was glaubst du überhaupt, wer du bist, du freches Stück!« rief Mama, und dann, weil sie die Tür nicht aufkriegte: »Na warte, mein Freund! Wir sprechen uns noch!«

Alles in Klump hauen hätte ich können. Das Rennrad war bestimmt nicht halb so teuer wie die Unterwäsche und die Hemden und die Strümpfe immer zu Weihnachten. Das einzige Wäschestück, das mich interessierte, war das gelbe Trikot bei der Tour de France, und dafür mußte ich trainieren, aber wie sollte ich das wohl tun ohne Rennrad?

Ob ich ein Findelkind war? Von Vater und Mutter im Stich gelassen? Sehr viel Ähnlichkeit hatte ich ja eigentlich nicht mit Mama und Papa.

Ich sollte mich entschuldigen, in aller Form, sagte Mama, sonst würde ich kein einziges Geschenk zu Weihnachten kriegen. Da kannst du warten, bis du schwarz wirst, dachte ich, aber als Weihnachten näherrückte, dachte ich anders darüber.

Wenn ich doch bloß die Schnauze gehalten hätte! Oder an den Hut stecken gesagt hätte statt ins Arschloch.

Am 6. Dezember wühlte ich meinen Nikolausstiefel nach einem Fünfmarkstück durch, aber es war keins drin. Nur Wiebke rannte noch aufgeregt hin und her und zeigte allen vor, was ihr der Nikolaus gebracht hatte.

Entschuldigen mußte ich mich noch. Wenn ich das Rennrad nicht bekommen konnte, wollte ich eine Gitarre haben, aber auch dieser Wunsch wurde von Mama als Firlefanz abgetan. Ihre alte Gitarre sei noch gut genug zum Üben. Dabei hatte die einen Sprung hintendrin im Holz und nur noch drei heile Saiten.

Zwei Jahre Ferien, dazu hätte ich jetzt Lust gehabt, wie in dem ZDF-Vierteiler. Mit einem Schoner in See stechen und an einer fremden Küste Schiffbruch erleiden. Oder mit John Wayne zehntausend Rinder nach Missouri treiben, und nachts hört man die Kojoten jaulen.

Im Kicker fing ein Grabowski-Starschnitt an. Von meinem Taschengeld kaufte ich mir auch ein Heft, das 97 Tore hieß. Da wurden alle Tore der WM zeichnerisch analysiert, wer wen vorher angespielt hatte, aber die Zeichnungen stimmten hinten und vorne nicht, das war nackter Betrug.

In Saragossa kam Gladbach wieder eine Runde weiter. 1:0 Violetta (11.), 1:1 Simonsen (18.), 1:2 Heynckes (21.), 2:2 Galdos (63.), 2:3 Stielike (75.), 2:4 Heynckes (90.). Hoffentlich wollten die mich noch haben, wenn die schon ohne mich so gut waren!

Beim Vogel durfte ich an der Weihnachtsfeier für die Großen teilnehmen. Da mußten alle was vorspielen. Ich hatte tagelang den Türkischen Marsch geübt, aber als ich dran war, wurde ich puterrot und konnte die Oktaven nicht mehr greifen. Da war der Wurm drin.

Es gab Kaffee und Lebkuchen, und auf dem Tisch brannten übelriechende Honigwachskerzen.

Gladbach schlug zuhause Bremen 4:2, dann war wieder Länderspiel, gegen Malta. Bernard Dietz durfte spielen, aber der Platz war hart und staubig.

Nigbur im Tor, Kostedde und Pirrung im Sturm. Für den verletzten Schwarzenbeck war Körbel aufgestellt worden. In der zweiten Halbzeit kamen noch zwei weitere Debütanten, Nickel (46.) für Pirrung und Seliger (74.) für Cullmann. Den Siegtreffer hatte Bernd Cullmann in der 44. Minute erzielt.

Kommet, ihr Hirten übte Wiebke auf der Blockflöte, und ich übte O du fröhliche auf dem Klavier. Christ ist erschienen, uns zu versühnen. Was das wohl heißen sollte, versühnen?

Einmal setzte sich auch Papa ans Klavier und spielte was: Tochter Zion, freue dich. Papa am Klavier, das war eine Premiere. Ich hatte nicht mal gewußt, daß Papa Noten lesen konnte.

Gnadenbringende Weihnachtszeit.

Allerneueste Mode waren Gutscheine. Von mir kriegte Wiebke einen für ein Legohaus für ihre Puppe, Mama einen für zweimal Staubsaugen im Hobbyraum und Papa einen für dreimal Unkrautrupfen, und Volker überreichte mir einen für den nächsten geangelten Aal.

Eine andere neue Mode war, daß wir beim Baumschmücken mithelfen durften. Früher hatten wir den Christbaum vor der Bescherung nicht einmal schief ankucken dürfen, und jetzt sollten wir Kerzenhalter anbringen und Lametta über die Äste legen. Die empfindlichen Kugeln durfte aber nur Papa aufhängen.

Den Kirchgang ließen wir sausen.

Papa hatte den Fotoapparat aufs Stativ gesteckt und knipste uns mit Blitz beim Singen in der Tür, aber das Foto konnte man nachher niemandem zeigen. Volker hatte seinen viel zu klein gewordenen Konfirmationsanzug an, bei mir sah man die abstehenden Ohren zwischen den Haaren, und Wiebke, die auf der

Blockflöte trötete, machte auch keinen besseren Eindruck mit ihrem rosanen Kleid und der knallgelben Strumpfhose. Nur Mama und Renate sahen halbwegs normal aus.

Im stillen hatte ich gehofft, doch noch das Rennrad oder die Gitarre zu kriegen, aber mein Hauptgeschenk war ein neuer Ranzen aus grünem Leder mit goldener Schnalle. »Behandele den pfleglich«, sagte Mama und kuckte den Ranzen so an, daß man ahnen konnte, wie teuer der gewesen war. Nicht so teuer wie das Rennrad, aber teuer genug, und ich mußte so tun, als ob ich mich wer weiß wie darüber freute, wenn ich mir keinen neuen Ärger einhandeln wollte.

Tante Therese hatte mir einen Slip zugedacht. Beim Befühlen von Tante Dagmars Päckchen hatte ich Angst, daß da auch nur Anziehscheiß drin sei, aber dann war eine blaue Umhängetasche drin mit dem Kicker-Kalender '75, einem Portemonnaie, zehn Mark, einer Tafel Schokolade und einem Buch von Enid Blyton: Rätsel um das verlassene Haus. Nicht schlecht, Herr Specht!

Volker hatte einen elektronischen Taschenrechner gekriegt und Geld für seinen heiß ersehnten Mopedführerschein. Wenn er den besaß, sollte Papas altes Moped repariert werden, das im Heizungskeller stand.

Renate legte als Gedächtnisstütze eine Liste an, von wem sie was gekriegt hatte. Nußknacker, Kalender, Blitzgerät, Schere, Wollkorb, Tuch, Kerzen, Bleistiftständer, Geld, und dazu die Namen. Der Nußknacker war aus Holz und wie eine dicke Pfeife geformt. Die Nüsse wurden in den Kopf gelegt und dann mit dem Stiel kaputtgeschraubt, aber das ging nur mit Walnüssen. Haselnüsse flutschten immer weg, und Paranüsse waren viel zu robust für den Holznußknacker.

Am ärmsten war wieder Wiebke dran mit Malkasten, Mäppchen, Füller, zwei Rundstricknadeln und dem saudoofen Spiel Reversi. Da mußte man auf einem Brett grüne und rote Plättchen auslegen, was ungefähr so unterhaltsam war wie Mühle.

Von Papa hatte Mama einen Römertopf geschonken gekrochen bekommen, einen neuen Couchtisch als Ersatz für den alten Kurbeltisch, eine Staffelei und ein illustriertes Buch dazu: The Complete Book Of Drawing And Painting. »Mein lieber Scholli«, sagte Mama. Sie hatte für Papa auch ein Buch gekauft: Farbe und Verhalten im Tierreich.

Alle Jahre wieder. Oma Jever hatte einen Christstollen geschickt, mit Anis. Auf meinem bunten Teller lagen eine Toblerone und ein Bounty. Die Toblerone schmeckte gut, aber das Bounty weniger, weil da Kokos drin war. Als Wiebke und ich zufällig mal alleine im Wohnzimmer waren, bot ich ihr mein angebissenes Bounty für ihr unangebissenes Nuts an, und sie ging auf den Tauschhandel ein.

Steht auch dir zur Seite, still und unerkannt, daß es treu dich leite an der lieben Hand.

Aus der Werkstatt kam Papa mit einem Riesenadventskranz hoch, den er da heimlich gebastelt hatte.

Ein Wort mit drei tezett: Atzventzkrantz.

Das Ding war so groß wie ein Elefantenklo und wurde in der Diele aufgehängt, was sehr viel Zeit in Anspruch nahm. Dann sollte Renate den Kranz mit den vier brennenden Kerzen fotografieren, nach Papas Anweisungen und aus allen möglichen Himmelsrichtungen, von oben, von der Seite, von der Treppe aus, von schräg rechts und von links und von der Garderobe aus. Als Papa sich im Flur auf den Rücken legte, um von unten einen guten Fotografierwinkel zu finden, wurde Mama böse, und es gab einen Krach, der damit endete, daß Papa die Garagentür hinter sich zuknallte und Mama die vom Elternschlafzimmer, aber dann kam Mama nochmal raus und holte das Schulterfleisch aus der Tiefkühltruhe.

Am ersten Weihnachtsfeiertag war der Tisch bereits seit einer Stunde gedeckt, aber das Schulterfleisch war immer noch nicht gar. »Wir haben Hunger, Hunger, Hunger«, sangen Volker und ich und hauten mit dem Besteck auf den Eßtisch, bis Mama rief, daß wir die Backe halten sollten.

Beim Teetrinken glättete und faltete Mama das Geschenkpapier, und Renate strickte an einem Pullover mit Sonnenmotiv für ihren geliebten Olaf. Der Topflappen, den Wiebke in Arbeit hatte, war krumm und schief.

Einmal mußte ich gleichzeitig husten und niesen, und danach hing mir ein Stück Anis irgendwo innen zwischen Rachen und Nase fest, wovon mir das linke Auge tränte.

Rätsel um das verlassene Haus war das erste Buch aus der Rätselserie. Da lernten Robert und Dina und Stubs ihren Freund Barny und sein Äffchen Miranda überhaupt erst kennen, und dann klärten sie prompt ein Verbrechen auf.

Dem Trebitsch war noch immer nichts nachzuweisen. Ich ging da schon gar nicht mehr hin. Michael Gerlach war in den Ferien bei seiner Oma in Ransbach-Baumbach, und alleine machte das Detektivspielen keinen Spaß.

Beim Zähneputzen mußte ich wieder niesen, und da flog das Stück Anis aus meinem linken Nasenloch ins Waschbecken.

Wie ein Schneekönig gefreut hatte ich mich auf Tschitti Tschitti Bäng Bäng im Zweiten, aber das war ein einziger Krampf. Da wurde bis zum Erbrechen getanzt und gesungen. Ich wartete immer auf das Stoßmich-Ziehdich, bis mir aufging, daß das in Doktor Dolittle vorkam und nicht in Tschitti Tschitti Bäng Bäng.

An Silvester wurde abends das Fondue in Betrieb gesetzt. Man mußte aufgespießtes Schweinegulasch im Öl schmurgeln lassen und sich an der Farbe merken, welche Gabel einem gehörte.

Bis zum Neujahrstag 2000 war es noch ein Vierteljahrhundert hin. Ich wäre dann 37 Jahre alt. Wiebke wäre 33, Volker 40, Renate 43, Mama 70 und Papa 72.

»Hör bloß auf«, sagte Mama. »Und lümmel dich nicht so hin!«

Um zehn Uhr zündete Papa die Feuerzangenbowle an, die aus Gläsern mit Bastkörbchen getrunken wurde, damit man sich nicht die Finger verbrannte. Für Wiebke und mich hatte Mama Fanta gekauft, aber ich durfte mal nippen an Mamas Glas.

Zu essen gab es auch noch wieder was, nämlich erstens Berliner, zweitens Xox und drittens Weintrauben und Käse von bunten Spießchen mit spitzem Ende, das einem in die Lippen schnitt, wenn man beim Abfressen nicht aufpaßte.

Im Fernsehen kam Fußballett. Und Vicky Leandros: Steh auf, du faules Murmeltier, bevor ich die Geduld verlier! Dabei sah die selbst wie am Einpennen aus mit ihren Schlafzimmeraugen.

Mama und Papa pichelten, bis sie beide einen in der Krone hatten. Sie fütterten sich gegenseitig mit Erfrischungsstäbchen und schmusten und tanzten sogar. Auch Renate goß sich großzügig Bowle hinter die Binde.

Wie es früher in Moorwarfen gewesen war und dann im Funkhaus Hannover. Zu ihrem Chef sollte eine von Mamas Kolleginnen, als der sich im Nacken gekratzt hatte, gesagt haben: »Waschen, nicht kratzen!«

Um Mitternacht stießen wir mit Rülpswasser an und gingen auf die Terrasse, das Feuerwerk ankucken. Papa ließ vom Komposthaufen aus eine Rakete steigen, die nur einmal kurz jaulte. Das Walroß verböllerte dagegen nach Volkers Schätzung an die dreihundert Tonnen TNT.

»Die haben's wohl dicke«, sagte Mama, und dann wollte sie raus aus der sibirischen Kälte und zurück ins Haus.

Renate hatte einen intus. Im Wohnzimmer wurde noch ein Foto von ihr gemacht beim Tanzen mit Papiergeschlinge um den Hals. Nach dem neuen Gesetz war Renate seit Mitternacht volljährig, und das wollte sie feiern. Von dem Sekt hatte auch Volker einen im Tee, und Papa hatte einen Hickkopp, der selbst mit kopfüber getrunkenem Wasser und mit Luftanhalten nicht wegging. Noch spätnachts konnte ich Papa zwei Zimmer weiter hicksen hören.

1975 war das Jahr der Frau, aber bei uns war alles wie gehabt. Mama kochte Makkaroni, Wiebke übte Blockflöte, und Renate machte mit Edelstahlputzmittel das Fondue sauber. Dann häkelte sie an ihrer neuen Stola weiter, bei einem Piratenfilm. Der rote Korsar mit Burt Lancaster. Der konnte Flickflack rückwärts. Die Piraten hatten Musketen und Kanonen, aßen mit den Händen und legten die Füße auf den Tisch, aber ich wollte trotzdem lieber Europas Fußballer des Jahres werden als Pirat in der Karibik.

Bevor Onkel Dietrich zu Besuch kam, mit Tante Jutta und allen drei Kindern, mußten Volker und ich in der Waschküche unsere Schuhe putzen. Immer die gleiche Leier. Jahraus, jahrein. In den Erdaldosen lagen bloß noch harte, bröckelige Reste. Damit wir die Bürsten nicht mehr verwechselten, hatte Papa die Stiele beschriftet: Dunkelbraun, Hellbraun, Schwarz. Wenn man jetzt mit der Bürste für schwarze Schuhcreme die hellbraunen Halbschuhe putzte, weil die passende Bürste nicht frei war, konnte man was erleben. »Wie oft soll ich dir das noch einbleuen?«

Bürsten mit weißen Borsten bürsten besser, als Bürsten mit schwarzen Borsten bürsten.

Der Kicker meldete, daß Ernst Cramer neuer Trainer von Bayern München werden sollte. »Der laufende Meter«, so nannte Sepp Maier den. Für Gladbach war es nur von Vorteil, wenn die Bayern so einen kahlköpfigen Winzling als Trainer hatten. Dann war der Titelgewinn geritzt.

Renate brachte Fotos von der Weihnachtsfeier beim Vogel mit. Ich sah unvorstellbar Scheiße aus, wie die Wurst in der Pelle in meinem braungeringelten Pulli, mit gespreizten Spinnenfingern beim Oktavengreifen und mit Schamesröte im Gesicht.

Mama klebte das Foto trotzdem in mein Album: »Später wirst du mir nochmal dankbar sein dafür.«

In Chemie wurden hektographierte DIN-A4-Blätter rumgereicht, mit lilaner Schrift, die nach Putzmittelschrank stanken. Worin unterscheiden sich Elementmoleküle von Verbindungsmolekülen? Wie kann man Bleichlorid in die Elemente Blei und Chlor zerlegen? Was benutzt man als Reagens auf Kohlendioxid?

Farbkreis und Zirkeltraining. Schule war was für Gehirnamputierte.

Für meinen Besuch bei Axel Jochimsen gab Mama mir eine Pakkung After Eight für Axels Mutter mit, was mir peinlich war. After, lat. Anus, die Öffnung des Mastdarms, stand in Renates Volksbrockhaus, aber Axels Eltern waren fast noch größere Ferkel als Axel und rissen über alles, was man sagte, einen säuischen Witz. Für Deutsch hatten wir ein Gedicht auswendig lernen sollen, und Axel deklamierte das im Wohnzimmer: »So ging es viel Jahre, bis lobesam Herr von Ribbeck auf Ribbeck zu sterben kam. Er fühlte sein Ende. 's war Herbsteszeit«, und weiter kam er nicht, weil sein Vater dazwischenrief: »Er fühlte sein Ende? Wassen das für 'n Schweinigel?«

Auf dem Dachboden schossen wir mit Axels Luftgewehr auf Papierscheiben. Ganz schön schwer, so ein Schießprügel, wenn man den halten mußte.

Von seiner Mutter wurde Axel immer dazu aufgefordert, mir seinen bunten Teller hinzuhalten. »Anbieten, Axel, anbieten!« Axels Eltern unterhielten sich dann über irgendeinen Zuhälter, den sie nicht leiden konnten. »Zuhälter, pah«, sagte Axels Vater, »das einzige, was der zuhält, ist sein Portemonnaie!« Und als wir schlafen gingen, rief er zum Abschied: »Macht's gut, ihr zwei, aber nicht zu oft!«

Als Brotaufstrich gab es morgens Flora-Soft, und weil Axel und seine Eltern katholisch waren, stand bei denen noch immer das Kreidegeschmier vom Tag der Heiligen Drei Könige an der Tür. 19+M+C+B+74. Das gehörte so zu den Sitten der Katholiken.

Das Geld, das ich von Weihnachten übrig hatte, reichte für eine Single. Freddy Quinn: Michael und Robert. Das waren zwei Legionäre. Doch keiner weiß, wo sie geblieben sind, und über der Wüste, da weht der Wind! Wenn ich meine Singles hören wollte, mußte ich immer erst Renate fragen, weil bei der der Plattenspieler stand.

Zum 16. Geburtstag kriegte Volker von Oma Schlosser ein Taschenbuch über Albert Schweitzer und von Onkel Walter zwanzig Mark: »Was sehen meine entzündeten Augen!«

Bei Quelle kaufte Volker sich einen Expander mit vier gelbroten Strängen, zur Kräftigung der Oberarmmuskulatur. Bizeps und Trizeps.

Die Bedankemichbriefe tippte Volker im Zwei-Finger-Adler-Suchsystem auf Mamas Schreibmaschine.

Aus Jux und Dollerei hatte Mama ein Karnevalslied verfaßt und es der Narrenzunft Gelb-Rot e.V. geschickt und dazugeschrieben, daß sie als Verfasserin nicht genannt zu werden wünsche. Das Lied sollte dann öffentlich gesungen werden, bei einer Prunksitzung in der Rhein-Mosel-Halle. Als Honorar hatte Mama zwei Ehrenkarten gekriegt, und ich durfte mit, weil sonst keiner Lust dazu hatte, auch Papa nicht.

Die Reden und die Schrummtata-Musik fand Mama ziemlich primitiv, aber wir waren nur gekommen, um ihr Lied zu hören, und nach fast zwei Stunden kam es endlich an die Reihe: Am Deutschen Eck herrscht Fröhlichkeit, da wird so gern gelacht, das hat man schon zur Römerzeit gerade so gemacht! Wo kann es so romantisch sein und dennoch so modern? Wo hat man Rhein- und Moselwein in froher Runde gern? In Kowelenz, in Kowelenz, da möcht' ich immer bleiben, die Stadt, die hat, die hat sowas, das kann man nicht beschreiben! Und allzumal im Karneval kann gar nichts schöner sein – als Kowelenz, als Kowelenz, als Kowelenz am Rhein!

Es gab tosenden Beifall dafür, und Mama hätte sich ruhig zu

erkennen geben können als Verfasserin, aber sie wollte nicht, weil sie in Wirklichkeit die Schnauze voll hatte von Koblenz und das Lied von vorne bis hinten gelogen war.

Beim Nachholspiel in Braunschweig siegte Gladbach klar und deutlich. 0:1 Kulik (12., abgefälscht von einem Braunschweiger), 0:2 Jensen (15.), 1:2 Danner (34., Eigentor), 1:3 Merkhoffer (68., Eigentor, ätsch). Jetzt war Gladbach auf dem vierten Platz.

Am Montag stand was über die Prunksitzung in der Rhein-Zeitung: Singe, wem Gesang gegeben, meinen die Gelb-Roten immer. Deshalb sorgen sie nicht nur für viel Geschunkel im Saal. Sie haben auch Hofsänger. Unter der Leitung von Walter Goß hoben sie in diesem Jahr sogar ein neues Koblenzer Karnevalslied aus der Taufe. Es heißt ganz einfach »In Kowelenz«. Wieso der Verfasser nicht genannt werden wollte, wurde nicht gesagt. Die Musik schrieb Walter Goß.

Da hätte auch Mamas Name stehen können.

Beim Nachholspiel gegen Schalke siegte Gladbach durch ein Tor von Heynckes mit 1:0 und wurde Herbstmeister, drei Tage vor dem Beginn der Rückrunde.

Ich wollte auch mal wieder spielen, egal ob auswärts oder zuhause, aber weil es so kalt war, kamen schon immer nur vier oder fünf Mann zum Training, und das reichte nicht. Es wollte auch nie einer Torwart sein.

Grün-Weiß Vallendar war ein Pennerverein. Den Durchbruch würde ich wohl erst beim SV Meppen schaffen.

Ärgerlich wäre es, wenn ich mit dem SV Meppen in die Bundesliga aufstieg und gegen Gladbach spielen mußte, bevor die mich selbst unter Vertrag genommen hatten. Aber vielleicht ließen die ja Talentspäher ausschwärmen, die sich nicht zu schade waren, nach Meppen zu fahren und sich die D-Jugend anzukukken. Oder die C-Jugend.

Auf dem Mallendarer Berg hatte sich noch kein Talentspäher blicken lassen. Da standen nur Opas am Spielfeldrand, die den Ball, wenn er ins Aus gekullert war, so doof zurückschossen, daß man weit hinterherwetzen mußte. Wenn das Talentspäher waren, mußten das Verkleidungskünstler sein wie Fantomas.

Im Halbjahreszeugnis hatte ich Vieren in Geschi und Reli und dafür Zweien in Deutsch, Betragen, Französisch und Sport. Und eine Eins in Mitarbeit. Das waren glatte drei Mark, die ich aus Mama aber regelrecht rausquälen mußte.

Irgendwann würde ich auf dem Boden mal nach Mamas eigenen Zeugnissen suchen. Was die wohl selbst für Noten gehabt hatte.

Früher war es aber auch viel schwerer gewesen in der Schule, nicht so wie heutzutage, wo Renate mit ihrer Klasse zum Skiurlaub nach Innsbruck fahren durfte.

Das Auswärtsspiel gegen den HSV ging unentschieden aus. 0:1 Jensen (55.), 1:1 Nogly (66.). Gladbach war aber noch Erster, punktgleich mit Kickers Offenbach und Hertha BSC.

Erwachsen war man, wenn man bei der Tagesschau Bier trank. Auf meinen Wunsch hin goß Mama mir einmal schon bei der Reklame von Papas Bier einen Schluck in ein eigenes Glas.

Bonduelle ist das famose Zartgemüse aus der Dose.

Als Papa reinkam, nahm er mir das Glas weg. Das sei ja wohl nicht erforderlich, daß hier schon die Säuglinge mit dem Biersaufen anfingen!

Das Bier hatte bitter geschmeckt, aber ich war beleidigt. Immer machte Papa Stunk, und nur unter der Woche, wenn er in Meppen war, konnten wir einigermaßen in Frieden leben.

Unglücklich verlief das Nachholspiel im DFB-Pokal gegen Köln. 1:0 Henyckes (13.), 2:0 Wimmer (30.), 2:1 Flohe (31.), 3:1 Simonsen (34., Foulelfmeter), 3:2 Konopka (35.), 3:3 Flohe (39., Foulelfmeter), 3:4 Neumann (44.), 3:5 Müller (60.).

Nach dieser Pleite mußte Gladbach in der Bundesliga alles geben. Das nächste Spiel ging gegen den Tabellenvierten, Eintracht Frankfurt. Das war weiß Gott keine leichte Aufgabe, und ich saß nägelkauend vorm Radio, aber Gladbach siegte souverän. 1:0 Kulik (24.), 2:0 Simonsen (33.), 3:0 Heynckes (40.). Mama verbat sich mein Jubelgeschrei, aber leises Jubeln war halt noch nicht erfunden, so wenig wie kaltes Kochen.

In Innsbruck war Renate mit Zirbengeist abgefüllt worden und hatte aus der Seilbahn gekotzt, aber das brauchten Mama und Papa nicht zu wissen.

Zum Fernsehturm wollte Michael Gerlach nicht mit. Erstens sei er am Wochenende mit der ganzen Familie zur Bembermühle gewandert, zwotens müsse er noch Geschirr abtrocknen und drittens sehe es nach Regen aus. Dabei sah's äußerstenfalls nach Nieselregen aus, und wir waren ja nicht aus Zucker.

Ich ging rein und versuchte, Michael zu überreden, aber der wollte und wollte nicht. Zu Mittag hatte es bei denen Sauerkraut gegeben, das roch man noch.

Bis zum Attila könnten wir doch wenigstens wandern und dann neu überlegen, schlug ich vor, aber auch davon wollte Michael nichts wissen. Er verzog sich in sein Zimmer und ließ mich auf der Treppe sitzen.

Bei Gerlachs waren die Pantoffeln sämtlicher Familienmitglieder hinten runtergetreten, weil alle, selbst Michaels Vater, zu faul waren, sich die Pantoffeln ordentlich anzuziehen.

Eine Weile glotzte ich noch die Glasbausteine über dem Heizkörper an. Weiße und gelbe, grüne und blaue. Einer war rot.

Michael kam nicht wieder runter. Ich zog von dannen und drückte die Zunge in die Kuhle zwischen Unterlippe und Gebiß, was mein Geheimrezept gegens Weinen war. Erst zuhause, in meinem Zimmer, flennte ich los.

Nie mehr wollte ich mit dem Mistkerl was zu tun haben. Der konnte mich kreuzweise. Der Fall war für mich erledigt.

Ich würde schon wieder andere Freunde finden, sagte Mama, und es sei noch nicht aller Tage Abend. Aber Michael Gerlach war halt mein bester Freund gewesen, und wenn der schon so Kacke war, wollte ich auch keine anderen mehr haben.

Im Bus hielt er mir morgens wie gewohnt den Platz neben sich frei, aber ich setzte mich woanders hin, und in Koblenz stieg ich schon am Zentralplatz aus. Wenn Michael dachte, daß ich ihm verziehen hätte, war er auf dem falschen Dampfer.

In Katche sabbelte die Frischke über die Dreieinigkeit, und ich mußte mir immer Mühe geben, nicht in Michaels Richtung zu kucken. Wir sollten uns mal einen Hürdenläufer vorstellen, der auch im Weitsprung und im Kugelstoßen gut sei. So ähnlich sei das mit der Dreieinigkeit von Gott, Jesus Christus und dem Heiligen Geist.

Wenn ich nach Katche nicht als erster gehen konnte, schlug ich Umwege ein, weil ich Michael Gerlach auch von hinten nicht mehr sehen wollte.

Dann gab es auch noch in der Schule Ärger. »Bei den Verhandlungen über die Oder-Neiße-Grenze hat sich unsere Regierung ja ganz schön einseifen lassen vom Osten«, sagte Sport-Erdkunde-Meier, und als ich Mama das erzählte, war sie außer sich. Das sei ja wohl die Höhe, Schulkinder politisch aufzuhetzen, und sie rief den Direktor an.

Mama setzte sich immer durch, auch wenn ich einen Western kucken wollte und sie lieber Task Force Police, aber wenn ich jetzt in Erde auf Vier oder auf Fünf absackte, hatte Mama sich das selbst zuzuschreiben.

In der Bundesliga konnte Gladbach wieder einen hohen Auswärtssieg verbuchen, gegen Tennis Borussia. 0:1 Heynckes

(27.), 1:1 Stolzenburg (33.), 1:2 Heynckes (50.), 1:3 Bonhof (68.), 1:4 Heynckes (88.).

Im Hobbyraum hatte Papa einen Teil seiner Eisenbahn aufgebaut und ließ die eine Lok mit einer brennenden Zigarette im Schornstein fahren. Auch Mama sollte sich das mal ankucken, aber sie hatte einen Rochus auf die ganze Eisenbahn, weil es noch so viel im Haus und im Garten zu tun gab, daß keine Zeit war für solchen Mumpitz, und dann wurde wieder mit den Türen geknallt, und der Hobbyraum blieb tagelang zugeschlossen, damit wir nichts an der Eisenbahn kaputtmachen konnten.

Volker sammelte jetzt Briefmarken, und Renate hatte in Koblenz auf dem Zentralplatz Genscher gesehen.

In Kaiserslautern hatte Gladbach die Nase vorn: 1:0 H. Toppmöller (59., Eigentor), 2:0 Simonsen (72.), 3:0 Heynckes (90.). In der Woche darauf zog Stielike sich beim Warmlaufen in Duisburg eine Zerrung zu, und Gladbach hatte einen schweren Stand. 0:1 Bonhof (4.), 1:1 Bücker (83.). In der 70. Minute hatte Kleff einen Elfer gehalten.

Es wurde eng an der Tabellenspitze. Hertha BSC hatte den VfB Stuttgart mit 4:0 geschlagen und war jetzt mit 30:14 Punkten bloß noch einen Punkt hinter Gladbach (31:13).

Einmal drehte ich im Bus an der Kurbel hinten und verstellte die Liniennummer, und der Busfahrer sprang fast im Dreieck: »Mit dir fahr isch Schlidden! Schlidden fahr isch mit dir!«

Im UEFA-Pokal-Viertelfinalspiel gegen Banik Ostrau glückte Jupp Heynckes in der 51. Minute ein schönes Kopfballtor. Im großen und ganzen konnte man nicht klagen als Deutscher. Köln – FC Amsterdam 5:1, Bayern München – Ararat Erewan 2:0. Nur Hamburg hatte verschissen: Juventus Turin – HSV 2:0.

Ich sollte was in Renates altes Poesiealbum schreiben, das sie wieder ausgebuddelt hatte. Wiebke hatte schon was reingepinselt: Gibt Gott Häslein, so gibt er auch Gräslein.

In das Poesiealbum einer Klassenkameradin sollte Papa mal den Merksatz geschrieben haben: Lebe, wie du, wenn du stirbst, wünschen wirst, gelebt zu haben. Diese Seite sollte das betreffende Mädchen dann aus dem Album rausgerissen und sie Papa vor die Füße geschmissen haben, mit den Worten: »Wie du, wie die, wenn die! Das ganze Album hast du mir kaputtgemacht!«

Katche fiel aus, weil die Frischke Grippe hatte. Das stand auf einem Zettel, der an der verrammelten Tür vom Gemeindehaus hinter der Kirche hing. Ich war froh, aber ich hätte mir den ganzen Weg nach Vallendar sparen können, wenn die Frischke bei uns angerufen hätte, die dumme Nuß.

Auf dem Heimweg kam mir Michael Gerlach entgegen. Auch das noch. Er ging immer weiter auf mich zu, und es gab keinen Seitenweg mehr zum Ausweichen.

»Katche fällt aus«, sagte ich, als wir uns gegenüberstanden.

Das sei ja fast zu schön, um wahr zu sein, sagte Michael, und wir gingen zusammen durchs Wambachtal zurück. Gerlachs hatten sich einen Wellensittich zugelegt, den ich mir noch ansah. Der pickte immer nach einem kleinen Spiegel in seinem Käfig.

Gegen Rot-Weiß Essen spielte Gladbach nur unentschieden. 1:0 Heynckes (14.), 1:1 Wörmer (25.). In der Torjägerliste lag Heynckes mit 17 Toren gleichauf mit Sandberg. Danach kamen Gerd Müller und Dieter Müller (je 14), Fischer (13), Kostedde und Balte (12) sowie Burgsmüller, Lippens, Simonsen, Ohlicher, Geye, Hölzenbein und Stolzenburg (11).

Wenn Michael eine Stunde mehr hatte, pflanzte ich mich auf dem Schulhof vom Max von Laue auf eine Bank hin und las den Kicker oder kuckte den Idioten zu, die da freiwillig Basketball spielten. Blöder als Basketball waren nur noch die Sportarten Skispringen und Dressurreiten, und am blödesten war, wie sich die Waltons unterhielten, die jetzt sonntags abwechselnd mit Bonanza liefen: »Elizabeth, würdest du mir den Vanille-Extrakt geben?« Wenn das der Wilde Westen war, wollte ich lieber in Koblenz bleiben.

Am ersten Osterferientag übte Renate im Garten ihre Reifenkür fürs Sportabitur und mußte sich vom rasenmähenden Walroßfilius anstarren lassen, der Renate auch was zurief von wegen mal 'n Täßchen Kaffee trinken gehen zusammen, und sie mußte dem verklickern, daß sie bereits in festen Händen sei.

Abends spielte Deutschland gegen England, in London, auf nassem, matschigem Boden, ohne Dietz, und Heynckes wurde erst in der 70. Minute für Kostedde eingewechselt, und das Ergebnis war dann auch danach. 1:0 Bell (26.), 2:0 Macdonald (66.). Nie und nimmer hätte ich vorm eigenen Strafraum so riskant quergepaßt wie Bonhof und Körbel.

Papa brachte Wiebke und mich nach Jever. Auf dem Fernsehgerät stand eine Vase mit Weidenkätzchen, und an der Wand hing ein wertvolles Ölgemälde, das Opa darstellen sollte, von Arthur Eden Sillenstede gemalt, aber das hatte nicht viel Ähnlichkeit mit Opa. Die Augen waren falsch, das Kinn war viel zu dick, und Opas Kopf war nicht so eckig wie auf dem Bild.

Daneben hing ein Wappenteller, den Opa 1974 für seine Verdienste als Ortsbeauftragter der Lebensabendbewegung gekriegt hatte.

Wow. Ein Teller für zum An-die-Wand-Hängen!

In den Schloßgarten ging Gustav nur einmal mit. Er hatte sich in Göttingen als Studiosus eine Wampe angefressen oder angesoffen, und wenn er nicht für sein Jurastudium ochste, saß er vorm Fernseher, mit dem Pfeifenwagen neben der Sessellehne. Drei Dinge braucht der Mann. Gustav rauchte aber lieber

Hickory Hill als Stanwell. In Reserve hatte er auch eine Tabaksdose, auf der ein Bobby abgebildet war. Exclusiv de Luxe.

Zum Speien fand Gustav alle Politiker von der SPD und besonders Horst Ehmke. Gustav war für die CDU. In der Bundesliga war er neutral. In Hannover hatte er im Niedersachsenstadion das WM-Spiel Holland gegen Uruguay gesehen, und da waren ihm die holländischen Schlachtenbummler auf den Zeiger gegangen mit ihrem Gebrüll: Oranje went de Wereld-Cup ...

Über Fußball wußte Gustav alles, auch über den Bundesligaskandal, wie Tasmania Berlin die Lizenz entzogen worden war, und über das Wembley-Tor, das Deutschland 1966 den Sieg in der Weltmeisterschaft gekostet hatte, obwohl der Ball nur von der Latte auf die Torlinie und dann ins Feld zurückgeprallt war.

Schön war es, in Gustavs vielen Fußballbüchern zu schwelgen. »Die fangen immer bei Adam und Eva an«, sagte er, und das stimmte. Eins begann mit einem Ausspruch des chinesischen Dichters Li Yu (50–136 n. Chr.): Ein runder Ball und ein viereckiges Tor seien Symbole für Yin und Yang. Der Ball gleiche dem vollen Mond, wenn die beiden Seiten sich begegnen.

Die Großen im Tor. Gordon Banks, Gyula Grosics und Lew Jaschin, der Stürmerschreck, von Autogrammjägern umlagert. Heiner Stuhlfauth, nach dem in Nürnberg eine Straße benannt worden war, Toni Turek, der Fußballgott, Hans Tilkowski, der Mann ohne Nerven, und Petar Radenkovic vom TSV 1860 München: An den Armen hängen Hände vom Format mittlerer Bratpfannen.

Sepp Maier, fangsicher im wildesten Schlachtgetümmel.

Fußballkanonen – Fußballasse. Die Großen im Sturm. Ihr Ruhm klingt fort in Palästen und Hütten, er überspannt Ozeane und Kontinente.

Sir Stanley Matthews. Von der englischen Königin zum Ritter geschlagen. Beherrschte als Rechtsaußen alle Tricks der Körpertäuschung und spielte noch als alter Mann, mit vierzig Jahren, für die englische Nationalmannschaft.

Oder Ademir. Oder George Best, der einmal einen Schiedsrichter mit Schlamm beschmissen hatte. Oder Bimbo Binder, der Freistoßspezialist: 1006 Tore!

Vor entscheidenden Spielen hatte sich Bobby Moore nie rasiert, so daß er 1966 unrasiert der englischen Königin gegenübertreten mußte.

Bobby Charlton, 106 Länderkämpfe. Jahreseinkommen über 100000 Mark.

Eusebio von Benfica Lissabon. Acht Geschwister. Hatte mit 15 sein erstes Paar Schuhe bekommen. Torschützenkönig der WM 1966. Der schwarze Panther. Den mußte man auch vergöttern, so wie Just Fontaine, Francisco Gento, Sándor Kocsis und die schwarze Perle Pele. Der sollte seine ersten Fußballschuhe im Tausch für eine Holzeisenbahn bekommen haben und hatte schon mit 17 Jahren bei der WM in Schweden mitgespielt.

Ferenc Puskás, der Major unter den Csárdásfürsten. Enkel des schwäbischen Einwanderers Franz Purzel. Schoß mit links, genau wie ich. Konnte Bällen Effet geben und hätte es 1954 verdient gehabt, als Weltmeister vom Platz zu gehen. Danach hatte Puskás für Real Madrid gespielt und war 1960, 1961, 1963 und 1964 Torschützenkönig geworden. Vier von sieben Toren hatte er allein im Europapokalfinale am 18. Mai 1960 in Glasgow gegen Eintracht Frankfurt geschossen. Die anderen drei Tore für Real Madrid hatte Alfredo di Stefano beigesteuert. Im Garten von di Stefanos Villa stand ein Fußball aus Marmor auf einem Sockel, mit den eingemeißelten Worten: Dir verdanke ich alles.

Aber auch die Deutschen konnten sich sehen lassen. Helmut Rahn, genannt der Boß, oder Morlock, Posipal, Turek, Liebrich und Schäfer. Max Morlock hatte rund 700 Tore für den 1. FC Nürnberg geschossen! Und dann Fritz Walter oder Uwe Seeler erst als Ehrenspielführer der deutschen Nationalmannschaft. Als Seeler 1965 die Achillessehne gerissen war, hatte man den Knall noch unterm Tribünendach gehört, und bei der WM in Mexiko hatte Seeler ein Tor mit dem Hinterkopf erzielt. Oder Gerd Müller: Der hatte als Sechzehnjähriger für den TSV Nördlingen einmal 197 Tore in einer Saison geschossen, davon 17 in einem einzigen Spiel. Ein Goalgetter mit untrüglichem Torinstinkt.

Die ausländischen Vereine hatten allerdings fast alle elegantere Namen als die deutschen. Arsenal London, Roter Stern Belgrad, Panathinaikos Athen, Slovan Preßburg, Dukla Prag, Tottenham Hotspur oder Olympique Marseille, das hörte sich doch anders an als FC Schweinfurt 05 oder SpVgg Fürth.

Überhaupt die Namen. Matthias Sindelar, Stan Libuda, Josip Skoblar, Sandro Mazzola und Giuseppe Meazza (355 Tore für Inter Mailand und zweimal Weltmeister). Über Luigi Riva hieß es in einem der Bücher, daß er schnelle Autos und die Einsamkeit liebe und jeden Tag zweihundert Liebesbriefe kriege.

Weil Günter Netzer so lange Haare hatte, sollte Alan Ball ihm 1972 beim Viertelfinale in der Europameisterschaft im Wembley-Stadion immer zugerufen haben: »Na komm, deutsches Frollein!« 1971 hatte Gladbach Inter Mailand im Europapokal der Landesmeister mit 7:1 geschlagen, aber das Ergebnis war annulliert worden, weil irgendwer dem Italiener Boninsegna eine Getränkebüchse an den Kopf geworfen hatte, und nach dem Wiederholungsspiel war Gladbach ausgeschieden. Fairplay war was anderes.

Gustav zeigte mir auch sein Autogrammkartenalbum. Billy Mo, Willy Brandt, Herbert Wehner, Helmut Schmidt, Peggy March, Otto von Habsburg, Willy Millowitsch, Bruce Low, Wolfgang Overath, Ernst Mosch, Esther und Abi Ofarim, Vico Torriani, Max Greger, Hans-Joachim Kulenkampff, Golda Meir und Hellmut Lange, der Lederstrumpf gespielt hatte. Sogar Johnny Weismüller, Franz Beckenbauer und die Beatles waren da vertreten.

Autogramme sammeln wollte ich jetzt auch. Omas Putzfrau, die ich um ihr Autogramm bat, wunderte sich und fragte dreimal nach, bevor sie den Staubsauger ausstellte und ihren Namen auf das hingelegte Papier schrieb.

Schriftproben konnten auch in Kriminalfällen wichtig sein, wenn Erpresser Briefe geschrieben hatten.

Um sich was leisten zu können, hatte Gustav mal in der Baumschule Meyer gearbeitet, an der man vorbeikam, wenn man nach Jever reinfuhr. Baumschule. Als ob da die Bäume Unterricht kriegten.

In Sesamstraße fand er Oskar, Grobi und das Krümelmonster am besten. Wieso, weshalb, warum? Wer nicht fragt, bleibt dumm.

Den Trick, den Kopf in den Nacken zu legen und so zu tun, als schlucke man ein Messer, das man aber bloß an der anderen Seite vom Hals nach unten schiebt, kannte Oma noch nicht, und als ich ihr den Trick mit dem Brotmesser vormachte, rief sie: »O Junge, tu dir nichts!« Für solche Darbietungen war Oma immer das dankbarste Publikum.

Wenn sie keine Kreislaufprobleme hatte, nahm sie mich zum Einkaufen mit. Beim Schlachter wurde mir Fleischwurst angeboten, die ich aber nicht mochte, weil ich noch immer an die Wurst aus dem Fleischsalat auf der Horchheimer Höhe denken mußte. Die Einkäufe packte Oma in ihren Kartoffelmercedes.

Einmal gingen wir über den Friedhof. In einem Grab lagen Papas Urgroßeltern und Papas Opa. Den Grabstein hatte Papa selbst entworfen. Papas Opa war Sanitätsrat gewesen. Papas Oma hätte da auch im Grab liegen sollen, aber die war auf der Flucht aus Ostpreußen gestorben.

Ich hatte für eine Single gespart, aber Platten konnte man in Jever nur in einem kleinen Elektrogeräteladen kaufen, und wenn man sich die ankucken wollte, wurde man gleich angepupt: »Darf's was sein, junger Mann?«

Die konnten sich da nicht vorstellen, daß ein Purks wie ich Geld in der Tasche hatte.

Meine Wahl fiel auf eine Single von Tony Christy. Don't go down to Reno, stay a little bit longer. Auf der B-Seite war der Song Sunday Morning. Ich hörte mir die beiden Seiten auf Gustavs Plattenspieler an und erfuhr erst später von Mama, was es mit dem Song auf der A-Seite auf sich hatte. In Reno konnten sich Ehepaare billig scheiden lassen, und Tony Christie wollte seine Frau dazu auffordern, sich das nochmal zu überlegen.

Im UEFA-Pokal-Rückspiel hatte Banik Ostrau gegen Gladbach das Nachsehen. 1:0 Micka (10., Eigentor), 2:0 Heynckes (46.), 3:0 Vogts (50.), 3:1 Hudecek (67.). Der HSV war nach dem 0:0 gegen Turin leider ausgeschieden. Dafür war Amsterdam gegen Köln mit 2:3 untergegangen, und Ararat Erewan konnte gegen Bayern München nur ein 1:0 rausholen, was nicht reichte. Als das Tor fiel, kam Oma gerade vom Klo zurück und wurde von Gustav angebrüllt: »Geh raus! Du bringst Unglück!«

Die Pohlekinder wollten mich beim Go-Cart-Fahren im Garten als Schiedsrichter haben, aber ich hatte keine Meinung.

Das Spiel Bochum – Gladbach ging 0:0 aus, und nach einem 2:0-Sieg über Wuppertal rückte Hertha bis auf einen Punkt an Gladbach ran. Nur einen Punkt dahinter lagen jetzt der HSV und Kickers Offenbach.

Jetzt kam alles auf Gladbachs Heimspiel gegen Fortuna Düsseldorf an, und das verlief bestens. 1:0 Jensen (11.), 2:0 Heynckes (40.), 3:0 Heynckes (48.), 3:1 Hesse (90.). Und den Verfolger HSV hatte Köln mit 4:0 geschlagen.

Bei Tolksdorff kaufte ich mir Die Johan Cruyff Story von Ulfert Schröder. Da stand drin, daß Cruyff als Junge freiwillig die Schuhe der Spieler von Ajax Amsterdam geputzt hatte.

Und so sah meine Weltelf aus:

Maier
Beckenbauer
Netzer, Overath, Puskas, Bobby Moore
Eusebio, Pele, Cruyff, Müller, Garrincha

Ganz ohne Verteidiger. Auf der Reservebank hätten Sir Stanley Matthews, Fritz Walter und Helmut Rahn gesessen. Oder Schnellinger. Als Gustav mir seinen Uwe-Seeler-Starschnitt aus dem Kicker schenkte, nahm ich Seeler nachträglich rein in die Weltelf und Bobby Moore wieder raus. April, April.

Nach den Osterferien spielte ich auf dem Pausenhof Fußball mit einem Brötchen, das da im Dreck gelegen hatte, aber dann hielt mich einer von den älteren Schülern am Arm fest und rief: »Du hast wohl nicht mehr alle Eier im Sack!«

Ein guter Spruch. Gesagt wurde jetzt auch oft: »Das schockt alles in die Ecke.«

In Sport spielten wir Sitzfußball, und mir gelang ein Torschuß, volley und unhaltbar, den ich abends im Hobbyraum nachspielte. Mehr denn je war es mein Plan, als Kapitän der Nationalelf 1982, 1986, 1990, 1994 und 1998 die Weltmeisterschaft zu gewinnen und in jedem Endspiel einen Hattrick hinzulegen, drei Tore nacheinander in einer Halbzeit.

Michael Gerlach hatte ein Skateboard gefunden. Darauf übten wir auf der abschüssigen Straße vorm Schwimmbad, und einmal fuhr Michael gegen das Geländer, fiel hin und war eine Minute lang ohnmächtig. Danach gingen wir ins Wambachtal und versenkten das Skateboard im Wambach, wo er am tiefsten und am strudeligsten war, damit sich nicht noch irgendein anderes Kind an dem Ding vergriff und womöglich tödlich verunglückte.

In der Bundesliga machte Gladbach Offenbach lang. 1:0 Heynckes (18.), 2:0 Simonsen (19.), 2:1 Kostedde (24.), 3:1 Wittkamp (45.), 3:2 Schmidradner (68.), 4:2 Simonsen (79., Elfmeter), 5:2 Heynckes (87.). Heynckes führte jetzt auch die Torjägerliste an, mit 21 Treffern, Gladbach war seit 16 Spielen ungeschlagen und hatte 37–15 Punkte, und Hertha war von Bremen 4:0 geschlagen worden und folgte in der Tabelle mit schlappen 34–20 Punkten.

Im Europapokal der Landesmeister holte Bayern München im ersten Halbfinalspiel auswärts gegen St. Etienne ein 0:0 raus.

Tags darauf empfing der 1. FC Köln Borussia Mönchengladbach zum Hinspiel im UEFA-Pokal-Halbfinale und bekam Gladbachs legendäre Auswärtsstärke zu spüren: 0:1 Simonsen (23.), 0:2 Danner (34.), 1:2 Löhr (52.), 1:3 Simonsen (60.).

In der Rhein-Zeitung stand am Wochenende eine Anzeige, die Mama und Papa aufgegeben hatten:

> MODERNES, GROSSZÜGIGES EINFAMILIENHAUS IN VALLENDAR, RUHIGE HÖHEN- U. AUSSICHTSLAGE, ZU VERMIETEN, SPÄTER GGF. ZU VERKAUFEN. WOHNFLÄCHE ÜBER 200 QM, NOCH AUSBAUFÄHIG, 2 BÄDER, 3 WC, HOBBYRAUM, DOPPELGARAGE, ÖL-ZH, GROSSER GARTEN. ZUSCHRIFTEN UNTER ZK 2087 AN D. RZ, 54 KOBLENZ, POSTFACH 1540.

Das Nachholspiel gegen Gladbach riß Bayern in der letzten Minute noch rum. 0:1 Kulik (80.), 1:1 Müller (90., Foulelfmeter).

Zu meinem Geburtstag wollte ich auch den Jochimsen, den Kowalewski und den Schmitz wieder einladen, aber dann kriegte ich einmal mit, wie die über mich herzogen auf dem Jungsklo im Eichendorff. Die wußten nicht, daß ich da am Kacken war, während sie am Waschbecken mit Wasser rumspritzten und sich Sachen über mich erzählten. »Soll ich mal vormachen, wie der sich die Zähne putzt?« fragte der Jochimsen und gurgelte rum, und dann brüllten alle drei vor Lachen, die Ärsche.

Mittags war der Bus schon am Zentralplatz so voll, daß ich hinten auf den Türstufen hocken mußte. Durch eine Ritze unten war beim Halten vor der Ampel am Max von Laue ein graues, breitgefahrenes Stück Kaugummi zu sehen. Diese grauweißen Sprenkel sah man jedesmal, wenn der Bus anhielt. Alle Straßen waren mit Kaugummis vollgerotzt. Ich wollte mir die Muster einprägen und ab jetzt jeden Tag hinten im Bus vor der Tür sitzen und angesichts der Sprenkelmuster feststellen, wo wir waren. Dann müßte man mir nur irgendeinen Quadratzentimeter der gesamten Busstrecke von Koblenz bis zum Mallendarer Berg zeigen, und ich könnte wie aus der Pistole geschossen sagen: »Das ist eine Stelle sechs Meter vor der Kreuzung in Urbar.« Vom Kucken durch die Ritze wurde mir aber schon in Ehrenbreitstein übel, und ich gab den ganzen Plan wieder auf.

Das Schlagerspiel gegen Gladbach gewann Hertha BSC mit 2:1, vor 91 000 Zuschauern, was Bundesligarekord war.

Die Tabellenspitze sah jetzt folgendermaßen aus:

1.	Gladbach	38–18
2.	Köln	36–20
3.	Hertha	36–20
4.	Offenbach	35–21
5.	HSV	34–22

Sepp Maier war an dem Wochenende zum 300. Mal hintereinander Torhüter in der Bundesliga gewesen, und Renate rechnete aus, daß sie seit genau 700 Tagen mit Olaf zusammen war.

Auf die Anzeige in der Rhein-Zeitung antworteten zwei Ärzte, ein Landforstmeister, ein Oberbergrat, ein Diplomphysiker, ein Rechtsanwalt, ein Ehepaar und diverse Makler: Sehr geehrter Inserent, für das obige von Ihnen inserierte Objekt habe ich verschiedene ernsthafte Interessenten vorgemerkt. In Erwartung Ihrer geschätzten Rückäußerung verbleibe ich mit freundlichen Grüßen.

Im Rückspiel kriegte Köln von Gladbach wieder was aufs Haupt. 1:0 Danner (48.). Dank der Tore von Beckenbauer (2.) und Dürnberger (69.) konnte dann auch St. Etienne einpacken. Ich hätte nicht viel Lust gehabt, woanders als in Deutschland Fußballfan zu sein, außer in Brasilien.

Zum Geburtstag sollte ich eine neue Hose kriegen, und Mama fuhr mit mir nach Koblenz.

Von einem Geschäft ins nächste. In den Kabinen mußte ich mich immer irre beeilen, fast wie Speedy Gonzales.

»Bist du jetzt bald fertig dadrin?«

Wie lange man als Junge brauchte, konnte Mama sich nicht vorstellen, weil sie Röcke trug und Schuhe ohne Schnürsenkel anhatte. Ich mußte immer erst die Senkel aufknoten, die Gürtelschnalle öffnen und die alte Hose ausziehen, bevor ich in die neue steigen konnte, und meistens riß Mama den Vorhang schon zur Seite, wenn ich im Schlüpfer dastand.

Dann sollte ich auch noch dankbar sein für die neue Hose, und weil ich das nicht war, redete Mama auf der ganzen Rückfahrt kein Wort mit mir.

Zuhause war ein Blauer Brief in der Post. Meine Leistungen in Englisch seien unter ausreichend gesunken, und Papa wurde empfohlen, mit dem Englischlehrer Rücksprache zu halten.

»Jetzt wirst du an die Kandare genommen«, sagte Mama, und ich kriegte eine Woche Fernsehverbot.

Gottlob war Netzer wieder aufgestellt worden bei dem wichtigen Länderspiel in Sofia gegen Bulgarien, aber idiotischerweise nicht Dietz, und es wunderte mich kein bißchen, daß nur ein Unentschieden rauskam. 1:0 Kolev (71., Foulelfmeter), 1:1 Ritschel (75., Foulelfmeter). In der 34. Minute war Hölzenbein für den verletzten Heynckes eingewechselt worden.

Dreizehn Jahre hatte ich jetzt auf dem Buckel. Mein letzter Geburtstag in Vallendar. Ich kriegte Geld wie Heu, eine LP von Reinhard Mey, die Bücher Huckleberry Finn und Rätsel um den unterirdischen Gang, eine Unterhose mit blauen Punkten und einen Pulli. Paßte wie angegossen.

Eingeladen hatte ich bloß Michael und Holger Gerlach. Wir spielten Boccia im Garten, aber eine rote und zwei gelbe Kugeln waren leck und rollten nicht mehr gut.

Mama brachte uns ein Backblech raus mit Streuselkuchen.

Einmal klingelte das Telefon, und Volker brüllte mir zu: »Dein Typ wird verlangt!«

Wenn das jetzt Piroschka gewesen wäre. Es war aber nur Tante Dagmar. »Na, wie fühlt man sich denn so als Dreizehnjähriger?«

Von meinem Geburtstagsgeld wollte ich mir in Koblenz Hanteln kaufen, aber zwei waren mir zu teuer, und ich kaufte nur eine. Die war auch schon schwer genug zu schleppen. Mein Ranzen hatte hinterher eine Delle unten, die nicht mehr wieder rausging.

Die Hantel war aus rotem Gummi oder Plastik und mit irgendwas Schwerem gefüllt, mit Blei oder Beton.

Ich trainierte jeden Tag. Im Liegen die Hantel am ausgestreckten Arm vom Boden aufheben und hochstemmen oder im Stehen zwanzigmal nacheinander erst mit links und dann mit rechts vom Oberschenkel bis unters Kinn heben und dann hochstoßen, bis der Arm durchgestreckt war. Die würden sich noch wundern in meiner Klasse, wenn ich da ankäme mit Muskeln wie so 'n Gorilla.

Als Buch war Huckleberry Finn einsame Spitze, aber wieder anders als im Fernsehen. Da hatten Tom und Huck Muff Potter aus dem Gefängnis befreit, und in dem Buch befreiten sie den Nigger Jim. Man wußte nicht, was richtig war, Serie oder Buch. Genau wie bei Robinson Crusoe. Immer kriegte man verschiedene Schlüsse zu lesen.

Im Kicker stand, daß Heynckes möglicherweise wochenlang ausfallen werde wegen der Oberschenkelzerrung im Länderspiel. Ausgerechnet jetzt, wo die Meisterschale zum Greifen nah war, ganz zu schweigen vom UEFA-Pokal!

Von meinem Blauen Brief war nicht mehr soviel die Rede, seit Renate ihre schriftlichen Abiturnoten nachhause gebracht hatte: Deutsch 3, Englisch 2, Mathe 3, Physik 4.

Das sei auch nicht gerade berühmt, sagte Mama.

Die hätte mal den Zylke als Sohn haben sollen. Das war einer aus meiner Klasse, der nichts als Fünfen und Sechsen schrieb. Seine Arbeiten kriegte der Zylke immer als letzter zurück, weil er der letzte im Alphabet war, und dann hatte er auch noch jedesmal die schlechteste Note. Darauf freute sich schon die ganze Klasse. In Erde hatte der Pauker dem Zylke seine Arbeit einmal mit den Worten »Zylke, Kommentar überflüssig!« vom Pult aus quer durchs Klassenzimmer zugeworfen, und dann hatte der Zylke noch unter der Bank seinen Schwanz rumgezeigt.

Gegen den VfB Stuttgart hatte Gladbach leichtes Spiel. 1:0 Jensen (3.), 2:0 Danner (38.), 3:0 Kulik (53.), 4:0 Bonhof (60.), 5:0 Danner (69.), 5:1 Hadewicz (79.).

Neuer Tabellenstand:

1.	Mönchengladbach	40–18
2.	Hertha	38–20
3.	Kickers Offenbach	37–21
4.	Köln	36–22

Das war der Spieltag, an dem Uwe Kliemann (genannt »der Funkturm«) den verletzten Hertha-Kapitän Luggi Müller auf den Armen vom Platz trug. Ich schnitt am Montag das Foto davon aus der Rhein-Zeitung aus und klebte es in mein Bundesligaringbuch, sowohl mit Uhu (hintendrauf) als auch mit Tesa (an den Seiten). Doppelt gemoppelt hält besser.

Als Oma Schlosser zu Besuch war, wollte ich ihr das Ringbuch vorführen, aber sie klappte es gleich wieder zu und redete vom Klavierspielen. »Übst du denn auch fleißig?«

Wegen Oma durfte ich am Dienstag Balduin, der Geldschrankknacker nicht kucken, und das erste Endspiel um den UEFA-Pokal zwischen Gladbach und Twente Enschede konnte ich bloß am Radio verfolgen, weil Oma im Wohnzimmer beim

Stopfen und Nähen nicht gestört werden wollte durch die ewige Flimmerkiste.

Wenn ich mal Enkelkinder hätte, würde ich lieber mit denen zusammen Fußball kucken als deren Socken stopfen.

Das Spiel endete 0:0. In der 75. Minute war Del'Haye ins Spiel gekommen. Weshalb Helmut Schön den nicht öfter und früher aufstellte, war mir schleierhaft.

Flammendes Inferno lief jetzt im Kino. Sowas hätte ich auch gerne mal gesehen, statt immer nur die Bilder im Schaukasten.

Gegen Köln schlug Gladbach sich im Müngersdorfer Stadion ganz hervorragend. 0:1 Simonsen (3.), 1:1 Löhr (37., fragwürdiger Foulelfmeter), 1:2 Danner (59.). Tabelle: Mönchengladbach 42–18, Hertha 40–20.

Nur bei Grün-Weiß Vallendar war tote Hose. Ich fragte den Trainer, wann wir wieder ein Spiel hätten, aber der kratzte sich nur an der Backe, wo er eine Warze hatte, und ließ uns Ecken und Elfer üben, und als er krank wurde, fiel auch noch das Training aus.

Am Muttertag schickten wir Mama noch vorm Frühstück auf Schnitzeljagd. Das war Renates Idee gewesen.

Aus dem Eierwärmer fiel Mama ein Zettel in die Hand, und sie sagte: »Nanü?« Auf dem Zettel stand, daß unter dem Don Quichotte im Bücherregal eine Überraschung liege. Da lag aber nur der nächste Zettel: Liebe Mama, wirf doch mal im Hobbyraum einen Blick unters Sofa! Da der nächste Zettel: Hallo Mama, oben in Volkers Zimmer wartet was im Mikroskopkoffer! Und da dann: Na, schon müde? Du hast es bald geschafft! Zieh doch mal in der Garage links an der Wand die Schublade mit den Mutterschrauben auf! Und so weiter, Treppe rauf, Treppe runter, bis Mama schon fast keine Lust mehr hatte.

Am Ende stand auf der Fensterbank im Wohnzimmer eine Schachtel Mon Cheri, für die wir alle zusammengeschmissen hatten, das heißt Wiebke nur zwei Pfennig. Mehr hatte sie nicht erübrigen können.

Bei Spargelcremesuppe mußte ich schon vom Geruch fast kotzen.
Komm, Herr Jesus, sei unser Gast.
Und die Rotzglocken hochziehen.
»Reiß dich zusammen! Oder hol dir 'n Taschentuch!«

Im Kicker stand, daß Netzer verletzt war und am Länderspiel gegen Holland nicht teilnehmen konnte. Für Netzer hatte Helmut Schön Dietmar Danner nachnominiert. Bernard Dietz war wieder nicht im Kader. Bei den Holländern fehlten Cruyff und Neeskens, und so war das ganze Spiel ein trübes Gestocher. 1:0 Wimmer (8.), 1:1 van Hanegem (56.). Wenigstens spielte Uwe Kliemann von Anfang bis Ende mit und war der beste Mann auf dem Platz. Hatte ich doch gleich gesagt.

Renate war Pfingsten zelten gewesen, mit Olaf und noch anderen Typen, irgendwo im Westerwald neben einer alten Silbermine. Spießbraten hatten sie da zubereitet, am offenen Feuer, und der Wind hatte sich immer so gedreht, daß sie den Rauch ins Gesicht gekriegt hatten, und dann waren sie noch Eis essen gewesen, für jeden einen Riesenerdbeereisbecher.

Was Renate schon alles durfte. Oma Schlosser hatte kurz vor Pfingsten angerufen und versucht, den Plan mit dem Zeltlager zu vereiteln, aber aus der Entfernung hatte sie nicht mehr dagegen angekonnt.

Beim zweiten Endspiel in Enschede kriegten die Holländer von Gladbach was auf den Deckel. 0:1 Simonsen (3.), 0:2, 0:3, 0:4 Heynckes (9., 50. und 59.), 1:4 Drost (76.), 1:5 Simonsen (87., Foulelfemeter). Das war der UEFA-Pokal-Sieg, der erste einer deutschen Mannschaft, und an diesem Tag hätte ich was darum gegeben, Jupp Heynckes zu sein. Sonst wäre ich am liebsten entweder Pele oder Muhammad Ali gewesen oder Eddy Merckx. Ich selbst zu sein war aber auch okay, bei allem, was ich noch vorhatte. Ich konnte auch damit leben, daß es keine Ritterturniere mehr gab, bei denen man mit der Streitaxt auf Normannen losgehen oder welche mit der Lanze vom Pferd hauen mußte, so wie Ivanhoe, der schwarze Ritter, der in dem Film am Sonntag im Zweiten immer viel zu lange mit seinem auserkorenen Burgfräulein geturtelt und nicht oft genug gekämpft hatte.

Renate war schon wieder Spießbraten essen, in einem Ort namens Rhens. Ob es da einen Fußballverein gab? Grün-Weiß-Vallendar war ja schon dürftig genug, aber VfL Rhens? Oder FC Rhens 07? Wenn man da was zu werden hoffte, hätte man auch gleich in die Steckdose pissen können.

Grandios war dann am Samstag Gladbachs Heimspiel gegen Wuppertal. 1:0 Simonsen (13., Foulelfmeter), 2:0 Simonsen (18.), 2:1 Berghaus (25.), 3:1 Heynckes (41.), 4:1 Heynckes (51.), 5:1 Simonsen (53.), 5:2 G. Jung (65.), 6:2 Heynckes (88.).

Neue Tabelle:

1.	Gladbach	77:38 Tore, 44–18 Punkte,
2.	Hertha	53:39 Tore, 40–22 Punkte,
3.	Eintracht	84:44 Tore, 39–23 Punkte.

Und Jupp Heynckes stand mit 24 Toren an der Spitze der Torjägerliste.

Es lief alles wie am Schnürchen. Allerdings mußte Gladbach am Samstag auswärts gegen Schalke spielen, und Schalke hatte in dieser Saison noch kein Heimspiel verloren. Der Heimnimbus war ein wichtiger psychologischer Faktor. Aber Gladbach war eine der wenigen Mannschaften mit Auswärtsnimbus, und es konnte ja sein, daß sich die beiden Nimbusse gegenseitig neutralisierten, psychologisch gesehen. Für Gladbach würde ein Sieg bereits die Meisterschaft bedeuten, weil Hertha BSC dann wegen des schlechteren Torverhältnisses nach menschlichem Ermessen nicht mehr an Gladbach rankommen konnte.

Am Montag stand im Kicker, Hennes Weisweiler werde zum Saisonende Gladbach verlassen und zum FC Barcelona gehen. Waren die denn wahnsinnig geworden am Bökelberg? Einen besseren Trainer als Weisweiler konnten die doch mit der Lupe suchen!

Ich verstand aber auch Weisweiler selbst nicht. Gladbach hatte Riesenerfolge und nach dem UEFA-Pokal auch schon fast die Meisterschaft im Sack. Was wollte der Weisweiler jetzt auf einmal in Barcelona? Bloß weil in Spanien alles billiger war als bei uns? Konnte das der Grund sein? Der schnöde Mammon?

Ich hatte so gehofft, mit Weisweiler als Trainer für Gladbach stürmen zu dürfen. Wen die da jetzt wohl hinholten an dessen Stelle? Ob ich Lust hätte, mir von dem was sagen zu lassen, mußte sich erst noch rausstellen. Dabei hatte ich immer fest vorgehabt, als Profi der Borussia die Treue zu halten und niemals ins Ausland zu wechseln, auch bei noch so guten Angeboten nicht, weil ich doch Gerd Müllers Torrekord in der Bundesliga brechen wollte.

Beim Endspiel gegen Leeds United um den Europapokal der Landesmeister schoß Gerd Müller auch wieder ein Tor, das 2:0, aus fünf Metern Entfernung, nach einer Flanke von Jupp Kapellmann, und was störte, war nur Renate, die mit ihrem Abiturzeugnis rumwackelte.

Sie wollte Lehrerin werden, aber vor dem Studium noch nach Birkelbach auf die Hausfrauenschule gehen, um Kochen und Backen zu lernen und wie man Hemden bügelt und Silber putzt. Als junge Frau war da auch Oma Schlosser hingegangen.

Die Nachfolge von Hennes Weisweiler sollte Udo Lattek übernehmen. Das war ein schweres Amt, das sowohl Ehre als auch Verpflichtung war. Darüber mußte sich der Lattek im klaren sein.

Renate hatte Olaf und dessen Eltern zu uns eingeladen, damit Mama und Papa die mal kennenlernten. Von dem Marmorkuchen, den Mama dafür gebacken hatte, durfte man nur abbeißen, wenn man dabei die Luft anhielt, sonst flogen einem die Brösel im Hals rum, und man mußte husten.

Weil Papa schon nach zehn Minuten wieder im Keller verschwunden war, gab es am Abend noch einen lautstarken Streit.

Ich stand mit Wiebke oben an der Kellertreppe. Irgendwann wurde die Garagentür zugeknallt, und Mama kam weinend die Stufen hoch.

»Schert euch ins Bett«, sagte sie bloß und stürmte ins Elternschlafzimmer, das sie von innen zuschloß.

Ob das in anderen Familien auch so war? Und wo Papa wohl schlafen ging. Hinten im Peugeot? Oder auf dem Sofa im Hobbyraum?

Im Juni wollte Renate mit Olaf an die Côte d'Azur fahren und nähte schon Gardinen für Olafs gebraucht gekauften VW-Bus.

»Und mit der alten Schindmähre wollt ihr nach Frankreich?« fragte Papa, als er den VW-Bus zum erstenmal bei uns in der Einfahrt stehen sah, aber Renate kümmerte sich nicht groß darum. Die brauchte nicht mehr nach Papas Pfeife zu tanzen und nahm vielleicht sogar schon die Pille.

Beim Spiel gegen Schalke führte Gladbach die Vorentscheidung über die Meisterschaft herbei. 0:1 Simonsen (35., Foulelfmeter), 0:2 Bonhof (40.), 1:2 Lütkebohmert (50.), 1:3 Heynckes (85.). Das war's! Geschafft! Gladbach war Deutscher Meister! Daran konnte jetzt keiner mehr rütteln. Die beiden restlichen Spiele waren reine Routine.

Schon erstaunlich, daß alle Mannschaften, denen ich die Daumen drückte, sich die Siegestrophäen holten. Erst die Nationalmannschaft bei der WM, dann Gladbach im UEFA-Pokal, dann Bayern im Europapokal und jetzt Gladbach in der Bundesliga. Das konnte man ja wohl kaum noch als Zufall bezeichnen. Als ob ich ein Glücksbringer wäre.

Udo Lattek übernahm da wirklich eine schwere Hypothek als

neuer Trainer, wenn er an Weisweilers Siegesserie anknüpfen wollte. Bis ich selbst die Mannschaft verstärken könnte, würde es ja noch das eine oder andere Jährchen dauern.

An ihrem Geburtstag schoß Wiebke wie ein geölter Blitz auf den Tisch mit den Geschenken los. Die hatte noch gar nicht gerafft, daß sie das alles hier vergessen konnte nach dem Umzug, auch ihre kuchenfressenden Freundinnen, mit denen sie am Nachmittag im Garten rumhopste.

Die Zeugnisse gab's am Freitag, dem 13. Würg. Ich hatte fünf Zweien, eine Drei und vier Vieren, auch in Englisch, wo ich immer noch keine große Nummer war.

Für das Zeugnisgeld bestellte ich mir beim Tauschdienst die Bilder, die mir für mein Sammelalbum von Sprengel noch fehlten. Vier Mark achtzig hatte das Album gekostet, was verhältnismäßig billig war, aber wenn man das Geld für die Schokoladentafeln mit den Bildern dazurechnete, jede für neunzig Pfennig, war das vollgeklebte Album fast fünfundachtzig Mark wert.

Da hätte mal der Stern was drüber schreiben sollen, unter Wucher der Woche.

Am letzten Schultag den Ranzen in die Ecke zu bollern, darauf konnte man sich schon freuen. Michael Gerlach wollte in seinen Ranzen in den Ferien jedesmal reinfurzen, wenn er furzen mußte.

In Bremen schoß Jupp Heynckes zwei Tore und war damit Torschützenkönig. In der ewigen Liste führte aber immer noch Gerd Müller (281 Tore) vor Heynckes (175), Löhr (143) und Seeler (137). Irgendwann würde dann meine Wenigkeit kommen und aufholen. Da würde sich noch manch einer umkucken.

Abgestiegen waren der VfB Stuttgart, Tennis Borussia und der Wuppertaler SV. Wie beschissen sich die Leute jetzt wohl fühlten, die da wohnten.

Für die Nachbarsfrauen gab Mama einen Abschiedskaffee mit aufgetauter Tiefkühltorte auf der Terrasse und verdonnerte Volker und mich dazu, bloß ja keinen Radau zu veranstalten währenddessen.

Als erste kam Frau Rautenberg. Pünktlich wie die Weihnachtsgans. Weil alle Frauen Blumen mitbrachten, kam Mama kaum zur Besinnung vor lauter Gerenne und Vasengesuche.

Volker schoß mit Papas gutem Fotoapparat zwei Fotos, auf denen dann aber hauptsächlich Kniescheiben und Schienbeine zu sehen waren, und Mama hatte beide Male die Augen zu.

Mit Michael Gerlach war ich viel im Wambachtal. Das würde ich so bald nicht wiedersehen, wenn wir in Meppen wohnten.

Die Tür unserer alten Hütte war mit einem Vorhängeschloß abgesperrt, das wir nicht knacken konnten, und im Wyoming suchten wir noch einmal gründlich nach dem schweinischen Buch, aber das war und blieb verschwunden.

Einmal wollten wir den Flug des Phoenix nachspielen, erst die Bruchlandung in der Wüste und dann das Rumschrauben am Wrack und das langsame Verdursten der Crew, aber als wir einen passenden Platz dafür gefunden hatten, fiel Michael ein, daß eine seiner Schwestern Geburtstag hatte.

Irgendwie machte das Rumstromern im Wambachtal und im Wyoming auch weniger Laune als früher. Als kleine Krötze hatten wir da Indianeraufstand am Wounded Knee gespielt und als Rothäute Bleichgesichter umgenietet. Darauf hatten wir keine Böcke mehr. Aber worauf sonst?

Papa war in Meppen, Mama beim Friseur, Renate an der Côte d'Azur, Volker im Schwimmbad und Wiebke nebenan bei Ute Rautenbergs Geburtstagsfeier.

Ich hatte sturmfreie Bude.

Unter Wiebkes Klappbett lagen Märchenpuzzleteile und ein Buch von Enid Blyton. Hanni und Nanni retten die Pferde. Kaum zu fassen, daß die Frau auch solchen Pipimädchenkram geschrieben hatte.

Links neben dem Schrank stand Mamas Nähmaschinenkoffer und rechts die Bügelmaschine. Wiebke war es scheint's egal, was bei ihr alles untergestellt wurde, dabei hatte sie das kleinste Zimmer von allen.

Auf dem Schrank rotteten zwei ausgetrocknete Filzstifte ohne Kappen rum, der Hase Mumpe, ein Zeichenblock mit welligen Blättern, eine Häkelnadel und ein Hausaufgabenheft: Auf dem Schlitten sitzen, bergab zu flitzen auf singenden Kufen mit Schreien und Rufen im Sonnenschein, das ist fein! Frau Katzer hatte Figuren zum Ausmalen in das Heft gestempelt: Bambi, Strolchi, Micky Maus, Donald Duck und Pinocchio.

An der klemmenden Schreibtischschublade mußte ich lange ruckeln, aber die Mühe lohnte sich nicht. Am interessantesten war noch das Poesiealbum: Dies schrieb Dir Deine Patentarnte, die Dich vor bösen Taten warnte.

Im Elternschlafzimmer holte ich das Fernglas aus Papas Nachtschränkchen und beäugte durch die Gardine das Dach vom Walroß.

Papas Gürtel und Schlipse innen an der einen Schranktür und in Mamas Frisierkommode Triumphstrumpfhosen, Lockenwickler, Wattebäusche und Büstenhalter. Was Frauen so brauchten. Kölnisch Wasser, Nagellack, Haarnetze, Drei-Wetter-Taft, Gliss-Glanz-Tonic und Atrix-Glyzerin-Handcreme. In den Spiegelflügeln sah ich mir meinen Hinterkopf an.

Ihren Schmuck bewahrte Mama in einer Holzschatulle auf. Was die Klunker wohl wert waren. Tausend Mark oder noch mehr.

Im Flur das Putzmittelkabuff. Besen, Mop, Viledatücher und Scotch-Brite-Schwämme, bei denen man nie die scharfe Seite benutzen durfte. Wozu hatten die die überhaupt?

Ajax Glasrein, Rohrfrei, Imi, Tuklar und Dual. Weiter oben war ein Regal mit Glühbirnen. Alle von Osram. Der Typ war bestimmt Multimillionär geworden mit seiner Erfindung.

Im Badezimmer stellte ich mich auf die bespackerte Personenwaage neben dem Lokus. Angezogen wog ich fünfzig Kilo.

Papas Wilkinson-Klingen, dreifachveredelt, und Wiebkes stinkende Blendi-Zahnpasta mit dem Hamster auf der Tube.

Der Medizinschrank. Togal, Doppel-Spalt, Neo-angin, Contac 700, Cebion und Novalgin-Dragees, die außen wie Smarties schmeckten. Vier davon lutschte ich ab, spuckte das bittere Innere ins Glas zurück und ging in die Küche.

An was man als Erwachsener alles denken mußte beim Einkaufen: Pfanni, Palmolive, Coin, Calgonit, Backin, Vanillin und Palmin. Mit Butter würden nur die Großkopfeten braten, hatte Papa mal gesagt. Schon die Namen alle: Mondamin, Mazola, Fissler und Biskin.

Aurora mit dem Sonnenstern.

Ich nahm mir eine Scheibe Kochschinken aus der runden Wurstdose im Kühlschrank, die nie zuging, weil der Deckel so verbogen war.

Schränke aufmachen. Teebeutel, Reis und Tortenguß. Was war nochmal der Unterschied zwischen Rosinen, Sultaninen und Korinthen? Und der Eierschneider. Pling, plang, ploing. Gitarre konnte ich immer noch nicht spielen.

In die eine Kraßelschublade flog alles rein, was zum Wegschmeißen zu schade war. Halbe Kulihülsen, Bleistiftstummel, Gummibänder, Fahrradschlüssel, die stumpfe Küchenschere, ein angesengter Topflappen mit aufgedrucktem Zwiebelsuppenrezept und die kaputte grüne Taschenlampe, aber auch Kleingeld.

Fürs Wohnzimmer hatte Mama erst vor kurzem drei weiße Kugellampenschirme angeschafft. Der mit bunten Kügelchen beklebte Holznapf, der an der Wand hing, war ein Mitbringsel von Mamas Freundin aus Venezuela. Ob die da wirklich ihren Brei aus solchen Näpfen aßen?

Untendrunter der Thermostat. Mit dem unscheinbaren Dings hatte man die Heizungen im ganzen Haus unter Kontrolle. Wie das funktionierte, würde ich nie kapieren. Ein Rätsel war auch, wieso man in den beiden lackierten Muscheln das Meer rauschen hören konnte. Ob das dadrin auch rauschte, wenn man sie nicht ans Ohr hielt?

Auf der Fensterbank stand eine Flasche Slibowitz, die Papa von einem Arbeitskollegen geschenkt gekriegt hatte. An dem Fusel brauchte man nur zu schnuppern, und schon stiegen einem Tränen in die Augen.

Im neuen Stern der Witz der Woche, schon zehnmal gelesen.

Kataloge von Quelle, Neckermann, Bader und Schöpflin und die großformatigen Time-Life-Bücher, die Papa aus Amerika mitgebracht hatte. Über die Planeten, die Dinosaurier und die Ozeane. Die bunten Fotos waren ja noch gut, aber das englische Geschreibsel konnte auch Papa unmöglich alles gelesen haben.

Was wir so für Bücher hatten. Der Spion, der aus der Kälte kam. Käuze, Schelme, Narren. Traumland Südwest: Tiere, Farmen, Diamanten. Peter Bamm und Jochen Klepper. Mümmelmann von Hermann Löns. Der Pate, Homo Faber und Bonjour Tristesse. Zerlesen waren nur die roten Krimis, die oben in der zweiten Reihe standen.

Farbige Wohnfibel. Die sah ich mir spaßeshalber auch mal an. Unter dem Foto von einem kotzig eingerichteten Wohnzimmer stand da: Zur Braun-Skala der in Teak ausgeführten Schrankwand bilden das dunkelgrüne Karomuster des Fensterstoffes und das satte Laubgrün der Sesselbezüge einen natürlichen Gegensatz, der die Atmosphäre des Raumes auf angenehme Weise belebt. Den Mittelpunkt dieser naturnahen Konzeption bildet die geschliffene Kugeloptik der tiefhängenden Pendelleuchte über dem Tisch.

Oje. Wie schwer es war, ein Haus zu bauen, hatte ich ja mitgekriegt, aber daß auch das Möbelreinstellen eine Wissenschaft war, hätte ich mir nicht träumen lassen.

Ein anderes Buch hieß Mutter und Kind. Mit Farbtafeln: Brustdrüsenschwellungen, Schälblasen, Ekzeme, Furunkel, Abszesse, Wanzenstiche und Rachenraumkrankheiten. Die verschiedenen Säuglingsstühle: Frauenmilchstuhl, Flaschenmilchstuhl, Kindspech, Ruhrstuhl, durchfälliger Stuhl und Stuhl bei Milchnährschäden.

Angina, Syphilis und Tripper. Wie eine Milchpumpe angelegt wird. Hohlwarzen und Flachwarzen.

Die Geschlechtsorgane der Frau. Große und kleine Schamlippen, Kitzler und Harnröhre.

Bei Licht betrachtet sah das alles nicht halb so schön aus wie in Mamas Zeichenunterrichtsbuch. Da waren massenhaft nackte Frauen zu sehen, und zwar auf den Seiten 20, 21, 31, 41, 44, 124, 136, 137, 138, 139, 144, 153, 159, 160, 164, 165, 166, 167, 168 und 169. Dann kam Animal Drawing.

Nebenan in Papas Arbeitszimmer sah ich mir im Telefonbuch die Seite mit den Namen der Leute an, die Ficker hießen. Daß die sich nicht schämten: »Hier bei Ficker!« Und was deren Kinder erst zu erdulden hatten: »Hey, Ficker! Wie geht's, Ficker?« Die Leute, die Fick, Fickel oder Fickelt hießen, hatten's auch nicht viel besser.

Für Besucher standen hier zwei Sessel, in denen nie jemand saß.

Das Poster mit dem aufgespießten Mann hatte Papa irgendwann eingemottet. Neben einer Ansicht von Königsberg und der Karte von New York hingen die gerahmten Fotos von Papas Eltern an der Wand. Opa Schlosser war Pfarrer gewesen und schon vor meiner Geburt gestorben. Der schwarze Opa. Bei dem hätte ich auch nicht gerne Katche gehabt, so wie der aussah. Ob der jetzt wohl aus dem Himmel auf mich runterkuckte?

Eine hellbraune Tonne mit zusammengerollten Bauzeichnungen, der immer abgeschlossene Panzerschrank mit den schönen Loks und eine Geschoßhülse, die fast so hoch war wie der Schreibtisch und von Papa als Aschenbecher benutzt wurde.

Aktenordner und Prospekte von Kibri, Märklin, Trix und Faller. Varianten des Bausatzes B 271 und Lokschuppen-Tormechanik mit Faller-Motoren.

Agnes Miegel: Die Blume der Götter. Wolfsburg, die Volkswagenstadt. Der redliche Ostpreuße. Arzt und Helfer in Alaska. Synopse der drei ersten Evangelien. Bezaubernde Wildnis. Stuttgarter Jubiläums-Bibel. 1. Mose 38,9: Aber da Onan wußte, daß der Same nicht sein eigen sollte, wenn er einging zu seines Bruders Weib, ließ er's auf die Erde fallen und verderbte es, auf daß er seinem Bruder nicht Samen gäbe. Untendrunter stand was Kleingedrucktes: Onan beging eine Sünde der Lieblosigkeit gegen seinen verstorbenen Bruder und zugleich einen Frevel gegen die göttliche Ordnung der Ehe. Von Onan hat die widernatürliche Sünde der Selbstbefleckung den Namen »Onanie«, die der Pestilenz gleicht, die im Finstern schleicht, und manches junge Leben schon vor dem Aufblühen vergiftet.

1. Mose 38,10: Da gefiel dem HErrn übel, was er tat, und er tötete ihn auch.

Todesstrafe fürs Wichsen, das waren ja prachtvolle Aussichten.

Auf Papas Schreibtisch lag die Rechnung für den neuen Couchtisch. Kostenpunkt 250 Mark. Einrichtungshaus Wernecke, das Haus der guten Form.

Quittungen und Millimeterpapier. Hinten in einer der Schubladen befand sich ein Beutel mit ausländischen Münzen. Lira, Öre, Dollar und Franken. Gesammelt hatte Papa auch Streichholzschachteln aus Italien, England, Frankreich und Amerika.

Weiter unten waren Papas Schulzeugnisse versteckt. Englisch 5, Lateinisch 5, Lebenskunde 5. Nicht versetzt! Davon hatte man bis dato auch noch nichts gehört. Hatte man also einen Sitzenbleiber als Vater!

Eine besondere Mappe hatte Papa für seine dienstliche Beurteilung angelegt: Faßt schnell und sicher auf. Überblickt schwierige Zusammenhänge bald. Sieht das Wesentliche, ist imstande, rasch Lösungsmöglichkeiten aufzuzeigen. Denkt beweglich, klar und logisch. Erkennt, worauf es ankommt. Schlosser ist ein sehr befähigter wissenschaftlicher Mitarbeiter, der sich trotz seiner Kriegsbeschädigung für die umfangreichen und komplizierten Aufgaben der Steuerungstechnik nicht nur voll, sondern weit über das normale Maß einsetzt und in ausschlaggebender Weise die vorliegenden Probleme des Referates mit eigener Initiative, persönlichem Einsatz und gutem Erfolg lösen konnte. Seine Leistungen, seine Fähigkeiten, seine Initiative und sein überdurchschnittlicher Fleiß rechtfertigen eine gute Beurteilung.

Bloß alles heil wieder weglegen. Am Ende waren das noch Dienstgeheimnisse.

Unten im Heizkeller drückte ich mich an dem großen Kessel vorbei zum Lichtschacht und machte das Fenster auf. Trick 17. Jetzt konnte ich immer ins Haus, auch wenn mal keiner da war und ich den Schlüssel vergessen hatte. Dann mußte ich zwar zwischen den Spinnen durch, die sich im Lichtschacht tummelten, aber das war eben nicht zu ändern.

An der Leine in der Waschküche hingen zwei von Papas Unterhosen, jede einzelne so groß wie ein Dreimannzelt. Softlan, Perwoll, Pro Dixan und Persil, biologisch aktiv.

Ich holte mir ein Spielzeugauto aus dem Hobbyraum und ließ es in der Garage auf der Werkbank zwischen Kombizangen und Bohrfutterschlüsseln Slalom fahren, bis ich genug davon hatte.

Papas Bierkiste und sein altes Moped. Volker spitzte sich darauf, damit die Straßen unsicher zu machen, aber Papa hatte anderes zu tun, als das alte Moped zu reparieren. Was da allein in der Garage noch alles eingepackt werden mußte vor dem Umzug. Schraubenschränke mit winzigen Schublädchen, Moltofill und Moltoflott und säckeweise Flora-Torf. Ein Buch mit Ölflekken: Jetzt helfe ich mir selbst. Alles über den Peugeot 404. Ob Papa auch die Kotflügel vom ausgeschlachteten Käfer mit nach Meppen schleppen wollte? Mama würde sich bedanken.

Ein staubiges Glas mit Stachelbeeren, eingemacht am Hochzeitstag. Die sollten zur Goldenen Hochzeit verschmaust werden.

An der Wand ein Blechschild: Rauchen und offenes Feuer polizeilich verboten! Papa rauchte da aber trotzdem.

Nach Zigarettenrauch roch es auch oben in Volkers Zimmer, so als ob der da heimlich gepafft hätte, obwohl er dazu auch auf den Balkon hätte gehen können, der Döskopp.

Auf dem Schreibtisch lagen Raketenskizzen und ein Pausbild vom Archaeopteryx, dem ältesten Vogel der Welt.

Der Mikroskopkoffer war mit der Zeit aus dem Leim gegangen. Im Schrank die Zahnspangenschachtel und eine Tüte mit dem Schädel von dem Hasen, den wir mal gegessen hatten.

Karl May: Der Schut. Ein Tauchbuch von Hans Hass und Onkel Toms Hütte, mit dem Bild, wo Abraham Lincoln erschossen wird, im Theater.

Unterm Bett der alte Flitzebogen, aber ohne Schnur, und an der Tür ein altes Plakat:

W A N T E D
FOR BANK ROBBERY, HORSE THIEVING,
MURDER AND MOST OTHER MISERABLE ACTS
AGAINST THE PEACE AND DIGNITY
IN THE UNITED STATES:
V O L K E R S C H L O S S E R
DEAD OR ALIVE
REWARD 10.000 $

Das hatte Papa Volker mal aus Amerika mitgebracht.

Nebenan in Renates Zimmer gammelte immer noch das Gipsbein im Kleiderschrank rum. Das würde auch noch dran glauben müssen vor dem Umzug nach Meppen.

Für ihr Bett hatte Renate einen orangen Überwurf mit gelber Litze gehäkelt und ein Sonnenblumenposter an die Wand gepinnt.

Neben dem Plattenspieler lag eine Zange zum Verstellen der Geschwindigkeit von LP auf Single. Die Flusen am Saphir mußte man dann und wann runterpusten. Hey Leute, kauft beim Trödler Abraham. Oder Ingo Insterburg: Ich liebte ein Mädchen am Südpol, was selten da geschieht wohl. Ich liebte ein Mädchen in den Niederlanden, unsere Kleider wir niemals wiederfanden! Oder Bernd Clüver: Und der Junge mit der Mundharmonika singt von dem, was einst geschah, in silbernen Träumen von der Barke mit der gläsernen Fracht, die in sternklarer Nacht deiner Traurigkeit ent-ent-ent-ent-ent-ent-ent-ent, da war ein Sprung in der Platte, aber auf die war sowieso geschissen.

Ihre abgeschnittenen Mädchenzöpfe verwahrte Renate in ihrem alten Bastköfferchen.

Ein Reclamheft: La Jalousie. Ein ganzes Buch über 'ne Jalousie zu schreiben! Die spinnen, die Franzosen.

Und der Volksbrockhaus. Geschlecht, Geschlechtskrankheiten, Geschlechtsorgane, Geschlechtsreife, Geschlechtstrieb. Weibl. Beckeneingeweide: a Gebärmutter, b Eierstock, c Eileiter, d Scheide, e kleine Schamlippen, f große Schamlippe. Männl. Beckeneingeweide: a Hoden, b Nebenhoden, c Samenleiter, d Samenbläschen, e Vorsteherdrüse, f Harnröhre, g Schwellkörper der Harnröhre, h Schwellkörper des Penis, i Eichel mit Vorhaut.

Onanie, die, geschlechtl. Befriedigung durch Reizung der äußeren Geschlechtsteile.

Im oberen Bad war das Fenster nicht dicht, da tröpfelte das Regenwasser durch. In der Kloschüssel hing ein stinkendes Stück Duftseife im Plastikgitter.

Polykur Balsamspülung auf dem Wannenrand und 8x4 gegen Achselnässe. Shamtu Shampoo bringt Spannkraft ins Haar.

Auf dem Dachboden stand bald noch mehr Plunder und Gedöns rum als im Keller. Ekelhafte gelbe Schaumstoffstreifen, Koffer mit losen Henkeln, Carrerabahnteile, Ziegel, Bretter, Besenstiele und aller mögliche Schiet und Deubel. Volkers alter Jeep und der Blinkscheinwerfer mit dem Morse-Alphabet hintendrauf, ein Karton mit Weihnachtsschmuck und einer mit Büchern: Der Trotzkopf, Daddy Langbein und Matthias und das Eichhörnchen. Und ein Karton mit Segelflugzeugmodellteilen, die Volker nie zusammengebaut hatte.

In einer Kiste mit Büchern von Opa Schlosser lag eine hebräische Bibel. 1434 Seiten, aber von hinten nach vorne numeriert. So ähnlich wie bei den Chinesen, die schrieben ja von oben nach unten statt von links nach rechts. Oder von unten nach oben?

Alte Sterne. Pompidou gab kein Pardon. Da ging es um zwei Mörder, die in Frankreich mit der Guillotine hingerichtet worden waren. Zack, Kopf ab.

Eine Titelseite mit kleinen Männern, die große Frauenbrüste abstützten.

Playgirl der Woche, Zeus Weinsteins Abenteuer und das goldene Kaufhof-Angebot. Und Dingsbums, die Witzeseite mit dem undressierten Mann. Die hätte ich eigentlich sammeln können, aber bei der Hitze war ich viel zu faul, die Seiten alle rauszureißen.

Ein verkohlter Totenkopf und ein Gebiß: Bormann ist tot. Das war durch Zahnvergleiche bewiesen worden. Schön und gut, aber wer war Bormann?

Siamesische Zwillinge. Die armen Schweine. Oder der Querschnittgelähmte, der sterben wollte: Warum bringt mich keiner um? Hatte einen Köpper in nur siebzig Zentimeter tiefes Wasser gemacht, und jetzt lag er da und konnte bloß noch seinen Kopf bewegen.

Ein Menschengehirn in einem riesengroßen Vortragssaal: Ein Computer, der es dem Gehirn des Menschen gleichtun wollte, müßte größer sein als dieser Saal.

Sterbende und Leichen auf den Straßen von Kalkutta. Da blieb nicht einmal jemand stehen, wenn da einer in der Ecke lag und verhungerte.

In einem anderen Stern stand was über Leute, die in den Anden mit dem Flugzeug abgestürzt waren und die Toten aufgefressen hatten. Erst die Gehirne, die Lungen und die Nieren und dann den Rest.

Zum Fürchten war auch das Foto von dem fünfzehnjährigen Jungen, der sich aus Angst vorm Zeugnis aufgehängt hatte. Da konnte man ja Alpträume von kriegen.

Und dann die Werbung für Patentex oval und Sexanorma und der Schweinkram von Zweitausendeins. Bildgeschichte des Pin Up Girls. Wenn man genau hinkuckte, sah man auf einer klitzekleinen Zeichnung auch nackte Männer mit steifen Schwänzen.

Von unten rief Mama nach mir. Ich sollte ihr die schwere Einkaufstasche in die Küche tragen.

Zum letzten Mal ins Wambachtal mit Michael Gerlach. »Halt's Maul, du Hund«, das wollten wir im Kanon dem Attila vorsingen, aber der war weg. An Altersschwäche eingegangen. Oder eingeschläfert worden.

Dro Chonoson mot dem Kontroboß. Hoffentlich gab's auch in Meppen einen anständigen Wald.

In Papas Arbeitszimmer stapelten sich die Umzugskartons, obendrauf und an den Seiten beschriftet: Küche, Wohnzimmer, Eßzimmer.

Zerbrechlich!!!

In Vasen und Gläser knüllte Mama Zeitungspapier. Wozu das wohl gut sein sollte. Sie hatte schon ganz schwarze Finger davon. »Aus dem Weg!«

In unser Haus sollte ein Arzt einziehen mit seiner Familie. Der Mietvertrag war bereits unterschrieben.

Abends fuhr ich noch ein letztes Mal mit dem Rad über den Mallendarer Berg. Alle Wege lang und bis hinten raus, wo das Reha gebaut wurde. Rehabilitationszentrum hieß das offiziell. Da hatten früher wilde Apfelbäume gestanden, und einmal hatten Michael Gerlach und ich da einen Drachen steigen lassen, aber der war gleich beim ersten Flugmanöver abgestürzt und kaputtgebrochen.

Auf dem Fußballplatz versuchte ich, das Rad vorne so hochzureißen, wie Michaels Bruder Harald das konnte, und dann auf dem Hinterrad weiterzufahren.

Im Zug hatte ich ein ganzes Abteil für mich alleine. Erster Klasse. Die Fahrkarte hatte Tante Dagmar spendiert. Die schwamm geradezu in Geld.

»Ich erwarte, daß du dich mustergültig benimmst«, sagte Mama durchs Fenster, als der Schaffner schon pfiff. »Hast du gehört?«

Über die Moselbrücke. Vorne das Deutsche Eck und auf der

anderen Rheinseite die Festung Ehrenbreitstein. Sowas gab's in Meppen nicht, da war alles flach.

Der Zug fuhr auch durch Lützel. Wo wir schon überall gewohnt hatten. Und was wohl aus Angelika Quasdorf geworden war. Die mußte jetzt bald dreizehn sein und einen Busen haben.

Aber dein Scheiden macht, daß mir das Herze lacht.

Am schönsten war's auf der Horchheimer Höhe gewesen, als ich noch nicht zur Schule gemußt hatte. Niemals Hausaufgaben auf und jeden Tag im Wäldchen.

In Hannover war ich tagsüber Schlüsselkind und durfte machen, was ich wollte. Gewaschen und gezahnputzt und zwanzig Mark Taschengeld im Brustbeutel. So gut hatte ich's lange nicht gehabt.

Ich sah mir die Plattenabteilung bei Karstadt an, die aber auch nicht anders war als die in Koblenz.

Otto Waalkes hätte mal wieder 'ne neue Platte machen können. Die Doppel-LP von Insterburg & Co. war mir zu teuer. Was man sich alles nicht leisten konnte, das war schon frustrierend.

Im Landesmuseum knarzten die Fußbodenbretter, und die Wärter kuckten immer so argwöhnisch, daß ich mich da nicht lange aufhielt.

Gut gefiel mir im Rathaus die Fahrt im schiefen Fahrstuhl. Das sei der einzige schiefe Fahrstuhlschacht in Europa, sagte der Mensch, der da die Knöpfe drückte. Der Fahrstuhl ratterte und quietschte so, daß man immer dachte: Nun ist's aus.

Zum Essen ging ich ins Funkhaus. An den ersten beiden Tagen rief der Pförtner noch bei Tante Dagmar an, bevor er mich reinließ, aber dann war ich schon ein alter Bekannter für den.

In der Wohnung sah ich wieder Tante Dagmars Platten durch. Die einzige neue war Besame mucho von Los Paraguayos. Bißchen wenig für 'ne Frau mit soviel Geld.

Auf einem Regal standen Flaschen mit Rum, Gin, Whisky, Kognak und Likör. Uerdinger, davon genehmigte ich mir mal einen Schluck, wovon ich erst husten und dann reihern mußte. Ich schaffte es aber noch bis zum Lokus. Torte, Pizza, Milka, Frühstücksei, alles kam wieder raus, in umgekehrter Reihenfolge.

Puh. Vom Uerdinger würde ich in Zukunft die Finger lassen. Eine halbe Rolle Klopapier ging drauf, bis Deckel, Brille und Becken wieder sauber waren.

Ich setzte mich auf den Wannenrand zum Verschnaufen.

Elidor und Badedas. Odol gibt sympathischen Atem.

Jeden Abend regte Tante Dagmar sich über die Rentnerinnen auf, die erst kurz vor Ladenschluß einkaufen gingen, wenn die berufstätige Bevölkerung Feierabend habe. »Und dann stehen sie am Tresen und können sich nicht entscheiden: Ach, geben Sie mir doch noch hundert Gramm Kalbsleberwurst, oder nein, warten Sie mal, ich nehm doch lieber nur fünfzig Gramm, oder haben Sie Gänseleberpastete im Sonderangebot? Ja, dann davon dreißig Gramm. Oder doch besser vierzig. Oder wissen Sie was, ich seh gerade, Sie haben auch Preßsack, dann geben Sie mir doch davon sechzig Gramm …«

Wenn sie selbst auf ihre alten Tage mal Gesellschaft oder Ansprache brauche, werde sie lieber Radio hören oder die Telefonseelsorge anrufen, als im Supermarkt den Steh-im-Weg zu spielen, sagte Tante Dagmar. »Und falls ich mir das als Rentnerin anders überlege, sollte jemand die Güte besitzen, mich zu entmündigen!«

Tante Gisela brachte uns nach Jever, wo es erst Suppe mit Eierstich und dann Kartoffelpuffer gab. Ich hatte mich darauf gefreut, Oma im Malefiz zu schlagen, aber das war fast unmöglich. Onkel Immo hatte ihr einen selbstgebastelten Elektrowürfel geschenkt mit sechs roten Lämpchen vorne, die auf Knopfdruck aufblinkten und anzeigten, was man gewürfelt hatte. Der Würfel arbeitete nach dem Zufallsprinzip, bloß kamen nie zwei oder drei Sechsen nacheinander oder zwei oder drei Einsen, die bei Malefiz so wichtig waren, wenn man Palisaden weghauen wollte. Mit Würfeln herkömmlicher Bauweise hatte ich mehr Glück gehabt, aber Oma wollte nur noch mit dem Elektrowürfel spielen, erst recht, als sie mich zweimal nacheinander besiegt hatte.

Onkel Immo war Erfinder und hatte auch mal ein Patent angemeldet für eine Waschmaschinenvorrichtung und damit viel Geld verdient. Dagegen gab es ja nichts einzuwenden, aber der Würfel war eine Fehlkonstruktion.

Mit Tante Giselas Auto machten wir einen Ausflug nach Neuharlingersiel und besuchten auch das Buddelschiffmuseum. Hansekoggen, Gaffelschoner, Flöße, Dschunken, Dampfer und phönizische Galeeren, die alle durch die engen Flaschenhälse gepaßt hatten. Das Kontiki-Floß und der Untergang der Titanic. Da schwammen Figürchen von Ersaufenden im Wasser.

Wir düsten noch weiter rum in der Landschaft, und dann wollte Oma einen Spaziergang am FKK-Gelände machen.

Auf dem Deich fuhr ein dicker nackter Radfahrer lang. Als er vorbei war, sagte Tante Gisela: »Das konnt ich mir aber auch nicht verkneifen, da mal 'n Blick drauf zu werfen.« Und Tante Dagmar sagte: »Was hätte der denn machen sollen? Sich das dahinterklemmen?«

Gustav war in Göttingen und studierte, aber er hatte alle seine Platten in Jever gelassen. Die Beatles, die Dubliners und die Wombles. Bin i Radi – bin i König und Magical Mystery Tour. Die Singles mit klassischer Musik steckten in Sichthüllen in einem rotkarierten Album mit Druckverschluß. Beethoven, Romanze Nr. 2 F-Dur für Violine und Orchester. Leider wußten auch Oma und Opa nicht, wie Gustavs Plattenspieler anging.

Bist du Radi, bist du Depp, König ist der Maier Sepp.

An dem Tag, als Wiebke mit dem Zug in Jever ankam, brachte der Paketbote ein Päckchen mit einem Radio, das Opa in einem Preisausschreiben von Lux Filter gewonnen hatte, aber er konnte sich nicht daran erinnern, an dem Preisausschreiben teilgenommen zu haben.

Das Radio kam auf den Eckschrank in der Veranda. Der Empfang war gut. Isch sah das Leben und die Welt, und plötzlisch hab isch festgestellt, wie sehr mir deine Liebe fehlt, o Mamy – isch fühl misch so allein!

Oma und Opa zogen plattdeutsche Sendungen mit Ewald Christophers vor.

Dann kam auch Gustav. Er hatte Semesterferien, wie die Studenten früher in der ZDF-Serie Semesterferien, und er hatte sich einen Schnäuzer wachsen lassen, den Oma zu burschikos fand, aber als sich rausstellte, daß das neue Radio Gustav zu verdanken war, weil er in Opas Namen eine Karte an Lux Filter geschickt hatte, fiel Oma Gustav um den Hals, und das Thema Schnoddenbremse war vom Tisch.

Ich wollte auch was gewinnen, nur hätte man gar nicht meinen sollen, wie wenig Preisausschreiben es gab. Allein in der Hörzu, hatte ich gedacht, stünden die auf jeder zweiten Seite, aber ich mußte lange blättern, bis ich welche fand. Bei Reyno und bei Milka konnte man zehntausend Mark gewinnen und bei Gervais Obstgarten zehntausend Früchte-Sets: Wie muß der Quark sein, damit die Früchte am besten schmecken? Die richtige Antwort – fest, locker-leicht oder trocken – brauchte man bloß anzukreuzen.

Eine andere Preisfrage lautete: Warum brauchen Kinder auch im Sommer Nimm 2? Zu gewinnen gab es da Aufblaskissen und Wasserbälle. Beim Hörzu-Preisrätsel des Monats winkten als Gewinne ein Farbfernseher, fünf Radiorekorder und fünfzig Schallplatten und beim Hörzu-Ferien-Preisausschreiben drei Urlaubskoffer voller Spezialitäten aus Bayern und fünfzig handsignierte Schallplatten: Lach mit Peter Frankenfeld.

Ich legte viel von meinem Taschengeld in Postkarten an und machte überall mit. Das war immer noch gescheiter, als Katjes-

Pennys zu sammeln, so wie Wiebke, und sich für hundert Stück davon in grauer Zukunft die Bilderserie Pennys liebste Tiere zu bestellen.

Dumm und dämlich konnte man sich auch mit Witzen verdienen, wenn sie in der Bildzeitung abgedruckt wurden. Da gab's für jeden einzelnen zwanzig Mark. Ich schickte den mit Lupo und der Briefmarke ein.

Wenn Oma und Opa sich zum Mittagsschlaf hingelegt hatten, ging es den Keksen und den Erdnüssen im Wohnzimmerbüfett an den Kragen. Die Tür knarrte, aber Oma und Opa waren schwerhörig.

Auch die verglaste Tür vom Bücherschrank knarrte. Morgens um sieben ist die Welt noch in Ordnung, Hitler von Alan Bullock und die Bibel in unse Moderspraak: Ganz in den Anfang hett Gott Himmel un Eer maakt. Un up de Eer seeg dat wirr un wööst ut, un över dat Water weer dat pickendüster. Aver Gott sien Geist sweev över de Floot.

In der Küchenschublade Omas Notizheft mit den Rommézahlen der letzten zwanzig Jahre.

Ich öffnete auch die Schränke im Keller. Eine uralte Bildzeitung: Kennedy erschossen! Dramatische Fotos vom Attentat, und untendrunter die Meldung: Deutsche Möbelkonferenz tagt hinter verschlossenen Türen. Und eine Anzeige: Kräftige Rentner als Leichenträger gesucht.

Oder Gustavs alte Bravos. Jungens sollten sie lernen: Die Zeichensprache der Liebe. Mädchen berichten: Mein erstes Erlebnis. Das führte ich mir im Kartoffelkeller zu Gemüte. Aktion Anonym.

Nachmittags pflanzte Opa im Garten Gurken und Blumen und kam danach die Kellertreppe mit zwei Flaschen Bier hoch, einer für sich und einer für Gustav, der in seinem Zimmer saß und Gesetzestexte büffelte. »Zum Genuß!« sagte Opa und reichte Gustav die Flasche rein.

Dann machte Opa es sich an seinem Schreibtisch in der Veranda bequem und entnahm seiner Zigarrenkiste wählerisch Zigarren, die er Rauchwaren nannte. An der Wand hing eine eingerahmte Bleistiftzeichnung: Opa mit Helm auf, noch aus dem Ersten Weltkrieg.

Seine zitternde rechte Hand hielt Opa mit der linken fest.

Oma zerkleinerte unterdessen Petersilie in der Küche oder kämpfte mit dem widerspenstigen Waschmaschinenschlauch.

Wiebke lag auf dem Wohnzimmersofa, las Mecki im Schlaraffenland und kaute an ihren Zöpfen.

Einmal kriegte Oma Besuch von zwei anderen Omas. Sie verbrachten fast zwei Stunden damit, alles über ihre Kinder und Enkelkinder durchzuhecheln und sich über Rheuma, Ischias und Gicht zu unterhalten.

»Da kann ich auch ein Lied von singen, Frau Lüttjes!«

Schlafsaft und Eigenblutspritzen.

Opa stellte mir Denksportaufgaben. »Was ist das: getrennt mir heilig, vereint abscheulich?« Da kam ich nicht drauf, auch nach tagelangem Grübeln nicht.

Wenn jemand husten mußte, sagte Opa: »Du hast aber auch schon mal besser gehustet.«

Böse war er dann aber, als ich, ohne was zu sagen, mit dem Rad nach Wilhelmshaven gefahren war und erst abends zurückkam. Da flippte Opa aus und wollte mich verdreschen, und als ich mich im Kellerzimmer unterm Bett versteckte, holte er einen Besen und stieß mit dem Stiel nach mir.

In Wilhelmshaven hatte ich Tante Gisela besuchen wollen, aber die war nicht dagewesen. Dafür hatte ich am Straßenrand eine Polizistenmütze gefunden. Die war mir dämlicherweise vom Kopf gefallen, als Opa mich durchs Haus gehetzt hatte.

Als ob das ein Verbrechen gewesen wäre, eine Radtour zu unternehmen. Und ich hatte noch gedacht, Oma und Opa wären stolz auf mich, daß ich das so flott geschafft hatte.

Jetzt sei Zapfenstreich, hatte Opa gebrüllt und Spucke verloren dabei. Für den würde ich nie eine Karte einwerfen bei irgendeinem Preisausschreiben. Pustekuchen. Wenn dem eine Laus über die Leber gelaufen war, hätte er's ja nicht an mir auslassen müssen. Dem hatten sie wohl ins Gehirn geschissen. Mir hier einen Besenstiel vors Knie und in den Bauch zu stoßen. Und sowas nannte sich Großvater. Der tickte doch nicht mehr sauber.

Getrennt mir heilig, vereint abscheulich. Sollte der mit seinen Scheißrätselfragen doch Wiebke belemmern.

Am Morgen hatte Opa sich wieder abgeregt und gab Wiebke und mir zusammen fünf Mark fürs Schützenfest. Weit kamen wir damit nicht, aber ich hatte noch zehn Mark von meinem Taschengeld. Dachte ich jedenfalls, als wir losgingen, aber dann fiel mir ein, daß ich den Schein in die linke Potasche von meiner Cordhose gesteckt hatte, die gewaschen werden sollte.

Ich rannte zurück, aber von dem Zehnmarkschein war bloß noch ein zusammengebackener Klumpatsch übrig.

»Da hätt ich viel zu tun, wenn ich immer alle Hosentaschen einzeln untersuchen wollte, ob da noch was drin ist«, sagte Oma. »Nee, mien Jung, auf deine Reichtümer mußt du schon selbst aufpassen!«

Jaja. Und wer hatte die Hose, die noch so gut wie sauber gewesen war, auf Biegen oder Brechen waschen wollen? Ich vielleicht?

In meiner Wut schmiß ich die Wohnungstür mit soviel Schmackes zu, daß eine von den Glasscheiben rausfiel, und zur Strafe schickte Oma mich ins Bett. Sie habe die Faxen jetzt dicke. Ich kriegte kein Abendbrot und durfte weder Zauber der Manege noch Columbo kucken.

Mannomann. So Scheiße war's in Jever noch nie gewesen. Da freute man sich ja fast, bald wieder abgeholt zu werden.

Mama und Papa brachten Renate und Volker mit und erzählten vom Umzug. Gute Nacht, Marie! Das heulende Elend hätten sie kriegen können. Im neuen Haus der ganze Keller unter Wasser wegen der undichten Fenster, und die Möbelpacker hätten alles lustig in die Pfützen gestellt. Die Tischdecken allesamt jenseits von Gut und Böse, und die Bettwäsche erst. »Du kriegst die Tür nicht zu!« Ein Chaos, nicht zu singen und zu sagen. Kein Karton da, wo er hingehörte, trotz deutlicher Beschriftung. Alles für die Katz.

Warum einfach, wenn's auch umständlich geht.

Von ihm aus, sagte Papa, könne man den Spediteur unangespitzt in den Boden rammen.

Und dann sei noch ein Karton unten eingerissen dank meiner blödsinnigen Hantel. Die sei mit Donnergepolter die ganze Treppe runtergekugelt und unten in die gute Flurvase gekracht.

Da war ich jetzt also auch noch dran schuld oder was.

Auf den letzten Drücker hätten sie noch gemerkt, daß ein Kellerfenster sperrangelweit offenstand. Da hätte jeder Tunichtgut ohne Probleme einsteigen können.

Den Umzug müsse der Bund bezahlen. Ein Heidengeld. »Die nehmen's von den Lebendigen und den Toten«, sagte Mama. Am Einzugstag sei sie abends restlos erledigt gewesen. Groggy sei gar kein Ausdruck. Erschossen. Fix und foxi. Wie ein Stein geschlafen und morgens mit verspanntem Nacken aufgewacht, weil es da überall ziehe wie Hechtsuppe.

Und der Garten! Unter aller Sau, das Unkraut meterhoch, kein Bein an den Grund zu kriegen. Offensichtlich hätten die Vormieter nie auch nur einen Handschlag getan. Das werde noch eine Plackerei, das alles auf Zack zu bringen.

Aber dafür sei jetzt die Zeit im Rheinland passé. Es sei ihr nicht schwergefallen, sagte Mama, sich da sang- und klanglos zu verabschieden. Der Dialekt allein: »Herz-Jesu-Kersch«, und dann Frau Strack immer: »Uwe, küste bej misch!« Oder wie damals Frau Quasdorf als Avonberaterin an die Tür gekommen sei, um uns »Fatze Kre-am« zu verkaufen. Eine Klatschbase sondergleichen. Und ich, ich hätte schon gewußt, daß Mama diesem impertinenten Weibsbild nach Möglichkeit aus dem Weg gegangen sei, und hätte sie einmal im Hofeingang gewarnt, als sie vom Einkaufen gekommen war: »Achtung, Mama, Kassedoff steht bei sein Haus!« Und dann noch Geld unterschlagen und gesoffen wie 'n Loch, auch als sie schwanger war.

Und Papas Ochsentour im BWB. »So ist das eben, wenn man nicht mit 'nem goldenen Löffel im Munde geboren wird!« Fürs Kinderkriegen werde man vom Staat immer nur bestraft, und das Finanzamt kriege den Rachen nicht voll.

Im dritten Schuljahr, sagte Renate, habe sie geglaubt, es heiße Plutimikation und nicht Multiplikation, weil das so in Pippi Langstrumpf gestanden hatte, und dafür sei sie von der Lehrerin mit dem Stock auf die Finger gehauen worden in der Volksschule in Lützel.

»Schwamm drüber«, sagte Mama. Meppen sei zwar auch nur ein Kuhdorf, wo sich Fuchs und Hase Gute Nacht sagten, erzkatholisch noch dazu, aber immerhin Niedersachsen. Ein Unterschied wie Tag und Nacht im Vergleich mit Koblenz und dem verdreckten Rhein und dem Industriesmog da. Und nach Jever sei's nur ein Katzensprung.

Bilder müßten noch aufgehängt werden im neuen Haus. Er könne sich nicht helfen, sagte Papa, aber in seinen Augen sähen die Blumen von van Gogh wie Tassenbürsten aus.

Und ich, ich sei ein Spargeltarzan. Der Schöne vom Berg, so hätte ich mich mal genannt, hahaha, und daß ich als Kleinkind in Dänemark auf einen an Land zappelnden Fisch gezeigt und gerufen hätte: »Kuck mal, da laufter!«

Alle möglichen Kamellen wurden jetzt wieder aufgewärmt. Manaure, der Wiebke gebissen und dann gesagt hatte: »Ich hab sie nur geklemmt!« Und Kim, als das Loch in Tante Thereses Kleid war: »It was the hamster!« Oder Gustav, der als kleiner Junge Oma darum gebeten hatte, Norman durchs Klo zu spülen. Und wie ich mich in Lützel mit sandigen Socken ins Klo gestellt und die Spülung betätigt hätte, um die Socken sauberzukriegen. Oder wie ich Oma Jever in den Ausschnitt gekuckt und sie gefragt hätte: »Oma, fangen da deine Beine an?«

Meine älteste Erinnerung war die, daß ich beim Ostereiersuchen umgefallen war und geweint hatte.

Papa sagte, daß er in Ostpreußen mal einem Schwein einen Trainingsanzug angezogen habe, und dann sei das Schwein ausgerissen und durch den Grenzfluß, die Scheschuppe, nach Litauen geschwommen. Das Schwein war wieder aufgetaucht, nur unser Modellflugzeug war heute noch unterwegs und umkreiste die Erde.

»Witz, komm raus, du bist umzingelt«, sagte Volker. Er kannte auch einen Haufen neuer Beleidigungen: Blindfisch, Blindsocke, Blindo, Spasti und Tropi (trotz Pille entstanden).

Das neue Haus sei astrein, aber sonst gehe in Meppen nicht unbedingt die Post ab. Meine Furzmulde sei schon aufgestellt.

Mama sagte, wir sollten aufhören, Blech zu reden.

Getrennt mir heilig, vereint abscheulich: Mein Eid und Meineid. Dieses Geheimnis lüftete Opa noch kurz vor Schluß.

Im Grunde wäre ich ja doch lieber auf dem Mallendarer Berg wohnen geblieben. Allerdings hatten die Sommerferien in Niedersachsen eine Woche später angefangen als in Rheinland-Pfalz, und wir konnten noch tagelang faulenzen, wenn die armen Irren in Koblenz schon wieder pauken mußten. Das war auch wieder wahr.

Bei der Fahrt nach Meppen mußte ich wie eh und je neben Wiebke hinten in der Mitte sitzen. Cleverns, Reepsholt, Wiesmoor, Bagband ...

Ich wachte erst wieder auf, als Papa den Zündschlüssel abzog.

»Endstation«, rief Volker. »Alles aussteigen!«

Kiefern links und rechts und vor uns in der Dunkelheit ein weißes Garagentor, in dem sich die Autoscheinwerfer spiegelten.

Denn man tau.

Bildquellen

Alle Familienfotos stammen aus dem Privatbesitz des Autors.

Die Illustrationen und das Foto des Astronauten wurden verschiedenen Büchern entnommen.

Vorsatz, linke Seite, oben: Mecki. Entnommen aus: Mecki im Schlaraffenland. Ein märchenhafter Reisebericht, aufgeschrieben von ihm selbst. Illustriert von Reinhold Escher. Zeichnungen der Mecki-Figur nach Diehl-Film. Hrsg. von Eduard Rhein. Hamburg: Hammerich & Lesser Verlag 1952 (nicht paginiert). *Unten:* Kasper und Seppel. Entnommen aus: Der Räuber Hotzenplotz. Eine Kasperlgeschichte von Otfried Preußler. Gesamtausstattung F. J. Tripp in Tiefenbach/Allgäu. Stuttgart: K. Thienemanns Verlag 1962, S. 105.

Vorsatz, rechte Seite, Mitte: Superman. Entnommen aus: Superman Archiv. Band 1. Dino Entertainment AG, Rotebühlstr. 87, 70718 Stuttgart 1989, S. 10. *Unten:* Kind mit Federsack und Kilogrammgewicht. Entnommen aus: Knaurs Kinderbuch in Farben. Gemalt und geschrieben von Herbert Pothorn. München und Zürich: Droemersche Verlagsanstalt Th. Knaur Nachf. 1961, S. 28.

Nachsatz, linke Seite, unten: Schulkinder mit Schwämmchen und Brezel. Entnommen aus: Meine Fibel, Schullesebuch aus den 60er Jahren, Titelseite, kein Impressum auffindbar.

Nachsatz, rechte Seite, Mitte: Mondlandungsmotiv. Entnommen aus: Werner Büdeler: Das Abenteuer der Mondlandung. Bilddokumentation in Farbe. Gütersloh: Bertelsmann 1969, S. 6.
Unten: Tip und Tap. Entnommen aus: Gerhard Henschel/Günther Willen: Supersache! Lexikon des Fußballs. Greiz: Weisser Stein 1994, Umschlagrückseite.

Seite 5: Die Szene mit Micky Maus wurde entnommen aus: Walt Disneys Lustige Taschenbücher Nr. 9: »Micky ist der Größte«. Stuttgart: Ehapa Verlag GmbH, S. 37.